Tobias O. Meißner

Die dunkle Quelle

SERIE PIPER

Zu diesem Buch

Der Auftakt zu einem spektakulären neuen Fantasy-Zyklus: In einer Welt der Magier, Spinnenmenschen und Riesen führt Rodraeg Delbane ein beschauliches Leben als Schreiber im Rathaus von Kuellen; bis ihn eines Tages die schöne Schmetterlingsfrau Naenn besucht. Fasziniert von ihrem geheimnisvollen Liebreiz, läßt er sich als Anführer einer Gruppe werben, die sich »Das Mammut« nennt und gegen die Umweltzerstörung in dieser phantastischen Welt kämpft. Doch schon beim ersten Einsatz wird Rodraeg bewußt, auf welch gefährliches Spiel er sich eingelassen hat: Gemeinsam mit seinen Gefährten wird er zur Zwangsarbeit in die berüchtigten Schwarzwachsminen geschickt. Als schon alles verloren scheint, kommt unerwartet Hilfe: Unbekannte zerstören die Mine und befreien die verzweifelten Bergwerksklaven. Und endlich sieht Rodraeg eine Möglichkeit, seinen Kampfgeist unter Beweis zu stellen – im letzten Duell gegen den Herrn der Schwarzwachsminen …

Tobias O. Meißner, geboren 1967, studierte Kommunikations- und Theaterwissenschaften. Seit 1997 verdient er seinen Lebensunterhalt zur Hälfte als Farbrikarbeiter, zur Hälfte als freiberuflicher Schriftsteller. Die Romane »Starfish Rules«, »Neverwake«, »Hiobs Spiel« und »Das Paradies der Schwerter« wurden von der Kritik hochgelobt. Mit »Im Zeichen des Mammuts« hat Tobias O. Meißner einen Fantasy-Zyklus von fesselnder Aktualität erschaffen. Der Autor lebt in Berlin.

Tobias O. Meißner

Die dunkle Quelle

IM ZEICHEN DES MAMMUTS 1

Piper München Zürich

Mehr über unsere Autoren und Bücher:
www.piper.de

Von Tobias O. Meißner liegen bei Piper vor:
Die dunkle Quelle. Im Zeichen des Mammuts 1
Die letzen Worte des Wolfs. Im Zeichen des Mammuts 2
Das vergessene Zepter. Im Zeichen des Mammuts 3
Brücke der brennenden Blumen. Im Zeichen des Mammuts 4

FSC
Mix
Produktgruppe aus vorbildlich bewirtschafteten
Wäldern und anderen kontrollierten Herkünften
www.fsc.org Zert.-Nr. GFA-COC-1223

Originalausgabe
1. Auflage Juni 2005
2. Auflage April 2008

Umschlagkonzept: Büro Hamburg
Umschlaggestaltung: Nele Schütz Design, München
Umschlagabbildungen: Agentur Luserke (Mammut),
Mauritius (Hintergrund)
Karte: Erhard Ringer
Autorenfoto: Carsten Belz via Eichborn AG, Frankfurt
Satz: Satz für Satz. Barbara Reischmann, Leutkirch
Papier: Munken Print von Arctic Paper Munkedals AB, Schweden
Druck und Bindung: CPI – Clausen & Bosse, Leck
Printed in Germany ISBN 978-3-492-26581-2

Inhalt

Der Kontinent

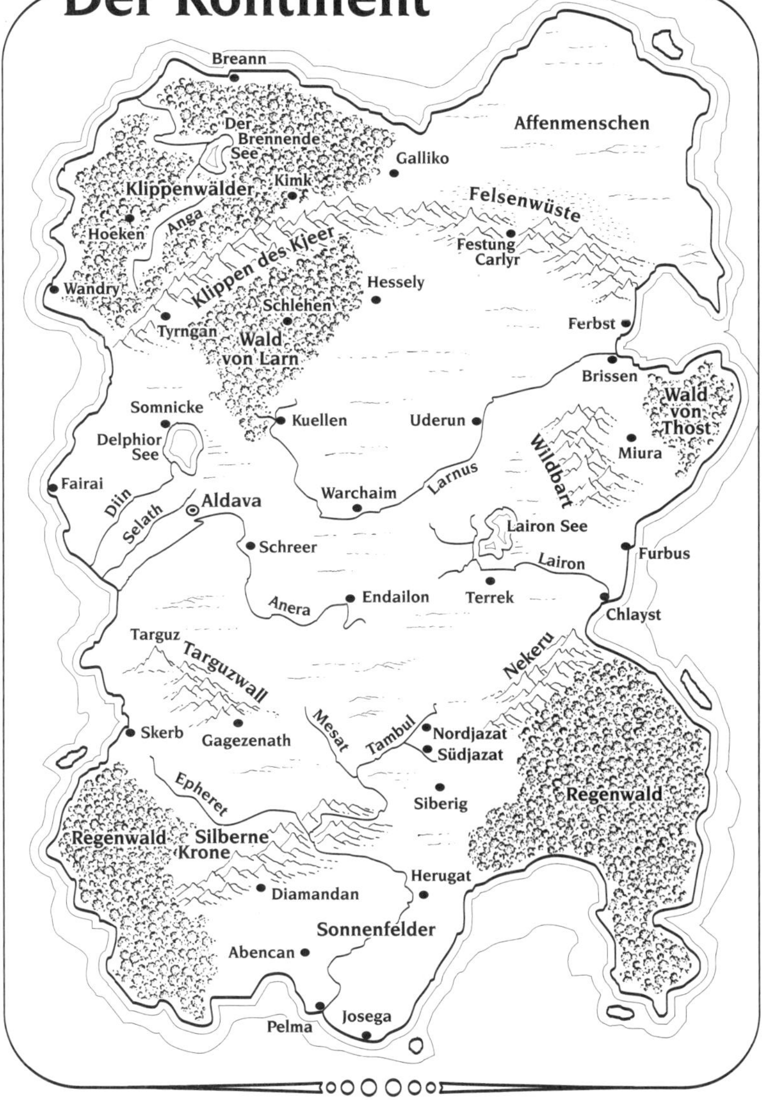

Prolog

Die Flaggen vor dem Zelteingang, gold und blau mit einer strahlenden Krone darauf, hingen schlaff im kalten Morgendunst. Der junge Hauptmann zögerte kurz, dann schlug er die Plane zur Seite.

»General? General!«

Der General rappelte sich mühsam auf die Ellenbogen. Seit gestern war er merklich gealtert, unrasiert, schwindlig vor Fieber. Die Felle, mit denen er sich zugedeckt hatte, waren fleckig von seinem nächtlichen Schweiß. Der junge Hauptmann, der jetzt vor seinem Lager stand, war der letzte Offizier dieses Ranges, der noch am Leben war. Alle anderen waren bereits umgekommen auf diesem von den Göttern verfluchten Feldzug, im Steinschlag begraben oder gefallen bei den Angriffen hinter dem düsteren Karstfeld.

»Was gibt es, Hauptmann?«

»Die Magier sagen, sie sind jetzt beinahe bereit.«

»Alle? Auch dieser Eigenbrötler mit den Bienen?«

»Alle, General. Man wartet auf Euer Kommando.«

»Ist es hell draußen oder dunkel?«

»Leider schon hell. Aber keine Anzeichen von Spähern.«

»Die gab es bisher nie, mein Junge. Anzeichen. Gut, ich komme.« Besorgt betrachtete der junge Hauptmann, wie sein General sich hochzog und wackelig im niedrigen Zelt stand. Die Bediensteten des Offizierstabes waren ebenfalls nicht mehr am Leben, deshalb mußte der alte, kranke Mann sich selber waschen und ankleiden. Der Stabsmedicus hätte hier sein sollen und sich kümmern, aber er war vom gleichen unerklärlichen Fieber befallen und starb zwei Zelte weiter vor sich hin. Magie, munkelten die Soldaten, die allem mißtrauten, was nicht mit Händen zu greifen war. Magie also auch auf seiten des Feindes.

Vom Feind hatten sie bislang tatsächlich kaum etwas zu sehen bekommen. Bizarre Gestalten, die über die Hänge von Schluchtwänden huschten und Pfeile und Speere von oben schleuderten. Schließlich die Steinlawine, die zwei ganze Züge verschüttete, fast einhundert Mann. Das vereiste Karstfeld, wo die Pferde eingebrochen waren und der ganze Troß ins Stocken kam und Umwege erkunden mußte. Mehrere der Kundschafter aus dem schlachtengewohnten Galliko waren nicht mehr zurückgekehrt. Dann die nächtlichen Angriffe. Die Dunkelheit so undurchdringlich wie Rauch. Ein seltsamer Geruch nach verbrannten Gewürzen. Haarige Schemen, mit den klirrenden Münzen der zivilisierten Welt verziert, griffen mit Steinschleudern an, warfen Speere und zogen sich dann wieder zurück. Immer mehr Verwundete. Immer mehr wurden krank von der Kälte, der Anspannung, den gelblichen Gasen, die überall waberten, und dem schlechten Wasser, das von der Haut abperlte wie Öl.

Nur den Magiern konnte das Fieber nichts anhaben. Sie waren eine eigene Einheit, meist unter sich, und sie schützten sich mit Kräutern und Bemalungen und komplizierten Ritualen. Es waren merkwürdige Menschen. Die meisten waren Priester der zehn Gottheiten, aber es waren auch andere unter ihnen, lebendige Rätsel. Einer war zwergwüchsig und hatte bunt gefärbte Zähne, ein anderer war am ganzen Leibe tätowiert. Zwei Frauen waren dabei, die blind waren und sich fortwährend an den Händen hielten. Ein Dunkelhäutiger mit langen Zöpfen, der sich selbst geißelte, um zu Kräften zu kommen. Einer hatte honiggelbes Haar und wurde unablässig von Bienen umschwärmt, obwohl der Winter hier im Norden noch härter war als in den mittleren Landen.

Im Winter ist der Feind am schwächsten, hatte es in der Hauptstadt Aldava geheißen. Im Winter schlafen die Affenmenschen in dunklen Höhlen und sind betäubt vom Qualm kokelnder Weinblätter. Auch die anderen Ungeheuer, die es hier oben jenseits der Felsenwüste gab, sollten im Winter ruhen oder träge vom im Herbst angefutterten Fett sein. Bislang hatten sich zwei Zusammenstöße mit Ungeheuern ereignet, der erste mit einem riesigen Panzerlöwen und der zweite mit einem Rudel Haihunde. Alle hatten ausgeruht und hungrig gewirkt, und alle hatten sie weitere Kerben in den torkelnden Heerwurm der Königin gebissen.

Daß die Informationen aus Aldava wenig taugten, wurde spätestens in der zweiten Woche des Feldzuges offenbar, nachdem der Feind sich immer noch nicht gezeigt hatte. Die Theoretiker des königlichen Hofes hatten Stein und Bein geschworen, daß die Affenmenschen einen so weiten Vorstoß auf ihr Gebiet nicht dulden und sich mit der üblichen Truppenstärke dem Heer entgegenwerfen würden – wie sie es vor Galliko und jenseits der Festung Carlyr immer getan hatten, seit Jahrhunderten schon. Alles wäre kein Problem gewesen, hätten die Theoretiker nur Recht behalten. Dieses Heer war das größte, das der Kontinent seit König Rinwes Kriegszeiten gesehen hatte, es bestand aus zweitausend gut ausgebildeten Männern und Frauen und war zusätzlich mit dieser einzigartigen Ansammlung verschiedenartiger Magier verstärkt. Wie ein Spaziergang mit einem großen Wischbesen sollte es werden – so hatte man es ihnen zumindest versprochen.

Doch die Affenmenschen dachten gar nicht daran, den Vorhersagen zu entsprechen. Sie griffen nicht auf breiter Front an, sondern nur mit kurzen Überfällen, und überließen das königliche Heer im gefährlichen Gelände sich selbst. Wenn sie doch angriffen, dann schnell, aus dem Hinterhalt, aus dem Dunkel heraus und aus möglichst großer Entfernung. Den Rest der Arbeit überließen sie ihrem Land.

Jetzt aber sollte sich das Blatt wenden. Die Kundschafter hatten eine Siedlung der Affenmenschen ausgemacht. Höhlen und lehmige Wohnhügel, fünfhundert bis tausend Bewohner. Kein kleines Dorf, eher schon ein wichtiger Anlaufpunkt für die Affenkrieger, die dem Heer bislang gefolgt waren. Ein Kundschafter aus Galliko nannte die löchrige Hügelgruppe, in der die Lagerfeuer rauchten, den ›Skorpionhaufen‹, weil etliche kleine, gelbliche Skorpione hier herumwimmelten.

Dieser ›Skorpionhaufen‹ bot endlich die Gelegenheit zum Gegenschlag. Dem General schwebte kein Angriff vor, kein unerfreuliches Gemetzel auch an Affenweibchen und Affenkindern. Vielmehr wollte er ein Zeichen setzen, das Furcht in die Herzen aller übrigen Affenmenschen trieb. Er wollte diese Siedlung ausradieren, als hätte sie nie existiert. Alles, was zurückbleiben sollte, war eine in den Boden gerammte königliche Fahne. Neu erobertes Land, mitten im Herzen des gegnerischen Territoriums.

Die Magier hatten die gesamte Nacht gebraucht, um alle Vorkehrungen zu treffen, aber jetzt schien es endlich vollbracht zu sein. Ein Senchak-Priester in zeremonieller Rüstung, der als Sprecher der Magier fungierte, kam dem General auf dem verschneiten Weg zu den vorgelagerten Posten entgegen.

»Es ist schon hell, Senchak-Bruder«, keuchte der General, der sich auf den jungen Hauptmann stützen mußte, um zügig voranzukommen. »Seid ihr dennoch unbemerkt geblieben?«

»Das sind wir, General. Die Affen sind ruhig und mit ihrem Alltag beschäftigt. Niemand hat sie vor uns gewarnt.«

»Was äußerst unglaubwürdig ist, findet Ihr nicht auch? Seit vierzehn Tagen werden wir immer wieder attackiert und von Feinden in die Irre geführt, und da sollte keiner der Affen auf die Idee gekommen sein, dieses Dorf, das auf unserem Weg liegt, zu warnen? Äußerst unglaubwürdig.« Er hustete und spuckte aus. »Nein, es ist so, wie ich gestern vermutet habe. Eine Falle. Dieser Skorpionhaufen ist eine Falle.«

Der Priester nickte. »Ihr könntet recht haben. Diese Hügel sind mit Sicherheit von einem weitläufigen Geflecht aus Gängen und Höhlen durchzogen. Dort kann man bequem ganze Armeen verstecken.«

»Ja. Wenn wir mit Fackel und Schwert angreifen, sollen wir eine böse Überraschung erleben. Ich könnte mir gut vorstellen, daß der Feind glaubt, unseren Feldzug hier auf einen Streich beenden zu können.«

Der Priester lachte rauh, so daß sein Atem nebelig vor seinem Gesicht tanzte. »Aber wir werden nicht angreifen.«

»Richtig. Wir werden nicht angreifen. Mit Eurer Magie werden wir die Hügel der Skorpione in Staub verwandeln, und je mehr Krieger die Affen dort verborgen haben, desto besser für uns und unser weiteres Vorankommen.«

»Ruhm und Ehre dem wilden Gott Senchak und der weisen Königin Thada.«

»Ruhm und Ehre der Königin Thada und allen Göttern, die ihr gewogen sind.«

Der General und der Zauberer maßen sich mit Blicken und grinsten beide dabei. Sie würden sich nie vollkommen verstehen, der Kriegshandwerker und der Glaubenskrieger, aber Senchak war der Gott der Waffen und der Schlachten, und das ermöglichte es ihnen, zusammenzustehen gegen die Bestien des Nordostens.

Sie erreichten die Beobachtungslinie. Ein ›Weitauge‹, eine der neuesten Erfindungen aus den Rüstkammern Aldavas, wurde an den General weitergereicht. Er kniff ein Auge zusammen und spähte mit dem anderen durch das armlange Rohr. In einem kreisrunden Ausschnitt konnte er nun den »Skorpionhaufen« von Nahem betrachten und seinen Blick unbemerkt schweifen lassen.

»Sie verrichten ihr Tagwerk«, kommentierte der General. »Tollen im Schnee herum. Schnuppern an den Weibchen. Sieht nicht so aus, als würden sie mit uns rechnen.« Der milde Geruch von Honig stieg ihm in die Nase, und er wandte sich um. Da war er wieder, der eigentümlichste unter den Magiern, mit seinen gelben Haaren und dem alterslosen Gesicht. Nur eine einzige Biene umkreiste heute morgen sein Haupt.

»Erlaubt Ihr mir, daß ich etwas zu bedenken gebe?« fragte der Magier höflich.

Der General seufzte. »Es würde mich verblüffen, wenn Ihr es einmal unterlassen würdet. Wo drückt Euch diesmal der Schuh, Bienenbändiger?«

»Wenn Ihr davon ausgeht, der ›Skorpionhaufen‹ könnte eine Falle sein – wäre es dann nicht auch denkbar, daß die Bewohner mit einem Einsatz unserer Magier rechnen und sich entsprechend gewappnet haben?«

»Was! Denkt Ihr, wir werden nichts ausrichten können mit unserer Magie?«

»Ich denke, daß alles Denkbare und Undenkbare passieren kann vermittels der Magie.«

Der General ließ sein ›Weitauge‹ sinken und hustete. »Das sind doch nur Tiere! Ihr glaubt doch nicht allen Ernstes, daß die sich auf Magie verstehen?«

»Sie kleiden sich, bauen sich Behausungen, sprechen eine Sprache und sind organisiert genug, unserem Heer nicht einfach ins offene Messer zu rennen, sondern uns langsam auszubluten. Ich vermute schon seit Wochen, daß es hinter den Affenmenschen eine uns unbekannte lenkende Kraft gibt, die ihnen Anweisungen erteilt, wie sie unserem Feldzug am geschicktesten begegnen können.«

»Das ist doch Unsinn«, mischte sich der Senchak-Priester barsch ein. »Es gibt keinerlei Hinweise auf einen König der Affenmenschen, noch auch nur auf einen General. Sie verehren nicht mal einen einheitlichen Gott! Die Affenmenschen sind in Sippen und Stämme zerfallen, ähnlich wie unser Kontinent vor der Vereinigung durch König Rinwe. Jede Sippe betet ihren eigenen Fetisch an und verfolgt ihre eigene Kriegsstrategie. Sie haben einfach nicht genug Hirn im Schädel, um sich abzusprechen.«

Der gelbhaarige Magier blieb unbewegt. »Dennoch haben sie uns bis hierher durchkommen lassen, als ob sie das gewollt hätten.«

»Und was soll an diesem Ort so besonders sein?« fragte der General mit Spott in der Stimme.

»Ich weiß es nicht. Ich habe meine Bienen ausgesandt, und sie sagten, der Ort war gestern und ist heute so wenig, als sei er gar nicht vorhanden, aber seine Zukunft sei wie ein blendendes Licht.«

Wieder spuckte der General aus. »Seine Zukunft! Die Zukunft dieses Ortes endet genau heute! Schluß jetzt mit diesem albernen Geschwätz – ich will die Sache hinter mich bringen, bevor der nächste Fieberschub mich schwächt. Hauptmann!«

Der junge Offizier trat vor. »General?«

Mit vor Anstrengung geröteten Augen legte der General dem Hauptmann eine Hand auf die Schulter, mehr um sich zu stützen als zum Zeichen des Vertrauens. »Hauptmann, ich will, daß Ihr die

Hälfte der Männer mitsamt allen Verwundeten und Entkräfteten zurückführt bis tausend Schritt hinter unserer Lagerlinie, denn eigentlich gibt es nur zwei Möglichkeiten, was hier vorne passieren kann. Entweder geht alles glatt, dann werde ich nur wenige Männer brauchen, um die schwelende Asche des Skorpionhaufens mit meinen Stiefeln platt zu treten, oder aber es geht etwas schief, und dann ist es besser, wenn wir noch eine zweite Linie in Reserve halten. Ihr übernehmt das Kommando über diese zweite Abteilung. Kontakt halten wir über Feldläufer und über ein ›Weitauge‹, das Ihr mitnehmt.«

»Verstanden, General. Die andere Hälfte der Männer schicke ich zu Euch nach vorne?«

»So ist es, mein Junge. Sie sollen leise vorrücken, mit leichtestem Gepäck. Den Rest tragen Eure Leute nach hinten.«

»Verstanden.« Der junge Hauptmann salutierte und wandte sich zum Gehen, doch dem General fiel noch etwas ein. Er hielt den Hauptmann zurück, indem er ihn beim Namen nannte.

»Hauptmann Gayo?«

»Ja, General?«

»Vergeßt nicht: Mit diesem Kommando übernehmt Ihr auch die Verantwortung für das weitere Vorgehen und das Überleben unserer Männer, sollte das Fieber mich fertigmachen.«

»Das ist mir klar, General. Aber so weit wird es nicht kommen.«

Der junge Hauptmann stapfte durch den Schnee davon.

Der General betrachtete den gelbhaarigen Magier. »Und Ihr, mein honigfarbener Freund? Wollt Ihr Euch lieber mit Hauptmann Gayo zurückziehen oder Euch weiterhin in meiner Nähe der Gefahr einer Ansteckung aussetzen?«

»Ich fürchte, mir bleibt keine Wahl, General. Meine Magie ist ein wichtiger Bestandteil unseres Plans.«

»Dann macht es Euch hier vorne gemütlich. Wir fangen bald an.«

Es verging noch fast eine halbe Stunde. Dem General war ein Schemel gebracht worden, auf den er sich setzen konnte. Ein Soldat tupfte ihm Schweiß aus dem Gesicht, ein anderer reichte ihm heiße klare Suppe, die er aus einem Krug schlürfte.

Die Magier meldeten ihre Vorbereitungen als abgeschlossen. Ein Feldläufer von Hauptmann Gayos Abteilung meldete, daß Gayos Männer die angewiesene Rückzugslinie erreicht hatten. Die restlichen Soldaten, noch beinahe sechshundert, verbargen sich links und rechts des Generals unter schneebeladenen Bäumen und Buschwerk.

Der Senchak-Priester kam handschuhreibend von seinem letzten Rundgang zurück. »Die Magier warten nur noch auf Euer Kommando, General. Einige sind schon regelrecht in verzückter Entrücktheit begriffen. Die Macht, die wir ausgießen werden über diese Brutstätte des Unglaubens, wird ohne Beispiel sein.«

Der General nickte und nahm einen weiteren Schluck Suppe. »Das bedeutet, ich kann auf das ›Weitauge‹ verzichten und dennoch etwas sehen?«

»Ihr werdet das nicht übersehen können, General.«

»Na, dann los. Entfesselt, meine Magier, was ihr alles zu entfesseln habt.«

Der Senchak-Priester verbeugte sich, kreuzte die Arme vor der Brust und schloß die Augen, das Gesicht dem ›Skorpionhaufen‹ zugewandt.

Die Soldaten, und mit ihnen auch der General, hielten den Atem an.

Dann detonierten vor ihnen die Hügel in einer weißen, aufwärts fließenden Kaskade aus Licht, die brüllend anschwoll und sich kreisförmig ausdehnte. Der General sah Felsen zerplatzen wie überreifes Obst. Sah Schnee schmelzen, aufkochen und als Dampf zerstieben innerhalb eines einzigen Augenblicks. Sah Bäume sich biegen wie Grashalme, dann zu Flammen werden, zu Asche und schließlich zu einer Erinnerung an Rauch. Sah das grellweiße Tosen auf sich und seine Männer zurasen wie eine Flutwelle, die jedes Begreifen überstieg. Er sah das Entsetzen im Gesicht des Senchak-Priesters, dann, wie dieses sich in winzige Fetzen auflöste, die ein unzähmbarer Sturmwind vor sich herpeitschte.

Der letzte Gedanke des Generals, bevor ihm das Fleisch von den Knochen gerissen wurde und diese Knochen dann verglühten, war: Dies ist ein angemessenes Ende.

Ein schneeweißes Blenden, so vollkommen wie das Dunkel, das es bringt.

1 Nicht von hier

Der Sturm treibt den Schnee fast waagerecht über die weiße Gletscherebene.

Zwischen den großen, zusammengesunkenen Leibern der Mammuts regt sich nur noch ein Jungtier, das verzweifelt die Stirn gegen die Flanke der Mutter drückt, um diese wieder aufzurichten. Da ist kein Licht mehr in den dunklen Augen der Mutter. Schneeflocken verkleben die Wimpern. Speere ragen aus dem Leib wie Stacheln.

Die Jäger kommen näher, vier zottelige Schemen im Schnee, Speere und Stangen und Steinschleudern schwenkend. Es sind Zweibeiner, die die Felle von Mammuts tragen.

Einer der Jäger entdeckt das Jungtier zwischen den liegenden Mammuts, ruft und winkt und wirft mit Steinen. Das Mammut läßt von seiner Mutter ab und schnaubt mit drohend erhobenem Rüssel. Es hat noch nicht die majestätischen, zum Kreis gebogenen Stoßzähne der Großen, aber als es jetzt losläuft, stampfend im Neuschnee, weicht der Jäger zurück, ohne den Kampf zu suchen.

Das kleine Mammut blickt sich um, sieht das verzierte Rohr, das der vorderste der Jäger in den Händen hält. Bis auf eine letzte sind jetzt alle Richtungen verwehrt. Das Mammut trompetet und rennt dorthin, wo das Feld noch frei ist. Tief sinkt es ein in den knarzenden Schnee, kämpft sich mit der Brust voran, aber auch die Verfolger sind nicht schneller.

Die Verfolgung währt nur kurz, denn dort endet diese Welt. Ein klaffender Abgrund, in den der Schnee in weiten Spiralen hinunterfegt, ohne jemals Halt zu finden.

Erneut wendet das Mammut sich um. Heiß dampft sein Atem aus dem Rüssel und dem Maul.

Dort kommen die Menschen, Eiszapfen in Haaren und Bart. Der mit dem Rohr setzt es an den Mund und deutet mit dem anderen Ende auf das Mammut.

Das letzte Mammut senkt den Kopf.

Der Sturm geht in ein Bersten über.

Rodraegs Kopf ruckte hoch. Es dauerte einen Moment, bis er sich orientiert hatte.

Eingeschlafen. Über der Schreibarbeit. Im Rathaus.

Er blickte zum kleinen Fenster hinüber. Draußen war es dunkel, mitten in der Nacht. Mit Sicherheit war er jetzt ganz allein im Gebäude. Auch der eifrige Kepuk war schon längst nach Hause gegangen.

Rodraeg streckte sich, rieb sich das Gesicht und warf einen Blick auf das Blatt, das vor ihm auf dem Schreibtisch lag. Der Beginn eines von ihm verfaßten Vorschlages, wie der Bauer Tlech seinen Kuhmist weiterhin verwerten konnte, ohne daß sich sein Grundstücksnachbar, der Seidenmaler Lendely, welcher seinen Morgentee in seinem Garten einzunehmen pflegte, über die Geruchsbelästigung bei Westwind beschweren würde. Niemand sonst im Rathaus wollte sich mit so etwas befassen. »Legt es auf Rodraegs Tisch« war hier ein gefügeltes Wort geworden. Und so landeten sie alle in diesem Zimmer: die kleinen Sorgen und Nöte, die den Leuten in Kuellen ihr ansonsten beschauliches Leben erschwerten.

Rodraeg beschloß, sich selbst einen Tee zu kochen, wenn er sich schon mit den Teegewohnheiten des Seidenmalers herumschlagen mußte. Er stand auf, verließ seinen kleinen, würfelförmigen, mit Dokumenten aller Art vollgestopften Schreibraum und ging im weichen Licht der sorgfältig verteilten Wandöllampen hinüber in die Schreiberküche. Während er auf der Ofenstelle Trinkwasser in einem Topf erhitzte, suchte er unter verschiedenen Teeblattsammlungen eine möglichst anregende heraus und schnupperte an dem Päckchen. *Grüne Entgegnung* aus Diamandan. Eine Erinnerung an die Sonnenfelder seiner Kindheit durchströmte ihn, und – genau entgegengesetzt und wahrscheinlich genau deshalb – eine Erinnerung an seinen Traum.

Was für ein seltsamer Traum. Mammuts im Schneetreiben, zur Strecke gebracht von Jägern, die kaum zu erkennen gewesen waren.

Wieso Mammuts? Er hatte noch nie von Mammuts geträumt. So viel er wußte, waren sie schon lange ausgestorben. Er hatte eine

Zeichnung gesehen, das war noch nicht lange her, hier, im Rathaus, als er einen der Prachtbände in der Bibliothek durchgeblättert hatte, auf die der Bürgermeister so stolz war. Das Bild mußte unterbewußt in ihm fortgearbeitet haben, anders konnte er sich diesen Traum nicht erklären.

Geduldig sah Rodraeg dem Wasser beim Aufkochen zu. Er nahm die schöne Glaskanne aus Fairai, schüttete behutsam dunkelgrüne Teespitzen in den ebenfalls gläsernen Siebeinsatz, und füllte die Kanne mit kochendem Wasser. In Gedanken zählte er die drei Sandstriche, die er den Tee ziehen lassen durfte, entnahm dann das Glassieb und schnupperte befriedigt brummend an seinem gelungenen Werk. Er nahm sich ein Täßchen vom Regal und kehrte mit der vollen Kanne in seine Stube zurück.

Seufzend blätterte er die anderen Notizen durch, die er heute nacht noch bearbeiten wollte. Der Bauer Pargo Abim hatte schon wieder ein Maulswurfsproblem. Wie jedes Jahr. Wie jedes Jahr war auch in diesem Jahr der beste Mann, dieses Problem zu lösen, Jerik Trinz aus der Ortschaft Findel. Findel lag zwei Tagesreisen entfernt. Wie jedes Jahr verlangte Jerik Trinz eine Entschädigung für seine insgesamt viertägige Reise nach Kuellen und zurück, und wie jedes Jahr fragte Bauer Pargo Abim im Rathaus nach, ob der Schulze nicht bereit sei, im Interesse Kuellens einen Teil dieser Entschädigung aus der Stadtkasse beizusteuern. Wie jedes Jahr bestand Rodraegs Aufgabe nun darin, die Bitte des Bauern abschlägig zu bescheiden, ohne den Bürgermeister allzu knauserig wirken zu lassen. Außerdem lagen hier noch eine Notiz vom jungen Schreiber Reyren, der die Unterlagen über den letztjährigen Brückenbau nicht finden konnte, mit der Bitte, ob Rodraeg sie ihm nicht auf das Pult legen könne, eine Mahnung vom Händler Hinnis, der zum wiederholten Male darauf hinwies, daß seine letzte Lieferung von Tonblumentöpfen ans Rathaus immer noch nicht bezahlt worden war, sowie eine Anfrage vom Kjeer-Tempel zu Warchaim, ob Kuellen im Frühjahr an einer rituellen Ackersegnung interessiert sei. Zu guter Letzt wollte die Wirtin vom *Treuen Eselchen* einen Vers für ihre Textsammlung bekommen, vom Bürgermeister eigenhändig gedichtet. Wie jedes Jahr würde sie ein Gedicht aus Rodraegs Feder erhalten, mit Müh und Not gereimt, aber vom Bürgermeister schwungvoll unterzeichnet.

Rodraeg goß sich eine Tasse *Grüne Entgegnung* ein und beschloß, das leidige Dichten auf morgen oder übermorgen zu verschieben. Ebenso die Mahnung des Tonkrughändlers. Erledigen konnte er in dieser Nacht allenfalls den Kuhmist, den emsigen Maulwurf und die Kjeer-Priester. Für solche Riten hatte der Bürgermeister nie Geld übrig, Kuellen war während seiner Amtszeit ein von den Göttern regelrecht verlassenes Örtchen geworden.

Zuerst aber sollte er für Reyren die Brückenbau-Unterlagen suchen, so lange er zumindest noch eine ungefähre Ahnung hatte, wo sie stecken konnten. Für alles, was mit dem Fluß Larnus und seinen drei Quellen zusammenhing, die dem Ort Kuellen seinen überlieferten Namen gaben, war der Schreiber Yornba zuständig, und der greise Yornba pflegte aufgrund seiner Unbeweglichkeit alle möglichen Unterlagen in seiner Stube zu horten, ohne sie wieder an ihren eigentlichen Platz zurückzubringen.

Rodraeg nahm die Tasse einfach mit. In Yornbas Stube forstete er eine gute Viertelstunde nach der Brückenmappe und fand sie schließlich unter einem Stapel von Larnwaldkarten. Zwischendurch genehmigte er sich den Tee und spürte, wie er langsam wieder munterer wurde.

Auf dem Rückweg zu seiner Stube kam ihm ein Gedanke. Mit der leeren Tasse in der Hand und der Brückenmappe unterm Arm durchquerte er das nächtlich stille Gebäude, ging die hölzerne Treppe ins Obergeschoß hinauf und betrat die kleine Bibliothek.

Hier stellte er die Tasse auf einen Tisch, legte die Brückenmappe daneben, entzündete mit einem langen Schwefelholz die drei Kerzen eines Leuchters und ging mit dem Leuchter in der Hand auf die Suche nach der *Bebilderthen Encyclica unserer Thierwelt.* Er fand das Buch und beschloß, es in seine Stube mitzunehmen, um bei einem weiteren Täßchen Tee darin zu stöbern. Er sammelte seine Sachen zusammen, pustete die Kerzen aus und ging wieder nach unten. Unterwegs überprüfte er, ob Kepuk die Haupteingangstür auch abgeschlossen hatte. Rodraeg legte die Brückenmappe auf Reyrens Stehpult und ging dann in seine Stube zurück.

Mit einer zweiten Tasse Tee suchte er dann in der *Encyclica* nach den Mammuts.

Die *Encyclica* war ein aufwendig gedrucktes Exemplar, Auflage zweihundert Stück. Die Bilder waren schwarz-weiße Zeichnungen, reproduziert in einem Verfahren, das nach Rodraegs Kenntnis erst vor etwa zwanzig Jahren erfunden worden war. Jedenfalls ein äußerst wertvolles Exemplar, berechtigterweise Augenstern des Bürgermeisters.

Die Tierwelt des Kontinents war hier alphabetisch geordnet. Ganz vorne standen *Affen*, gefolgt von den *Affenmenschen*, von denen einige behaupteten, sie seien Menschen ähnlicher als Tieren, könnten sprechen und würden Kleidung tragen und herstellen. Aber die Bilder in der *Encyclica* wiesen sie als wilde, reißzahnbewehrte Ungeheuer aus. Danach gab es etliche Seiten über Bären wie den gewaltigen *Ogerbären*, über die verschiedenen *Drachenarten*, von denen Rodraeg auf seinen Reisen einen *Federflügeldrachen* und einen *Glutdrachen* sogar schon mit eigenen Augen gesehen hatte, mehrere Seiten über Echsen und eine besonders schön bebilderte über ein gepanzertes, kräftiges *Einhorn*. Danach kamen *Fische*, *Flederwesen*, *Grufträuber*, *Höhlentiere*, *Hunde*, *Insekten*, *Katzenartige*, *Kobolde*, *Krakenmonster*, *Krebse*, *Lurche* und *Mammuts*.

Hier stand als erstes: Ausgestorben.

Der Text war nicht sehr ergiebig. Man hatte Skelette gefunden und zwei vollständig erhaltene, mumifizierte Mammuts in einer Teergrube im Wald von Thost, viel mehr wußte man nicht. Aber die Zeichnung war großartig: Ein gewaltiges, zottiges Tier mit Rüssel und Stoßzähnen, die zu beinahe geschlossenen Kreisen gewachsen waren; um seine Füße herum rannte lachhaft und unbedeutend eine kleine Horde von Jägern mit Speeren.

Dieses Bild hatte Rodraeg geträumt, wenn auch nicht ganz. Er hatte vor allem ein Jungtier gesehen, ein Mammutkind, das hier nirgendwo verzeichnet war. Auch hatten die Jäger in seinem Traum anders ausgesehen. Einer von ihnen hatte etwas Merkwürdiges in

Händen gehalten, aber Rodraeg konnte sich nicht mehr erinnern. Je fester er den Traum zu fassen suchte, desto mehr verflüchtigte er sich.

Er trank den letzten Schluck aus seiner Tasse. Gedankenverloren blickte er vor sich hin. Nur langsam stellte sich sein Blick ein auf das Fenster, auf die Spiegelung des Schreibleuchters darin, auf sein eigenes vor dem Dunkel der Nacht schwebendes Gesicht – und die vermummte Gestalt dahinter.

Rodraeg fuhr herum.

Hinter ihm in der Schreibstubentür stand jemand. Eine zierliche Gestalt in einem langen dunklen Mantel, das Gesicht von einer Kapuze vollständig überschattet. Das konnte doch nicht sein! Die Tür war abgeschlossen gewesen!

»Entschuldigt bitte, ich wollte Euch nicht erschrecken. Ihr seid Rodraeg Talavessa Delbane, nicht wahr?«

Rodraeg war völlig überfordert. Zu viele Eindrücke auf einmal stürmten auf ihn ein. Die Stimme der Gestalt war weiblich, wohlklingend und freundlich, was der Situation immerhin die Bedrohlichkeit nahm. Das erklärte jedoch noch nicht, wie die junge Frau hier hereingekommen war, geschweige denn, woher sie Rodraegs zweiten Vornamen kannte, den er – soweit er sich entsinnen konnte – hier in Kuellen noch nie jemandem genannt hatte.

Ihm ging durch den Kopf, etwas so Törichtes zu sagen wie: »Im Moment ist im Rathaus keine Sprechstunde«, aber es war ziemlich unwahrscheinlich, daß dies der Frau nicht bewußt war. Statt dessen waren die ersten Worte, die er an sie richtete: »Ihr seid nicht von hier?«

»Das ist richtig«, sagte die junge Frau und streifte ihre Kapuze zurück. »Mein Name ist Naenn, und ich komme ursprünglich aus dem Schmetterlingshain.«

Sie war jung, vielleicht zwanzig. Weizenfeldfarbene Haare, dunkle, große Augen. Bleich und ernst. Von einer Schönheit, die nicht viel Aufhebens machte darum, daß sie selten war.

Ein Schmetterlingsmädchen. Rodraeg hatte viel von den Schmetterlingsmenschen gehört, lebten sie doch auch hier, im großen, dunklen Wald von Larn, an dessen südöstlichen Ausläufern der Larnus entsprang und die Gründer von Kuellen sich angesiedelt hatten. Die Schmetterlingsmenschen waren eine Legende, ein Märchen. Man sagte, sie könnten zaubern und auf Sonnenstrahlen wandeln. Sie seien schön und voller Poesie, und das Herz eines Jünglings, der vom Weg abkam und einem Schmetterlingsmädchen begegnete, sei auf immer verloren. Man sagte, es gäbe mittlerweile nur noch wenige von ihnen, vielleicht einhundert, verborgen und verbunden mit der Unergründlichkeit des großen, dunklen Waldes von Larn.

Man sagte auch, sie hätten die Schwingen von Schmetterlingen, die Stimmen von Singvögeln und die Macht, Gedanken wahr zu machen.

Rodraeg brachte im Moment nicht mehr als ein verlegenes Schmunzeln zustande. »Ich … kann Euch einen Tee anbieten. Er ist nicht mehr ganz heiß, aber ich könnte auch einen neuen machen.«

»Ich nehme gern von dem hier, wenn es keine Umstände macht.«

»Gut, dann … setzen wir uns doch draußen in die Wartehalle. Hier drin ist es zu ungemütlich.«

»Es ist eigentlich eine schöne Idee, daß nachts im Rathaus so viele Lampen brennen. Man kann das Gebäude von draußen leicht finden.«

»Ja.« Rodraeg räusperte sich, legte die *Encyclica* auf seinen Schreibtisch, nahm Glaskanne und Tasse und ging an ihr vorbei aus dem Raum. Naenn duftete ähnlich den Wildrosen im Privatgarten des Bürgermeisters. Rodraeg war froh, ein harmloses Thema zum Plaudern angeboten zu bekommen. »Die offizielle Version lautet, daß der Bürgermeister wünscht, daß das Rathaus nachts leuchtet, damit die Bürger von Kuellen sehen können, daß hier Tag und Nacht zu ihrem Wohl gearbeitet wird. Die Wahrheit jedoch ist, daß der Bürgermeister nicht wünscht, daß ein schlaftrunkener, überarbeiteter Schreiber hier nachts mit einem Kerzenleuchter aus Versehen die Wandteppiche in Brand steckt, die überall herumhängen.«

»Verstehe.« Sie lächelte freundlich.

Rodraeg schlüpfte in die Schreiberküche, angelte sich eine zweite

Tasse und ging dann voran zur Eingangstür. Hier war die Empfangshalle des Rathauses, auch nicht besonders gemütlich, aber es gab wenigstens mehrere Sessel, die man um Tische herum beliebig anordnen konnte. Die wirklich behaglichen Räume waren dem Bürgermeister und seinen handverlesenen Gästen vorbehalten und nachts selbstverständlich abgeschlossen.

Als Rodraeg ihr einschenkte, fiel sein Blick auf die Eingangstür.

»Sie war offen«, sagte Naenn, wie um seine Gedanken zu beantworten, und schaute ihn prüfend an.

»Schon möglich«, sagte er, und konzentrierte sich darauf, zwei Sessel so zu verschieben, daß sie sich bequem gegenübersetzen konnten. Natürlich war das nicht möglich. Er hatte erst wenige Sandstriche vorher kontrolliert, daß die Tür abgeschlossen war. Aber dies hier war ein Schmetterlingsmädchen, sie konnte auf Sonnenstrahlen wandeln und gewiß auch auf denen des Mondes durch ein Schlüsselloch.

Er fühlte sich gewöhnlich und unzulänglich, als sie seinen Tee kostete und auf höfliche Art und Weise anerkennend nickte.

Dann stellte sie die Tasse ab und kam mit großem Ernst zur Sache.

»Ich bin schon seit einiger Zeit auf der Suche, Herr Delbane. Ich habe den Auftrag erhalten, einen Mann oder eine Frau zu finden, der oder die in der Lage ist, eine schwierige und gefährliche Mission zum Wohle des gesamten Kontinents zu leiten. Eine Mission, die wahrscheinlich mehrere Jahre dauert und nicht besonders gut entlohnt wird.«

»Aha.«

»Es geht darum, eine Gruppe von Menschen zu bilden und anzuführen, die in verschiedenen Brennpunkten kontinentaler Ereignisse eingreifen kann und versucht, eine Art Gleichgewicht wiederherzustellen, das im Begriff ist, verlorenzugehen.« Sie stutzte. »Das hört sich alles sehr geschwollen und undurchsichtig an, nicht wahr?«

»Keine Ahnung«, gab Rodraeg unumwunden zu. »Kann es sein, daß es noch einen anderen Rodraeg Talavessa Delbane gibt, und Ihr hier vor dem Falschen sitzt?«

»Wie kommt Ihr darauf?«

»Durch alles, was Ihr sagt. Ihr seid auf der Suche nach einem Helden mit unbegrenzter Zeit, der noch dazu Menschen führen und von frischer Luft leben kann. Nichts von alledem trifft auf mich zu. Ich bin kein Held, bin beruflich vollständig eingebunden, bin lieber ein Gehilfe als ein großer Anführer und brauche einen Mindestlohn, um mich über Wasser halten zu können. Ihr könnt unmöglich mich meinen, das glaube ich nicht.«

Das Schmetterlingsmädchen schloß die Augen und atmete tief durch. »Aber Ihr seid der letzte, der noch übrig ist.«

»Der letzte, der noch übrig ist? Wovon?«

»Von den Personen auf meiner Liste. Wenn Ihr es nicht seid, müßte ich wieder von vorne anfangen, und dazu habe ich – ehrlich gesagt – die Kraft nicht mehr und auch nicht mehr die Zeit.«

»Das ergibt noch immer keinen Sinn für mich.«

»Ich weiß. Vergebt mir. Ich bin müde und – hoffentlich – am Ende einer langen Reise. Ich falle mit der Tür ins Haus und verschrecke Euch dadurch, Eure Reaktion ist sehr verständlich. Vielleicht gestattet Ihr mir, langsam zu erzählen, Punkt für Punkt, um klarzustellen, wie ich auf Euch gekommen bin.«

»Ja, das wäre hilfreich.«

Sie holte erneut tief Luft. Sie tat ihm leid jetzt, sah tatsächlich müde aus, wie ein Kind mit Sorgenfalten auf der Stirn. Wer hatte sie bloß losgeschickt mit einer solchen Bürde?

»Ich wurde beauftragt«, begann sie, »in der Hauptstadt, von einer geheimen Organisation, die sich selbst *Der Kreis* nennt. Mein Auftrag lautete: Finde eine Person, der wir die Leitung einer Einsatzgruppe anvertrauen können. Da ich selbst aus der Abgeschiedenheit des Schmetterlingshains stamme, hatte ich natürlich keinerlei Anhaltspunkte, wer da in Frage kommen würde oder an wen ich mich hätte wenden können. Deshalb gab *Der Kreis* mir eine Liste mit fünf Namen. Fünf Kandidaten, die *Der Kreis* für vielversprechend hielt. Ich erhielt genügend Taler und drei Monde Zeit, um die fünf Personen auf dieser Liste aufsuchen und fragen zu können.

Begonnen habe ich mit den beiden Personen, die in der Hauptstadt wohnen. Die erste war ein in den Ruhestand gegangener General der königlichen Armee, der sich in seiner aktiven Zeit einen Namen gemacht hatte dadurch, daß er vermeidbare Kampfhandlungen tatsächlich vermied und ein viel größeres Augenmerk auf Diplomatie und Bündnisfähigkeit legte, als dem damaligen König recht war. Leider mußte ich feststellen, daß dieser General mittlerweile zu alt und auch zu krank geworden war, um noch mit einer dermaßen schwierigen Aufgabe betraut werden zu können.

Die zweite Person war jemand, den Ihr gut kennt: Baladesar Divon.«

»Baladesar!«

Naenn vermerkte das Aufleuchten in Rodraegs Augen. »Herr Divon lehnte die Aufgabe bedauerlicherweise aus familiären Gründen ab.«

»Das kann ich mir gut vorstellen. Da ist er eisern. Wie geht es ihm denn?«

»Habt Ihr denn keinen regelmäßigen Kontakt?«

Rodraeg kratzte sich das Kinn. »Naja – wie das nun einmal so ist: Ich arbeite als Schreiber, da kommt man privat nicht viel zum Schreiben. Das finde ich ja großartig. Baladesar war auf Eurer Liste.«

»Ja. Wegen seiner politischen Aktivitäten.«

»Ich weiß. Sein Ehrgeiz, der Königin und ihrem Beraterstab noch so etwas wie einen vom Volk gewählten Senat zuzuordnen. Eine Idee, die anfangs verrückt klang, aber im Laufe der Jahre immer mehr an Hand und Fuß gewann. Aber er würde nicht mehr losziehen, um die Welt zu retten, das stimmt. Er hat eine wunderbare Frau, zwei wunderbare Töchter und ein wunderbares Haus.«

»Ich war dort. Die Architekur ist sonnenfeldisch.«

»Wir stammen von dort.«

»Jedenfalls war er der einzige auf meiner Liste, der mein Gesuch ablehnte.«

»Der General nicht?«

»Nein.« Sie senkte beschämt den Kopf. »Ich habe ihm gar nicht alles erzählt, als ich seinen Zustand sah. Es hätte keinen Sinn gehabt. Nun ja. Um die Sache etwas kürzer zu machen: Die dritte Person auf meiner Liste war ein junger Bergführer aus dem Targuzwall. Er wurde mir von einem der Mitglieder des Kreises ausdrücklich ans Herz gelegt. Leider stellte sich heraus, daß dieser Bergführer weitaus mehr an mir interessiert war als an dem, was ich ihm erzählte. So kann man natürlich nicht arbeiten.«

Rodraeg straffte sich unwillkürlich. »Natürlich nicht.«

»Bei Person Nummer Vier hatte ich ebenfalls kein gutes Gefühl. Sie war eine Frau, eine Verfasserin von Elendsviertelberichten aus der Hafenstadt Chlayst. Sehr klug, sehr energisch, sehr organisationsbegabt und wortgewandt – leider aber vollkommen königinnentreu. Sie schiebt alle Probleme des Kontinents den vergangenen Königen in die Schuhe und hält unsere jetzige Königin für von den Göttern gesandt. Sogar den geplanten Feldzug gegen die Affenmenschen befürwortete sie! Da hat es doch gar keinen Sinn … mit ihr eine Gruppe zu gründen, die unter Umständen auch einmal gegen Gebote der Königin verstoßen muß, um Ergebnisse zu erzielen.«

»Hm. Schade. Und da wäre auch mit Kompromissen nichts zu machen gewesen?«

»Die Frau, von der ich spreche, wirkt ziemlich kompromißlos. Das kann eine gute Eigenschaft sein, in unserem Falle hilft sie uns allerdings nicht weiter. Was haltet Ihr eigentlich von dem Affenmenschenfeldzug?«

Rodraeg lachte auf. »Oha. Wenn ich jetzt mit tiefer Stimme antworte: ›Dieses Affengeschmeiß muß weg!‹, dann ist unsere Unterredung blitzschnell beendet, stimmt's?«

Zum ersten Mal zeigte sich auch auf Naenns Zügen die Andeutung eines Lächelns, das nicht nur Höflichkeit war. »Gut möglich.«

»Dann laßt mich wahrheitsgemäß antworten: Ich erlaube mir in dieser Angelegenheit kein Urteil. Ich weiß, daß menschliche Siedler in den Grenzgebieten der Felsenwüste immer wieder von marodierenden Affenmenschenhorden überfallen werden. Ich weiß aber auch, daß es menschliche Räuberbanden gibt, die in die Gebiete der Affenmenschen vordringen, um dort vermeintlich leichte Beute zu machen. Wenn ich auf eine Landkarte schaue, sehe ich, daß das Gebiet der Affenmenschen ungeheuer groß ist, und ich kann mir vorstellen, daß die Königin dies als störend empfindet. Wenn es also ein Konflikt ist, der lediglich um Land oder um Ruhm geführt wird oder um Rechthaberei oder darum, welcher Regent in seiner Zeit die schlagkräftigste Armee aufstellen konnte, dann habe ich keinerlei Sympathie für diesen Feldzug. Vielleicht geht es aber auch um mehr, um etwas, das meinen Kleinstadtaugen verborgen bleibt, und deshalb erlaube ich mir kein Urteil.«

Das Schmetterlingsmädchen ließ seine Worte auf sich wirken. »Eine gute Antwort. Kommen wir nun zu Euch.«

»Stimmt. Aus unerfindlichen Gründen muß meiner der fünfte Name auf Eurer Liste sein.«

Sie überraschte ihn mit einem: »Nein. Der fünfte und letzte Name auf meiner Liste lautete Dar Seaf, ein legendärer Abenteurer aus den Klippenwäldern. Ich habe seine Fährte und die Ruhmesspur seiner Taten beinahe zwei Monde lang verfolgt, bis ich erfuhr, daß Dar Seaf letztes Jahr bei einem Handgemenge in einem Stall in Fairai von einem Stallknecht totgeschlagen wurde. Eine kleine, unbedeutende Tragödie. Ich war zu spät gekommen. Betrübt kehrte ich in die Hauptstadt zurück, um dem Kreis mein Versagen einzugestehen. Auf dem Weg dorthin kam ich am Haus von Baladesar Divon vorbei. Einer plötzlichen Eingebung folgend, suchte ich ihn in seinem sonnendurchfluteten Innenhof auf und sagte ihm, daß er, da er der einzige von meiner Liste gewesen war, der von sich aus abgelehnt hatte, das Recht habe, jemand anderen nachzunominieren. Er überlegte kurz und erzählte mir dann die Geschichte von Rodraeg Talavessa Delbane.«

Rodraeg legte mit einer langsamen Bewegung die Hände vors Gesicht. Er ahnte, daß jetzt Lobhudeleien auf ihn zukommen würden, und er wollte verbergen, wie peinlich ihm das war.

Das Mädchen aus dem Schmetterlingshain brauchte keine Notizpergamente, um seine Lebensdaten aufzusagen. »Rodraeg Talavessa Delbane, geboren im Regenmond des Jahres 645 nach der

Königskrone, also vor siebenunddreißig Jahren, als Sohn von Esair Delbane und seiner Frau Lanur im Dorf Abencan in einem Landstrich, den die Menschen die Felder der Sonne nennen. Der Vater Esair besaß Tabakpflanzungen und war einigermaßen wohlhabend, der Junge wurde deshalb von Privatlehrern unterrichtet und lernte Lesen, Schreiben, Rechnen, Musizieren, Fechten, Reiten, Malerei und Poesie. Mit zwanzig Jahren verließ Rodraeg das elterliche Gut und zog mit seinem Jugendfreund Baladesar Divon drei Jahre lang als freier Abenteurer durch den Kontinent, bis beide in der Hauptstadt Aldava in einer kleinen Kanzlei als Gehilfen anfingen. Die Kanzlei hatte sich auf die Vertretung von nicht sehr wohlhabenden Bürgern vor dem königlichen Gerichtshof spezialisiert, und Rodraeg und Baladesar erhielten hier eine umfangreiche Ausbildung, wurden Schreiber, Sekretär, Buchhalter, Notar, Ermittler – alles in einem. Rodraeg blieb sechs Jahre in Aldava, bis ihn ein Brief seines Vaters heimrief in die Sonnenfelder. Dort hatte es inzwischen drei Jahre hintereinander eine große Trockenheit gegeben, und den Tabakpflanzungen der Familie Delbane drohte der Ruin. Rodraeg kehrte heim, verwaltete und verkaufte nach und nach den Familienbesitz, bis zwar die Felder nicht mehr den Delbanes gehörten, seinen Eltern jedoch zumindest ein sorgenfreies Leben im Alter gewährleistet war. Alles in allem verbrachte Rodraeg so noch einmal zwei Jahre in den Sonnenfeldern. Dann, mit nunmehr einunddreißig Jahren, wollte Rodraeg nicht mehr nach Aldava zurück. Baladesar hatte mittlerweile geheiratet und war Vater geworden, Rodraeg dagegen zog es wieder in die Unbestimmtheit. Er nahm an einem großen Ritterturnier in Endailon teil, arbeitete eine Zeitlang als Schreiblehrer für Kinder und Erwachsene in der Provinz Hessely und fand schließlich Anstellung im Rathaus von Kuellen, sozusagen als rechte Hand des Bürgermeisters. Diesen Beruf übt er zwar jetzt seit über fünf Jahren aus, aber er wohnt immer noch in einem Gasthaus, dem Quellenhof. Soweit alles richtig?«

»Naja, bis auf ein paar geschönte Formulierungen. Die drei Jahre, die Baladesar und ich als ›freie Abenteurer‹ verbrachten, bestanden im großen und ganzen aus Frieren, Hungern, Stallausmisten, Kühemelken und Weglaufen vor irgendwelchen Straßenräubern und Untieren. Die ›umfangreiche Ausbildung‹, die uns der selige Advokat Hjandegraan hat angedeihen lassen, lautete: ›Seht zu, daß ihr euch nützlich macht, ihr Hundejungs.‹ Das große Ritterturnier in Endailon war für mich eine Abfolge von spektakulären Stürzen und spektakulärem Verdroschenwerden. Über meine Zeit als Dorflehrer will ich nie mehr sprechen. Das war einfach nur schrecklich. Und daß ich die ›rechte Hand‹ des Bürgermeisters bin, würde den Schreiber Kepuk wohl sehr treffen, denn eigentlich ist er der Hauptschreiber hier und somit die ›rechte Hand‹ des Meisters.«

Naenn lächelte mitfühlend. »Jedenfalls: Nachdem der Herr Divon mir dies alles erzählt hatte, stand mir ein recht deutliches Bild vor Augen: das Bild eines Mannes, der über viele Fertigkeiten verfügt. Der Menschen für sich einnehmen kann, ohne sich dabei in den Mittelpunkt zu drängen. Der schwierige Aufgaben in Angriff nimmt und löst. Der gerne für andere da ist, wenn sie ihn brauchen. Der aber immer noch unstet ist, weil er das Richtige, die eine Aufgabe, die ihn voll und ganz in Anspruch nehmen und all seinen Eigenschaften und Talenten das höchste abverlangen würde, nie gefunden hat. Der an seinen spärlichen freien Tagen in den Larnwald geht und dort mit seinem alten Säbel herumfuchtelt, um nicht aus der Übung zu geraten. Das hat mir die Wirtin vom *Treuen Eselchen* erzählt, als ich heute abend dort abgestiegen bin und sie gefragt habe, ob sie Euch kennt. Und sie hat auch gesagt: ›Der Herr Delbane, das ist jener wertvolle Mensch, der seit fünf Jahren jedes Jahr ein schönes Gedicht für meine Sammlung verfaßt und es vom Bürgermeister unterschreiben läßt, damit ich nicht merke, daß der Bürgermeister nichts weiter als ein Aufschneider ist‹. Und sie hat mir das letzte Gedicht gezeigt, das Ihr für sie geschrieben habt.«

»Ach, du meine Güte!«

»Es war tatsächlich unglaublich schlecht.«

Sie sahen sich an – und mußten dann beide lachen. Naenn wurde schnell wieder ernst, als befürchtete sie, daß ein Lachen ihrer schweren Mission nicht angemessen wäre.

»Ihr seid kein Dichter, Herr Delbane. Ihr seid auch kein Schreiber, kein Sekretär, kein Abenteurer und kein Turnierritter. Ihr seid etwas Besonderes, und ich bin froh, daß ich Euch endlich gefunden habe.«

Rodraeg fühlte sich mittlerweile sehr unwohl. Für seine Begriffe wurde hier deutlich zuviel Aufhebens um seine Person gemacht. »Ihr«, begann er stockend, »Ihr dürft mir nicht zuviele Leistungen gutschreiben, die ich gar nicht erbracht habe. Die Sache mit den Gedichten ist einfach nur mein Beruf. Für so etwas werde ich hier bezahlt. Und daß ich damals nach Hause mußte, um das Gut meines Vaters zu veräußern, das paßte mir gar nicht. Ich glaube, ich war zwei Jahre lang schlechter Laune und habe keine Gelegenheit ausgelassen, meine Eltern spüren zu lassen, daß sie mich mit ihren wirtschaftlichen Nöten von einer großartigen Laufbahn in der Hauptstadt abhielten.«

Naenn seufzte. Es war ein bezauberndes Seufzen. Rodraeg ärgerte sich augenblicklich über sich selbst. Sein Versuch, bescheiden zu wirken, war auch eine Form von Eitelkeit, weil er Naenn dadurch zwang, ihn immer weiter zu loben. Er strapazierte dieses Mädchen über Gebühr, und das tat ihm leid.

»Ich könnte noch einen frischen Tee kochen«, schlug er hilflos vor.

»Nein danke.« Sie hatte ihre Tasse gleich abgestellt und danach nicht mehr angerührt. »Es ist schon sehr spät. Oder früh, sollte man besser sagen. Ich denke, wir beide sind sehr müde. Hat dieses Rathaus eine Sonnenuhr?«

»Ja.«

»Dann treffen wir uns morgen vormittags um elf auf dem Rathausplatz.«

»Aber ich muß arbeiten.«

»Ich bitte Euch zu kommen. Ich akzeptiere kein einfaches ›Nein‹, Herr Delbane, denn ich möchte keine Schuld daran tragen, daß Ihr die größte Chance Eures Lebens einfach so verpaßt.«

Tausend Einwände gingen Rodraeg durch den Kopf. Der Kuhmist. Der Maulwurf. Die Priester. Die Mahnung des Tonkrughändlers. All das, was heute nacht unerledigt liegengeblieben war sowie das, was morgen dem Leitsatz ›Legt es auf Rodraegs Tisch‹ unterworfen werden würde. Ein neues Gedicht für die Wirtin. Ein neues schlechtes Gedicht für die Wirtin, die längst alles durchschaut hatte. »Also gut. Dann morgen um elf. Soll ich meinen alten Säbel mitbringen?«

»Das wird nicht nötig sein.« Naenn erhob sich, er tat es ihr nach. Artig gaben sie sich die Hand. Ihre Hand war klein und warm und fühlte sich wie Blütenblätter an. »Also, dann bis morgen, Herr Delbane. Ich wünsche Euch eine angenehme Nachtruhe.«

»Ich Euch auch.«

Sie ging zur Tür und öffnete sie. Tatsächlich nicht abgeschlossen. Rodraeg war sich sicher, daß sie abgeschlossen gewesen war, aber eine allzu große Rolle spielte das nun auch nicht mehr. »Ach, eines noch«, sagte sie mit der Klinke in der Hand. »Ihr habt vorhin von einem Mammut geträumt, nicht wahr?«

»Woher wißt Ihr das?«

»Wir aus dem Schmetterlingshain haben manchmal die Gabe, die Träume von Menschen zu sehen. Manchmal. Es gibt nicht mehr viele Menschen heutzutage, die von Mammuts träumen.«

»Ich habe ein Bild gesehen, in einem Buch. Aber mein Traum war anders als das Bild. Das Bild zeigt ein erwachsenes Mammut, ich jedoch träumte von einem Jungtier.«

Naenn lächelte rätselhaft. »Ihr habt von einem Kind geträumt. Von einem ausgestorbenen Kind. Ein Teil von Euch bedauert, daß es keine Mammuts mehr gibt. Ich freue mich darüber. Gute Nacht.«

Sie schloß die Tür, und Rodraeg blieb allein im Rathaus zurück.

»Gute Nacht«, sagte er zu den Lampen, den Sesseln und den Wandteppichen.

Wie seltsam es doch war, mit einer Fremden einen Traum zu teilen.

2 Quellen hell

In dieser Nacht fand Rodraeg kaum noch Schlaf. Je mehr er sich bemühte zu ermüden, desto wacher wurde er.

Wie unwirklich ihm alles vorkam. Traumähnlich. Vielleicht lag er in Wirklichkeit nicht im Bett seines Zimmers im *Quellenhof*, sondern saß immer noch vornübergesunken an seinem Schreibtisch im Rathaus und träumte von duftenden Schmetterlingsmädchen, die ihn bei der Hand nahmen und hineinführten in den tiefen unbekannten Wald.

Rodraeg dachte über sein Leben nach. Die vielen verpaßten Gelegenheiten.

Das Geschäft seines Vaters zu übernehmen und fortzuführen und ein wohlhabender Mann in den Sonnenfeldern zu werden. Dankend verzichtet, weil es ihm zu langweilig vorkam. Der Schmerz darüber, seinen Sohn weggehen zu sehen, hatte den Vater Delbane so schwer getroffen, daß er später der großen Dürre nichts mehr entgegenzusetzen hatte.

Dann die Abenteurerlaufbahn. Im Sande verlaufen, weil weder er noch Baladesar mutig und skrupellos genug gewesen waren, sich mit einer Waffe in der Faust ein eigenes Glück zu schmieden.

Der Beruf in der Hauptstadt. Bei der ersten sich bietenden Gelegenheit fallengelassen. Geflüchtet. Auch vor Baladesars sich anbahnendem Familienglück. Mehr Fesseln, mehr Ketten. *Ihr habt von einem Kind geträumt*, hatte Naenn gesagt. Das stimmte nicht. Das hatte er noch nie.

Statt dessen eine Flucht nach vorn: das Turnier von Endailon. Der Traum von einer wirklich großartigen Tat. Ein Versuch, alles niederzureißen und aus den Trümmern etwas Neues zu schaffen. Vorbereitungen wie ein Berufsgladiator. Das Wiederentdecken von Muskeln und Balance. Doch gescheitert, weil zu viele der anderen Träumer einfach stärker waren.

Die kurze Zeit als Lehrer. Kreischende Lausebengel und Erwachsene, die selbst des Sprechens kaum mächtig waren. Auf verlorenem Posten in einer vergessenen Gegend zwischen Kjeerklippen, Felsenwüste und den finstersten Schründen des Larnwaldes.

Schließlich Kuellen. Erträglich, weil überschaubar und dabei nie vollkommen vorhersehbar. Man konnte sich einarbeiten in ein immer wiederkehrendes Mühlrad aus Sorgen und Begehrlichkeiten und tatsächlich Ergebnisse erzielen, schon mit kleinen Tricks und Umgewichtungen. Die Tatsache, daß ein anderer für alles die Verantwortung trug und auch den Ruhm einheimste, war Rodraeg immer eher angenehm als lästig gewesen.

Und jetzt das. Ein Märchenwesen schwebte durch eine verschlossene Tür zu ihm hinein in die Nacht und wollte ihn entführen, auf eine Queste, die mehrere Jahre dauern würde, zum Wohle des gesamten Kontinents und – wenn es sein mußte – gegen die Königin. Worum es dabei eigentlich genau gehen sollte, hatte Naenn vergessen zu erwähnen. Oder absichtlich verschwiegen. Oder er hatte vergessen, danach zu fragen, viel zu sehr damit beschäftigt, die leuchtenden Farben abzuschwächen, in denen sie sein Leben malte.

Vielleicht hatte er auch gar kein Recht zu fragen. Er würde bezahlt werden und hätte seinen Auftrag zu erfüllen, ohne sich Gedanken zu machen, ohne zu hinterfragen. Rodraeg, der Söldner.

Die Bezeichnung der Auftraggeber als »Geheimorganisation«, die angestrebte Ausbildung von weiteren Mitstreitern sowie die seltsamen Kandidaten auf Naenns Liste – ein unbequemer General, eine Bezeugerin von Notständen, ein kraxelnder Naturbursche und ein unabhängiger Abenteurer – ließen auf so etwas wie einen gewaltsamen Umsturz schließen. Gegen die Königin. Zum Wohle des Kontinents.

Aber andererseits – Baladesar?

Baladesar würde niemals an heimlichtuerischen Gewaltakten mitwirken. Er trug immer alles, was er tat, ins volle Licht. Der geborene Advokat. Sein Auditorium war jeder, der bereit war zuzuhören.

Der Kreis mußte das wissen. Jemanden wie Baladesar würden sie für einen Direktangriff auf den Thron nicht haben wollen. Und auch nicht einen General, der den Frieden schätzte. Oder einen Bergführer. Oder einen Rathausschreiber aus Kuellen.

Vielleicht durfte Naenn gar nicht erklären, worum es ging.

Vielleicht konnte Rodraeg aber auch nicht verstehen, worum es ging, bevor er sich nicht darauf einließ, und sie wußte das.

Als der Morgen sein Zimmer im *Quellenhof* in Ahnungen von Licht tauchte, setzte Rodraeg sich auf die Bettkante und sah sich um.

Ein möbliertes Zimmer mit Bett, Schrank, Kommode, Tisch und Stuhl, in dem beinahe nichts ihm selbst gehörte. Kleidungsstücke, die in einen einzigen Seesack passen würden. Sein Säbel mit der abgewetzten Scheide. Ein Notizpergamentbuch mit verworfenen Tagebuchskizzen, ein paar Gedichten und Schilderungen einiger Larnwaldwanderungen. Zwei echte Bücher, mehr nicht, weil das Rathaus über eine recht gute Bibliothek verfügte. *Das Schwert im Baum*, der Lebensroman eines Abenteurers namens Korengan, der im Wald von Thost aufgewachsen war und später den ganzen Kontinent durchwandert hatte. Und ein schmales Lyrikbändchen mit dem Titel *Je weiter das Wasser* – Gedichte von einem jungen Aldavaer Poeten namens Jit Ellnend. Darunter Rodraegs Lieblingsgedicht:

Erinnerst du dich noch
an alles
was anklang?
War alles
von echtem Belang?
Es nähert sich doch
jedes Ende
dem Anfang,
je weiter
du folgst
dem Gesang.

Außerdem besaß er noch Rasierzeug, ein Messer, ein Kästchen mit einem Zündstein und Zunder sowie ein Säckel mit angesparten Talern, 85 an der Zahl. Das war es auch schon. Die Summe seines Lebens. Bis jetzt.

Er konnte all das nehmen und gehen. Der Bürgermeister würde ihn vermissen. Der eine oder andere Kuellener vielleicht. Aber niemand so sehr, daß die Zeit ihn nicht trösten würde. Er konnte auch bleiben und so weitermachen, und das wäre ebenfalls in Ordnung. Er brauchte keiner Geheimorganisation zu beweisen, was für ein toller Kerl er war. Er brauchte nicht irgendwo anders zu kämpfen, zu fallen und zu verrecken, um seinem Leben einen Sinn zu geben.

Er konnte genau so gut eine Münze werfen.

Oder sich dem Mädchen aus dem Schmetterlingshain anvertrauen.

Ihr näherte sich jeder Gedanke.

Kurz bevor er zur Arbeit mußte, wurde er endlich so müde, daß er hätte einschlafen können. Aber dazu war es jetzt zu spät.

Er zog sich um, wusch sich, frühstückte hastig in der Schankstube Weißbrot mit Brombeermarmelade, Milch und zwei Stück Rosinenkuchen vom Vortag und eilte durch die breiten und sauberen Gassen der kleinen Stadt zum Rathaus. Wenn er um elf schon Feierabend machen wollte, mußte er in den Stunden bis dahin einiges wegschaffen. Dennoch gönnte er sich auf dem Rathausvorplatz einen Rundumblick. Es war zwar noch Taumond, das neue Jahr erst sechzehn Tage alt, aber das Wetter war mild und der Platz bereits mit Kübeln voller frühblühender Blümchen geschmückt. Die Fachwerkhäuser waren hell und freundlich, das Rathaus selbst war reich verziert und mit einer umlaufenden Ahnenreihe der bereits verstorbenen ehemaligen Bürgermeister bemalt. Eines Tages würde auch der jetzige Bürgermeister dort verewigt sein, freundlich und einnehmend wie im Leben, und es ärgerte ihn wahrscheinlich täglich, daß er das nicht mehr selbst würde erleben können.

In nordwestlicher Richtung konnte Rodraeg die dunkelgrünen Hänge des Larnwaldes sich gegenseitig überbieten sehen. Ein Wanderer würde gute zwölf Tage brauchen, um diesen gewaltigen Wald in gerader Linie von Kuellen bis zu den Ausläufern der Kjeerklippen zu durchqueren. Ein Reich der immerwährenden Schatten, Pilze, Moose und Nadelhölzer. Heimat der gefährlichen Flechtenwölfe, Baumspinnen, Wurmdrachen und – Schmetterlingsmenschen.

Im Rathaus war bereits Betrieb. Kepuk schlug sich schon mit einem Abgesandten aus Somnicke herum. Der alte Yornba, der ohnehin nie lange schlief und deshalb morgens meistens als erster aufkreuzte, saß in seiner Schreibstube und kritzelte mürrisch Kopien.

Rodraeg setzte sich an seinen Tisch. Die Encyclica lag immer noch dort. Er widerstand der Versuchung, sich das Mammut noch einmal anzusehen und machte sich an die Arbeit.

In den folgenden Stunden erledigte er die Ablehnung einer Kostenbeteiligung an Pargo Abims Maulwurfsproblem, formulierte eine ausgesprochen höfliche Absage an die Kjeer-Priester, begann damit, nicht nur die Mahnung des Tontopfhändlers Hinnis, sondern auch noch die ausstehenden Posten anderer Händler zu sammeln und zu ordnen, und vollendete seinen Bericht über das Kuhmistproblem unter Berufung auf einen Präzedenzfall von vor drei Jahren. Der Bauer durfte seinen Kuhmist auf seinem Feld verteilen, so oft er wollte, denn schließlich war er Landwirt. Dem Seidenmaler dagegen stand ein kleiner Anteil des auf dem kuhmistgedüngten Feld geernteten Ertrags zu, denn schließlich war er der Leidtragende. Erfahrungsgemäß würde Bauer Tlech nun alleine schon aus Geiz sparsamer düngen.

Gegen die immer wieder aufwallende Müdigkeit schüttete Rodraeg Unmengen des dunkelstmöglichen Tees in sich hinein. Der junge Reyren schaute vorbei, bedankte sich für die Brückenmappe und fragte, ob Rodraeg die letztjährige Abgabenmappe irgendwo gesehen hatte. Kepuk schaute vorbei und legte Rodraeg zwei neue Aufgaben auf den Tisch: eine Überprüfung der zu erwartenden Unkosten für das bevorstehende Arisp-Fest sowie die mit schwer zu entziffernder Handschrift und äußerst erfinderischer Rechtschreibung verfaßte Anfrage eines Waldläufers, der seine Dienste als Flechtenwolfjäger anbot.

Rodraeg machte sich zuerst ans Dichten für die Wirtin, aber ihm fiel überhaupt nichts ein. Sein Geist war wie leergefegt, fühlte sich aber gleichzeitig an wie zum Zerreißen gespannt. Mehrmals schlenderte Rodraeg möglichst unbeteiligt durch den Haupteingang, um einen Blick auf die Sonnenuhr zu werfen, und schlenderte anschließend wieder zurück.

Der Bürgermeister schaute vorbei und wollte die Aufstellung der Arisp-Fest-Kosten sehen. Rodraeg vertröstete ihn auf den Nachmittag. Reyren klopfte an und sagte, er hätte die Abgabenmappe gefunden, suche aber jetzt eine handschriftliche Notiz des örtlichen Bäckergildenvorstands. Ein Junge brachte neue Tinte. Jedesmal zuckte Rodraeg zusammen.

Dann war es endlich elf.

Rodraeg brauchte sich nicht abzumelden, es war nicht ungewöhnlich, daß ein Schreiber während seiner Arbeitszeit etwas außerhalb des Rathauses zu erledigen hatte.

Er sah Naenn sofort. Sie stand in ihrem Kapuzenmantel zwischen den Schmuckkübeln und aß einen gelben Apfel.

»Ich freue mich. Guten Morgen«, sagte sie freundlich.

»Ebenfalls«, nickte Rodraeg. Er fror jetzt mehr als am nachtkühlen Morgen, wußte nicht, wohin mit seinen Händen und vermißte seine warme Winterjacke mit den geräumigen Seitentaschen. »Leider gibt es in Kuellen nicht viel zu sehen, außer den Quellen, die dem Ort seinen Namen gaben.«

»Gehen wir.«

Wie Eis schimmerte es in der Tiefe. Bläulich, grünlich, irisierend. Da war nicht nur eine sanfte Strömung, die unabänderlich von hier ausging, sondern tatsächlich ein Leuchten, ein Ursprung magischer Energie.

Rodraeg und Naenn standen am mit kunstvollen Schnitzereien verzierten Holzgeländer, das die Hauptquelle des Larnus umrahmte. Es gab hier noch vier weitere solcher Quellen, außerdem kristallklare Rinnsale von östlichen Hügelkuppen und aus der taufeuchten Finsternis des Waldes, doch dies hier war die größte. Hier entsprang Larnus, einer der drei großen Flüsse des Kontinents: Larnus, Anera und Epheret. Vor Urzeiten war hier ein Tempel angelegt worden, ein Tempel des Wassergottes Delphior, doch irgend etwas war mit den Priestern geschehen, sie waren nicht mehr hier. Schon vor Jahrhunderten hatte der Larnwald das von Säulen getragene Gebäude übernommen, Mauern durch Wurzeln gesprengt und das helle Gestein mit Flechten und Moosen verkleidet, bis es fast unsichtbar wurde – auch, wenn man genau davorstand.

Rodraeg war in seinem ersten Kuellener Jahr oft hiergewesen. Später hatte ihn gestört, daß viele Reisende hierherkamen, überall mit ihrem Proviant herumtrampelten und -krümelten, während lustlose, vom Rathaus bezahlte Fremdenführer für ein Kupferstück pro Person ein paar Angaben herunterspulten, über den Larnus, über Kuellen und über den Bürgermeister.

Jetzt, da das Jahr noch so jung war, war außer ihnen niemand hier. Die Drohung von Schnee und Regen hing noch zu spürbar in der Luft, und die Wege hier herauf mit ihren ausgetretenen Stufen waren steil und glatt.

»Der Kontinent verändert sich«, sagte Naenn leise. »Noch ist er wild und ungezähmt und voller herrlicher und gefahrvoller Wesen, aber die Menschen haben sich fast überallhin ausgebreitet und beginnen, ihren Zugriff fester zu schrauben. In den Städten entstehen sogenannte Fabrikationen, in denen sich Menschen zusammenschließen, um Erfindungen zu machen und vielen weiteren Menschen Lohn und Arbeit zu geben. Ein goldenes Zeitalter für die Menschen ist im Werden, aber alle anderen haben darunter zu leiden. An vielen Stellen wird geschürft, gegraben, getaucht und gerodet. Es wird geerntet, ohne daß vorher gesät wurde. Das Gleichgewicht zwischen der allem innewohnenden Magie und dem verarbeitbaren Wert des Materials beginnt zu wanken. Der Feldzug gegen die Affenmenschen des Nordostens hat zu einer furchtbaren Katastrophe geführt. Man weiß nichts Genaues, der königliche Hof läßt nichts verlauten, aber einige unabhängige Magier und Seher sprechen von der Verwüstung eines ganzen Landstriches, von einem Eingriff in das natürliche Kräftegefüge des

Kontinents, der einen gewaltigen Schock auf astraler Ebene durchs Land rasen ließ.

Bei uns Schmetterlingsmenschen gibt es einen Text, der seit Jahrtausenden mündlich überliefert wird. Er lautet folgendermaßen:

Die Kraft des Gleichgewichtes ist es, dank der Himmel und Erde zusammenwirken, dank der die vier Jahreszeiten, die vier Elemente und die vier Oberen Götter in Harmonie kommen, dank der Sonne und Mond scheinen, dank der die Sterne ihre Bahnen ziehen und uns mit ihrem unendlichen Licht Magie gewähren, dank der die drei großen Ströme fließen, dank der alle Dinge gedeihen, dank der Gut und Böse und Licht und Dunkel geschieden werden, dank der Freude und Zorn den angemessenen Ausdruck finden, dank der die Unteren gehorchen, dank der die Oberen erleuchtet sind, dank der alle Dinge trotz ihrer Veränderungen nicht in Verwirrung kommen. Weicht man vom Gleichgewicht ab, so geht alles zugrunde. Erhält und ehrt man das Gleichgewicht, so lautet der Name des Kontinents: Vollkommenheit.

Der Kreis ist ein Zusammenschluß von Menschen, die es sich zur Aufgabe gemacht haben, das Gleichgewicht zu ehren und zu erhalten und dort einzugreifen, wo der Kontinent geschädigt wird. Das Land kann nicht für sich selbst sprechen. Es gibt keine Advokaten für Flüsse, Bäume, Berge und Tiere. Wir selbst müssen diese Advokaten sein, und wir müssen sie sein, bevor es zu spät ist.«

»Aber wie wollen Menschen beurteilen können, was das Land will und braucht?«

»Früher sagte man, der Kontinent spricht zu uns durch die Götter. Doch die Götter haben sich zurückgezogen, seit Jahrhunderten schon. In einigen Städten gibt es zwar noch Tempel, aber dort wird Brauchtum verwaltet und magische Energie. Die Stimmen der Götter sind in der Entfernung verhallt.

Also sind wir auf uns allein gestellt. Mehr noch: Der Kontinent ist uns überlassen worden, unserer Verantwortung. Ob das zum Guten oder zum Schlechten führt, liegt ganz allein an uns.

Um Urteilskraft zu erlangen, um erkennen zu können, was zum

Guten und was zum Schlechten führt, setzt sich der Kreis aus Vertretern verschiedener Völker zusammen. Ein Schmetterlingsmensch aus dem Larnwald, ein Untergrundmensch aus dem Targuzwall, ein Magier aus der Hauptstadt und eine alte Frau, die ihr ganzes Leben lang als Bäuerin Zwiesprache mit dem Land hielt. Geplant war ursprünglich auch, einen Affenmenschen dazuzubitten, einen Riesen aus dem Wildbartgebirge und einen Spinnenmenschen aus dem östlichen Regenwald – aber das scheiterte daran, daß Affenmenschen, Riesen und Spinnenmenschen nicht durch den Kontinent reisen können, ohne wegen ihrer Andersartigkeit von furchtsamen Dörflern erschlagen zu werden. Deshalb versucht der Kreis wenigstens Kontakt zu diesen drei Völkern zu halten, um auch deren Meinungen zu hören, bevor etwas entschieden wird.«

Rodraeg nickte. »Das klingt ungewöhnlich und vernünftig zugleich.«

»Der Kreis ist ein guter Kopf, ein gutes Herz, aber was ihm fehlt, ist ein starker Arm. Deshalb wird nun diese Gruppe gebildet, die Ihr leiten sollt. Sie wird ihre Heimstatt in Warchaim aufschlagen. Wir werden aber nicht larnusabwärts nach Warchaim reisen, sondern zuerst zur Hauptstadt, wo Ihr den Kreis kennenlernen sollt und der Kreis Euch, und dann nach Warchaim.«

»Warum Warchaim?«

»Drei Gründe. Erstens: Warchaim liegt genau in der Mitte des Kontinents, die Hauptstadt Aldava dagegen zu weit im Westen. Zweitens: Warchaim ist außer Aldava die einzige Stadt, in der es noch Tempel aller zehn Götter gibt. Der Kreis ist der Meinung, daß das Wissen und die Überlieferungen sämtlicher Priester immer noch Schlüssel und verborgene Hinweise zum Verständnis des Kontinents enthalten, die wir auf keinen Fall unterschätzen oder mißachten dürfen. Und drittens: der Name Warchaim bedeutet in der alten Sprache das ›wahre Heim‹. Ein guter Ort, um Wurzeln zu schlagen.«

»Und Eure Rolle bei dem ganzen Unternehmen? Seid Ihr der Schmetterlingsmensch des Kreises?«

»Oh nein.« Naenn wirkte verlegen. »Ich bin vom Schmetterlingsmenschen des Kreises dazu auserkoren worden, eines Tages …« Sie stockte. »Eines Tages …«

»Eines Tages …?«

»… eines Tages den Kontakt mit den Göttern wiederherzustellen. Ich gelte innerhalb meines Volkes als herausragendes magisches Talent, habe aber mein wirkliches Potential noch nicht ausgebildet. Bis dahin soll ich mit Euch nach Warchaim gehen, mit der Gruppe im Haus zusammenleben und die Verbindung zwischen dem Kreis und der Einsatzgruppe aufrechterhalten.«

»Das klingt nach einer großen Verantwortung, die Euch da aufgebürdet wurde.«

Sie starrte hinunter ins ruhige Brodeln des klaren Quells. »Ja.«

»Das finde ich gut«, sagte Rodraeg freundlich. »Dann bin ich nämlich nicht der Einzige, der sich ein wenig überfordert fühlt. Ich habe noch nie eine Kommandotruppe ausgebildet und angeführt. Und noch nie mit einem Untergrundmenschen zu Abend gegessen. Ich hoffe, gemeinsam stehen wird das durch.«

»Dann ist es jetzt endgültig beschlossene Sache?«

»Das ist es.«

»Ich freue mich sehr.«

»Ich werde den Rest des heutigen Tages brauchen, um meine Angelegenheiten hier in Kuellen zu ordnen, aber von mir aus können wir morgen früh aufbrechen. Vielleicht kann ich sogar einen Händler auftreiben, der mit seinem Wagen Richtung Hauptstadt fährt, dann bräuchten wir nicht zu Fuß zu gehen.«

»Großartig. Ich kümmere mich um Proviant und Wasserflaschen. Braucht Ihr Tragetaschen und Decken für die Reise?«

»Ich habe noch meinen alten Seesack beim Wirt im Keller gelagert. Aber zwei leichte Decken wären nicht schlecht, für unterwegs.«

Gemeinsam gingen sie über feuchtglänzende Steinstufen und nadelbedeckte Wege in den Ort zurück und verabredeten sich für den folgenden Tag um sieben auf dem Rathausplatz.

Mittlerweile war es die zweite Stunde nach Mittag. Im Rathaus herrschte Hochbetrieb. Sogar der Waldläufer war persönlich vorstellig geworden, um sich zu erkundigen, ob er als Flechtenwolfjäger angeheuert werden könnte oder nicht. Es handelte sich um einen jungen Burschen mit langen Haaren und markantem Kinn, bekleidet mit einer Fellmütze und unterschiedlichen Tierhäuten. Rodraeg nahm ihn beiseite und erklärte ihm, daß der Bürgermeister von Kuellen traditionsgemäß kein Geld ausgäbe und es deshalb keinen Sinn habe, im Rathaus nachzufragen. Auch hätte es in den letzten Jahren hier in der Gegend keine Flechtenwölfe gegeben. »Ich habe aber welche gesehen«, beharrte der Waldläufer. »Sie ziehen nach Süden, um den Larnwald zu verlassen.«

»Warum sollten sie das tun?«

»Sie haben Angst. Ein Werwolf ist über die Kjeerklippen gekommen. Nördlich davon hat er Menschenkinder gerissen und sogar große Wollrinder. Jetzt ist er im Larn.«

»Vielleicht solltest du dich anheuern lassen, diesen Werwolf zu jagen.«

Der Waldläufer lächelte. »Ich kann nicht gut Lesen und Schreiben, aber ich weiß, wie man überlebt: indem man Teufeln aus dem Wege geht.«

»Hm. Danke für die Warnung.«

Nachdenklich ging Rodraeg in seine Schreibstube. Die zwei neuen Aufträge, die Kepuk ihm inzwischen auf den Tisch gelegt hatte, nahm er gleich auf und legte sie zusammen mit dem Brief des Waldläufers auf Reyrens Stehpult. Der junge Schreiber war nicht in seiner Stube, wahrscheinlich suchte er wieder etwas in Yornbas Pergamenttürmen.

Rodraeg brachte die *Encyclica* wieder in die Bibliothek zurück. Bevor er sie im Regal einräumte, betrachtete er noch einmal das *Mammut* und die *Affenmenschen*, und dann auch, weit hinten im Buch, den *Werwolf*. Theorien. Vergilbtes Pergament. Aber alle hatten sie sich innerhalb der letzten vierundzwanzig Stunden zu Wort gemeldet, und er ahnte, daß dies nun schon bald sein Alltag werden würde: sich mit Wesen zu befassen, die, wie Naenn es ausgedrückt hatte, »herrlich und gefahrvoll« waren. Hoffentlich gab es in Warchaim auch ein Exemplar der *Encyclica*. Hoffentlich machte der

Werwolf aus den Klippenwäldern nicht ausgerechnet Jagd auf entflohene Rathausschreiber.

Als nächstes ging Rodraeg zum Bürgermeister in dessen geräumiges und prächtiges Arbeitszimmer und kündigte. Der Bürgermeister war erstaunt angesichts solcher Plötzlichkeit, aber Rodraeg erklärte ihm, daß er Freunde in hohen Positionen in der Hauptstadt hätte, die ihn in einen wichtigen Posten drängten, den abzulehnen wohl nicht klug wäre. Das konnte der Bürgermeister gut verstehen und seufzte. Darüber hinaus verzichtete Rodraeg auf den Lohn für die bisherigen sechzehn Tage dieses Jahres sowie auf das Restgehalt vom letzten Jahr, das der Bürgermeister ihm noch schuldig war, und damit brachte er die rosigen Wangen des Bürgermeisters zum Glänzen. Ja, Rodraegs Aufgaben könne der mittlerweile gut eingearbeitete Reyren übernehmen, bis dauerhafter Ersatz gefunden wäre. Ja, die Kostenaufstellung für das Arisp-Fest würde Rodraeg jetzt noch fertigstellen. Außerdem war man in der Hauptstadt schließlich nicht am anderen Ende des Kontinents, sondern lediglich acht Tagesreisen von Kuellen entfernt, falls mal etwas sei. Jedenfalls gratulierte der Bürgermeister und sprach gleichzeitig sein Beileid aus. Für langjährige Dienste schenkte er Rodraeg noch einen besonders festen Händedruck und eine Einladung ins Rathaus, sollte Rodraeg einmal wieder in der Gegend sein.

Das war es dann. Als Rodraeg nach nur einer Zwölftelstunde das Bürgermeisterzimmer verließ, war er ein freier Mann. Ein wenig beunruhigte ihn, wie leicht es ihm fiel und schon immer gefallen war, einen mehrjährigen Lebensabschnitt abzuschließen. Er hatte nie etwas bereut oder vermißt. Vielleicht wurde es wirklich höchste Zeit, daß er sich endlich einmal mit Leib und Seele einer Sache verschrieb und entweder Großartiges leistete – oder unterging.

Er verließ das Rathaus kurz und erkundigte sich im winzigen Handelskontor, ob es zufällig jemanden gab, der morgen Richtung Hauptstadt aufbräche und zwei Mitreisende mitnehmen könnte. Er hatte Glück: der Tonkrughändler Hinnis wollte am Vormittag mit einer Lieferung zum Südufer des Delphiorsees aufbrechen.

Von dort aus waren es nach Aldava zu Fuß nur noch drei Tagesreisen. Rodraeg bedankte sich, hinterließ eine Notiz für Hinnis, kaufte sich beim Zuckerwarenhändler noch ein Schäufelchen süße Lakritze zum Knabbern und kehrte zum Rathaus zurück.

In den folgenden Stunden bis weit nach Einbruch der Dunkelheit erledigte er die Aufstellung der städtischen Arisp-Fest-Ausgaben und vervollständigte die beachtliche Liste der dem Rathaus gegenüber noch als Gläubiger auftretenden Händler und Zünfte.

In den Versband der *Eselchen*-Wirtin schrieb er:

Schon nächstes Jahr ist wieder Wahl,
versucht es dann doch ruhig einmal
– denn dieser hier wird immer dreister –
mit einem bess'ren Bürgermeister.

Er nahm sich die Landkarte des Kontinents, die über seinem Schreibpult an der Wand hing, rollte sie zusammen, verabschiedete sich von Kepuk, der als einziger so spät noch arbeitete, und verließ leise das im Dunkeln leuchtende Rathaus.

Auf dem Platz blieb er stehen und atmete tief den kühlen nächtlichen Wind, der vom Larnwald herüberrauschte.

Eigentlich sollte man an einem solchen Abend in eine billige Schenke gehen und sich sinnlos besaufen, dachte Rodraeg, aber er trank nicht gern, es war bereits spät, und seine Zukunft begann morgen schon recht früh.

3 Geschenke

Der Morgen war kühl und roch nach Regen. Rodraeg hatte sein kleines Kammerfenster geöffnet und atmete. Unter ihm die vertraute Gasse. Kuellen. Nichts war heute anders als sonst.

Er hatte gut geschlafen, den fehlenden Schlaf der vorherigen Nacht nachgeholt. Er packte seine paar Habseligkeiten in den Seesack, den er vorm Zubettgehen noch aus dem Keller geholt hatte. Die Kontinentkarte, gut zusammengerollt, so daß sie nicht knickte. Der Säbel, umgeschnallt wie schon lange nicht mehr. Zu den Übungen im Wald hatte er ihn immer einfach so mitgenommen, eingewickelt in ein Tuch, um die Bürger nicht zu erschrecken. Rodraeg schlüpfte in seine warme Winterjacke und verließ das Zimmer.

Unten das Frühstück. Helles Brot mit Wurst und Käse, dazu noch euterwarme Kuhmilch. Der rundliche Wirt bestand darauf, daß Rodraeg, der seine Zimmermiete immer schon einen Mond im voraus zahlte, Geld zurückbekam für die dreizehn Tage, die im Taumond noch ausstanden. Freundschaftlich protestierend nahm Rodraeg die Taler an.

Dann verabschiedete er sich von dem Wirt und seiner Frau, die ihm mehr als fünf Jahre lang ein Obdach gegeben hatten. Die Wirtsfrau war gerührt und verlegen und schenkte ihm eine luftgetrocknete Mettwurst für die Reise. Rodraeg bedankte sich und machte dann, daß er hinauskam. Ihm war unangenehm, wie bedeutsam jede Geste wirkte. Warchaim lag von Kuellen aus nur fünf Tage mit einem Boot larnusabwärts. Das war ein Katzensprung, verglichen mit der Weltreise, die er gemacht hatte, um aus den Sonnenfeldern hier hinauf zu gelangen.

Naenn wartete bereits vor dem Rathaus. Sie war nicht allein. Der junge Schreiber Reyren war bei ihr. Sie unterhielten sich. Reyren war sonst nie so früh auf den Beinen.

»Ich bin froh, daß ich dich noch antreffe«, begann der Junge auch gleich, als Rodraeg auf sie zukam. »Kepuk hat gesagt, daß du weggehst und nicht wiederkommst.«

»Voraussichtlich nicht.« Rodraeg und Naenn deuteten voreinander galante Verbeugungen an.

»Dann möchte ich dir das hier noch schenken. Wenn du dich nicht um mich gekümmert hättest, hätte ich die Einarbeitungszeit nie und nimmer überstanden.« Stolz überreichte Reyren Rodraeg ein Präsent: einen glatten, talergroßen Stein von weißgrauer Farbe.

»Ein Quellkiesel«, stellte Rodraeg fest.

»Ja, ich weiß, das ist nichts Besonderes, aber es ist nun mal typisch für Kuellen. Es durfte nichts zu Ausgefallenes sein.«

Rodraeg nickte schmunzelnd. »Ich habe mich immer gefragt: Wie viele dieser Kiesel werden jedes Jahr an Reisende verkauft? Müßten die Quellen nicht langsam leer sein?«

»Du hast recht.« Reyren sah bestürzt aus. »Alles Lug und Trug.«

»Und dennoch ein großartiges Geschenk. Das wird mich immer an den Bürgermeister erinnern und mir Kraft spenden, wenn ich in der Fremde schwach werde. Vielen Dank, Reyren.« Rodraeg umarmte den jungen Mann, der die Umarmung begeistert erwiderte.

»Yornba ist auch schon da, wollte aber nicht rauskommen«, erklärte Reyren. »Er brummte nur: ›Die jungen Leute kommen und gehen, wie's ihnen paßt. Keiner von denen hält lange durch.‹« Naenn lachte. Reyrens Yornba-Imitation war wirklich gelungen. »Naja. Ich wünsche Euch beiden jedenfalls alles Gute. In der Zwischenzeit werde dann eben ich dafür sorgen müssen, daß in Kuellen alles schön beim Alten bleibt.«

»Ja. Daß vor allem die ganzen Gläubiger nicht eines Tages das Rathaus anzünden, damit es noch heller leuchtet als sonst.« Zu Naenn gewandt sagte Rodraeg: »Wir können eigentlich aufbrechen.«

»Nimmt uns denn kein Händler mit?«

»Doch, aber erst später. Wir schlagen einfach die Straße nach Somnicke ein, und Hinnis wird uns später einholen und aufgabeln.«

»Dann los.«

Reyren winkte den beiden hinterher, bis sie außer Sicht waren. Rodraeg hielt den Quellenkiesel noch einige Zeit in der Hand, bis er ganz warm geworden war, und verstaute ihn dann in seiner

Jackentasche. Auch nahm er Naenn, die selber nur mit leichtem Rucksack unterwegs war, einen der beiden Wasserschläuche ab.

Sie marschierten nicht, sondern gingen eher langsam, damit der Tonkrughändler sie einholen konnte. Bei jeder sich bietenden Gelegenheit blieben sie stehen und zeigten sich gegenseitig Bäume, Felder, grasende Kühe, weidende Schafe und davonhoppelnde Wildhasen, oder sie blickten auf Kuellen zurück, das immer mehr zusammenrückte und schrumpfte, bis es schließlich hinter einigen Bäumen ganz außer Sicht glitt. Die Straße nach Somnicke führte durch südliche Ausläufer des Larnwaldes und wurde bald düster und schmal.

Naenn blühte hier auf. Ihr schmales, bleiches Antlitz bekam einen Anflug von Farbe. Rodraeg genoß die klare nachwinterliche Luft und legte beim Gehen seine Hand auf den Säbelknauf, fast wie damals, mit Baladesar, als freier und tatendurstiger Abenteurer. Nachdem sie nicht ganz zwei Stunden unterwegs gewesen waren, begann es zu regnen. Nur kleine Tropfen zwar, aber unermüdlich genug, um alles langsam aufzuweichen. Naenn schlug einfach die Kapuze ihres Mantels über und marschierte munter weiter. Rodraeg zog die Schultern hoch und den Kopf ein und versuchte, beim Gehen möglichst ganz in seiner Jacke zu verschwinden, was so komisch aussah, daß Naenn wieder lachen mußte.

»Ich freue mich, daß Ihr so guter Laune seid«, brummte Rodraeg, dem das Wasser aus den Haaren übers Gesicht rann.

»So bin ich sonst nicht«, entschuldigte sie sich. »Das liegt an Euch. Daß Ihr mitkommt und wir uns unserer Aufgabe nähern, das erfüllt mich mit ... Zufriedenheit.«

Rodraeg wußte darauf nichts zu antworten, was nicht plump geklungen hätte. Daß er ihr Lachen schön fand, hätte er sagen können. Oder daß auch er das Gefühl hatte, ausgesprochen gerne mit ihr hier draußen im Larnwald zusammenzusein, von dem Wetter einmal abgesehen. Aber alles, was ihm in den Sinn kam, war plump, und so sagte er lieber nichts und brachte sie statt dessen mit Regengrimassen weiter zum Lachen.

Der Regen wurde jedoch stärker, und die beiden beschlossen,

unter ein besonders dichtes Baumdach am Wegesrand zu schlüpfen und dort auf den Händler zu warten. Naenn bot Brot an, das sie in Kuellen frisch gekauft hatte, aber Rodraeg hatte noch keinen Hunger. Das Wasser prasselte gleichmäßig von den umstehenden Baumriesen. Das graue Licht dieses wolkenverhangenen Tages verlor sich im Geäst, reichte unter den Baumkronen kaum weiter als dreißig Schritt. Rodraeg fiel der Werwolf wieder ein, von dem der Waldläufer berichtet hatte, und die Flechtenwölfe, die unruhig waren und auf der Flucht.

Endlich tauchte auf dem Weg der Zweispänner von Hinnis auf. Sie erhoben sich, klopften sich die Baumnadeln von den Hosen und gingen ihm entgegen.

»Sieht so aus, als komme ich gerade rechtzeitig«, lachte der Händler. »Schlüpft unter die Plane, bevor ihr noch davonschwimmt.« Hinnis hatte keinen Planwagen, sondern einen flachen Kastenaufbau, aber über seiner Lieferung aus tönernen Topfschalen und Trinkkrügen hatte er ein Wachstuch gespannt, das Rodraeg und Naenn an einer Stelle losknoteten. Sie krochen darunter wie unter ein niedriges Zelt. Auch Hinnis – ein fünfzigjähriger Schlaks mit dichten graublonden Haaren – war bereits mit Regenmantel und Regenhut angetan, und so trotteten sie weiter.

»Jetzt kann ich meine Pferdchen endlich etwas schonen. Habe schon befürchtet, euch gar nicht mehr einzuholen, und bin doch verdammt ungern allein im Larn unterwegs.«

»Wir hätten doch auf jeden Fall gewartet«, sagte Rodraeg. »Hast du schon Schwierigkeiten gehabt im Larn?«

»Ich nicht, glücklicherweise. Aber der Schinkenhändler Plooga aus Somnicke ist hier verschollen, vor wenigen Wochen.«

»Ich habe davon gehört. Aber wir haben das nicht untersucht, das ist von Somnicke aus gemacht worden.«

»Hmm. Haben seinen zertrümmerten Wagen gefunden. Kein Schinken mehr. Kein Plooga.«

»Ein Wurmdrache, wahrscheinlich«, raunte Naenn Rodraeg zu. »Der Geruch von stark gesalzenem Fleisch. Muß aber ein sehr großer, alter gewesen sein, daß er sich an einen Wagen rantraut.«

»Hoffen wir mal, daß Hinnis nicht salzig genug riecht.«

»Keine Sorge.«

Keine Sorge war leicht gesagt. Rodraeg war alles andere als entspannt. Das lag vor allem an Naenn. Hier, unter dieser Plane, kam er sich ihr geradezu unschicklich nahe vor. Ihr einzigartiger Wildrosenduft kribbelte in seiner Nase, seinem Kopf und seinem Bauch. Sie hatten beide Jacke und Mantel abgelegt und saßen so nahe nebeneinander, daß ihre Beine sich fast berührten. Über ihnen das stetige Prasseln von Wasser und die sich ständig bewegenden Muster, die Tropfen und Pfützen auf der Plane gegen das Himmelslicht bildeten.

Hinnis schwatzte mit Rodraeg über Kuellener Kleinigkeiten. Die beiden hatten schon oft miteinander zu tun gehabt, meistens war Rodraeg es gewesen, der Hinnis nach Lieferungen im Auftrag der Stadt entweder ausbezahlt oder vertröstet hatte.

Die Zeit verstrich. Rodraeg hoffte, daß Naenn nicht einschlief und ihren Kopf gegen seine Schulter legte, und das passierte auch nicht. Das Schmetterlingsmädchen lauschte der Unterhaltung und schien ansonsten wachsam in den Wald zu horchen.

Gegen Mittag bot Rodraeg ihr von der Mettwurst an, die ihm seine Wirtin geschenkt hatte.

Sie lächelte. »Dankeschön, aber ich esse kein Fleisch. Also auch keine Wurst.«

»Oh, das wußte ich nicht. Tut mir leid. Jetzt habe ich sie ausgepackt, um sie Euch stolz zu präsentieren, und schon riecht der ganze Wagen nach Mettwurst.«

»Das war auch vorher schon so, ich habe die ganze Zeit gewußt, was Ihr in Eurem Seesack habt.«

Rodraeg riß erschrocken die Augen auf. »Der Wurmdrache!«

»Nein, macht Euch keine Sorgen. Bevor ein Wurmdrache diese Wurst riechen kann, habe ich ihn schon längst gewittert.« Sie tippte verschwörerisch gegen ihre kleine Nase. »Schmetterlingsehrenwort.«

Rodraeg nickte anerkennend. Wieder fiel ihm nur etwas Blödes ein: *Ich habe mir Schmetterlinge noch nie gut genug angesehen, um feststellen zu können, ob sie Nasen haben.* Wieder hielt er besser den Mund.

Er schloß die Augen und dachte über Naenns Flügel nach. Hatte sie tatsächlich die Schwingen eines Schmetterlings, die sie entfalten konnte, um sich hinaufwehen zu lassen, hinein ins Leuchten eines Sommertages? Verbarg ihr weitgeschnittenes Hemd solch ein kostbares, filigranes Wunder? Welche Farbe hatten ihre Flügel? Golden wie ihr Haar? Blau wie der Himmel? Dunkelbraun oder dunkelgrün oder welche dunkle Farbe auch immer ihre Augen hatten?

Es war absolut, vollkommen, ganz und gar unmöglich, sie jemals danach zu fragen.

Niemals.

»Sie sind rötlich, mit hellblauen Rändern.«

Rodraeg zuckte zusammen, als sei er geschlagen worden. »Das dürft Ihr nicht tun!« sagte er heftig. »Das sind nur Gedanken, ich würde sie niemals laut ausprechen, das ... das dürft Ihr nicht erfahren und nicht gegen jemanden verwenden. Das ist nicht gerecht.«

»Ich weiß, daß es ungerecht ist, und es tut mir sehr leid. Ich wollte das gar nicht, aber nachdem ich es aufgeschnappt hatte, dachte ich, Ihr solltet wissen, daß ich es aufgeschnappt habe. Ich muß Euch unbedingt etwas erklären. Es ist nicht so, daß ich die ganze Zeit über Eure Gedanken oder Träume lese. Das ist sehr anstrengend. Vergleichbar mit ... wenn Ihr hundert Meter schnell rennen müßt. Man kann das ein- oder zwei- oder dreimal am Tag machen, aber dann hat man keine Puste mehr. Vorgestern nacht war ich auf der Suche nach Euch. Ich stand vor dem Rathaus und wollte wissen, ob Ihr darin seid, ob es sich lohnt für mich, hineinzukommen. Also habe ich mich konzentriert und nach Gedanken gelauscht. Dabei bin ich in Euren Mammuttraum geraten, denn Ihr wart wohl gerade eingenickt. Und eben habe ich versucht, Kontakt mit dem Schmetterlingsmenschen vom Kreis aufzunehmen. Das ist sehr schwierig und klappt auch nicht immer, weil er noch mehrere Tagesreisen entfernt ist und sich nicht gleichzeitig mit mir konzentriert. Ich wollte ihm übermitteln, daß wir jetzt von Kuellen aus aufgebrochen sind und in voraussichtlich acht Tagen in Aldava ankommen werden. Also habe ich angefangen, Kraft und Konzentration zu sammeln. Was dann passierte, konnte ich nicht mehr verhindern. Meine Sinne reichten so weit, und Euer Gedanke war mir so nahe – er schwappte einfach zu mir hinein. Die Färbung war mir unbekannt, denn tatsächlich habe ich noch niemals zuvor im Wachsein aufgenommen. Also habe ich den Gedanken geöffnet und gelesen.«

Rodraeg starrte vor sich hin. Er war immer noch aufgewühlt. »Ihr dürft das nicht wieder tun. Ich kann meine Gedanken nicht immer kontrollieren. Niemand kann das.«

»Das weiß ich doch. Wenn man mit dieser Fähigkeit aufwächst wie ich, dann lernt man sehr schnell zu unterscheiden zwischen dem, was andere einfach nur denken, und dem, was sie tatsächlich artikulieren wollen. Es ist nichts dabei, wenn Ihr über mich nachdenkt. Wir sitzen hier zusammen unter dem Rauschen des Regens, es ist nur natürlich, daß ich in Eurem Kopf stattfinde.«

»Aber ich bin ein Mann, und Ihr seid eine Frau. Und es könnte verdammt nochmal sein, daß ein Gedanke dabei ist … Ach, Ihr wißt schon.«

»Ja, ich weiß. Glaubt Ihr wirklich, eine Frau muß Gedanken lesen können, um die Gedanken eines Mannes zu erraten? Wir haben eine Aufgabe, die wichtiger ist als wir. Ich denke, das ist uns beiden klar. Es ist nur natürlich, neugierig zu sein. Ich bin ein Schmetterlingsmensch. Ihr habt über meine Flügel nachgedacht. Es ist also nichts passiert.«

Rodraeg wußte nicht, wieviel Hinnis von dieser Unterhaltung mitbekommen hatte. Wahrscheinlich nicht allzu viel, der Regen prasselte laut auf seinen Hut, auf die Plane, auf alles. Jedenfalls schwieg der Händler. Die Pferde trotteten weiter. Der Wagen ruckelte vorwärts.

Mit der Zeit verrauchte Rodraegs Aufgebrachtheit. Er durfte auch nicht ungerecht sein. Es war keine Absicht von ihr gewesen. Sie hatte sich entschuldigt. Ihm seine Gedanken vergeben. Ihm seine Frage beantwortet.

»Rötlich mit hellblauen Rändern«, wiederholte er. »Das sieht gewiß wunderschön aus. Könnt Ihr mit diesen Flügeln fliegen?«

Naenn lächelte jetzt traurig. »Es gibt Überlieferungen aus Zeiten, als mein Volk tatsächlich fliegen konnte. Mit den Flügeln eines Schmetterlings den Schwingenschlag der Taube. Das muß ein herrliches Bild gewesen sein, wenn unter dem Mond sich alle in den Himmel erhoben, um ein rauschendes Fest zu tanzen, leuchtend wie Lampions. Aber das ist lange her. Damals mußten wir uns noch nicht im Wald verbergen, sondern herrschten über Wiesen und Seen. Die Flügel sind verkümmert. Meine sind nur noch eine Bürde. Sie sind sehr empfindlich, und sie schmerzen an bestimmten Tagen des Mondes.«

Rodraeg schluckte. Er glaubte zu wissen, worauf sie anspielte. »Das bedeutet«, versuchte er das Thema zu wechseln, »daß die Schmetterlingsmenschen erst in Wäldern leben, seitdem sie genau genommen keine Schmetterlingsmenschen mehr sind.«

»Stimmt.«

»Das ist neu für mich. Denn für uns ›Nichtsbesonderesmenschen‹ sind die Begriffe ›Schmetterlingsmensch‹ und ›Wald‹ untrennbar miteinander verbunden.«

»Das liegt daran, daß das Gedächtnis der Menschen so kurz ist. Eure gesamte Zeitrechnung umfaßt ja erst 682 Jahre, und von der langen Zeit der Kriege vor der Königskrone gibt es bei euch kaum noch Aufzeichnungen. In noch einmal 682 Jahren könnten wir Schmetterlingsmenschen vollkommen verschwunden sein, und niemand würde sich mehr daran erinnern, daß es uns jemals gegeben hat.«

»Aber wir erinnern uns an Mammuts.«

»Das stimmt«, gab sie zu, und ihr Lächeln wurde ein kleines bißchen zuversichtlicher. »Der eine oder andere von euch tut dies tatsächlich.«

Am frühen Abend hörte der Regen auf und wurde von einem Leuchten abgelöst – die länger werdenden Strahlen der jetzt wieder hervorbrechenden Sonne spiegelten sich in allen Pfützen, in den

Tropfen, die noch in Zweigen hingen, und ließen die Umrisse ineinanderscheinen. Rodraeg und Naenn krabbelten unter ihrer Plane hervor und gingen eine Weile neben Hinnis her. Die beiden durchnäßten Pferde zogen langsam und geruhsam, man konnte bequem mithalten.

Als es anfing zu dunkeln, fuhren sie auf eine Lichtung, nachdem Hinnis und Rodraeg vorher erkundet hatten, daß der Boden für die Räder des Wagens nicht zu aufgeweicht war. Hinnis versorgte die Pferde, Naenn sammelte trockenes Holz, und Rodraeg machte Feuer mit seinem Zündstein. Naenn staunte über dieses Gerät, denn sie hatte so etwas noch nie gesehen. In einem Metallrahmen schabte ein Stein über eine geriffelte Metallspule, wenn Rodraeg mit den Fingern den Rahmen zusammendrückte, und schlug lange, springende Funken. »Habe ich aus der Hauptstadt«, erklärte Rodraeg. »Leider auch erst nach meiner Abenteurerzeit erstanden.« Mit etwas Zunder aus Hinnis' Zunderkästchen war rasch ein gemütliches Feuer in Gang gebracht. Hinnis und Rodraeg verzehrten die Mettwurst, und Naenn röstete sich Brot in der Glut und erhitzte Wasser mit Kräutern.

Zum Schlafen legten sie sich dann alle ausreichend weit entfernt voneinander auf den Wagen unter die Plane, weil es dort am trockensten war und etwas erhöht, so daß nicht jede Waldameise sofort über einen stolperte. Sie stellten keine Wache auf. Naenn versicherte, daß sie wach werden würde, falls sich ein gefährliches Lebewesen der Lichtung näherte.

Mitten in der Nacht schreckte Rodraeg auf, weil irgendein Tier in den Baumwipfeln knirschte und krachte. Beim Gedanken an eine fette, hundegroße Baumspinne lief es ihm eiskalt den Rücken hinunter. Er drehte den Kopf und sah in Hinnis' ebenfalls wache, beunruhigte Augen. Aber Naenn schlief tief und fest, zusammengerollt wie ein Kätzchen, mit schmollendem Mund. »Jetzt«, flüsterte Hinnis, »finde ich es besonders gut, nicht allein zu sein.« Rodraeg nickte, tippte beruhigend auf seinen Säbel und versuchte, wieder einzuschlafen.

Am nächsten Morgen frühstückten sie von Hinnis' Proviant und brachen dann auf. Im Laufe des Tages saßen Rodraeg und Naenn mal hinten auf dem Wagen, mal neben Hinnis auf dem Kutschbock, mal spazierten sie nebenher, und für eine kurze Regenweile schlüpften sie auch wieder unter die Plane. Bald nach dem Sonnenhöchststand verließen sie den Larnwald und kamen an die Stelle, wo die Straße sich gabelte: westlich nach Somnicke und südwestlich Richtung Aldava.

Es waren nur wenige andere Reisende unterwegs. Zu regnerisch dieser Taumond, zu nahe noch das Echo des Winters. Den ganzen Tag über sahen sie zwei weitere Händlerswagen, zwei Bauern, die eine Herde magerer Rinder vor sich hertrieben, und einen Abenteurer, der mit einem abgeknickten Speer über der Schulter Richtung Hauptstadt unterwegs war.

So vergingen die Tage. Hinnis ließ während der gesamten Reise nicht erkennen, ob er wußte, daß Naenn ein Schmetterlingsmädchen war, oder ob ihm das gleichgültig war. Rodraeg erzählte natürlich etwas über seine Zukunftspläne, aber nur, daß er nach Aldava ging, um dort eine Stellung anzutreten, die ihn wahrscheinlich nach Warchaim führen werde, nicht, worum es eigentlich ging. Er und Naenn verstanden sich blendend, nachdem die Angelegenheit mit dem Gedankenlesen ausgeräumt war. Sie brauchten gar nicht viel zu reden. Meistens schwiegen sie, und wenn ihre Blicke sich trafen, lächelten sie.

Am sechsten Tag seit Kuellen gabelte sich die Straße erneut. Rechterhand führte sie zu den kleinen Dörfern, die das Südufer des gewaltigen Delphior-Sees säumten, geradeaus weiter zur Hauptstadt. Hier trennten sich ihre Wege. Naenn hatte unterwegs viele Kräuter gesammelt und schmackhafte Pasten zubereitet, mit denen man geröstetes Brot auf immer neue Arten bestreichen konnte, so daß sie und Rodraeg nicht mit Hinnis in die Dörfer fahren und ihren Proviant auffrischen mußten. Sie wollten lieber gleich weiter Richtung Aldava.

Hinnis verabschiedete sich herzlich von Rodraeg, etwas behutsamer von Naenn. »Wenn ihr beiden tatsächlich in Warchaim landet, sehen wir uns bestimmt bald wieder, denn Warchaim gehört noch zu meinem Gebiet. Kauft bloß keine Tontöpfe von Leuten, die dieses Handwerk nicht ordentlich gelernt haben!«

»Versprochen«, lachte Rodraeg. »Ich hinterlasse im Warchaimer Handelskontor eine Nachricht, wo man uns finden kann.«

»Und?« fragte Hinnis augenzwinkernd. »Sind Kinderchen geplant?«

Naenn lief sofort rot an, was ihrer natürlichen Blässe einen unnatürlich gesund wirkenden Ton bescherte. »Hinnis, wo denkst du hin?« mahnte Rodraeg, ebenfalls verlegen. »Genau genommen ist Naenn meine Arbeitgeberin.«

»Ach, so ist das. Na, dann arbeitet noch schön weiter, ihr zwei. Und überarbeitet euch nicht!« Lachend fuhr der Tonkrughändler davon.

Schweigsam wanderten Rodraeg und Naenn weiter. Sie füllten ihre Wasserschläuche in einem kristallklaren Rinnsal, der sich durch sprießendes Gras einen Weg zum See bahnte. Als es dunkelte, suchten sie sich ein Lager auf einem Hügel im Windschatten einiger verwitterter Steine.

Seit zwei Tagen hatte es nicht mehr geregnet, es war deutlich wärmer geworden. Sie waren müde und beschlossen, kein Feuer zu machen. Zum ersten Mal waren sie im silbernen Mondlicht allein.

Naenn seufzte. »Wenn wir kein Feuer machen, sollten wir uns nicht allzu weit voneinander hinlegen. Falls etwas passiert. Und ...« – sie zögerte – »... wegen der Wärme.«

»Ja«, sagte Rodraeg hilflos und kam sich wieder wie ein Tölpel vor. »Wir wickeln uns in unsere Decken und legen uns nebeneinander.«

»So machen wir es.«

So machten sie es und schliefen deutlich unruhiger als in den Nächten zuvor.

Am folgenden Tag war schon mehr Betrieb auf der Straße. Man merkte, daß die Hauptstadt nur noch zwei Tagesreisen entfernt war. Zwischen den Dörfern des Delphior-Sees und Aldava herrschte reger Warenaustausch, und es kamen ihnen sogar ein berittener Trupp prächtig herausgeputzter Hauptstadtgardisten und einige Kutschen entgegen, in denen vornehme Herrschaften über Land reisten. Auch das Fußvolk wurde bunter: nicht mehr nur Bauern und wassertragende Mägde wie in den Tagen zuvor, sondern auch der eine oder andere Söldner, Gaukler, Geschichtenerzähler, Pilger, Handwerksbursche oder auch Minnesänger. Rodraeg und Naenn blieben jedoch für sich, sie schlossen sich nicht den Grüppchen von Fahrensleuten an, die sich ganz selbstverständlich bildeten. So eine Gemeinschaft konnte ein Vorteil sein gegen Überfälle durch Mensch, Tier oder Untier, aber oft mischte sich Diebsvolk und anderes Gesindel unter solche Gruppen, und so betrachtet war es dann doch wieder sicherer, einfach alleine zu bleiben.

In der Abenddämmerung suchten sie sich ein Plätzchen abseits der Straße und kühlten in einem kleinen Birkenhain ihre Füße in einem eiskalten Teich, in dem Frösche und ein paar winzige, stachelige Fische schwammen. Obwohl sie fast eine halbe Meile von der Straße abgewichen waren, blieben sie nicht lange allein. Kaum hatten sie das Feuer in Gang gebracht, an dem sie ihre Füße trocknen wollten, als drei Männer durch den Hain kamen, genau auf sie zu. Es war zu spät, einer Begegnung aus dem Weg zu gehen. Rodraeg überzeugte sich, daß sein Säbel sich gut ziehen ließ, und stellte sich zwischen die Ankommenden und Naenn, Wachsamkeit vermittelnd, aber auch Gesprächsbereitschaft. Im Umgang mit Fremden war es nie gut, schlafende Hunde zu wecken.

Die drei sahen ziemlich abgehalftert aus: Schmutzige Hosen, Stiefel, Hemden und Westen, leichte Jacken, für einen Winter zu wenig. Zwei von ihnen trugen Dolche oder Kurzschwerter an der Seite, der dritte hatte ein langes Schwert waagerecht und unverhüllt hinter seinem Rücken hängen, etwa in Gürtelhöhe. Zu lang für ein normales Schwert, zu kurz für einen Bihänder. Ein Anderthalbhänder, eine merkwürdige Waffe, von der Rodraeg schon gehört hatte, von der er aber nicht wußte, wie man sie eigentlich führte. Die beiden mit den Dolchen sahen wie Halsabschneider aus, der mit dem Schwert jedoch war ausgesprochen gutaussehend, mit intelligenten Augen. Er lächelte vorsichtig und machte nicht den Eindruck eines Verbrechers.

»Keine Sorge, wir führen nichts Böses im Schilde«, sagte er mit halb erhobenen Händen. »Wir wollten zum Teich, wie ihr, um hier die Nacht zu verbringen. Ihr habt schon ein Feuer. Können wir uns einfach dazugesellen?«

Rodraeg blickte fragend zu Naenn zurück, die zuckte die Schultern. »Meinetwegen«, sagte Rodraeg mit möglichst tiefer Stimme. »Aber fuchtelt nicht mit euren Waffen rum, sonst könnte es Mißverständnisse geben.«

»Machen wir nicht. Kommt, Jungs, wir legen die Waffen hier an den Baum.« Die drei lehnten ihre Klingen gegen eine der Birken. Dann sahen sie Rodraeg erwartungsvoll an.

»Ich behalte meinen Säbel lieber«, meinte Rodraeg. »Wir zwei werden euch drei ja wohl kaum überfallen. Und wenn es euch mit uns doch zu mulmig werden sollte, zwingt euch niemand, hierzubleiben.«

Der Gutaussehende lachte. »Verstehe. Eine Dame und ihr grimmiger Leibwächter. So soll es sein. Wir essen etwas, schlafen etwas, und halten uns gemeinsam mit euch die Frühjahrsmücken vom Leib.« An Naenn gewandt fügte er hinzu: »Vergebt mir meine auf den Monden der Wanderschaft etwas abhandengekommenen Manieren. Ich bin Ryot. Ryot Melron. Und das sind meine beiden Reisebegleiter Tenkar und Barri.«

»Mein Name ist Naenn«, nickte das Schmetterlingsmädchen. »Und der Name meines Leibwächters lautet Rodraeg.«

Rodraeg ließ kurz die Schultern hängen, dann straffte er sich und versuchte, möglichst breitschultrig und gefährlich zu wirken. Er ging auf und ab wie ein Wachhund und musterte die drei Streuner mit finsterem Gesicht. Tatsächlich gefiel ihm nicht, wie Tenkar und Barri Naenn ansahen, sich dann gegenseitig mit den Ellenbogen knufften und dümmlich vor sich hingrinsten.

Man teilte Proviant untereinander. Röstbrot mit Naenns schmackhaften Pasten gegen einen Streifen Rauchfleisch für Rodraeg und einen Schluck billigen Wein für Naenn. Rodraeg der Leibwächter verschmähte den Alkohol und aß auch das Rauchfleisch nicht sofort, sondern verstaute es erstmal im Seesack.

Dann tauschte man Reiseerfahrungen aus, während die Sonne langsam unterging. Rodraeg und Naenn hatten nichts Aufregendes erlebt, erzählten also nur vom Wetter und ihrer Reiseroute und daß dort alles ruhig war, bis auf die Möglichkeit eines großen Wurmdrachens im Larn. Bei den dreien war Ryot fürs Reden zuständig. Sie kamen von weiter südlich, aus der Gegend von Skerb, hatten sich in der Hauptstadt neu verproviantiert und waren jetzt unterwegs zu den Kjeerklippen, zur Paßstraßenstadt Tyrngan. Naenn sagte Ryot auf den Kopf zu, daß er von dort stamme, von nördlich der Kjeerklippen, und fragte ihn, was ihn so weit südlich bis nach Skerb verschlagen hatte.

»Was hat mich verraten?«, fragte Ryot.

»Euer Akzent und euer Schwert. Ihr seid ein Klippenwälder, aber einer mit Umgangsformen.«

Die meisten Soldaten, Söldner, aber auch als Glücksritter durchs Land ziehende Krieger-Abenteurer stammten aus den Klippenwäldern, einem riesigen, oftmals bis zur Unbewohnbarkeit zerklüfteten Landstrich im Nordwesten des Kontinents. Im Osten grenzten die Klippenwälder an die Felsenwüste der Affenmenschen. Dort stand die Festungssstadt Galliko, rußgeschwärzt von einem niemals endenden Krieg. Die Menschen aus den Klippenwäldern verehrten den Kriegsgott Senchak und waren nicht gerade berühmt für ihre Ehrenhaftigkeit und Bildung, vielmehr für ihren Jähzorn und ihre Unbeugsamkeit im Kampf. Aber es gab auch Städte in den Klippenwäldern. Es gab ein unüberschaubares System von winzigen Baronaten und Herzogtümern, und der im Süden oft erhobene Vorwurf, nördlich der Kjeerklippen gäbe es nur noch Barbaren, gehörte wohl in frühere Zeitalter.

»Mein Vater ist ein Landbaron«, erklärte Ryot, während der Feuer'schein sein Gesicht mit wechselnden Konturen bemalte. »Baron Terzel Melron von der Roten Wand. Ich habe eine gute Kinderstube genossen, aber nun bin ich schon viele Jahre unterwegs und kann mich manchmal kaum noch daran erinnern, wie ein richtiges Bett aussieht.«

»Und warum die behaglichen Gemächer einer Burg eintauschen gegen die Piratenstadt Skerb?« fragte Rodraeg. Er war einmal in Skerb gewesen, nur für wenige Stunden, und war entsetzt gewesen über die Brutalität und Schamlosigkeit, die dort herrschte. Manche Straßen waren regelrecht gesäumt mit den verwesenden Leibern von Hingerichteten, und dennoch hatte er dort am hellichten Tag mehr fleischliche Ausschweifungen zu sehen bekommen als in jeder anderen Stadt bei Nacht.

»Wir konnten uns das nicht aussuchen«, erläuterte Ryot. »Meine beiden Gefährten und ich – nun, sagen wir, wir fuhren auf einem Schiff, das von Skerber Freibeutern ›umgeleitet‹ wurde. Wir konnten entkommen und haben anschließend versucht, das, was uns gehörte, wiederzubekommen. Ein sehr schwieriges, langwieriges und leider auch ausgesprochen erfolgloses Unterfangen.«

Rodraeg konnte sich nicht helfen: Irgend etwas an Ryots Geschichte war faul, paßte vor allem nicht zu den beiden Halunken in Ryots Gesellschaft. Tenkar und Barri sahen selbst wie Skerber Freibeuter aus: struppige Gestalten, die mit einem Entermesser zwischen den Zähnen hinter einer Reling kauerten und begehrliche Blicke auf eine silbern im Mondlicht schimmernde Beute warfen. Aber einige Worte in Ryots Erzählung waren mit Wut in den Augen gesprochen worden. Es war nicht alles nur erfunden.

»Und jetzt geht es zurück nach Hause?« fragte Naenn.

»Ja«, bestätigte Ryot. »Vorher noch nach Somnicke und Tyrngan. Freunde treffen.«

Da war es wieder. Die Art, wie er *Freunde treffen* betonte. Rodraeg wurde das Gefühl nicht los, es hier mit jemandem zu tun zu haben, der etwas im Schilde führte. Nur was?

Ryot erhob sich und schlenderte zum Teich. Tenkar und Barri blieben sitzen und kauten auf ihren geräucherten Fleischstreifen herum. Einige Frösche hatten ein kehliges Quaken begonnen.

»Wart ihr schon mal am See?«

»Am Delphior-See?« fragte Naenn.

»Nein. Am Brennenden See. In den Klippenwäldern. Ist fast so groß wie der Delphior. Hundert Meilen Wasser. Wenn die Sonne sinkt, setzt sie den See in Brand mit ihrem Sterben. Man kann die Hitze im Gesicht spüren.«

Rodraeg erhob sich jetzt auch. Er wollte Ryot nicht in seinem Rücken haben und stellte sich so auf, daß er alle drei im Blick hatte. Dabei tat er so, als wärmte er sich die Hände am Feuer, obwohl sie heiß und trocken waren.

»Mir hat mal jemand erzählt, das sei nur eine Luftspiegelung«, sagte er. »Das Wasser des Sees nimmt die Farbe der sinkenden Sonne an. Dadurch und durch aufsteigende Nebel sieht es wie eine Feuersbrunst aus.«

»Und doch kann man die Hitze spüren. Zumindest, wenn man von dort stammt.« Lächelnd wandte Ryot sich wieder um und kam zurück. Das Feuer flackerte heftiger. Eine milde Brise ließ das Birkenlaub rascheln. Ryot ging ganz nahe an Rodraeg vorbei, und plötzlich erhielt Rodraeg einen starken Tritt seitlich gegen die rechte Wade. Seine Knie klackten schmerzhaft gegeneinander und gaben nach. Aber Rodraeg sackte nicht einfach zusammen. Ryot packte ihn an den Haaren und riß ihn nach hinten um. Als Rodraeg hart auf dem Rücken aufschlug, sah er Ryot unter den Sternen kauern und spürte Ryots Gewicht auf der Brust und den kalten Stahl seines eigenen Säbels am Kehlkopf. Keine einzige von Ryots Bewegungen hatte er mitbekommen. Er war überrumpelt worden wie ein Anfänger.

Naenn sprang auf, aber im Nu wurde sie von Tenkar und Barri in die Zange genommen und an beiden Armen festgehalten. Sie wehrte sich nicht.

»Wißt ihr, ich mache mir wirklich Sorgen«, sagte Ryot und verstärkte den Druck der Klinge auf Rodraegs Hals. »Da ist dieses wunderschöne Mädchen, so dermaßen wunderschön, daß man fast blind wird, wenn man sie länger als zwei Augenblicke ansieht, und als Begleiter hat sie einen vollkommen unfähigen Leibwächter mit einem – was soll das überhaupt sein? Das ist wohl mal ein Säbel gewesen vor dreißig oder vierzig Jahren. Jetzt kann man vielleicht noch Brot damit schneiden, aber nur, wenn es vor Trockenheit schon fast von selbst auseinanderkrümelt. Familienerbstück?«

»Wir haben kein Geld«, brachte Rodraeg mit belegter Stimme hervor. Seine Knie schmerzten immer noch, als hätte Ryot mit einem Ruder dagegengeschlagen.

»Oh, das glaube ich euch sogar. Zumindest, daß ihr nicht viel Geld habt. Aber es könnte reichen, um meinen Freunden und mir das Reisen für ein paar Tage angenehmer zu gestalten.« Tenkar und Barri kicherten.

»Tu ihm nichts«, bat Naenn. »Das ist es nicht wert. Wir geben dir das Geld freiwillig.«

»Warum setzt du dich so für ihn ein? Wenn ich dein Leibwächter wäre, bräuchtest du drei lächerliche Strauchdiebe nicht um dein Leben anzuflehen.«

»Er ist nicht mein Leibwächter. Das habe ich vorhin nur gesagt, weil du mich auf die Idee gebracht hast. In Wirklichkeit ist es genau umgekehrt. Ich beschütze ihn.« Blitzschnell riß Naenn sich los, packte links und rechts jeweils einen Arm von Tenkar und Barri und verdrehte ihn so, daß die beiden, wollten sie sich nicht die Arme aus den Gelenken hebeln lassen, gar keine andere Wahl hatten, als sich rückwärts in der Luft zu überschlagen und unsanft auf dem Rücken zu landen. Naenn strich sich die Ärmel glatt. »Ich kann es nicht leiden, angefaßt zu werden.«

»Ein netter kleiner Trick«, gab Ryot lächelnd zu. »Und dennoch ein großer Fehler. Denn ich hätte deinen Freund jetzt töten können, und du wärst zu beschäftigt gewesen mit dir selbst, um es zu verhindern. Du wirst zu schnell wütend. Und er ist zu langsam. Wie ich schon sagte: Ich mache mir ernstliche Sorgen um euch beide.«

Stöhnend und ächzend kämpften Tenkar und Barri sich langsam wieder hoch. Tenkar blieb in Naenns Nähe, wagte sich aber nicht mehr an sie heran. Barri humpelte zu der Birke mit den Waffen und brachte die drei Klingen an sich.

Rodraeg litt furchtbar darunter, überhaupt nichts tun zu können. Sobald er sich aufbäumte oder versuchte, seine Arme unter

Ryots Kinn zu bekommen, würde dieser ihm seinen eigenen Säbel durch den Hals stechen. Er war vollständig ausgeschaltet. Nutzlos. Schlimmer noch: eine Geisel, mit der man Naenn erpressen konnte.

»Noch ist kein Blut vergossen worden«, sagte Naenn beschwichtigend. »Belassen wir es dabei. Wir können uns einigen.«

»Das wäre schon möglich«, meinte Ryot. »Was führt euch eigentlich in die Hauptstadt?«

Das geht dich einen Scheißdreck an, wollte Rodraeg krächzen, doch Naenn kam ihm zuvor. »Wir wollen zum Wohle des gesamten Kontinents arbeiten.«

Zum Wohle des gesamten Kontinents. Wie hohl diese Phrase jetzt in Rodraegs Ohren dröhnte – jetzt, wo er hilflos wie ein Käfer auf dem Rücken lag und dulden mußte, daß dieser Lump die Bedingungen diktierte.

»Wie macht man sowas? Ich meine: Wie arbeitet man für etwas anderes als sich selbst?«

»Indem man mit anderen zusammenarbeitet, denen das Wohl des gesamten Kontinents am Herzen liegt. Auch du könntest mit uns zusammenarbeiten, Ryot Melron von der Roten Wand. Ich denke, tief unter Zorn und Schutt verborgen ruht in dir ein guter Kern.«

»Das ist lächerlich.« Ryots Stimme klang verächtlich, aber da war auch Selbsthaß in seinem Tonfall. »Ich fürchte, ich kann jetzt nur noch eines für euch tun.« Er erhob sich von Rodraeg. Dieser konnte jetzt, von Ryots Gewicht befreit, erstmals wieder richtig atmen, hustete und wälzte sich auf die Seite. »Tenkar, Barri – ihr paßt mit euren Waffen auf, daß die Dame nicht wieder irgendwelchen Schabernack treibt. Und du – wie war nochmal dein Name?«

»Rodraeg.«

»Du steht auf und zeigst mir, wie du für den Kontinent kämpfst, wenn sich jemand zwischen dich und dein hehres Ziel stellt.«

»Ich habe keine Lust zu kämpfen.«

»Du hast die Wahl. Kämpfst du nicht, dann bringen wir euch beide um. Vorher haben Tenkar und Barri noch ihren Spaß mit dem Mädchen. Kämpfst du und gewinnst, verziehen wir uns und schlagen woanders unser Nachtlager auf. Kämpfst du und verlierst, dann nehmen wir dein Geld. Das Mädchen und ihr Geld bleiben unbehelligt, weil sie bereits bewiesen hat, daß sie kein Schwächling ist.«

Rodraeg rappelte sich hoch. Noch immer zitterten ihm die Knie. Ryot war ein wenig größer als er, deutlich kräftiger, etwa zehn Jahre jünger. Und er hatte gewiß nicht die letzten fünf Jahre hinter einem Schreibtisch gesessen.

»Das ist barbarisch«, protestierte Rodraeg.

Ryot lächelte wieder. »Wach auf! Dies ist eine barbarische Welt.«

»Also gut. Wie kämpfen wir?«

»Ohne Waffen, nur mit den Fäusten. Ganz einfach. Bis einer nicht mehr aufsteht.«

»Und ich soll dir vertrauen, daß Naenn nichts geschieht, falls ich bewußtlos am Boden liege.«

»Du willst Sicherheit? Dann mußt du mich besiegen.«

Rodraeg seufzte. »Bringen wir es hinter uns.«

Sie suchten sich einen Kampfplatz, der einigermaßen gleichmäßig vom Feuer beschienen war. Tenkar und Barri hatten sich beide bewaffnet und überwachten Naenn, während Rodraeg und Ryot den Boden von Ästen säuberten. Rodraeg zog seine Jacke aus und lockerte seine Arme.

Naenns Augen glitzerten im Spiel der Flammen. »Du brauchst das nicht zu tun, Rodraeg. Ich habe keine Angst vor ihnen. Wenn sie uns töten wollen, können wir uns gemeinsam wehren.«

»Aber vielleicht ist es am einfachsten so«, antwortete Rodraeg. »Ich haue ihn um und Schluß. Kein Blutvergießen.« Er versuchte ihr ein aufmunterndes Lächeln zu schenken, aber sie brauchte seine Gedanken gar nicht zu lesen, um mitzubekommen, wie mulmig ihm war. Rodraeg war kein guter Faustkämpfer. In seiner Jugend hatte er einige Geschicklichkeit im Umgang mit dem Säbel und im Ringkampf erworben, aber Ringkampf taugte nichts im wirklichen Leben, weil ein echter Gegner sich nicht an die Regeln hielt. Für den Faustkampf hatte Rodraeg immer zu empfindliche Finger gehabt. Ohne schützende Umwicklung, fürchtete er, könnten sie ihm brechen, falls er Ryot ins Gesicht schlug. Er würde sich also auf Körpertreffer beschränken müssen.

Der Kampf begann, ohne daß jemand ein Signal gab. Ryot bewegte sich einfach vorwärts und schlug Rodraeg krachend auf die Nase. Rodraeg ging nicht zu Boden, aber er sah weiße Funken blitzen und mußte Tränen wegblinzeln, die unwillkürlich seine Augen fluteten. Er nahm die Arme hoch, schuf Kopfdeckung mit seinen Unterarmen. Soviel immerhin hatte er aus seiner Jugend noch behalten.

Er wartete, daß Ryot wieder vorstieß, und der tat ihm den Gefallen. Rodraeg duckte sich und ließ seine Unterarme treffen.

Er mußte versuchen, den Gegner auszurechnen, Bewegungsangewohnheiten zu erkennen und für sich zu nutzen. Aber Ryot war einfach nur schnell und wütend. Er deckte Rodraeg mit einer prasselnden Schlagserie ein. Rodraeg nahm zwar den Kopf tief und schützte ihn, aber die Treffer auf die Rippen taten unerträglich weh und raubten ihm die Luft. Es steckte unglaublich viel Wucht in Ryots Fäusten. Kein Wunder, dachte Rodraeg. Ein Anderthalbhänder ist viel schwerer als ein Säbel. Ryot mußte viel Kraft in Oberarmen und Händen haben, um eine solche Waffe handhaben zu können.

Rodraeg suchte sein Heil in einem Klammergriff, um wenigstens die zermürbenden Schlaghände irgendwie festzusetzen, aber Ryot riß sich los. Verzweifelt setzte Rodraeg nach. Er konnte diesen Kampf nicht lange durchhalten. Er mußte eine schnelle Entscheidung suchen. Japsend prügelte er mit rudernden Armen auf Ryot ein, der sich jetzt seinerseits stöhnend in Deckung krümmte. Es war eine unansehnliche Rauferei, kein wirklich athletisches Schauspiel, aber das war Rodraeg egal. Seine Nase schmerzte, seine Rippen schmerzten, seine Unterarmknochen fühlten sich wie gesplittert an, und seine Fäuste straften jeden Treffer, den er landete, mit Pein. Rodraeg verausgabte sich, legte alles, was er hatte, in wilde und ungezielte Treffer, um diesen Banditen zu Boden zu zwingen. Doch Ryot war noch lange nicht am Ende. Aus der Deckung heraus, aus seiner vornübergekrümmten Haltung, schlug er einen rechten Aufwärtshaken genau in die Mitte von Rodraegs Brustkorb. Rodraeg blieb die Luft weg. In seinen Ohren rauschten Wasserfälle. Seine Arme vergaßen zu schlagen. Ryot richtete sich auf, wischte mit einer Hand Rodraegs Arme beiseite und schlug mit der anderen in Rodraegs Gesicht. Naenn schrie etwas. Rodraeg stand da wie vom Blitz getroffen. Ryot holte aus und schlug erneut zu. Diesmal löschte er alles Licht, allen Klang und sämtliche Bewegung.

Zuerst war das Erwachen ein klebriges Tasten in einem atmenden Raum. Dann setzten Schmerzen ein, pochend, unnachgiebig, gleißend geradezu. Rodraeg wollte wieder zurück ins Dunkel robben und sich der Erinnerungslosigkeit hingeben, doch Naenns sanfte Stimme führte ihn wie an einem glimmenden Fädchen zurück in die Welt. Sie summte ein Lied für ihn. Ein Schmetterlingslied.

Als sie bemerkte, daß er sich regte, half sie ihm, Panik und Übelkeit zu überwinden. »Schhhhh«, flüsterte sie, »laßt Euch Zeit mit dem Erwachen. Die Gefahr ist längst vorüber.«

»Die ... Kerle sind weg?«

»Gegangen. Vor Stunden schon.«

»Stunden?! Ich war stundenlang bewußtlos?« Es war immer noch dunkel, so viel konnte Rodraeg erkennen, aber ansonsten fast nichts. Das Feuer brannte ruhig und stetig. Der Mond warf rasende Wolken von sich wie Schleier. Rodraeg lag auf dem mit dem ersten Gras des Frühlings bewachsenen Boden, dort, wo er gefallen war. Sein Gesicht fühlte sich an, als sei es bis zur Unkenntlichkeit geschwollen. Jeder einzelne seiner Fingerknöchel war wund und aufgeschürft.

»Ihr wart nicht stundenlang bewußtlos. Ich habe mir erlaubt, Eure Ohnmacht in einen Heilschlaf überzuleiten, damit Ihr nicht unter Nachwirkungen zu leiden habt. Ryot hat Euren Kopf äußerst hart getroffen. Manche wachen nach solchen Schlägen nie wieder auf.«

Mit Erleichterung stellte Rodraeg fest, daß die Fetzen, die sich von seinem Gesicht ablösen ließen, keine Haut waren, sondern Blätter. Kräuter, die Naenn ihm auf die Nase und die am meisten in Mitleidenschaft gezogenen Gesichtspartien gelegt hatte. Rodraeg preßte diese Wundpackungen fester an und wackelte vorsichtig an seiner schmerzenden, aber wohl nicht gebrochenen Nase. »Ich habe Euch zu danken. Ihr habt Euch fürsorglich um mich gekümmert. Und das, obwohl ich so schmählich versagt habe.«

»Ihr hattet keine Chance gegen ihn. Ich habe in ihn hineingesehen. Ein Krieger. Einer, der schon viele Männer erschlagen hat. Er hätte Euch töten können. Aber er wollte Euch nichts tun.«

»Naja. Das, was er mir getan hat, hat mir fürs erste gereicht.«

»Seht, was er Euch dagelassen hat.«

Rodraeg folgte ihrem schimmernden Blick. Neben ihm im Boden steckte der Anderthalbhänder. So dicht, daß Rodraeg sich bei einer hastigen Bewegung hätte schneiden können.

Rodraeg verstand überhaupt nichts mehr. »Hat er mein Geld geklaut?«

»Nein.«

»Er hat mich umgehauen – und mir dann sein Schwert geschenkt?«

»Er sagte, wenn Ihr jemals auf mich aufpassen wollt, solltet Ihr lernen, damit umzugehen.«

»Das ist doch ... das ist doch ... – und mein Säbel?«

»Den hat er mitgenommen, um nicht ohne Waffe zu sein.«

»Wußte ich's doch! Verdammter Dieb!« Rodraeg hieb mit der flachen Hand ins Gras. »Das war ein Erbstück von meinem Onkel. Ich muß den Säbel wiederhaben.«

»Ihr werdet ihn nicht einholen. Die drei haben mehr als sechs Stunden Vorsprung.«

»Was soll ich mit diesem Riesenschwert? Das kann ich ja gar nicht handhaben!«

»Ihr solltet es lernen.« Naenn sah ihn eindringlich an. »Rodraeg, versteht Ihr denn gar nicht, was hier passiert ist? Ryot Melron von der Roten Wand. Ein Dieb. Ein Mörder. Auf einem Feldzug, der in Sinnlosigkeit begann und in Verlorenheit enden wird. Solche Menschen machen keine Geschenke. Aber Euch hat er beschenkt. Wir müssen das annehmen, denn dies ist nicht weniger als ein Rätsel, und Rätsel waren schon immer die bevorzugte Sprache der Götter.«

4 Ein nicht ganz geschlossener Kreis

Sie gingen los im ersten Licht des Tages. Rodraeg fühlte sich noch ein wenig wackelig auf den Beinen, aber er sagte, es ginge schon. Zerknirscht vermutete er, daß er mit seinem lädierten Gesicht wohl keinen guten Eindruck auf den Kreis machen würde.

»Sie waren in der Überzahl und bewaffnet«, beruhigte ihn Naenn. »Ich werde dem Kreis erklären, daß Ihr Euch geschlagen habt, um mich zu schützen.«

Rodraeg erinnerte sich daran, wie Naenn zwei von den drei Kerlen mit Leichtigkeit durch die Luft gewirbelt hatte. Vielleicht wäre sie alleine auch mit Ryot fertiggeworden.

»Seid Ihr eigentlich bewaffnet?« fragte er sie.

»Ich habe ein kleines Messer bei mir, um Kräuter schneiden zu können und Früchte. Aber ich kämpfe nicht.«

»Ihr habt aber gekämpft, und ziemlich gut.«

»Das war nur Selbstverteidigung. Man kann die Gereiztheit und böse Energie eines Angreifers gegen ihn verwenden, um ihn von den Füßen zu holen.«

»Das sah recht erfolgreich aus. Könntet Ihr mir das eines Tages beibringen?«

Sie sah ihn an und dann wieder woandershin. »Eines Tages. Durchaus vorstellbar.«

So richtig hatte Rodraeg nicht gewußt, was er mit dem Anderthalbhänder anfangen sollte. In von Gardisten kontrollierten Gegenden des Kontinents konnte es als Provokation aufgefaßt werden, wenn jemand mit einer blanken Klinge durch die Gegend lief. Ryot Melron hatte das Schwert ohne Scheide getragen, an Trägergurten in Lederschlaufen am Rücken. Er war auf Ärger aus gewesen. Rodraeg stand nicht der Sinn nach Ärger, aber vorerst hatte er keine andere Wahl. Das Schwert paßte nicht in seinen Seesack und war auch zu sperrig und schwer, um in den Gürtel geschoben zu werden, also trug er es über der Schulter, die Hand am Griff, und die Klinge spiegelte die Sonne und die Wolken.

Den ganzen Tag über wurde die Straße voller und voller. Am Nachmittag waren die beiden regelrecht umgeben von Ochsenkarren, Pferdegespannen, Kutschen, Gardistentrupps, einzelnen Reitern und vielen verschiedenartigen Reisenden zu Fuß. Die Anziehungskraft der Hauptstadt bewirkte Geschubse und Geschnatter, Vorfreude und zur Schau gestellte Gelassenheit, strenge Blicke der Gardisten und prahlerische Behauptungen derjenigen, die schon einmal dort gewesen waren.

Hinter einem langgezogenen Hügel, über den die Straße sich in Kurven wand, kam sie dann in Sicht, die Ebene von Aldava. Die Flüsse Selath und Anera glitzerten im Sonnenschein, und zwischen ihnen, wie immer ein wenig verschleiert vom Dunst und Rauch und Dampf der mehreren hunderttausend Menschen, die hier lebten: Aldava die Prächtige, die Einzigartige, die Majestätische. Im innersten, am höchsten aufragenden Ring der Königinpalast, das Gardehaupthaus und die Leittempel der zehn Götter; unterhalb davon, von einer weißen, zehn Schritt hohen Mauer umgeben, das Gebäudegewimmel der Stadt, und außerhalb der Mauer die Elendsviertel, die sogenannte Außenstadt.

Rodraeg fiel als erstes auf, daß diese Außenstadt seit seinem letzten Besuch vor acht Jahren weiter gewachsen war. Hier drängten sich all jene, die teilhaben wollten an der Majestät, für die im Inneren jedoch kein Platz mehr war, in maroden Hütten und teilweise sogar nur zeltartigen Behausungen aneinander. Viele aus den Sonnenfeldern waren hier untergekommen seit der großen Dürre damals, die Rodraegs Vater um seinen Besitz gebracht hatte. Wenigstens das, dachte Rodraeg bitter, hatte er seinen Eltern ersparen können. Aldava sah inzwischen wie belagert aus, und die Zahl der Belagerer wuchs. Wie auch immer der Feldzug gegen die Affenmenschen sich entwickeln mochte – auch, falls er wirklich bereits in einer Katastrophe geendet hatte: Womöglich würden noch viele weitere Menschen hier in Aldava Obdach suchen, Flüchtlinge aus den Provinzen Hessely, Ferbst und Brissen.

Aber die Außenstadt war nicht einfach nur ein Chaos. Je näher man ihr kam und spätestens, wenn man ihre Ausläufer passierte und in sie vordrang, erkannte man eine Struktur, einen natürlich gewachsenen Versuch, die prachtvolle Stadt im Inneren der weißen Mauer nachzuahmen. Man konnte hier draußen einkaufen und Waren feilbieten, man konnte trinken, essen, schlafen und Liebesdienste erstehen, man konnte hier Arbeit finden oder stehlen, beten oder fluchen, sich eine Hütte errichten, Kinder bekommen und aufziehen. Es gab viele unterschiedliche Völker, die sich hier mischten, viele unterschiedliche Brauchtümer und Zungenschläge, und mindestens ebensoviele Hoffnungen auf eine lebenswerte Zukunft.

Sechs hell gepflasterte Straßen führten durch die Außenstadt zu den sechs großen Toren in der weißen Mauer, und auf der nördlichen dieser sechs Straßen näherten sich Rodraeg und Naenn dem Heleletor, das dem Gott des Silbers und des Alters geweiht war. Das Gewimmel auf der Torstraße war schier unüberschaubar, Rodraeg mußte sehr aufpassen mit seinem riesigen Schwert, damit er niemanden verletzte. Die Tore waren Tag und Nacht geöffnet, wurden nur bei Gefahr und in Zeiten besonderer Not geschlossen, aber mindestens acht Stadtgardisten in ihren mit Gold, Blau und dem Symbol der Krone verzierten Lederuniformen waren an allen Toren positioniert und beargwöhnten jeden, der hineinwollte. Da sie ab und zu Stichproben machten und einen Wagen durchsuchten, oder sich Zeit nahmen, um das Gesicht eines Abenteurers mit einem Steckbrief zu vergleichen, staute sich das Vorankommen. Rodraeg und Naenn reihten sich ein und warteten geduldig. Beim Passieren des Heleletores nahm Rodraeg das Schwert von der Schulter und verbarg es eng am Körper zwischen den anderen Hindurchdrängelnden. Der mißtrauische Blick eines Gardisten traf ihn, aber Rodraeg lächelte sein harmlosestes Rathausschreiberlächeln und blieb unbehelligt. Als sie drinnen waren, orientierten sie sich – Rodraeg aufgrund seiner mehrjährigen Ortskenntnisse, während Naenn kaum mehr als den Weg zum Kreis kannte, zum alten General und zu Baladesar Divon.

»Wir müssen hier entlang zum Treffpunkt«, sagte Naenn.

Rodraeg zögerte. »Ich will vorher noch versuchen, mir eine Schwertscheide zu besorgen. Ich kann hier nicht wie ein Strauchdieb rumlaufen. Dort hinten in dieser Straße gibt es einen Waffenhändler. Folgt mir einfach.«

Auf den Straßen der Innenstadt war es fast ebenso voll wie in der Außenstadt, aber man sah hier weniger Viehkarren und mit großen Rucksäcken beladene Wanderer, dafür mehr Kutschen, Sänften und wohlhabende Damen samt Leibwache auf Einkaufsbummel. Gesäumt waren die Straßen mit großen, vielfarbigen Gebäuden, die meisten von ihnen vier Stockwerke hoch. Manche hatten ausladende Balkone und Erkerfenster, andere wiederum sahen wie kleine Paläste aus, mit Türmchen und Bogen, und überall wehten Fahnen und Wimpel mit den Wappen von Familien und dem goldenen Zeichen der Krone.

Der Laden, den Rodraeg ansteuerte, hieß ›Schwertmeister Schellus‹. Der Besitzer war ein ehemaliger Arenakämpe, der seine Sandalen früh an den Nagel gehängt hatte, um sich von seinen Preisgeldern einen kleinen Laden in der Hauptstadt zu leisten. Rodraeg erkundigte sich nach einer Scheide für seinen Anderthalbhänder, doch Schellus mußte passen.

»Die Maße dieser Klinge sind sehr ungewöhnlich. Schmaler als ein Anderthalbhänder sonst, aber noch zwei Fingerbreit länger.« Schellus schwang das Schwert, so weit sein vollgepfropfter Laden das zuließ. »Ungewöhnlich zu führen. Schwergängig im Hebelpunkt, aber sauber im Durchzug. Stabil, würde ich schätzen. Gute Schneide. Verhältnismäßig neu. Darf ich fragen, woher?«

»Geschenkt bekommen.«

»Hmmmm. Ein schönes Geschenk. Ist gut und gerne seine zweihundert Taler wert.«

»Du liebe Güte! Umso dringlicher brauche ich eine Scheide, damit nicht sämtliche Diebe des Kontinents versuchen, mir das Ding wegzunehmen.«

»Eigentlich ist ›das Ding‹ dazu da, daß keiner mehr Euch etwas wegnehmen kann.«

Rodraeg räusperte sich. »Tja, ich muß wohl erst noch lernen, damit umzugehen.«

Schellus musterte ihn eindringlich. »Darf ich fragen, wie alt Ihr seid?«

»Sechsunddreißig. Wieso?«

»In dem Alter baut man nicht mehr so schnell Muskeln auf. Aber es ist noch nicht zu spät, wenn Ihr fleißig seid. Ihr seid Rechtshänder?«

»Ja.«

»Übt am besten beidhändig, sonst bekommt ihr Rücken- und Nackenprobleme. Was ich Euch anbieten kann, ist eine längliche Leinentasche mit Tragegurt, so in der Art, wie die vornehmen Herrschaften sie benutzen, um ihre Pferdballschläger zu tragen. Darin müßte Euer Schwert gut aufgehoben sein, bis Ihr Zeit findet, eine stabile Scheide maßanfertigen zu lassen. Und ich gebe Euch das hier dazu.« Schellus kramte unter seiner Theke und legte zwei breite lederne Bänder mit Metallschnallen auf den Tisch.« Die verstärken Eure Handgelenke. Ihr habt zu zarte Händchen für eine solche Waffe.«

Rodraeg schluckte seinen Groll hinunter. Immerhin war er früher Abenteurer gewesen, war mit dem Säbel seines Onkels durch die Welt gezogen und hatte ... überhaupt keine Heldentaten vollbracht. Schellus hatte Recht. Rodraeg war Schreiber geworden, war genau genommen die meiste Zeit seines Lebens, auch schon vor Kuellen, nichts anderes als Schreiber gewesen. *Aber es ist noch nicht zu spät, wenn Ihr fleißig seid.*

Rodraeg bedankte sich, bezahlte, schob Ryots Schwert und die beiden Lederbänder in die gut passende Tasche, hängte sie sich über die Schulter und verließ den Laden. Naenn hatte vor der Tür auf ihn gewartet. Für Waffen und ihre Händler hatte sie nicht besonders viel übrig.

Der Bezirk, in den Naenn Rodraeg führte, lag nahe der inneren Mauer, hinter der auch der Palast- und Tempelbereich zu finden war. In dieser Mauer gab es vier Tore, die den vier Oberen Göttern geweiht waren. Dahinter umgrenzte eine weitere Mauer den Palast. Diese hatte nur noch ein einziges Tor, keinem Gott, sondern König Rinwe geweiht, dem legendären Vereiniger und Begründer der Königskronen-Zeitrechnung.

Hier, im Schatten der zweiten Mauer, waren die Häuser kleiner, demütiger, und Naenn führte Rodraeg zur Tür eines der kleinsten. Sie klopfte, und nach einer Weile öffnete eine alte, dickliche Frau mit gutmütigem Gesicht.

»Naenn, mein Liebling, endlich bist du gekommen!«

Naenn und die Alte drückten sich, und plötzlich fing Naenn an zu weinen. Es war nur ein kurzer Ausbruch, ein Schluchzen und ein Beben der Schultern, aber die Alte hielt das Schmetterlingsmädchen ganz fest und strich ihr übers Haar. »Mein armer kleiner Schatz, was ist denn los? Ist etwas passiert?« Rodraeg war viel zu erschrocken, um zu reagieren, und Naenn fing sich sehr schnell, löste sich sanft aus den mütterlichen Armen und wischte sich beschämt Tränen aus dem Gesicht. »Ich bin ein törichtes Kind, Eria. Verzeiht mir, alle beide. Ich freue mich so sehr, dich zu sehen. Die Reise war lang und schwer, und jetzt ist es geschafft.« Rodraeg wollte etwas Aufmunterndes sagen, aber er brachte keinen Ton heraus. Ihm war gerade etwas Seltsames passiert: Als Naenn übergangslos angefangen hatte zu weinen, waren ihm ebenfalls Tränen in die Augen geschossen und ein tiefer Schmerz in die Brust, ein Mitgefühl, ein Sehnen, ihr etwas abnehmen zu können. Dabei wußte er nicht einmal, was der Anlaß war, und wunderte sich über sich selbst. Naenn trat einen Schritt von Eria zurück. »Ich bin so unhöflich. Eria, dies ist Rodraeg Talavessa Delbane. Rodraeg, dies ist Eria.«

Noch halb abwesend deutete Rodraeg eine galante Verbeugung an und wollte »Sehr erfreut« sagen, kam aber gar nicht dazu, denn Eria ging auf ihn zu, packte ihn und drückte auch ihn fest an ihren ausladenden Busen. Dann hielt sie ihn auf Armeslänge und betrachtete ihn genauer. »Ihr habt ein gutes Gesicht, aber es ist etwas beschädigt. Was in aller Welt ist euch beiden bloß widerfahren?«

Naenn zog die gerötete Nase hoch. »Laßt uns erstmal reingehen.«

Drinnen war alles vollgestellt und vollgehängt mit Kommoden, Setzkästen, Stickereien, Wandschränken, Regalen, Vasen, Glasarbeiten aus Fairai, Beistelltischchen und getrockneten Blumengebinden. Eria hatte kaum Platz, sich hier zu drehen und zu wenden, und es war offensichtlich, daß sie alleine lebte. Vom Kreis war weit und breit nichts zu sehen.

Naenn erzählte kurz von dem Überfall unterwegs und ließ Rodraeg dabei heldenhafter aussehen, als er selbst sich in Erinnerung hatte. Eria fragte noch zweimal mit gerunzelter Stirn nach, ob ganz sicher alles in Ordnung sei, und Naenn wurde fester und bestimmter in ihrer Behauptung, alles sei gut. Rodraeg hatte das schwärende Gefühl von Unheil in der Magengrube, aber er konnte sich selbst nichts erklären.

»Die anderen sind alle da?« fragte Naenn schließlich.

Eria nickte. »Alle bis auf Estéron. Vor zwei Tagen mußte er in einer dringenden Angelegenheit aufbrechen, aber er läßt dich grüßen und dir ausrichten, daß er Euch in Warchaim besuchen kommen wird.«

»Das ist schade, daß er nicht hier ist.« An Rodraeg gewandt erklärte Naenn: »Estéron ist der Schmetterlingsmann, von dem ich Euch erzählt habe. Es ist mir unterwegs nicht gelungen, Kontakt mit ihm aufzunehmen – wahrscheinlich war er von einer neuen Aufgabe voll und ganz vereinnahmt.«

Rodraeg nickte. »Ich hätte gern andere von Eurem Volk kennengelernt. Dann eben in Warchaim.«

»Geht jetzt rasch hinunter, Kinder«, drängte Eria sanft und drückte Naenn eine leuchtende Laterne in die Hand. »Sie warten schon.«

Jetzt kam endlich dieses Element des Geheimnisvollen und Verbotenen ins Spiel, auf das Rodraeg schon die ganze Zeit über vergeblich gewartet hatte. Zum »Hinuntergehen« steuerten sie nämlich keine Tür an, sondern einen der großen Schränke. Eria öffnete ihn und entfernte die Bodenplatte. Darunter war eine Falltür, die ebenfalls angehoben wurde. Metallische Sprossen führten einen kreisrunden Schacht hinab, tiefer, als die Laterne leuchten konnte.

Ein eigenartiger Geruch stieg von unten herauf. Nicht nach Höhle oder Katakombe, eher nach aromatischem Rauch.

Naenn kletterte voran, Rodraeg folgte ihr. Über ihm schloß Eria die Falltür und legte den Schrankboden wieder ein. Das Licht kam jetzt nur noch von unten, von der Laterne an Naenns Gürtel, aber es genügte, denn sie brauchten nur die Sprossen zu finden. Das wäre zur Not auch im Dunkeln gegangen.

Etwa zehn Meter tiefer erreichten sie einen aus Stein gehauenen Quergang. Naenn wollte losgehen, doch Rodraeg hielt sie zurück.

»Haben wir noch Zeit, kurz zu reden?«

»Aber ja.«

»Ihr wißt, daß Ihr mir alles sagen könnt, sofern es auch nur im Entferntesten mit mir zu tun hat. Und das, was gestern nacht geschehen ist, hat mit mir zu tun.«

Sie sah ihn an. Die Laterne in ihrer Hand beleuchtete ihr Gesicht aus einem ungewöhnlichen Winkel. »Ihr macht Euch unnötige Sorgen, aber ich fühle mich geehrt, daß Ihr sie Euch macht. Mir kamen nicht die Tränen wegen etwas, was passiert ist, sondern wegen Eria. Sie war sehr gut zu mir, nachdem der Kreis mir offenbarte, welche Verantwortung er mir übertragen möchte. Eria hat mich damals aufgefangen und mir geholfen, mich wieder auf das Wesentliche zu konzentrieren. Als sie jetzt die Tür öffnete ... wurde ich von ihrer Freude erfaßt, mich wohlbehalten wiederzusehen. Es hat mich regelrecht überschwemmt, ein Bruchteil davon mußte in Form von Tränen aus mir heraus.«

»Ihr seid in der Lage, Gedanken zu erfassen und Gefühle?«

»Manchmal. Wenn sie sehr stark und eindeutig sind.«

»Ihr macht es einem wirklich nicht leicht, Euch gegenüber diskret zu sein.«

Sie lächelte verlegen. »Es kommt genau so selten vor wie das Gedankenlesen, das kann ich Euch versichern. Aber wenn es vorkommt, dann manchmal zur falschen Zeit. Bringt Ihr dennoch die Geduld auf, an meiner Seite zu bleiben?«

»So lange Ihr es wünscht.«

Sie sah ihn direkt an. Hier unten im Halbdunkel war es leichter, ihren Augen standzuhalten. »Das klingt wie ein Eid.«

»So ist es auch gemeint.«

Sie riß ihren Blick los. »Ich ... ich freue mich. Ihr seid ähnlich gut zu mir wie Eria. Wir sollten jetzt aber weitergehen.«

Rodraeg nickte. Er war sich nicht mehr sicher, ob er den Kreis mochte. Weil Naenn vom Kreis so sehr belastet worden war, daß Eria ihr wieder hatte aufhelfen müssen. Weil Naenn zu weinen anfing, wenn es zur Abwechslung mal jemand richtig gut mit ihr meinte. Weil Naenn beigebracht worden war, sich zu entschuldigen und zu schämen für ihre phantastischen Fähigkeiten. Weil sie ganz alleine durch eine Welt gehetzt worden war, in der es von Wurmdrachen, Werwölfen und Ryot Melrons nur so wimmelte.

Rätselhaft war, daß Rodraeg sich hinterher nicht mehr an alles erinnern konnte.

Wie von einzelnen Blitzen erhellt, standen einige Situationen und Gesprächsfetzen, die sich beim Treffen mit dem Kreis ergeben hatten, noch genau vor seinem geistigen Auge, doch obwohl das Ganze nur eine Zwölftelstunde oder noch weniger her war, fehlten ihm ganze Zwischenteile.

Das mußte an dem duftenden Rauch liegen, der überall gewabert hatte. Oder an dem zornigen Knaben.

Naenn hatte Rodraeg durch Katakomben geführt, mit Abzweigungen und vieleckigen Sälen. In seiner Aldavaer Zeit hatte er Gerüchte gehört von diesem Ganglabyrinth unter den Straßen der Hauptstadt, aber er war nicht mehr Kind und auch nicht mehr Abenteurer genug gewesen, einen Einstieg zu suchen und Nachforschungen zu betreiben. Jetzt war er hier, und versuchte sich den Weg zu merken, den Naenn ging, und versuchte dies vergebens.

Jedenfalls waren sie in einem Raum angekommen, mit einem Tisch voller blakender Kerzen, und um diesen Tisch Stühle, und in dreien dieser Stühle Personen. Der betäubende, gleichzeitig süße und würzige Geruch war hier am stärksten gewesen. Die drei hatten sich erhoben und sie beide begrüßt.

Eine alte Frau, das klar geschnittene Gesicht von Hunderten von Runzeln durchzogen, doch sie ging aufrecht und behende und strahlte Kraft aus. Ilde Hagelfels.

Der Untergrundmensch. Sein Vorname war Gerimmir, sein Nachname unaussprechlich für menschliche Zungen. Fahle Haut, große, rötliche, im Dunkeln sehende Augen wie die eines Nachttieres, Hände so groß wie Schaufeln, ansonsten kleingewachsen, aber kräftig.

Und der Knabe. Riban Leribin. Etwa vierzehn Jahre alt. Kein hübsches, sondern eher ein hochmütiges Gesicht mit greisenhaften Augen. Auch er wirkte bleich und farblos, einzig Ilde Hagelfels hatte braungebrannte Landlebenhaut.

Das war er. *Der Kreis*. Estéron der Schmetterlingsmensch fehlte.

Von Anfang an war es ungemütlich geworden. Riban hatte sich ihn angesehen wie einen Sklaven auf dem Marktplatz von Diamandan, war um ihn herumgeschlichen in seinen raschelnden Wohlstandsroben und hatte geschimpft. Daß er gehofft hatte, daß Naenn durch die vielen Fehlschläge auf ihrer Namensliste begreifen würde, daß Menschen nicht geeignet wären. Daß dieser hier – Rodraeg – offensichtlich verprügelt worden war wie ein Hund. Wie kann so jemand ein Anführer sein?

Rodraeg erinnerte sich nicht daran, was als nächstes passiert war, aber jedenfalls hatte er weder zornig das Weite gesucht noch sich den Knaben gegriffen und ihn übers Knie gelegt.

Naenn erzählte. Vom leuchtenden Rathaus. Den Quellen. Reyren. Hinnis. Ryot, Tenkar und Barri. Auch von ihrer Suche nach dem richtigen Kandidaten erzählte sie. Dem alten General. Baladesar. Dem Bergführer. Der Königintreuen und dem Toten. Sie sprach mit großer Festigkeit. Sie war sich sicher, daß Rodraeg der Richtige war. Warum? hatte der Knabe gefragt. Was hat er denn schon geleistet? Was für herausragende Fähigkeiten hat er, um dem Kontinent zu helfen? Ist er ein geborener Anführer? Ein guter Ausbilder? Ein geübter Stratege? Naenn sagte immer wieder, sie sei sich sicher, daß sie keinen Besseren finden konnten. Sie führte zu Rodraegs Gunsten sogar an, daß Rodraeg von einem

Mammut geträumt hatte, von einem Mammutkind, bedroht von Jägern.

Etwas Seltsames geschah. Rodraeg fand es gut, daß der Knabe ihn in Frage stellte, denn der Knabe hatte Recht. Es wäre geradezu unerträglich gewesen, in eine Gemeinschaft aus Süßholzrasplern zu geraten, die ihn alle über den grünen Klee lobten, obwohl er tatsächlich bislang noch nichts bewiesen hatte, auch sich selber nicht. Naenns Beharren auf seinen Qualitäten kam ihm eigensinnig und unreif vor. Der Knabe dagegen machte sich berechtigte Sorgen. Der Knabe war ein Magier, wie Rodraeg später im Gespräch erfuhr, einer der mächtigsten Magier des gesamten Kontinents.

Aber Ilde Hagelfels und Gerimmir hatten Rodraeg nur Fragen gestellt. Sie fragten ihn, was ihm ein Baum bedeute. Er sagte, er möge Bäume und er ahne, was sie mit ihrer Frage bezweckten, aber er könne bedauerlicherweise trotzdem nicht behaupten, Tag und Nacht über Bäume nachzudenken. Sie fragten ihn, was ihm Wasser bedeute. Er sagte, er brauche Wasser zum Leben, und er wisse, daß man in Wasser auch ertrinken könne, und daß es richtig sei, daß niemand jemals auf die Idee gekommen sei, dem Wasser dafür die Schuld zu geben. Sie fragten ihn, was ein Berg für ihn bedeute. Er sagte, ein Hindernis auf meinem Weg oder eine Orientierungshilfe, um den Weg überhaupt erst zu finden. Sie fragten ihn, ob er zu den Götten bete. Er sagte »Nein«.

»Haben deine Eltern dir das als Kind nicht beigebracht?« hakte Ilde Hagelfels nach.

»Doch.«

»Also warum hast du aufgehört zu beten?«

»Weil nichts passierte, nachdem ich es einmal vergessen hatte.«

Sie erklärten ihm, daß er sich darüber klar werden müsse, daß die Götter tatsächlich existieren. Die Götter sind keine Legenden oder Märchen. Sie haben den Kontinent geschaffen und ihn nun sich selbst überlassen, weil die Menschen die Götter nicht mehr brauchen. Aber die Götter werden noch gebraucht, und zwar von allem, das nicht menschlich ist. Und diesem allem wieder eine Stimme zu verleihen, sei vordringlichste Aufgabe des Kreises.

An weitere Fragen konnte sich Rodraeg nicht mehr erinnern.

Später hatte er mit Ilde Hagelfels zusammengestanden vor dem einzigen Schmuck, den es in diesem kargen, unterirdischen Raum gab: ein Wandbehang aus Reispapier, bemalt mit einem schwungvollen, mit dickem Pinsel ausgeführten Tuschekreis, der linkerhand nicht ganz geschlossen war.

»Das ist unser Symbol«, hatte Ilde erklärt. »Der *Kreis.*«

»Er ist nicht ganz vollständig.«

»Richtig. Wäre er vollständig, hieße das, daß wir Vollkommenheit und Harmonie bereits erreicht haben. Da wir beides aber lediglich anstreben, kann der Kreis noch nicht geschlossen sein. Sieh uns an: einer fehlt, die übrigen drei sind unterschiedlicher Meinung. Wir sind nie ganz geschlossen. Dieses Bild schmeichelt uns noch.«

»Ihr könntet auch ein Viereck sein, mit zwei Eckpunkten, die durch eine Linie verbunden sind, einem Eckpunkt, der einzeln steht, und einem vierten, der auf Reisen ist.«

Sie hatte ihn verwundert angesehen, dann hatten sie beide gelacht.

Wiederum später hatte er sich mit Gerimmir unterhalten, aber er konnte sich an den Inhalt des Gespräches nicht mehr erinnern. Nur die forschenden, melancholischen Augen des Untergrundmenschen waren ihm noch immer gegenwärtig.

Es hatte eine Abstimmung gegeben für oder wider Rodraeg. Ilde, Gerimmir und Naenn hatten ihre Hände für ihn erhoben, Riban gegen ihn. Somit war Rodraeg offiziell angenommen.

Dann hatte er zwei Fragen gestellt. Zuerst über die Höhe der zur Verfügung stehenden Geldsumme. Gerimmir erklärte, daß man keine regelmäßigen Zahlungen garantieren könne, aber das Haus in Warchaim sei im Besitz des Kreises, der Mitarbeiter vor Ort hätte noch etwa einhundert Taler für die Einrichtung, und eine weitere größere Geldsumme solle so schnell wie möglich nachgeschickt werden, um die Gruppe zu bezahlen. Nun fragte Rodraeg, ob es für die Mitglieder der zu bildenden Einsatzgruppe auch eine Liste von favorisierten Kandidaten gäbe wie bei seinem Posten. Die Antwort war »Nein«. »Selbst wenn wir eine solche Liste hätten«, sagte Ilde, »man hat ja gesehen, daß auch Naenn sich für jemanden entschieden hat, der nicht auf ihrer Liste stand.« Das Finden und Einarbeiten von geeigneten Leuten sei jetzt ganz und gar Rodraegs Sache.

Das war es gewesen – zumindest alles, woran Rodreag sich noch entsinnen konnte. Zum Abschied hatte Naenn Riban gebeten, sich Rodraegs Blessuren anzusehen und diese magisch zu heilen, damit Rodraeg seinen Warchaimer Posten nicht lädiert antreten mußte. Doch Riban hatte nur geantwortet, bis Warchaim seien sie beide zehn Tage unterwegs, und in spätestens fünf Tagen sei dank Naenns Kräuterpackungen sowieso nichts mehr zu sehen. Rodraeg solle sich in Zukunft eben aus Raufereien raushalten.

Rodraeg war ganz benommen und torkelig geworden von dem wabernden Geruch. Die prüfenden, mitleidlosen Augen des altklugen Knaben hatten ihm zusätzlich zugesetzt. Wieder zurück in den Katakomben hatte Rodraeg vergeblich auf bessere Atemluft gehofft. Schließlich mußte er sich setzen, nachdenken und verschnaufen.

Naenn stellte sich neben ihn. Der Gewölbegang leuchtete mattgold im Schein der Laterne. »Ihr habt einen guten Eindruck gemacht«, sagte sie.

»Unsinn!« entgegnete Rodraeg schärfer als beabsichtigt. »Dieser gräßliche verwöhnte Junge haßt mich, und ich mußte mich schon sehr zusammenreißen, um nicht verdammt wütend zu werden. Ich weiß selbst, daß ich kein berühmter Feldherr bin. Er könnte mir aber trotzdem eine Gelegenheit zugestehen, die Dinge auf meine Art und Weise anzupacken.«

Naenn seufzte. »Vielleicht ist das alles meine Schuld. Ich habe Euch vorher absichtlich nichts über Riban Leribin erzählt, weil ich wollte, daß Ihr Euch ein eigenes Urteil bilden könnt, ohne von Mitleid beeinträchtigt zu werden.«

»Mitleid? Warum sollte ich Mitleid haben mit einem reichen Muttersöhnchen, das noch dazu zaubern kann und deshalb nur verächtlich auf den weniger privilegierten Rest des Kontinents hinunterblickt?«

»Weil kein einziger Eurer Eindrücke richtig ist. Zuerst einmal ist Riban kein Kind. Er war ein angesehener Magier im stattlichen Alter von 64 Jahren, als der Bannfluch eines mißgünstigen Kontrahenten ihn traf, und er daraufhin begann zurückzualtern. Das ist jetzt zehn Jahre her, und Riban ist bereits fünfzig Jahre jünger geworden. In Wirklichkeit hat er also die Lebenserfahrung von 74 gelebten Jahren, aber er leidet darunter, daß er immer kindischer wird und mehr und mehr von seinem angesammelten Wissen vergißt. Es ist ein furchtbares Schicksal. Da er in einem Jahr um fünf Jahre jünger wird, hat er nur noch drei Jahre zu leben. In einem Jahr wird er neun Jahre alt sein, in zwei Jahren vier – es ist mehr als fraglich, ob er dem Kreis dann überhaupt noch helfen kann.«

»Das ist ja furchtbar. Hätte ich das vorher gewußt, dann …«

»Ja. Ihr könntet jetzt zurückgehen und ihn mit einem neuen Blick betrachten, aber es wäre ein Blick des Mitleids, Ihr könntet das nicht vor ihm verbergen. Für einen großen Mann wie ihn ist es schrecklich demütigend, bemitleidet zu werden. Wegen seiner höher werdenden Stimme. Dem schrumpfenden Leib. Dem immer schwerer unter Kontrolle zu haltenden Jähzorn. Er hat es verdient, daß man in ihm nur einen Knaben sieht, nicht einen sterbenden Verfluchten.«

Rodraeg war erschüttert. »Dann ist der Kreis also …«

»… seine Idee, ja. Sein Geisteskind. Bevor er sich zurückentwickelt haben wird zu einem nicht mehr lebensfähigen Ungeborenen, möchte er noch etwas Gutes bewirken für den Kontinent. Sein schwindendes Wissen, seinen schwindenden Einfluß und seine schwindenden Fähigkeiten in den Dienst einer guten Sache stellen. Er hat den Kreis gegründet. Er hatte die Idee zu der Warchaimer Einsatzgruppe. Er hat auch mich ausgewählt und beauftragt, obwohl er weiß, daß er den Tag, an dem ich stark genug sein werde, die Götter zurückzurufen, wahrscheinlich nicht mehr erleben wird. Die gesamte Finanzierung stammt ebenfalls von ihm. Das Warchaimer Haus, die Reisen des Kreises, das Geld, das Ihr der Gruppe bieten werdet – all dies stammt aus dem Vermögen, das auszugeben Riban ohnehin keine Zeit mehr bliebe. Und um so schwerer wiegt es, finde ich, daß er sich heute hat überstimmen lassen. Er könnte auch sagen, er bezahlt alles, also trifft er die Entscheidungen. Aber wenn Ilde und Gerimmir und ich anderer Meinung sind, dann läßt er uns gewähren. Somit gibt er zu, daß auch er sich irren kann. Riban Leribin ist einer der großmütigsten Menschen, denen ich je begegnet bin.«

»Alles ergibt jetzt erst einen Sinn«, dachte Rodraeg laut. »Der nicht ganz geschlossene Kreis: ein Lebensweg, der zu seinem eigenen Ursprung zurückkehrt, noch nicht ganz vollendet. Seine Ungeduld mir gegenüber, weil er weiß, daß er nicht genug Zeit hat, mich in meine neue Aufgabe hineinwachsen zu sehen. Er mißtraut den Menschen, weil er das Leben eines Menschen gelebt hat, vorwärts wie rückwärts, und weiß, daß dort weniger Wunder zu erwarten sind als zum Beispiel bei Eurem Volk. Warum wollte Estéron nicht Anführer der Warchaimer Gruppe werden?«

»Er hat es sich nicht zugetraut.«

»Verstehe. Ich verstehe nun viel mehr. Danke, daß Ihr mich eingeweiht habt. Jetzt muß ich dringend an die frische Luft, sonst fange ich an zu lallen und Lieder zu singen.«

»Der Geruch hier macht Euch zu schaffen?«

»Ja. Euch denn gar nicht?«

»Ich bin das gewöhnt. Das ist Feenrauch. Schmetterlingsmenschen benutzen ihn, um ungebetene Gäste fernzuhalten – Lauscher, Kriecher und giftiges Gewürm. Hier in den Katakomben wirkt er gegen Ratten und die Spione der Königin.«

»Und gegen ehemalige Rathausschreiber. Schnell nach oben!«

Vor Erias Häuschen vertraten sie sich die Beine. Es war längst dunkel, die Straßen Aldavas wurden von Hauslaternen beleuchtet, die zwischen ihren Lichtkreisen reichlich Raum für Schatten ließen. Rodraeg schnaufte, als hätte er tagelang bei geschlossenem Fenster auf seiner Schreibstube gearbeitet.

»Bei Eria ist nicht genügend Platz für uns«, erklärte Naenn, »aber wir können uns ein Gasthaus suchen, gut essen und zwei Zimmer nehmen.«

Rodraeg überlegte. »Die Gasthäuser hier sind überfüllt, laut und unglaublich teuer. Könntet Ihr alleine bei Eria unterkommen?«

»Was habt Ihr vor?«

»Ich würde gerne Baladesar Divon aufsuchen. Immerhin habe ich ihm meine neue Aufgabe zu verdanken. Ich finde es auch sinnvoll, wenn er erfährt, daß ich die Sache übernommen habe.«

»Das ist eine gute Idee. Ihr könnt dort unterkommen, und ich bin gerne noch eine Nacht bei Eria. Treffen wir uns dann morgen am Tor Richtung Warchaim?«

»Holt mich besser vom Haus Divon ab, Ihr wißt ja, wo es ist. Dann können wir noch gemeinsam Proviant einkaufen, bevor es losgeht.«

»Gut. Ich wünsche Euch eine angenehme Nachtruhe, Rodraeg.«

»Ich Euch auch, Naenn.«

Als sie winkend in Erias Haus zurückging, empfand Rodraeg ein Bedauern, einen Verlust. Sieben Nächte hatte er während ihrer gemeinsamen Reise nach Aldava in Naenns Gegenwart verbracht, und schon fiel es ihm schwer, auf ihre Nähe zu verzichten.

5 Kiara

Das Haus Divon stand ebenfalls nahe der inneren Mauer, aber in einem vollkommen anderen Viertel der Stadt. Hier gab es umzäunte Anwesen mit Gärten und sogar mehrere Parks. Es war der Südhang Aldavas, die Sonnenseite der Stadt. In den acht Jahren seit Rodraegs letztem Besuch schien sich hier nicht viel verändert zu haben, aber natürlich wirkte selbst die Sonnenseite bei Nacht finster und wenig einladend, und Rodraeg öffnete seine Schwerttasche ein Stück, um bei einem Überfall nicht wieder überrumpelt zu werden.

Er fand das Haus Divon auf Anhieb. Von einer beschirmten Öllaterne beleuchtet, schimmerten die Fassade und die kunstvoll geschmiedete Metallgittertür in einer gewundenen Straße. Rodraeg zog an dem Torglöckchen. Eine sonnenfeldisch aussehende Bedienstete öffnete ihm und fragte nach seinem Begehr. Er entschuldigte sich für die späte Stunde und nannte seinen Namen. Sie ging die Dame des Hauses verständigen.

Einen Sandstrich später erblickte er Kiara hinter dem Gitter. Sie war immer noch sehr schön, wie sollte sie das auch nicht sein, sie war jetzt knapp über dreißig, Mutter von Baladesars Töchtern.

»Rodraeg«, sagte sie sanft, »das ist so lange her, daß ich fragen muß, ob etwas geschehen ist.«

»Nichts Schlimmes.« Rodraeg küßte ihre zarte Hand, nachdem sie ihm geöffnet hatte, doch sie umarmte ihn herzlich. Sie trug nur eine leichte Abendrobe, deshalb wagte er nicht, sie ebenfalls zu berühren, sondern lächelte nur. Sie führte ihn durch den schmalen Hausflur in den Innenhof, wo sich alle Sterne des Himmels in einem Teich spiegelten.

»Was ist mit deinem Gesicht geschehen?« fragte Kiara besorgt.

»Naja. Bin in eine Rauferei geraten. Es ist mir einfach nicht gelungen, mich rauszuhalten.«

»Soll ich unserem Medicus Bescheid geben?«

»Nicht nötig. Ich bin sozusagen bereits in Behandlung. Das heilt schon alles.«

»Davon mal abgesehen«, schmunzelte sie spöttisch, »siehst du gut aus. Deine Schläfen werden langsam ein kleines bißchen grau. Das steht dir.«

»Was denn, jetzt schon grau?« rief Rodraeg erschrocken und zupfte sich an den Schläfenhaaren herum.

»Dein Vater und dein Onkel sind auch früh grau geworden, erinnerst du dich nicht mehr? Das gab euch Delbanes immer so etwas Tiefgründiges, Gewichtiges.«

Rodraeg wußte nichts zu antworten. Wieder einmal fühlte er sich begutachtet, auch war ihm unbehaglich mit Kiara allein. Es war lange Zeit ein offenes Rennen gewesen zwischen Baladesar und ihm um die Gunst der reizenden Kiara Manego aus Josega. Drei Jahre lang. Dann mußte Rodraeg zurück in die Sonnenfelder, um den Besitz seines Vaters zu veräußern, und Kiara traf ihre Wahl.

»Ich weiß nicht«, sagte er. »Mein Onkel und tiefgründig? Die meiste Zeit über war sein Gesicht zerbeulter als meines jetzt.«

»Ja. Weil er ein Raufbold, Tunichtgut und Säbelheld war. Aber seine weißgrauen Haare machten ihn für die Frauen unwiderstehlich. Meine Mutter sprach nur gut von ihm, und meine Mutter konnte Männer ohne Grundbesitz eigentlich nicht ausstehen.«

»Rodraeg! Das kann ja fast nicht wahr sein!« Baladesar erschien in einer Innentür, halb verdeckt von ausladenden Kübelpflanzen. Er eilte den beiden entgegen. Die Unsicherheit zwischen ihm und Rodraeg, nachdem sie sich acht Jahre lang nicht mehr gesehen hatten, währte nur den Bruchteil eines Augenblickes. Dann umarmten sie sich fest und innig, und es war, als wären sie nie getrennt gewesen.

Baladesar war etwas fülliger geworden, seine Haare kürzer, und auf der Nase trug er ein eigentümliches Gestell mit geschliffenen Gläsern darin, aber ansonsten hatte er sich nicht verändert. Er tippte Rodraeg mit dem Zeigefinger gegen die Stirn. »Ich kann mir denken, weshalb du hier bist. Du kannst mir nachher alles erzählen, jetzt tischen wir erstmal auf für unseren Gast, was unsere Vorratskammer hergibt.«

»Ich will wirklich keine Umstände machen …«

»Umstände! Wir freuen uns doch! Wir schmeißen sogar unsere Töchter aus den Federn, damit sie dich kennenlernen.«

»Das wird nicht nötig sein. Wenn es geht, würde ich gerne hier übernachten, dann kann ich die Mädchen morgen früh sehen.«

»Ob es geht, fragt er uns. Ob es geht! Wir lassen unser bestes Gästezimmer herrichten, so gut wirst du schon lange nicht mehr geschlafen haben wie hier bei uns.«

Trotz der vorgerückten Nachtstunde wurde jetzt ausgiebig getafelt, das heißt: Rodraeg kaute mit vollen Backen erlesene Wurst-, Gefügel- und Obstspezialitäten, und das Ehepaar Divon schaute ihm dabei zu und erklärte ihm, was er da gerade aß. Rodraeg erzählte von seinen Jahren in Kuellen, und Baladesar erzählte ihm, daß er neuerdings unter die Bibliothekare gegangen sei, denn der Rat der Stadt hätte ihm die Verwaltung einer vorher in Privatbesitz befindlichen Sammlung von Schriften anvertraut, und seit einem Jahr etwa habe Baladesar diesen Hort des Wissens öffentlich gemacht und verbrachte jede freie Stunde mit vergilbten Pergamenten und handkopierten Folianten.

»Das hat meinen Augen natürlich den Rest gegeben«, meinte er, nahm das Metallgestell von seiner Nase und reichte es Rodraeg, der hindurchschaute, aber alles nur unscharf sah. »Diese Gläser sind so geschliffen, daß sie das ausgleichen, was meinen Augen an Sehkraft fehlt. Dank dieser Erfindung kann ich besser sehen als jemals zuvor.«

»Stimmt, du hattest schon als Junge Schwierigkeiten beim Bogenschießen, wenn das Ziel zu klein und zu weit weg war.« Rodraeg gab seinem Freund das Gestell zurück. »Wer stellt so etwas her?«

»Bislang ein einziger Glasschleifer hier in Aldava und noch einer in Fairai, aber es ist wohl nur eine Frage der Zeit, bis sich das herumspricht und ein Riesengeschäft wird. Damit kann vielen Menschen, auch älteren, wirklich geholfen werden.«

»Bist du beteiligt?«

»Nein. Sieh dich um. Die Arbeit in meiner Kanzlei hat uns mehr als ausreichend ernährt, und für diese Bibliotheksverwaltung bekomme ich nun nochmal eine ansehnliche Entlohnung von der

Stadt. Ich brauche nicht noch mehr Geld und habe auch gar keine Zeit mehr übrig für weitere Betätigungen. Es gibt ja immer noch diese Sache mit dem Senat.«

»Wie steht es damit?«

»Mehr als zehn Jahre harter Überzeugungsarbeit, und wir haben immer noch keinen einzigen Fuß in den Palast bekommen. Aber über Politik können wir nachher reden. Was in aller Welt hast du bloß mit deinem Gesicht angestellt? Bist du wieder mal vom Pferd gefallen?«

Rodraeg erzählte erneut seine abschwächende Geschichte von einer Rauferei, die sich nicht hatte vermeiden lassen. Baladesar wirkte argwöhnisch, hakte aber nicht nach. Kiara fragte nach Details im Kuellener Alltag und wie Rodraeg gewohnt hatte, und auch sie hakte nicht weiter nach, als er nüchtern von seinem Einzelzimmer im *Quellenhof* berichtete. Sie fragte noch nach dem Verbleib von Rodraegs Eltern seit den Dürrejahren, und der Rest des Tischgespräches drehte sich um die Sonnenfelder und die jeweiligen Familien.

Baladesars und Kiaras Familien waren beide in witterungsunabhängigen Gewerben tätig, Baladesars Vater als Schriftensetzer und Kiaras Eltern im Schiffsbau. Viele andere hatten die Sonnenfelder verlassen müssen und ihre Zukunft woanders gesucht. Die Bediensteten im Haus Divon waren samt und sonders Sonnenfelderflüchtlinge aus der Außenstadt. Baladesar und Kiara gaben ihnen die Möglichkeit, sich in der Stadt einen ehrlichen Lebensunterhalt zu verdienen. Das und der Beistand vor den Gerichtsbarkeiten der Königin durch Baladesars Kanzlei – mehr konnte für die armen Menschen aus den einstmals schönsten Ländereien des Kontinents niemand tun.

Nach dem Essen verzogen Rodraeg und Baladesar sich mit wärmenden Hausmänteln und einem erhitzten Holunderbeerwein in den offenen Innenhof des Hauses. Baladesar entzündete zwei Schwimmkerzen und ließ sie im Teich treiben. Im warmen Schein saßen die beiden Jugendfreunde nebeneinander auf einer Holzbank, schlürften aus ihren dampfenden Tonbechern und hingen ihren Erinnerungen nach. Schließlich kam Baladesar auf die Gegenwart zu sprechen.

»Ich nehme an, das Schmetterlingsmädchen hat dich gefunden«, begann er.

»Ja. Und ich möchte dir danken, daß du mich ins Spiel gebracht hast. Ich verstehe gut, daß du abgelehnt hast, aber ich dagegen … ich denke mittlerweile, daß diese Sache das Größte ist, was mir je widerfahren wird.«

Baladesar atmete heftig. »Hast du den Kreis kennengelernt?«

»Ja. Vor wenigen Stunden erst.«

»Und?«

»Beeindruckend. Seltsam. Beängstigend. Verwirrend.«

Baladesar nickte. »Ich hatte schon von ihnen gehört, bevor sie mit mir Kontakt aufgenommen haben. Als Advokat in einer solchen Stadt bekommt man vieles mit. Gerüchte, aber auch Handfestes. Von einem Untergrundmenschen war die Rede, der umherreist und mit Riesen in Verhandlungen getreten ist. Und man munkelte von einem Wiedererwachen des großen Riban Leribin.«

»Ist Riban Leribin bekannt in Aldava?«

»Nicht jedem. Zumal er ja wohl vor zehn, fünfzehn Jahren einen furchtbaren Unfall hatte und seitdem zurückgezogen in einem Turm im Schatten der Außenmauer haust. Aber er war einmal einer der ›Großen Zehn‹, die als Nachfolger der Götter gehandelt wurden. Das muß vierzig oder fünfzig Jahre her sein, und von den ›Großen Zehn‹ sind mittlerweile nicht mehr viele am Leben.«

»Von solchen Dingen habe ich überhaupt keine Ahnung«, mußte Rodraeg zugeben. »Ich habe mich zuviele Jahre lang mit den kleinteiligen Kümmernissen der Landbevölkerung herumgeschlagen. Ich glaube, das Große und Ganze habe ich aus den Augen verloren.«

»Das ist meine Schuld.«

»Wie kommst du denn darauf?«

»Du weißt genau, was ich meine. Nach all den Jahren fällt es immer noch nicht leicht, darüber zu reden. Weil es das Einzige ist, was unsere Freundschaft je überschattet hat, und weil ich mit dir natürlich lieber über unsere Jugendstreiche lachen würde oder über die Sprüche des alten Hjandegraan, als an alten Wunden zu rühren – aber ich fürchte, wir müssen das endlich einmal ausräumen, weil wir über acht Jahre lang versäumt haben, es zu tun. Weil wir gedacht haben, wir bräuchten es nicht auszuräumen. Aber die vergangenen acht Jahre haben uns wohl doch eines Besseren belehrt.«

»Baladesar, es ist nicht nötig, daß wir …«

»Doch, wir erledigen das jetzt, weil es wichtig ist.« Baladesar holte tief Luft. Sorgenfalten zerfurchten seine Stirn. »Ja, ich habe dir Kiara weggenommen. Ich weiß das. Ich weiß, daß es nicht in Ordnung war, deine Abwesenheit auszunutzen. Ich hätte nicht mit ihr das Lager teilen dürfen. Aber so absurd das klingt, so verlogen und verkommen und selbstgerecht, es ist dennoch die reine Wahrheit: Ich habe dabei auch an dich gedacht. Weil du dich immer so abschätzig geäußert hast über so etwas hier« – er umfaßte den Hof und das Haus mit einer Handbewegung. »Weil du im Gegensatz zu mir mit meinen schlechten Augen und meiner kindischen Furcht bei Nacht im tiefen Wald immer auch etwas von einem Abenteurer an dir hattest, von einem Säbelhelden, ähnlich deinem Onkel Severo. Weil du nicht glücklich geworden wärest so wie ich, in dieser Stadt, in einem solchen Haus, mit Kindern und Bediensteten, und dennoch hättest du Kiara all dies geben wollen, weil dies ihr Glück ist. Ich habe die Entscheidung gefällt, dich aus diesem Gewebe herauszulösen. Und was mich acht Jahre lang dann nachts oft hat nicht schlafen lassen, was verhindert hat, daß ich dich in Kuellen besuchen kam, weil ich nicht gewagt habe, dir unter die Augen zu treten, ist, daß ich dich durch meine Entscheidung aus der Bahn geworfen habe und du danach keinen Tritt mehr gefaßt hast.«

»Was nicht stimmt, und wofür du auch …«

»Laß mich bitte ausreden, ich bin noch nicht ganz fertig. Das Wichtigste kommt erst noch: Du, nicht ich, du, Rodraeg Talavessa Delbane, bist zu etwas Höherem berufen, zu etwas, das alles, was ich hier seit Jahren treibe und fuchtele, zur Nichtigkeit verblassen lassen wird. Ich weiß nicht, was dieses Größere ist, aber daß so etwas kommen wird, habe ich immer geahnt, weil du der Leuchtendere von uns beiden gewesen bist, weil deine Leistungen meine immer überstrahlt haben – vorausgesetzt, du hast dir Mühe gegeben. Als dieses Schmetterlingsmädchen zu mir kam und mir von dem Kreis erzählte, hätte ich beinahe vollständig versagt, weil mir nicht sofort dein Name einfiel, weil ich nicht sofort begriff, daß dies jenes Größere sein könnte, das dir gehört. Aber die Götter sind auf deiner Seite. Mehrere Wochen später kam das Schmetterlingsmädchen noch einmal bei mir vorbei und bat mich, jemand anderen vorzuschlagen. Alles ergab jetzt plötzlich einen Sinn. Dies ist deine Aufgabe. Du wirst eine Gruppe von Menschen anführen, die zwischen allen Himmelsrichtungen, zwischen allen Völkern und allen Interessen hin- und hereilen wird, um Probleme zu lösen, um die sich sonst niemand kümmert. Und ich werde dich dabei unterstützen, das wollte ich noch loswerden. Falls ihr mit dem königlichen Gesetz in Konflikt geratet, oder falls sich sonstwie Situationen ergeben, in denen auch ein Riban Leribin und ein Untergrundmensch nichts mehr ausrichten können – dann werde ich euer Advokat sein, mit allem Wissen, allem Einfluß, allem Geld und allen Beziehungen, die mir zu Gebote stehen. Du mußt nur rufen, und ich werde kommen.«

»Und Kiara und die Kinder im Stich lassen – kommt nicht in Frage.«

»Du wirst mich nicht rufen, wenn irgendwo in den Kjeerklippen ein Berg bestiegen werden muß. Du wirst mich rufen, wenn ich tatsächlich helfen kann, und dann werde ich da sein. Versprochen.«

»Mit Informationen kannst du möglicherweise aushelfen.«

»Jederzeit. Ich besitze jetzt ja eine Bibliothek.«

»Stimmt. Das ist großartig. Naenn wird auch begeistert sein, daß du uns helfen willst. Das hatte ich eigentlich gar nicht erhofft, als ich hier vorbeischaute. Ich wollte euch einfach nur wiedersehen und euch Bescheid geben, daß ich nach Warchaim umsiedele. Jetzt bin nämlich ich dran mit Geständnissen.«

»Was hast du schon zu gestehen?« fragte Baladesar zweifelnd.

Rodraeg lächelte. »Daß ich nie so wütend auf dich war, wie du es in deiner poetischen Selbstzerknirschung vielleicht angenommen hast. Als ich aus Aldava wegging, konnte ich ahnen, was zwischen dir und Kiara passieren würde. Als ich dann erfuhr, daß es passiert war, dachte ich kurz ›Verdammter Mist!‹ und atmete erleichtert auf. Ich wußte, ihr würdet glücklich werden. Ich wußte auch, daß ich etwas anderes suchte. Erst dachte ich, ein großes und prächtiges Ritterturnier wäre dieses Andere. Oder eine Anstellung als Lehrer in einer Gegend, wo niemand Lesen und Schreiben kann. Oder Kuellen mit seiner Überschaubarkeit und seinem völlig unfähigen Bürgermeister. Aber das waren alles nur Umwege. Den wirklich interessanten Pfad – den hast jetzt du in meine Richtung umgebogen. Und dafür meinen Dank. Für alles andere in meinem Leben übernehme ich ganz alleine die Verantwortung.«

Baladesar schüttelte grinsend den Kopf. »Weshalb haben wir uns dann eigentlich acht Jahre lang nicht gesehen?«

»Du hattest mit deiner Familie zu tun, und ich habe von meinem geliebten Bürgermeister niemals die sechzehn freien Tage am Stück genehmigt bekommen, die ich benötigt hätte, um von Kuellen nach Aldava und wieder zurück zu reisen.«

Baladesars Augen leuchteten hinter den Gläsern. »Ich bin es, der zu danken hat, denn auch ich werde heute nacht so gut schlafen wie schon lange nicht mehr.« Die Freunde stießen mit ihren Tonbechern an, tranken ihren Holunderwein aus und betrachteten lächelnd die beiden auf der dunklen Wasseroberfläche tanzenden Kerzen.

Das Bett im Gästezimmer war wärmer und weicher als das im *Quellenhof.* Rodraeg schlief tief und ohne Träume. Als das Trappeln von Kinderfüßen auf dem Flur und die hellen Stimmen der beiden Kinder ihn weckten, hatte er erst Mühe, sich zurechtzufinden. Er dachte an Naenn, die vielleicht neben einer schnarchenden Eria in deren Bett schlief.

Er wusch und rasierte sich gründlich und ging dann in die Küche. Am Frühstückstisch war die gesamte Familie Divon versammelt. Die siebenjährige Sajle und die vierjährige Hegia sahen Kiara ähnlicher als ihrem Vater, und beide waren unverkennbar reinblütige Sonnenfelderkinder mit dichtem schwarzen Haar und dunklen Knopfaugen. Zu essen gab es Kuhmilchquark mit Beeren, helles, knuspriges Brot und dazu Honig und Stachelbeerkompott – ein süßes Frühstück ganz nach Rodraegs Geschmack. Kiara beobachtete ihn schmunzelnd beim Brotbestreichen, während Baladesar mit klebrigen Fingern in einem handgeschriebenem Gutachten blätterte, das eine der Schriftrollen aus seiner Bibliothek betraf.

»Was ist das eigentlich für eine Schriftensammlung, die du da geerbt hast?«

»Ein wohlhabender Sammler, der verstorben ist und seinen Besitz der Stadt vermacht hat.«

»Wohlgemerkt der Stadt«, warf Kiara ein, »nicht der Königin.«

»Hat die Königin nicht die Generalhoheit über alles, was Aldava betrifft?«

»Naja.« Baladesar verzog das Gesicht. »Königin Thada ist erst seit vier Jahren an der Macht. Etliche der älteren einflußreichen Stadthonoratioren trauen ihr nicht über den Weg und arbeiten ganz offen und entschlossen an ihr vorbei. Das ist alles sehr merkwürdig, aber ich kann mich nicht erinnern, daß unsere Senatsbewegung jemals so viele offene Ohren gefunden hat wie jetzt, wo Königin Thada auf dem Thron sitzt.«

»Weil sie eine Frau ist, jung ist und ziemlich gut aussieht«, regte sich Kiara auf. »Deshalb traut ihr kein Mann etwas zu. Daß eine Frau von der Erbfolge nicht ausgeschlossen wird, geht gerade so in Ordnung, aber sobald sie sich anschickt, den ausgetretenen Pfad ihrer Vorgänger zu verlassen, wäre sie doch besser gleich nach ihrer Geburt ertränkt worden.«

»Was tut sie denn so, um die Alten zu erzürnen?«

Kiara zählte auf. »Sie läßt sich in der Außenstadt sehen. Redet dort mit mißgebildeten Straßenbettlern. Sie mischt sich zusehends in die Belange des Stadtrats ein, kümmert sich selbst um den Unrat vor ihrer Haustür. Gegen einen Mädchenhändlerring ist sie nicht mit den üblichen Schmuckgardisten vorgegangen, sondern mit einer Einheit echter Kriegssoldaten aus Endailon. Da ist kein Stein mehr auf dem anderen geblieben. Dann wiederum hat sie aber auch die Elendsquartiere anderer Städte im Visier und den Menschen dort Verbesserung ihrer Lebensumstände versprochen.«

»Chlayst«, ergänzte Rodraeg.

»Ja, Chlayst ist besonders schlimm. Die Sümpfe der Umgegend dort sind im letzten Jahr wohl umgeschlagen, und jetzt wehen giftige Dämpfe durch die ganze Stadt.«

»Aber was verspricht sich die Königin von ihrem Feldzug gegen die Affenmenschen? Neuen Lebensraum für die Flüchtlinge aus den Sonnenfeldern und die Überlebenden von Chlayst?«

»Möglich.« Baladesar blickte von seinem Pergament auf. »Das ist eine ziemlich geheimnisvolle Sache. Im Rauchmond war ein Abgesandter des Palastes bei mir und erkundigte sich, ob in der von mir verwalteten Textsammlung möglicherweise Schriften über die Affenmenschen oder das Land hinter dem Felsenwüstengebirge gefunden worden sind. Alles, was ich antworten konnte, war: ›Bisher nicht, aber mit dem vollständigen Sichten werde ich wohl noch ein paar Jahre beschäftigt sein.‹ Ich habe ihm vorgeschlagen, mir beim Sichten zu helfen. Ich war wirklich hilfsbereit.«

»Ist es wahr, daß der Feldzug eine gewaltige Katastrophe verursacht hat? Die Zerstörung eines ganzen Landstriches?«

»Davon weiß ich nichts«, mußte Baladesar zugeben. »Nach allem, was man vom Hof hört, ist der Feldzug noch im Gange oder zumindest die teilnehmenden Truppen noch nicht zurück.«

Kiara lehnte sich nach vorne. »Ich bin mit ein paar Frauen befreundet, deren Männer mit dem Heer zu tun haben. Was ich jetzt sage, muß unter uns bleiben, aber man munkelte schon in der Phase der Truppensammlung von Magie. Eine neuartige magische Waffe sollte diesen Feldzug kurz und unblutig machen. Das sich vor Endailon sammelnde Heer erhielt eine gesonderte und streng geheime Zusatzausbildung.«

Rodraeg konnte gar nicht mehr weiteressen. Der Gedanke an einen verheimlichten, aber verheerenden Krieg im Nordosten schlug ihm richtiggehend auf den Magen. »Das klingt alles sehr bitter. Sie wissen nichts über ihren Gegner, deshalb bewerfen sie ihn kurzerhand mit möglichst viel Magie.«

»Mir schmeckt das auch nicht«, pflichtete Baladesar bei. »Die Affenmenschen waren schon immer dort, wo sie jetzt sind. König Rinwe hat vor 682 Jahren sämtliche verfeindeten Burgen und Herzogtümer des Kontinents unter einer Krone vereinigt, aber die Affenmenschen hat er wohlweislich in Ruhe gelassen. Die Felsenwüstenberge sind doch ohnehin wie ein gigantischer Zaun. Warum ihn niederreißen?«

Rodraeg nickte. Vielleicht war es kein Zufall, daß der Kreis ausgerechnet jetzt östlich von Aldava eine Einsatzgruppe stationieren wollte. Der Feldzug der Königin war womöglich schon vorüber, aber wie hatte er geendet? Sicher nicht mit einem Sieg der Königin, das hätte der Hof schon längst herausposaunt. Also eine Niederlage oder ein nicht in Worte zu fassender Schock. Die von Naenn erwähnte Katastrophe. Was würde als Nächstes geschehen? Ein zweiter Feldzug? Das Gleichgewicht war bereits nachhaltig ins Wanken geraten. König Rinwes fast siebenhundertjähriges Gleichgewicht. Gefährdet durch eine eigensinnige, schöne junge Königin. Würde es Rodraegs Aufgabe sein, sich zwischen die Affenmenschen und ein weiteres magisch verstärktes kontinentales Heer zu werfen? Das konnte der Kreis doch nicht ernsthaft verlangen!

Rodraeg versuchte sich abzulenken, Frieden und Gelächter in seine Sinne zu bringen, indem er sich mit Sajle und Hegia befaßte. Die beiden Mädchen zeigten ihm ihr hölzernes Spielzeug und ihr weißmähniges Schaukelpferd, aber Rodraeg konnte nicht anders – er grübelte darüber nach, ob die beiden Kinder nun auf echten Pferden reiten würden anstatt nur auf einem hölzernen, wenn ihre Eltern nicht ihr Zuhause verlassen hätten, um in der Großstadt ein größeres Glück zu suchen. Das Für und Wider abzuwägen, war oftmals so verworren, und Rodraeg ertappte sich bei dem Gedanken, daß er immer noch zurück konnte zu seinem Dasein der Unbestimmtheit. Hier und jetzt aufbrechen, Naenn und den Kreis und den Kontinent und die Königin einfach vergessen und in den Wald von Thost gehen oder in die malerischen Hochtäler der Silbernen Krone, wo man vielleicht noch in Ruhe gelassen wurde, selbst wenn ringsumher Kriege und Giftnebel loderten. Aber er spielte mit den Kindern und half der vierjährigen Hegia dabei, einen kleinen Bauernhof mit Kühen, Hühnern und Schafen auszustatten, bis ein Diener kam und Naenn meldete.

Die Blässe ihres Gesichtes fiel in diesem Haushalt voller Südländer ganz besonders ins Auge. Baladesar freute sich sehr, sie wiederzusehen, wünschte ihr alles Gute und erneuerte auch ihr gegenüber sein Versprechen, das von Rodraeg angeführte Unternehmen nach Kräften zu unterstützen. Naenn dankte ihm dafür, daß er sie an Rodraeg verwiesen hatte. Kiara und Naenn dagegen waren eher verhalten zueinander, zwar höflich, aber nicht herzlich. Die ernste Naenn in ihrer schlichten, stabilen Reisekluft und die mütterlich-warmherzige Kiara in ihren verzierten Gewändern paßten nicht recht ins selbe Gemälde und ließen sich das durch virtuose Winzigkeiten spüren. Um etwaigen Peinlichkeiten vorzubeugen, drängte Rodraeg zum Aufbruch. Kiara reichte ihm ein Proviantpaket. »Mit Sachen, die dir schmecken.« Sie hatte es selbst zusammengestellt, nicht von der Küchenhilfe schnüren lassen, und zum Abschied küßte sie Rodraeg – vielleicht, um Naenn zu ärgern – auf die frischrasierte Wange. Rodraeg drückte Baladesar, der verlegen seine Augengläser putzte, und die Kinder. Dann ging er mit Naenn davon, durch den Trubel der Stadt nach Südosten, durch das waffenverzierte Senchak-Tor und unter den Blicken der königlichen Wachgardisten auf die Straße Richtung Warchaim.

6 Das Haus des Mammuts

»Warum fahren wir eigentlich nicht wieder bei einem Händler mit?« fragte Naenn, als hinter ihnen die Türme des Königspalastes im Dunst verschwammen.

»Das können wir gerne machen. Ich habe nur keinen Sinn darin gesehen, mich im Handelskontor von Aldava nach einer Mitreisemöglichkeit zu erkundigen. Erstens hätte das Stunden gedauert, und zweitens kenne ich die Händler nicht, die von hier aufbrechen. Bei Hinnis wußte ich, daß wir gut aufgehoben sind. Aber würdet Ihr Euch jedem Geschäftemacher ohne weiteres anvertrauen?«

»Dann machen wir es so: Wir schauen uns alle Wagenbesitzer an, die in unsere Richtung fahren, und fragen nur die mit den freundlichsten Gesichtern.«

»Ich vertraue da auf Euch«, lächelte Rodraeg. »Ihr könnt nicht nur Gesichter lesen, sondern manchmal auch Gedanken und Gefühle. Wenn Ihr also sagt, jemand ist in Ordnung, dann ist er wahrscheinlich in Ordnung.«

Naenn dachte eine Weile nach. Dann fragte sie: »Habt Ihr Euch schon Gedanken darüber gemacht, wie Ihr die Leute für die Einsatzgruppe aussuchen wollt?«

»Noch nicht. Erstmal muß ich mir Warchaim ansehen und was es zu bieten hat. Alles Andere ergibt sich dann vor Ort.«

Je weiter sie vorankamen, desto mehr hob sich Rodraegs Stimmung. Aldavas Dunstglocke hatte sich über ihn gelegt und ihn verunsichert mit Anwandlungen von familiärer Idylle, Wohlstand, Schreibaufgaben im Schatten des Königspalastes und festgefügten Konturen. Jetzt, da er wieder draußen war und die Luft mit jedem Schritt mehr nach Frühling und Wärme und unbestellten Wiesen roch, kam ihm Aldava wieder ähnlich unwirklich vor wie damals, nachdem er aus den Sonnenfeldern zurückkehrte. Die Hauptstadt war wie eine Krake, sie umschlang einen und blendete mit Tinte, aber wenn man ihr entkam, vermißte man nichts mehr. Als Naenn ihn gegen Mittag nach Kiara fragte, antwortete er in Gedanken versunken: »Kiara war womöglich der zweitbeste Lebensweg, den das Schicksal mir je angeboten hat.« Naenn fragte nicht weiter.

Am frühen Nachmittag taten sie sich mit einem jungen Händler namens Manro Sengzy zusammen, der auf einem von einem Ochsen gezogenen Zweiradwagen gesäuertes Kraut transportierte, und dessen Ochse Oto dermaßen genügsam war, daß er auch nachts noch weiterzog, während sie zu dritt auf dem Kutschbock vor sich hindösten. Zwei Tage ging das gut mit Manro Sengzy, bis Naenn den für Rodraeg kaum wahrnehmbaren Sauerkrautgeruch nicht mehr ertragen konnte. Erst wurde ihr nur übel, und nach einigen weiteren Stunden kippte sie beinahe ohnmächtig vom Wagen, so daß Rodraeg dem erschrockenen Manro nur erklären konnte, daß alles in Ordnung sei und er ruhig ohne sie weiterfahren solle, Naenn sei krank und bräuchte ein oder zwei Tage Ruhe.

Schweren Herzens machten sich Manro und Oto von dannen, und Naenn erklärte Rodraeg mit verzerrtem Gesicht, wie ihr »dieser widerliche Geruch durch sämtliche Poren der Haut gekrochen sei« und wie unverständlich sie es fand, »daß Menschen so etwas Entsetzliches freiwillig essen.« Rodraeg sagte nur: »Wieso? Das ist gesund und völlig ohne Fleisch«, und: »Jetzt könnt Ihr nachempfinden, wie es mir mit dem Feenrauch erging.« Tatsächlich ließen sie es für diesen Tag gut sein und machten es sich in einem windschiefen, rauhholzigen Schafstall gemütlich, nachdem sie dem Schäfer einen Taler in die runzlige Hand gedrückt hatten. Naenn war immer noch hohlwangig und zittrig, aber der Schafsgeruch ringsum schien ihr gut zu tun. Sie schlief zusammengerollt im Stroh, und Rodraeg saß mit dem Rücken an den Eingang gelehnt und hielt Wache über die sprießenden Felder und Kirschbäume ringsum.

Als Naenn mitten in der Nacht aufwachte, kroch sie auf allen Vieren in Rodraegs Nähe und vermummte sich mit ihren Reisedecken.

»Geht's Euch besser?« fragte Rodraeg fürsorglich.

»Auf jeden Fall. Versprecht mir bitte, daß dieses Zeug bei uns im Warchaimer Haus nie auf den Tisch kommen muß.«

»Versprochen. Wer ist dort eigentlich fürs Kochen zuständig?«

»Ich denke, ich werde mich mit dem Mitarbeiter des Kreises vor Ort abwechseln.«

»Warum hat mir noch nie jemand etwas über diesen Mitarbeiter erzählt?«

»Weil – es ist ein bißchen ähnlich wie mit Riban Leribin. Ich weiß nicht, ob es nötig ist, allzuviel zu wissen, bevor man ihm die Gelegenheit gibt, sich selbst vorzustellen.«

»Hm. Bei Leribin sehe ich das ein, schließlich ist er mein Vorgesetzter. Er muß alles über mich wissen, nicht umgekehrt. Aber bei den Leuten im Warchaimer Haus muß das anders laufen. Wenn ich da wirklich etwas aufbauen soll, wenn ich ein Anführer und Organisator sein soll, dann ist es hinderlich, wenn ich jedem erst mühsam aus der Nase ziehen muß, was es über ihn zu wissen gibt. Ich wäre Euch dankbar, wenn Ihr mich wenigstens genau so weit einweihen würdet, wie der Kreis Euch eingeweiht hat.«

»Ihr habt recht. Vergebt mir, daß ich andauernd versuche, Euch zu bevormunden. Ich bin Euch zwar eigentlich vom Kreis übergeordnet worden, aber dennoch soll es in Warchaim vor allem meine Aufgabe sein, von Euch und den anderen zu lernen. Ihr sollt völlig freie Hand haben, Rodraeg. Ich werde nur dann ein Veto einlegen, wenn ich die Interessen des Kreises gefährdet sehe.«

»Ich bin froh, daß Ihr mich nicht alleine laßt. Wir sollten übrigens rechtzeitig damit anfangen, uns einfach mit ›Du‹ anzureden. Ich finde, diese Förmlichkeiten erschweren das Zusammenleben in einem Haus unnötig. Ich habe keine Lust, meine Mitarbeiter am Frühstückstisch mit ›Euer Gnaden‹ ansprechen zu müssen.«

Naenn nickte und schluckte gleichzeitig. »Der Name unseres Hausverwalters in Warchaim ist Cajin Cajumery. Er ist erst siebzehn Jahre alt. Ich habe ihn kennengelernt, als ich auf meiner Suche nach dem Abenteurer Dar Seaf durch Warchaim kam. Cajin wirkt einnehmend, zuvorkommend und freundlich, und das ist der Grund, weshalb ich Euch ... dir seine Lebensgeschichte zuerst verheimlichen wollte. Man sieht sie ihm nämlich nicht an, und das scheint mir ein mittleres Wunder zu sein.« Sie atmete tief ein und aus. »Cajin wurde auf einem Schlachtfeld geboren, als vor siebzehn Jahren dieser eigenartige Bürgerkrieg zwischen Nordjazat und Südjazat tobte.«

»Ich erinnere mich. Das war damals genau die Zeit, als Baladesar und ich als zwanzigjährige Spunde in die Welt zogen, um berühmte Abenteurer zu werden. Als wir nach Herugat kamen, wurden wir beinahe als Söldner angeworben, ob für Nordjazat oder Südjazat weiß ich gar nicht mehr, uns schien das schon damals ein und dasselbe zu sein. Glücklicherweise war uns die Sache nicht geheuer. Nachdem der damalige König mit seinen Truppen dort einmarschierte und den Bürgerkrieg beendete, hörte man von Zehntausenden von Toten und von unbeschreiblichen Greueln in Kriegsgefangenenlagern.«

»Richtig. Cajins Mutter war als kriegsgefangene Söldnerin in einem solchen Lager vergewaltigt und geschwängert worden. Nach ihrer Befreiung wütete sie mit einem solchen Haß gegen ihre Peiniger, daß sie hochschwanger auf dem Schlachtfeld kämpfte und ebendort zwischen den Leichen ihr Kind zur Welt brachte. Ein königlicher Soldat fand sie und brachte sie in ein Sechs-Häuser-Dörfchen knapp außerhalb des Kriegsgebietes, wo man sich um Mutter und Kind kümmerte. Cajins Mutter lebte nur noch wenige Wochen, dann raffte ein Fieber sie dahin, das sie sich auf dem Schlachtfeld eingefangen hatte. Der kleine Cajin wurde nach Siberig gebracht, in ein Waisenhaus unter Aufsicht von Arisp-Priestern. Dort fand ihn Ilde Hagelfels und nahm sich seiner an. Sie ermöglichte ihm eine Schulausbildung, zuerst in Siberig, dann in Gagezenath. Cajin wurde in einem Tinsalt-Tempel im Lesen und Schreiben unterrichtet. Was man ihm auf Ildes Anordnung hin niemals beigebracht hat, ist das Kämpfen. Von seiner Herkunft und Geburt her müßte er eigentlich ein Krieger werden oder ein Mörder, gezeugt unter Gewalt und zur Welt gekommen unter Hingeschlachteten. Aber Ilde sagt, man kann jeden Menschen vor dem Schwerte retten, wenn man sich nur früh genug seiner annimmt und ihm beibringt, was Nächstenliebe ist.«

»Um ihn vor dem Schwerte zu retten, sollte man ihn vom

Schwerte fernhalten. Aber wir werden in diesem Haus eine kämpfende Truppe bilden, und selbst ich führe ein riesiges Schwert mit mir.«

»Aber Cajin soll niemals mit der Gruppe gehen. Unter gar keinen Umständen. Er ist für das Haus zuständig, kümmert sich ums Heim, während alle anderen auf Reisen sind. Du bist das Herz dieser Gruppe, ich bin Augen, Ohren und Mund, die von dir ausgesuchten Männer sind Arme und Beine, und Cajin ist das Rückgrat.«

»Weiß er eigentlich um seine Herkunft?«

»Nein. Der Kreis weiß es. Ich. Und jetzt du. Das sollte genug sein.«

»Ich hoffe, daß das funktioniert. Ich hoffe es wirklich.«

Naenn blickte an ihm vorbei auf das mondsichelbeschienene Land. »Wenn du dich jetzt hinlegen willst«, flüsterte sie, »werde ich wachen. Ich habe genug geschlafen.«

Rodraeg berührte sie an der Schulter und verzog sich nach hinten ins Stroh.

Am folgenden Tag nieselte es leicht aus einem zinnfarbenen Himmel, aber nicht so unangenehm, daß sie sich hätten unterstellen müssen. Sie folgten der Straße durch hügeliges Grasland.

Rodraeg war tief in Gedanken versunken. Ihn besorgte, daß er nicht seine gesamte Unterredung mit dem Kreis im Gedächtnis hatte. Was, wenn er in Warchaim bestimmte Anweisungen mißachtete, weil er sich nicht mehr an sie erinnern konnte? Wie peinlich wäre es, Naenn nach dem genauen Wortlaut der Gespräche zu fragen? Was für ein Licht würde das auf ihn werfen? Warum hatte dieser Feenrauch in seinem Kopf überhaupt solche Verwüstungen angerichtet?

Er beschloß, mit Naenn darüber zu reden.

»Der Feenrauch hat mir in den Katakomben stark zugesetzt«, begann er.

»Weil es das erste Mal für dich war, wahrscheinlich.«

»Meinst du, man gewöhnt sich mit der Zeit daran?«

»Nicht jeder«, lächelte Naenn. »Vielleicht war es auch ein Test von Riban. Hättest du ein doppeltes Spiel gespielt, als Spitzel der Königin oder mit sonstigen unlauteren Absichten, wenn dein Herz und deine Seele getrübt gewesen wären von Lüge und Verrat, dann hättest du den Rauch überhaupt nicht ausgehalten.«

»Aber ich bin beinahe zusammengeklappt! Was sagt das über mich aus?«

»Glaub mir: Deine Reaktion war vollkommen natürlich für einen Menschen, der die letzten Jahre überwiegend in einer Schreibstube verbracht hat. Je mehr man sich draußen in freier Natur aufhält, desto weniger nimmt man Feenrauch wahr.«

»Noch ein Grund also, weshalb Leribin mir gegenüber so argwöhnisch war. Weil ich mich von der Natur schon fast zu weit entfernt habe und ein Kleinstadtbürokrat geworden bin.«

»Belaste dich nicht unnötig selbst. Auch Riban Leribin hat die letzten Jahre überwiegend in seinem Turm verbracht. Seine Gründe sind nachvollziehbar, und an deinen ist auch nichts auszusetzen.«

»Er hat gegen mich gestimmt.«

»Ärgert dich das?«

»Ich weiß nicht. Ja, wahrscheinlich. Es verunsichert mich. Er ist doch der Gründer.«

»Er hat gegen dich gestimmt, damit du nicht selbstzufrieden wirst. Das ist der größte Charakterfehler der Menschen: Selbstzufriedenheit. Wenn du Riban fragen würdest, welcher seiner Eigenschaften er sein schweres Los zu verdanken hat, würde er antworten: Ich war zu selbstzufrieden, um meine Gegner ernst zu nehmen. Vor diesem Schicksal will er dich bewahren, indem er dir selbst innerhalb des Kreises einen Widerhaken bietet, mit dem du dich auseinandersetzen mußt.«

»Bei dir klingt er immer so väterlich. Ist dir nie der Gedanke gekommen, daß er ...« – Rodraeg wagte kaum weiterzusprechen, als er ihren stirnrunzelnden Blick sah –»daß er uns alle manipuliert? Den Kreis? Dich? Mich?«

»Warum sollte er das tun?«

»Um sich zu rächen. Um etwas zu Ende zu führen, was ihm verwehrt blieb. Was weiß ich. Alles ist denkbar bei einem sterbenden Magier.«

»Du mißtraust ihm!«

»Möglich. Er wollte mir einen Widerhaken bieten, und offensichtlich ist ihm das gelungen.«

»Aber ... aber wie kannst du für den Kreis arbeiten, wenn du Riban Leribin mißtraust?«

»Weil ich dir traue. Und Ilde Hagelfels. Und Gerimmir. Und Eria. Und höchstwahrscheinlich auch dem Schmetterlingsmann und diesem armen Jungen aus Warchaim. Ich werde mich einfach an dich halten. Ich arbeite für dich. Wenn du sagst, daß Leribins Anordnungen sinnvoll sind, werde ich sie ausführen.«

Naenn sah verzweifelt aus. »Aber ... aber ...«

»Zerbrich dir nicht den Kopf. Wenn deine Theorie über Leribins Beweggründe richtig ist, dann wollte er, daß ich so über ihn denke. Dann läuft also weiterhin alles nach Plan.«

Den Rest dieses vierten, den gesamten fünften sowie den sechsten Tag ihrer Reise nach Warchaim gingen sie zu Fuß, denn die Händler in ihrer Richtung hatten entweder keinen Platz oder zu mürrische Gesichter. Das Wetter besserte sich zusehends, Himmel und Sonne lächelten die meiste Zeit mildwarm herab, und die Anzahl der Vögel, die durch die bauchigen Wolken tobten, schien mit jedem Tag zuzunehmen. Da es in dieser Landschaft nur wenige Bäume und noch weniger windschützende Gesteinsformationen gab, nutzten sie zum Übernachten die Ställe und Werkzeugschuppen von Gehöften, die abseits der Straße lagen. Zweimal mußten sie für das spinnwebverzierte Dach über ihren Köpfen bezahlen, aber einmal wurden sie nicht nur kostenfrei Willkommen geheißen, sondern von der Bauernfamilie zum Abendmahl eingeladen. Die Bauersfrau tischte riesige rohe Klöße mit eingebackenem Brot auf, und Rodraeg mußte von seinen Jahren in Aldava erzählen, als der Advokat Hjandegraan ihn und Baladesar durch die Straßen scheuchte auf der Suche nach Zeugen einer Messerstecherei, der Besatzung eines Schwarzbrennerkahns aus Schreer, den nächtlichen Aufenthaltsorten eines untreuen Ehemannes und einmal sogar dem entlaufenen goldfarbenen Kater einer blaublütigen Hofdame.

Am siebten Tag seit Aldava querten sie eine mit Schildern gekennzeichnete Furt durch den Larnus und halfen einem Teppichhändler namens Eras Dier, seinen Wagen samt Zugpferd gegen den vom Schmelzwasser angeschwollenen und unruhigen Fluß abzusichern und wohlbehalten auf die andere Seite zu bringen. Als Gegenleistung wollte Eras Dier sie bis nach Warchaim mitnehmen, und sie nahmen das Angebot, ihre Wandersfüße ein paar Tage lang ruhen lassen zu können, dankend an.

Am achten Tag – sie fuhren geruhsam am Ufer des Larnus flußabwärts – begegneten sie einer Wagenburg von nichtseßhaften Familien, die sich vor einigen Generationen zusammengetan hatten, um ein Leben außerhalb der Städte, gelenkt von Wetter und Jahreszeiten, zu führen. Die Leute lebten in hohen, zweistöckigen, von sechs bis acht Pferden gezogenen Hauswagen, die bunt bemalt und mit allerlei Federzeug und Hornrat verziert waren, und nannten sich selbst die ›Unsteten‹. Sie waren freundlich und aufgeschlossen, trieben Handel mit allerlei selbst hergestelltem Handwerk und schauten sich auch Diers Teppiche interessiert an, obwohl sie längst eine eigene Tradition des Teppichknüpfens entwickelt hatten. Naenn tauschte Proviant gegen andere Nahrungsmittel ein, fachsimpelte mit einigen Älteren über den Frühlingswind und den Larnwald und ließ Rodraegs Gesicht von einer jungen sommersprossigen Frau mit einer harzig riechenden Paste bestreichen. »Deine Blutergüsse sind fast vollständig abgeheilt«, erläuterte Naenn, »den letzten Rest erledigt dieser Baumblutbalsam innerhalb von vierundzwanzig Stunden.« Rodraeg wehrte sich nicht, der Balsam roch angenehm, war gleichzeitig kühl und warm auf der Haut, und die Finger der fremden Frau malten beim Einmassieren Kreise und Muster auf sein Gesicht, die bis in seine Beine hinunter angenehm kribbelten.

Am neunten Tag tat Rodraeg Dier den Gefallen und ließ sich von diesem endlich das Sortiment seiner Teppichwaren vorführen.

»Weil Ihr es seid, erfinde ich Sonderpreise«, sang Dier in den schmeichelndsten Tönen, aber die Preise waren immer noch zu gesalzen für Rodraegs Geschmack. »Wir werden in Warchaim ein Haus einrichten müssen«, tröstete er den Händler. »Es kann also gut sein, daß ich nochmal auf Euch zurückkomme.« Dier fragte, ob er schon einen Teppich für Rodraeg reservieren solle, denn seine Ware fände in Warchaim »gewißlich reißenden Absatz«, und es wäre doch schade, wenn ausgerechnet Rodraegs »Augenstern« dann schon verkauft wäre, doch Rodraeg sagte, bevor er die Räumlichkeiten kenne, hätte es keinen Sinn, einen Teppich auszusuchen.

Beim Abendlager wusch Rodraeg sich im Wasser des Larnus die Reste des Baumblutbalsams aus dem Gesicht. Naenn begutachtete ihn anschließend: Alle Spuren der Schlägerei waren getilgt.

Am frühen Vormittag des zehnten Tages erreichten sie Warchaim. Eras Dier führte genauestens Buch über seine Reisen und Geschäfte, und so erfuhren Rodraeg und Naenn, daß man den vierten Tag des Regenmondes schrieb, als sie von Westen her in Warchaim einzogen.

Die Stadt war nur unwesentlich größer als Kuellen, bestand schätzungsweise aus eintausend Häusern, aber die Gebäude waren hier etwas ausladender und höher, man konnte wohl von fünftausend Einwohnern ausgehen, während Kuellen nur dreitausend hatte. Umgeben war Warchaim von einer uralten Trutzmauer, die noch aus der Zeit vor der großen Vereinigung stammte und die mittlerweile nur noch als Ruine erhalten war, weil die Warchaimer sie jahrhundertelang als Baumaterial ausgeschlachtet hatten. So ragte sie hier und dort noch stolze fünf Meter in die Höhe, an den meisten Stellen jedoch fehlte sie vollkommen oder war nicht mehr als eine Schwelle, über die man leicht steigen konnte.

Als sie über die Hauptstraße aus Richtung Aldava kamen, konnte Rodraeg linkerhand einen auf einem Hügel befindlichen Park mit einem schloßähnlichen Gebäude sehen; rechterhand senkte sich die Stadt hinunter zum Hafen, denn die südliche Begrenzung Warchaims bildete der Larnus.

Auf der mittleren Hauptstraßenkreuzung trennten sie sich von Eras Dier. Der wollte weiter zum Verwaltungskontor, um dort eine Bude auf dem täglichen großen Markt anzumieten. An der Kreuzung stand eine uralte Tempelruine, derjenigen an den Larnusquellen von der Bauweise her nicht unähnlich, aber nicht so überwuchert, sondern einfach nur verwittert und ohne Dach. Von hier aus wandten Naenn und Rodraeg sich nach Norden, auf der zwar belebten, aber nicht wie in Aldava verstopften Nord-Süd-Straße, vorbei an dem ummauerten Parkgelände, bis sie schließlich in die erste Gasse einbogen, die nach links führte und nicht als Sackgasse an der Parkmauer endete, sondern daran vorbeilief. Kleinere Häuser standen neben größeren Fachwerkgebäuden, alles dicht an dicht, vielgestaltig und auf unterschiedliche Arten windschief.

»Da ist ja Cajin«, sagte Naenn und deutete auf einen blondschöpfigen Jüngling, der mit Nägeln zwischen den Zähnen einen Fensterladen des winzigsten Hauses in der ganzen Straße zurechthämmerte. Von dieser Kreuzung aus betrachtet war es das zweite auf der rechten Seite.

»Das ist unser Haus?« fragte Rodraeg, der sich ein Schmunzeln nicht verkneifen konnte.

»Tja.«

»Dann sollen wir wohl offensichtlich eine kleine Gruppe bilden. Zwei oder drei nicht zu beleibte Kinder vielleicht.«

»Ach, Rodraeg. Schau, es hat immerhin ein Obergeschoß.«

»Warst du schon mal drinnen?«

Naenn schüttelte den Kopf. »Ich stand nur vor der Tür und habe kurz mit Cajin geredet. Ich hatte es eilig.«

»Na, dann machen wir mal eine Besichtigung.«

Das erste Haus auf der rechten Seite, mehr als doppelt so breit wie das, an dem Cajin herumwerkelte, beherbergte einen Krämerladen. »Nideon Hallick« stand über der Tür, und durch mit allerlei Mobiliar und Gegenständen vollgestellte Fensterchen konnte man im Inneren eine krumme Gestalt herumwuseln sehen. Gegenüber, an der linken Gassenseite, stand ein noch größeres, dreistöckiges

Gebäude. Auch hier gab es unter dem Wohnbereich Platz für ein Geschäft: »Stoffe Von Heyden«. Fassade und Fenster wirkten deutlich gediegener als der Krämerladen und Cajins Häuschen.

»Cajin Cajumery?« fragte Rodraeg, als sie den Blonden erreicht hatten. Der drehte sich um und die Nägel fielen ihm beinahe aus dem Mund, als er Naenn erkannte. Rodraeg bedauerte jetzt tatsächlich, Cajins traurige Lebensgeschichte zu kennen, denn der Junge hatte hell strahlende grüne Augen und eines der einnehmendsten Gesichter, die Rodraeg je gesehen hatte. Er wischte sich die von der Arbeit schmutzigen Handflächen an der Hose ab und ergriff Naenns Rechte mit beiden Händen. »Naenn! Endlich seid Ihr angekommen! Dann müßt Ihr ...«

»Ich bin Rodraeg Delbane, aber einfach nur Rodraeg für dich. Naenn und ich haben uns darauf geeinigt, daß wir alle einfach ›Du‹ zueinander sagen. Wir werden immerhin fast so etwas wie eine Familie sein, hier in dieser schönen Stadt.«

»Rodraeg«, nickte Cajin, und ergriff auch Rodraegs Rechte beidhändig. Cajin hatte keinerlei Probleme damit, einem offen und entwaffnend direkt in die Augen zu sehen. »Ich habe hier draußen noch ein wenig herumgezimmert, und die Tür ist auch neu, aber jetzt zeige ich euch beiden wohl besser unser Haus. Ich warne euch allerdings vor: Sauber ist jetzt zwar endlich alles, aber das einzige, was ich bislang gebaut habe, sind Betten. Ansonsten sind die Zimmer völlig leer – ich weiß ja nicht, wie sie später aufgeteilt werden sollen.«

»Ich hatte noch nicht mal mit Betten gerechnet«, lobte Rodraeg gutgelaunt. »Wie lange bist du schon hier stationiert?«

»Seit dem Winter. Drei Monde. Das Haus war am Anfang in ziemlich üblem Zustand. Ich mußte das Dach erstmal schnee- und regenfest machen, dann das Gerümpel ausräumen, das drinnen herumstand, alles saubermachen, die Treppe nach oben ausbessern, zwei der drei Fenster im Obergeschoß waren kaputt, da habe ich mich auch drum gekümmert. Jetzt kann man eigentlich einziehen. Es herrscht kein Durchzug mehr, und die Hausspinnen habe ich auch fast alle weggefangen und rausgetragen.«

»Mit anderen Worten: Von den hundert Talern, von denen der Kreis mir erzählt hat, dürfte jetzt nichts mehr übrig sein.«

»Oh, ich habe mich nicht getraut, die hundert Taler anzufassen. Nein, die sind noch alle da.«

»Und wovon hast du dann die Fenster bezahlt? Und Holz für die Betten und die Tür und das Dach?«

»Naja.« Cajin grinste breit. »Deshalb habe ich drei Monde gebraucht. Ich habe halt Gegenleistungen erbracht. Für die Fenster habe ich beim Rahmenmacher gearbeitet. Für die Schindeln habe ich als Dachdecker in der Südstadt mitgeholfen. Holz kriegt man, wenn man beim Holzhändler Aufträge sägt.«

»Unglaublich!« Rodraeg war begeistert. Auch Naenn lächelte. »Das heißt, du kennst Warchaim mittlerweile wie deine Westentasche.«

»Es reicht, um sich nicht zu verlaufen.«

Cajin verstaute sein Handwerkszeug in seinen Hosentaschen und schloß den beiden die Tür auf. Dahinter lag ein schmaler Flur, an dessen Ende eine Treppe nach oben führte. Es roch leicht nach feuchtem Leim und frischem Holz.

»Der Grundriß ist quadratisch, sieben mal sieben Schritte«, übernahm Cajin die Rolle des Gastgebers. »Hier links ist gleich die Küche mit einem Ofen, auf den man auch Töpfe stellen kann. Wasser haben wir keins auf dem Grundstück, aber der nächste Brunnen ist nicht weit, hinter dem Stahlert-Haus, etwa fünfzig Schritt von hier. Wir könnten in der Küche ein Wasserfaß aufstellen. Den Raum nebenan habe ich als mein Zimmer gewählt, so bin ich immer schnell an der Tür, falls etwas ist.« Der Raum war winzig, zwei mal drei Schritte nur, und durch Cajins Lagerstätte – kein richtiges Bett, sondern lediglich Strohmatten und Decken – bereits zu einem Drittel gefüllt. »Hier rechts ist ein großer Raum, der größte im ganzen Haus, drei mal fünf Schritte. Dahinter noch mal ein kleinerer, der nur durch den großen zu erreichen ist. Hier vorne geht die Treppe hoch, links davon führen die Stufen in den Keller.« Sie gingen zuerst hinunter, und Cajin zündete eine Öllampe an, weil es im Keller kein Tageslicht gab. Die Stufen waren nicht allzu steil und beschrieben auf einer Strecke von drei Schritten einen rechten Winkel. Der muffig und lehmig riechende Kellerraum war immerhin etwas größer als der von Wirunius in Kuellen. »Drei mal vier Schritt, hier kann man einiges unterbringen, Vorräte und so. Die Wände sind leider ziemlich feucht, aber im Laufe der Zeit kann ich hier sicher eine Verkleidung anbringen, damit uns die Eßwaren nicht schneller wegschimmeln, als wir sie verputzen können. Mäuse gibt's keine, und die Spinnen ...«

»... hast du schon vor uns in Sicherheit gebracht, tadellos«, vollendete Rodraeg. Sie gingen wieder hoch. »Hier neben der Kellertreppe ist das Klo. Da mußte ich auch einiges ausbessern. Die Grube ist tief genug, aber wenn die irgendwann voll ist, muß ich mich halt drum kümmern. Daneben, ebenso winzig, ein Raum für einen Badezuber. Hier hinten geht es hinaus in ein Gärtchen.« Sie traten durch eine noch nicht erneuerte Tür in ein trostloses, von einer einen Schritt hohen Backsteinmauer umgrenztes Areal, vier mal vier Schritte klein. »Hier wuchs erstmal gar nichts außer Brennesseln und Gras, aber der Boden an sich ist ganz in Ordnung, glaube ich.«

Naenn ging in die Hocke, nahm etwas Erde prüfend zwischen zwei Finger und schnupperte daran. Sie nickte. »Ich könnte hier Kräuter anpflanzen. Vielleicht gedeihen auch Bohnen und Mohrrüben.«

»Könntest du oder möchtest du?« fragte Rodraeg.

Voller Zuneigung betrachtete sie die klägliche, vom Winter ausgemergelt wirkende Erdfläche. »Es würde mir Freude machen.«

»Dann ist das beschlossene Sache. Naenn ist die Herrin über den Garten. Wir helfen nur mit, wenn du es wünscht.«

Sie lächelte. »Ich werde ein paar Geräte brauchen und eine Gießkanne.«

»Können wir alles bei Bep Immergrün besorgen, das ist der größte Ausrüstungsladen in der Stadt, da findet man fast alles.«

»Was ist mit dem Krämerladen nebenan?« fragte Rodraeg.

Cajin verzog das Gesicht. »Unfreundlicher Bursche. Nideon Hallick. Ich hatte schon mehrmals Ärger mit ihm, weil ich natürlich viel herumgehämmert habe und dabei nicht immer samtfederleise war. Vielleicht kommt ihr ja besser mit ihm klar, aber bei mir und ihm, fürchte ich, wird das keine Blutsbrüderschaft mehr. Das hier rechts ist übrigens sein Warenlager. Links ist der Garten von der Nachbarsfamilie Stahlert, und geradezu beginnt der etwas weitläufigere Gartenbereich der Familie Andelpfand. Nur damit ihr wißt, wer unsere direkten Nachbarn sind.«

Sie gingen wieder hinein und die Treppe ins Obergeschoß hinauf. Hier gab es einen mittleren, von zwei Fenstern erhellten Flur, links und rechts je drei Türen. »So, hier oben sind nochmal sechs Zimmerchen, fünf davon leider genauso mickrig wie meine Kammer unten, und die beiden mittleren haben nicht mal ein Fenster.« Die Zimmer, die er ihnen nun zeigte, enthielten alle ein karg, aber stabil wirkendes Bettgestell, bis auf das etwas größere Zimmer gleich neben der Treppe, das völlig leer war. »Hier war ich ein wenig überfragt. Fünf Betten habe ich zusammengeschustert. In das große Zimmer hier könnte man auch zwei Betten quetschen, aber so weit bin ich noch gar nicht gekommen. Ich hatte auch darüber nachgedacht, Wände einzureißen und aus den vier Kämmerchen zum Beispiel zwei größere Räume zu machen, aber ich wollte nicht voreilig sein, bevor wir nicht wissen, wie viele Leute wir hier unterbringen müssen.«

Rodraeg rechnete im Kopf schon durch. »Diese Kammern sind wirklich mickrig. Wenn wir Besuch erhalten, vom Kreis oder anderen Leuten, mit denen wir uns treffen und zusammenarbeiten müssen, können wir diesem Besuch wohl kaum so eine Miniaturzelle zumuten. Ich würde also vorschlagen, das größere Zimmer wird ein Gästeraum. Zwei Betten könnten hier rein, die man auch zusammenschieben kann, damit man es gemütlich hat. Dann haben wir hier oben also noch fünf kleinere Zimmer. Eins für mich, eins für Naenn. Drei weitere Gruppenmitglieder. Mehr geht nicht.«

Cajin rieb sich das Kinn. »Man könnte aber – wie gesagt – eine Wand weghebeln und einen Schlafraum für drei oder sogar vier Leute draus machen. Dann hätte man fünf Gruppenmitlieder.

Sechs im Notfall. Acht oder neun, wenn man den Gästeraum dazu nimmt.«

Rodraeg schüttelte den Kopf. »Und Verhältnisse wie in einem Sklavenquartier in Diamandan. Nein, das können wir nicht machen. Die Leute werden hier wohnen und leben, möglicherweise für mehrere Jahre, wenn wir dem Kreis so lange nützlich sind. Da kann man ihnen nicht zumuten, in einem Massenstall zusammengepfercht zu sein wie Nutzvieh. Ein eigener Raum, und sei er auch noch so winzig, ist das mindeste, was wir ihnen bieten müssen. Das bedeutet: drei Mann. Vielleicht vier, wenn wir auf den Gästeraum verzichten. Aber ich denke, bei drei weiteren Gruppenmitgliedern sind wir in diesem Haus zu sechst, das wird schon eng genug mit dem einen Plumpsklo und dem einen Waschzuber. Wir sollten vorsichtig und bescheiden vorgehen.«

Cajin nickte. »Bleibt dann halt noch das Problem mit den beiden fensterlosen Zimmern. Wer soll die denn bekommen?«

Jetzt redeten alle durcheinander. Jeder schrieb dem anderen einen unbedingten Bedarf an Sonnenlicht zu, aufgrund der Schmetterlingsherkunft oder der Sonnenfelderherkunft oder aufgrund der Stellung als Haushüter mit sinnvollem Blick auf die Gasse. Rodraeg hob schließlich beide Hände und schnitt das aufgeregte Geschnatter ab.

»Langsam, langsam, langsam. Ich bin jetzt der Hauptverantwortliche, und ich treffe hier die Entscheidungen. Daß Cajin dieses Zimmer da unten hat, ist tatsächlich die beste Idee. Auch wenn wir anderen alle auf Reisen sind, hat er so den kürzestmöglichen Weg nach drinnen und draußen. Naenn, dir würde ich am liebsten ein Zimmer mit Südfenster geben, wegen der Sonne, aber das würde bedeuten, daß du immer, wenn du deinen Raum verläßt, an allen anderen Türen hier oben vorbei mußt, auch nachts. Ich denke, die größtmögliche Abgeschiedenheit hast du in dem Raum links neben der Treppe. Du hast ein Fenster, kommst schnell die Treppe runter und wieder rauf, ohne daß jemand das mitbekommt, und gegenüber liegt das Gästezimmer, wo wir hoffentlich Estéron als ersten Gast beherbergen werden.« Naenn nickte. Ihr war anzusehen, daß Rodraegs Sorgfalt bei der Zimmerwahl sie bewegte. »Ich selbst nehme das mittlere Zimmer rechts«, fuhr Rodraeg fort. »Dann bin ich sowohl mitten unter den übrigen Männern als auch direkt neben dem Gast oder den Gästen, das ist nur höflich. Fenster brauche ich nicht, außer zum Schlafen werde ich mich sowieso nicht in dem Zimmer aufhalten. Ärgerlicher ist da schon, daß ich in der Schreibstube auch kein Fenster habe. Kann man da nicht eins reinmeißeln?«

»Dahinter liegt halt Nideon Hallicks Lager.«

»Stimmt. Mist. Nützt alles nichts. Dann werde ich eben langsam fahl und knittrig und bekomme Augen wie ein Untergrundmensch.« Naenn und Cajin kicherten. Rodraeg klatschte in die Hände. »Dann ist das erledigt. Was steht als nächstes an? Einrichten?«

»Zuerst«, bemerkte Cajin, »solltest du zum Rathaus gehen und das Haus auf deinen Namen im Grundstücksverzeichnis eintragen lassen.«

»Wie ist es denn bislang eingetragen?«

»Gar nicht. Es ist gelöscht worden, weil es jahrelang leer stand.«

»Können wir es nicht einfach dabei belassen? Das ist doch recht passend für eine kleine, geheime Verschwörertruppe wie uns.«

»Naja. Ohne Eintragung weiß die Königliche Postreiterstelle nicht, wohin sie all das leiten soll, was der Kreis uns schicken wird. Außerdem wird es unseren Nachbarn nicht entgehen, daß hier Leute wohnen. Wenn wir hier wohnen, ohne städtische Abgaben zu entrichten, machen wir uns strafbar.«

»Klar. Und diese Abgaben zahlt der Kreis?«

»Richtig. Indem er das Geld an uns schickt, und ich kümmere mich dann um den Verwaltungskram.«

»Warum heißt das Haus dann nicht einfach ›Haus Cajumery‹?«

Cajin grinste. »Weil ich hier nicht das Oberhaupt bin. Ilde hat vorgeschlagen, wir benutzen deinen Namen – oder einen Decknamen. Dein Name wäre am besten, weil du dann auch Ansprechpartner für die Warchaimer wärst. Du bist halt unser Anführer.«

Rodraeg dachte nach. »Oder – wir geben uns eine Art Geschäftsnamen. Etwas Symbolisches, womit die Leute nicht sofort etwas anfangen können, aber sie können ja jederzeit zu uns kommen und es sich erklären lassen. Wir werden uns nicht abschotten. Wir werden ein freundliches, offenes Haus sein, das mitten in Warchaim mit den Warchaimern zu tun hat und mit Problemen, die den gesamten Kontinent betreffen. *Das Haus des Mammuts.*«

Naenns Augen leuchteten auf. Es war wirklich, als hätte jemand in ihrem Kopf eine Kerze entzündet. Sie blickte Rodraeg begeistert an.

»Das Haus des Mammuts?« fragte Cajin. »Wieso das Haus des Mammuts?«

»Weißt du, was ein Mammut ist?« fragte Rodraeg.

»Hab davon gelesen. Ein Bild gesehen, in der *Encyclica.*«

»Sie waren riesig und gewaltig und wunderschön, und es gibt sie nicht mehr, weil es niemanden gegeben hat, der sich rechtzeitig für sie eingesetzt hätte. Jetzt sind sie nur noch ein Traum, aber dieser Traum hat Naenn und mich zueinandergeführt. Ein Mammut hat uns Glück gebracht. Ein Mammut soll unser Zeichen sein.«

»Dann werde ich eins an die Tür malen«, schlug Cajin eifrig vor. »In der Warchaimer Rathausbibliothek gibt es bestimmt ein Exemplar der *Encyclica.* Ich sehe mir das Bild nochmal genau an und pinsele es an unsere Haustür. Zeichnen kann ich nämlich besser als Bettenzimmern.«

Rodraeg legte jedem der beiden eine Hand auf die Schulter. »Dann gehen wir jetzt zu dritt los, das Haus des Mammuts anmelden. Cajin kann uns ein bißchen die Stadt zeigen.«

Sie ließen ihre Reisesachen und das große Schwert im Haus und gingen ohne Sack und Pack los. Hier in der Stadt sollten Waffen eigentlich nicht vonnöten sein. Cajin behielt den bislang einzigen Schlüssel und schloß hinter ihnen ab. Er versprach, in den nächsten Tagen für jeden von ihnen einen Nachschlüssel anfertigen zu lassen.

Sie gingen nicht auf kürzestem Weg zum Rathaus, sondern begannen bereits im nördlichen Bereich Warchaims mit Cajins Stadtführung. Hier im Norden gab es ein opulentes Badehaus in einem geometrisch angelegten Park. In der Nähe, ganz im Nordosten, befand sich ein Krankenhaus, ungewöhnlich groß für eine Stadt, die nicht zu den fünf einwohnerreichsten des Kontinents zählte. Geleitet wurde es von Helelepriestern und Heleleschwestern, und Cajin erzählte, daß es hier wohl auch ein Siechenhaus, eine Abteilung für Wahnsinnige und ein Beinhaus gäbe. Insgesamt ein düsterer Ort, vor allem jetzt, da die Bäume zwar schon Knospen, aber noch kein Grün trugen.

Richtung Süden kamen sie an der Königlichen Postreiterstelle mit ihren von der Öffentlichkeit abgeschirmten Stallungen sowie an der Stadtgardegarnison mit dem Truppenübungsplatz und dem Gefängnis vorbei. »Der Stadtgardekommandant heißt Gauden Endreasis«, erklärte Cajin. »Einer der – würde ich mal schätzen – fünf wichtigsten Männer von Warchaim. Die anderen vier sind der Bürgermeister Iddan Tommsen, der reichste Händler hier am Ort, Yoich Barsen, der Besitzer der *Warchaimer Stuben*, dem ausgezeichnetsten Gasthof der ganzen Stadt, Fiorenz Danhoer und natürlich Baron Ortric Figelius. Ihm gehört das Schloß im ummauerten Adelsbezirk. Ich glaube, daß ganz Warchaim dem Baronat Figelius gehörte, bevor König Rinwe alle Kleinfürsten unter die Krone zwang. Die letztgenannten drei – Barsen, Danhoer und Figelius – stellen auch den Stadtrat, der den Bürgermeister bei seiner Arbeit unterstützt. Gardekommandant Endreasis ist bei politischen Entscheidungen außen vor. Er ist ein reiner Militär und hat lediglich den Auftrag, im Namen der Königin für Recht und Ordnung zu sorgen.«

»Hmm«, machte Rodraeg nachdenklich. »Mit wie vielen Mann ist die Garde Warchaims besetzt?«

»Keine Ahnung«, mußte Cajin zugeben. »Aber viele sind es nicht. Bestimmt weniger als fünfzig.«

»Bei fünftausend Einwohnern. Keine leichte Aufgabe.«

Sie näherten sich dem Rathaus von der Ostseite, umrundeten es und überblickten den Warchaimer Hauptplatz mit der gewaltigen Rinwelinde, die vor genau 682 Jahren zu Ehren der kontinentalen

Vereinigung gepflanzt worden war. Naenn schloß diesen Baum, dessen aus dem Stamm entspringenden Hauptäste dicker waren als die Stämme gewöhnlicher Bäume, sofort in ihr Herz. Rodraeg bewunderte den bunten Trubel des großen Marktes und die baulichen Ausmaße des Rathauses. Er schätzte es auf etwa dreimal so geräumig wie das leuchtende Rathaus von Kuellen.

Cajin zeigte auf ein rustikales, großes Fachwerkhaus am östlichen Rand des Hauptplatzes. »Das da sind übrigens die *Warchaimer Stuben*, von denen ich vorhin gesprochen habe. Besser kann man nirgends speisen, zumindest nicht in Warchaim.«

»Dann lade ich euch dort zum Mittagessen ein, wenn wir den Papierkrieg hinter uns gebracht haben«, schlug Rodraeg vor. »Zur Feier des Tages.«

Cajin jubelte begeistert. Naenn hoffte, daß es dort auch einfach nur Salat gab.

Im Rathaus fragten sie sich durch und wurden unversehens vom Bürgermeister höchstpersönlich willkommen geheißen. Rodraeg traute seinen Augen und Ohren nicht. Der Bürgermeister von Kuellen hätte sich niemals dazu herabgelassen, sich um solche niederen Angelegenheiten zu kümmern. »Haltet mir bloß die Arbeit vom Leib« war seine Lieblingsanweisung an seine Mitarbeiter gewesen.

Bürgermeister Tommsen pflegte offensichtlich einen anderen Stil. Obwohl mindestens zehn Schreiber Dienst taten, ließ er es sich nicht nehmen, die Neubürger mit Händedruck zu begrüßen. Rodraeg trug seinen und Cajins Namen als Haushaltsvorstände im Grundstücksbuch ein, und *Das Haus des Mammuts* unter »Gewerbe«.

»Darf man fragen, was für eine Art von Gewerbe das ist?« fragte Tommsen fröhlich. Er war korpulent, mit halblangem Haarkranz, hatte eine rötliche, weinselige Nase und wirkte im großen und ganzen dermaßen harmlos und ulkig, daß Rodraeg in ihm eine Marionette des Stadtrats vermutete, mit einem finsteren Baron Figelius – bei dem die Ummauerung seines Schloßparks schon andeutete, was er vom gemeinen Volk hielt – als Hauptstrippenzieher.

»Nun, wir bearbeiten Aufträge, die mit ungewöhnlichen Naturereignissen zusammenhängen. Sehr spezielle Arbeit.«

»Aber natürlich immer auf der Suche nach neuen Auftraggebern, nehme ich an?«

»Ähhm, prinzipiell steht unser Haus jedermann offen, das ist richtig, aber wir haben Stammkunden, unter anderem in der Hauptstadt. Die meiste Zeit über sind wir also vollständig ausgelastet, und es kann auch passieren, daß wir einen Auftrag ablehnen müssen, weil er nicht in unser Vorgehensmuster paßt.«

»Verstehe«, behauptete Tommsen mit angestrengt zusammengekniffenen Augen. »Jedenfalls klingt das ja alles so, als wäre das Unternehmen gut im Geschäft. Freut mich, daß Ihr Euch für Warchaim entschieden habt. Dürfte ich nun noch um einen kleinen persönlichen Eintrag ins Stadtbuch bitten?«

Aha, dachte Rodraeg. Hier kommen die Verssammlungen also ganz zu Anfang. Fragend blickte er Naenn und Cajin an, doch die traten einen Schritt zurück. Rodraeg nahm den vom Bürgermeister dargebotenen Federkiel und schrieb in das goldlaminierte Bürgerbuch:

»Irgendwo zwischen den zehn Tempeln und dem Schloß
zwischen dem Hafen und der Marktplatzlinde
den Hallen der Siechen und den Häusern der Händler
dem Gefängnis und den Stadtmauertrümmern
und den Straßen nach Westen, Osten, Norden und Süden
wurde heute, am 4. Tag des Regenmondes
im Jahre 682 nach der Königskrone
in dieser Stadt namens Warchaim
ein Mammut geboren.«

An seinen Traum erinnert, widerstand Rodraeg der Versuchung, den Satz »Möge es seinen Jägern entkommen und in Frieden aufwachsen« darunterzusetzen. Statt dessen unterzeichnete er schwungvoll mit »Rodraeg T. Delbane« und gab dem Bürgermeister die Feder zurück. Der las und strahlte über das ganze Gesicht.

»Für einen Neuankömmling kennt Ihr Euch schon recht gut aus in der Stadt.«

»Ich hätte noch mehr Einzelheiten genannt, wenn ich meinen Stadtrundgang schon hätte vollenden können, aber unser Weg führte uns zuerst zum Rathaus.«

»Dann will ich Euch noch dies hier zum Geschenk machen, mein lieber Delbane.« Tommsen eilte zu einem Schrank und holte einen vierfach gefalteten Druck heraus. »Eine Karte von Warchaim. Etwa zehn Jahre alt, also nicht in allen Kleinigkeiten auf dem neuesten Stand, aber allemal ausreichend, um sich hier zurechtzufinden.«

»Das ist ausgesprochen großzügig, Bürgermeister. Vielen Dank.« Rodraeg nahm die Karte an sich und drückte die Hand Tommsens. »Bekommt jeder Neubürger so einen Stadtplan geschenkt?«

»Solange der Vorrat reicht, sage ich immer. Solange der Vorrat reicht.« Tommsen zwinkerte, sie verbeugten sich zu dritt vor ihm und verließen dann die Räumlichkeiten.

»Netter Bursche«, befand Cajin, als sie auf die Rathausvortreppe ins Freie traten.

»Ja«, bestätigte Rodraeg. »Kaum zu glauben, für was für einen Mistkerl ich im Vergleich dazu die letzten sechs Jahre geschuftet habe.«

»Warum hast du erzählt, daß die Warchaimer jederzeit zu uns kommen können?« fragte Naenn. »Wir können keine Aufträge annehmen, die nicht vom Kreis stammen.«

»Aber wir können so Informationen erhalten. Stell dir vor, eines Tages kommt jemand zu uns und erzählt uns von Vorgängen, von denen selbst der Kreis noch nichts gehört hat. Wir können das dann weiterleiten und von Leribin prüfen lassen. Wir können nützlicher sein, als einfach nur die Drecksarbeit zu machen, wenn wir unsere Position in Warchaim nutzen, um das gesamte Wissen der Stadt anzuzapfen.«

»Du bist wie verwandelt«, stellte Naenn nüchtern fest. »In Kuellen warst du unsicher und zögerlich. Auch in Aldava noch.«

»Ja, jetzt ist es endlich, endlich losgegangen. Wir sind mittendrin. Die lange Reiserei hat meinen Schädel ausgelüftet, Ryot Melron hat mir den Rost aus den Ohren gehämmert, und Leribin, Baladesar und die unstete Frau mit den Zauberfingern haben das Ihrige dazu beigetragen, mich wachzurütteln. Cajin steckt mich an mit seiner Tatkraft und seiner guten Laune. Naenn – wir werden erfolgreicher sein, als der Kreis sich das träumen läßt! Ich kann es kaum erwarten, den ersten Auftrag zu bekommen.«

Bester Laune eilten Rodraeg und Cajin den *Warchaimer Stuben* entgegen. Naenn fiel ein wenig zurück, sie blieb ernst und wachsam.

Rodraegs Hochstimmung wurde erst wieder gedämpft, als ihm nach dem Essen die Rechnung präsentiert wurde. Die gesamte zehntägige Reise von Aldava nach Warchaim mit all ihren Verproviantierungen und Übernachtungen in Schuppen und Scheunen war weniger kostspielig gewesen als einmal Essen zu dritt in den *Warchaimer Stuben*. Dafür war das Essen aber tatsächlich vorzüglich. Rodraeg und Cajin genossen Vorsuppe, Braten und eine süße Nachspeise, Naenn bekam einen ausladenden Salatteller mit Nüssen und gehobeltem Hartkäse. Dazu ein Glas trockenen Rotwein für Rodraeg, ein mit Malz versetztes Bier für Cajin und ein Kännchen Fruchtmarkwasser für Naenn.

Anschließend gingen sie zur Königlichen Postreiterstelle zurück, wo Cajin die Nachricht an Eria in Auftrag gab, daß die Warchaimer Adresse nun unter ›Das Haus des Mammuts‹ eingetragen sei. Anschließend setzten sie ihren Stadtrundgang fort.

Cajin führte sie zum Tempelbezirk, der ähnlich wie der Schloßpark von einer Mauer umgeben war. Es gab jedoch zwei Tore, eins im Norden, eins im Süden, die ständig geöffnet und auch nicht bewacht waren. Die Mauer diente also eher der Konzentration als der Abgrenzung. Hinter dem Nordtor führte eine gepflegte Allee in den Tempelbereich. Rodraeg zählte mehr als zehn Gebäude sowie Gesindehäuser für diejenigen, die nicht nur für einen bestimmten Tempel, sondern das ganze Gelände zuständig waren; des weiteren Stallungen, ein Gästehaus, eine Lagerscheune und ein neutrales Bethaus für Besucher, die nicht dem Zehngötterglauben anhingen. Die Tempel waren allesamt kleiner und nicht so protzig wie die Haupttempel in Aldava, machten aber in ihrer Vielfalt und Farbigkeit dennoch Eindruck auf Rodraeg und Naenn. Der Tempel des Delphior war tiefblau mit bunten Muschel- und Fischornamenten, Afr dagegen wild lodernd rot, Tinsalt hellblau mit Hunderten unterschiedlicher aufgemalter Vögel, Kjeer erdbraun und moosgrün, umgeben von wuchtigen Findlingen; Lun wirkte hell und sonnengebleicht, Senchak dagegen düster und blutbesudelt, Hunderte von in den Boden gerammten Klingenwaffen säumten den Weg zum Eingang; Arisp zeigte sprießendes Grün mit umlaufenden Blütenverzierungen und Bepflanzungen, Hendelor war schneeweiß, fast blendend, Bachmu golden und würdevoll und Helele bleich und fragil wie Spinnweben, durchwirkt mit zauberischem Silbergarn. Zwischen den Tempeln konnte man Angehörige der jeweiligen Priesterschaften umherwandeln sehen, Delphiorpriester in ihren wallenden, dunkelblauen Umhängen, Senchakkrieger in ihren zeremoniellen Harnischen und Rüstungen, und ein paar junge Bachmu-Akolythen mit gelbfarbenen Roben und goldenen Helmen auf den Köpfen.

»Hier leben Wahrheit und Wissen«, sagte Naenn voller Ehrfurcht. »Vielleicht zersplittert in zu viele Farben und Uniformierungen, aber nimmt man dies alles zusammen, zeigt sich das Antlitz der Welt.«

»Es ist merkwürdig hier«, meinte Rodraeg. »Wie eine Stadt innerhalb der Stadt, nur nicht ganz von dieser Welt.«

»Wir dürfen nicht vergessen, daß dieser Ort eine Ausnahme ist. Eine Oase in der Wüste des Kontinents.« Naenns Stimme klang beinahe feierlich. »Außer in Aldava gibt es nirgendwo sonst noch alle zehn Tempel vereint. In Warchaim blüht, was anderorts schon längst verwelkte. Ich kann die Energieströmungen, die hier zwischen den Gebäuden pulsieren, beinahe sehen.«

»Die Schmetterlingsmenschen haben dieselbe Religion wie wir?«

»Natürlich. Weil es eben nicht, wie einige zu meinen scheinen, eine Wahl gibt. Die Zehn sind die Wahrheit, alles andere ist gelogen.«

»Aber behauptet das nicht jeder Glaubende von seinem Glauben? Das ist doch das, was den Glauben für mich so unsympathisch macht – diese Besserwisserei des Unbelegbaren.«

»Es gibt Belege, Rodraeg. Sie sind überall um uns herum, nicht nur hier, an diesem heiligen Ort. Jeder Ort ist heilig. Die meisten Menschen haben lediglich die Fähigkeit verloren, die Beweise zu verstehen.«

»Was ich nicht verstehe«, mischte Cajin sich ein, »ist dieser alte Tempel, diese Ruine in der Mitte der Stadt. Soweit ich in Erfahrung bringen konnte, liegt dort der Ursprung Warchaims, von dort aus wucherte die Stadt ins umgebende Land hinaus. Das würde aber bedeuten, daß es ursprünglich nur einen Tempel gab, und die zehn hier am östlichen Stadtrand sind verhältnismäßig neu. Hat das etwas zu tun mit ›vor und nach der Vereinigung‹? Gab es vorher nur einen Gott und seitdem zehn?«

»Die Zehn haben den Kontinent erschaffen«, ließ Naenn sich nicht beirren. »Sie sind der Anfang. Aber vielleicht erschienen sie den Menschen damals nur als einer, oder die Menschen beteten alle zehn in einem einzigen Haus an. Ich weiß bei weitem nicht alles über die Glaubensgeschichte des Menschengeschlechtes. Ich denke, wir sind in Warchaim, um zu lernen, um die Antworten auf genau solche Fragen zu finden. Bei all unserem Tun im Dienste des Kreises sollten wir nie aus den Augen verlieren, die Rätsel und Fragen des Kontinents weiter zu erforschen. Ohne das abhanden gekommene Wissen wiederzuerlangen, werden wir die Götter nicht erreichen können.«

Sie verließen den Tempelbezirk durch das Südtor und gingen nach Westen zum Hafen. Eine massive Steinbrücke führte über den Larnus Richtung Endailon, das Stadtufer lag hoch genug, um den gestiegenen Schmelzwasserpegel abzufangen. Im Vergleich zu den richtigen Seehäfen wie Skerb, Pelma oder Chlayst war der Hafen überschaubar. Ein Dutzend Flußschiffer hatten hier angelegt, mit Rudern und Segeln ausgerüstet für die mühselige Fahrt gegen die Strömung. Auf den meisten Schiffdecks war man noch dabei, die Kratzspuren des Winters zu tilgen und Bootskörper und Ausrüstung auf Hochglanz zu bringen.

Als Cajin Rodraeg und Naenn wieder nordwärts Richtung Innenstadt führte, kamen sie wieder an der großen Tempelruine vorbei. Ein Liebespaar saß hier auf einem geborstenen Mauerstück und hielt Händchen. Tauben hockten auf unvollständigen Säulen und gurrten. Dieser Platz schien mehr ins Licht der Sonne gerückt zu sein als die Häuser nahebei.

Weiter nördlich gingen sie diesmal direkt zur Schloßparkmauer und östlich daran entlang. Die Anlage, beinahe so umfangreich wie der Tempelbezirk, konnte ihren früheren Festungscharakter nicht verleugnen, an den vier Ecken gab es sogar überdachte Wehrtürme, und das mit einem speerspitzenbewehrten Gitter verschlossene Zufahrtstor im Osten wurde von zwei zylindrischen Wachstuben eingefaßt. Die Wehrtürme an den Grundstückskanten waren zwar unbemannt und mit Efeu und Moosen mäßigend bewachsen, aber aus den Wachstuben am Tor lugten die unfreundlichen Gesichter von Baron Figelius' dunkel gepanzerten Leibgardisten. Da half auch Cajins munteres Zuwinken nichts.

Als sie wieder beim Haus des Mammuts ankamen, war der Tag schon weit fortgeschritten. Rodraeg fühlte sich zu satt und schläfrig, um heute noch Berge versetzen zu wollen.

»Der Kreis sagte, er wolle uns so schnell wie möglich eine größere Geldsumme schicken«, überlegte er. »Das ist jetzt zehn Tage her, aber eingetroffen ist noch nichts. Was meinst du, Cajin? Können wir in den nächsten Tagen damit rechnen?«

»Auf jeden Fall. Vor drei Tagen kam eine Brieftaubenbotschaft in der Poststelle an, daß der Reiter mit dem Geld unterwegs ist. Morgen oder übermorgen, würde ich schätzen.«

»Dann besorgen wir, bis das Geld kommt, nur das Nötigste und hauen dafür die hundert Taler auf den Kopf, die wir noch haben. Den Rest können wir erst dann so richtig planen, wenn wir wissen, wieviel Geld der Kreis uns geschickt hat. Wir kaufen heute noch Vorräte ein und holen Wasser, damit wir genug für drei Personen im Haus haben. Ich würde nach der Reise gern ein Bad nehmen, Naenn vielleicht auch.«

»Dann brauchen wir noch einen Badezuber und Seife«, bemerkte Cajin.

»Genau. Das besorgen wir heute noch. Dann hilfst du mir dabei, den Stadtplan mit allen wichtigen Örtlichkeiten zu beschriften, und dann ist es genug für heute. Feierabend.«

Es dunkelte schon, als erst Naenn und dann Rodraeg zu ihrem Badevergnügen kamen. Cajin besorgte inzwischen genügend Kerzen und Schwefelhölzer, um das Haus des Mammuts innen zu erhellen.

Naenn verschwand als erste auf ihrem neuen Zimmer, während Rodraeg und Cajin noch im großen Erdgeschoßraum auf dem Boden herumkrochen, um im Licht von einem Dutzend Kerzen den Stadtplan von Bürgermeister Tommsen mit fünfzig Zahlen und den fünfzig dazugehörigen Bezeichnungen zu versehen. Das Haus des Mammuts war die ›50‹, aber auch der Krämer Hallick und die Stoffhändlerfamilie Von Heyden wurden verzeichnet, genau wie Großausrüster Bep Immergrün, die Stadtbäckerei am Marktplatz, das Badehaus im Park, der Pferdehändler und -pfleger Mertih, die Schmiede Teff Baitz und Ulric, ein Kleinbooteverleih, der Kleidungsladen ›Vierfaden‹, ein Kräuter- und Drogenhändler, zwei Ställe, das Volkstheater ›Lachende Maske‹, das Bordell ›Drachen und Höhlen‹, die Königliche Postreiterstelle, das Gardehaus, die zehn Tempel, das Krankengebäude und das dazugehörige Beinhaus, das Rathaus, das Schloß Figelius, die Ruine des Alten Tempels, die Wohnstätte der sogenannten Dreimagier, das Hafen- und das Marktkontor, das Büro eines sich selbst als ›Landspurenführer‹ bezeichnenden Ermittlers, die sogenannte ›Hütte der Liebenden‹ auf einer kleinen, mit Ruderbooten zu erreichenden Insel im Larnus, sowie die privaten Wohnhäuser von Bürgermeister Tommsen und dem reichsten Nicht-Adeligen der Stadt, Yoich Barsen. Außerdem die sechs einfachen Schenken Warchaims: *Bei Bjerne*, der *Würfelbecher*, der *Ogerbär* am Hafen, die *Krustenküche*, die eher unter dem unappetitlicheren Namen *Krustenkrug* geläufig war, das *Leer das!* und der *Hinkenherst*. Schließlich die drei großen Wirtshäuser, in denen es auch Fremdenzimmer gab. Eher drittklassig die

Alte Kutsche, mindestens zweitklassig *Der eherne Habicht* und unzweifelhaft erstklassig die *Warchaimer Stuben.*

Zufrieden blickte Rodraeg auf das miniaturisierte Warchaim hinab, das er heute im Großen durchwandert hatte. Schon nach einem Tag hatte er dank Cajins und Tommsens Hilfe das Gefühl, diese Stadt erfassen und begreifen zu können, wenn auch vorerst nur oberflächlich. Wie viele ungelöste und womöglich auch unlösbare Rätsel diese kunstvoll verschlungenen Straßen für ihn bereithielten, würde erst der Lauf der Zeit enthüllen.

Während Cajin zum nächtlichen Hafengelände aufbrach, um einem übermüdeten Lagerhausverwalter Bretter abzuschwatzen, ging Rodraeg mit einer brennenden Kerze bewaffnet zu Bett. Vor Naenns Tür sagte er so leise, daß er selbst es kaum hören konnte: »Schlaf gut.« Dann bezog er sein eigenes Kämmerchen. Den Anderthalbhänder holte er aus der Tragetasche, stellte ihn in die Ecke und hängte seine Winterjacke über den Schwertgriff. Den Seesack ließ er noch unausgepackt und legte sich mit den Reisedecken auf das noch ungepolsterte Bettgestell.

Er pustete die Kerze aus. Dunkelheit umfing ihn.

In den Nächten der gemeinsamen Reise hatte er oft wachgelegen und Naenn beim Schlafen beobachtet. Das war jetzt nicht mehr möglich. In ein paar Tagen würden neue, fremde Menschen hier einziehen, Männer wahrscheinlich, rumpelig und laut, und dann würde auch das Gefühl weg sein, mit Naenn im Obergeschoß allein zu sein.

Er wälzte sich auf die Seite.

Wie wichtig oder unwichtig waren solche Empfindungen angesichts seiner neuen Aufgabe als Ausbilder und Anführer in einem neuen Haus, einer neuen Stadt, einem neu und unwägbar erscheinenden Kontinent?

7 Feuer und Erde und Wasser und Luft

Das Aufstehen gelang Rodraeg überhaupt nicht. Ohne Fenster, ohne Sonne wies ihm nichts den Weg aus der Nacht, und er schlief, bis Cajin zaghaft gegen die Tür klopfte und fragte, ob alles in Ordnung sei. Es war schon Vormittag.

Rodraeg fühlte sich benommen und zerzaust. Er wusch sich hastig und ging in die Küche, wo Naenn und Cajin an lindgrünem Vorhangstoff herumnähten, den Cajin organisiert hatte. Lustlos kaute Rodraeg auf einer trockenen Scheibe Brot herum. Noch fehlte es an allem: einem Tisch, Stühlen, Tellern, Bretter und Besteck.

»Wie hältst du das bloß aus, ohne Fenster?« fragte Rodraeg heiser.

»Man gewöhnt sich dran. Außerdem gibt es nachts Anhaltspunkte, wie spät es ist. Um Mitternacht läutet im Bachmutempel eine Glocke zur Andacht. Gegen drei nach Mitternacht gehen im *Leer das!* um die Ecke die Lichter aus, und die Betrunkenen wanken lautstark nach Hause. Zum Sonnenaufgang krähen zwei Hähne, einer im Schloßpark und einer nördlich der Stadt auf einem kleinen Bauernhof. Den kann man nur hören, wenn das Wetter gut wird.«

Rodraeg knurrte etwas, was niemand verstand. Naenn wagte den Vorstoß: »Noch ist es nicht zu spät für dich, eines der Zimmer mit Südfenster zu nehmen.«

Rodraeg gähnte. »Eine Nacht noch. Wenn ich dann merke, daß es nicht geht, gebe ich euch beiden recht.«

Cajin zwinkerte Naenn zu. »Wie sieht denn unser Tagesplan für heute aus?«

»Wir kaufen das Notwendigste. Aber ich will nicht zuviel Zeit mit dem Haus vertrödeln. Falls mit der Geldlieferung gleich ein Auftrag eintrifft, müssen wir handlungsfähig sein. Ich werde deshalb heute anfangen, Gruppenmitglieder zu suchen.«

»Wie willst du vorgehen?« fragte Naenn.

»Am Rathaus gibt es ein Schwarzes Brett, wo man – wahrscheinlich gegen eine Gebühr – einen Aushang machen kann. Wenn jemand neu in die Stadt kommt und eine Aufgabe sucht, schaut er als erstes dort nach. Das scheint mir ein vielversprechender Ansatz zu sein.«

»Aber nur, um Abenteurer und Schwertkämpfer anzusprechen«, gab Naenn zu bedenken.

»Ja. Genau die suche ich.«

»Ist das dein Ernst? Wir wollen doch keine … marodierende Horde gründen, sondern eine verantwortungsvolle Gruppe zum Schutz des Kontinents.«

Rodraeg rieb sich Hals und Nacken und verzog schmerzhaft das Gesicht. »Eins steht doch wohl fest: Ohne gute Kämpfer kommen wir nicht weit. Das hat der Zwischenfall mit den drei Halunken uns deutlich aufgezeigt. Wenn ich einen Schwertkämpfer oder einen Abenteurer anheuere und bezahle, so bin ich der Auftraggeber, und er wird sich mir gegenüber anständig verhalten, weil er auch später noch Aufträge bekommen möchte. So einfach ist das.«

»Was für Abenteurer hast du im Sinn?« fragte Cajin.

Rodraeg überlegte kurz. »Ein Schwertkämpfer, ein Bogenschütze und ein Spezialist für Klettereien, Schleichen und Türschlösser knacken wären perfekt.«

»Letzteren nennt man, glaube ich, ›Dieb‹«, stellte Naenn wenig begeistert fest.

»Ja, so nennt man das wohl. Ein Krieger. Ein Schütze. Ein Dieb. Ein Schreiber als Anführer. Die vier Beine des Mammuts.«

»Was bin ich dann, wenn ihr die Beine seid?« fragte Cajin.

»Der Rüssel natürlich. Ohne dich finden wir uns nicht zurecht und verhungern.«

»Und Naenn?«

»Naenn ist alles andere. Alles, was wir Beine tragen. Das junge Mammut an sich.«

Als möglichst unverfänglichen Treffpunkt mit den Leuten, die auf seinen Anschlag reagierten, wählte Rodraeg den *Ehernen Habicht* aus. Die *Alte Kutsche* war zwar preisgünstiger, lag aber ganz im Süden Warchaims, während der *Habicht* genau in der Mitte sein Nest hatte, mit Blick auf die alte Tempelruine. Dieser Ort gefiel Rodraeg. Vielleicht würde er ihm helfen, die guten Bewerber von den schlechten zu scheiden.

Der *Habicht* wurde von einem noch recht jungen Ehepaar bewirtschaftet, das auffallend zärtlich miteinander umging. Rodraeg mußte schmunzeln, als er sich an das Pärchen erinnerte, das sie gestern am Alten Tempel schmusen gesehen hatten. Dieser Ort wärmte tatsächlich die Herzen. Auch war es kein Problem, einen Tisch zu reservieren. Rodraeg bestellte für den nächsten Abend – er wollte dem Anschlag mehr als vierundzwanzig Stunden Zeit geben, Wirkung zu entfalten – und für höchstens sechs Personen, das war optimistisch genug.

Anschließend machte er sich auf den Weg zum Rathaus. Das Schwarze Brett war mit einem Glasdeckel gegen Wind, Regen und Übergriffe geschützt, deshalb kostete das Anbringen eines Textes auch einen ganzen Taler pro Tag, aber das war es allemal wert. Rodraeg bezahlte beide Taler im voraus, übermorgen konnte der Text ruhig entfernt werden. Man verwies ihn an einen Schönschriftschreiber, der nach seinen Angaben mit einer großen weißen Feder einen Text auf hellgrünes Büttenpapier setzte.

Feuer und Erde und Wasser und Luft brauchen
unsere Hilfe.
Mitstreiter gesucht!
Treffpunkt: am Alten Tempel
am 6. des Regenmonds, wenn die Dunkelheit kommt
gez.: Das Mammut

Der Kalligraph stellte keine Fragen und zeigte keine Neugier. Er war es gewohnt, kryptischere Botschaften als diese zu verfassen. Rodraeg überwachte noch, wie das Papier zwischen anderen Auftragsgesuchen, Mitteilungen und einem Steckbrief für einen Mörder namens Skandor Rigan seinen Platz am Schwarzen Brett fand.

Der Rest des Tages verging damit, mehr Geld auszugeben, als eigentlich da war, und die neuen Nachbarn kennenzulernen.

Als erstes wandte Rodraeg sich an den Krämer Hallick. Da dieser sich bereits mit Cajin herumgezankt hatte, schien es am ratsamsten, hier möglichst rasch die Wogen zu glätten. Hallick war zwar tatsächlich ein wenig barsch und knurrig, aber als Rodraeg sich im bis unter die Decke vollgestapelten Laden umsah und eröffnete, daß er sich gut vorstellen könnte, die meisten Möbelstücke für das Haus genau hier zu kaufen, rieb sich der Krämer die Hände und seine rauhe Stimme wurde ganz weich und schmeichelnd. Mehrere Lampen, stämmige Kerzen, sieben Stühle und ein rustikaler Schreibtisch mit zahlreichen Schubladen wechselten den Besitzer.

Da Cajin immer wieder versicherte, daß »heute, spätestens morgen« mit der Geldlieferung vom Kreis zu rechnen sei, beschloß Rodraeg, sein überschaubares Privatvermögen vorzustrecken, und schickte Naenn zu Bep Immergrün, um Tassen, Teller und Eßbestecke für sechs Personen einzukaufen. Inzwischen trugen Rodraeg und Cajin den Schreibtisch in das hintere Erdgeschoßzimmer, das Rodraegs Büro werden sollte. Ein Stuhl davor, zwei Lampen darauf, und schon enstand ein wenig Kuellener Schreibstubenatmosphäre. Rodraeg hängte die beiden Karten an die Wand, so daß er sie vom Arbeitsplatz aus sehen konnte. Der Kontinent und Warchaim. Als erster Gegenstand wurde Reyrens Quellenkiesel in die oberste Schreibtischschublade gelegt, Glücksbringer und Symbol für einen Anfang.

Die sieben Stühle kamen erstmal in den großen Raum. Rodraeg schwebte ein sehr großer Versammlungs- und Eßtisch vor, so einen hatte Hallick nicht vorrätig gehabt. Cajin hatte jedoch durch seine vielfältigen Nebentätigkeiten einen Tischlermeister kennengelernt, und zu diesem führte sie ihr nächster gemeinsamer Weg. Der Tischler hatte einen prächtigen Tisch vorrätig, aus dunklem, massiv wirkenden Nadelholz. Sie vereinbarten, das gute Stück morgen abzuholen. Zuerst ging es noch zum Markt, zu Eras Dier und seinen Teppichen, wo Rodraeg nach überschwenglichem Begrüßen und zähem Gefeilsche einen großen und zwei kleine Teppiche erstand. Rodraeg und Cajin hatten ihre liebe Not, den großen Teppich durch Warchaim zu schleppen, und freuten sich überhaupt nicht auf den morgigen Transport des Tisches.

Am Abend ging Cajin noch einmal leicht schwankend zur Postreiterstelle und fragte nach, ob etwas für ihn eingetroffen sei, aber die Postverwalter verneinten und sagten, sie würden einen Laufboten vorbeischicken, wenn die Lieferung einträfe.

Dieser Laufbote klopfte früh am nächsten Morgen. Cajin wollte sofort losrennen, doch Naenn, die das Klopfen des Boten mitbekommen hatte, bestand darauf, daß sie zu zweit gingen. »Man kann in einer Stadt nie wissen – er hat viel Geld dabei.«

Als Rodraeg benommen zu sich kam und nach unten zum Waschzuber schlurfte, zählten und stapelten Naenn und Cajin in der Küche das Geld: 350 Taler. Damit konnten sie einiges anfangen.

»Brief mit Auftrag dabei?« fragte Rodraeg.

»Nichts. Reine Geldsendung«, antwortete Cajin ebenso knapp.

»Auch gut. Dann holen wir heute den Tisch ab und bringen die Betten auf Gasthausstandard.«

Naenn kümmerte sich um das Aussuchen der Bettwäsche. Um gute Nachbarschaft zu pflegen, wurde sie im Laden der gegenüber wohnenden Familie Von Heyden vorstellig, aber die Stoffe, mit denen dort gehandelt wurde, waren für die Verhältnisse des Mammuts einfach zu teuer. Also besorgte sie alles Notwendige im Geschäft namens ›Vierfaden‹.

Rodraeg und Cajin wuchteten inzwischen den Tisch durch die Stadt. Angeregt von ihrem Erfolg kauften und schleppten sie anschließend noch ein zu einem Kerzenleuchter umgebautes großes Wagenrad vom Schmied Ulric herbei, aber als es dann darum ging, das Wagenrad unter der Decke des großen Versammlungsraumes anzubringen, waren sie beide mit ihren Kräften am Ende und entgingen nur knapp einem bösen Unfall. Das Wagenrad blieb erst mal an die Wand gelehnt stehen.

Am späten Nachmittag kümmerten sich Naenn und Rodraeg zusammen um die Betten, während Cajin zum Rathaus ging, um dort das Mammut aus der *Encyclica* abzuzeichnen.

Am Abend machte Rodraeg sich aufbruchsfertig, um diese anderen zu finden. Er wollte ohne Waffen gehen.

Cajin war damit beschäftigt, ein Mammut an die Eingangstür zu malen. Es sah nicht so gewaltig und kompliziert aus wie in der Encyclica, sondern war eher schlicht und flächig von der Seite dargestellt, mit einem großen, zu einem nicht ganz geschlossenen Kreis gebogenen Stoßzahn.

»Ich habe es vereinfacht«, erläuterte Cajin. »Man soll klar erkennen können, daß es ein Mammut ist, aber man soll auch selbst in der Lage sein, dieses Mammut mit wenigen Strichen zu zeichnen. Falls ihr mal irgendwo Nachrichten hinterlassen müßt oder Botschaften, die nicht jeder sofort verstehen soll.«

»Sehr gut, großartige Idee«, lobte Rodraeg.

»Das Symbol des Kreises ist ebenfalls enthalten. Im Stoßzahn.«

»Das habe ich bemerkt. Ein ausgezeichnetes Wahrzeichen. Wir sollten lernen, unsere Briefe so zu signieren.«

»Mal sehen, wer von den Männern oder Frauen überhaupt schreiben kann.«

»Stimmt. Es wäre wohl zuviel verlangt, das auch noch zur Bedingung zu machen.«

Naenn trat hinzu und betrachtete lächelnd das Mammut.

Rodraeg räusperte sich. »Also. Drückt mir die Daumen, daß ich heute schon jemanden mitbringen kann und die ganze Sache nicht allzu unerfreulich wird.«

»Sollen wir etwas zu essen vorbereiten?«

»Nein. Ich esse mit den Bewerbern im *Habicht*. Das ist einfacher.«

»Wieviel Geld wirst du ihnen als Bezahlung anbieten?« fragte Naenn.

»Wieviel haben wir denn noch übrig?« gab Rodraeg die Frage an Cajin weiter, der den Haushalt führte.

»Wenn wir das abziehen, was du uns gestern vorgestreckt hast, bleiben uns noch genau 158 Taler.«

»Das ist in etwa so viel, wie man einem einzigen Abenteurer dafür zahlen sollte, daß er sich in Gefahr begibt«, lächelte Rodraeg. »Ich werde wohl improvisieren müssen.«

»Viel Glück«, wünschten Naenn und Cajin mit bangen Gesichtern, und Rodraeg ging los.

Er schlenderte zur Nord-Süd-Hauptstraße und mußte dieser einfach nur nach Süden folgen, um auf Tempel und *Habicht* zu treffen. Es nieselte leicht, der Abend wirkte frostiger als die zuvor. Die Sonne machte sich westlich der Stadt ans Untergehen und ließ das auf seinem Hügel stehende Schloß Figelius als einziges Gebäude der Stadt flammend leuchten.

Rodraeg wollte nicht zu früh am Alten Tempel ankommen, deshalb schlug er noch einen Umweg über den Marktplatz ein. Die letzten Buden wurden dichtgemacht und die Waren gegen eine womöglich regnerische und windige Nacht gesichert. Rodraeg betrachtete den mächtigen Schatten der Rinwelinde, der die ganze östliche Häuserfront wie ein tausendarmiger Tintenfisch emporwucherte. Aus der Schmiede des Waffenmachers Teff Baitz glühte ein tanzendes Licht.

Rodraeg wartete, bis das Abendrot zum Trugbild wurde, sich auflöste und in beginnendem Dunkel zerfaserte. Dann ging er am Marktkontor vorbei nach Westen, vorüber am Eckgebäude des *Ehernen Habichts* und auf den Ruinenplatz.

Vier Männer lungerten hier im Halbdunkel herum; zwei von ihnen saßen direkt nebeneinander auf einer umgestürzten Säule, die beiden anderen hielten sich abseits und für sich.

Rodraeg stellte sich auf einen niedrigen Säulenstumpf, so daß alle vier ihn sehen und hören konnten und sagte laut: »Alle, die wegen des Mammuts hier sind, mögen mir bitte nach dort drüben in den *Ehernen Habicht* folgen. Bei Speis und Trank läßt sich alles Nötige besser besprechen.« Er wartete keine Reaktion ab, sondern ging gemessenen Schrittes vor zur Eingangstür des großen Wirtshauses und hoffte, daß ihm überhaupt jemand folgte.

Der reservierte Tisch für sechs war beinahe der einzige noch freie im *Habicht.* Hier ließen es sich alle Bürger Warchaims munden, denen die *Stuben* zu teuer, die *Kutsche* und die übrigen Spelunken jedoch nicht schmackhaft genug waren.

Rodraeg nickte dem Wirtspärchen zu und setzte sich so, daß er die Eingangstür im Blick hatte. Er wollte ihnen auf den Zahn fühlen, den Männern vom Tempelplatz, sehen, wie sie sich in einer Öffentlichkeit bewegten, die etwas zurückhaltender und empfindlicher war als das rohe Gelächter, Gepolter und Humpengestemme in den einfachen Tavernen.

Der erste der vier war ein kleiner Kerl mit wuscheligen Haaren, flinken Augen und einem Gesicht, das spitz zulief wie das eines Fuchses. Er war noch etwas älter als Rodraeg und blickte sich im Gastraum um wie jemand, der erstmal sichergehen möchte, daß sich hier niemand aufhält, der unangenehme Erinnerungen an ihn hegt. Rodraeg winkte ihm und bedeutete ihm lächelnd, sich zu setzen. Der Kleine blickte weiter unstet umher, seine Augen blieben nie länger als einen Moment auf Rodraeg gerichtet.

Danach kamen beinahe gleichzeitig zwei große, kräftige Klippenwälder. An ihrer Herkunft bestand kein Zweifel. Beide trugen die Haare lang und mit etlichen kleineren Zöpfen durchwirkt, gekleidet waren sie in struppige Fellwesten über rauhen Hemden und Stoffhosen, und beide hatten jeweils ein Schwert und ein höchstwahrscheinlich gesägtes Kampfmesser am Gürtel hängen. Sie bewegten sich breitbeinig und selbstbewußt, aber sie konnten unmöglich Veteranen der ewig umkämpften Stadtfestung Galliko sein, eher die Söhne solcher Veteranen. Rodraeg schätzte sie auf höchstens zwanzig.

Sie setzten sich an den Tisch, ohne die übrigen Gäste eines Blickes zu würdigen. Der eine der beiden Klippenwälder hatte ein hübsches, ernstes Gesicht, der andere war eher häßlich und entblößte beim Grinsen große, schiefe und nicht vollständige Zähne.

Der vierte und letzte war ein Mann in den Zwanzigern mit dunkler, fast schwarz zu nennender Haut. Er trug Handschuhe, einen warmen Mantel und sogar eine gestrickte Mütze auf dem

Kopf. Für einen, der so weit aus dem Süden kam wie er, war wohl selbst diese Jahreszeit noch zu kalt. Dunkelhäutige Menschen waren selten auf dem Kontinent und deshalb auf dem Sklavenmarkt von Diamandan teurer noch als Riesen. Sie lebten entweder im südwestlichen Regenwald, in dem alles Getier giftig war und einem Hellhäutigen im allgemeinen eine Lebenserwartung von wenigen Stunden vorhergesagt wurde, oder im noch größeren und geheimnisvolleren Regenwald des Südostens, den die grauenhaften Spinnenmenschen beherrschten.

Rodraeg war ehrlich überrascht, einen solchen Gast an seiner Tafel zu finden, und nickte diesem besonders freundlich zu, doch der Dunkelhäutige blieb abwartend und unverbindlich. Er hatte ein sehr ebenmäßiges Gesicht mit ruhigen, ausdrucksvollen Augen.

»Zuerst möchte ich euch allen danken, daß ihr meiner Einladung gefolgt seid«, begann Rodraeg in gutgelauntem Tonfall. »Wie auch immer dieses Gespräch ausgehen möge, egal, ob wir uns handelseinig werden oder nicht – die Rechnung für diesen Tisch geht auf mich und ihr könnt an Essen und Trinken bestellen, was euch beliebt.«

»Das klingt klasse«, strahlte der häßliche Klippenwälder, winkte die Wirtin heran und fing sofort mit einer umfangreichen Bestellung an. Der andere Klippenwälder bestellte einen Gang weniger, der Kleine nur etwas Hochprozentiges zu trinken und der Dunkelhäutige gar nichts. Rodraeg verspürte keinen Hunger – dafür war er viel zu aufgeregt und konzentriert – und bestellte für sich nur eine kleine Käseplatte mit verschiedenen Brotsorten und einen Krug weißen Wein.

»Nachdem das erledigt ist«, fuhr Rodraeg fort, »möchte ich mich vorstellen. Ich bin Rodraeg Talavessa Delbane, geboren in Abencan in den Feldern der Sonne. Ich vertrete heute und in absehbarer Zukunft die Interessen einer Gruppe, die sich Mammut nennt. Wollt ihr euch vielleicht auch kurz vorstellen, dann wissen wir, mit wem wir es hier zu tun haben?«

Der Häßliche ließ sich das nicht zweimal sagen. Er erhob sich sogar halb von seinem Stuhl, schlug sich an die Brust und tönte laut: »Ich bin Bestar Meckin, Sohn von Lanzenmann Dritter Rang Welfin Meckin aus Taggaran. Das ist in der Nähe von Kimk, für diejenigen, die sich auskennen in den schönen und schrecklichen Klippenwäldern.«

»Sehr erfreut, Bestar Meckin aus Taggaran«, schmunzelte Rodraeg.

»Und, ach ja – ich bin Schwertmann. Sieht man ja.« Bestar zog sein Schwert halb aus der Scheide und schob es dann geräuschvoll wieder zurück. Einige Essende an den Nebentischen blickten besorgt herüber.

Der andere Klippenwälder war deutlich verhaltener. »Ich bin Migal Tyg Parn, Sohn des Weinbrenners Torbor Tyg Parn aus Taggaran. Ich bin, wie Bestar, Schwertmann Erster Rang.«

›Erster Rang‹, das bedeutete wohl soviel wie ›unerfahren, keine nennenswerten Kampferfolge‹. Rodraeg fand es bemerkenswert, daß Migal keine Probleme damit hatte, seinen niedrigen Rang zu nennen, während Bestar das wohlweislich verschwiegen hatte und jetzt erst etwas betreten, dann trotzig und herausfordernd in die Runde blickte.

Der Kleine mit dem Fuchsgesicht wußte aber offensichtlich noch besser über die Gebräuche der Klippenwälder Bescheid als Rodraeg und fragte: »Erster Rang. Das bedeutet, ihr habt schon gekämpft. Wo? In Galliko?«

»Nein«, antwortete Migal. »Wir haben zusammen mit anderen einen Angriff von Brandschatzern zurückgeschlagen, in der Nähe von Taggaran.«

»Mindestens zwanzig Mann, zum Teil mit Pferden«, bestätigte Bestar. »Die hatten es auf die Erträge einer Silbermine abgesehen, aber die Rechnung ohne uns Jungs gemacht.«

Migal nickte. »Danach haben ich und Bestar noch zu zweit einen Wurmdrachen gejagt und zur Strecke gebracht. Das hat uns den Rang eingebracht.«

»Und die Sache mit den Mooskrebsen!« fiel Bestar ein.

»Ach«, machte Migal geringschätzig, »das war doch nur ein kleines Rudel, nicht der Rede wert.«

»Der eine war fast einen ganzen Mannesschritt groß!«

»Aber es waren weniger als zehn. Kein echter Großangriff, wie damals in Sipbyckten.«

»Ich bin jedenfalls Gorik«, grinste der Kleine. »Einfach nur Gorik. Keine Schwerter, keine Väter, keine brandschatzenden Krebse.«

Rodraeg blickte erwartungsvoll den Dunkelhäutigen an. Dieser hielt dem Blick stand. »So lange ich nichts über das Mammut weiß, soll das Mammut auch nichts über mich wissen.«

»Also gut«, ging Rodraeg darauf ein. »Das Mammut also. Das Mammut ist eine Gruppe von Menschen und Angehöriger nichtmenschlicher Völker, die sich dort einmischt, wo Hilfe geboten ist und die bedrohten Elemente keinen Fürsprecher besitzen. Das kann bedeuten, daß wir uns für einen Wald einsetzen, der verstümmelt werden soll, oder einen See, den man trockenlegen will. Das kann auch bedeuten, daß wir uns mit magischen Vorkommnissen befassen werden und Kontakt zu Völkern aufbauen müssen, deren Leumund im Königreich nicht gerade untadelig ist. Wir sehen uns nicht als königstreue Organisation, aber wir legen es auch nicht darauf an, Gesetze zu brechen. Im Idealfall würden wir gerne mit königlichen und städtischen Garden zusammenarbeiten, aber wo das nicht möglich ist, müssen wir selbständig handeln. Da wir wahrscheinlich viel reisen müssen, auch in Gegenden, in denen es von Ungeheuern nur so wimmelt, bin ich auf der Suche nach Mitstreitern, die sich zur Not zu wehren wissen und auch keine Angst haben, sich auf etwas anfangs Undurchschaubares einzulassen.«

Rodraeg ließ diese Worte erstmal sacken. Gorik war der erste, der breit grinste.

»Für mich ist nur eine Frage wichtig: Was springt dabei raus?«

»Die Bezahlung ist noch unklar. Was ich bieten kann, ist freie Kost und Logis im Haus des Mammuts zu Warchaim. Die Gruppe wohnt zusammen und bildet sich gemeinsam aus, und wenn ein Auftrag hereinkommt, brechen wir unverzüglich auf. Bislang gibt es noch keinen Auftrag, deswegen weiß ich nichts über die konkreten Anforderungen, die die erste Mission für uns bereithält. Aber ich bin auf jeden Fall an einer längerfristigen Zusammenarbeit interessiert. Wir unterschreiben keine Verträge über mehrere Monde, niemand verkauft bei uns seine Seele. Aber wenn jemand von Anfang an nur ein paar Wochen Zeit hat und dann weiter seines Weges ziehen möchte, werde ich ihn voraussichtlich nicht nehmen. Ich will die Gruppe nicht alle paar Tage neu zusammensetzen müssen.«

Gorik lehnte sich vor. »Und wer bezahlt die Gruppe?«

»Wir haben feste Auftraggeber.«

»Aber keinen festen Mondessold oder sowas?«

»Noch nicht. Das hängt auch von der Auftragslage ab.«

Gorik ächzte. »Das klingt nicht gut. Ich stürze mich doch nicht in irgendwelchen Mist für nichts! Und was soll das mit dem Wald und dem See? Was sollen das für Aufträge sein? Wen kümmert sowas?«

»Es geht um die Götter«, sagte der Dunkelhäutige langsam. »Erde und Feuer und Wasser und Luft. Der Kontinent und die, die ihn schufen. Du sagst, sie brauchen Hilfe.«

Rodraeg nickte. »Ja.«

»Woher weißt du das?«

»Magisch begabte Wesen haben es mir erzählt.«

»Aber hast du es auch mit eigenen Augen gesehen?«

»Bislang noch nicht.«

»Dann beantworte mir eine Frage, Sonnenfelder: Wie weit würdest du gehen? Du sagst, du willst die Gesetze nicht brechen. Aber du sagst auch, du willst den Elementen helfen, also Dingen, die viel größer und ewiger sind als Gesetze. Für mich ist das ein Widerspruch. Für mich sind das Worte – schön, aber hohl.«

»Ich stehe noch am Anfang bei dieser Aufgabe. Ich bin bereit zu lernen. Wenn du so dermaßen mit Feuereifer bei der Sache bist, bist du mir hochwillkommen. Vielleicht können wir uns gegenseitig helfen.«

»Daraus wird wohl nichts. Auch ich vertrete eine Gruppierung. Uns gibt es schon seit fast zwanzig Jahren, mein Vater war einer der Gründer. Sein Name war Timbare, und seit seinem Tod führe ich diesen Namen fort.« Gorik, Bestar und Migal folgten dem Gespräch mit halb offenen Mündern.

»Wofür steht eure Gruppe, Timbare?« fragte Rodraeg.

»Wir kämpfen seit zwanzig Jahren dagegen an, daß skrupellose Geschäftemacher den südwestlichen Regenwald roden und einebnen, um aus dem Holz der alten Bäume Möbelstücke für reiche Schloßbesitzer zu machen und aus dem Land Grundstücke für Familien, die beim Wohnen einen Ausblick auf den höchsten Berg des Kontinents haben wollen. Wir kämpfen dagegen, daß unsere Frauen und Männer als Sklaven nach Diamandan verschleppt werden, und dagegen, daß die Königin Schatzfinder in unseren Wald schickt, die heilige Orte entweihen, um mit geraubtem Goldschmuck die Kassentruhen des Königreiches zu füllen. Wir kämpfen gegen Plünderer, die von der Seeseite aus in den Wald einfallen, um seltene und götterverbundene Tiere abzuschlachten und aus ihren Fellen und Häuten Bekleidung für die höfischen Ausschweifungen Aldavas zu machen. Wir kämpfen gegen das Königreich der Weißhäutigen, weil es mit lächerlichen Forderungen nach Steuern und Landabgaben zu uns kommt, während es uns hinterrücks beraubt und ermordet und als Nutzvieh betrachtet.« Timbare hatte es tatsächlich fertiggebracht, so ruhig und leise zu sprechen, daß niemand außerhalb dieser Runde auf ihn aufmerksam wurde.

Er fuhr fort, nachdem ein Schankmädchen die Getränke gebracht und Gorik und Bestar ihre Becher mit einem Zug geleert hatten. »Ich war hier im Mittelland, um mich mit alten Freunden zu treffen – Freunden, die uns seit Jahren unterstützen, mit Geld und Material. Ich halte immer die Augen offen und interessiere mich für alles Neue, das sich im Königreich tut. Ich finde es hochinteressant, daß sich hier in Warchaim eine Gruppe namens Mammut bildet. Aber diese Gruppe ist weiß. Weiß in jeder Hinsicht.«

»Du irrst dich«, hielt Rodraeg dagegen. »In unserer Gruppe und auch unter unseren Auftraggebern befinden sich Lebewesen, die viel fremdartiger sind als einfach nur ein Mensch mit einer dunkleren Hautfarbe. Auch ich selbst habe eine dunklere Haut als die Bewohner der Mitte und des Nordens, aber das ist so wenig eine Leistung, wie es ein Makel ist.«

»Das meine ich nicht. Nicht nur. Ich meine ›weiß‹ im Sinne von unbefleckt. Ihr wißt noch nicht, was es bedeutet, sich die Hände schmutzig zu machen. Wir dagegen sind es gewöhnt, mit dem Rücken gegen die Wand zu stehen und mit Klauen und Zähnen kämpfend im Blut unserer Feinde und Kinder zu waten. Deshalb meine Frage: Wie weit würdet ihr gehen?«

Rodraeg schluckte, weil er vier Augenpaare auf sich spürte. »So weit, wie es notwendig ist, um die Mission durchzuführen.«

Der Dunkelhäutige lächelte. »Falsch. Was du meinst, ist: So weit, wie du gehen kannst, ohne deinen anerzogenen und im Königreich erlernten Sinn für Anstand und Menschlichkeit zu verletzen. Und das ist nicht weit genug. Das ist nie und nimmer weit genug, wenn du für die großen Dinge einstehen willst, die älter, mächtiger und wilder sind als jede Menschlichkeit. Ihr werdet scheitern. Schon im nächsten Jahr in dieser Jahreszeit wird es euch nicht mehr geben. Ihr werdet ein gut gemeinter Versuch gewesen sein, nicht mehr und nicht weniger. Ein Versuch anständiger Menschen, einmal im Leben etwas Wichtiges zu tun. Aber es gibt kaum etwas Peinlicheres als das, und du kannst mir glauben: Die Götter können auf gut gemeinte Hilflosigkeit verzichten.« Er erhob sich und machte Anstalten zu gehen. Rodraeg wollte noch nicht so schnell aufgeben.

»Wenn du so erfahren und großartig bist, dann hilf uns zu Anfang, damit wir die Fehler von Kindern vermeiden können und gleich richtig in Schwung kommen.«

»Es ehrt dich, daß du Hilfe annehmen willst. Aber ich habe leider keine Zeit für euch, ich werde im Süden gebraucht. Der einzige Rat, den ich euch geben kann, ist: Macht nicht mehr kaputt, als ihr aufbaut.« Er wandte sich nun wirklich ab und ging grußlos Richtung Tür.

»Timbare?«

Rodraegs Stimme erreichte ihn kurz vor dem Ausgang. Er blieb noch einmal stehen.

»Wenn ihr eines Tages«, formulierte Rodraeg sorgfältig, »unsere Hilfe braucht, dann weißt du, wo du uns erreichen kannst.«

Timbare verließ lachend den *Ehernen Habicht.*

Gorik wischte sich Schweiß von der Stirn und wand sich unbehaglich auf seinem Stuhl.

»Also, ähhh, ich glaube, für mich ist das auch nichts. Ihr seid Waldbehüter, Glaubensstreiter oder sowas in der Art. Ihr legt euch mit der Königin an und Leuten, die Macht und Einfluß haben. Das ist nicht klug. Sowas kann sogar ausgesprochen dumm sein. Und wie war das nochmal mit der Bezahlung?«

»Recht wenig zu Beginn, später womöglich mehr.«

»Ich bin kein Feigling«, haspelte Gorik. »Ich habe schon so manches Ding gedreht, das nicht schnurgerade war. Aber die Kasse muß stimmen. Die Kasse rechtfertigt alles. Wenn die Kasse nicht stimmt, dann – wozu sich anstrengen? Wozu sich einsetzen für Sachen, die gar nicht zu gewinnen sind? Was habe ich davon, als Held zu sterben? Und Götter und Magier und nichtmenschliche Wesen sind mir unheimlich, damit will ich lieber nichts zu tun haben.«

»Dann steh auf und geh. Kein Problem.« Äußerlich war Rodraeg ruhig, obwohl in ihm Verzweiflung und Zorn miteinander rangen.

Gorik stand tatsächlich auf, langsam und fahrig. Sein Blick flackerte von einem zum anderen.

»Nichts für ungut. Ich kann meinen Schnaps auch selber bezahlen.«

»Du bist eingeladen.« Rodraeg brachte jetzt ein freundliches Lächeln zustande.

»Gut. Danke. Dann wünsche ich euch noch viel Erfolg bei was immer ihr vorhabt.«

»Danke.«

Dann verschwand auch Gorik durch die Tür.

Das Schankmädchen nutzte genau diesen Moment, um Rodraeg, Bestar und Migal das Essen zu servieren. Rodraeg hatte keinen Appetit mehr und schob die Käseplatte erstmal von sich, aber die beiden Klippenwälder langten kräftig zu.

»Und?«, fragte Rodraeg. »Was ist mit euch beiden?«

Bestar sprach mit dem Mund voller Speisebrei. »Für mich klingt die Sache ziemlich gut. Ein Dach überm Kopf, regelmäßig was zu essen, Reisen in gefährliche Gebiete ...«

»... Kämpfe gegen königliche Großkotze in albernen Prunkuniformen«, führte Migal fort, »geheimnisvolle Völker und Orte ...«

»... keine Langeweile, weil immer wieder ein neuer Auftrag reinkommt ...«

»... zusammenarbeiten mit anderen angeheuerten Kriegern, wie in einer kleinen Armee ...«

»... das mit dem Wald und dem See geht für uns auch in Ordnung, wir stammen aus den Klippenwäldern und sind es gewohnt, uns in Wäldern und an Seen aufzuhalten ...«

»... vielleicht müssen wir ja auch mal auf dem Meer fahren? Das würden wir sehr gerne mal erleben«, schwärmte Migal.

Rodraeg zuckte die Schultern. »Gut möglich. Wer weiß?«

»Und mit den Göttern haben wir auch keine Probleme«, schloß Bestar. »Wir beten zu Afr, Senchak und Lun.«

»Das hätte ich mir fast denken können.« Rodraeg seufzte. »Das Problem ist nur: Ich brauche keine zwei Schwertkrieger. Ich will die Gruppe mit möglichst unterschiedlichen Fähigkeiten und Eigenschaften ausrüsten. Reisen und Kämpfen ist nicht alles, was ich vorhabe.«

»Na und?« fragte Bestar kauend. »Fürs Reden bist halt du zuständig, du machst das doch gut.«

»Uns beide gibt es nur zusammen«, stellte Migal klar. »Aber zu zweit sind wir mehr Wert als vier oder fünf Möchtegernschwertschwinger aus den Ebenen und Städten. Wir sind es gewohnt, Rükken an Rücken gegen eine Überzahl anzutreten.«

»Das bezweifele ich nicht. Aber seid ihr auch in der Lage, anderen Leuten den Rücken freizuhalten? Seid ihr es gewohnt, für jemanden zu kämpfen und nicht nur gegen?«

Die beiden Schwertmänner schauten sich an.

»Da sehe ich keine Schwierigkeit«, meinte Migal. »Wenn du das Sagen hast, hast du das Sagen. Wenn du uns sagst: ›Los, beschützt diesen Wicht dort mit der Knollnase‹, dann beschützen wir den Wicht mit der Knollnase. Wenn du uns sagst: ›Los, tragt diese feine Dame über den Fluß‹, dann tragen wir die feine Dame über den Fluß.«

»Und«, fügte Bestar hinzu, »wenn du uns sagst: ›Los, macht diese königlichen Wichtigtuer platt‹, dann kannst du dich darauf verlassen, daß wir sie plattmachen. Platt wie ein Blatt.«

»Verstehe.« Rodraeg schob sich jetzt doch ein Stück Käse in den Mund. Er stellte sich vor, was diese beiden Nordmänner, die man in den Feldern der Sonne wohl »Barbaren« genannt hätte, mit Ryot Melron und seinen beiden Spießgesellen gemacht hätten. Der Gedanke gefiel ihm. Er räusperte sich. »Könnt ihr mir versichern, daß ihr euch auch zurückhalten könnt, wenn ich Zurückhaltung für angemessen halte? Denn mit dem Kopf durch die Wand werden wir wahrscheinlich nicht weit kommen.«

»Du hast das Sagen«, nickte Migal. »Wenn wir für dich arbeiten, dann stürmen wir nur vor, wenn du uns einen Wink gibst.«

»Und ihr habt keine Probleme damit, für jemanden zu arbeiten, der die meiste Zeit seines Lebens in Schreibstuben verbracht hat?«

Beide schüttelten die Köpfe.

»Na gut«, sagte Rodraeg. »Dann versuchen wir's.« Er hob sein Weinglas und stieß mit den beiden Methumpen an. Bestar und Migal. Die kräftigen Beine des Mammuts. »Wir werden trotzdem noch ein oder zwei Personen brauchen, um unsere Gruppe komplett zu bekommen. Das soll morgen euer erster Auftrag sein: Mit mir loszuziehen und noch jemanden aufzutreiben, den wir brauchen könnten.«

»Wen brauchst du denn noch?« fragte Bestar unumwunden.

»Ein Bogenschütze wäre gut und ein Dieb. Ich gehe davon aus, daß Fernwaffen und Schlösserknacken nicht zu euren Spezialitäten gehören.«

»Fernwaffen nicht, aber Schlösser kriegt man doch auch so auf«, grinste Bestar.

»Auch lautlos?« hakte Rodraeg nach.

»Naja«, gab Bestar zu.

»Siehst du, genau so etwas fehlt uns noch: eine lautlose Lösung.«

»Was ist mit Magie?« fragte Migal. »Es gibt auch Magier, die sich für Geld anheuern lassen.«

»Ja. Aber traust du denen?«

»Ich traue Bestar. Sonst niemandem.«

»Vernünftige Einstellung. Magier haben meistens einen heimlichen Beweggrund. Sie arbeiten für eine bestimmte Gottheit oder gehören einem geheimen Kult an. Oder müssen als Gegenleistung für ihre speziellen Fähigkeiten bestimmte Dinge tun, die sie vor anderen verbergen wollen. Es gibt sicherlich Ausnahmen.« Er dachte an Naenn und ihre vielen Geheimnisse, von denen er wahrscheinlich erst die wenigsten ergründet hatte, auf ihrer gemeinsamen Reise, Schritt für Schritt. »Aber im großen und ganzen würde ich auf Magier lieber verzichten. Sie sind mir ein wenig unheimlich.«

»Gut«, rülpste Bestar. »Dann also einen Bogenmann und einen Langfinger. Die Mahlzeit war wirklich Klasse, danke schön. Brechen wir jetzt auf?«

»Müßt ihr noch irgendwas aus irgendeinem Gasthaus holen?«

»Nö. Wir sind heute erst hier angekommen.«

»Und hatten Glück, weil uns gleich jemand zum Essen eingeladen hat!« Bestar klopfte Rodraeg lachend auf die Schulter. Der beglich die Zeche, die selbst für fünf Personen deutlich niedriger war als für drei in den Stuben. Dann gingen sie hinaus in den tröpfelnden Regen und durchs nächtliche Warchaim zum Haus des Mammuts.

An der von den gegenüberliegenden Hauslichtern der Von Heydens matt beschienenen Eingangstür blieb Bestar stehen, zeigte auf Cajins gemaltes Mammut und sagte: »Sowas habe ich schon mal gesehen.«

»Ein Mammut? Soweit ich weiß, gibt es schon lange keine mehr.«

»Nein, nicht in echt. Du weißt doch, Migal. An der Hütte vom alten Selt.«

»Stimmt«, bestätigte Migal. »Aber nicht so zottelig. Und er nannte es auch anders. Nicht ›Mammut‹. Irgendwas mit ›E‹.«

»Ja.« Bestar grübelte, was gar nicht zu ihm passen wollte. »›Elfenant‹ oder so ähnlich. Der alte Selt sagte, im Regenwald der Spinnenmenschen leben solche Tiere mit einem Arm als Nase. Riesig groß, größer als Büffel.«

In der *Encyclica* war kein ›Elfenant‹ verzeichnet, da war Rodraeg sicher. Überhaupt kein Tier, das einem Mammut ähnlich war. »Wer ist der alte Selt?«

»Selt Fremmender«, erklärte Migal. »Die Klippenwälder haben viele Abenteurer hervorgebracht, die den Kontinent gesehen haben, aber unter denen, die heute noch leben, ist Selt Fremmender der berühmteste. Seine Hütte ist mit Schnitzwerk verziert, das er selbst angefertigt hat und das von seinen Fahrten erzählt. Da sind große geflügelte Drachen dabei und Spinnenmenschen und Knochenmänner, die auf Schiffen mit Entermessern fechten, und ein gepanzertes Einhorn und ein Elfenant.«

»Und ein nacktes Riesenweib und Haihunde und Felsen mit Gesichtern und ein Schatz aus tausend Zeptern«, schwärmte Bestar.

»Hm«, brummte Rodraeg. »Diesen Fremmender würde ich gerne mal kennenlernen. Der weiß vielleicht mehr, als in Büchern steht.«

»Sicher weiß der mehr als Bücher«, sagte Bestar überzeugt. »Du mußt uns nur mal nach Taggaran begleiten. Da stehen die Hütten unserer Väter, und ganz in der Nähe die vom alten Selt.«

»Sehr gerne. Doch zuvor betreten wir erstmal diese bescheidene Hütte hier. Falls sie euch zusagt, wird sie bis auf weiteres unser gemeinsames Heim.«

Cajin und Naenn standen erwartungsvoll hinter der Tür im Flur und hießen die beiden Neuankömmlinge willkommen. Mit Cajin gab es keine Probleme, aber bei Naenn stockte den beiden Schwertkämpfern doch der Atem. Sie wurden rot, drucksten und rempelten herum und schienen das artikulierte Sprechen komplett verlernt zu haben.

Rodraeg wandelte das peinliche Starren und Stammeln in eine rasche Hausführung um, und unter großem Getöse und Jubelgeschrei bezogen die zwei breitschultrigen Burschen schließlich die beiden Obergeschoßzimmer mit Fenstern zur Straße. Migal nahm das direkt neben Rodraegs Zimmer, Bestar das auf Naenns Gangseite, mit dem noch leeren Zimmer zwischen seinem und ihrem.

Unten in der Küche stellte Naenn flüsternd Rodraeg zur Rede.

»Was bei allen Göttern sind denn das für welche? Höhlenmenschen? Die zerbrechen doch alles, was sie in die Pranken bekommen – und jeden unserer Stühle!«

»Ich fand sie ausgesprochen zart im Umgang mit dir.«

»›Unbeholfen‹ ist wohl ein besseres Wort als ›zart‹. Rodraeg, die beiden sind ja noch Kinder! Kinder mit Bartflaum und Rotz an der Nase und viel zuviel Schwert in der Faust.«

»Sagt wer? Das alte, weise Schmetterlingsmädchen? Ich weiß, daß die beiden noch nicht für sich alleine stehen sollten. Aber sie erinnern mich an zwei Kuellener, die mir oft beim Tragen von Aktenkisten geholfen haben. Ich bin mit solchen Leuten immer gut klargekommen – ich weiß auch nicht, wie, aber es funktioniert. Und zwei Schwerter in vier Fäusten werden wir noch sehr gut gebrauchen können.«

»Sonst war niemand dabei?«

»Heute nicht. Morgen versuche ich mit Migals und Bestars Hilfe noch jemanden aufzutreiben. Das soll dann fürs erste genügen.«

Oben war immer noch Tumult. Möglicherweise veranstalteten die beiden Klippenwälder eine Kissenschlacht mit dem brandneuen Bettzeug. Selbst Cajin blickte besorgt zur rieselnden Decke.

Rodraeg brach plötzlich in schallendes Gelächter aus. »Nun macht euch doch nicht solche Sorgen. Alles hat seine Richtigkeit: Wir sind ein Mammut – und kein Reh!«

Nachts in seiner finsteren Kammer, wachgehalten vom noch ungewohnten Schnarchen und Schneuzen der beiden Klippenwälder, versuchte Rodraeg, die Anzeichen der Zeit zu erlauschen, von denen Cajin gestern früh gesprochen hatte. Die Glocke zur Mitternachtsandacht im Bachmutempel war tatsächlich deutlich zu hören, ein klarer, fast singender Ton, der sicherlich schon so manche sorgenzerwühlte Nacht wie ein Freund erhellt hatte.

Daß im *Leer das!* um die Ecke die Sperrstunde einkehrte und die Betrunkenen grölend nach Hause wankten, war zumindest in dieser Nacht nicht feststellbar.

Rodraeg dachte über die unbarmherzige Prophezeiung Timbares nach, in einem Jahr werde es das Mammut nicht mehr geben. Rodraeg glaubte nicht daran. Timbare hatte nämlich eines nicht bedacht.

Wenn selbst die einfachen Bewohner der Klippenwälder mehr wußten als die *Encyclica*, wenn es tatsächlich noch Nachfahren der Mammuts in den Regenwäldern gab, dann standen die Zeichen gut für das Warchaimer Mammut und die Regenwälder. Dann würden sie beide überleben, Timbare und Rodraeg, und die Königin mit ihren Gelehrten würde nichts davon erfahren.

8 Die Entfernung

Am nächsten Morgen wurde Rodraeg erneut von Cajin geweckt. Bestar und Migal saßen schon im großen Raum am großen Tisch und frühstückten Brot, Wurst, Milch und Käse.

»Wir hätten gerne schon dieses Wagenrad aufgehängt«, sagte Migal, »aber dein Bett steht genau über den Nägeln, die wir in die Decke hauen müssen. Also haben wir dich erst mal schlafen lassen.«

»Sehr rücksichtsvoll, vielen Dank.« Rodraeg nahm sich Brot und Wurst.

Nach dem Frühstück hängten die beiden Klippenwälder tatsächlich den massiven Radleuchter unter die Decke; mit mehreren stabilen Ketten und über zwanzig Nägeln befestigt, schaukelte das Ungetüm über dem Versammlungstisch. Rodraeg und Cajin sahen sehr zufrieden aus, und auch Naenn, die mit Erde unter den Fingernägeln aus dem Garten nach drinnen kam, um sich in der Küche die Hände zu waschen, nickte anerkennend.

Jetzt erklärte Rodraeg Migal und Bestar seinen Plan für den heutigen Tag. »Ihr beide geht auf den Marktplatz, tummelt euch im Volk und seht zu, ob ihr einen Dieb entdecken könnt, der etwas taugt. Mir ist klar: Wenn einer wirklich etwas taugt, werdet ihr ihn nicht ertappen, aber man kann ja nie wissen, vielleicht haben wir Glück. Ich werde inzwischen versuchen, einen guten Bogenschützen aufzutreiben.«

»Warum machst du nicht einfach wieder einen Anschlag ans Schwarze Brett?« fragte Cajin. »Man kann dort sicher nicht nach einem Dieb suchen, aber nach einem Schützen.«

»Könnte man, aber das ist nicht das, was mir vorschwebt. Ich denke, Migal und Bestar sind schon die besten, die wir über einen solchen Anschlag bekommen konnten. Was ich jetzt eher im Sinn habe, ist jemand, der sich auf so einen Schrieb nicht melden würde. Ein Außenseiter. Einer, der nicht unbedingt auf Arbeitssuche ist.«

»So einen willst du in unsere Gruppe eingliedern?«

»Ich will wenigstens einen Tag opfern, um herauszufinden, ob das überhaupt möglich ist. Ich würde einfach gerne ein paar Sachen ausprobieren.«

Rodraeg zahlte Migal und Bestar je fünf Taler Handgeld, damit sie auf dem Markt auch etwas kaufen konnten und den Tag über nicht Hunger leiden mußten. »Das ist aber gleichzeitig schon eine Anzahlung für euren ersten Lohn. Viel mehr als zehn Taler pro Kopf im Monat ist bei unserer augenblicklichen Finanzlage leider nicht drin.«

»Das ist schon in Ordnung«, meinte Migal. »Da wir hier umsonst wohnen und essen, haben wir ja sonst kaum Ausgaben. Aber was ist mit Ausrüstung?«

»Kriegt ihr von uns. Zumindest Reiseproviant und Fackeln und Seile und sowas. Aber ein neues Schwert kostet gut hundert Taler, das können wir uns im Moment nicht leisten. Ihr müßt also sehr gut aufpassen auf eure Waffen und euer sonstiges Hab und Gut.«

Bestar lachte. »Dieser kleine Knilch von gestern wäre spätestens jetzt abgehauen.«

»Gorik.«

»Ja, so hieß er wohl.«

Zu dritt gingen sie los zum Markt. Das Wetter war weiterhin nieselig und von grauen, bauchigen Wolken verdunkelt. Der Straßensand war weich und klebrig unter den Sohlen.

Kaum aus der Haustür versuchte Bestar schon, Rodraeg über Naenn auszuquetschen. Welche Rolle sie in der Gruppe und im Haus spiele, woher sie stamme, wie alt sie wohl sei und ob sie fest mit jemandem zusammensei, der noch größer und stärker war als Bestar. Rodraeg hatte das Gefühl, sich seine Antworten gut überlegen zu müssen.

»Genau genommen«, begann er, »ist Naenn im Haus das Oberhaupt, denn sie hat mich angeheuert. ›Zusammen‹ ist sie, wenn man das so formulieren kann, wohl am ehesten mit den Göttern und mit ihren Leuten aus dem Larnwald. Und ich kann dir nur davon abraten, ihr gegenüber allzu aufdringlich zu werden. Ich habe mit eigenen Augen gesehen, wie sie zwei Kerle gleichzeitig durch die Luft geschleudert hat.«

»Jaa«, rief Bestar begeistert, »eine Wildkatze! Klasse!«

»Und du, Rodraeg?« fragte Migal. »Bist du bei ihr abgeblitzt?«

Rodraeg blieb stehen, die beiden Schwertkrieger auch. »Nein«, antwortete er ruhig. »Ich bin nicht abgeblitzt, weil ich nichts Dummes versucht habe. Und ich möchte euch bitten, ebenfalls darauf zu verzichten, Unfrieden in unser Haus zu tragen. Wir werden draußen im Kontinent noch genug Probleme bekommen, da werden wir das Haus als einen Ort brauchen, wo wir uns in Frieden zurückziehen und neue Kraft tanken können.«

»Aber ein bißchen Spaß wird doch wohl erlaubt sein«, grinste Bestar.

»Spaß ist das, was alle Beteiligten lustig finden. Wir müssen nun mal auf engem Raum miteinander klarkommen.«

»Streit wird nicht zu vermeiden sein«, meinte Migal. »Sobald wir unterwegs sind und einer von uns baut Mist, werden die anderen über ihn herfallen. Das ist ganz normal.«

»Aber das kommt dann früh genug. Und nicht in unserem Haus.«

»Also: ›Finger weg von dem Mädchen‹«, grinste Bestar immer noch. »Wenn es so einfach ist, dann sag es doch so einfach. Wir halten uns an die Hausordnung, nicht wahr, Migal?«

»Natürlich, Bestar.«

Damit schien diese Sache geklärt zu sein. Sie gingen weiter.

Auf dem Marktplatz herrschte der übliche unüberschaubare Trubel. Feuerschlucker, Jongleure und Körperverbieger heischten nach Beifall und zugeworfenen Kupferstücken. Die Händler überschrien sich gegenseitig beim Feilbieten ihrer Waren.

»Wann meinst du eigentlich, daß es losgeht?« fragte Migal Rodraeg.

»Womit?« Rodraeg war etwas abgelenkt von einer Tänzerin, die sich so weit nach hinten krümmte, daß sie ihm mit ihrem Kopf zwischen ihren Füßen zulächelte.

»Mit dem Auftrag.«

»Hm. Ich rechne täglich oder sogar stündlich damit. Ich kann mir nicht vorstellen, daß unsere Auftraggeber uns einen geruhsamen Alltag finanzieren, ohne etwas dafür zu verlangen.«

»Sind strenge Leute, was?«

»Naja. Es sind Leute, die das, was sie machen, ernst nehmen. Das läuft wohl aufs selbe hinaus. Jedenfalls will ich die Gruppe so schnell wie möglich komplett haben. Ihr wißt, wonach ihr Ausschau halten sollt.«

»Was ist, wenn wir keinen finden?« fragte Bestar.

»Dann kann man's nicht ändern. Genießt euren Tag am Markt.«

Die beiden klopften ihm auf die Schultern und mischten sich dann unters Volk. Rodraeg schaute ihnen noch kurz nach. Er fand es lustig, wie breitbeinig und riesenhaft sie wirkten, wie sie sich geringschätzig einen Weg bahnten durch überwiegend kleinere Stadtmenschen, und wie angeberisch sie Naenn zwischen sich aufgeteilt hatten, kaum daß Naenn außer Hörweite war. Aber gestern abend und auch heute beim Frühstück hatten sie kaum gewagt, dem Schmetterlingsmädchen ins Gesicht zu sehen, und wenn doch, waren sie rot geworden bis hinter die Ohren. Naenn hatte es erfaßt: Sie waren noch Kinder, die beiden. Aber Naenn war selbst noch ein Kind, und Cajin erst recht. Das Haus des Mammuts war fast so ein Schulgebäude wie das in Hessely, wo Rodraeg gearbeitet hatte, und wieder war er Lehrer und Papa in einem. *Es wäre nicht schlecht*, dachte er, *wenn der Bogenschütze oder der Dieb schon etwas älter wären.*

Zunächst ging Rodraeg zum Rathaus hinüber und überzeugte sich davon, daß der Anschlag bereits vom Schwarzen Brett entfernt worden war. Danach machte er einen Abstecher hinüber zum Garnisonskomplex, dem einzigen Ort in der ganzen Stadt, wo sicherlich regelmäßig mit Pfeil und Bogen ausgebildet wurde.

Der Truppenübungsplatz war von einer Mauer umgeben, aber die war nur brusthoch. Darüber war ein aus Speeren bestehender Palisadenzaun ins Mauerwerk eingelassen, durch den man hindurchschauen konnte, aber jetzt war gerade nichts los auf dem

Hof. Es gab ein Zugangstor, an dem man sich ausweisen oder zumindest die Fragen zweier Gardisten beantworten mußte, wenn man den Komplex betreten wollte. Rodraeg erkundigte sich danach, ob der Übungsplatz auch von Nicht-Armeeangehörigen genutzt werden könne, und das wurde – wie zu erwarten – verneint. Dann fragte er noch, ob die Warchaimer Garde einen Experten in Sachen Bogenschießen beschäftige, der ihm vielleicht weiterhelfen könnte, aber der wachhabende Gardist erklärte ihm, daß sie hier nur mit Armbrüsten, nicht mit Bögen schössen, und daß auf die Ausbildung dafür nicht so viel Wert gelegt werde wie auf das Erlernen von Kampftechniken mit Säbel und Schild. Rodraeg bedankte sich und machte sich davon, bevor er noch allzuviel Aufsehen erregte.

Als nächstes klapperte er die sechs Kaschemmen und die drei Gasthäuser ab und schaute auf gut Glück, ob er dort jemanden beim Essen oder Trinken antraf, der einen Langbogen über der Stuhllehne hängen hätte. Auf diese Art erhielt Rodraeg einen ersten Eindruck von der Warchaimer Spelunkenwelt und mußte anerkennend zugeben, daß der *Ogerbär* am Hafen und das *Leer das!* zwischen Mammuthaus und Stadtbadpark so ziemlich die widerlichsten Wirtsstuben waren, die er außerhalb von Skerb je gesehen hatte. Bereits am hellichten Tag Volltrunkene suhlten sich hier förmlich in Erbrochenem und ranzigem Urin, und es war Rodraeg schleierhaft, wie man in solchen Ausdünstungen überhaupt überleben geschweige denn sich wohlfühlen konnte. *Bei Bjerne* und der *Hinkenherst* waren im Vergleich dazu manierlich, die direkt hinter dem Rathaus gelegene *Krustenküche* machte sogar einen appetitlich duftenden, wenngleich nicht allzu sauberen Eindruck, und der *Würfelbecher* schien tatsächlich ein Anziehungspunkt weniger für Trinker als vielmehr für Spieler jeglicher Färbung zu sein – hier wurden Karten gemischt, Würfel gerollt, Armdrücken veranstaltet und darauf gewettet, und es gab auch an die Wand gehängte Zielscheiben, auf die mit kleinen Metallpfeilen geworfen wurde. Diese Zielscheiben waren der Grund, weshalb Rodraeg sich im *Würfelbecher* fast zwei Stunden aufhielt. Er beobachtete genau die unterschiedlich geschickten Pfeilwerfer, ließ sich auch einmal zum Mitmachen überreden und verlor zwei Taler an einen einbeinigen Greis aus Brissen, aber seine Hoffnung, daß unter den eifrigen Pfeilwerfern auch ein vielversprechend aussehender Pfeilschütze auftauchen würde, erfüllte sich nicht.

Er machte noch eine kurze Runde durch die *Alte Kutsche*, die *Warchaimer Stuben* und den *Ehernen Habicht*, aber abgesehen von einem Sonnenfelder mit schmutzigem Gaunergesicht, der in der *Kutsche* hastig Bohnensuppe löffelte, hatte überhaupt niemand einen Bogen dabei.

Jetzt blieben eigentlich nur noch die beiden Orte, wo man Waffen kaufen konnte. Im Ausrüstungshaus von Bep Immergrün gab es auf zwei Stockwerken so ziemlich alles, was man auf dem Kontinent in den unterschiedlichsten Lebenslagen gebrauchen konnte, darunter auch Pfeile – im Fünfzigerbündel billiger – und Bögen, die jedoch eher wie Kinderspielzeug oder Schloßfestrequisiten aussahen als nach robusten Jagd- und Fernkampfwaffen. Ein ernsthafter Bogenschütze würde hier kaum einkaufen.

Rodraegs letzte Anlaufstelle war Teff Baitz, der Schmied, der am Marktplatz neben seiner ewig glosenden Schmiede einen kleinen Waffenladen hatte, aber es war nicht sehr wahrscheinlich, daß ein Schmied sich aufs Bogenmachen verstand. Jedenfalls führte dieser Weg Rodraeg zurück zum Markt, und er wollte doch mal sehen, was Migal und Bestar inzwischen angestellt hatten.

Er fand die beiden an einem Stand, an dem schaumiges Schwarzbier aus Fässern ausgeschenkt wurde. Sie saßen auf einer wackligen Holzbank, jeder hatte zwei leere und einen halbvollen Humpen vor sich stehen. Migal war immerhin wachsam genug, Rodraeg zu bemerken, aber der Klippenwälder schüttelte den Kopf und zuckte die Schultern. Kein Dieb. Zumindest keiner, den man dingfest machen konnte.

Rodraeg ging über den Markt, schwatzte kurz mit Eras Dier, der hier immer noch seine Teppiche an den Mann brachte, und betrat dann den mit Klingen und Griffen in all ihrer Vielfalt dekorierten Waffenladen von Teff Baitz. Hier baumelten Hellebarden, Metallschilde und doppelklingige Stangenwaffen unter der Decke, so daß jeder, der den Laden betrat, ein Labyrinth aus Metall zum Schwingen und Klingen brachte. Der Schmied war nebenan in der Schmiede, aber man konnte am Tresen einen kleinen, wie ein Arenakämpferschild geformten Gong schlagen, und dann kam Teff Baitz herüber, sich die geschwärzten Hände an einem Lappen abwischend. Baitz hatte graue Schopf-, Bart- und Brusthaare, strotzte aber vor verhaltener Kraft wie eine geladene und gespannte Armbrust.

»Kann ich behilflich sein?«

»Ja, ähh, habt Ihr auch Bogenwaffen hier, Meister Baitz?«

»Ein paar. Gute, noch dazu. Eigene Herstellung. Was genau darf's denn sein?«

»Ihr versteht Euch auch aufs Bogenmachen?«

»Ich nicht. Meine Frau.«

»Ach so. Das ist natürlich praktisch. Nun, ich bin eigentlich nicht auf der Suche nach einem Bogen, sondern vielmehr auf der Suche nach jemandem, der mit einem umzugehen versteht. Vielleicht könntet Ihr mir behilflich sein.«

»Wie soll ich Euch da helfen können?«

»Lohnt es sich für mich, Euren Laden im Auge zu behalten, um mit Bogenschützen Kontakt zu bekommen? Wie viele derartige Kunden habt Ihr pro Tag?«

»Unterschiedlich. Einen. Zwei.«

»Und wie viele habe ich heute schon verpaßt?«

»Einen. Wofür braucht Ihr einen Bogenschützen?«

»Auftragsarbeit, genaueres weiß ich selbst noch nicht. Reisen, eventuell Kämpfen.«

»Wie gut bezahlt?«

»Mittelmäßig gut, aber langfristig.«

Teff Baitz kraulte sich den Vollbart. »Vielleicht ist der Bursche, der vorhin hier war, etwas für Euch. Definitiv ein Experte mit dem Langbogen, aber auch mit dem Degen und degenähnlichen Klingen. Hat Pfeile nachgekauft und eine neue Sehne und wollte einen guten Übungsplatz genannt bekommen. Ich habe ihn zur Straße

Richtung Miura hinausgeschickt, linkerhand sind Felder, auf denen ein paar uralte Vogelscheuchen stehen. Wenn Ihr Glück habt, ist er noch dort.«

»Großartig. Vielen Dank. Ich verspreche Euch, ich werde Euer Kunde, sobald ich oder einer meiner Freunde eine neue Waffe brauchen.«

»Versprecht nicht zu viel. Der Bursche sah mir wie ein Einzelgänger aus. Ich weiß nicht, ob der sich anheuern läßt.«

»Wie alt etwa?«

»Schwer zu schätzen. Jünger als Ihr, aber schon weißere Haare als ich.«

»Aha. Nochmals vielen Dank, Meister Baitz.«

Rodraeg rannte aus dem Laden. Die Straße, die nach Miura aus Warchaim herausführte, mündete dreißig Schritte südlich von Teff Baitz' Schmiede auf den Marktplatz. Zwei Sandstriche später hatte Rodraeg schon die Überreste der Stadtmauer passiert und befand sich auf freiem Feld. Rechterhand spiegelte der Larnus die Eisenfarbe des wolkenverhangenen Himmels wider. Weit und breit war keine Menschenseele zu sehen, außer der schmalen Silhouette eines Bogenschützen, der tief in einem aufgeweichten, unbestellten Feld stand und in die ungefähre Richtung einer weit entfernten Vogelscheuche zielte. Er zielte lange, sehr lange, schien den Wind mitzuberechnen und die Beschaffenheit des Pfeiles. Die Vogelscheuche war klein, bucklig und gekreuzigt und annähernd einhundert Schritt von dem Bogenschützen entfernt.

Rodraeg konnte kaum glauben, daß diese Vogelscheuche tatsächlich das angepeilte Ziel war, aber in der Richtung war nichts anderes. Der weiteste Bogenschuß, den er in seinem Leben gesehen hatte, war sechzig Schritt gewesen. Dieser Schütze hier zielte zu hoch, was auf eine ballistische Berechnung schließen ließ, und zu weit rechts, was wohl mit dem Wind zu tun hatte. Er stand da und lauschte, und Rodraeg wartete. Irgendwann ließ der Schütze los, und der Pfeil schwirrte von der Sehne, flog den Wolken entgegen, fiel seitlich ab, kam in der eleganten Kurve eines jagenden Falken wieder abwärts. Die Vogelscheuche erzitterte wie unter einem Hammerschlag. Stroh spritzte wie Blut aus ihrem gekrümmten Rücken.

So etwas hatte Rodraeg noch nie gesehen. Applaudierend näherte er sich dem Schützen, der einen neuen Pfeil auflegte und mit gesenktem Bogen wartete, bis Rodraeg auf Sprechnähe herangekommen war.

»Ich habe noch nie gesehen, daß jemand so weit schießen und treffen kann«, rief Rodraeg begeistert. »Wie funktioniert sowas?«

Der Schütze war hager, gut gekleidet in einem fast bis zum Boden reichenden Mantel. Seine halblangen Haare waren tatsächlich schlohweiß, aber sein markantes Gesicht war das eines Dreißigjährigen. Seine Stimme war leise und ein wenig heiser. »Der Wind ist mein Freund.«

»Es ist aber gar nicht so windig heute.«

»Am Boden nicht. Aber über zehn Schritt Höhe schon. Man kann es in den Kronen der Bäume lesen.«

Rodraeg betrachtete den Himmel und die Bäume, die vereinzelt um das Feld herumstanden, und beschloß, die Karten auf den Tisch zu legen. »Ich will nicht um den heißen Brei herumreden: Ich bin hier, um Euch anzuheuern. Mein Name ist Rodraeg Talavessa Delbane.«

»Angenehm. Was habt Ihr mir zu bieten, Delbane?«

»Eine längerfristige Anstellung. Wir zahlen zwar nicht viel auf die Hand, aber es gibt freie Kost und ein eigenes kleines Zimmer im äußerst annehmlichen Haus des Mammuts zu Warchaim. Wir erhalten Aufträge, und reisen dann durch den Kontinent, um Interessen zu vertreten.«

»Wessen Interessen?«

»Nicht die der Königin. Die des Landes. Die der nichtmenschlichen Völker des Kontinents. Vielleicht auch die der Götter. Unsere Auftraggeber sind magisch bewandert, älter, gebildeter und wichtiger als ich.«

Der Bogenschütze prüfte die Maserung und den Schnitt des neuen Pfeils und hob wieder den Bogen zu hoch und zu weit rechts, um einen weiteren Schuß abzugeben.

»Wer ist noch dabei?« fragte er.

»Im Haus wohnen noch ein in einem Tinsalt-Tempel aufgewachsener Junge aus Siberig und ein Schmetterlingsmädchen aus dem Larnwald, aber die eigentliche Einsatzgruppe besteht aus mir und zwei jungen Schwertkämpfern aus dem Klippenwald. Da ich nicht vorhabe, bei der Erfüllung der Aufträge mehr Gewalt anzuwenden als unbedingt nötig, könnte ich jemanden wie Euch gut gebrauchen, der auch mit Abschreckung arbeiten kann. Ein wohlplazierter Warnschuß kann genausoviel Wirkung haben wie ein Treffer.«

Der Bogenschütze lauschte in den Wind und berichtigte seine Bogenhaltung um ein paar Fingerbreit zur Seite.

»Wißt Ihr, was ich am Bogenschießen am meisten mag?« fragte er.

Er schoß. Der Pfeil raste mit hörbarem Zischen davon, beschrieb wieder eine aberwitzige Kurve, ritt jenseits seines eigenen Schwungantriebs auf unsichtbaren Strömen mit und schlug wie ein flatterndes Phantom durch die Vogelscheuche. Rodraeg konnte nicht antworten, so trocken und offen stand sein Mund.

Der Bogenschütze schüttelte langsam den Kopf und suchte sich einen neuen Pfeil aus seinem Köcher. »Die Entfernung«, sagte er mit dem Anflug eines bitteren Lächelns. »Die Entfernung zwischen mir und dem Ziel. Warum also sollte ich in einem Haus wohnen wollen, wo schon zu viele andere wohnen?«

»Oh, Ihr wärt es mir wert, daß ich die Zusatzkosten aufbringe, Euch woanders einzuquartieren. Wo immer es Euch gefällt.«

»Es gefällt mir nirgends, also spielt es auch keine Rolle. Aber warum sollte ich mich einer Gruppe anschließen und mit anderen zusammen durch die Gegend ziehen, um Warnschüsse abzugeben auf Ziele und Missionen, die ich nicht verstehe?«

»Naja. Wegen der Entfernung.«

»Welcher Entfernung?«

»Das endgültige Ziel der Gruppe Mammut ist so dermaßen weit entfernt, daß selbst ich mir nicht sicher bin, ob ich überhaupt daran glauben kann.«

Der Bogenschütze lächelte jetzt wirklich. »Ihr seid jedenfalls nicht ganz so dumm wie die anderen Kerle, die in letzter Zeit versucht haben, mich anzuwerben. Gebt Ihr mir bis morgen früh Bedenkzeit?«

»Kein Problem. Ihr findet das Haus des Mammuts, wenn ihr die Nord-Süd-Hauptstraße von der alten Tempelruine nach Norden hochgeht, und an der Kreuzung, wo es rechts zum Badehaus geht, nach links abbiegt. Hinter dem Krämerladen. Könnt Ihr Euch das merken?«

»Woran erkennt man das Haus?«

»An dem Mammut an der Tür.«

»Verstehe. Also, entweder komme ich morgen früh hin, oder wir sehen uns nie wieder. Einverstanden?«

»Einverstanden.«

»Und jetzt laßt mich bitte allein, Delbane. Ich muß mich konzentrieren, sonst kriege ich heute keinen einzigen Treffer hin.«

»Keinen einzigen Treffer? Aber Ihr habt doch jedesmal getroffen?!«

»Nein, noch gar nicht. Ich ziele auf den Kopf der Scheuche, nicht den Körper.«

Als Rodraeg durch die nicht abgeschlossene Tür des Mammuthauses trat, erzählten Migal und Bestar gerade Cajin und Naenn am großen Tisch zum offensichtlich wiederholten Male von ihren Heldentaten auf dem Marktplatz.

»Wie ist es bei dir gelaufen, Rodraeg?« unterbrach Naenn die allgemeine Heiterkeit.

Rodraeg machte ein Kartenspielergesicht. »Och, mal sehen. Wenn wir morgen früh Besuch erhalten, dann sind wir fünf unverschämte Glückspilze, aber wenn nicht, dann machen wir uns dennoch einen schönen Tag am Fluß.«

»Was hast du vor mit uns?« fragte Cajin.

»Morgen, meine Freunde«, lächelte Rodraeg, »wollen wir mal sehen, was jeder von uns in Wahrheit auf dem Kasten hat.«

9 Schütze, Bote, Brief

Den folgenden Tag verbrachten sie außerhalb der Stadtmauern in einem Wäldchen am Flußufer: Sie machten Lauf-, Kampf- und Schwimmübungen. Migal erwies sich als in allen Disziplinen überragend, Bestar war immer ein wenig zu ungestüm, Rodraeg konnte mit den Klippenwäldern niemals mithalten, Naenn hielt sich vornehm aus allem raus, und Cajin erwies sich als Nichtschwimmer und Nichtkämpfer, aber recht ausdauender Läufer. Immerhin hatten sie eine Menge Spaß miteinander, und bei der abendlichen Rückkehr verpflichtete Rodraeg die beiden Klippenwälder, ihm den richtigen Umgang mit dem Anderthalbhänder beizubringen.

Mitten in der Nacht klopfte es an die Tür. Leise zwar, dennoch fordernd.

Cajin, der nachts abschloß, weil er vermeiden wollte, daß Trunkenbolde oder Gauner eindrangen, war schon an der Tür, bevor ein anderer überhaupt reagieren konnte.

»Laßt mich bitte ein, nur für einen Moment«, raunte eine männliche Stimme von draußen.

»Warum sollte ich das tun? Wer seid Ihr?«

»Delbane hat mir gesagt, wo ich euch finden kann.«

Rodraeg schlief in dieser Nacht tief wie ein auf dem Meeresgrund liegender Stein, deshalb kostete es Cajin einige Mühe, ihn wach zu bekommen. »Rodraeg? Rodraeg!«

»Wassissnlos? Cajin?«

»Unten ist, glaube ich, der Bogenschütze, auf den wir gestern vergeblich gewartet haben. Er erweckt den Anschein, auf der Flucht zu sein.«

»Auf der Flucht? Ich komme sofort runter.«

Rodraeg zog sich etwas über. Als er auf den Flur trat, sah er im Mondlicht des Fensters die Köpfe von Bestar, Migal und Naenn aus ihren jeweiligen Zimmern wachsen. »Kommt ruhig mit, der Bogenschütze ist uns besuchen gekommen.«

»Wir sollten besser nicht zuviel Licht machen, sonst sieht das von außen verdächtig aus«, hatte der Bogenschütze geraten, deshalb drängten sie sich nun alle in Rodraegs kleinem, fensterlosen Schreibzimmer bei verschlossener Tür. Cajin hatte eine Öllampe entzündet, der Bogenschütze hatte auf Rodraegs Stuhl Platz nehmen und verschnaufen dürfen. Alle anderen standen oder kauerten erwartungsvoll um ihn herum. Naenn hatte sich eine Decke übergeworfen und erleichtert zur Kenntnis genommen, daß die beiden Klippenwälder immerhin ihre Hosen trugen.

»Ich fürchte, ich schulde euch allen eine Erklärung«, begann der Bogenschütze, der die Kühle der Nacht noch in seinen Kleidern trug und dessen angespanntes Gesicht durch sein weißes Haar noch bleicher wirkte. Sein elegant geschwungener Langbogen lehnte an Rodraegs Schreibtisch. »Zunächst einmal muß ich euch versichern, daß ich nicht die Absicht habe, euch in irgend etwas mit hineinzuziehen. Falls man mich hier erwischt, braucht ihr bloß zu sagen, daß ihr meine Geschichte nicht kennt, dann kann euch niemand etwas vorwerfen. Ich habe mich auch nicht absichtlich hierher geflüchtet. Ich war im *Leer das!* um die Ecke und habe versucht, im Met Vergessen zu finden. Aber ich bin ein miserabler Trinker. Ich brauche eine Stunde, um mir einen Humpen die Kehle hinunterzuzwingen, und dadurch bleibt jegliche Wirkung aus. Ja, ich weiß, ich könnte es mit etwas Härterem versuchen, aber dabei quält das Trinken nur noch mehr. Jedenfalls wollte ich gerade gehen, als eine Patrouille der Stadtgarde die Schenke betrat, wahrscheinlich, um die Einhaltung der Sperrstunde zu kontrollieren. Es war einfach unglaubliches Pech. Einer der Gardisten erkannte mich sofort. Wir waren zusammen im Ausbildungslager vor Endailon.«

»Der Feldzug gegen die Affenmenschen?« ahnte Rodraeg.

»Richtig. Ich Narr mußte mich im Lager hervortun. Eigentlich hatte man mich nur angeworben, weil ich gut schießen kann. Aber dann habe ich dermaßen geglänzt, daß ich auch den Schießausbilder mimen durfte, gegen gute Münze, versteht sich. Daraus resultiert der Ärger, den ich jetzt habe. Hätten nur die Soldaten mich gekannt, die später tatsächlich an dem Feldzug teilnahmen, gäbe es keine Zeugen mehr, denn ich glaube nicht, daß auch nur ein einziger von denen lebend von jenseits der Felsenwüste zurückkehren wird. Aber ich habe auch anderen Anwärtern Unterricht erteilt, Anwärter, die anschließend als Stadtgardisten über sämtliche Garnisonen des Kontinents verteilt wurden. Deshalb habe ich jetzt überall Unannehmlichkeiten. In jeder Stadt, auf jeder Landstraße kann mir einer von diesen uniformierten Grünschnäbeln begegnen und mit dem Finger auf mich zeigen. Ich habe wirklich ziemlichen Mist gebaut.«

»Was hast du denn ausgefressen?« wollte Bestar wissen.

Der Bogenschütze zögerte. Eigentlich war er Rodraeg eher wie ein wortkarger Mensch erschienen, aber jetzt erzählte er, und im Erzählen entspannte er sich zusehends. »Ich habe einen Magier erschossen.« Er ließ die Worte wirken, lächelte schmal. »Aber keine Sorge. Es war kein Mord, sondern ein Unfall. Ich trage daran keine Schuld.«

»Was ist passiert?«

»Die haben dort vor Endailon mit allerlei übernatürlichem Zeug herumexperimentiert. Wollten sich rüsten für die Affenmenschen. Allerlei Spinner und Scharlatane liefen dort herum, um Ideen zu verkaufen oder neuartige Fähigkeiten zu präsentieren. Da war auch ein Magier darunter, der behauptete, er könne mit einem unsichtbaren Schutzschild jedes Geschoß abwehren.«

Migal kicherte. »Ich kann mir denken, was passiert ist.«

Der Bogenschütze nickte. »Ich habe mich wahrlich nicht darum gerissen. Mehrmals habe ich darauf hingewiesen, daß es Wahnsinn ist, auf einen verbündeten Menschen zu schießen. Aber der Magier hat mich herausgefordert. Ein äußerst unangenehmer Geselle. Höhnte, daß ich nur Angst hätte danebenzuschießen, oder es nicht ertragen könnte, wenn mein bester Schuß völlig nutzlos an ihm verpuffte. Als ich mich immer noch weigerte, schlug er den Kommandooffizieren vor, meinen Sold auszusetzen, da ich doch offensichtlich nicht in der Lage sei, mich nützlich zu machen. Die Offiziere lachten und befahlen mir, endlich zu schießen. Ich legte den Pfeil auf und fragte den Magier, ob er bereit sei. ›Bereit?‹ spottete er und machte alberne Gesten und Zeichen in die Luft. ›Die Frage ist wohl eher: Bist du bereit, der Vergangenheit anzugehören?‹ Ich schoß, der Pfeil drang ihm durchs linke Auge in den Schädel, er fiel um und war tot.«

Bestar und Migal applaudierten lachend. Rodraeg, Naenn und Cajin waren eher entsetzt.

Der Bogenschütze fuhr fort. »Man konnte mir keine böse Absicht nachsagen, aber dennoch glaubten die Kommandierenden jetzt, mich in der Tasche zu haben. Ich hätte mich niemals für etwas so Aberwitziges wie diesen Affenmenschenfeldzug gemeldet, aber jetzt sagten sie, sie könnten jemanden wie mich dort gut gebrauchen, und ich solle die Schnauze halten und froh sein, wenn ich nicht wegen fahrlässigen Totschlags vor ein Militärgericht käme. Statt dessen dürfte ich bei der ruhmreichen Armee der Königin Thada in vorderster Front mit dabei sein, wenn die Geschichte des Kontinents neu geschrieben wird.

Diese Wahnsinnigen. Sie preßten Freiwillige, Zwangsverpflichtete, Strafbataillone, Elitetruppen und eine absurde Anzahl von Götterpriestern, Kult- und Einzelmagiern in ein zweitausend Männer und Frauen umfassendes Selbstmordkommando und schickten sie über die Felsenwüste nach Nordosten. Niemand hat aus der Geschichte gelernt. Als König Rinwe vor 682 Jahren sämtliche Stadtburgen, Herzogtümer und Ländereien des Kontinents unter seiner Krone vereinigte und selbst die Herrschaft des grausamen Geisterfürsten über die Südlande brach, ließ er zwei Gebiete wohlweislich ausgeklammert: den südöstlichen Regenwald, weil dort ohnehin keine Menschen überleben können, es sei denn, sie gehen auf allen Vieren wie die Spinnenmenschen – und das weite Land der Affenmenschen hinter der Felsenwüste, weil man es einfach nicht erobern kann. Hätten die Barone von Galliko, Hessely, Carlyr und Ferbst nicht immer wieder Tausende, ja Zehntausende ihrer Söldner bei sinnlosen Eroberungsversuchen jenseits der Felsenwüstenberge verloren, hätte Rinwe den Norden wohl nie unter Aldavas Krone beugen können. Aber jetzt kommt eine jugendliche Königin daher und will mit zweitausend Mann und einer Wagenladung Magie Erfolg haben? Ich sage euch: Ihre Erfolgsaussichten waren wie die des Schutzschildmagiers, meinen Schuß zu überleben.«

Rodraeg war nachdenklich geworden. Der Bogenschütze hatte genau die selben Argumente vorgebracht wie Baladesar. König Rinwes Weisheit. Königin Thadas Torheit. Konnte es sein, daß eine Königin Fehler machte, die so offensichtlich waren, daß jeder Advokat, jeder Armeeschützenausbilder und jedes Schmetterlingsmädchen den Ausgang der Ereignisse vorhersagen konnte? Ein ganzer Landstrich war vernichtet worden, hatte Naenn gesagt, aber nur magisch Begabte wußten davon. Weshalb gab es immer noch keine Informationen in der Bevölkerung? Hatte wirklich niemand überlebt? Würde dies möglicherweise sogar der erste Auftrag des Mammuts werden? Herauszufinden, was hinter der Felsenwüste geschehen war?

»Du weilst noch unter den Lebenden«, sagte Migal zu dem Bogenschützen. »Also bist du abgehauen?«

»Richtig. Als das Heer den Anera hinunterfuhr, um sich im Sumpf der drei Flüsse nach Norden einzuschiffen, bin ich in Schreer von Bord gesprungen und im Gewimmel der Stadt untergetaucht. Seither werde ich gesucht. Nicht als Mörder, sondern als Deserteur. Deshalb gibt es auch keine Steckbriefe von mir. Es ist eine reine Armeeangelegenheit, nichts, womit man Kopfgeldjäger ködern möchte. So lange ich keinem Endailoner Rekruten in die Arme laufe, ist alles in Ordnung, zumal die Armee im Moment wohl andere Sorgen hat. Aber vorhin ist es halt passiert. Pech. Ich bin diese Straße runtergelaufen und habe mir gerade versucht auszurechnen, wie lange ich werde rennen müssen, bis man die Verfolgung abbläst, da habe ich das Mammut an der Haustür gesehen und mich daran erinnert, daß hier jemand wohnt, der Leute rekrutiert, die nicht für die Königin arbeiten sollen.«

»Du hattest also eigentlich nicht die Absicht, dich nochmal bei uns sehen zu lassen,« stellte Rodraeg fest.

»Tut mir leid. Eigentlich nicht. Nach meinen schlechten Erfahrungen mit der Armee kann ich mir nicht mehr so richtig vorstellen, die Gefechte anderer auszutragen.«

»Aber sieh uns an: Wir sind nicht die Armee.«

Der Bogenschütze betrachtete Bestar, Cajin, Rodraeg, Naenn und Migal und nickte dann. »Wohl kaum.«

»Wie ist eigentlich dein Name?« wagte Cajin sich vor.

»Hellas. Hellas Borgondi.«

»Wir haben ein Gästezimmer«, merkte Naenn an.

»Ja«, stimmte Rodraeg zu, »nur leider stehen da noch keine Betten drin. Du kannst, wenn du willst, das Zimmer gegenüber von meinem haben. Es soll eigentlich unserem sechsten Mitglied gehören, aber so lange wir nur zu fünft sind, steht es leer. Es hat kein Fenster, aber dadurch ist es um so besser geeignet, um sich zu verbergen. Bis draußen die Luft rein ist.«

»Ihr seid sehr hilfsbereit.«

»Das ist unsere Aufgabe«, gähnte Rodraeg. »Kommt, wir gehen jetzt schlafen. Die Nacht ist noch lange nicht zuende.«

Cajin führte Hellas zu seinem Zimmer, dann verschwanden auch die anderen barfüßig tapsend hinter ihren Türen. Ruhe und Dunkelheit kehrten ins Haus des Mammuts zurück.

Das gemeinsame Frühstück am 8. Tag des Regenmondes verschob sich – der unterbrochenen Nachtruhe entsprechend – deutlich nach hinten. Rodraeg wurde wieder von Cajin geweckt, den Bogenschützen ließ man schlafen, damit er in Ruhe den Alkohol des Vorabends verdunsten konnte.

Über Mittag machten Bestar und Migal zwei Stunden lang die Stadt unsicher und kehrten rechtzeitig zurück, um ein von Cajin raffiniert zubereitetes Mahl aufgetischt zu bekommen. »Ich habe gestern in allen Übungsdisziplinen am schlechtesten abgeschnitten«, lächelte der Junge. »Da wollte ich euch einmal zeigen, was ich ziemlich gut kann.«

»Du hast uns bisher schon schon mehr Talente offenbart als eine Hundertschaft Hausverwalter«, lobte Rodraeg mit vollgestopftem Mund. »Aber das hier überbietet alles.«

»Richtig«, bestärkte Naenn. »Kämpfen muß nur jemand können, der nicht kochen kann.«

Hellas Borgondi wollte nicht zu ihnen hinunterkommen und ließ sich seine Portion von Cajin aufs Zimmer bringen. »So eine Kammer ist genau das richtige für einen Mann, der nicht weiß, wohin er sich wenden soll«, sagte er, nachdem er sich bedankt hatte. Tatsächlich saß er dort in dunkler Abgeschiedenheit und starrte bleich vor sich hin.

Noch während die anderen zu Tisch saßen, klopfte es erneut an der Haustür. Rodraeg ging selber hin, denn es war gut möglich, daß dies Gardisten auf der Suche nach dem Deserteur waren. Vor der Tür stand jedoch ein regen- und schweißfeuchtes Pferd, das Rodraeg neugierig mit der Nase anstupste, sowie ein sonnengegerbter, kleinwüchsiger Mann. »Seid Ihr Rodraeg T. Delbane?«

»Der bin ich.«

»Ich habe einen Siegelbrief aus Aldava für Euch. Wenn Ihr hier gegenzeichnen könntet.«

Er hielt Rodraeg einen Wachskratzer, ein Pergament mit wachsbeschichtetem Feld und ein Brett als Unterlage entgegen. Rodraeg signierte. »Seid Ihr nur für diesen einen Brief aus Aldava gekommen?«

»Fürwahr, so ist es. Drei Tage gestreckter Galopp bei Regen und Wind. Aber keine Sorge: Die Gebühr wurde schon in Aldava entrichtet. Hier ist der Brief.« Er holte den Umschlag aus seiner wetterfesten Satteltasche. Auf der Vorderseite prangte ein mit schwungvoller Feder getuschter, nicht ganz geschlossener Kreis. Rodraeg spürte, wie ihm eine Gänsehaut über die Arme lief.

»Nur, damit ich das richtig verstehe: Ihr arbeitet nicht für die Königliche Poststelle?«

»Oh nein«, lachte der Bote, der sich über den Steigbügel wieder hoch auf sein Pferd schwang, »wir sind die Konkurrenz. Carhard & Bernsten, private Kurierdienste. Wenn es wirklich schnell gehen soll. Stets zu Diensten, Gevatter!« Er winkte, gab seinem Pferd die Sporen und sprengte davon.

Rodraeg kehrte mit dem Brief in der Hand ins Haus zurück. Cajin paßte ihn schon im Flur ab. »Und?« fragte er aufgeregt. »Unser erster Auftrag?«

»Ich wüßte nicht, was es sonst sein sollte. Mit Eilkurier, vom Kreis. Bevor ich ihn vorlese und wir ihn zusammen erörtern können, muß ich aber erst noch etwas regeln. Habt einen Moment Geduld«, sagte er zu den Essenden, die erst innegehalten hatten und sich jetzt beeilten, ihre Mahlzeit zu beenden.

Rodraeg ging die Treppe nach oben. Im Licht des nördlichen Fensters brach er das Siegel, öffnete den Brief und überflog ihn. Er schluckte und nickte gleichzeitig. Dann steckte er den Brief sorgfältig wieder in den Umschlag, ging zum Zimmer des Bogenschützen und klopfte. »Hellas? Wir müssen kurz reden. Wir haben ein Problem.«

»Es ist nicht abgeschlossen.«

Borgondi saß auf dem Boden, die Arme um die Knie geschlungen. Cajins Essen stand neben ihm und wurde langsam kalt.

»Wir ...«, begann Rodraeg stockend, »wir haben unseren Marschbefehl erhalten. Ein Auftrag, der uns unverzüglich aus Warchaim fortführt. Das Problem ist folgendes: Ich möchte den Auftrag und die diesbezügliche Planung jetzt natürlich mit meinen Leuten besprechen. Aber ich gehe das Wagnis nicht ein, daß sich ein Fremder im Haus befindet, der Dinge mitanhören könnte, die besser geheim bleiben sollten.«

Der Bogenschütze lächelte müde. »Verstehe. Entweder ich verlasse jetzt das Haus und setze mich dem Risiko aus, von herumschnüffelnden Patrouillen geschnappt zu werden, oder ich erkläre mich bereit, bei euch mitzumischen. Letzteres hast du ja von Anfang an im Sinn gehabt.«

»Das ist richtig. Aber ich hatte keine Ahnung, daß der Brief heute kommt und daß du dich vorher in Not an uns wendest. Das ist Pech. Oder Glück. Oder Schicksal. Was spricht denn dagegen, daß du dich uns anschließt? Ich verlange keine ewigwährende Treue.

Nur diese eine Sache hier in diesem Briefumschlag. Wenn das erledigt ist, kannst du gehen oder bleiben.«

»Kannst du abschätzen, wie lange dieser Auftrag dauern wird?«

»Einen Mond. Höchstens.«

Der Bogenschütze legte die Stirn auf die Arme. »Ich weiß nicht.«

»Was spricht denn dagegen?«

»Vieles. Das Mädchen zum Beispiel.«

»Naenn? Was ist mit ihr?«

»Sie ist zu schön. Das wird Ärger geben. Alle Männer werden sich ihretwegen an die Kehle gehen.«

Darüber hatte Rodraeg auch schon nachgedacht. Naenn war tatsächlich eine unglaubliche Irritation. Auch in seinem Bewußtsein strahlte sie manchmal heller als das Licht des Tages. Gestern am Flußufer hatte er versucht, ihr beim Kämpfen zu imponieren. Bestar und Migal versuchten das andauernd, beim Essen, beim sich Hinsetzen, beim morgendlichen Waschen, beim Reden, beim Gehen, beim Stehen, die ganze Zeit.

»Sie wird nicht mitkommen«, sagte Rodraeg. Die Deutlichkeit dieses Gedankens überraschte ihn.

»Dann dieser Knabe. Ich habe Knaben wie ihn gesehen, in Endailon. Es ist furchtbar, wenn so viel Vertrauen und so viel Zukunft verheizt wird.«

»Cajin kommt auch nicht mit. Er ist unser Hausverwalter.«

»Aha. Dann also nur du, ich und die beiden Affenmenschen?«

»So sieht's wohl aus.«

»Einhundert Taler.« Der Bogenschütze blickte auf und Rodraeg ins Gesicht. »Für einhundert Taler mache ich mit.«

»Oh, Junge.« Rodraeg schüttelte den Kopf. »Warum seid ihr nur alle so verflucht geldgierig? Du kannst ... dreißig Taler bekommen zuzüglich Ausrüstung und Verpflegung, genau wie die anderen auch, und kein einziges Kupferstück mehr. Wenn dir das nicht genug ist, um zur Abwechslung mal für anständige Leute zu arbeiten anstatt für die kriegstreiberische Armee ihrer Majestät, kannst du deinen Bogen nehmen und verschwinden, und zwar sofort.«

»Dreißig Taler sind doch immerhin ein Angebot. Wir sind uns einig.« Der Schütze erhob sich, nahm seinen Bogen und das Essen auf und kam zur Tür. »Ich komme mit runter, dann kannst du den Brief verlesen.«

»Einen Augenblick noch. Sieh mir in die Augen, Borgondi. Ich will keine Komplikationen während des Auftrags. Auch wenn du der Erfahrenste von allen bist, auch wenn du besser schießen kannst als jeder von uns kämpfen, auch wenn du dem Tod schon häufiger ins Angesicht geblickt hast als wir – ich bin trotzdem derjenige, der das Sagen hat. Ich will mich nicht andauernd rangeln müssen. Und ich will, daß du mir dein Wort gibst, daß du die Sache mit uns zusammen durchziehst und dich nicht bei der kleinsten Unannehmlichkeit verdrückst.«

»Du meinst: einmal ein Deserteur, immer ein Deserteur?«

»Nein, ich meine, daß du von allen in diesem Haus derjenige bist, den ich am wenigsten kenne, und daß ich dir nur trauen werde, wenn du mir in die Augen siehst und mir dein Wort gibst.«

Borgondi hielt Rodraegs Blick stand. Lag es an den weißen Haaren, oder hatten die Augen des Bogenschützen tatsächlich einen silbrigen Glanz? »Kein Problem, Rodraeg. Ich schwöre bei meinem Bogen, bei seiner Sehne und bei meiner Hand, die sie spannt, daß ich euch nicht im Stich lassen werde, bis dieser Auftrag erfüllt ist – oder ein Mond verstrichen ist, von heute an.«

Ein paar Momente lang maßen sich die beiden mit Blicken. Dann nickte Rodraeg kaum merklich. »Das genügt mir. Also komm mit.« Sie gingen die Treppe hinab. »Tut mir leid, daß ich euch so auf die Folter spannen mußte. Darf ich jetzt noch einmal förmlich vorstellen: Hellas Borgondi, unser neuer Mitstreiter.«

Es gab ein großes Hallo. Naenn sagte: »Also doch.« Cajin sagte: »Großartig. Ich freue mich sehr!« Bestar sagte: »Das war doch klar.« Migal sagte: »Dann kann's ja endlich losgehen.«

Rodraeg nahm an der Stirnseite des Tisches Platz, wo das Fensterlicht ihm über die Schultern fiel. Die anderen rückten mit den Stühlen und wandten sich ihm zu. Wie ein Jahrmarktszauberer zeigte er den Umschlag von beiden Seiten, zog den Brief heraus, entfaltete ihn, strich ihn auf der Tischplatte glatt und begann laut zu lesen.

An das Haus Warchaim
Rodraeg T. Delbane

Ein gutes Leben allen Teilen des Kontinents!
Wir grüßen die neu gegründete Einsatzgruppe und hoffen, Ihr habt Euch in Warchaim gut eingerichtet. Unserer ersten Geldsendung von 350 Talern folgt in den nächsten Tagen eine weitere Sendung über 500 Taler, die alle anfallenden Kosten abdecken sollte.

Weiter kam Rodraeg erstmal nicht, denn es brandete Jubel auf. Die Klippenwälder und Cajin riefen »Hurra!« und »Hoch!« und klirrten mit Krügen und Eßgeschirr. Auch Naenn wurde von den guten Neuigkeiten und der Stimmung angesteckt. Ihre Augen glitzerten.

Rodraeg wartete, bis wieder Ruhe eingekehrt war.

Außerdem bemühen wir uns weiterhin um Reitpferde.

Wieder pfiffen Bestar und Migal anerkennend durch die Zähne. Ein Reitpferd war ein Luxus, den sich nur wenige Abenteurer leisten konnten. Wer eins besaß, wagte sich anschließend kaum noch aus dem Stall, aus Sorge, das wertvolle Tier könnte sich verletzen oder gestohlen werden. Pferde gestellt zu bekommen, ohne selbst dafür bezahlen zu müssen, mutete wie das Privileg eines Fürsten an. Auch Hellas Borgondi wurde jetzt hellhörig.

Leider macht ein Notstand in der Nähe des Lairon-Sees schon jetzt Euer erstes Eingreifen nötig, so daß Ihr die Ausbau- und Rekrutierungtätigkeiten erst einmal zurückstellen müßt.
Hier in Kürze die uns vorliegenden Informationen:
Bodenschatzbohrungen in einer Hohle bei Terrek bewirken eine bedrohliche Verschmutzung eines in den See einleitenden

Baches. Auch von giftigem Qualm und massiven Eingriffen in die pulsierende Struktur des Erdreiches ist uns Kunde zugetragen worden. Sofort eingreifen, jeder weitere Schaden ist unverzüglich zu unterbinden. Wenn nötig, durch Zerstörung der vor Ort befindlichen Fabrikation die Beendigung der Bohrarbeiten erzwingen. Der Kontinent braucht Hilfe der wirksamen Art, mit Argumenten allein ist es nicht mehr getan.

Viel Erfolg!

»Unterzeichnet mit dem Symbol des Kreises. Das war's.« Rodraeg zeigte den anderen den Brief mit der schwungvollen Unterschrift, damit sie sich selbst überzeugen konnten.

»Ich hab' nur die Hälfte verstanden«, gab Bestar zu. »Was sollen wir machen?«

»Wir sollen eine Fabrikation stillegen«, erklärte ihm Migal. »Mit Gewalt.«

Bestars Miene hellte sich auf. »Na, wenn's weiter nichts ist! Wir hauen alles zu Klump und machen uns dann vom Acker.«

»Wo liegt dieses Terrek eigentlich?« fragte Naenn.

Rodraeg stand auf, ging ins Schreibzimmer hinüber und holte die Karte des Kontinents von der Wand. Zu dritt hielten sie das zum Einrollen neigende Pergament auf der Tischplatte fest.

»Hier.« Rodraeg zeigte mit dem Finger auf eine Stadt, die noch kleiner als Kuellen eingezeichnet war. »Südlich vom Lairon-See. Eines dieser Flüßchen hier müßte der Bach sein. Wir werden uns vor Ort durchfragen müssen. Von der Entfernung her würde ich sagen: zehn Tage zu Fuß. Da wir die Pferde noch nicht haben und in der Eile sicher auch keinen Händler auftreiben können, der nach Terrek oder Chlayst will und Platz für so viele Leute hat, werden wir es wohl kaum schneller schaffen. Wir sollten also so schnell wie möglich aufbrechen, um den Schaden für den See möglichst klein zu halten.«

»Heute noch?« fragte Naenn.

»Heute noch. Nachdem wir Ausrüstung und Proviant eingekauft haben. In spätestens zwei Stunden. Dann können wir immer noch vier Stunden zügig in die Nacht hineinmarschieren.«

»Klasse!« rieb Bestar sich die Hände. »Wir sind bereit und taten durstig!«

Alle bis auf Hellas beschäftigten sich jetzt mit der Karte, stellten Vermutungen und Vohersagen an, redeten über das regnerische Wetter und die Ungeheuer, denen sie beim Reisen begegnen mochten. Rodraeg erhob sich und berührte Naenn sanft an der Schulter. »Ich würde gerne kurz unter vier Augen mit dir reden. Können wir in den Garten rausgehen?« Sie nickte und folgte ihm lautlos auf den kargen Hinterhof.

»Erzähl mir jetzt nicht, daß ich hierbleiben soll«, eröffnete sie. »Das kommt nämlich überhaupt nicht in Frage.«

»Und doch werden wir es so machen. Tut mir leid. Ich sehe keine andere Lösung.«

Das Schmetterlingsmädchen starrte ihn fassungslos an. Offensichtlich hatte sie seine Gedanken eher erraten als gelesen. »Ich werde auf keinen Fall hierbleiben, während ihr loszieht, um für den Kontinent zu streiten. Ich weigere mich! Ich soll lernen, ich soll mit euch gehen und teilhaben. Was soll das plötzlich?«

»Du beginnst jeden Satz mit ›Ich‹. Wir beide aber müssen jetzt lernen, für etwas Größeres einzustehen als nur für uns selbst. Ich kann dich nicht mitnehmen, weil es zu gefährlich ist.«

»Ach so, weil ich eine Frau bin!« schnaubte sie. »Weil ich ja auch schon auf unserer Reise hierher so eine Bürde für dich war und nicht auf mich selber aufpassen konnte! Wie war das nochmal mit den drei Kerlen, die uns überfallen haben?«

»Laß mich doch bitte einfach mal zu Wort kommen. Es geht um etwas völlig anderes. Es geht nicht darum, daß ich nicht glaube, daß du ein vollwertiges Mitglied unserer Gruppe bist. Im Gegenteil – ich glaube, keiner von uns, nicht einmal Hellas, verfügt über dermaßen herausragende Fähigkeiten wie du. Es geht auch nicht darum, was ich persönlich wünsche. Wenn ich mir das aussuchen dürfte, würde ich ehrlich gesagt keinen Tag mehr ohne dich sein wollen. Du bist die angenehmste Reisebegleitung und Mitbewohnerin, die ich je in meinem Leben hatte, meinen besten Freund Baladesar eingeschlossen.«

Jetzt war sie verwirrt. »Aber ... warum dann?«

»Weil ich den anderen nicht trauen kann. Weil ich noch keinen Ernstfall mit ihnen erlebt habe, so wie mit dir und den drei Lumpen vor Aldava. Bestar und Migal können schwimmen und kämpfen, saufen und raufen, aber woher soll ich wissen, daß sie nicht die Beine in die Hand nehmen, sobald es wirklich schwierig wird? Oder ob ich sie dann überhaupt noch unter Kontrolle habe oder sie uns alle ins Unglück reißen? Das gleiche gilt für Hellas. Vielleicht entpuppt er sich als kaltblütiger Mörder. Vielleicht muß ich ihn rausschmeißen, sobald unsere Aktion begonnen hat, und dann stehen wir plötzlich ohne Fernwaffendeckung da. Ich weiß nichts über die drei. Absolut nichts. Aber das wird sich alles ändern, sobald wir diesen einen Auftrag durchgefochten haben. Wenn wir das zusammen durchstehen – Bestar, Migal, Hellas und ich –, dann weiß ich hinterher, wo die Stärken und Schwächen jedes einzelnen liegen. Dann haben wir eine echte Gruppe, die ich abschätzen und lenken kann, und dann nehme ich dich mit. Versprochen. Beim zweiten Auftrag bist du dabei. Aber vorher ist mir das Risiko zu groß. Denn eines darfst du nicht vergessen: Wenn ich draufgehe, dann suchst du einfach einen anderen, der das Mammut leiten kann. Aber wenn dir etwas zustößt, gibt es niemanden mehr, der den Kontakt zu den Göttern herstellen kann. Dann können wir einpacken – und alles war vergebens.«

»Ich sehe mich nicht so als ... Dreh- und Angelpunkt des Mammuts ...«

»Eigentlich soll das auch nicht so sein. Wenn die Sache läuft, wie ich mir das vorstelle, dann wird jeder einzelne von uns ein ganzes Mammut werden, und das Mammut ist nichts ohne jeden einzelnen. Aber jetzt, bevor wir überhaupt irgend etwas bewiesen haben, ist das noch nicht so. Im Moment bist du die einzige, auf die ich bauen kann. Deshalb will ich dich in der Hinterhand behalten. Bleib hier und halte Kontakt mit dem Kreis. Du mußt einen Brief an den Kreis schreiben, daß wir aufgebrochen sind und wann, und wer wir überhaupt sind. Der Kreis hat den Namen ›Mammut‹ noch nie gehört.«

Sie senkte den Kopf, dann sah sie ihn prüfend an. »Das ist die ganze Wahrheit?«

Jetzt war es an Rodraeg, den Kopf zu senken. »Hellas fand, daß es zu riskant ist, dich mitzunehmen, und ich finde das auch.«

»Warum?«

»Weil jeder von dir ... abgelenkt sein wird.«

»Aber dafür kann ich doch nichts. Daran seid ihr selbst schuld!«

»Ich weiß. Aber was soll ich machen? Soll ich die anderen drei zu Hause lassen und mit dir alleine losziehen? Nein, eigentlich müßte ich auch hier bleiben, denn ich gehöre auch zu denen, die vor dir angeben wollen wie Heranwachsende, und auch ich würde immer darauf achten, wo du bist und wie es dir geht, anstatt mich verdammt nochmal auf meine Aufgabe zu konzentrieren.«

»Aber das wird doch nie aufhören. Oder willst du mir weismachen, ihr Männer werdet eines Tages plötzlich reif und erwachsen?«

»Nein. Das werden wir wahrscheinlich nie. Aber ab der zweiten Mission brauche ich die anderen drei nicht mehr ständig im Auge zu behalten. Da macht es dann nicht so viel aus, wenn ich von dir abgelenkt bin.«

»Du läßt alles wie Komplimente klingen, aber worauf es hinausläuft, ist, daß ich von der Teilnahme ausgeschlossen werde, nur weil ich eine Frau bin.«

»Du hast recht. Das ist nicht gerecht. Aber ich habe dir ein Versprechen gegeben und werde es halten. Wenn du bei der zweiten Mission dabei sein willst, bist du dabei.«

Naenn zog die Stirn kraus und rang mit sich. Schießlich gab sie sich einen Ruck. »Abgemacht.« Sie reichten sich förmlich die Hand, ganz wie am Anfang, im leuchtenden Rathaus. Rodraeg spürte, daß sie sich schlagartig wieder weit voneinander entfernt hatten. Er fühlte sich schäbig und unwohl deswegen. Ein sehr, sehr schlechter Start für die erste Mission.

Die nächsten beiden Stunden vergingen mit dem Einkaufen von Proviant und Ausrüstung. Sie gingen zu sechst in die Stadt, um alles Nötige aussuchen und packen zu können.

Obwohl man sich unterwegs in kleineren Ortschaften und einzelnen Höfen immer wieder mit Nahrung versorgen konnte, hielt Rodraeg es für ratsam, sich von Jagdglück, Bevölkerung und Wetter möglichst unabhängig zu machen, und kaufte auf dem Markt vier umfangreiche Proviantpakete für vierzehn Tage. Bei Bep Immergrün erstanden sie die dafür notwendigen vier Rucksäcke, darüber hinaus noch drei Seile, zwei Grubenlaternen, einen Wurfhaken und vier neue Nachtdecken.

Aufgrund der nassen Jahreszeit hatte das Ausrüstungshaus Immergün gerade gewachste Kapuzenübermäntel auf Lager, die Kleidung und Körper einigermaßen trocken halten konnten. Diese Überwürfe waren von trostlos grauer Farbe, aber zur Tarnung im Gelände war das gar nicht schlecht. Rodraeg kaufte vier zum Sonderpreis von jeweils zehn Talern und hatte anschließend das gesamte Mammutvermögen bis auf 24 Taler ausgegeben. Diese 24 Taler übergab er Cajin zu treuen Händen, für unterwegs wollte er seine eigene Barschaft von noch 37 Talern mitnehmen, damit müßten sie eigentlich auskommen können. Um sich noch eine richtige Scheide für den Anderthalbhänder anfertigen zu lassen, fehlte die Zeit. Rodraeg würde das Schwert des Banditen also in der ungewöhnlichen Umhängetasche aus Aldava mitführen.

Außer seinem Proviant, der Wasserflasche und der Decke nahm Rodraeg in seinen Rucksack noch ein zehn Meter langes Seil, sein Messer, eine Grubenlaterne und sein Zündsteinkästchen. Bestar und Migal besaßen außer ihren Schwertern noch jeder ein Messer, jeder zwei Pechfackeln und jeder ein Zündkästchen mit Feuerstein, Stahlplättchen und Zunder. Deshalb nahm Hellas die zweite Grubenlaterne, während Bestar ein Seil und den schweren Wurfhaken trug, und Migal das dritte Seil. Was seinen Langbogen anging, war Hellas mit vierzig Pfeilen in einem wasserdicht verschnürbaren Köcher bestens ausgerüstet, außerdem trug er noch einen Degen als Waffe und befestigte außen an seinem Rucksack drei flache Wurfmesser.

Naenn half den vieren, mit ihren Kapuzenübermänteln klarzukommen. Wenn man sie richtig anzog, konnte man sie auch über den Rucksack ziehen. »Mann, wir sehen aus wie bucklige Wichtel«, brachte Bestar das Ergebnis auf den Punkt.

»Sieh das Gute daran«, feixte Cajin. »Jeder Gegner, der euch sieht, lacht sich schlapp, und ihr habt leichtes Spiel.«

»Was redet ihr für Unsinn?« Energisch trat Naenn hinter den brummigen Bestar und zupfte seine Kapuze zurecht. »Ihr müßt nur darauf achten, daß die Kapuze oben keinen Zipfel bildet, dann seht ihr richtig eindrucksvoll aus. Wie Mönche. Mönche mit Waffen.«

»Ja«, bestätigte Rodraeg, »wenn wir in dieser Kluft nebeneinander hergehen, müssen wir aufpassen, daß ehrbare Leute nicht vor uns Reißaus nehmen, weil sie uns für eine Bande von Kultisten halten.«

»Wir tragen das Zeug ja nur, wenn's regnet«, knurrte Migal. »Vielleicht haben wir ja Glück, und der Regenmond hält sich zurück.«

Als Rodraeg abschließend sein Hab und Gut durchforstete, um sicherzugehen, daß er nichts Wichtiges vergaß, packte er sein Notizpergamentbuch und sein Rasierzeug in seine Schreibtischschublade, nahm seine beiden Bücher und zeigte sie Cajin. »Hier. Ein Roman über einen Abenteurer aus dem Thost und ein Gedichtband. Hast du Lust, sowas zu lesen?«

Cajins Augen leuchteten. »Na klar! Ich habe mir noch nie ein eigenes Buch leisten können, aber ich liebe Bücher! Gedichte. Toll! In Gagezenath habe ich ganze Tage in der Tempelbibliothek verbracht.«

»Das dachte ich mir schon. Es ist wichtig, daß du nicht nur den ganzen Tag schuftest, du solltest dir ruhig mal freie Zeit nehmen. Vielleicht kann ich auf unseren Reisen ja noch weitere Bücher auftreiben, dann machen wir hier Lesestunden für Bestar und Migal.«

»Gewagte Idee. Mensch, kommt bloß alle heil zurück, Rodraeg.«

»Das werden wir.«

Der eigentliche Abschied fand draußen vorm Haus statt, unter einem düsteren Himmel, dessen Wolken so bewegt und niedrig waren, daß man den Eindruck hatte, sie beinahe berühren zu können.

Als Rodraeg und Naenn sich gegenüberstanden, tobte zwischen ihnen ein ganzer Sturm aus Worten und Gedanken, die nie geäußert wurden. Auch Rodraeg kamen Dinge in den Sinn, die er den ganzen Tag über verdrängt hatte.

Was, wenn dies ein Abschied für immer war? Wenn der erste Auftrag des Mammuts gleichzeitig sein letzter werden würde? Immerhin zogen sie los, um eine Fabrikation zu zerstören, also sich mit all den Leuten anzulegen, die in Terrek Bodenschätze schürften, also Gesetze zu brechen, also Gewalt anzuwenden, also Gegengewalt zu provozieren, also doch letzten Endes die Königin und ihre Garde herauszufordern, schon jetzt. Was, wenn nicht alle von ihnen zurückkamen? Wenn Rodraeg nicht zurückkam? Wenn die Gruppe unterwegs auseinanderbrach? War nicht auch das Mammut in ihrem miteinander geteilten Traum nur ein Kind gewesen und dennoch schon zum Untergang verdammt?

Naenn und Rodraeg standen sich gegenüber. Ihr war immer noch anzumerken, daß die Enttäuschung über ihr Hierbleiben in ihr wütete. Trotzdem ging die erste Bewegung von ihr aus, und plötzlich umarmten sie sich und hielten sich fest, wie sie es noch nie zuvor getan hatten.

Was Rodraeg am meisten erstaunte, war, daß er ihr mit dieser Geste Zuversicht und Halt vermitteln wollte, er aber feststellen mußte, daß fast alle Energie von ihr ausging. Sie war tatsächlich der Dreh- und Angelpunkt des Mammuts! Er vermißte sie schon jetzt, bereute bereits hier seinen Entschluß, auf sie zu verzichten – aber er begriff in diesem Moment auch, daß er in den kommenden Tagen und Wochen der Gefahr und der Unberechenbarkeit Kraft ziehen würde aus dem Gedanken, daß immerhin Naenn sich in Sicherheit befand.

Er spürte ihren Leib und ihre Seele, und dann endete es wie ein Echo, das langsam verhallte. Er drückte auch Cajin an sich, sah die anderen winken, sah die annähernd heitere Entschlossenheit in den Gesichtern von Migal und Bestar, sah das bleiche, verschlossene Antlitz von Hellas Borgondi. Sie wandten sich ab und gingen davon. Der Brief blieb im Haus zurück. Rodraeg hatte ihn dreimal gelesen und auswendig gelernt, er wollte kein verräterisches Schriftstück mit sich herumtragen.

Sie gingen davon unter den Wolken, die tief durch den Himmel tauchten, und Rodraeg hielt in seinem Inneren eine Umarmung und ein Mädchen fest, die beide genauso unhaltbar waren wie ein Traum.

10 Regenmond

Sie verließen Warchaim auf der Straße nach Chlayst und querten den Larnus auf einer schmalen, für Handelskarren ungeeigneten Hängebrücke, die den Fluß eine Stunde östlich der Stadt überspannte. Es dunkelte früh, auch war der Mond von Wolken verhüllt, aber da sie dem Fluß folgten und sich so nicht verirren konnten, gingen sie weiter bis fast gegen Mitternacht. Dann schlugen sie in Ufernähe ihr Lager auf.

Rodraeg hielt es für angeraten, daß sie während eines Einsatzes Wache hielten, also teilte er jedem eine Wachschicht von etwa zwei Stunden zu, so daß die Nachtruhe insgesamt acht Stunden dauern würde und jeder sechs Stunden Schlaf abbekam.

Er selbst übernahm die unangenehmste der vier Schichten, die dritte, Bestar die erste, Migal die zweite und Hellas die vierte.

Hellas war es dann also auch, der sie alle in der achten Stunde ihres ersten vollständigen Reisetages weckte. Sie nahmen ein karges Frühstück ein und wanderten unverzüglich los.

So ging es zwei Tage lang gut. Sie kamen zügig voran und das Wetter blieb windig, aber trocken. Rodraeg ließ sich bei jeder sich bietenden Gelegenheit von Bestar und Migal weiter in das Handwerk des Schwertführens einweihen.

Am dritten Tag fing es an zu regnen, erst spärlich, dann immer beharrlicher, und die beiden Klippenwälder plädierten dafür, in einer Schenke einzukehren, auf die ein wackliges Schild am Straßenrand hinwies. *Feuerstuebchen: Mahlzeythen und Zimmer.*

Rodraeg verwies darauf, daß sie genügend Proviant besäßen und zu wenig Geld, aber die beiden erklärten, daß sie selbst schließlich auch noch ein paar Münzen übrighätten und die Zeche für alle begleichen würden, falls Rodraeg zu knauserig sei. Da der Regen wie Fäden über sie hinwegprasselte und die Straße Schritt um Schritt matschiger an den Stiefeln saugte, gab Rodraeg nach, und so kehrten sie am frühen Nachmittag bereits im *Feuerstuebchen* ein. Dort flackerte ein Kamin, es wurde Spanferkel und schaumiges

Bier aufgetischt, und für den Rest des Tages waren die Klippenwälder nicht mehr zum Aufbruch zu bewegen. Sie nahmen den schweigsamen Hellas in ihre Mitte und führten ihn fürsorglich in die hohe Kunst des Saufens bis zur Bewußtlosigkeit ein. Während der Nacht im von Schnarchen, Rülpsen, Schneuzen und anderen unappetitlichen Geräuschen erfüllten Vierbettzimmer sehnte sich Rodraeg in sein fensterloses Kämmerchen in Warchaim zurück. Aber immerhin prasselte draußen unablässig der Regen, und Rodraeg kam beim Frühstück mit einem Kräuterhändler ins Gespräch, der noch zwei Tage in ihre Richtung unterwegs war und auf dessen Planwagen sie mitfahren durften. Als der Wirt des *Feuerstuebchens* freundlich lächelnd die Rechnung präsentierte, reichte das Geld der beiden Klippenwälder natürlich nicht für die ganzen »Runden für Alle«, die sie im Vollrausch geschmissen hatten, und Rodraeg mußte noch vier Taler aus seinem Geldsäckel drauflegen. Er sprach an diesem Tag mit unangenehm schneidender Stimme, um seinen verkaterten Mitstreitern die Kopfschmerzen zu verursachen, die sie seiner Ansicht nach verdient hatten.

Der Planwagen des Kräuterhändlers Luriz entpuppte sich als klein, aber hoch. Innen hingen ganze Kräuterbüsche unter der holzverstärkten Decke und verursachten einen stechend würzigen Geruch, der zum Niesen reizte. Es paßte immer nur ein Gast ins Innere des Wagens, ein zweiter durfte sich neben Luriz auf den Kutschbock klemmen, und so wechselten sich die vier Mammutwanderer alle zwei Stunden ab, und zwei von ihnen gingen im strömenden Regen neben dem von zwei Graueseln gezogenen Wagen her.

Luriz selbst war ein merkwürdiger Kauz, bei dem Rodraeg sich nie ganz klar wurde, ob es sich bei ihm eigentlich um eine faltengesichtige, männlich wirkende Frau handelte oder um einen verschroben exaltierten Mann. Jedenfalls wußte Luriz ein paar erlesen derbe Witze zu erzählen und hatte die beiden Klippenwälder schnell für sich eingenommen.

Am Abend des ersten Tages mit Luriz sichteten sie die ersten Fledersalamander, handgroße, gefräßige Drachenwesen mit Hautflügeln, die offensichtlich vom Geruch der Kräuter angezogen wurden. Es waren nur drei, und Luriz verscheuchte sie mit einem Strohbesen, bat aber die Mammutwanderer, auch nachts ein wachsames Auge auf den Himmel zu haben.

Die Nachtwachen verstrichen ergebnislos, ebenso der überwiegende Teil des zweiten Tages mit Luriz, aber in der Abenddämmerung, als sie gerade einen Hain hoher Bäume durchquerten, griffen die Fledersalamander plötzlich in großer Zahl an. Es war ein ganzer Schwarm, mindestens fünfzig Exemplare, die sich schnatternd und kreischend über den Planwagen und die Reisenden hermachten. Rodraeg wurde von fünf Salamandern, die im Sturzflug auf ihn zugerast kamen, umgerissen und verschwand mit den Füßen nach oben im Straßengraben. Bestar, der auf dem Kutschbock gesessen hatte und hinuntersprang, rutschte im Matsch aus und landete fluchend auf dem Hosenboden. Migal dagegen ließ sein Schwert kreisen und drosch zwei der fangzahnbewehrten Miniaturungeheuer aus der Luft, während Hellas unter der schützenden Wagenplane blieb und vorsichtig nach draußen spähte. Luriz kreischte und schimpfte. Pferde wären in diesem Höllenspektakel sicherlich durchgegangen, aber die beiden Esel blieben einfach stehen und zogen blinzelnd die Köpfe ein.

Glücklicherweise waren diese Fledersalamander keine Blutsauger und ließen sich nicht auf den Eseln nieder. Sie waren offensichtlich nur auf Luriz' Ladung aus, hefteten sich wie übergroße Schmeißfliegen an die Wagenplanen und begannen, mit ihren winzigen Fuß- und Handkrallen, Löcher ins Gewebe zu reißen.

»Rettet meine Kräuter!« gellte Luriz' Stimme durch das Kreischen und Flattern. »Das darf doch nicht wahr sein! Tut doch was!«

Tatsächlich standen nun Migal und Bestar Seite an Seite und kämpften. Mit Gesichtern, die ihren Spaß bei der Sache offenbarten, hieben sie mit den Schwertern wild um sich, scheuchten die gierigen Biester von den Wagenwänden und schmetterten sie aus der Luft. Ein besonders mutiger Salamander durchflog Bestars Schwertabwehr und krallte sich dem Klippenwälder ins Gesicht.

Bestar ließ das Schwert Schwert sein und drosch sein Gesicht samt Salamander so lange auf ein dreckverkrustetes Wagenrad, bis das Tier zerborsten losließ und auf die Straße klatschte.

Mittlerweile hatte sich auch Hellas aus dem Wageninneren hervorgewagt. Er hielt den Bogen samt aufgelegtem Pfeil in beiden Händen und versuchte aufmerksam ein System in dem ganzen Geflatter zu erkennen. Von hinten kämpfte sich Rodraeg wieder den rutschigen Hang hinauf. Zwei Fledersalamander hingen ihm wie eigenartige Flügelpaare am Rücken. Migal und Bestar hatten den Schwarm schon deutlich gelichtet, aber es waren immer noch über dreißig kleine Raubtiere eifrig am Werk, und für Luriz' Wagen und Ladung sah es nicht gut aus.

Hellas schoß einen Salamander vom Himmel.

»Das ist doch reine Angeberei!« höhnte Migal. »Zieh lieber deinen Degen, dann erwischst du mehr als einen auf einen Streich.«

»Tut mir leid, Klippenkrieger«, entgegnete der Bogenschütze, »aber das war's. Ich bin davon ausgegangen, daß die Ladung des Händlers wichtiger ist als dein Vergnügen.«

»Häh?« Migal traute seinen Augen nicht, aber tatsächlich stiegen die noch übrigen Fledersalamander alle auf und verschwanden in den Kronen der umliegenden Bäume. Bestar hob sein blutverschmiertes Gesicht zum Himmel und brüllte: »Kommt zurück, ihr Kornkacker! Wir sind noch nicht fertig!«

Doch der Schwarm kehrte nicht wieder, und auch Rodraegs zwei Anhängsel hatten sich gelöst und waren den anderen gefolgt. Zurück blieben etwa zwanzig zerhauene Kadaver.

Rodraeg war das Ganze ausgesprochen peinlich. »Bevor ich auch nur mein Schwert aus dieser verfluchten Tasche genestelt habe, ist der ganze Spuk schon wieder vorbei«, knurrte er zwischen zusammengebissenen Zähnen hervor, aber Migal und Bestar lachten so herzlich über sein Mißgeschick, daß er schließlich einstimmte. »Wie geht es deinem Gesicht, Bestar?«

»Nicht der Rede wert. Der kleine Kreischer wollte mir am Auge nagen, aber dazu muß er früher aufstehen.«

»Wie hast du das gemacht, daß sie alle abgehauen sind?« fragte

Migal den Bogenschützen. »Hat dein Pfeil irgendein Geräusch gemacht, das nur die Viecher hören konnten?«

»Nette Idee, aber nein.« Hellas zog sich den Bogen über die Schulter. »Fledersalamander sind wie alle Drachen sehr intelligente Tiere. Eines von ihnen ist das Leittier, nimmt nicht direkt am Angriff teil und dirigiert die anderen aus der Luft. Wenn man das Leittier erwischt, hauen die anderen ab, weil sie nicht mehr wissen, was sie tun sollen.«

»Und woran erkennt man das Leittier? Die sehen doch alle gleich aus.«

»Nicht ganz.« Hellas zwinkerte Rodraeg zu. »Eins von ihnen hat graue Schläfen.«

Die beiden Klippenwälder verstanden die Anspielung nicht sofort, aber als sie sich Rodraeg genauer ansahen, brachen sie in wieherndes Gelächter aus. Bestar mußte sogar so sehr lachen, daß er wieder auf dem Hosenboden landete.

»Freut mich, daß ihr so guter Laune seid«, mischte Luriz sich ein. »Ich bin euch auch wirklich sehr dankbar, denn ohne eure Hilfe stünde ich jetzt wohl ohne Ladung da. Aber ich kann heute nicht mehr weiter, denn ich muß dringend die Wagenplane ausbessern, bevor der Regen mir meine ganze Ladung ruiniert.«

»Kein Problem, es dämmert ja ohnehin schon«, sagte Rodraeg. »Wir helfen dir mit dem Ausbessern.«

»Ich stehe wirklich in eurer Schuld. Vielleicht fällt mir etwas ein, wie ich mich revanchieren kann.«

Sie fuhren von der Straße und schlugen unter ein paar regenschützenden Bäumen ihr Lager auf. Migal, Bestar und Rodraeg wuschen sich in einer großen Pfütze. Danach kehrte Rodraeg mit Luriz' Strohbesen noch einmal zur Straße zurück und fegte die toten Fledersalamander in den Graben, damit ein galoppierender Eilbote nicht ausrutschte und sein Pferd sämtliche Beine brach.

Migal und Bestar hielten es für »Frauenarbeit« und somit für unter ihrer Würde, Nadel und Faden in die Hand zu nehmen, doch Rodraeg und Hellas gingen Luriz dabei zur Hand, die lädierte Plane mit großzügigen Flicken auszubessern. Als Gegenleistung werkelte Luriz während der ersten Nachtwachschicht in seinem Wagen herum und präsentierte am nächsten Morgen stolz ein winziges, verkorktes Tonfläschchen.

»Eigentlich ist das nur normales Regenwasser, aber versetzt mit einer ganz speziellen Kräutermischung, die gut für die Lebensgeister ist. So, wie ich euch bislang kennengelernt habe, gehe ich davon aus, daß ihr auf Pfaden wandelt, auf denen ihr noch öfter in Gefechte verwickelt werdet. Vielleicht kann diese Mischung einem von euch das Leben retten, wenn er sehr schwer verwundet wurde.«

Rodraeg erinnerte dies wohltuend an Naenn und die Wundpackungen, mit dem sie sein von der Schlägerei mit dem Säbeldieb lädiertes Gesicht behandelt hatte. Er bedankte sich bei Luriz im Namen der Gruppe und steckte das Fläschchen in seinen Rucksack.

Sie fuhren und wanderten weiter. Es nieselte nur noch an diesem sechsten Tag ihrer Reise nach Terrek. Auch der Himmel konnte nicht unendlich Wasser führen.

Gegen Mittag trennten sich die Wege von Luriz und dem Mammut. Luriz wollte nach Südwesten in die Dörfer, die in Richtung Endailon lagen. Das Aufwiedersehen war herzlich, und auch die beiden Esel wurden zum Abschied ausgiebig getätschelt und gestreichelt.

Dann waren die Mammutwanderer wieder alleine unterwegs, und dieser Tag blieb ereignislos.

Der nächste Tag ihrer Reise war der 15. Tag des Regenmondes, und überall auf dem Kontinent feierte man das Arispfest – dem Frühling, der Aussaat, den Kindern und der Jugend gewidmet. Wieder waren es Bestar und Migal, die Rodraeg den ganzen Morgen über in den Ohren lagen. »Es bringt Unglück, wenn man einen Feiertag der Götter ausläßt.« »Bei uns zu Hause sind Arispfest und Lunfest die tollsten Tage des Jahres.« »Überall tanzen sie jetzt und haben Spaß – nur wir nicht.« »Cajin und Naenn lassen sich sowas bestimmt nicht entgehen.«

Naenn. Gewiß beging Naenn die vier den Jahreszeiten zugeordneten göttlichen Feiertage und die vier zusammenhängenden Sternentage, die dieses Jahr zwischen Sonnenmond und Feuermond liegen würden, mit allen Ehren. Sicherlich würde sie nicht tanzen und lachen, aber sie würde ernst und konzentriert im Arisp-Tempel zu Warchaim ein Licht entzünden, vielleicht als Opfergabe Kräuter verbrennen und dem Untergott Tinsalts und aller Kinder des Kontinents gedenken. Rodraeg dagegen hatte in Kuellen jahrelang die Aufgabe gehabt, die der Stadt entstehenden Kosten für die Feiertage aufzulisten, zu überprüfen und möglichst gering zu halten. Diese Feste waren gesetzlich vorgeschrieben, aber wo der Götterglauben keine große Rolle mehr spielte, galten sie den Stadtherren eher als lästige Pflicht.

Was jetzt bei Rodraegs Entscheidung den Ausschlag gab, war die Tatsache, daß die Mammutgruppe durch Naenn und den Kreis mit den Göttern in Kontakt treten wollte, und daß es sicherlich nicht schaden konnte, auf dem langen und beschwerlichen Weg bis dahin die paar wenigen sich bietenden Gelegenheiten zu ergreifen, die Traditionen der Götter einzuhalten. Er stimmte also einem Umweg zu, und so folgten sie einem Wegweiser in ein von moosüberwachsenen Felsen zerklüftetes Gebiet, in dem eine Ortschaft namens Kirna lag.

Kirna, eine Zusammenrottung von nicht mehr als vierzig Häusern, war für diesen Tag blumengeschmückt und girlandenbekränzt wie eine Somnicker Braut, und auf einem großen Festplatz in der Mitte des Dorfes tobten Spielleute und Tanzende bunt durcheinander. Rodraeg wollte seinen Gefährten noch einbleuen, daß sie ja keine Schulden machen sollten, die er dann wieder begleichen müsse, aber mit schrillen Schreien wie übergroße Raubvögel hatten Bestar und Migal sich schon ins Getümmel gestürzt, und für den Rest des Tages war kein Halten mehr.

Hellas hielt sich abseits und bedachte das Volksfest mit Kopfschütteln. Rodraeg ließ sich von üppigen Bauersfrauen immerhin zu einigen Runden Kreis- und Wirbeltanzen überreden, bis ihm ganz schwindelig war und er an einem gefüllten Krug Honigmet Halt suchen mußte. In der Abenddämmerung zog sich Hellas zum Schlafen in eine Scheune zurück, von Migal war weit und breit nichts zu sehen, und Bestar saß mit stoppelbärtigen Landjugendlichen an einem Tisch und spielte das ekelerregendste und sinnloseste Spiel, das Rodraeg je gesehen hatte. Warme Erbsensuppe und Bier wurden in einer Schüssel zu einer blasenwerfenden Soße vermischt, das Ganze dann in Humpen gefüllt, und wer die meisten Humpen leertrinken konnte, ohne sich und die Sitznachbarn dabei vollzukotzen, war der Held des Abends. Bestar war schon über und über mit Erbsbier beschmaddert und gerade im Begriff, seine letzten beiden Kontrahenten unter den Tisch zu rülpsen, als Rodraeg der Geduldsfaden riß. Er sprang auf, stürmte auf Bestar zu, packte den Hünen am Kragen, riß ihn hoch, schüttelte ihn mit den Worten »Sag mal, schämst du dich denn überhaupt nicht?« und zerrte ihn hinter sich her zu einer Pferdetränke. Dort schubste er den völlig überrumpelten Klippenwälder hinein und tauchte ihn mehrmals unter, bis Bestar prustete und hustete wie ein Ertrinkender. Erst dann half Rodraeg ihm wieder aus der Holzwanne und fuhr mit seiner Standpauke fort: »Ich kann das nicht verstehen. Wir sind doch nicht zum Spaß unterwegs! Wir haben eine wichtige und gefährliche Aufgabe vor uns, und bei jedem sich auch nur halbwegs bietenden Anlaß laßt ihr euch gehen und besauft euch bis zum Umfallen. Ich habe euch nicht als Sauf- und Raufbolde angeheuert, ich muß mich zur Abwechslung auch mal auf euch verlassen können. Unter welchem Tisch steckt Migal?«

»Der ist schon lange nicht mehr hier.« Bestar sah jetzt aus wie ein triefendes Häufchen Elend und war durch den Schreck fast nüchtern geworden. Rodraegs Zorn verflog augenblicklich, als ihm klarwurde, daß Bestar ihn wohl mit einem einzigen Schlag hätte abschütteln können. Ein unvernünftiges, riesenhaftes Kind, aber gutmütig und schuldbewußt, wie er jetzt so dasaß.

»Was soll das heißen? Wo ist er hin?«

»Keine Ahnung. Er ist mit allen beiden los.«

»Allen beiden? Von wem redest du?«

»Na, die beiden Weiber. Es war wie immer. Ich hab' sie angequatscht, aber als sie Migal gesehen haben, hatten sie nur noch

Augen für ihn. Heute hätte er mir aber eine übriglassen müssen, wegen Arisp.«

»Was hat Arisp damit zu tun?«

»Mann, ist doch klar: Frühling! Fruchtbarkeit! So feiert man in den Klippenwäldern das Arisp-Fest. Mit Weibern halt.«

»Oh, ich halt's nicht aus.« Rodraeg hielt sich mit beiden Händen den Kopf. Auch ihm machte der Honigmet zu schaffen. »Das hattet ihr also die ganze Zeit im Sinn. Also müssen wir sowieso bis morgen bleiben. Ich habe keine Lust, sämtliche Betten des Dorfes nach Migal abzusuchen. Wir können von Glück reden, wenn wir nicht noch Ärger mit gehörnten Ehemännern oder erbosten Vätern bekommen. Wasch dir die Erbsensuppe gründlich runter, Bestar, und dann such dir einen Platz zum Schlafen. Wir treffen uns morgen früh wieder hier am Platz.«

»Was hast du denn vor, Rodraeg?«

»Ich will ein paar Stunden allein sein. Einfach nur allein.«

Rodraeg entfernte sich vom lampionleuchtenden Festplatz, wo immer noch Lauten, Zithern, Blasebälge, Trommeln, Pfeifen und Rasseln mit größtmöglicher Lautstärke malträtiert wurden, damit ein zusehends torkeliger werdendes lustiges Landvolk in die feuchtkühle Nacht hineinfeiern konnte. Die Erde auf den zwischen die Felder führenden Wegen war satt und schwer. Wolken hielten sowohl das Licht der Sterne als auch das des Mondes fern, so daß Rodraeg sich, kaum daß er die ausgelassene Musik nicht mehr hören konnte, in fast völliger Dunkelheit auf einem unbestellten Feld fand.

Ihn erfüllte ein Gefühl von Ratlosigkeit und Furcht, und er tat etwas, was er seit seiner Kindheit nicht mehr getan hatte.

Er betete.

»Arisp, ich weiß nicht, ob es dich gibt, und falls ja, ob du mich hören kannst. Aber es erscheint mir richtig, mich an dich zu wenden, heute, an einem Tag, wo der ganze Kontinent dich feiert. Ich weiß nicht, ob diese Feiern angemessen sind. Mir kommen sie zu laut vor, zu fröhlich und zu selbstbezogen für etwas so Mächtiges und Urgewaltiges wie den Frühling. Vielleicht sollte man einfach nur Wasser vegießen wie Regen oder langsam die Hände in das Erdreich vergraben. Andererseits: Wenn nach dem Winter die Vögel anfangen zu zwitschern, Tinsalts gefiederte Kinder, dann ist der Frühling auch laut und verspielt, ganz anders als der stille Winter. Ich weiß es nicht. Ich weiß so wenig.

Seitdem ich ein Kind war, habe ich nicht mehr zu den Göttern gesprochen. Ich habe vergessen, ob es Formeln dafür gibt und Riten, oder ob man die Hände aneinanderlegen muß oder sie falten, aber meine Großmutter hat einmal gesagt, daß man beim Beten nichts falschmachen kann, weil es ein Gespräch mit der Ewigkeit ist, und die Ewigkeit bedeutet Geduld. Ich würde gerne, jetzt, da ich für den Kreis arbeite und für Naenn, die vier Göttertage nutzen, um mich mit euch Göttern wieder vertraut zu machen. Die Tage nutzen, um besser verstehen zu lernen, worum es hier geht, und was ich hier eigentlich tun soll. Ich werde also im Sommer mit Lun sprechen, im Herbst mit Bachmu und im Winter mit Hendelor. Ihr anderen seid bitte nachsichtig, vielleicht finde ich im nächsten Jahr auch zu euch einen Pfad.

Arisp, Frühling, Beginn aller Dinge. Ich stehe am Anfang und weiß nicht wohin. Ich bin im Begriff, ein Verbrechen zu begehen, eine Fabrikation anzugreifen, Gesetze zu brechen, mir Ärger einzuhandeln, der für mehr als nur ein Menschenleben reicht. Ich ziehe auch andere mit hinein. Möglicherweise wird es sogar Tote geben. Aber wofür das alles? Für den Kreis? Ich traue Riban Leribin nicht. Die Bäuerin und den Untergrundmann kenne ich kaum. Dem Schmetterlingsmann bin ich noch nie begegnet. Warum tue ich, was diese vier mir befehlen, obwohl ich viel weniger für diese Aufgabe geeignet bin als sie selbst? Ich traue Cajin und Naenn, aber die sind jetzt nicht bei mir. Die, welche mich begleiten, sind wild und kindisch auf der einen, verschlossen und unheildräuend auf der anderen Seite. Unberechenbar erscheinen sie mir alle. Wie lachhaft ist es, daß ich sie anführen soll. Anführen wohin?

Mein einziger Anhaltspunkt, mein Leitstern ist ein Bach, der getrübt wird. Getrübt wodurch und wie stark – ich weiß es nicht. Es gibt eine Bodenschatzbohrung, die womöglich mehr herausreißt aus der Erde, als diese freiwillig zu geben bereit wäre. Ich weiß es nicht. Wer steckt dahinter, in wessen Auftrag geschieht dies alles, wie ist die Bohrstelle abgesichert, wie kann man sie stillegen? Ich weiß es nicht. Ich weiß nichts. Aber ich ziehe los und gehe hin mit einer Handvoll Fremder, die möglicherweise im Ärgermachen begabter sind als im Friedenstiften. Jeder von ihnen hat schon Menschen getötet. Ich noch nie. In unserer Abenteurerzeit haben Baladesar und ich ab und zu etwas gestohlen, zum Essen, oder Milch, und einmal haben wir auch einen Leichnam, den wir auf einem Weg gefunden haben, beraubt, bevor wir ihn bestattet haben. Wir haben auch Blut vergossen. Ich war in den einen oder anderen Handstreich verwickelt. Aber ich habe nie jemanden umgebracht. Ich möchte auch nie jemanden umbringen. Ich weiß nicht, ob die Aufgaben, die Naenn und der Kreis mir zugedacht haben, überhaupt lösbar sind von jemandem, der Gewalt so weit von sich weist wie ich. Vielleicht werden wir genau daran scheitern. An mir. Oder an dem Abstand, der zwischen mir und meinen Gefährten besteht.

Ich frage mich, was ich hier mache und warum. Ich frage mich, wie ich hierhergeraten bin. Aber wenn ich jeden einzelnen der vergangenen dreißig Tage, die mich hierher geführt haben, vor mein inneres Auge rufe, dann sehe ich an keinem dieser Tage einen Augenblick, an dem ich mich anders hätte entscheiden können oder müssen. Von dem Moment an, als Naenn durch eine verschlossene Tür in mein Leben trat, hatte ich eigentlich keine Wahl mehr.

Arisp und ihr anderen – ob es euch nun gibt oder nicht, ob ihr der Vorstellungskraft von Dichtern entsprungen seid oder tatsächlich all dies geschaffen habt, was wir die Welt und das Leben nennen – ich will nur, daß ihr begreift, daß ich schwach bin und verwirrt. Daß die Fehler, die ich in Zukunft begehen werde, nicht aus Mangel an Willen entstehen, sondern aus Mangel an Weisheit. Ich will, daß ihr versteht, daß ich zwar mein Bestes geben werde, um alles, was an mich herangetragen wird, zu einem guten Ende zu führen, mir aber auch klar ist, daß mein Bestes wahrscheinlich nicht ausreicht.

Falls ich mir entlang meines Weges Zeichen geben wollt oder sonstwie helfend eingreifen möchtet, um mich begreifen zu lassen, was ich überhaupt tun soll und weshalb – dann haltet euch bitte nicht zurück. Ich bin für jederlei Unterstützung sehr dankbar.«

Lautlos waberten die Wolken über ihm, ein endloser Himmel aus Dunkelheit und Schwere über pfützengesprenkelten Feldern.

Rodraeg lächelte. Er fühlte sich betrunken und atmete mit ausgebreiteten Armen die Nacht.

Dann tastete er sich langsam zum Dorf zurück, dem Tanz entgegen, den Lichtern und dem Schlaf.

11 Das Schweigen einer Stadt

Rodraeg hatte in einem baufälligen Ziegenstall genächtigt, der nach feuchtem Stroh und altem Dung roch. Ihm war klar, daß er sich nicht zu beeilen brauchte. Die verkaterten Klippenwälder würden sich wahrscheinlich erst dann einfinden, wenn die Sonne schon hoch am Himmel stand.

Er holte den Anderthalbhänder aus der Umhängetasche und probte draußen vorm Stall die Bewegungsabläufe, die Migal ihm gezeigt hatte, damit er das Handhaben einer solchen Waffe verinnerlichen konnte. So tanzte er eine Stunde langsam vor sich hin, dann ging er zum Festplatz hinüber, wo einige der Musiker und einige der ausdauerndsten Zecher an Ort und Stelle schliefen. Hellas war auch schon da und kippelte auf einem knarzenden Stuhl. Gemeinsam mit ihm frühstückte Rodraeg aus dem Reiseproviant.

Die Sonne stieg höher und wärmte Boden und Luft. Als Dritter kam Bestar angetrottet, der immer noch schuldbewußt die Augen niederschlug und versuchte, möglichst keine Geräusche zu machen. Migal kam als Letzter, seine langen Haare waren gelöst und fielen ihm in Zöpfen über die Schultern. Rodraeg konnte in einem Fenster jemanden stehen und Migal hinterherblicken sehen, eine weiße, durchscheinende Gestalt wie ein Gespenst.

»Gibt es Schulden hier, die wir noch nicht beglichen haben?« fragte Rodraeg in die Runde, ohne Migal besonders anzusehen.

»In so einem kleinen Dorf ist zum Arispfest alles umsonst«, erläuterte Hellas.

»Dann los. Wir haben schon genug Zeit verloren.«

Sie gingen den Weg zurück zur Handelsstraße und dann weiter Richtung Chlayst. Dieser achte, der neunte und der zehnte Tag ihrer Reise blieben ohne nennenswerte Vorkommnisse.

Inzwischen befanden sie sich bereits im baumreichen, von spröden Felsformationen durchzogenen Gebiet der Lairon-Zuflüsse. Terrek jedoch war – wie ihnen eine entgegenkommende Gruppe blaugewandeter Delphior-Novizinnen erklärte, die am Ufer des

Lairon-Sees gesungen hatten – immer noch zwei Tagesreisen entfernt. Am Abend des zehnten Tages gesellten sich die Mammutwanderer zu einem Gemeinschaftslager von fünfzehn Reisenden, die Richtung Chlayst und Furbus unterwegs waren.

An diesem Lagerplatz kursierte das Gerücht, daß östlich von hier eine Bande durchgedrehter Stallknechte, die als die »Heugabelmänner« bekannt war, die Gegend unsicher machte. Mit Blikken auf Bestar und Migal und ihre ausgestellte Bewaffnung fragte der Sprecher der Reisenden, ob man sich nicht vorstellen könnte, Geleitschutz zu geben für vier Tage und »sagen wir: zehn Taler pro Mann«. Nun waren vierzig Taler keine Kleinigkeit für das Mammut, Rodraeg hätte damit seine augenblickliche Barschaft mehr als verdoppeln können. Aber der gemeinsame Weg Richtung Chlayst währte lediglich noch einen Tag, bevor sie den nördlichen Abzweig nach Terrek erreichen würden. Rodraeg konnte also nur vorschlagen, die Gruppe einen Tag lang bis zur Weggabelung zu begleiten, oder zwei Tage, falls die Reisenden nach Terrek mitkämen.

Migal und Bestar nahmen ihren Anführer beiseite und redeten gleichzeitig auf ihn ein. »Vierzig Taler sind ein tolles Angebot.« »So geizig, wie der Kreis ist, können wir sowas doch nicht ablehnen.« Hier bemerkte Rodraeg, daß der Kreis doch immerhin fünfhundert Taler in Aussicht gestellt hätte. »Ja, aber weißt du, für wie lange das dann reichen muß? Wahrscheinlich für ein Jahr.« »Wir sind doch ohnehin schon zwei Tage im Verzug, da kommt es auf zwei weitere auch nicht mehr an.« Hier korrigierte Rodraeg, denn der Vorschlag der Reisenden bedeutete rechnerisch sechs Tage Verzug, inklusive Rückreise. »Sechs Tage mehr oder weniger – was macht das so einem Fluß denn schon aus?« »Genau. Wichtig ist doch, daß wir überhaupt etwas unternehmen. Nicht wann.« Hier argumentierte Rodraeg, daß, wenn der Kreis das Wort »unverzüglich« benutzte, damit wohl unmöglich das Wort »irgendwann« gemeint sein könne.

»Dann trennen wir uns«, schlug Migal vor. »Bestar und ich begleiten die Reisenden, verdienen uns zwanzig Taler und kommen dann so schnell wie möglich nach Terrek nach. In der Zwischenzeit kannst du mit Hellas in Terrek auskundschaften, was wir dort tun müssen und wo und wie, und wenn Bestar und ich dann dort ankommen, können wir sofort loslegen.«

»Wißt ihr, was mir Sorgen macht?« fragte Rodraeg.

»Was denn?«

»Wenn ihr wegen zwanzig oder vierzig Talern schon bereit seid, alles stehen und liegen zu lassen – was passiert eigentlich, wenn irgend jemand euch hundert Taler bietet, um mir und Hellas in den Rücken zu fallen?«

»Das würden wir nie tun!« versicherte Bestar erschrocken.

»Dann hört auf damit! Wir biegen morgen wie geplant nach Terrek ab und damit hat sich's. Für den einen Tag Geleitschutz berechnen wir drei Taler pro Mann, fünf Taler bis nach Terrek. Dann können wir auch zwanzig Taler verdienen, wenn die Reisenden darauf eingehen.«

»Na gut, wenn das auch zwanzig Taler bringt, dann ist es gut«, lenkte Bestar ein, während Migal etwas Unverständliches murrte und sich zurückzog.

Leider ging die Reisegruppe nicht darauf ein. Der Umweg über Terrek würde ja auch einen zusätzlichen Tag bedeuten, an dem man wieder zur Handelstraße zurückmußte – ohne Geleitschutz, in dieser merkwürdig zerklüfteten und unüberschaubaren Gegend. Das Angebot mit dem Geleitschutz bis zum Terrek-Abzweig nahm man aber an. Die entsprechenden zwölf Taler wurden Rodraeg sogar im voraus ausbezahlt, und der, um weiterem Murren zuvorzukommen, gab je drei Taler sofort an seine Gefährten weiter.

Den folgenden Tag über spielte das Mammut also Leibgarde für fünfzehn mehr oder weniger zähneklappernde Händler, heimreisende Ehemänner und ältliche Frühjahrswanderer. Bestar und Migal blickten finster umher und gingen breitbeinig, stets mit einer Hand auf dem Schwertknauf. Rodraeg ließ seine Umhängetasche offenstehen, damit jeder einen Blick auf sein gewaltiges Kampfwerkzeug werfen konnte. Hellas hielt fast den ganzen Tag über den Bogen in Händen, einen Pfeil locker zwischen den Fingern, und zielte wachsam auf Vögel und Nagetiere, die arglos durchs Unterholz raschelten. Die Reisegruppe wirkte sehr zufrieden, von den »Heugabelmännern« keine Spur.

Als es dunkel wurde, hatten sie aufgrund der langsamen Reisegeschwindigkeit der großen Gruppe den Abzweig nach Terrek noch immer nicht erreicht, schlugen aber dennoch ein weiteres Lager mit Zelten, Wagenburg und einem ausladenden Feuer auf. An diesem Abend sparten die Mammutwanderer an ihrem Proviant, denn sie wurden von den anderen eingeladen und mit Spezialitäten aus unterschiedlichen Regionen gut und reichlich verköstigt.

Am frühen Vormittag des nächsten Tages passierten sie die Weggabelung, die nordwärts nach Terrek und zum Lairon-See führte. Der Abschied von der Reisegruppe war herzlich. Überhaupt hatte Rodraeg das Gefühl, daß es Bestar und Migal ausgesprochen leicht fiel, Kontakt zu anderen Menschen aufzubauen, und daß dies auf die gesamte Mammutgruppe abfärbte.

Zu viert wanderten sie nordwärts auf Pfaden, die sich durch eine Landschaft wanden, welche Bestar und Migal an ihre Heimat erinnerte. Die Bäume waren nicht so nadelig, die Felsformationen nicht so scharfkantig, es gab keine jäh klaffenden Schluchten, aber die moosigen Felsen mit den daraufgekrallten Wurzeln, das allgegenwärtige Rauschen der Bäume und das unregelmäßige Auf und Ab der Wege kamen ihnen sehr vertraut vor.

Das Wetter war an diesem Tag sehr wechselhaft. Ab und zu regnete es aus vereinzelten Wolken, während die Wanderer gleichzeitig in fast gleißendes Sonnenlicht gebadet waren. Jeder einzelne Regentropfen glänzte im warmen Licht wie eine zur Erde fallende Perle.

Am Nachmittag behauptete Hellas, er hätte weit entfernt über den Bäumen einen leibhaftigen Bartendrachen aufsteigen sehen, aber als die anderen in die Richtung schauten, die er ihnen wies, war dort außer einem unruhigen Vogelschwarm nichts mehr zu sehen. Drachen waren selten geworden auf dem Kontinent, Rodraeg selbst hatte auf all seinen Reisen bisher nur zwei gesehen, aber dennoch konnte niemand ausschließen, daß der Bogenschütze einfach bessere Augen hatte als sie.

Die Sonne war hinter den Wipfeln versunken und hatte den Waldweg in ein rötliches Schattenspiel verwandelt, als sie Terrek erreichten, das tatsächlich nur etwa halb so groß wie Kuellen war. Für ein Dorf zu reich an Straßen, aber zu klein für eine bedeutsame Stadt. Es gab einen Hafen, durch den der Lairon floß, der hier noch bei weitem nicht so breit war wie in der Senke von Chlayst, wo er ins Meer mündete. Mehrere Brücken führten über den Fluß zu ausgeschilderten Rundwanderwegen, die zum Lairon-See führten, der offensichtlich für Terrek das war, was die Larnus-Quellen für Kuellen waren: Hauptattraktion, Broterwerb und allgegenwärtiges Thema im Stadtbild. So gab es hier unter anderem eine *Bäckerei Seebrezelchen*, einen *Seefischhandel*, eine Schenke namens *Lairons Wellen*, ein Geschäft, in dem man Gemälde kaufen konnte, die den See zu verschiedenen Tages- und Jahreszeiten zeigten, einen Holzschnitzer, der sogenannte *Laironsegen* zu schnitzen verstand, und einen Gasthof mit Namen *Seesonne*. In letzterem stiegen die Mammutwanderer ab.

Nachdem Hellas sich schon auf ihr Viererzimmer zurückgezogen hatte, ging Rodraeg mit Migal und Bestar noch in eine Weinstube und ein zweites Gasthaus und erkundigte sich dort vorsichtig nach dem Zustand des Sees zu dieser Jahreszeit, ob er nicht aufgewühlt und unansehnlich getrübt sei vom vielen Regen, ob die zuführenden Bäche nicht in diesem Jahr »wie andernorts auch« schmutziger wirkten als sonst, ob irgend etwas Ungewöhnliches in den letzten Monden vorgefallen war und ob es stimmte, daß es um den See herum mehrere Fabrikationen gäbe, in denen man Arbeit finden könnte.

Nichts. »Der See ist herrlich wie immer, ein lohnendes Ausflugsziel.« »Verschmutzung? Hier doch nicht. Vielleicht im schäbigen Delphiorsee zu Somnicke.« »Fabrikationen? Gibt es hier keine, viel zu steil und unwegsam die Seeufer. Auch Terrek liegt ja nicht direkt am See, wegen der Felsen und Höhlen, in denen es früher viele Ogerbären gab, doch das ist schon Jahrhunderte her.« Bei einigen

Terrekern hatten die drei das Gefühl, daß sie von ihnen abrückten, wenn sie auf Fabrikationen zu sprechen kamen. Einer preßte nach dem warnenden Blick eines zweiten regelrecht die Lippen zusammen und brummte nur noch verneinend.

Immerhin konnten sie in Erfahrung bringen, daß Terreks Schulze Haaf hieß, und daß es außer Haaf hier noch einen zweiten Ortsverwalter gab, der für die Bewirtschaftung und Entwicklungsplanung Terreks zuständig war, den Magister Abachran.

Während sie zurück auf ihr Zimmer gingen, fragte Migal: »Warum hast du nicht klipp und klar gesagt, daß wir hier sind, um dem See zu helfen?«

»Man kann nie vorsichtig genug sein«, erklärte Rodraeg. »Der Kreis nannte die Bodenschatzbohrung eine Fabrikation. Wenn es eine Fabrikation hier in der Nähe ist, sind dort höchstwahrscheinlich Einwohner Terreks als Arbeiter angestellt, und wenn dort guter Lohn gezahlt wird, hetzen wir die Leute hier nur gegen uns auf, da wir diese Anlage schließen wollen.«

»Aber die töten sich ihren eigenen See, die Hornochsen.«

»Für dieses Mißtrauen gibt es auch noch andere Erklärungen«, räumte Rodraeg ein. »Vielleicht ist die Fabrikation so dermaßen geheim, daß hier niemand etwas davon weiß. Oder die Leute wissen davon, haben aber Angst zu reden, weil sie bedroht oder eingeschüchtert wurden. Einige wirkten doch wirklich so, als würden sie regelrecht dichthalten. Vielleicht kann ich morgen dem Schulzen oder diesem Magister das ein oder andere entlocken.«

»Gehst du da alleine hin?« fragte Bestar.

»Ja, ich denke, das ist am sinnvollsten. Ihr könnt euch ja inzwischen mit Hellas die Sehenswürdigkeiten anschauen, aber macht bitte nichts kaputt. Wir werden noch genug Kleinholz verursachen, wenn wir die Fabrikation erst gefunden haben.«

»Das wird ein Spaß«, freute sich Bestar mit gefletschten Zähnen.

Schulze Haaf war ein auffallend nervöser Mensch. Er empfing Rodraeg, der sich als Mitarbeiter einer Aldavaer Fabrikation ausgab, in seinem mit Fischtrophäen dekorierten Amtszimmer im Rathaus.

Rodraeg ging abermals strategisch vor. Das hatte er in seiner Lehrzeit bei Advokat Hjandegraan in der Hauptstadt gelernt. Er erzählte, daß die Fabrikation, die er vertrete, sich dafür interessiere, die uralten Ogerbärhöhlen rings um den Lairon-See zu erforschen, zu erfassen und gegebenenfalls wirtschaftlich zu nutzen, falls man Bodenschätze entdecken würde. Schulze Haaf schwitzte die ganze Zeit, obwohl das Lüftchen, das durch die Fenster hereinwehte, allenfalls lauwarm war. Er erzählte etwas von »gefährlich«. Selbstverständlich sei im vergangenen Jahrhundert schon oftmals versucht worden, die Seeufer direkt zu bebauen, um noch mehr zahlende Reisende anzulocken und sie auch komfortabel unterzubringen. Doch sei die Beschaffenheit der Uferfelsen äußerst trügerisch. Mehrere Bauprojekte seien buchstäblich in sich zusammengefallen, weil der Baugrund über einem Hohlraum lag. Die Höhlen selbst seien scharfkantig und steil, und oftmals hätten sich dort kleinere Ungeheuer angesiedelt. Fledersalamander zum Beispiel, Giftschlangen oder Blindasseln. Haaf riet davon ab, die Seeufer erschließen zu wollen. Zu viele gute Menschen hätten dabei schon ihr Leben gelassen.

»Bedeutet das«, fragte Rodraeg direkt, »daß das gesamte Ufergebiet wirtschaftlich nicht erschlossen ist? So eine große Grundfläche mitten im Kontinent? Das ist doch kaum zu glauben.«

»Dennoch ist es so.«

»Was, wenn es hier Silberadern gibt? Andere Erze? Gold sogar?«

»Ich kann Euch versichern, daß das alles schon gründlichst untersucht wurde und daß die Ergebnisse niederschmetternd waren.«

»Von wann sind diese Untersuchungen? Wer hat sie geleitet? Sind sie mit den neuesten Werkzeugen und Methoden durchgeführt worden? Gibt es diesbezügliche Aufzeichnungen, die ich einsehen könnte?«

»Sicher. Sicher gibt es die. Nehme ich doch an.« Haaf lächelte mit zittrigem Mund. »Über all das, was vor meiner Amtszeit passiert ist, weiß ich nicht so gut Bescheid wie Magister Abachran.«

»In Eurer Amtszeit gab und gibt es nichts dergleichen?«

»Nichts. Nichts. Was soll es denn geben? Hört, Bürger ... wie war nochmal gleich Euer Name?«

»Tiego. Demares Tiego.« Rodraeg benutzte den Namen einer Figur, die in dem Roman *Das Schwert im Baum* eine eher unbedeutende Rolle spielte, ihm aber immer gut gefallen hatte, weil sie wie er aus den Sonnenfeldern stammte und ihn ein wenig an seinen abenteuerlichen Onkel Severo erinnerte.

»... Bürger Tiego, ich habe wirklich keine Zeit mehr, mit Euch zu plaudern. Ich muß noch tausend wichtige Dinge erledigen. Seid so gut und wendet Euch an Abachran.«

»Das werde ich tun, Schulze Haaf. Vielen Dank bis hierhin.«

Magister Abachran arbeitete nicht im Rathaus, sondern unweit des mittleren Marktplatzes in einem eigenen Büro. Er war weißhaarig, falkengesichtig und wirkte noch argwöhnischer und lauernder als der Schulze, der einfach nur Angst zu haben schien.

Auch bei Abachran tastete Rodraeg sich langsam vor. Aus anfänglichem Geplauder über die Schönheit der Gegend wurde ein behutsames Nachfragen über Ogerbären, Hohlräume und Blindasseln. Erst nach einer guten Sechstelstunde brachte Rodraeg den Begriff »Bodenschätze« ins Spiel.

Abachran richtete sich im Sitzen merklich auf. »Tut mir leid, Bürger Tiego, aber ich bin bedauerlicherweise nicht befugt, über dieses Thema Auskunft zu geben.«

»Das verstehe ich nicht. Schulze Haaf hat mich doch zu Euch geschickt.«

»Dennoch muß ich unser Gespräch jetzt beenden.«

»Aber das ergibt doch keinen Sinn. Wenn ich Interesse daran habe, mit der Stadt Terrek geschäftliche Beziehungen aufzunehmen, dann muß es hier doch jemanden geben, der für dergleichen zuständig ist.«

»Das bin ich, das ist schon richtig. Nur in diesem speziellen Fall kann auch ich überhaupt nichts für Euch tun, bedaure sehr.«

Auf Rodraegs Stirn bildete sich eine Zornfalte. »Ich bin nicht zu meinem Vergnügen hier, Magister. Ich bin von der Hauptstadt aus annähernd drei Wochen unterwegs gewesen, um hier in Terrek die Interessen einer Fabrikation zu vetreten, deren Leumund in Fachkreisen ganz ausgezeichnet ist. Und jetzt stoße ich hier auf eine Mauer des Schweigens, die ich mir nicht erklären kann. Soll das bedeuten, Terrek ist an geschäftlichen Beziehungen mit Aldava nicht interessiert?«

»Ganz so ist es ja nun nicht ...«

»Was ist denn dann hier los? Ich kann auch einen Advokaten einschalten, wenn Euch das lieber ist, dann bekomme ich meine Antworten eben auf die lästige Art.«

»Das wird nicht nötig sein, Bürger Tiego. Es gibt eine ganz einfache Erklärung für meine ablehnende Haltung. Terrek hat sich verpflichtet. Wir haben einen Ausschließlichkeitsvertrag, der noch bis Ende dieses Jahres gilt. Bis dahin unterhalten wir in Hinsicht auf Bodenschätze nur Beziehungen mit einer einzigen Fabrikation.«

»Ach, so ist das. Die werte Konkurrenz ist uns zuvorgekommen. Wie ärgerlich. Dennoch schließt das ja nicht aus, daß wir mit unseren neu entwickelten Gerätschaften vor Ort behilflich sein können und auf diese Weise in den Vertrag mit einsteigen. Wie heißt die Fabrikation? Wo liegt sie? An wen kann ich mich dort wenden?«

Der Advokat zögerte. Rodraeg mußte nachsetzen, um den wakkelnden Turm zu kippen.

»Man wird dort an unseren neuesten Entwicklungen sehr interessiert sein, das kann ich Euch versichern. Bodenschatzbohrungen der herkömmlichen Art sind oftmals mit einer Verschmutzung der umliegenden Gewässer verbunden. Im Falle des Lairon-Sees wäre eine beträchtliche Verunreinigung für Terrek ziemlich unangenehm, habe ich nicht recht?«

»Sicher. Aber ich weiß nichts von Verunreinigungen ...«

»Führt Ihr denn keine unabhängigen Kontrollen durch?«

»Nein. Der ... der Vertrag läßt so etwas gar nicht zu, wir können doch nicht ...«

»Versteht Ihr nicht, worauf ich hinauswill? Es wäre sicherlich in Terreks Interesse, wenn ich mit der Fabrikation Kontakt aufnehmen kann.«

»Aber ich weiß wirklich nicht, wo sie sich befindet. Alles ist sehr geheim und verschleiert. Wir werden gut bezahlt dafür, bei dieser ganzen Sache beide Augen zuzudrücken. Alles, was ich habe, ist ein einziger Name. Der Name des Unternehmens, das das Ganze finanziert. Es sitzt genauso in Aldava wie Eure Fabrikation. Möglicherweise kennt Ihr es sogar.«

»Nun? Soll ich den Namen erraten?«

»›Batis.‹ Die Förderarbeiten hier in Terrek werden von einer Fabrikation namens ›Batis‹ in Aldava finanziert.«

»Natürlich kenne ich ›Batis‹«, log Rodraeg, »und ich wünschte, ich könnte behaupten, daß deren Leumund so einwandfrei ist wie der unsere. Wer leitet die Förderarbeiten hier vor Ort?«

»Ich kenne keine Namen.«

»Ihr müßt doch mit jemandem gesprochen haben.«

»Ja, natürlich. Bei den Göttern! Es ist mir vertraglich untersagt, weitere Namen zu nennen, begreift das doch endlich! Ihr habt nun Euren Ansprechpartner. Wendet Euch an ›Batis‹ in Aldava. Wir haben eine Königliche Poststelle, gleich auf der anderen Seite des Marktes, von dort aus könnt Ihr um Kontakt ersuchen, und bis dahin könnt Ihr es Euch in unserem beschaulichen Terrek gemütlich machen.«

Rodraeg sah, daß der alte Mann mit seinen Kräften am Ende war, und beschloß, ein versöhnliches Ende zu finden. »Genauso werde ich es halten, Magister. Habt Dank für Eure Geduld.«

»Ach, eines noch, Bürger Tiego!«

»Ja?«

»Wie ist eigentlich der Name der Fabrikation, die Ihr vertretet?«

Rodraeg setzte sein gewinnendstes Lächeln auf. »Tiego – genau wie ich. Mein Vater hat das Unternehmen gegründet, mein Gruß gilt ihm bei den Göttern.«

Magister Abachran machte sich eine Notiz, dann verabschiedeten sie sich höflichst voneinander.

Bis der Magister über die Postreiter in Erfahrung bringen konnte, daß es in Aldava kein Geschäft namens »Tiego« gab, mußte das Mammut die Bohrungsstelle schon längst zertrampelt haben.

An einem überdachten Stand auf dem mittleren Markt kaufte Rodraeg sich ein Schreibzeugtäschchen mit dem wohl unvermeidlichen Schriftzug »Gruesse vom Lairon – Dein Terrek« darauf. Dann erkundigte er sich bei der Königlichen Poststelle, ob Briefe, die von hier aus nach Aldava gingen, über Warchaim liefen, doch dies war nicht der Fall. Die schnellste Verbindung zwischen Terrek nach Aldava lautete: von hier aus nach Endailon, dann den Anera flußabwärts bis zur Hauptstadt. Selbstverständlich könne man einen Brief aber auch erst nach Warchaim und dann nach Aldava weiterleiten, aber er würde dann mindestens drei Tage später in Aldava eintreffen als auf dem direkten Weg. Rodraeg bedankte sich für die Auskunft, überquerte abermals den Markt, setzte sich an einen Fenstertisch in der Schankstube der *Seesonne* und verfaßte ein Schreiben, bis Migal, Bestar und Hellas nacheinander ebenfalls dort eintrudelten und sich zu ihm gesellten. Er zeigte ihnen das Schriftstück, und Migal las es Bestar leise vor.

An den Kreis!

Der Name des Unternehmens, das diese Bohrungen angeordnet hat, lautet ›Batis‹. Sie sitzen in Aldava, vielleicht könnt Ihr dort etwas über sie herausfinden.
Heute ist der 21. Regenmond. Wir brechen jetzt auf, um die Quelle der Verschmutzungen zu finden. Noch haben wir keinen Anhaltspunkt, wo wir suchen müssen, denn in Terrek hält sich jedermann bedeckt.

Unterrichtet bitte auch das Haus.

Das Mammut
gez.: R. T. B.

Rodraeg schaute in die Runde.

»Sieht ein wenig wie ein Testament aus«, meinte Hellas wenig begeistert.

Rodraeg fühlte sich ertappt. Da er tatsächlich keine Ahnung hatte, was ihn erwartete, hatte er vorgehabt, Kenntnisstand und

Verbleib weiterzuleiten, bevor es womöglich zu spät war. »Wir müssen mit allem rechnen. Unsere Gegner scheinen erstens über reichlich Geld zu verfügen, zweitens aber auch über die Mittel, eine ganze Stadt zum Schweigen zu bringen. Da ist es mit Geld alleine nicht getan. Es kann auch sein, daß wir hier zwar erfolgreich sind und alles lahmlegen, ›Batis‹ aber nur wenigen Wochen später die Bohrstelle wieder herrichtet und einfach weitermacht. Um so etwas zu verhindern, muß der Kreis wahrscheinlich in Aldava tätig werden.«

»Oder ihr werdet als nächstes nach Aldava beordert, um ›Batis‹ zu zerschlagen«, bemerkte der Bogenschütze. Nach zwei Wochen gemeinsamer Reise unterschied er immer noch zwischen *ihr* und *wir*.

»Auch das ist denkbar. Jedenfalls brechen wir jetzt auf. Wir haben genug Zeit verloren – ich glaube, daß jetzt jeder Tag zählt.«

»Wissen wir denn, wo die Bohrstelle ist?« fragte Migal.

»Nein. Uns wird nichts anderes übrigbleiben, als das Ufergebiet des Sees abzusuchen. Falls einer der einleitenden Bäche tatsächlich verunreinigt ist, müßten wir das ja sehen können.«

»Das ist doch Irrsinn«, beschwerte sich Hellas. »Der Lairon-See ist beinahe so riesig wie der Delphior-See. Um ihn zu umrunden, braucht man gut und gerne zehn Tage, wenn nicht aufgrund der waghalsigen Felsenuferbeschaffung noch länger. Hast du nicht gesagt, daß jeder Tag zählt?«

»Richtig. Aber was willst du hier in Terrek denn noch herausfinden?«

»Wir schnappen uns einen von den Kerlen, die offensichtlich was verschweigen, und nehmen ihn uns tüchtig zur Brust.« Dieser Vorschlag konnte nur von Bestar stammen.

»Um dadurch die Bohrstelle vorzuwarnen? Keine gute Idee.«

»Wenn die hier im Ort auch ihre Leute haben«, brummte Migal, »dann wissen sie eh schon, daß wir hier rumschnüffeln.«

»Möglich. Aber sie kennen uns nicht. Vom Mammut hat noch nie jemand gehört. Sie können nicht wissen, daß unser Auftrag so weit geht, die Bohrstelle tatsächlich anzugreifen. Wahrscheinlich halten sie uns für Konkurrenz, die in Terrek herumspioniert und nach Bodenschätzen sucht. So habe ich uns zumindest in den Gesprächen mit dem Schulzen und dem Magister dargestellt.«

»Also wandern wir einfach so auf gut Glück los«, seufzte Hellas.

»Richtig. Wir werden aber gewiß keine zehn Tage brauchen. Der Kreis hat geschrieben: ›Bodenschatzbohrungen in einer Höhle bei Terrek‹. Wenn die Bohrstelle im nördlichen Bereich des Sees wäre, hätten sie wohl kaum Terrek angegeben, denn das liegt genau südlich. Ich gehe davon aus, daß sich die Bohrstelle im Bereich von zwei Tagen nordwestlich oder nordöstlich von hier befindet. Wenn wir Glück haben, entdecken wir sie innerhalb von zwei Tagen. Wenn wir Pech haben und umkehren müssen, weil wir in die falsche Richtung losgelaufen sind, dauert es höchstens sechs Tage. Das stehen wir doch wohl durch.«

»Warum bauen wir uns kein Floß und staken die Seeufer auf dem Wasser ab?« fragte Migal, von seiner eigenen Idee begeistert.

»Weil wir dann zu weit und zu gut zu sehen sind. Zu auffällig. Es ist besser, wir bewegen uns durchs Dickicht. Schließlich führen wir etwas Verbotenes im Schilde.«

Rodraeg beglich ihre Rechnungen in der *Seesonne.* Dann holten sie ihr Zeug aus dem Zimmer und gingen zur Poststelle, wo Rodraeg den Brief an Erias Adresse aufgab, mit dem Vermerk, daß die Kosten vom Empfänger getragen würden.

Anschließend gingen sie über eine der feinziselierten Lairon-Brücken und hielten sich auf anfangs noch breiten und gut ausgeschilderten Wegen Richtung See. Die Nachmittagssonne warf ihnen dabei ihre eigenen Schatten vor die Füße.

12 Verhüllt von Erdreich und Stein

Mitten in der Nacht weckte Migal die anderen. »Kommt mit. Hört euch das an.«

Sie waren noch mehrere Stunden lang marschiert, hatten den See erreicht und die tiefblaue Wasserfläche bestaunt, deren jenseitiges Ufer vom Dunst der Entfernung verhüllt war. Dann hatten sie sich in nordwestlicher Richtung am Ufer entlanggemüht, teils auf den Wegen der Seefischer, teils Abkürzungen über Felsverwerfungen steigend. Schon bevor die Sonne vollständig versunken war, wurde es in den Uferregionen zu finster, um weiter voranzukommen. Sie hatten sich ein halbwegs trockenes Plätzchen unter einer Felsnase gesucht und im Sitzen geschlafen, mit dem Rücken am moosigen Stein. Migals Wache war die dritte in dieser Nacht.

Müde stolperten sie unter Migals Führung durchs Dunkel hangabwärts zum Ufer. Dort bedeutete er ihnen, still zu sein.

Wind rauschte in Bäumen. Das Seewasser schwappte träge ans Ufer. Eine Eule rief. Ansonsten nichts.

»Es hängt vom Wind ab«, erläuterte Migal. »Zuerst dachte ich, ich täusche mich. Doch jetzt habe ich es zweimal gehört. Ich täusche mich nicht. Lauscht und habt Geduld!«

Sie warteten. Bestar gähnte mehrmals und klackte hörbar die Zähne aufeinander.

Dann hörten sie es plötzlich alle. Deng-dengdeng-dengdeng. Deng-dengdeng-dengdeng. Fern und dumpf und hohl wie aus einem vergessenen Grab.

»Was ist das?« fragte Hellas. »Metall auf Stein?«

»Eine Mine. Die Silberminen in den Klippenwäldern klingen ähnlich.«

»Das ist sie«, meinte Rodraeg begeistert. »Das kann nichts anderes sein als die geheime Bohrstelle, die wir suchen. Die arbeiten nachts, um tagsüber niemandem aufzufallen. Gute Arbeit, Migal! Kannst du abschätzen, wo das herkommt?«

»Anderes Seeufer. Wenn wir es nur hören können, wenn der Wind so weht« – er überprüfte mit angefeuchtetem Zeigefinger die Windrichtung – »muß es in dieser Richtung liegen.«

»Also sind wir in die falsche Richtung losgegangen«, haderte Hellas wieder.

»Ja, aber nicht weit. Nur ein paar Stunden. Was schätzt du, Migal, wie lange brauchen wir bis dort hinüber?«

»Ich kenne das Ufer nicht. Morgen abend, wenn wir sehr schnell sind. Übermorgen abend, wenn das Ufer schwer zu gehen ist.«

»Kannst du dir die Richtung ungefähr merken und dich orientieren?«

»Klar. Für mich und Bestar kein Problem.«

»Gut. Ich könnte das nicht, aber ich bin ja auch nicht in Wäldern aufgewachsen. Wir brauchen uns morgen vor lauter Eile nicht die Beine zu brechen. Wir nähern uns und lauschen morgen nacht nochmal. Dann müßten wir eigentlich so nahe dran sein, daß wir es bei Tageslicht schnell finden können.«

Der folgende Tag verging mit der Rückkehr zum Terrek-Weg und dem darauf folgenden Neuaufbruch in nordöstlicher Richtung. Es blieb trocken und wurde langsam wärmer. Rodraeg fühlte sich lebendig und körperlich, und auch an diesem Tag legte er wieder die Handgelenksschienen an und schwang das große Schwert nach vorgegebenen Bewegungsmustern. Im Vergleich zum handschmeichlerischen Säbel seines Onkels kam es ihm immer noch riesenhaft und unpraktisch vor, aber langsam stellte sich eine gewisse Vertrautheit ein – Vertrautheit mit dem Gewicht und der mörderischen Fliehkraft, die der Anderthalbhänder bei weiten Schwüngen entfaltete. Alles in allem spürte Rodraeg, je näher sie der Bohrstelle kamen, einen fast jugendlich zu nennenden Tatendurst in sich kribbeln wie seit dem Ritterturnier in Endailon nicht mehr, und das war fast sieben Jahre her.

Die erste Nachtwache übernahm er selbst, weil er sich weniger müde fühlte als die anderen. Aufmerksam lauschte er den Geräuschen von See, Uferhang und Wald, den nächtlichen Vögeln, den

Wellen und dem Knarren der Baumstämme, doch das metallische Hämmern der letzten Nacht war nicht darunter.

Erst in der dritten Wachschicht wurden sie alle von Bestar geweckt. »Es hat gerade angefangen.«

Da war es wieder: Deng-dengdeng-dengdeng. Deng-dengdeng-dengdeng. Deutlich näher, weg vom Seeufer und tiefer im Wald, aber immer noch gedämpft und unterirdisch, verhüllt von Erdreich und Stein.

»Das kann höchstens noch tausend Schritt entfernt sein«, schätzte Rodraeg. »Was meint ihr? Können wir uns im Dunkeln dorthinbewegen? Morgen, wenn es hell wird, hat das Geräusch schon wieder aufgehört, und dann haben wir keinen Anhaltspunkt mehr.«

»Wir können es versuchen, aber es ist nicht ungefährlich«, gab Migal zu bedenken. »Man sieht ja kaum die Hand vor Augen.«

»Laßt es uns wagen. Aber sehr vorsichtig. Nicht, daß einer von uns in eine alte Ogerbärenhöhle stürzt.«

»Können wir denn keine Laterne anmachen?« fragte Hellas. »Wir haben doch schließlich zwei.«

»Zu auffällig«, befand Rodraeg. »Wenn man uns sieht, haben wir keine Gelegenheit mehr, uns unbemerkt mit dem Schauplatz vertraut zu machen.«

»Wir gehen direkt hintereinander«, schlug Bestar vor. »Ich gehe voran, ihr bleibt in meiner Spur, dann seid ihr sicher.«

Da sie nicht sehen konnten, ob irgendwo in ihrer Nähe ein Wildpfad oder lichteres Gelände war, orientierten sie sich allein an dem Geräusch und drangen mitten ins sperrigste Dickicht vor. Bestar bahnte sich so gut es ging einen Weg, aber besonders geräuschlos war er dabei nicht.

»Das hat doch keinen Sinn«, zischte Hellas. »Da können wir genausogut Licht machen, und ›He, hallo!‹ rufen, so lärmig wie wir hier langtrampeln.«

»Hast du eine bessere Idee?« fragte Rodraeg ebenfalls flüsternd zurück.

»Ja, verdammt. Bleibt einfach hier und rührt euch nicht. Ich erkunde die Gegend und suche uns einen geeigneten Weg.« Ohne eine Bestätigung abzuwarten, tauchte der Bogenschütze seitlich ins Unterholz ein. Schon nach drei Schritten war nichts mehr von ihm zu sehen und zu hören. Rodraeg hielt den weiterstampfenden Bestar fest und hieß die beiden Klippenwälder, hier mit ihm abzuwarten.

Eine Drittelstunde verstrich. Rodraeg wurde schläfrig, denn er hatte seit seiner Wache höchstens drei Stunden geschlafen. Gerade als er anfing, sich Sorgen zu machen, ob der Bogenschütze sie in der Finsternis überhaupt wiederfinden würde, raschelte linkerhand das Gebüsch, und Hellas Borgondi huschte daraus hervor.

»Wir haben ein Problem«, flüsterte er schwer atmend. »Ich habe Wachtposten im Wald gesehen, mindestens zwei, aber wahrscheinlich sind da noch mehr. Gardisten. Mit Schild, Schwert und Speer.«

»Gardisten?« Rodraeg staunte. »Aus Terrek?«

»Keine Ahnung. Im Dunkeln kann ich keine Farben erkennen. Ist aber nicht sehr wahrscheinlich. Beim Spazierengehen in Terrek bin ich eher zufällig über die Baracke gestolpert, wie sie dort ihre Gardegarnison nennen. Da schieben höchstens fünf Männlein Dienst, und die waren gestern alle noch in Terrek.«

»Hm. Vielleicht Endailoner. Oder aus Chlayst. Seltsam. Was machen wir jetzt?«

»Gar nichts. Im Dunkeln kommen wir nicht weiter. Wir können die Posten nicht gut genug sehen, sie dagegen reagieren bei jedem Geräusch. Einer alleine kommt da vielleicht durch, aber nicht zu viert, das können wir vergessen. Wir warten, bis es heller wird, und dann versuche ich, uns an allen Posten vorbeizulotsen.«

»Leider hören wir dann die Mine nicht mehr.«

»Wo Wachtposten sind, gibt es etwas zu bewachen. Wir sind also schon fast da.«

Rodraeg schnaufte. »Du hast recht. Zur Not können wir morgen nacht nochmal auf das Geräusch warten. Jetzt legen wir uns noch ein paar Stunden hin. Bestar wacht weiter, dann Migal.«

»Ich bin jetzt munter«, widersprach Bestar. »Ich wache durch und wecke euch, wenn die Sonne durch die Bäume scheint.«

So geschah es. Weitere vier Stunden später wurden sie erneut von Bestar geweckt. In der Mine, erzählte der Klippenwälder, war nur zwei Stunden lang gehämmert worden, seither nicht mehr.

Nach einer kurzen, kalten Mahlzeit führte Hellas sie an.

Langsam, nahezu auf dem Bauch kriechend, drangen sie tiefer in das Gebiet vor, aus dem sie in der Nacht die Bergbaugeräusche gehört hatten. Der Tag würde warm werden, Gräser und Laub rochen nach Regen, aber der Himmel war blau, durchwirkt mit dunklen Wolken.

Ähnlich wie bei dem Bartendrachen vor drei Tagen sah Hellas auch diesmal einiges, was die anderen nicht bestätigen konnten. So deutete er mehrmals auf einen weit entfernten Baum, und als keiner der anderen verstand, was er damit sagen wollte, raunte er: »Da oben ist einer postiert. Guter Überblick. Laßt uns dicht am Boden bleiben und entlang dieser Felsenkante vorbeischlüpfen.« Ein ums andere mal änderte er die Richtung, weil er voraus Posten erspäht hatte, die hinter Felsblöcken saßen. Wiederholt bedeutete er den anderen zu warten und ging alleine auf Erkundung. Nach dem vierten dieser Vorstöße signalisierte er den anderen, mit ihm in eine Erdmulde zu schlüpfen, die das Wurzelwerk eines umgestürzten Baumes ausgehoben hatte.

Er atmete schwer und brauchte ein paar Augenblicke, um reden zu können. »Also. Ich denke, hier im Wald sind etwa zehn Posten versteckt. So langsam habe ich ihr System begriffen. Ich glaube, ich weiß, wo der Eingang ist, den sie bewachen. Nach dreihundert Schritt in dieser Richtung öffnet sich ein Talkessel, der von weiter weg fast überhaupt nicht zu sehen ist. Ich war noch nicht am Rand, aber ich bin mir ziemlich sicher, daß wir dort unten finden, was wir suchen. Das ist aber noch nicht alles. An einen dieser Wachtposten bin ich so nahe herangekommen, daß ich seine Uniform erkennen konnte. Ich weiß jetzt, mit wem wir's hier zu tun haben.«

»Gardisten aus Endailon«, riet Rodraeg.

»Nein. Schlimmer. Söldner. Die Krieger Kruhns.«

»Noch nie gehört. Wer sind die Krieger Kruhns?« Auch Bestar und Migal machten ahnungslose Gesichter.

Hellas seufzte. »Genau kenne ich ihre Geschichte auch nicht. Ein gewisser Telch Kruhn hat sie gegründet, eine schlagkräftige Einheit, die sich in örtlich begrenzten Konflikten verdingt. Auch im Bürgerkrieg von Jazat waren sie, glaube ich, dabei. Ihr Erkennungszeichen ist der aufgemalte Totenschädel eines Pferdes auf Schild und Wams. Das geht auf eine alte Geschichte über ihren Gründer zurück, der immer sagte, Pferde seien nicht zum Reiten da, sondern zum Essen. Kruhn selber lebt schon lange nicht mehr, aber seine Krieger tragen weiterhin seinen Namen und ernähren sich auch heute noch überwiegend von Pferdefleisch.«

»Kostspielig«, grinste Migal.

»Ja. Ein großer Teil ihres Soldes geht wohl immer für das Fleisch drauf. Als Krieger Kruhns kann man nicht reich werden, aber man bekommt eine ausgezeichnete Ausbildung und wird Teil einer traditionsreichen Truppe. Sie halten ihre Mannstärke durchgehend auf dreißig, und ich glaube nicht, daß sie sich aufteilen, um mehrere Aufträge gleichzeitig anzunehmen. Das bedeutet, daß wir hier gegen dreißig erfahrene Söldner antreten. Ich finde, wir sollten uns das Ganze nochmal gut überlegen.«

»Ach was«, schnaubte Bestar geringschätzig. »In den Klippenwäldern haben wir noch nie etwas von diesen Pferdefressern gehört. Ich wette, die haben sich niemals irgendwohin gewagt, wo's wirklich brenzlig werden könnte.«

»Ich weiß nicht«, verzog Hellas das Gesicht. »Sie waren wie gesagt in Jazat dabei, und das soll ja eine ziemliche Hölle gewesen sein. In Endailon waren sie auch, als das Heer für den Affenmenschenfeldzug gebildet wurde. Dort habe ich sie gesehen. Sie waren schon so gut wie angeheuert, haben dann aber im buchstäblich letzten Moment ein noch lukrativeres Angebot erhalten. Wahrscheinlich das hier, Endailon ist ja nur zehn Tagesmärsche von Terrek entfernt.«

»Ist aber doch keine große Sache, eine versteckt gelegene Bodenschatzbohrung zu bewachen«, sagte Migal. »Wenn sie wirklich so tolle Krieger wären, hätten sie sich die Affenmenschen nicht entgehen lassen.«

»Richtig«, pflichtete Bestar ihm bei. »Die hatten Schiß vor den Affen, gegen die wir Klippenwälder schon seit Jahrtausenden die Grenze halten!«

»Ich weiß nicht.« Hellas blickte zu Boden. »Wenn ihr mich fragt, zeugt es eher von Schlauheit, sich diesem Affenwahnsinn nicht anzuschließen. Die Frage für uns lautet jedenfalls: Wie wollen wir mit denen fertigwerden?«

»Na, gar kein Problem«, grinste Migal wölfisch. »Als Wachtposten sind die doch echte Versager. Du siehst sie andauernd, sie sehen uns nie. Also, warum knallst du nicht einfach einen nach dem anderen mit deinem Bogen vom Baum? Ehe die sich versehen, sind sie schon mal zehn weniger.«

»Das kommt nicht in Frage«, sagte Rodraeg bestimmt.

»Warum nicht?«

»Weil wir nicht hier sind, um einen Krieg zu führen. Wenn wir erstmal angefangen haben, einen von denen umzubringen, gibt es kein Zurück mehr. Dann können wir keinen anderen Weg mehr einschlagen. Und selbst wenn wir zehn von denen ausschalten könnten, bevor der Rest reagieren kann, sind zwanzig Krieger Kruhns immer noch mehr als genug, um uns fertigzumachen.«

»Das denkst du nur, weil du uns noch nicht richtig kämpfen gesehen hast«, sagte Migal ungeduldig. »Ich habe es langsam satt, hier dauernd nur rumzuschleichen. Sind wir nun hier, um etwas kaputtzumachen, oder freunden wir uns am Ende noch mit denen an?«

»Wir sind nicht hier, um dreißig Söldner umzubringen«, hielt Rodraeg dagegen. »Das ist überhaupt nicht Bestandteil unserer Mission. Wir sollen die Bohrstelle lahmlegen, und das können wir vielleicht auch mit einer List erreichen. Oder mit Feuer, wenn uns nichts besseres einfällt. Jedenfalls ändert sich an unserer Situation nicht viel. Ich habe ohnehin nicht vorgehabt, mich hier durch die ganze Arbeitsmannschaft zu metzgern. Egal, ob die hier nur zwanzig Arbeitskräfte aus Terrek für sich schuften lassen oder dreißig, fünfzig oder hundert Söldner zu ihrem Schutz angeheuert haben: Das bekräftigt mich nur in meiner Meinung, daß wir uns etwas anderes einfallen lassen müssen als ein Blutbad.«

»Warum hast du uns dann überhaupt angeheuert?« fragte Migal. »Ich dachte, wir dürfen kämpfen.«

»Ich habe euch angeheuert, um für alles gerüstet zu sein. Was ich tatsächlich vor Ort brauchen werde, kann ich vorher noch nicht wissen. Ich weiß es aber auch jetzt noch nicht. Wir müssen erst einmal einen Blick in diesen Talkessel werfen. Dann können wir einen echten Plan schmieden. Und selbst wenn es uns gelingt, ausschließlich mit List und Heimlichkeit vorzugehen – es kann nie schaden, zwei Klippenwälder mit dabeizuhaben, wenn dreißig wütende Söldner hinter einem her sind.«

Diese Aussicht schien Migal und Bestar wieder zufriedenzustellen, jedenfalls nickten sie. Lediglich Hellas wirkte angespannt und überfordert. Seine Warnung, sich das Ganze nochmal gründlich zu überlegen, war bei allen – erst recht bei Rodraeg – auf völlig taube Ohren gestoßen.

Ächzend rappelte er sich auf und führte die anderen durch ein Netzwerk unsichtbarer Gegner, zwischen Bäumen, Felsen und Strauchwerk hindurch bis zum oberen Rand des Talkessels.

13 Das fiebernde Wasser

Aus der Deckung einiger Findlinge heraus hatten sie einen hervorragenden Blick hinab in den Talkessel. Der Grund des Kessels lag gute zehn Schritt unter ihnen, ringsum steile Felswände wie in einem Steinbruch. Es gab keinen Weg, der nach unten führte. Dennoch war das kleine, von wolkendurchbrochenem Licht beschienene Tal gut bevölkert.

In der dem Mammut gegenüberliegenden Felswand klaffte der ausgefranste Eingang zu einer großen Höhle, in der mehrere kontrollierte Arbeitsfeuer glosten. Linkerhand vor der Höhle standen ein Blockhaus, das hastig errichtet und neu wirkte, sowie ein langgestreckter, zur Mitte offener Bau, der wie ein Stall aussah, nur daß er offensichtlich Schlafstätten für Menschen beherbergte, zwei mal zwanzig an der Zahl. Rechterhand gab es eine schäbige Koppel, in der sich sechs Pferde an Heu gütlich taten, das man ihnen auf den kargen Sandboden geworfen hatte. Fünf Krieger Kruhns – zwei von ihnen Frauen – standen als Wachtposten an verschiedenen Stellen herum, zehn weitere und zwanzig Arbeiter schliefen in dem Menschenstall. Andere Arbeiter – rußigschwarz und schweißig glänzend – schoben Karren zur Höhle und wieder heraus, beladen mit Werkzeugen, Säcken und Fässern.

Rechts vom Höhlenmund wurde klares Wasser durch ein hölzernes, an etlichen Stellen sprühendes Rohrgefüge von oben herab in den Talkessel geleitet, und links von der Höhle waren acht Arbeiter damit beschäftigt, schmutzigtrübes Wasser über mehrere Seilzüge die Steilwand hinaufzuschaffen und dort oben in einen Trog zu schütten, von dem aus ein sorgfältiger gearbeitetes Rohr in einen Hain führte.

»Das ist es«, wisperte Rodraeg. »Das Schmutzwasser dort links. Das Rohr führt in den Bach, wegen dem wir hier sind.«

»Wenn wir die Rohre zerhauen, machen sie einfach neue«, schätzte Bestar.

»Davon können wir ausgehen. Interessant, daß sie sich die Mühe machen, das Dreckwasser aus dem Kessel nach oben zu schaffen, anstatt es einfach in einen Brunnenschacht oder eine Grube zu kippen. Das Zeug muß demnach ziemlich giftig sein. Was in aller Welt bauen die da drin bloß ab?«

Auf diese Frage wußte keiner von ihnen eine Antwort.

»Es könnte gefährlich sein, aber ich würde gerne einen Blick auf den verschmutzten Bach werfen. Meinst du« – Rodraegs Frage war an Hellas gerichtet – »wir können ungesehen den Talkessel umgehen und dem Rohr in den Wald folgen?«

»Das wird leichter sein, als sich dem Talkessel zu nähern, denn die Posten im Wald schauen alle nach außen. Wir sind schon in ihrem Rücken. Folgt mir.«

»Wie haben die bloß die Pferde da runter gekriegt?« fragte Bestar, der noch keine Anstalten machte, sich von seinem Beobachtungspunkt wegzubewegen.

»Genau wie die Menschen«, erklärte Hellas. »Siehst du diese galgenähnlichen Balkengestelle links und rechts oben am Kesselrand? Damit ziehen sie Lasten rauf oder lassen welche runter.«

»Brechen sich die armen Viecher dabei nicht die Beine?«

»Und wenn schon. Die sind sowieso nur zum Essen da.«

Bestar protestierte. »Das können doch auch Grubenpferde sein. In den Klippenwäldern arbeiten kleine Pferdchen in den Minen.«

»Vergiß es. Ich habe euch die Geschichte der Kruhnskrieger erzählt. Eigentlich sollte damit alles klar sein.«

Jetzt bewegten sie sich erstmal zurück in die Deckung der Bäume und dort dann vorsichtig parallel zum Talrand entlang. Das Rohr mit dem Schmutzwasser lief hundert Schritt weit durch dürres Gras, bevor es in einen kleinen abschüssigen Hain führte. Auf diesen hundert ebenen Schritten wären sie für die oben am Kesselrand arbeitenden drei Arbeiter, die das dreckige Wasser in den Trog zu wuchten hatten, deutlich zu sehen gewesen, deshalb umpirschten die vier Mammutstreiter diese Fläche weiträumig und stießen erst weiter drinnen im Hain wieder auf die plätschernde Röhre. Mehrmals ließ Hellas sie anhalten und in Sichtdeckung verharren, denn er rechnete mit mindestens einem weiteren Arbeiter oder Wachtposten am Bach. Und er behielt recht: Dort, wo das Holzrohr trübe, ölige Flüssigkeit in den klaren Bach spie, saß ein Krieger Kruhns im Klee und döste vor sich hin. Zumindest in dieser Hinsicht war Migals Einschätzung richtig gewesen: Als Wachposten waren die Kruhnskrieger kein sonderlicher Gewinn. Das mochte aber auch daran liegen, daß hier schon seit etlichen Wochen nicht auch nur ansatzweise etwas passiert war.

Hellas, Rodraeg, Bestar und Migal huschten von Baum zu Baum und wagten es dann nochmal gute hundertfünfzig Schritt flußabwärts, sich dem Bach zu nähern.

Als sie ihn erreicht hatten und hineinblickten, wurden ihre Gesichter von Abscheu geprägt.

Das Wasser war mehr als einfach nur verunreinigt. Es gurgelte träge dahin, dampfte blasig, bildete an den Uferrändern Schaum aus und war von rostiger Farbe, durchzogen mit schwarzbraunen Schlieren und wie Fettaugen an der Oberfläche treibenden Flecken.

»Ihr Götter«, entfuhr es Hellas. »Ich hatte mit einem netten kleinen Kloakengraben gerechnet – aber was ist das denn für ein Zeug?«

Rodraeg ging in die Hocke und hielt die Handfläche über den Bach. »Es ist warm. Unglaublich. Der ganze Bach ist erhitzt, und das bei der Menge an Frischwasser nach den ganzen Regengüssen. Das ist etwas anderes als nur irgendein Minenabfall. ›Massive Eingriffe in die pulsierende Struktur des Erdreiches‹ und ›giftiger Qualm‹ hat der Kreis geschrieben. Was um alles in der Welt treiben die in der Höhle?«

»Wir hätten Naenn mitnehmen sollen«, meinte Bestar ratlos. »Sowas kann man doch nur mit Magie erklären, oder?«

Rodraeg dachte nach. Der Dampf über dem Bach reizte seine Augen, brachte sie zum Tränen. »Wir müssen sehr, sehr vorsichtig sein. In dieser Höhle wird offensichtlich mit hochgefährlichen Materialien hantiert. Wenn wir da einfach nur mit dem Vorschlaghammer draufhauen, kann es eine Katastrophe geben.« Ihm rauschte durch den Kopf, was Naenn über den Affenmenschenfeldzug erzählt hatte. Die Verwüstung eines gesamten Landstriches. Ein Eingriff ins natürliche Kräftegefüge des Kontinents. Ein gewaltiger Schock auf astraler Ebene. Hier also auch. Der Kreis hatte das gespürt und das Mammut hierhergeschickt, ohne Genaueres zu wissen. Sie waren hier, um eine Katastrophe zu verhindern, aber genausogut konnte ihr Eingreifen die Katastrophe erst auslösen. »Wir müssen unbedingt erfahren, was in der Höhle abgebaut wird. Und wir müssen erfahren, wie man dieses Zeug ungefährlich machen kann. Vorher zu agieren, wäre Irrsinn.«

»Aber wo willst du noch etwas rausbekommen?« fragte Migal. »In Terrek halten alle das Maul. Willst du nach Aldava, zu diesen Auftraggebern? Drei Wochen hin. Drei Wochen zurück. Mindestens. Bis dahin kocht hier der ganze verdammte See.«

»Wir könnten in Terrek auf Nachricht vom Kreis warten«, schlug Hellas vor. »Die sollen sich ›Batis‹ vorknöpfen und uns per Eilboten unterrichten. Das dauert keine sechs Wochen.«

»Mag sein«, lächelte Rodraeg, »aber dennoch ist bis dahin der Mond, den du mir versprochen hast, längst abgelaufen, und wir haben dann einen Bogenschützen weniger, stimmt's?«

Hellas senkte den Kopf. »Wenn meine Frist schuld ist daran, daß wir uns überhastet ins Verderben stürzen müssen, dann verlängere ich eben mein Versprechen. Daran soll es nicht scheitern.«

»Das ist hochanständig von dir«, nickte Rodraeg, »aber ich denke, wir werden wie geplant in wenigen Tagen fertig sein.«

»Wie willst du das anstellen? Du hast selbst gesagt, daß wir zuwenig wissen.«

Rodraeg lächelte wieder. »Alle Informationen, die wir brauchen, finden sich in dieser Höhle.«

»Da kommen wir niemals rein«, wiegelte Hellas ab.

»Vielleicht gibt es noch einen anderen Eingang«, versuchte Bestar zu erraten.

»Oder die haben Lüftungsschächte angelegt, wegen der Hitze«, ergänzte Migal.

»Mann, wacht endlich auf und werdet erwachsen!« wurde Hellas heftig. »Zehn Kruhnskrieger bewachen das Gebiet rings um den

Talkessel – fünf stehen da unten, zehn pennen gerade. Macht noch fünf, die in der Höhle postiert sind.«

»Die sind mir sowas von egal«, schnauzte Migal ebenso heftig zurück. »Deine hochberühmten Kruhnskrieger sind vielleicht ganz toll im Pferdefleischzubereiten, aber als Wächter sind sie die größten Pfeifen, die ich je gesehen habe!«

»Weil ihnen keine Gefahr droht! Weil niemand, der noch seinen Schädel beieinander hat, auf die Idee kommen würde, sich in diese Höhle zu schleichen. Du willst durch Lüftungsschächte kriechen? Viel Spaß. Hast du Rodraeg nicht zugehört? ›Giftiger Qualm!‹ Ihr wollt durch einen anderen Eingang reingehen? Ist euch eigentlich klar, daß da drinnen – wenn draußen schon zwanzig schlafen – mindestens nochmal zehn, vielleicht auch zwanzig Arbeiter herumwimmeln? Die was weiß ich für magische oder sonstwelche Vorkehrungen treffen mußten, um da drinnen in dem ganzen Gift nicht einfach zu krepieren? Schau dir den Bach doch an. Nimm mal 'nen Schluck. Aber erzähl mir nicht, daß das alles für einen Klippenwälder halb so wild ist.«

»Jungs, hört auf, euch zu zanken«, beschwichtige Rodraeg. »Die Sache wird völlig anders ablaufen. Wir spazieren in diese Höhle. Ganz offen.«

»Wie denn das?« fragte Hellas. Den Klippenwäldern war anzusehen, daß sie seine Zweifel teilten.

»Laßt uns erstmal von dem Bach weg irgendwo in Deckung gehen. Dieses Wasser bringt mich zum Heulen.« Rodraeg rieb sich tatsächlich die juckenden Augen, als sie an Felsbrocken vorbei zurückhuschten. Er fragte sich, wie Naenn auf diesen Bach reagiert hätte. Mit echten Tränen des Mitgefühls wahrscheinlich.

Zwischen sonnenlichtbefleckten Steinen erläuterte Rodraeg seinen Plan. »Eigentlich gibt es sogar zwei Möglichkeiten. Möglichkeit Eins: Bestar und Migal lassen sich als Arbeiter anheuern. Bei ihrer Körperkraft stehen die Chancen gut, daß sie genommen werden. Allerdings läßt man sie dann wahrscheinlich nicht mehr aus dem Talkessel, bis die Mine leergeschürft ist. Alles sieht dermaßen überwacht und geplant aus, daß sie wohl auch keine Möglichkeit finden würden, Hellas und mir Informationen zukommen zu lassen. Somit würde das Ganze nichts bringen. Möglichkeit Zwei: Ich gehe allein und verwende dieselbe Taktik wie in Terrek. Ich kann mir einfach nicht vorstellen, daß die Verschmutzung des Baches von den Betreibern der Höhle gewünscht wird. Zu groß wird dadurch die Wahrscheinlichkeit, daß jemand auf sie aufmerksam wird und versucht, in der einen oder andere Weise auf sie einzuwirken. Also biete ich ihnen etwas an, das sie interessieren dürfte: Eine neu entwickelte Vorrichtung zur Reinigung des Wassers, womöglich magisch verbrämt. Dazu muß ich mir die Mine zeigen und erklären lassen und anschließend wieder gehen dürfen.«

»Und wenn sie dir das nicht abkaufen?« fragte Migal.

»Wieso sollten sie nicht? Welches Interesse könnte ein einzelner Mann denn sonst haben, gut gelaunt bei ihnen hineinzuspazieren?«

»Mir gefällt das nicht«, meinte Hellas. »Was sollte sie daran hindern, dich da unten einfach auf Nimmerwiedersehen verschwinden zu lassen?«

»Hm. Bislang haben sie auf Legalität geachtet und dafür sehr viel Geld ausgegeben. Verträge mit Terrek, dreißig Söldner, um allzu neugierige oder schwatzhafte Terreker einzuschüchtern. Alles ist gesetzlich. Es liegt kein Verbrechen vor, warum sollten sie also eins begehen, um keins zu vertuschen?«

»Aber der Fluß«, merkte Bestar an. »Sie machen den Fluß kaputt, ohne Skrupel.«

»Ja, aber das ist so eine Sache. Wer schert sich schon um sowas? Wenn dir ein Tier über den Weg läuft, darfst du es töten. Wenn du eine ertragreiche Mine findest, darfst du sie ausbeuten. Wenn dort ein Fluß ist, darfst du sein Wasser benutzen, auch wenn es dadurch Schaden nimmt. Das gleiche gilt für Wälder und Felder. Das ist nun einmal die Mentalität der Menschen. Deshalb hat sich der Kreis gebildet, und deshalb wurde das Mammut gegründet. Um für ein Gleichgewicht einzutreten, das – noch – niemanden interessiert. Wenn ich jetzt dort runter gehe, bin ich gleichzeitig ein Problem und die Lösung. Ich bin ein Störenfried, ja, aber ich kann argumentieren, daß durch die weithin sichtbare Verschmutzung von Bach und See noch mehr Störenfriede angelockt werden, die gegen die Ursache der Verschmutzung vorgehen wollen. Damit spreche ich die reine Wahrheit, denn so ist es tatsächlich. Auch wir sind wegen der Verschmutzung hier. Wenn ich ihnen also eine Lösung für dieses Problem anbiete, haben sie überhaupt keinen Grund, auf mich sauer zu sein.«

»Aber sie könnten dich dabehalten«, unkte Hellas noch immer.

»Wenn sie mich dabehalten, kann ich aber nichts für sie tun.«

Hellas raufte sich die Haare. »Bist du dir sicher, daß du abgebrüht genug bist, ihnen so eine Geschichte aufzutischen? Ohne dich zu verhaspeln? Ohne die Wahrheit über Kreis und Mammut auszuplaudern?«

Rodraeg nickte. »Fünf Jahre in Diensten des Kuellener Bürgermeisters haben mich geschicktes Lügen gelehrt. Meine Zeit als Lehrer in Hessely hat mich darauf vorbereitet, mit störrischen Menschen umzugehen. Meine Lehrjahre bei einem Hauptstadtadvokaten haben mir beigebracht, daß man mit Worten mehr Türen öffnen kann als mit Schlüsseln. Ja, ich denke, ich bin genau der Richtige für so etwas.«

»Also, machen wir's so«, sagte Migal ungeduldig. »Irgendein Risiko ist immer dabei, und wenn Rodraeg es eingehen will, kann's uns doch nur recht sein, oder?«

»Stimmt schon, aber mir paßt nicht, daß Rodraeg alleine geht«, grübelte Hellas. »Eine wichtige Person ohne Schutz auf Reisen? Das glaubt ihm keiner. Das sieht mir zu sehr danach aus, als hätte er noch irgendwo seine Leute versteckt. Es wäre besser, einer von euch Muskelmännern würde ihn begleiten, als Leibwächter. Das würde Sinn ergeben.«

»Ich gehe mit«, sagte Bestar bestimmt.

»Einverstanden«, meinte Rodraeg. »Dann brauche ich auch das große Schwert nicht mitzunehmen, das sähe nur merkwürdig aus. Hier, paß du darauf auf.« Er drückte es dem verdutzten Migal in die Hand. »Wenn mit uns da unten etwas schiefläuft, dann macht keinen Unsinn. Schlagt euch an den Wachen vorbei nach Terrek durch und unterrichtet per Eilboten den Kreis. Mehr braucht ihr nicht zu tun.«

Migal nickte und warf sich Rodraegs Schwerttasche über die Schulter. Hellas war immer noch am Grübeln. »An welcher Stelle willst du in Erscheinung treten?«

Rodraeg überlegte einen Moment. »Oben, wo die Arbeiter das Dreckwasser in den Trog gießen.«

»Dann müßt ihr aber erklären können, wie ihr an allen Wachtposten vorbeigekommen seid.«

»Das schaffen wir schon. Wenn wir zurückschleichen würden und uns vom äußersten Posten absichtlich erwischen lassen, besteht die Möglichkeit, daß er Befehl hat, uns unter keinen Umständen zum Talkessel weiterzulassen. Dann hätten wir nichts gewonnen, sondern den Vorteil, daß wir bereits hier sind, eingebüßt.«

»Du hast recht. Also: Migal und ich werden zu den Findlingen zurückpirschen, von denen aus man einen guten Blick in den Kessel hat. Wir beobachten, was mit euch passiert. Wenn etwas schief geht, verduften wir. Wenn alles glatt geht, treffen wir uns wo?«

»Falls man uns rauseskortiert: in Terrek. Falls wir uns frei bewegen dürfen, kommen wir zu euch zu den Findlingen.«

»Und falls ihr euch frei bewegen dürft und man euch überwacht?«

Rodraeg lachte. »Guter Einwand. Deine Zeit als Militärausbilder hat einen raffinierten Strategen aus dir gemacht. Also treffen wir uns auf jeden Fall in Terrek. Dort können wir am besten Pläne schmieden und zielgerichtet unsere Ausrüstung ergänzen.«

Hellas nickte. Er wirkte immer noch besorgt, sah angespannt und fahl aus, aber das mochte auch an seinen Greisenhaaren liegen, die ihn immer schicksalhaft erscheinen ließen. Schicksalhaft und vorbelastet.

Zu viert schlichen sie sich zurück bis in die Nähe der Stelle, wo das Schmutzwasserrohr im Hain verschwand. Hier trennten sich ihre Wege. Bestar und Migal umarmten sich kurz, fest und wortlos, Rodraeg gab Migal und Hellas die Hand. Hellas und Bestar nickten sich nur zu. Dann beobachteten Rodraeg und Bestar auf dem

Bauch liegend, wie Hellas und Migal den Talkessel umgingen und zwischen den Findlingen verschwanden.

»Ich werde mich dort unten Demares Tiego nennen«, flüsterte Rodraeg Bestar zu. »Demares Tiego von der Fabrikation Tiego aus Aldava. Wollen wir für dich auch einen Tarnnamen nehmen?«

»Wozu? Ich bin Bestar, dein Leibwächter.«

»Stimmt. Du bist Bestar, mein Leibwächter.«

Sie erhoben sich langsam und traten ins Licht.

14 Am Abgrund

Die drei Arbeiter, die am oberen Talrand das verunreinigte Wasser in den dampfenden Trog schütteten, trugen Tücher vorm Gesicht, die vor den Mündern bereits gelblichbraun verfärbt waren. Als Rodraeg und Bestar sich mit halb erhobenen Händen näherten, hörten sie auf zu schuften und sahen sich gegenseitig an. Es war deutlich zu erkennen, daß sie für den Fall, daß Besucher auftauchten, keinerlei Anweisungen hatten.

»Ich bin Demares Tiego aus Aldava«, rief Rodraeg schon von weitem, um alle Aufmerksamkeit auf sich zu ziehen. »Das sieht nicht besonders gesund aus, was ihr da macht. Ich hoffe, ihr werdet wenigstens anständig dafür bezahlt.« Sie waren heran, die Arbeiter standen immer noch unschlüssig da. Mit ihren maskierten Gesichtern und schmutzigen Leibern sahen sie wie Banditen aus. »Ich würde mich gerne mit dem Verantwortlichen unterhalten«, sagte Rodraeg. »Es könnte sonst sein, daß ihr alle hier bald großen Ärger bekommt.«

»He, was ist denn mit euch?« grölte einer von unten. »Warum holt ihr die Eimer nicht ein?«

»Hier sind Leute.«

»Leute? Das kann doch gar nicht sein!?«

»Sie wollen mit Tugri reden. Hol ihn mal her.«

Einer der drei hatte sich jetzt zum Sprecher erkoren. Rodraeg wandte sich direkt an ihn, während Bestar ein möglichst gleichmütiges Gesicht machte, aber immer noch einschüchternd genug wirkte. »Das Zeug, das ihr hier durch das Rohr schickt, verdreckt den Bach bis runter in den See. Seid ihr aus Somnicke?«

»Wieso aus Somnicke?«

»Naja, ich dachte immer, zwischen Somnicke und Terrek herrscht so eine Art Wettbewerb, wer den schönsten See des Kontinents hat. Ich kann mir eigentlich nicht vorstellen, daß Leute aus Terrek ein Interesse daran hätten, sich den Lairon zu verseuchen.«

»Was wir hier reinmachen, fällt im See doch gar nicht auf«,

meinte ein zweiter Arbeiter trotzig. »Der Lairon ist riesig, Mann. Der schluckt unsere Jauche wie nichts.«

Rodraeg deutete nach hinten auf das Rohr und den Hain. »Der Bach schäumt und brodelt und ist heiß wie eine Wintersuppe. Könnt ihr euch einen Fisch vorstellen, der in heißer Brühe überleben kann?«

»Was ist los da oben?« brüllte eine neue Stimme vom Talgrund. Rodraeg drängte sich an den Arbeitern vorbei und stellte sich an den Rand. Zehn Schritt Höhenunterschied waren keine Kleinigkeit, ihn schwindelte leicht. Unten stand, flankiert von zwei Kruhnskriegern und den fünf Arbeitern, die dort für das Schmutzwasser zuständig waren, ein großer, vierschrötiger Mann mit kahlrasiertem Schädel. »Mein Name ist Demares Tiego von der Fabrikation Tiego aus Aldava. Ich habe Euch ein interessantes Angebot zu machen, das mehrere Eurer Probleme auf einen Schlag lösen könnte.«

»Probleme?« höhnte der Glatzkopf. »Wir haben keine Probleme.«

»Daß Ihr Eure Probleme nicht erkennt, ist schon eins davon. Soll ich Euch drei weitere aufzählen? Erstens: Ihr macht den ganzen Kontinent auf Euch aufmerksam, ohne es zu merken. Zweitens: Ihr habt erstaunlich unfähige Wachtposten als Schutz. Drittens: Nach allem, was ich über solche Materialien weiß, mit denen ihr hantiert, wird es nur noch eine Woche oder zwei dauern, bis die ersten eurer Arbeiter umkippen und nicht mehr aufstehen.«

Die vermummten Gestalten oben und unten wurden sichtlich unruhig. Der Glatzkopf ignorierte das. »Verzieht euch wieder, ihr Schwätzer, sonst lasse ich euch Beine machen! Dies ist rechtmäßig erworbener Grund und Boden, und ihr seid unbefugt hier eingedrungen!«

»Nicht doch, Tugri. Ist denn so etwas klug?« Ein Mann war aus der Blockhütte gekommen, der wie Baladesar Gläser vor den Augen trug. Kleiner als Tugri, jünger, schmal, städtisch gekleidet mit einer leichten Jacke und passenden Hosen. Lächelnd stellte er sich neben das versammelte Grüppchen und schaute zu Rodraeg hinauf. »Was ist Euer Wunsch, Bürger Tiego? Euch mit uns zu unterhalten?«

»Ich möchte Euch ein interessantes Angebot unterbreiten.«

»Schön. Dann laßt Euch herunterhelfen. Entschuldigt bitte die Unbequemlichkeit, wir versuchen hier so weit es geht, auf Leitern zu verzichten.«

»Aber ohne Waffen«, schnauzte Tugri. »Niemand außer unseren Leuten läuft hier bewaffnet rum!«

»Ich bin ohnehin unbewaffnet«, sagte Rodraeg, hob beide Arme und drehte sich. »Mein Leibwächter trägt ein Schwert. Wir lassen es hier oben am Trog, einverstanden?«

Durch Bestar ging ein Ruck. »Keine gute Idee.«

Rodraeg lächelte. »Wie dumm von mir. Mein Leibwächter nimmt seine Aufgabe selbstverständlich sehr ernst und möchte sich nicht von seiner Waffe trennen. Am besten, ich komme alleine herunter, und er wartet oben auf meine sichere Rückkehr.«

»Auch keine gute Idee«, knurrte Bestar.

»Nein, das wird nicht nötig sein«, rief der Städter mit den Augengläsern. »Bei unserem Aufgebot an bestens ausgebildeten Kriegern werden wir ja wohl die Anwesenheit eines einzigen Schwertes tolerieren können.«

»Dieser Leibwächter sieht wie ein Klippenwälder aus«, raunte Tugri dem Städter zu. »Die sollte man nicht unterschätzen.«

»Ach was. Unter Kruhns Leuten sind auch Klippenwälder, und bislang machen die auf mich alle einen ziemlich überbezahlten Eindruck.«

Rodraeg und Bestar stiegen in zwei große Körbe und wurden nebeneinander über Seilzüge hinabgelassen. Unten wurden sie sofort von Tugri und dem Städter in Empfang genommen und Richtung Blockhütte geleitet.

»Mein Name ist übrigens Wellingor Deterio«, sagte der Städter. »Ich bin nicht ständig hier, ich schaue nur diese Woche nach dem Rechten. Der freundliche Herr mit der Glatze ist Kisem Tugri, der eigentliche Verwalter dieser Mine.« Es war offensichtlich, daß Deterio Tugri in der Hierarchie übergeordnet war. Also kam Deterio wahrscheinlich direkt von ›Batis‹ in Aldava, und das bedeutete, daß Rodraeg aufpassen mußte, was er über die Fabrikation namens ›Tiego‹ erzählte. Vorsichtshalber überlegte er sich schon einmal eine glaubwürdige Adresse. Er widerstand der Versuchung, auf dem Weg zur Blockhütte zu den Findlingen hinaufzuschauen, ob etwas von Migal und Hellas zu sehen war.

Sie betraten das Blockhaus zu sechst. Deterio, Tugri, Rodraeg, Bestar und zwei kantige Kruhnskrieger, die aus der Höhle gekommen waren und nun Bestar flankierten. Tugri nahm hinter seinem Schreibtisch Platz, Deterio setzte sich locker darauf. Rodraeg und Bestar bekamen Stühle angeboten, legten ihre sperrigen Rücksäcke ab und setzten sich dem Schreibtisch gegenüber. Die gesamte Hütte wurde von einem einzigen Raum eingenommen, vollgestopft mit Karten, Tabellen, Akten, Unterlagen, Schreib- und Planungstischen, geometrischen Gerätschaften und Kreidetafeln, die mit Arbeitsplänen und Vorgaben beschriftet waren. Eine siebte Person huschte hinein und hinaus und servierte Gebäck und ein Heißgetränk, das mit gemahlenen Röstfrüchten aufgegossen und mit Malz versetzt worden war.

»Also, zuerst einmal würde mich interessieren«, begann Deterio, dessen Augengläser beim Trinken beschlugen, »wie es Euch beiden gelungen ist, unsere Wachmannschaften zu umgehen. Wir haben es uns nämlich eine Menge kosten lassen, von sehr viel unangenehmeren Besuchern, als Ihr es seid, verschont zu bleiben.«

»Das war nicht weiter schwer«, sagte Rodraeg freundlich. »Wir sind einfach dem verschmutzen Bach flußaufwärts gefolgt und haben unterwegs nur zwei Wachtposten zu Gesicht bekommen. Da unsere Neugier, die Quelle dieser Verschmutzung ausfindig zu machen, größer war als unser Wunsch nach einer Unterhaltung mit einem einfachen Söldner, haben wir die beiden einfach umgangen. Das war dermaßen einfach, daß ich mich wundere, warum Ihr nicht regelmäßig Besuch erhaltet.«

Deterio schüttelte zungenschnalzend den Kopf. »Was habe ich Euch gesagt, Tugri? Nehmt die Kruhns, wenn Ihr einen Krieg anfangen wollt. Nehmt sie nicht für Diskretion.« Tugri nahm diesen Tadel ungerührt hin und behielt weiterhin Bestar im Auge.

»Ihr seid also der Verschmutzung flußaufwärts gefolgt«, nahm Deterio den Faden wieder auf. »Reine Neugierde oder anderweitiges Interesse?«

»Wir haben die Verschmutzung zwar heute zum ersten Mal gesehen, aber gehört hatten wir schon vorher von ihr«, sagte Rodraeg wahrheitsgemäß. Er hatte gelernt, daß es bei komplizierten Lügengeschichten am geschicktesten war, so lange wie möglich auf der Wahrheit aufzusatteln. »Ihr werdet sicherlich Verständnis dafür haben, daß ich nicht alle Karten über die Vorgehensweise der Fabrikation, die ich vertrete, auf den Tisch legen kann, aber soviel kann ich verraten: Wir arbeiten regelmäßig mit einigen Magiern zusammen, die für uns Abweichungen vom natürlichen Gleichgewicht des Kontinents aufspüren. Eine Flußverunreinigung muß schon ziemlich massiv sein, um von ihnen aufgezeigt werden zu können und um eine mehrwöchige Reise von mir in das betroffene Gebiet zu rechtfertigen. Diese Verunreinigung hier ist äußerst massiv.«

»Das ist sehr bedauerlich«, sagte Deterio, und es lag keine Heuchelei in seinem Tonfall. »Anfangs haben wir die Abfälle in der Höhle gelagert, bekamen es dann aber mit giftigen Gasschwaden zu tun.« Hinter Rodraeg und Bestar öffnete sich die Tür, ein rußiger Arbeiter kam herein, ging um die Gäste und den Schreibtisch herum, tuschelte erst mit Tugri, dann kurz mit Deterio und verließ dann wieder die Hütte, ohne Rodraeg und Bestar eines Blickes zu würdigen. Deterio redete weiter, als sei er gar nicht unterbrochen worden. »Danach haben wir die Abfälle aus der Höhle geschafft, mit dem Effekt, daß wir alle nachts Kopfschmerzen bekamen und morgens unter Übelkeit litten. Station Nummer Drei war eine verlassene Ogerbärenhöhle im Wald außerhalb dieses Tales. Aber auch hier bekamen wir Probleme, wenn der Wind aus einer bestimmten Richtung wehte. Außerdem argumentierten einige Terreker Arbeiter, daß das giftige Gas aus der Abfallhöhle die Tiere und Pflanzen des Waldes ungebührlich schädigen würde, was nicht von der Hand zu weisen war. Seit drei Monden nun leiten wir die Abfälle direkt in den Bach, aus dem wir auch unser Kühlwasser abzweigen, und das Gift wird dadurch derart verdünnt und verteilt, daß niemand mehr Grund hatte, sich zu beklagen. Außer ein paar empfindsamen Magiern mehrere Wochenreisen entfernt von hier.«

»Habt Ihr Euch den Bach in letzter Zeit angesehen?« fragte Rodraeg.

»Selbstverständlich. Ich bin ja wie gesagt erst vor vier Tagen hier angekommen, um die Bücher zu prüfen und entgegenzunehmen, und habe mir den Bach gleich am ersten Tag genau zeigen lassen. Eine deutliche Verbesserung seit der Höhlenlösung im vergangenen Jahr.«

»Aber das Wasser ist erwärmt, und wo es sich staut, bildet sich Schaum aus.«

Deterio zuckte die Schultern. »Wie ich schon sagte: Eine deutliche Verbesserung gegenüber der Situation vorher.«

»Das mag ja sein, und es freut mich auch sehr, daß Ihr an Verbesserungen interessiert seid.« Rodraeg lehnte sich nach vorne und stützte die Ellenbogen auf die Knie. »Deshalb bin ich überzeugt, daß das Angebot, das ich zu unterbreiten habe, von größtem Interesse für Euch ist. Die Fabrikation ›Tiego‹, die ich vertrete, erarbeitet magisch unterstützte Vorgehensweisen, um Verunreinigungen solcher Art zu beheben.«

»Das hört sich sehr kostspielig an«, lächelte Deterio.

»Bei weitem nicht so kostspielig wie das Anheuern einer berüchtigten und im großen und ganzen vollkommen überflüssigen Söldnertruppe«, widersprach Rodraeg, ebenfalls mit einem Lächeln. »Wenn Ihr die Verschmutzung vollständig rückgängig machen könntet, könntet Ihr auf die Söldner augenblicklich verzichten, denn kein empfindsamer Magier und kein pilzesuchender Wanderer würde mehr Eure Fährte aufnehmen und diesen gut versteckten Ort aufspüren. Momentan ruft Ihr dem gesamten Kontinent zu: ›Hier sind wir, wir scheren uns einen Dreck um den Lairon-See, kommt und findet heraus, was wir hier Geheimnisvolles tun!‹ Verzeiht bitte meine deutlichen Worte, aber ich bin aufrichtig der Meinung, daß Ihr mein Angebot dringend nötig habt.« Wieder öffnete sich hinter ihm die Tür, wieder ein Arbeiter, Tuschelei, Bewegung hinter ihrem Rücken. Bestar versuchte, gleichzeitig wachsam und beruhigend zu wirken. Rodraeg war tatsächlich sehr froh, nicht ganz alleine zu sein. Der Arbeiter ging wieder, Deterio beugte sich zu Tugri und raunte ihm etwas ins Ohr. Tugri nickte und richtete seine Aufmerksamkeit dann wieder auf Bestar.

»Was tun wir hier denn Geheimnisvolles?« fragte Deterio unvermittelt.

»Bodenschatzbohrungen. Das ist doch offensichtlich.«

»Ja. Aber was genau bauen wir hier ab?«

»Ich habe nicht die geringste Ahnung«, gab Rodraeg offen zu.

»Ist das nicht seltsam? Wenn Ihr beruflich mit Verschmutzungen zu tun habt, mit dem – wie habt Ihr es ausgedrückt: ›natürlichen Gleichgewicht des Kontinents‹ –, und wenn Ihr sogar mit Magiern zusammenarbeitet ... wie ist es dann möglich, daß Ihr nicht wißt, was wir hier abbauen?«

Rodraegs Armhärchen stellten sich auf. »Der Magier wußte es, aber er hielt es für besser, wenn ich es selbst herausfinde.«

»Weshalb?«

»Weil es ... zu meiner Ausbildung gehört. Ich hatte gehofft, es nicht ganz so offensichtlich werden zu lassen, aber ich führe das Geschäft meines Vaters erst seit einem Jahr. Seit seinem Tod. Vorher habe ich dort gearbeitet, wo ich aufgewachsen bin, in den Sonnenfeldern, als rechte Hand eines Bürgermeisters. Jetzt reise ich und vertrete die Interessen von ›Tiego‹, des Kontinents und seiner Königin. Ich habe noch viel zu lernen, aber ich bin ohnehin auf Eure Mitarbeit angewiesen, mir die Funktionsweise Eurer Bohrstelle zu erläutern, damit ich wirksame Abhilfe in die Wege leiten kann.«

Deterio schien nachzudenken. Sein Blick verlor sich hinter dem Spiegeln seiner Augengläser. »Dieses Geschäft namens ›Tiego‹. Ich habe noch nie davon gehört. Wo in Aldava befindet sich die Niederlassung?«

»Am Oberen Ring 44.« Am Oberen Ring gab es viele Läden und

Geschäfte, die auch oft nach einigen Jahren schon wieder wechselten, so daß es schwierig war, einen Überblick zu behalten.

»Wie hieß Euer Vater nochmal, mein Gruß gilt ihm bei den Göttern?«

»Esair Tiego.« Rodraeg benutzte den Vornamen seines eigenen Vaters. Die Romanfigur namens Demares Tiego, die er verkörperte, hatte keinen namentlich erwähnten Vater.

»Und seit wann gibt es die Fabrikation namens ›Tiego‹?«

»Wir haben jetzt zwanzigjähriges Fabrikationsjubiläum. Ich weiß, worauf Ihr hinauswollt.«

»Ach ja?«

»Ihr habt noch nie von uns gehört, nicht wahr?«

Die Luft in dem Raum schien sich zu verdichten, wärmer zu werden. Bestar verlagerte kaum merklich sein Gewicht.

»Richtig«, lächelte Deterio. »Noch nie.«

»Nun«, lächelte Rodraeg zurück, »das ist nichts weiter als der Beweis für die Qualität unserer Arbeit. Gäbe es uns nicht, hätte man schon häufiger von Verschmutzungen wie dieser hier gehört. Und da es für unsere Kunden ... sagen wir: peinlich wäre, wenn bekannt wird, daß wir ihnen helfen mußten, posaunen wir unsere Erfolge nicht hinaus. Im Interesse unserer Kundschaft.«

»Verstehe.« Deterio rückte sich die Augengläser auf der Nase zurecht. »Das macht diese Geschichte allerdings schwer nachprüfbar. Habe ich das richtig verstanden, daß ›Tiego‹ auch im Auftrag der Königin handelt?«

»Vor meiner Zeit dort ist das durchaus vorgekommen.«

»In letzter Zeit nicht mehr.«

»Nein.«

»Das ist alles sehr geschickt vorgetragen, Bürger Tiego, und dennoch ergibt nichts davon einen Sinn.« Wieder öffnete sich in Rodraegs und Bestars Rücken die Tür. Rodraeg wollte sich nicht umwenden, denn das Gespräch hatte soeben die sicheren Gefilde der Förmlichkeit verlassen und bedurfte jetzt seiner gesamten Konzentration. Aber er tat es dennoch, aus Nervosität, aus einer aufwallenden, äußerst unangenehmen Furcht heraus. Ein weiterer schmutzverklebter Arbeiter, der die Tür hinter sich schloß und vor ihr stehenblieb. Um die Unterredung nicht zu stören?

»Zum einen«, fuhr Deterio in ruhigem Tonfall fort, »kenne ich mich in Aldava ziemlich gut aus. Es gehört zu meinen beruflichen Aufgaben, mit anderen Fabrikationen und Organisationen Kontakt aufzunehmen und zu halten, um auszuloten, mit wem wir zusammenarbeiten können und vor wem wir uns hüten müssen. Ich bin mir sicher, gäbe es eine Fabrikation namens ›Tiego‹, die das tut, was zu tun Ihr vorgebt, wüßte ich davon, denn die Überschneidungen mit unserem Tätigkeitsfeld sind einfach zu groß. Außerdem kann ich mir nicht vorstellen, daß die Königin – falls Ihr wirklich jemals für sie tätig geworden wärt – uns nicht über Eure Existenz unterrichtet hätte, damit wir von Anfang an mit Euch hätten zusammenarbeiten können.«

Die Königin. »Ihr arbeitet hier für die Königin?« stellte Rodraeg mit bitterem Lächeln fest.

»So ist es«, mischte sich jetzt zum ersten Mal Kisem Tugri ein. »Also, wer zum Geisterfürsten seid ihr? Seid ihr einfach nur krankhaft neugierig? Zu unverschämt? Oder seid ihr nur eine Vorhut, und irgend jemand will uns hier die Mine plündern? Raus mit der Sprache!«

»Na«, beschwichtigte Deterio. »Es ist doch nicht nötig, die Pfade der Höflichkeit zu verlassen. Wir werden befriedigende Antworten auf unsere Fragen erhalten, da bin ich mir sicher.«

In Rodraegs Kopf drehte sich alles. War es das jetzt? War sein vorsichtiges Herantasten an die Mine bereits beendet? Wurden er und Bestar jetzt verhört? Auf der Suche nach Mammut und Kreis? Gab es keine Möglichkeit mehr, das schlingernde Ruder herumzureißen?

Rodraeg richtete einen kurzen Seitenblick auf Bestars angespanntes Gesicht und hob beschwichtigend beide Hände. »Ihr seid im Begriff, einen großen Fehler zu begehen. Es gibt überhaupt keinen Grund, aufeinander wütend zu sein. Falls ich mich mißverständlich ausgedrückt haben sollte, tut mir das sehr leid, aber wir sind hier, um zu helfen. Nicht im Auftrag der Königin. Wir sind wie gesagt über diesen Magier auf Euch aufmerksam geworden und handeln ohne Auftraggeber, aber in der Hoffnung, mit Euch ins Geschäft kommen zu können. Wir investieren Reisekosten und Verpflegung. Unsere geschäftliche Situation war in den letzten beiden Jahren nicht allzu rosig, möglicherweise sind wir deshalb von der Liste der Königin gestrichen worden. Unser Wissen und unsere praktischen Fähigkeiten auf dem Gebiet der Verschmutzungsbekämpfung sind jedoch nach wie vor konkurrenzlos.«

»Aber wie ist es denn möglich«, hakte Deterio nach, »daß eine Fabrikation, die sich in wirtschaftlichen Schwierigkeiten befindet, jemanden mit einer so wichtigen Angelegenheit betraut, der sich noch in der Ausbildung befindet? Das ergibt doch keinen Sinn. Der Magier wußte angeblich, was wir hier abbauen, wollte es Euch aber nicht sagen, damit Ihr es selbst herausfinden müßt? Das ist doch Wahnsinn. So könnt Ihr uns doch gar kein vernünftiges Angebot unterbreiten. So geht ›Tiego‹ vor die Hunde.«

Deterio hatte recht. Rodraeg hatte sich im Netz seiner Lügen verfangen wie ein kleiner Fisch. Es war unmöglich, Wissen auf einem Gebiet vorzutäuschen, von dem man nichts verstand. Es hatte keinen Sinn mehr. Jetzt konnten sie nur noch versuchen, hier wieder herauszukommen.

Rodraeg wollte sich erheben und etwas Ähnliches sagen wie: »Prüft unsere Angaben nach, wir werden in Terrek im Gasthof *Seesonne* auf Euch warten«, aber er kam gar nicht dazu. Ein fast unmerkliches Nicken von Deterio setzte die beiden Kruhnskrieger in Bewegung. Offenbar war schon alles vorbereitet. Von hinten drückten die Söldner Rodraeg und Bestar Lappen aufs Gesicht, die mit einer stinkenden, brechreizerzeugenden Flüssigkeit getränkt waren.

Deterios Stimme war sanft wie ein Schlaflied. »Wir müssen darauf bestehen, daß Ihr unsere Gäste bleibt. Tut mir sehr leid.«

Rodraeg hielt die Luft an, obwohl er keine Gelegenheit gehabt hatte, vorher tief einzuatmen. Der Lappen brannte in den Augen wie Pfeffer und schmerzte auf der Haut wie ein Ausschlag. Eines der Abfallerzeugnisse dieser königlichen Bohrmine? Egal. Rodraeg zog die Beine an und stieß sich mit aller Kraft von der Schreibtischkante ab. Mitsamt dem Stuhl rammte er den Söldner, der nach hinten gegen die Wand getrieben wurde und den Zugriff auf Rodraegs Gesicht nicht mehr aufrechterhalten konnte. Polternd gingen beide zu Boden. Gleichzeitig schleuderte Bestar den zweiten Söldner über die Schultern nach vorne. Der Söldner schleifte schreiend mit Füßen und Knien über die Zimmerdecke und schmetterte dann rücklings auf Tugris Schreibtisch. In einem aufstiebenden Hagel aus Arbeitspapieren, Malzgetränk und sprühender Tinte erhob sich der Klippenwälder und zog sein Schwert. Tugri tat überhaupt nichts, ging eher hinter dem Schreibtisch in Deckung. Deterio jedoch reagierte auf eine Weise, die Rodraeg nicht für möglich gehalten hätte. Er stützte sich mit den Armen auf der Schreibtischplatte auf, sprang mit seinem Körper in die Waagerechte und trat Bestar mit beiden Beinen dermaßen hart vor die Brust, daß der Klippenwälder rückwärts über seinen Stuhl stürzte und mit ungeheuerem Getöse zu Boden ging.

Rodraeg drosch seinen Hinterkopf ins Gesicht des Söldners, der mit ihm am Boden rangelte, warf sich herum und rappelte sich so schnell wie möglich auf. Er mußte raus hier, Hellas und Migal sollten sehen, daß die Sache schiefgelaufen war, damit sie abhauen konnten, bevor womöglich Verfolger ausschwärmten.

Mit einem Blick erfaßte Rodraeg den Raum. Deterio vor ihm, Tugri versteckt, ein Söldner auf dem Schreibtisch, der zweite griff im Liegen nach Rodraegs Beinen, Bestar auf dem Boden, vor der Tür der Arbeiter, gebückt, die Arme ausgebreitet, jeden aufzuhalten, der die Hütte verlassen wollte.

Durchs Fenster. Eine schnell errichtete Blockhütte wie diese hatte keine Glasfenster aus Fairai, wie sie seit etwa einem halben Jahrhundert beim Hausbau verwendet wurden. Das Fenster war einfach nur ein viereckiges Loch, das mit Fensterläden gegen Wind und Wetter verschlossen werden konnte, jetzt aber offenstand. Rodraeg täuschte eine Bewegung in Richtung Deterio an und hechtete dann mit den Armen voraus durch die Fensteröffnung. Schmerzhaft schlugen seine Schienbeine auf den unteren Fensterrand, aber er glitt hindurch, rollte sich mehr schlecht als recht auf dem krustigen Lehmboden ab und versuchte, seine Lage einzuschätzen.

Drei Krieger Kruhns kamen mit erhobenen Schilden und Speeren auf ihn zugelaufen. Zwei Frauen und ein Mann. Ein vierter Kruhnskrieger schlug an einem aufgehängten Eisenstück dröhnend Alarm, so daß Bewegung in den Menschenstall rechts von Rodraeg kam. Deutlich konnte Rodraeg die auf die Schilde gemalten Pferdeschädel erkennen, die Totengebisse gebleckt.

Er blieb stehen, die drei wurden langsamer. Noch warfen sie die Speere nicht nach ihm, was bedeutete, sie hatten möglicherweise Befehl, ihn lebend zu fangen.

Ihm blieb nur wenig Spielraum. Er konnte nach links laufen, zu den Arbeitern, die das Schmutzwasser hievten, und hoffen, mit Hilfe der Seile nach oben zu klettern. Das war aber sehr langwierig, und er wäre ein gutes Ziel. Genauso sinnlos der Versuch, sich am Frischwasserrohr emporzuklimmen. Er konnte auch versuchen, an den drei Kriegern vorbei in die Pferdekoppel zu gelangen, auf ein Pferd zu springen, Chaos zu stiften, aber er konnte nirgendwohin reiten. Was nicht in Frage kam, war, Richtung Hellas und Migal zu rennen, damit die ihm ein Seil zuwarfen und ihn hochzogen. Im Wald lauerten immer noch zehn Kruhnskrieger – wenn Hellas und Migal erst entdeckt waren, hatten sie kaum eine Chance.

Blieb nur noch die Flucht nach vorn. In die Höhle. Die lag am nächsten.

Hinter seinem Rücken entstand Bewegung. Ein Kruhnskrieger kletterte mit blutender Nase durch das Fenster ihm nach. Wieso durch das Fenster? Weshalb benutzte er nicht einfach die Tür?

Die Antwort auf diese Frage erhielt Rodraeg einen Augenblick später. Die Tür flog nach außen aus den Angeln, mit ihr ein zerschmetterter Arbeiter und ein wütender, brüllender Stier namens Bestar Meckin. Bestar schlug beinahe lang hin, fing sich aber und behielt das Schwert in der Hand. Er blinzelte schnaufend und mit roten, tränenden Augen, immer noch benommen vom Gift und Deterios Tritt.

»Ihr verdammten Dreckschweine. Kommt doch her«, knurrte er.

Zu Rodraegs Entsetzen schleuderte eine Söldnerin ihren Speer auf Bestar. Ein lebender Gefangener genügte scheinbar zum Verhören. Alles war längst abgesprochen und nach draußen getragen. Das Getuschel und Geraune mit den Vorarbeitern. Ihr Schicksal war längst besiegelt.

Bestar schlug den Speer mit dem Schwert zur Seite. Die beiden anderen Krieger setzten gleichzeitig nach. Die zweite Frau fing Bestar mit vollem Körpereinsatz ab, indem er gegen ihren Schild sprang und sie zurückwarf. Der dritte Kruhnskrieger jedoch rammte Bestar seinen Speer schräg in die Seite. Schreiend zog Bestar sein Schwert mit voller Wucht waagerecht durch, so daß es in den hastig hochgerissenen Schild des Söldners fuhr und dort steckenblieb. Jetzt benutzte Bestar sein Schwert als Hebelwerkzeug, der Söldner konnte weder seinen Unterarm rechtzeitig aus den Schildschlaufen lösen, noch Bestars Bewegung mitmachen. Bestar brach ihm den Schildarm am Ellenbogen, trat ihm dann ins Gesicht, so daß der Söldner wimmernd zu Boden ging. Jetzt wollte Bestar sein Schwert aus dem Holz und Metall des Schildes reißen, doch zu spät. Deckungslos stand er der wild vorgetragenen Schwertattacke der Söldnerin, die als erste ihren Speer geworfen hatte, gegenüber. Er zog den Kopf ein, aber sie schlug daneben. Ein Pfeil steckte zwischen ihren Schulterblättern und zwang sie wie ein unerbittliches Gewicht zu Boden.

Hellas! dachte Rodraeg. *Nein! Nicht!* Schräg hinter ihm in der jetzt ausgefransten Türöffnung erschien Wellingor Deterio. Schmal, beherrscht, elegant. Er blickte nach rechts zum Talkesselrand hinauf und sah Hellas und Migal dort stehen.

»Schnappt euch die beiden da oben«, wies er die zehn Kruhnskrieger an, die jetzt aus dem Menschenstall stürmten. »Um die hier unten kümmere ich mich.«

Noch immer hämmerte ein Söldner auf dem Eisenstück Alarm. Das zermürbende Geräusch war gewiß bis weit in die Wälder zu hören. Rodraeg wollte denken, hatte aber keine Zeit. Der Söldner, der hinter ihm durchs Fenster geklettert war, hatte ihn schon fast erreicht.

Bestar hielt sich seine blutquellende Seite, legte den Kopf in den Nacken und schrie.

»Miiiiiiigaaaaaaaallll! Miiiiiiiiiiiiiiiiiiigaaaaaaaaaaaallllllll!«

Lange brauchte er nicht zu rufen. Migal kam. Der zweite Klippenwälder sprang einfach die Klippe hinab, an einer Stelle, die nicht ganz senkrecht war. Zehn Schritte Höhenunterschied abwärts auf Fußballen, Hosenboden und Rücken, in einer Kaskade aus Staub, Steinsplittern und Lehmbrocken, die wie ein unwahrscheinlicher Umhang hinter ihm herwallte. Rodraeg wollte denken, aber nicht einmal seinen Augen konnte er mehr trauen. Auf allen Vieren kam Migal unten an, und statt mit gebrochenen Knochen liegenzubleiben, richtete er sich auf und präsentierte höhnisch seine Waffen. Er hatte jetzt zwei: Sein eigenes Schwert in der linken und Rodraegs Anderthalbhänder in der rechten Hand. Auch Migal legte den Kopf in den Nacken und schrie etwas.

»Senchak! Afr! Taggaraaaaaaaaaaaaaaaaaaaannnnnnnn!«

Der Gott des Krieges, der Gott der Stärke, und der Name des Dorfes, aus dem er und Bestar stammten. Etwa die Hälfte der sieben Krieger, die in seine Richtung liefen, wurden langsamer. Einer von ihnen erstarrte. Ein Pfeil von Hellas hatte ihn in die rechte Brustseite getroffen. Er war noch nicht tot, brach aber zusammen und hustete Blut. Drei Kruhnskrieger hatten die Richtung geändert und liefen auf eine Seilkonstruktion an der Talkesselwand zu. Sie wollten hinauf, um den Bogenschützen auszuschalten.

Rodraeg fiel nur eine einzige Möglichkeit ein, das sich anbahnende Gemetzel schnell zu unterbinden. Es mußte ihm gelingen, Deterio als Geisel zu nehmen. Deterio hatte hier die Fäden in der Hand. Er war der Kopf. Niemand würde es wagen, die Verantwortung für seinen Tod zu übernehmen. Also setzte sich Rodraeg in Bewegung. Wenn er Deterio mit dem Tode bedrohen wollte, brauchte er dazu eine Waffe. Der von Bestar abgewehrte Speer lag herrenlos im Dreck. Rodraeg rannte geduckt darauf zu und hob ihn auf. Gleichzeitig lief der Kruhnskrieger mit der blutenden Nase hinter ihm her, wollte ihn nicht verlieren, schrak dann aber zurück, als Rodraeg mit der Speerspitze vor ihm herumfuchtelte. Rodraeg täuschte ein paar Stöße an, bis der Söldner außer Reichweite sprang, und lief dann von ihm weg auf Deterio zu.

Deterio löste sich von der Blockhüttenwand und lächelte sein freundliches Geschäftsgesprächlächeln.

Aus den Augenwinkeln erfaßte Rodraeg die Situation rings um Bestar. Vom Eingangsbereich der Höhle kamen drei Kruhnskrieger mit erhobenen Schwertern und Schilden langsam auf den verwundeten Klippenwälder zu. Die Frau, die er abgeschmettert hatte, hatte sich und ihre Bewaffnung wieder zusammengerafft und sich zu dem Krieger zurückgezogen, der die ganze Zeit Alarm schlug. Der hörte jetzt auf mit dem Lärm und kam zusammen mit der Frau ebenfalls kampfbereit angepirscht. Fünf gegen einen, und Bestar stellte sich so, daß er Rodraeg vor den Gegnern abschirmen konnte, ganz wie ein echter Leibwächter. Eine fast unwirkliche Stille erfüllte den Talkessel. Die gesichtsvermummten Arbeiter – aus der Höhle waren noch weitere hinzugekommen – standen reglos und starrten. Selbst die beiden schwer verwundeten Söldner schienen den Atem anzuhalten.

Deterio lächelte immer noch, als er Rodraegs halbherzig vorgetragener Speerattacke spielerisch auswich. »Das ist doch lächerlich. Damit könnt Ihr mich niemals treffen.« Selbst im Kampf benutzte er noch eine höfliche Anrede.

Rodraeg wußte tatsächlich nicht, was er tun sollte. Im Speerkampf war er vollkommen ungeübt. Auf dem Ritterturnier zu Endailon hatte er sich im Stabkampf versucht, dabei aber äußerst schmerzhaft auf die Finger bekommen. Er stach dreimal nach Deterio, um ihn vor sich herzutreiben, aber beim dritten Mal faßte Deterio einfach zu. Er ergiff den Speer beidhändig kurz hinter der Spitze und zog daran. Rodraeg, der die Waffe nicht einfach loslassen wollte, machte einen ruckartigen Schritt nach vorne. Das genügte Deterio. Er sprang hoch und trat Rodraeg mit enormer Wucht gegen den Oberkörper. Ächzend wollte Rodraeg sich am Speer festhalten, aber den hielt nun auch nichts mehr. Er fiel schwer auf den Rücken und sah für ein paar Augenblicke den blauen Himmel alt und rissig werden. Deterio schob seine Schuhspitze unter den Speer und schleuderte ihn mit dem Fuß dem nasenblutenden Söldner zu, der ihn grinsend aus der Luft fischte.

»Wartet, bis Ihr wieder atmen könnt. Dann steht auf und versucht es noch einmal«, sagte Deterio fürsorglich. Ein gefiederter Pfeil zischte auf ihn zu, aber er wehrte ihn mit dem Handgelenk ab. »Auf diese Entfernung«, rief er zu dem Schützen hinauf, »sieht man sie viel zu früh kommen.«

Der mit den Augengläsern hatte recht. Hellas' Position war zwar gut, um den gesamten Kessel mit Pfeilen einzudecken, aber die Flugbahn der Geschosse war lang genug, um von jedem aufmerksamen Gegner rechtzeitig bemerkt zu werden. Der Überraschungseffekt war dahin. Jetzt konnte er eigentlich nur noch versuchen, diesem wahnsinnigen Migal beizustehen, der sich in diesem Moment tatsächlich in den Nahkampf gegen sechs Kruhnskrieger warf, und die drei anderen von der Wand zu pflücken, die sich abstrampelten, um so schnell wie möglich zu ihm hinaufzugelangen.

Eins. Der erste stürzte brüllend aus acht Schritt Höhe in die Tiefe.

Zwei. Treffer in den Rücken. Der Söldner wurde gegen die Felswand gedrückt und rutschte ungelenk daran hinab.

Der dritte ging hinter zwei Fässern in Deckung. Um ihn dort zu halten, jagte Hellas einen Pfeil in das vordere Faß.

Er schwenkte um Richtung Migal. Blitzschnelle Bewegungen rasender Klingen. Die Söldner hielten sich auf Abstand, ließen höchstens Kontakt mit ihren Schilden zu. Ihre Gesichter waren angespannt und glänzend. Migals Gesicht war nicht zu sehen, weil seine langen Haare lose um den Kopf peitschten wie Schlangen. Immerhin schien Migal doch nicht ganz so irrsinnig zu sein, wie Hellas zuerst gedacht hatte. Anstatt sich in endlosen Zweikämpfen zu verzetteln, bahnte sich der Klippenwälder eine Schneise durch seine Gegner. So kämpfte er sich Richtung Bestar durch. Rücken an Rücken würden sie dann bessere Aussichten haben als jeder alleine und von allen Seiten umzingelt.

Hellas wandte sich um Richtung Wald.

Es waren drei, die bemerkenswert lautlos herangekommen waren, alarmiert vom klagenden Dröhnen des Eisenstückes, die Schilde bis hoch an die Augen erhoben, geduckt mit auf ihn zeigenden Speeren.

Hellas haßte Schilde. Wenn es auch nur einem der drei gelänge, seinen Pfeil mit dem Schild aufzuhalten, würde Hellas keinen zweiten Schuß mehr schaffen, bevor der Speer des Gegners ihn über die Kante rammte.

Er überprüfte kurz, wie er stand, um nicht durch einen Fehltritt in die Tiefe zu stürzen. Dann schoß er dem mittleren der drei einen Pfeil genau in den Schild. Alle drei kamen schnell näher. Hellas zielte auf den Linken, riß dann im letzten Moment den Bogen herum und schoß dem mittleren tief unterhalb des Schildes durch die Wade. Vor Überraschung schreiend ging dieser zu Boden. Der Linke und der Rechte rannten los. Hellas wartete mit aufgezogenem Pfeil, bis sie fast heran waren, dann schlüpfte er durch die Mitte an ihnen vorbei und schoß aus der Drehung heraus dem Linken in den Rücken. Fassungslos rannte der einen Schritt zu weit und verschwand hinter der Kante. Der Rechte benutzte seinen Speer wie eine Sense und hieb in weitem Schwung nach Hellas. Der Schütze konnte knapp ausweichen, aber sein Bogen wurde am Holz erfaßt und seinen Fingern entrissen. Geräusche aus dem Wald. Noch einer oder zwei. Rechnerisch konnten sogar noch sieben auftauchen.

Das war es dann also, dachte Hellas bitter. Und wofür das Ganze? Für dreißig läppische Taler? Für die beinahe ansteckende Opferbereitschaft eines Südländers? Oder um den vergleichsweise harmlosen Gardisten Warchaims zu entgehen? Es war beinahe zum Lachen.

Hellas riß seinen Degen aus der Scheide und näherte sich in einem Duell, das ausschließlich aus Drohen und Ausweichen bestand, erneut der Klippe. Dem Pferdefresser schien es zu genügen, Hellas hinzuhalten, bis seine Kameraden mit Speeren und Schwertern heranwaren.

Hellas blickte seitlich über die Kante. Nein, er hatte sich nicht getäuscht. Es war vollkommener Wahnsinn, dort hinunterzuspringen, selbst mit zwei Klingen, die man zum Bremsen durch den Abhang zog. Er beschloß, den Speer zu umtanzen, um mit dem Degen an den Gegner heranzukommen, doch die Entscheidung wurde ihm abgenommen. Der Kruhnskrieger tat etwas, womit Hellas nicht gerechnet hatte. Mit großer Wucht rammte er den Speer vor Hellas in den Boden und stand dadurch für einen Moment ohne zureichende Deckung da. Gleichzeitig brach aufgrund des tiefgehenden Speeres die Klippenkante ab, auf der Hellas stand. Der Bogenschütze schnellte sich nach vorne durch die Luft, wurde nun aber vom Schild des Söldners abgeschmettert. Seitlich rollend stürzte Hellas in die Tiefe, umwirbelt von Gestein, Lehmbrocken, seinem Degen, dem Söldnerspeer, staubigen Grasfetzen und nachrutschendem Kies. Einen Meter weit ritt er auf der abgebrochenen Kante, der restliche Sturz wurde lediglich durch seine verzweifelt krallenden Hände gebremst.

Als er unten aufschlug und halb verschüttet wurde, verlor er kurz das Bewußtsein, fand es jedoch wieder, als ihn ein Söldner, der ihm bekannt vorkam, hochriß und mit der stahlberingten Faust wiederholt ins Gesicht schlug. Es war der, der hinter den Fässern in Deckung gegangen war. Irgend etwas fluchte dieser Mann mit speichelsprühendem Mund, aber Hellas stürzte erneut über eine Kante, und nochmal, und nochmal, bis da nur noch Dunkelheit war und ein lähmender, allumfassender Schmerz.

Gerade hatte sich Rodraeg mühsam wieder auf die Beine zurückgekämpft, als hinter ihm Hellas den Abhang hinunterstürzte. Hellas. Der einzige, von dem Rodraeg noch gehofft hatte, daß er entkommen und den Kreis benachrichtigen könnte. Mit wutverzerrtem Gesicht stürmte ein Söldner auf den halb verschütteten Bogenschützen zu und begann, wie rasend auf ihn einzudreschen.

Rodraeg fühlte sich alt und schwach und langsam. Flehentlich hob er beide Hände in Deterios Richtung.

»Gibt es nicht irgendeinen Weg ... das zu unterbinden?«

»Was zu unterbinden?« fragte Deterio interessiert. »Die wohlverdiente Strafe für den Bogenschützen, oder das alles hier?«

»Alles. Dieses ganze sinnlose Gemetzel.«

»Dafür dürfte es wohl zu spät sein, nachdem Euer Heckenschütze mindestens vier unserer Leute erschossen hat, Frauen genauso wie Männer.«

»Was ist, wenn wir uns ergeben?«

Deterio verzog die Lippen zu einem spöttischen, vielleicht sogar mitleidigen Lächeln. »Ich kann mich des Eindrucks nicht erwehren, daß Ihr Euch nicht genau darüber im Klaren seid, mit wem Ihr Euch da eigentlich verbündet habt. Ich sehe zwei Klippenwälder im Blutrausch. Ihr könnt gerne versuchen, sie zum Aufgeben zu bewegen. Versucht es. Ich werde Euch auch diese Zeit gewähren.«

Rodraeg wandte sich um. Er dachte nicht lange darüber nach, ob er Deterio trauen konnte, dafür war ohnehin keine Zeit mehr. Er sah Migal, der mit wuchtigen und schnellen Kreuzhieben beider Arme drei Söldner auseinandertrieb, einer der drei stürzte sogar rückwärts über seinen eigenen Speer. Dadurch tat sich eine Lücke in Richtung Bestar und Rodraeg auf. Migal sprang, hielt nachsetzende Söldner mit seinen wirbelnden Klingen auf Abstand und lief hinüber zu ihnen, zu Bestar, der immer noch abwartete und vor sich hinknurrte wie ein argwöhnischer Hund.

»Ihr könnt aufhören!« rief Rodraeg Migal zu. »Es ist vorüber! Wir legen die Waffen nieder.«

»Du spinnst wohl«, keuchte Migal ohne jeden Respekt. »Wir sind hier noch lange nicht fertig.«

»Das hat doch keinen Sinn«, versuchte Rodraeg zu argumentieren. »Es sind noch mindestens zwanzig von denen übrig. Zwanzig gegen drei. Hellas ist tot.« Rodraeg wußte nicht genau, ob Hellas tot war oder noch lebte, aber es konnte nicht schaden zu übertreiben, um die beiden Klippenwälder zu stoppen.

Migal war nicht im mindesten beeindruckt. »Wie ungeschickt von ihm. Dabei hatte er doch die bequemste Ausgangslage von uns allen. Ganz im Gegensatz zu Bestar, den du mitten in die Scheiße geritten hast.«

Rodraeg spürte, wie er immer verwirrter wurde. Sein Kopf drohte zu platzen. Alle Befürchtungen, die er Naenn gegenüber ins Feld geführt hatte, damit sie zu Hause blieb, bewahrheiteten sich nun und kehrten sich gegen ihn. Niemand hörte mehr auf seine Anweisungen. Kaum ging es um Leben und Tod, hatte sein Wort kein Gewicht mehr. Andererseits: Warum auch? Was hatte er schon geleistet, außer sie alle ins Unglück zu führen? Hellas hatte ihn gewarnt. Migal. Naenn. Riban. Nur er hatte tatsächlich geglaubt, dieses Tal hier allein mit Worten bezwingen zu können. »Migal«, sagte er, und es war ihm ganz egal, daß ihre Gegner nun schon beinahe alle ihre Namen kannten, »eines der Schwerter, die du da trägst, gehört mir. Ich möchte es gerne wiederhaben. Jetzt sofort.«

»Du kannst es doch gar nicht führen. Was willst du damit?«

»Ich will es niederlegen. Damit wir hier lebend rauskommen.«

Migal lachte auf. »Wir kommen hier nicht lebend raus. Aber wir werden auch nicht umsonst verrecken. Bestar und ich brechen durch in die Höhle und führen unseren Auftrag zu Ende.«

»Nein! Migal, Bestar, laßt das sein! Wir wissen noch immer nichts über diese Höhle! Wenn ihr da reingeht und alles kurz und klein schlagt, löst ihr womöglich eine furchtbare Katastrophe aus!«

»Gut«, meinte Migal gedehnt. »Dann wird eine furchtbare Katastrophe unser Grabmal sein!« Damit wandte er sich um und stürmte auf die fünf Söldner zu, die noch zwischen ihm und dem Höhleneingang standen. Bestar folgte ihm zögernd, nach einem langen schmerzerfüllten Blick auf Rodraeg, der einfach nur den Kopf schüttelte. Dann brüllten beide Klippenwälder um die Wette, und da die fünf Söldner nicht auswichen, sondern standhielten, begann dort das Hacken von Fleisch und das Sprühen von Blut.

Auch Deterio schüttelte den Kopf. »Also zurück zum ursprünglichen Plan. Ihr hattet versucht, mich als Geisel zu nehmen. Versucht es noch einmal, aber ohne Speer. Nur mit Euren Händen.« Er nahm sich die Augengläser von der Nase und verstaute sie in einem ovalen Kästchen, das er in einer Innentasche seiner leichten Jacke verschwinden ließ.

Rodraeg starrte Deterio an. Die Gegenwart verschmolz mit der

Vergangenheit. Schon wieder ein waffenloser Kampf. Was hatte dieser Straßenräuber gesagt? »Zeig mir, wie du für den Kontinent kämpfst, wenn sich jemand zwischen dich und dein hehres Ziel stellt.« Ryot Melron von der Roten Wand. Der ihm jenes Schwert schenkte, das er nun leichtfertig an Migal Tyg Parn verloren hatte.

Rodraeg griff an. Es war die einzige Möglichkeit, Migals und Bestars und vielleicht sogar Hellas' Leben zu retten. Vielleicht würde ihm ja ein Glückstreffer gelingen. Vielleicht würden sich all seine kindischen Körperertüchtigungsübungen unter Migals spöttischem Blick ja doch in etwas Handfestes verwandeln lassen. »Du kannst es doch gar nicht führen. Was willst du damit?« Migals schonungslose Ehrlichkeit schmerzte mehr als Deterios manierliche Beherrschtheit. Nichts an Deterio war persönlich. Er übte hier nur seinen Beruf aus, förmlich, perfekt, präzise, aber mit einer spürbaren Distanz zu allem, was ihn umgab. Um so wichtiger war es, Deterio richtig zu fassen zu bekommen.

Rodraeg legte all seine Kraft und Geschwindigkeit in sieben oder acht schnell aufeinanderfolgende Attacken. Vergeblich. Deterio wich aus, tänzelnd, in der Hüfte beweglich, beide Hände seitlich des Kopfes in einer eigentümlichen, nur halb geschlossenen Handhaltung erhoben, die Rodraeg schon einmal gesehen hatte, als er vor vielen Jahren im Auftrag von Advokat Hjandegraan in einer Aldavaer Kampfschule Erkundigungen angestellt hatte. Falls Rodraeg geglaubt hatte, einen kleinen Vorteil daraus ziehen zu können, daß Deterio ohne Augengläser schlechter sehen konnte, sah er sich nun eines Besseren belehrt. Der Hauptstädter führte ihn vor.

Schließlich bekam Rodraeg einen Zipfel von Deterios Jacke zu fassen und wollte ihn daran festhalten, als dieser einen Gegenangriff startete. Nicht mit den Fäusten, sondern ausschließlich mit den Beinen. Er konnte mit dem Knie zustoßen und anschließend das Bein strecken, so daß Rodraeg mit dem Kopf gerade noch dem harten Fußballen ausweichen konnte. Er konnte hochspringen und Rodraeg mit beiden Füßen nacheinander treffen. Er konnte sogar ein Knie um Rodraegs Hüfte herumführen und ihn von hinten mit der Ferse in die Nieren treten. Rodraeg landete zwei klatschende Fausttreffer auf Deterios Rippen, die ihn selbst wahrscheinlich mehr schmerzten als seinen Gegner. Einmal streifte er Deterios Schläfe mit dem Ellenbogen. Ansonsten wurde er selbst mit jedem wohlgezielten Treffer mürber, begann immer stärker zu zittern wie das wiederholt geschlagene Fell einer großen Trommel. Er schnaufte und wütete und mühte sich und fand sich schließlich auf dem Boden wieder, ohne Atem, ohne Kraft, mit dem Gewicht von drei Anderthalbhändern an jedem Arm.

Rodraeg schaute sich um. Neben ihm lag der Arbeiter immer noch auf der Tür, mitsamt der ihn Bestar aus der Hütte geschleudert hatte. Er atmete rasselnd, hatte mehrere Knochen und Rippen gebrochen. Etwas weiter entfernt, hinter Deterios tanzenden, leichten Schuhen, der Söldner mit der blutverschmierten Nase, den Speer haltend wie ein grausamer Ringrichter, um jederzeit dazwischenzugehen. Wiederum hinter diesem liefen die sechs Kruhnskrieger vorbei, durch die Migal durchgebrochen war, verstärkt durch den siebten, der auf Hellas eingeprügelt hatte. Bewegung. Viel zu viel Bewegung, um sich konzentrieren zu können. Oben auf der Klippe standen jetzt drei Söldner, zwei mit Speeren, einer ohne, und betrachteten ruhig das Geschehen.

Mit schmerzverzerrtem Gesicht blickte Rodraeg wieder zurück zu den rennenden Söldnern, die dorthin liefen, wo Migal und Bestar jetzt zur Höhle weiterhumpelten. Migal stützte Bestar. Vier Söldner lagen hinter ihnen tot in Unmengen von Blut, der fünfte kroch brabbelnd umher und suchte seine Hand.

Ein Traum fiel Rodraeg wieder ein. Das Mammut, noch nicht lange auf der Welt. Umzingelt und verfolgt. Allein. Der Höhlenmund der Abgrund. Schnee jetzt rot statt weiß. Das Donnern heranrennender Krieger.

»Versuchen wir es doch mal anders«, kam die Stimme Deterios wie durch ein verziertes Rohr gehaucht. »Sagt mir, wer Euch geschickt hat, und ich sorge dafür, daß die beiden Mistkerle am Leben bleiben.«

»Mich schickt ein Schmetterling«, sagte Rodraeg mit schwerer Zunge. »Sie hat rötliche Flügel mit hellblauen Rändern.«

»Dann eben nicht.«

Deterios letzter Tritt riß Rodraeg beinahe den Kopf ab. Blut, Schweiß und Speichel sprühten weit, dann krachte Rodraegs Gesicht mit verdrehten Augen auf den harten Lehm.

Migal und Bestar hielten auf den Höhlenrachen zu. Voraus loderten Feuerstellen. Die sieben Kruhnskrieger hinter ihnen kamen näher. Bestar biß die Zähne zusammen, er hatte noch einen weiteren Treffer am Oberschenkel hinnehmen müssen. Migal dagegen hatte nichts außer Abschürfungen und Prellungen.

Fast waren sie durch, als ihnen plötzlich ein ungeheures Getöse durch Mark und Bein fuhr. Mit ungebremster Gewalt rasselte ein schweres Gittertor herab und verriegelte die Höhle. So schnell konnten die beiden Klippenwälder nicht mehr abbremsen – sie prallten hart gegen das Eisengatter. Immerhin wurden sie nicht zermalmt.

»Tjaaa«, sagte eine rauhe Stimme von jenseits des Gitters, »hier geht's wohl nicht mehr weiter, Jungs.« Eine rußgeschwärzte Fratze mit grinsenden Zähnen, die zurückwich, als Bestar keuchend mit beiden Armen durch das Gitter griff. Dann drang aus dem Rauch und den Flammen nur noch Gelächter.

Die beiden Freunde wandten sich um.

»Taggaran«, sagte Migal heiser.

»Ja«, schnaufte Bestar, dessen Lippen vom Blutverlust schon ganz hell waren. »Für Taggaran und das Mammut.«

Dann warfen sie sich der heranbrausenden Feindesflut entgegen, aber es gelang ihnen nicht mehr, etwas auszurichten. Die Söldner drängten sie mit ihren Schilden gegen das Gitter zurück, ließen ihnen keinen Platz, weder zum Ausholen, noch zum Atmen, stießen mit Speeren und Schwertern vor wie eine tollwütig gewordene Armee und schlugen und knüppelten und traten die beiden zusammen, bis jeglicher Widerstand erstorben war.

15 Quelle dunkel

Im Land der Toten war die Luft von dunkler Farbe, fuhr mit rauhen Fingern hart in Mund und Kehle und verzerrte alle Stimmen zu denen von Tieren.

Im Land der Toten irrten Geister umher, ausgemergelt und bleich, angetrieben und in Richtungen geschickt von anderen Geistern, die ähnlich aussahen, aber noch Waffen trugen.

Im Land der Toten erwachte Rodraeg als ein Gefangener, die Füße aneinandergeschmiedet von einer Kette, die so schwer war, daß er sie kaum bewegen konnte.

Die anderen waren ebenfalls tot, weil sie bei ihm waren, angekettet wie er. Bestar, Hellas und Migal. Es kostete Rodraeg mehrere Sandstriche, um zu begreifen, daß ihr schlechter Zustand, all die Schwellungen, Schnitte, Blessuren, die lieblosen Verbände und auch seine eigenen Schmerzen Anzeichen dafür waren, daß sie in Wirklichkeit noch lebten.

Bestar und Hellas hatte es am schlimmsten erwischt. Bestar schlief tiefer als nur schlafend, unruhig und fiebrig, schwitzte und war weiß im Gesicht wie ein Gestorbener. Seine Wunden waren versorgt und verbunden worden, aber die rußige Luft hier in der Höhle beschmutzte alles und war für einen Heilprozeß alles andere als förderlich. Hellas konnte seinen linken Arm nicht mehr bewegen und hatte Schwierigkeiten beim Einatmen – vermutlich aufgrund mehrerer gebrochener Rippen.

Migal hatte lediglich Beulen, Blutergüsse und ein beinahe zugeschwollenes Auge, während Rodraeg zwar das beunruhigende Gefühl hatte, sein Unterkiefer paßte nicht mehr zum Oberkiefer, aber ansonsten unbeschadet war.

Es war erstaunlich, wenn man bedachte, mit wem sie sich angelegt und was sie angerichtet hatten, und es ergab eigentlich keinen Sinn, daß man sie nicht schon längst getötet hatte.

Deterio tauchte aus den Rauchwolken und dem fackelfarbenen

Dunst und stellte sich vor sie hin wie ein Gespenst mit verspiegelten Augen. Als Migal aufsprang und nach ihm zu greifen versuchte, stießen links und rechts von Deterio zwei Kruhnskrieger hervor und rammten den Klippenwälder mit ihren stumpfen Speerenden wieder zu Boden. Migal krümmte sich, erbrach dickflüssigen Speichel und brabbelte etwas, das niemand verstand.

»Ihr solltet wirklich demütiger sein«, tadelte Deterio mit ruhiger Stimme. Von Kisem Tugri war nichts zu sehen, aber womöglich stand auch er dort irgendwo im Rauch. War es Tag, war es Nacht? Rodraeg schluckte schwer, nickte und sagte, möglichst ohne den Unterkiefer zu bewegen: »Was habt Ihr mit uns vor?«

»Ganz einfach«, antwortete der Aldavaer. »Ihr werdet für uns arbeiten. Aufgrund der giftigen Dämpfe haben wir hier ein Arbeitskräfteproblem, und wenn die Terreker erfahren, daß es hier Tote gegeben hat, wird wohl niemand mehr bei uns anheuern wollen. Indem Ihr für uns arbeitet, könnt Ihr uns nützlicher sein, als wenn wir Euch einfach nur umbringen.«

»Mich mußt du schon umbringen, du feiges Schwein«, ächzte Migal von unten hoch.

Deterio ging in die Hocke, um dem aufsässigsten seiner Gefangenen nahe zu sein. »Verdient hättet Ihr es, nach allen königlichen und sonst auf dem Kontinent gültigen Gesetzen. Ihr seid unbefugt in ein von uns angemietetes Gebiet eingedrungen und habt acht Menschen getötet, Männer und Frauen. Ein Vorarbeiter hat mehrere gebrochene Knochen, ein Söldner hat einen gebrochenen Arm, ein zweiter eine durchschossene Wade, ein dritter hat seine Schwerthand verloren und ein vierter stirbt an einem Lungenschuß vor sich hin. Von unseren ursprünglich dreißig Kruhnskriegern sind nur noch achtzehn einsatzfähig. Ihr habt erstaunliche und schreckliche Arbeit geleistet.«

»Das war nicht so geplant«, begehrte Rodraeg mühsam auf. Seine Zunge fühlte sich an wie ein dicker Pilz, der in seinem Mund wucherte. »Ich bin unbewaffnet zu Euch gekommen. Hättet Ihr die Feindseligkeiten nicht eröffnet, wäre kein einziger Tropfen Blut geflossen.«

»Ihr habt uns dreist ins Gesicht gelogen und sogar den Namen der Königin entweiht, um Eure wahren Absichten zu verschleiern. Danach, das gebe ich zu, habe ich einen Fehler gemacht, weil ich nicht mit zwei weiteren von Euch gerechnet habe. Aber es ist unnötig, daß wir uns gegenseitig Vorhaltungen machen, denn das ändert nichts an der gegenwärtigen Situation. Ich hege keinen persönlichen Groll gegen Euch. Ihr habt uns lediglich vor Augen geführt, daß die Kruhnskrieger sowohl als Wachen wie auch als Kämpfer ihren Sold nicht wert sind. Insofern ist es ihre Schuld und ihr Problem, daß sie einen so hohen Blutzoll entrichten mußten. Ich hätte sie niemals angeheuert.« Da Deterio zwischen zwei Kruhnskriegern stand, suchte Rodraeg bei ihnen nach einer Reaktion auf diese Schmähung, doch Deterios Autorität schien keinerlei Risse aufzuweisen.

»Jedenfalls«, fuhr der Aldavaer fort, »werdet Ihr für uns arbeiten. Die Regeln sind ausgesprochen einfach. Wer gut arbeitet, wird gut versorgt. Wer aufsässig ist oder faul, bekommt nichts zu essen. Da Ihr zu viert hier eingedrungen seid, behalten wir uns vor, Euch alle vier zu bestrafen, falls einer von Euch nicht mit uns zusammenarbeiten möchte.«

Hellas deutete mit dem Daumen auf Bestar. »Er kann nicht arbeiten, selbst wenn er das wollte.«

»Nun, er wird nichts zu essen bekommen und nicht weiter versorgt werden, bis er mitarbeitet. Da Ihr zu viert seid, könnt ihr ihn mit durchfüttern, falls Ihr das wünscht, indem jeder von Euch auf einen Teil seiner Ration verzichtet. Es liegt also an Euch, was aus ihm wird.«

»Warum sollen wir überhaupt arbeiten?« knurrte Migal. »Früher oder später bringt ihr uns doch sowieso um.«

Deterio lächelte. »Da irrt Ihr Euch, Klippenwälder. Ihr schließt zu schnell von Euch auf andere. Im Gegensatz zu Euch sind wir das Morden nicht gewöhnt. Wir sind lediglich Geschäftsleute. Die Arbeit hier ist hart und beinhaltet einige Risiken für die Gesundheit. Indem Ihr für uns arbeitet, könnt Ihr die Schuld abtragen, die Ihr auf Euch geladen habt. Wir gehen davon aus, daß unsere Arbeit hier in etwa einem halben Jahr beendet sein wird. Wenn das der Fall ist, lassen wir alle gehen. Die Söldner, die Lohnarbeiter und auch Euch. Also überlegt Euch das gut. Ein halbes Jahr Zwangsarbeit ist eine milde Strafe für acht oder neun Morde.«

»Morde!« äffte Migal. »Wir waren in der Unterzahl! Unsere Gegner waren Krieger. Wir haben nicht gemordet, wir haben gekämpft!«

»Aber das Ergebnis ist dasselbe. Menschen sind gestorben, und Ihr seid daran schuld. Mehr gibt es nicht zu sagen. Selbstverständlich interessiert mich, woher Ihr kommt, wer Ihr seid, ob Ihr für jemanden arbeitet, was eigentlich Euer Ziel war und wie Ihr uns tatsächlich gefunden habt. Aber ich gehe davon aus, daß Ihr Euch in Eurer augenblicklichen Aufgewühltheit jedem vernünftigen Gespräch verweigern würdet, und die Anwendung von Folter finde ich genauso verabscheuenswert wie das Töten von Menschen. Also, falls in den kommenden Wochen einer von Euch ein Interesse daran haben sollte, seine Arbeitsbedingungen deutlich zu verbessern – ich werde jederzeit ein offenes Ohr für ihn haben. Nach dem, was heute hier alles schiefgelaufen ist, werde ich vorerst nicht nach Aldava zurückkehren. Gehabt Euch wohl.«

Damit erhob er sich und verschwand in Qualm und Düsternis.

Migal rüttelte an seiner Kette und an dem in die Felswand genagelten Ring, an dem sie befestigt war. Ohne Ergebnis. Hellas legte sich langsam zurück und schloß die Augen. Rodraeg tat es dem Bogenschützen alsbald gleich.

Immer wieder schreckte er aus einem unruhigen Schlummer auf. Er träumte von Feuern und Fluten von Rauch, als wäre der ganze Kontinent in Brand geraten. Wenn er wach war, dachte er an Naenn. Wie gut es war, daß sie sich in Sicherheit befand. Vielleicht hätte Deterio sie anständig behandelt, aber selbst wenn sie vor den grabschenden Händen der Arbeiter und Söldner geschützt worden wäre – sie wäre eingegangen wie eine vertrocknende Pflanze, hier, in dieser übelriechenden Unterwelt.

War es Tag? War es Nacht? Solange niemand sie zur Arbeit antrieb, konnte es ihnen nur recht sein. Rodraeg warf sich hin und her, fühlte sich von Schmerzen gepeinigt, gelähmt, dem Ersticken nahe. Acht Menschen. Acht oder neun Menschen. Wie hatte das nur passieren können? Wenn Hellas und Migal sich abgesetzt hätten, wie er es ihnen befohlen hatte, dann. Wenn er sich nicht vor Deterio in Widersprüche verwickelt hätte, dann. Wenn, dann. Wenn, dann. Wenn, wenn, wenn.

Als das ›Deng-dengdeng-dengdeng‹, das sie in den letzten Nächten hierhergeführt hatte, dröhnend aufklirrte, so daß er sich die Ohren zuhalten mußte, um nicht laut zu schreien, hielt er es nicht mehr aus. Er rief einen fackelbeschienenen Arbeiter aus dem Dunkel herbei und bat ihn, Deterio zu holen. Der Lärm erfüllte die ganze Höhle, ähnlich dem Metallstück, mit dem die Kruhnskrieger Alarm geschlagen hatten, nur mit Metall auf Stein. Hellas schien das selbe zu denken und fragte einen Vorbeihastenden: »Was ist los? Läuft etwas schief?«

»Alles normal«, kam die Antwort, »wir besänftigen das Wachs.«

Wir besänftigen das Wachs. Ein weiteres Rätsel in einer Welt voller Geheimnisse.

Deterio erschien. Er wirkte verschlafen und zerzaust und gebot dem Hämmern für ein paar Sandstriche Ruhe. »Was ist los? Seid Ihr schon zur Besinnung gekommen?«

»Hört zu«, sagte Rodraeg flehentlich. »In meinem Rucksack befindet sich ein kleines, verkorktes Tonfläschchen. Es enthält einen sehr starken Heiltrunk. Wenn Ihr es dem Söldner mit dem Lungenschuß einflößt, rettet es ihm vielleicht das Leben.«

»Ich hatte mich schon gefragt, was für ein Fläschchen das ist. Eure Sorge um unseren Mann ist Euch hoch anzurechnen, kommt jedoch leider zu spät. Der Verwundete ist vor zwei Stunden gestorben.«

»Neun«, zischte Migal. »Noch einundzwanzig. Und dann du.«

Deterio wandte sich kopfschüttelnd ab und ging wieder. Rodraeg spürte eine wilde Lust in sich aufsteigen, sich auf Migal zu stürzen.

»Du solltest nicht alles noch schlimmer machen«, sagte er mit größter Beherrschung.

»Und du solltest nicht deine Heiltränke an Feinde verschwenden, sondern lieber Bestar helfen, der deinetwegen fast gestorben ist.«

»Meinetwegen? Wer von uns hat ihn denn zum Kämpfen aufgestachelt, als alles schon verloren war? Bestar und ich wären gefangengenommen worden, und ihr hättet Hilfe holen können. Aber nein, ihr mußtet ja unbedingt einen Krieg anfangen!«

»Hätten wir uns nicht getrennt, wäre das alles nicht passiert. Wir hätten schön säuberlich einen nach dem anderen im Wald ausschalten können, uns immer den Rücken freihalten, und uns langsam zur Höhle vorarbeiten. Wir hätten es schaffen können. Wir haben neun getötet, wir hätten alle töten können ohne deinen dummen Plan, sich gefangennehmen zu lassen.«

Jetzt ging es wieder los: Deng-dengdeng-dengdeng. Sie besänftigten das Wachs.

»Wir wären nie in die Höhle gekommen, Migal. Spätestens am Fallgitter wären wir gescheitert.«

»Zu viert hätten wir es vielleicht hochheben können.«

»Das glaubst du doch wohl selbst nicht.« Hätte. Wäre. Wenn. Rodraeg schlug mit der flachen Hand auf den Felsboden. »Aber wir sind drin. Wir haben es geschafft.«

Migal lachte verächtlich auf. »Toll. Angekettet und bewacht.«

»Aber wir sind noch am Leben. Erstaunlich genug. Die haben ein Drittel ihrer Männer verloren und wir nicht einen einzigen. Wir leben und sind in der Höhle. Und wir sollen hier arbeiten. Das heißt, wir werden Gelegenheit bekommen, uns umzuschauen und zu lernen. Wir werden herausfinden, was hier abgebaut wird, wie es abgebaut wird und wie man den Abbau lahmlegen kann.«

»Ich werde nicht als Sklave schuften.«

»Doch, genau das wirst du tun. Für Bestar, damit sie ihn nicht verdursten lassen. Und für unseren Auftrag, denn er ist noch nicht erfüllt, und das bedeutet, wir sind hier noch nicht fertig.«

Die beiden starrten sich an, rote Fackelfunken in den Augen, und zum ersten Mal senkte Migal als erster den Blick. Zornig, zitternd vor gebundener Kraft, warf der Klippenwälder sich zurück auf sein steiniges Lager. Rodraeg legte sich erst wieder hin, nachdem der Lärm aufgehört hatte, und träumte weiter von Schrecken und Pein.

Am folgenden Tag begann ihre Zwangsarbeit.

Rodraeg ging davon aus, daß dies der Tag nach ihrem Kampf im Talkessel war, also der 24. Regenmond. Er versuchte mit Hilfe von Kerben, die er in einen Stein schabte, Buch zu führen über Zeit und Dauer ihrer Fron.

Ihr Vorarbeiter hieß Cilf Daubs. Er war der mit dem rußgeschwärzten Gesicht und den bleckenden Zähnen, der vor Migal und Bestar das Fallgitter heruntergelassen und damit ihrem Angriff den endgültigen Todesstoß versetzt hatte. Jetzt gefiel er sich darin, sie mit seiner rauhen, stets zum Räuspern nötigenden Stimme herumzuscheuchen und zu schmähen. Es gab noch zwei weitere Vorarbeiter in der Höhle. Bramon, der väterlich und freundlich war und ansonsten als Feinschmied in Terrek arbeitete, und Igdan Hallsass, der nur deshalb zum Vorarbeiter befördert worden war, weil Bestar seinen Vorgänger durch die Tür der Holzhütte geschmettert und ihm dabei zahlreiche Knochen gebrochen hatte. Hallsass versuchte, seine Unsicherheit durch übertriebene Strenge auszugleichen, und man tat gut daran, ihm so weit wie möglich aus dem Weg zu gehen. Die Anführerin der fünf in der Höhle postierten Kruhnskrieger war eine vierschrötige blonde Frau namens Zembe. Auch sie war aus nachvollziehbaren Gründen alles andere als gut auf die vier vom Mammut zu sprechen, und Migal mußte sehr aufpassen, ihr bei seinen zahlreichen Versuchen, seine Ketten zu lockern oder zu lösen, nicht aufzufallen.

Immerhin erfuhren sie schon am ersten Tag ihrer Fron, was in dieser Höhle eigentlich abgebaut wurde. Das Material wurde als ›Schwarzwachs‹ bezeichnet, und der Abbau erfolgte tatsächlich im Auftrag der Königin. Aus Schwarzwachs konnten Brustharnische, Arm- und Beinschienen, Helme und Schilde angefertigt werden, die noch schlag- und geschoßunempfindlicher waren als lederbeschlagener Stahl, und dabei nur etwa halb so schwer. Auch dem Oberhaupt der Kruhnskrieger, Kruhn Sessiu, war eine solche Schwarzwachsrüstung versprochen worden.

Das Schwarzwachs war in seiner Reinform flüssig und unbeschreiblich heiß. Es wurde mit Hilfe komplizierter Apparaturen aus einer Quelle geschöpft, die unterirdisch in etwa zehn Schritt Tiefe kochte. Einer der Arbeiter erklärte Rodraeg, daß flüssiges Gestein, wie man es zum Beispiel im Inneren einiger Berge finden konnte, normalerweise rot oder sogar weiß glühte. Das Schwarzwachs jedoch war anders. Es war schwarz und zähflüssig in seiner ursprünglichen Gestalt, es war schwarz und formbar wie warmes Wachs, wenn man es durch fünfundzwanzig Kühlvorgänge auf eine bearbeitbare Temperatur heruntergeregelt hatte, und es wurde schwarz und härter als Stahl, wenn es vollständig erkaltet war. Da es danach nicht noch einmal erhitzt werden konnte, ohne brüchig zu werden, war die Hälfte der insgesamt vierzig Terreker Arbeiter, die in der Haupthöhle und den daran anschließenden Tropfsteinverzweigungen vor sich hinwerkelten, damit beschäftigt, entweder flüssiges Schwarzwachs in Gußformen zu gießen, oder knetbar heruntergekühltes Wachs in die endgültige Form von Rüstungsteilen zu bringen. Nur drei Arbeiter waren jeweils mit dem Fördern beschäftigt, fünfzehn weitere mit den Kühlvorgängen.

Dies waren die unangenehmsten Arbeitsstellen. Umhüllt von giftigem Dampf, mit Lederschürzen vor Gesicht und Körper, hantierten die Abkühler mit Schöpfkellen, umwickelten Eisenzangen, Holzformen, Stofflappen, Zinnwannen und Steingefäßen, um die schwarz glühende Flüssigkeit mit Hilfe des aus dem Bach abgeleiteten Frischwassers auf eine annehmbare Temperatur herunterzuzwingen. Dabei wurde das Frischwasser dermaßen verunreinigt und erhitzt, daß es aus der Höhle geschafft und aus dem Talkessel hinausgebracht werden mußte.

Wie zu befürchten gewesen war, wurden Rodraeg, Migal, Hellas und Bestar genau hier eingeteilt. Das war wohl nicht als Verhöhnung oder zusätzliche Bestrafung gedacht, sondern es waren einfach die Arbeitsplätze, für die sich kein Terreker freiwillig meldete. Da kamen vier Zwangsarbeiter gerade recht.

Von fünf argwöhnischen Kruhnskriegern umringt, wurden Rodraeg und Migal – Hellas durfte sich auch noch ausruhen, weil Rodraeg versprach, für ihn mitzuarbeiten – die Ketten aus den Befestigungsringen am Lager gelöst. Dann mußten sie, das schwere Eisen hinter sich herschleifend, zu den Abkühlern hinüberschlurfen, und dort wurden sie wieder an in die Felsen genagelten Ringen gesichert. Rodraeg, der von allen am wenigsten verletzt war, gab sich tatsächlich Mühe, gut und zügig zu arbeiten, und mußte sich dafür von dem widerspenstigen Migal so manchen kopfschüttelnden Blick gefallen lassen. Für Rodraeg aber war die Zielsetzung ganz einfach: Er wollte ihnen allen Heilung und Überleben ermöglichen, denn nur heil und lebendig konnten sie etwas unternehmen. Darauf, daß er durch gute Arbeit zur Verschmutzung des Laironsees beitrug, konnte und durfte er keinen Gedanken verschwenden. Diese Arbeit würde ohnehin getan werden. Wenn nicht von ihm, dann von einem anderen Arbeiter.

In der rußig stinkenden Höhlennacht dachte Rodraeg darüber nach, daß ausgerechnet er, der aus den Sonnenfeldern stammte, zum Arbeitssklaven geworden war. Der Wohlstand der Sonnenfelder hatte sich jahrhundertelang auf Sklaverei gegründet, bevor der geheimnisumwobene Geisterfürst vor über siebenhundert Jahren die Macht an sich riß, während seiner fast vierzigjährigen Schreckensherrschaft die lichtdurchströmten Städte in schattige Gruften verwandelte und alle stolzen und freien Bürger in Leibeigene. Nach der Befreiung durch König Rinwe, dem Vereiniger, hatten fast alle sonnenfeldischen Städte und Ländereien der Sklaverei abgeschworen, weil sich hartnäckig das Gerücht hielt, der Geisterfürst sei ein Fluch gewesen, den eine aus dem südöstlichen Regenwald entführte Sklavin über die Felder gebracht hatte. Nur die prunkvolle Stadt Diamandan hatte diesem Aberglauben getrotzt und frönte noch heute dem Sklavenhaltertum, als einzige Stadt des Kontinents.

Rodraeg war nur vier- oder fünfmal in seinem Leben in Diamandan gewesen, und jedesmal nur für wenige Tage, aber er schämte sich jetzt dafür, daß ihn die offensichtlich menschenunwürdigen Lebensverhältnisse der Sklaven nie besonders empört hatten. »Das Sklavenhaltertum steckt uns allen im Blut«, hatte sein Onkel Severo einmal zu ihm gesagt und dabei verächtlich ausgespuckt. »Aber der Mensch erniedrigt sich, wenn er sich über andere erhebt.« Vielleicht, so dachte Rodraeg nun in Momenten größter Erschöpfung, bin ich nun hier gelandet, um einen Teil meines sonnenfelderischen Blutes von dieser Schuld zu reinigen. Vielleicht hat das Ganze einen Sinn, einen Sinn im Dienste des Kreises oder sogar im Dienste der Götter.

So schlief er ein, und selbst das dröhnende Deng-dengdengdengdeng in dieser Nacht vermochte ihn kaum noch zu stören, so müde war er.

Am folgenden Tag – er und Migal arbeiteten weiterhin alleine – erfuhr Rodraeg von Cilf Daubs, was das metallische Hämmern in der Nacht zu bedeuten hatte.

Die dunkle Quelle war instabil.

Regelmäßig nachts, wie den Gezeiten unterworfen, stieg das Schwarzwachs wie eine Flut und drohte, als flammendheiße Fontäne die gesamte Höhle zu versengen. Gelehrte aus Aldava, die diese Quelle während ihrer Freilegung untersucht hatten, hatten mehr durch Zufall als durch ausgeklügeltes Vorgehen herausgefunden, daß man die Wachsflut »besänftigen« konnte, indem man auf einen über der Quelle hängenden Tropfstein so lange mit einem Vorschlaghammer einschlug, bis Steinstaub und Kalk in die Quelle rieselten. Wenn das nicht ausreichte, konnte man zusätzlich Kalk in die Quellgrube werfen, aber nur zwei oder drei gehäufte Löffel, damit das Wachs nicht zu sehr durchmischt und somit beim Abkühlen spröde und nutzlos wurde.

Rodraeg hörte aufmerksam zu. Mit einer großen Menge Kalk konnte man wahrscheinlich die gesamte Quelle verschmutzen und die Förderarbeiten sinnlos machen. Das war genau die Information, die er gebraucht hätte, um einen gut vorbereiteten Schlag gegen diese Bohrstelle zu führen. Aber nun nutzte ihm dieses Wissen nichts mehr. Auf die Frage: »Ist es dann nicht fahrlässig, Kalk in der Höhle herumliegen zu lassen?« bekam er zur Antwort: »Stimmt. Deshalb findet sich in der Höhle immer nur ein Schälchen voll Kalk. Der Rest wird draußen gelagert.« Genaueres bekam er nicht heraus.

Aber es war auch interessant zu erfahren, daß das Schwarzwachs jede Nacht aufs Neue gebändigt werden mußte. »Wie ein wildes Tier«, tuschelten die Arbeiter. Ein Lebewesen mit einem eigenen Willen. War es natürlich, weil es aus der Erde kam, oder übernatürlich, weil es dunkel war und dennoch heiß, weil es Kopf- und Magenschmerzen verursachte, wenn man zuviel von seiner Aura einatmete? Fest stand, daß sich die Bohrstelle veränderte. Am Anfang war da nur ein Schacht gewesen, lediglich eine Handspanne im Durchmesser, aus dem das Wachs mit becherartigen Gefäßen aus versteinertem Holz geschöpft wurde. Doch im Laufe der Wochen hatte das Wachs an den Schachtwänden gerüttelt, gebissen und gerissen, bis Stein splitterte und abschmolz. Inzwischen war aus dem Schacht eine blakende Grube geworden, zwei Schritte breit und von allen Arbeitern außer den drei Förderern weiträumig umgangen. Noch drei Monde, schätzte Daubs, dann würde in der Haupthöhle kein Platz mehr sein für Arbeiter. Noch sechs Monde, und der gesamte Talkessel würde zum schwarz schwelenden Giftloch geworden sein, dem kein Arbeiter sich mehr nähern konnte, ohne Leib und Leben zu riskieren. Das also hatte Deterio gemeint, als er sagte, in einem halben Jahr würde die Arbeit hier eingestellt werden. Unweit des Laironsees würde ein zweiter See entstehen, dunkel und brodelnd und alles Leben in seiner Umgebung mit seinem Pesthauch verzehrend.

Rodraeg war sich sicherer denn je, daß irgend jemand etwas unternehmen mußte. Der Kreis. Die Bewohner Terreks, die aus Geldgier fahrlässig den Wald, die Bäche und den See gefährdeten. Die Untergrundmenschen. Die Schmetterlingsmenschen. Die Königin, falls sie ihren Kontinent liebte. Die Bäume, die Vögel, Wasser und Wind. Die Götter. Das Mammut.

Aber das Mammut war geschlagen und gebunden. Es röchelte

bleich in Bestars unruhigem Schlaf. Es knirschte ziellos und blind mit Migals Zähnen. Es zitterte und schwitzte und litt quälende Furcht mit Hellas, der, eingepfercht zwischen Felsen und Glut, an einem eigenen Fieber litt. Er, der die Entfernung liebte, konnte so viel Nähe nicht ertragen.

Hellas war auch der erste, den Deterio zum Verhör lud, am dritten Tag ihrer Fron. In der Blockhütte bauten sich Deterio, Tugri und Kruhn Sessiu vor dem Bogenschützen auf und beschossen ihn abwechselnd mit Fragen, aber Hellas war dermaßen froh darüber, den beengenden Höhlenwänden wenigstens für kurze Zeit entkommen zu sein, daß er weit davon entfernt war, Schwäche zu zeigen.

Auf die Frage nach seinem Namen antwortete er: »Ich bin der Bogenschütze. Alle nennen mich so.«

Auf die Frage nach den Namen der anderen antwortete er: »Die beiden Großen sind die Klippenwälder. Den Älteren nennen sie ›Väterchen‹.«

Auf die Frage, wie lange er die drei schon kenne, antwortete er: »Wir sind uns in Terrek begegnet, vor einigen Tagen. Das Gasthaus hieß, glaube ich, *Seesonne.*«

Auf die Frage, weshalb sie hierhergekommen seien, antwortete er: »Ich weiß nicht, was die anderen hier suchen. Ich jedenfalls kam her, um Kruhnskrieger zu töten. Das ist so viel einfacher als Hasen jagen.«

Nach diesen Worten begann Kruhn Sessiu, ihn zu prügeln und herumzuschreien, und Deterio mußte das Verhör abbrechen, ohne etwas Verwertbares erfahren zu haben.

Am folgenden Tag versuchten sie, Rodraeg in die Mangel zu nehmen.

Rodraeg nannte ihrer aller Vornamen, weil er wußte, daß Deterio die während des Kampfes ohnehin schon mitbekommen hatte. Ansonsten verweigerte er jegliche Aussage bis zu seiner bedingungslosen Freilassung, da er nachweislich niemandem etwas angetan hätte außer vielleicht einer blutigen Nase. Dann beteuerte er noch, daß das meiste von dem, was er Deterio und Tugri erzählt habe, die reine Wahrheit gewesen sei, und daß niemand hätte zu Schaden kommen müssen, wenn Deterio nicht den vollkommen überflüssigen Befehl zur Eröffnung der Gewalttätigkeiten gegeben hätte.

Fast zwei Stunden lang redeten überwiegend Tugri und der Anführer der Kruhnskrieger auf ihn ein, doch Rodraeg blieb stur und pochte auf sein Recht auf eine ordentliche Verhandlung vor einem Aldavaer Schiedsgericht. Im Stillen spielte er mit dem Gedanken, Baladesars Namen zu nennen. Ein hervorragender Advokat, der sie vielleicht alle hier herauspauken konnte. Doch Rodraeg entschied sich dagegen. Es hatte neun Tote gegeben, und Baladesar würde lügen und tricksen müssen, um sie von dieser Schuld reinzuwaschen. Das war nicht gut für ihn, seinen Ruf, seine Frau und die Kinder. Baladesar hatte zwar seine Hilfe angeboten, aber Rodraeg wollte ihn auf keinen Fall in eine solch häßliche Sache hineinziehen.

Gleich nach Rodraeg wurde noch Migal zum Verhör gezerrt, aber das blieb vollkommen ergebnislos, denn Migal sang die ganze Zeit über ein derbes Klippenwälder Spottlied. Ansonsten sprach er kein Wort.

Er und Rodraeg wurden auf halbe Ration gesetzt. Bestar und Hellas lebten ohnehin nur von dem, was Migal und Rodraeg ihnen abgaben.

Aus diesem Grund begann Hellas am fünften Tag mitzuarbeiten, zumindest, so gut er das konnte mit nur einem funktionierenden Arm und steifem Oberkörper.

Dieser fünfte Tag, der 28. Regenmond des Jahres 682 nach der Königskrone, war Rodraegs 37. Geburtstag, aber er erzählte es niemandem. Es gab keine Möglichkeit zu feiern, und selbst wenn, warum ausgerechnet ihn, der ihnen dieses Schicksal eingebrockt hatte?

Der achte Tag ihrer Fron war der erste Tag des Blütenmondes. Draußen begann die farbenprächtigste und dufterfüllteste Zeit des Jahres, doch hier in der Höhle gab es kaum Licht, keine Farben, und jeder Atemzug schmeckte nach Qualm.

Rodraeg entwickelte einen hartnäckigen Reizhusten und bestand darauf, daß sie alle stets Atemschutztücher vor den Gesichtern trugen wie die Arbeiter, die oben am Talkesselrand das Schmutzwasser in den Ableitungstrog schütten mußten.

Obwohl Hunger und Durst und körperliche Erschöpfung sie peinigten und reizten, obwohl der Mangel an Licht und schmerzloser Luft ihnen allen zu schaffen machte, ging es Bestar langsam besser. Das war in erster Linie Migals Verdienst, der die Wunden seines Freundes morgens und abends mit dem Frischwasser, zu dem die Abkühler leichten Zugang hatten, wusch, und damit verhinderte, daß sich Entzündungen bildeten. Bestar ließ die Ebene des todnahen Schlafens hinter sich und kam zu Bewußtsein. Kaum hatte er begriffen, daß die anderen für ihn mitarbeiteten und ihm von ihren kümmerlichen Zuteilungen abgaben, wollte er aufstehen und selbst zupacken, aber Rodraeg konnte ihn überzeugen, daß es vernünftiger war, sich noch mindestens zwei weitere Tage auszuruhen. Danach konnte Bestar mitmachen, und wenn er erst wieder richtig bei Kräften wäre, würde seine Arbeitsleistung es den anderen ermöglichen, sich wechselweise für je einen Tag auszuruhen.

So setzten sie es in die Tat um. Ab dem zehnten Tag arbeitete Bestar unter den Abkühlern mit. Am dreizehnten Tag machte Hellas einen Tag Pause, am vierzehnten Rodraeg. Migal verzichtete. Die beiden Klippenwälder arbeiteten Seite an Seite, schütteten Wasser um, senkten umhüllte Gefäße voller Schwarzwachs in aufzischende Becken, hantierten mit schmutzigen Lappen und armlangen Zangen und rollten Schubkarren mit Fässern heran oder manövrierten welche mit einigermaßen abgekühlten Wachsladungen über den unebenen Höhlengrund zu den Fertigern. Keiner von ihnen bekam jemals die Vergünstigung, zur Schmutzwasserentsorgung eingeteilt zu werden und so ins Freie zu gelangen. Sie blieben stets angekettet, stets überwacht, aber sie wurden nicht mehr verhört, und seit Bestars zweitem Arbeitstag bekamen auch alle wieder volle Rationen. Bestar sagte flüsternd zu Rodraeg: »Für die Königin Rüstungen herstellen ist doch eigentlich gar nichts Schlechtes, oder?«

»Du findest dich also langsam ab«, versetzte Rodraeg. »Mit der Schwarzwachsquelle, die bald alles überspült. Mit unseren Ketten. Mit den Kruhnskriegern.«

»Oh nein, nicht mit den Kruhnskriegern«, beeilte Bestar sich zu versichern. »Migal sagt, es gibt von denen einundzwanzig zu viel. Das werden wir ändern, wenn wir hier fertig sind.«

Am sechzehnten Tag ihrer Fron durften sie völlig unverhofft den Himmel sehen. In der Höhle gab es einen Unfall, einer der Arbeiter stieß rückwärtsgehend ein viertelvolles Wasserfaß um, der Inhalt ergoß sich in die Schwarzwachsgrube, und das Wachs lief Amok. Rötlicher Dampf schoß in die Höhe, wurde mehr und mehr, heißer und heißer, durchsetzt mit einem Sprühregen reinsten Schwarzwachses. Getroffene schrien schrill und wälzten sich am Boden, die Haupthöhle wurde evakuiert. Wer den hinteren Arbeitshöhlen näher war, wurde dorthin gewiesen. Wer näher am Eingang war, wie die Abkühler, rannte nach draußen. Cilf Daubs half Rodraeg und Hellas sogar beim Schleppen ihrer Ketten.

So fanden sie sich draußen wieder, umringt von zwei Dutzend anderen schmutzigen Gestalten. Die Sonne stand hoch im Blau und strahlte so hell, daß man unter ihrer Macht beinahe zu Boden gezwungen wurde. Hier draußen roch es immer noch nach Schwarzwachs, Rauch und Schweiß, aber es gab auch so etwas wie einen Wind, der einen Waldduft mit sich führte und eine undeutliche Erinnerung an blühende Büsche.

Rodraeg schossen Tränen in die Augen, als er sie alle so bei Licht sah. Zottelbärtig, abgemagert, die Kleidung starr vor Schmutz, die Haare filzig und wirr. Ein halber Mond Zwangsarbeit unter Tage. Noch ein halber Mond, und sie würden wie Untergrundmenschen aussehen, mit rötlichen Augen und ledrigen Schaufeln als Händen. Ein halbes Jahr war unvorstellbar. Zumindest ihn würde vorher schon der Husten töten. Hellas sah am eigentümlichsten aus. Obwohl sein Haupthaar schlohweiß war, war ihm ein dunkelbrauner Vollbart gewachsen.

Als sie sich alle nebeneinander an die Talwand setzen durften, um abzuwarten, bis die Lage in der Höhle sich wieder beruhigt hatte, fragte Rodraeg ihn leise: »Ich habe von Menschen gehört, deren Haar vor der Zeit weiß wurde, weil sie einen Schock erlitten oder eine schwere Zeit. Was ist dir widerfahren, mein Freund?«

Der Bogenschütze lehnte seinen Kopf nach hinten an den lehmigen Fels und sagte: »Es ist eine Lüge, daß wir im Frieden leben. Wenn die Königin zweitausend Verrückte sucht, die sich bewaffnet in das Affenmenschenland begeben sollen, dann findet sie zweirausend Verrückte binnen eines Mondes. Überall im Land wimmelt es von Schwertträgern und Totschlägern. Sieh dir unsere Klippenwälder an. Sieh dir die Pferdefresser an. Sieh dir an, was vor zwanzig Jahren in Jazat geschehen ist. Je länger der Frieden andauert, um so mehr Böses staut sich an in den Menschen.«

Das war nicht wirklich eine Antwort auf Rodraegs Frage. Rodraeg versuchte es noch einmal.

»Was hast du erlebt?«

Hellas schwieg mit düsterem Gesicht. Rodraeg fand sich schon damit ab, keine Antwort zu erhalten, als Hellas heiser sagte: »Stell dir eine Situation vor, in der du dir wünscht, daß jemand die Gnade besäße, dich zu töten. Stell dir vor, du blickst in die weit aufgerissenen Augen deiner Frau, und du liest in ihnen den selben Wunsch. Stell dir vor, niemand besitzt diese Gnade. Und es hört nicht auf. Es hört einfach nicht auf.« Er sah Rodraeg an. In seinen Augen loderte ein tief verinnerlichtes Fieber. »Sie haben mich nicht in einen von ihnen verwandelt, denn mir ist die Gnade noch nicht abhanden gekommen. Ich zögere nicht zu töten.«

Rodraeg nickte. Fünf Kruhnskrieger waren von Hellas erschossen worden, Bestar und Migal hatten gemeinsam nur vier getötet. Wie fern diese neun Leichen jetzt waren, wie gesichtslos. Sechzehn Tage Plackerei im Dunkeln hatten genügt, um selbst ihn diese neun beinahe vergessen zu lassen. Vielleicht hatten Migal und Bestar und Hellas ja recht, und er selbst lebte in einer Traumwelt. Vielleicht gab es tatsächlich nichts anderes auf diesem Kontinent als Bestien, Raubtiere und Naenn, die immer dann in seinen Gedanken auftauchte, wenn er es am wenigsten erwartete. Aber was, wenn seine hohe Meinung von ihr auch nur ein Irrtum war? Hatte sie ihn nicht herausgerissen aus seiner beschaulichen Kuellener Traumwelt und den Bestien des Kontinents zum Fraß vorgeworfen?

Nein, das war Unsinn. Schließlich wollte sie ja mitkommen. Sie war bereit, selbst zu leiden. Möglicherweise hätte sie ihn auch vor schwerwiegenden Fehlern bewahrt.

Es ging wieder zurück. Die dunkle Quelle hatte aufgehört zu toben.

Nach einem letzten sehnsuchtsvollen Blick hinauf zu Himmel und Licht wurden Rodraeg und die anderen wieder in ihr rußiges, giftgetränktes Gefängnis zurückgescheucht.

Vier weitere trostlose Tage vergingen. Schweißtropfen zischten in Dampf und Asche.

Am Abend des zwanzigsten Tages ihrer Fron stellte Migal, als sie alle auf ihren schimmligen Strohmatten lagen und keinen echten Schlaf finden konnten, eine Rechnung auf.

»Vor zweiundzwanzig Tagen haben wir den Brief aus Terrek abgeschickt. Nehmen wir an, er war bis nach Aldava acht Tage unterwegs. Dann haben sie dort sieben Tage abgewartet, ob wir die Erfüllung unseres Auftrages melden. Da wir das nicht getan haben, müssen sie sich denken können, daß bei uns etwas schiefgelaufen ist. Wenn sie dann Hilfe schicken, müßte die etwa zehn Tage später hier eintreffen. Also in drei Tagen.«

»Wen wollen sie schicken?« fragte Bestar. »Naenn und Cajin?«

»Sie heuern Leute an, wie sie uns angeheuert haben«, vermutete Rodraeg. »Geld haben sie ja.«

»Stimmt«, pflichtete Migal ihm bei. »Sie werden richtige Krieger schicken, und das wird richtig gut.«

Rodraeg war sich da nicht so sicher, aber er behielt seine Zweifel für sich. Daß die anderen sich auf etwas freuen konnten, würde ihnen in den nächsten Tagen helfen, die Mühsal und Demütigung zu überstehen. Daß der Kreis allerdings Söldner anheuerte, um eine bedingungslose Gewaltaktion durchzuführen, schien ihm mehr als unwahrscheinlich. Der Kreis hatte ihn ausgewählt, um einen

Trupp zu bilden. Leribin und seinen Freunden schwebte etwas anderes vor als ein offener Krieg gegen die Königin.

Andererseits: Der Kreis wußte weder, daß die Königin beteiligt war, noch, daß hier ein Söldnertrupp stationiert war. Womöglich schickten sie tatsächlich Naenn. Noch wahrscheinlicher: Naenn übernahm die Verantwortung und bestand darauf, hier nach dem Rechten sehen zu dürfen.

Die Last von Rodraegs Sorgen wurde schwerer.

Drei weitere Tage, ohne daß sich etwas Bedeutendes ereignete. Die Arbeit wurde langsam zur Gewohnheit. Früh aufstehen, Wasser schleppen, Schwarzwachs tauchen, umwuchten, schöpfen und abgießen, die Atemnot hinter der schon schwarz verkrusteten Atemmaske bekämpfen, den Hustenreiz niederringen, mehrere Pausen, Reisschleim, Fladenbrot, etwas Rohrzucker und viel Wasser, an jedem dritten Tag ein fleckiger Apfel. Die Lebensbedingungen für die freiwilligen Arbeiter und Kruhnskrieger waren kaum besser, nur daß sie mehr Obst erhielten, in den Arbeitspausen in den Talkessel durften und turnusmäßig draußen im Menschenstall schliefen.

Migal wurde langsam unruhig, weil vom ersehnten Befreiungskommando immer noch nichts zu sehen war. Rodraeg schaffte es, ihn hinzuhalten. »Die werden die Bohrstelle im Wald genauso mühsam suchen müssen wie wir. Und was, wenn sie nicht aus Aldava kommen, sondern von weiter her? Wenn es Klippenwälder sind, zum Beispiel? Gib ihnen noch fünf Tage. Fünf Tage noch!«

»Ja, Klippenwälder«, sagte Migal mit Tränen in den Augen. »Sie werden Klippenwälder schicken.«

Aber auch in den nächsten fünf Tagen erschien niemand, um sie zu befreien, ihre Lebens- und Arbeitsbedingungen zu verbessern oder auch nur ein gutes Wort für sie einzulegen. Migal wurde zusehends unruhiger, rüttelte an allem, was er in die Finger bekam. Einmal stritt er sich heftig mit Bestar. So uneins hatte Rodraeg die beiden noch nie erlebt.

Bestar war es dann auch, der Rodraeg ins Vertrauen zog. »Migal will abhauen.«

»Wie will er das denn anstellen?«

»Keine Ahnung. Überraschung ausnutzen. Schnell und hart handeln.«

»Und du?«

»Ich finde, es ist Schwachsinn. Selbst wenn es einer aus der Höhle schafft – die Talwände kommt er nicht hoch.«

»Also wirst du nicht mitmachen?«

Bestar schlug die Augen nieder. »Doch. Ich lasse ihn nicht im Stich.«

»Bestar!« beschwor ihn Rodraeg. »Rede es ihm aus! Auf mich hört er nicht, aber du kannst es schaffen, auf ihn einzuwirken. Es wird Hilfe kommen. Bestimmt.«

»Es kommt keiner mehr. Sie denken, wir sind tot.«

»Sagt Migal.«

»Nein. Sagt Hellas.«

Rodraeg fluchte. »Hellas weiß gar nichts. Migal weiß auch nichts. Ich bin der einzige von uns, der den Kreis persönlich kennengelernt hat. Die lassen uns nicht fallen, glaub mir.«

Bestar rang sichtlich mit sich. »Rodraeg, ich glaube dir ja. Ich finde es hier auch nicht so schlimm, ich könnte das locker ein halbes Jahr durchstehen. Aber wenn Migal es hier nicht mehr aushält, kann ich ihn nicht im Stich lassen.«

»Dann laß uns zusammenarbeiten und ihn von seinem Plan abbringen. Auf die Weise läßt niemand jemanden im Stich, und wir bleiben alle zusammen.«

Bestar nickte niedergeschlagen. »Es wird nichts bringen, aber versuchen wir's.«

In den folgenden vierundzwanzig Stunden suchten Rodraeg und Bestar in jedem sich bietenden Augenblick das Gespräch mit Migal. Nachts, bei der Arbeit, auf dem Abtritt, beim Essenfassen, während der Wäsche mit Wasser und Flechtenschwamm: Migal wurde beschwatzt und beschworen, angefleht, ermahnt, widerlegt, eingeschüchtert und gezwungen, sich mit Vergangenem und Zukünftigem auseinanderzusetzen. Alles ohne Erfolg. »Ich gehe hier drinnen vor die Hunde«, war sein letztes und unschlagbares Argument. »Wenn ihr nicht glaubt, daß man es schaffen kann, dann laßt es mich alleine versuchen. Wenn ich durchkomme, bringe ich Hilfe.«

Rodraeg hätte es begrüßt, wenn jemand ihnen Hilfe brächte. Er hätte auch nichts dagegen gehabt, daß Migal der Fron entkam, und der elend aussehende Hellas gleich mit, der sich wohl nur deshalb nicht an Fluchtplänen beteiligte, weil er fürchten mußte, seinen nur langsam heilenden linken Arm nie wieder benutzen zu können, wenn er ihn zu früh belastete. Rodraeg hätte sie alle gerne in Freiheit und Frieden gewußt. Doch er sah keine Chance. Da draußen und hier drinnen waren immer noch einundzwanzig Kruhnskrieger, die nur darauf brannten, ihre Toten endlich rächen zu können. »Du tust ihnen einen Gefallen, wenn du ihnen eine Gelegenheit bietest, dich zu töten.«

Migal wollte davon nichts hören und war überzeugt, alle Gegner und Hindernisse überwinden zu können wie ein Bär oder ein mythisches Wesen.

In der folgenden Nacht, der Nacht auf den dreißigsten Tag ihrer Fron, lag Bestar wach, bibberte vor Anspannung und bewegte die Lippen in einer eigentümlichen Mischung aus einem Streit mit sich selbst und einer Anrufung der Götter. Er rang sich zu einem furchtbaren Entschluß durch.

Dann ab dem frühen Morgen die Arbeit. Migal achtete verstohlen auf die Kruhnskrieger und Vorarbeiter, versuchte schon seit Tagen, in ihren Wegen und Haltungen Lücken und Schwächen zu erkennen, die man ausnutzen oder durch die man schlüpfen konnte. Migal achtete nicht auf Bestar an seiner Seite. So konnte es Bestar gelingen, seinem Freund ein schweres, eisenbeschlagenes Wasserfaß auf den linken Fuß fallen zu lassen. Knochen splitterten mit hörbarem Knirschen.

Migal schrie auf und krallte sich an seinem Freund fest. »Bist du verrückt? Paß doch auf!« schrie er ihn an. Bestar war kein Schauspieler und auch kein guter Lügner. Er brachte es nicht fertig, so zu tun, als sei es ein Versehen gewesen. »Ich will nicht, daß du stirbst«, sagte er nur. »Ich will nicht, daß wir beide sterben.«

Für einen Moment starrte Migal ihn fassungslos an, dann verzerrte sich sein ebenmäßiges Gesicht zu einer Fratze, die gleichzeitig zornig und ängstlich war. Er schlug Bestar ins Gesicht, so daß Bestar rückwärts zwischen Fässer und dampfende Bottiche stürzte. Dann griff Migal sich einen Metallhaken, der zum Greifen von Fässern benutzt wurde, und fing an, alles in seiner Reichweite kurz und klein zu schlagen. Arbeiter flohen kreischend vor dem umherspritzenden Heißwasser. Zwei Kruhnskrieger und ihre Anführerin Zembe kamen mit wurfbereit erhobenen Speeren auf Migal zu. »Das ist kein Fluchtversuch!«, schrie Bestar durch den Tumult. »Laßt ihn leben! Laßt ihn leben!«

»Er hat sich den Fuß gebrochen und ist tollwütig vor Schmerz«, stellte sich auch Rodraeg schützend vor den Tobenden. »Helft uns, ihn zu überwältigen, und alles ist gut.« Nun geschah etwas, womit Rodraeg überhaupt nicht gerechnet hatte: Steine und Höhlenkiesel flogen in seine Richtung und trafen ihn an den schützend erhobenen Armen, trafen auch Migal, der einen Tisch voller halbkühler Schwarzwachsbarren umwarf, trafen auch Bestar, der sich mühsam aufrappelte, und Hellas, der mit schmerzverzerrtem Gesicht hinter einem Karren in Deckung ging. Es waren Terreker Arbeiter, die Steine warfen und schrien: »Ihr verdammten Unruhestifter! Mit euch haben wir nichts als Ärger! Wir wollen nur in Ruhe unsere Arbeit machen, aber ihr macht uns dauernd alles kaputt!«

Bestar warf sich von hinten auf Migal. Es gab einen kurzen, heftigen Ringkampf der beiden Hünen, dann knickte Migals linkes Bein ein, und Bestar riß ihn zu Boden und hielt ihn fest. »Fesselt ihn«, rief er den Kruhnskriegern und dem unschlüssig herumstehenden Cilf Daubs zu, »aber tut ihm nichts an!« Bestars Stimme klang kläglich wie die eines Kindes.

Durch Zembe ging ein Ruck. »In Ordnung. Fesseln und nach hinten bringen. Wir trennen ihn von den anderen. Und ihr« –

herrschte sie die Steineschmeißer an – »räumt die Sauerei auf, aber hopphopp und Schluß mit der Jammerei!«

Der brüllende, beißende, tretende, kratzende Migal wurde von den Kruhnskriegern mit Bestars und Rodraegs Hilfe verschnürt und in einen rückwärtigen Teil der Höhle verbracht. »Keine Ration mehr für ihn«, herrschte Cilf Daubs Rodraeg an. »Wenn ihr gut arbeitet, könnt ihr den dämlichen Scheißkerl mit durchfüttern.«

»Das werden wir tun, danke«, versicherte Rodraeg, der sich jetzt um Bestar kümmern wollte. Der Blick des Klippenwälders war ohne Glanz und Ausdruck. »Bestar? Bestar?« Nur mühsam drang Rodraeg zu ihm durch. Er suchte die richtigen Worte, und da er sie erst nicht fand, drückte er so lange mit beiden Händen Bestars Pranke. »Das war sehr, sehr mutig von dir. Du hast ihm und vielleicht sogar uns allen das Leben gerettet. Das werde ich dir nie vergessen.«

»Aber Migal wird mir nie wieder vertrauen«, sagte Bestar matt.

»Doch, das wird er. Sobald ihm erst mal klargeworden ist, daß sein Leben bei dir in guten Händen ist, egal, wie weit er sich dem Sterben entgegenlehnt.«

Bestar zuckte die Achseln und half den mißtrauischen Arbeitern beim Aufräumen. Auch Hellas kehrte zu den Werktischen zurück, ohne sich über den Vorfall zu äußern.

Rodraeg sah sich besorgt in der Höhle um. Selbst falls Hilfe von außen kam, mußten sie aufpassen, daß die Arbeiter sich nicht genauso gegen sie wandten wie die Kruhnskrieger.

Eine Stunde später durchquerten Kisem Tugri, Kruhn Sessiu und Wellingor Deterio die große Höhle, um den hinten in einem verwinkelten Nebengewölbe angeketteten Migal zu dem Vorfall zu befragen. Rodraeg blickte ihnen besorgt hinterher. In seinem Zustand konnte Migal alles ausplaudern, sie alle haßerfüllt denunzieren: den Kreis, Naenn, Cajin, Hellas mit seiner Deserteursvergangenheit, Bestar, Bestars Eltern und ihre gemeinsame Herkunft.

Aber nichts dergleichen geschah. Eine Drittelstunde später wurde Rodraeg selbst zum »Gespräch« in die Holzhütte gebracht.

Dort erfuhr er, daß Migal lediglich geknurrt, gespuckt und geschrien hatte, bis man es für besser erachtete, ihn mit einem giftgetränkten Lappen ruhigzustellen.

Auch Deterio sah mitgenommen aus, nicht mehr so elegant und beherrscht wie vor dreißig Tagen. Er war unrasiert und übermüdet, die lange Zeit im Talkessel setzte ihm beinahe ebenso zu wie Rodraeg die Zwangsarbeit.

»Dreißig lange Tage«, begann Deterio dann auch. »Ihr könntet schon längst eure Ketten los sein, draußen im Schlafhaus nächtigen und genauso verpflegt werden wie die anderen Arbeiter auch. Aber nein, Ihr zieht es vor, uneinsichtig zu sein. Inzwischen habe ich alles nachprüfen lassen. Ihr seid Euch nicht erst in Terrek begegnet, sondern bereits gemeinsam dort eingetroffen. Ein Unternehmen namens ›Tiego‹ existiert weder in Aldava noch sonstwo. ›Demares Tiego‹ ist der Name einer Nebenfigur in dem Roman *Das Schwert im Baum* von Korengan. Lügen, Lügen, Lügen.«

Rodraeg schüttelte den Kopf. »Ich habe lediglich unsere Nachnamen und Herkunft verschwiegen, weil die hier nichts zur Sache tun. Der Grund unseres Hierseins war keine Lüge. Der Schwarzwachsabbau muß aufhören, ansonsten wird der Schaden für diese Region nicht mehr zu beheben sein.«

Deterio wechselte einen schnellen Blick mit Tugri. »Ihr seid hier, um die Mine stillzulegen?«

Rodraeg dachte einen Moment nach, dann fällte er eine Entscheidung. Ähnlich wie Bestar haßte er es, lügen zu müssen. »Was denn sonst? Ohne das Vergießen von Blut. Ohne das Verschütten von Schwarzwachs.« Rodraeg wurde von einem Hustenanfall geschüttelt.

»Also hat Euch Achildea geschickt?«

»Ich kenne keinen Achildea.«

»Nun hört aber auf mit dem Unfug!«

»Aber es ist wahr. Ich kenne keinen Achildea. Ich kenne jemanden mit ähnlichem Namen: Abachran, den Magister von Terrek. Meint Ihr den?«

»Wohl kaum«, grinste Tugri. »Die beiden sind sich spinnefeind.«

»Schade«, seufzte Rodraeg, und er meinte das völlig ehrlich. »Wenn ich gewußt hätte, daß noch jemand auf unserer Seite ist, hätte ich vorher mit ihm Kontakt aufgenommen. Dann hätte ich es mir womöglich ersparen können, für Euch arbeiten zu müssen.«

Deterio rieb sich nachdenklich den Hinterkopf. »Wer hat Euch geschickt?«

»Ich habe es Euch von Anfang an erzählt: Ein Magier, von weither. Er konnte den Schaden spüren, der hier entsteht. Ich werde Euch seinen Namen und Aufenthaltsort nicht verraten, denn es bringt niemandem etwas, wenn ein paar von ›Batis‹ angeheuerte Pferdefresser ihn in die Mangel nehmen. Das ändert nichts daran, daß das eigentliche Problem dort hinten in dieser Höhle liegt und Ihr mich zwingt, zum Problem beizutragen, statt mir zu helfen, es endlich zu lösen.«

»Wir haben einen Auftrag der Königin, und wir werden ihn ausführen«, sagte Deterio mit großer Bestimmtheit. »Eure unausgegorenen Gegenpositionen werden warten müssen, bis wir hier fertig sind.«

»Bis es zu spät ist«, sagte Rodraeg noch, aber zwei Kruhnskrieger packten ihn bereits an den Schultern und brachten ihn wieder zurück an die Arbeit.

Die folgenden Tage waren dermaßen eintönig und zäh, daß nur Rodraegs Kerben im Stein sie voneinander unterschieden.

Elf weitere Kerben.

Rodraeg und Bestar und Hellas rackerten sich ab, um Migal mit durchzufüttern, der irgendwo weiter hinten im Höhlengelände in einer lichtlosen Tropfsteinkammer verwahrt wurde. Niemand von ihnen durfte zu ihm.

Inzwischen war der Blütenmond Vergangenheit und draußen in der Welt des Sonnenlichts schrieb man den vierten Wiesenmond. Sie hatten den gesamten Blütenmond über nicht eine einzige lebendige Pflanze zu Gesicht bekommen. Rodraeg, dessen Husten beständig schlimmer geworden war, nahm sich vor, sollte er das nächste Jahr noch erleben, den Blütenmond zu genießen und zu würdigen wie noch nie zuvor in seinem Leben.

In der Nacht auf den zweiundvierzigsten Tag ihrer Fron war etwas anders als sonst.

Das Hämmern, das in der Finsternis der Träume stocherte, war nicht das gewohnte der Besänftigung.

Rodraeg und Bestar schreckten gleichzeitig auf.

Der Lärm kam von draußen.

Metall auf Metall.

Alarm.

16 Opfer und Flucht

Sofort kam Bewegung in die nur von wenigen Fackeln erleuchtete Höhle.

Zwanzig Arbeiter schliefen draußen im Menschenstall, also ruhten nachts nur die restlichen zwanzig und die fünf wachhabenden Kruhnskrieger in der Nähe der Schwarzwachsquelle und den angrenzenden Höhlen. Cilf Daubs war ihr Anführer, er und Igdan Hallsass scheuchten die Verschlafenen mit knappen Befehlen umher. Einer, der durch den Höhleneingang in die Nacht hinausspähte, rief: »Draußen wird gekämpft! Es scheinen eine ganze Menge zu sein, ich sehe überall Bewegung!«

»Verdammter Mist, schon wieder!« fluchte Daubs. »Die wollen Schwarzwachsrüstungen klauen, also runter mit dem Tor, wir müssen das Material sichern! Wir werden nur für das bezahlt, was wir abliefern, nicht für das, was wir herstellen.«

Mehrere Arbeiter hasteten zur großen Kurbel, über die die Ketten liefen, die das Tor hielten. Draußen klirrte Stahl. Eine Frau schrie, und ein Mann – der Stimme nach möglicherweise Kruhn Sessiu – bellte Kommandos. Holz barst. Mehr Waffengeklirr. Der Alarm brach plötzlich ab. Dann rasselte mit großem Getöse das schwere Gittertor hinab. Die Arbeiter schnauften erstmal durch.

»Ob das die Klippenwälder sind, auf die Migal gehofft hat?« fragte Bestar Rodraeg. Die drei Gefangenen lagen etwas abseits der allgemeinen Hektik, durch ihre Ketten so gut gesichert, daß sie nicht zusätzlich überwacht werden mußten.

»Keine Ahnung«, gab Rodraeg zu. »Naenn ist es jedenfalls nicht, die würde anders vorgehen. Möglich, daß es tatsächlich nur Räuber sind.«

»Wie dem auch sei«, zischte Hellas, der durch den Torlärm ebenfalls wach geworden war, »wir sollten die Gelegenheit nutzen.«

»Erstmal abwarten«, dämpfte ihn Rodraeg. »Momentan, mit unseren Ketten, können wir nichts unternehmen. Verhaltet euch ruhig und haltet die Köpfe unten, man kann ja nicht wissen, ob …« Ein schauerlich gurgelnder Schrei übertönte den Rest des Satzes. Cilf Daubs, der – wie vor dreißig Tagen angesichts von Migal und Bestar auch ans Gittertor getreten war, um sich ein eigenes Bild von den Vorgängen zu machen, taumelte rückwärts und brach am Rand der brodelnden Schwarzwachsgrube zusammen. Ein Speer steckte in seinem Bauch. Zwei weitere Speere kamen durch die Maschen des Tores geflogen. Der eine traf einen Arbeiter ins Schulterblatt und schleuderte ihn zu Boden, der zweite segelte durch die ganze Höhle und klapperte die hintere Wand entlang. Es waren Kruhnskriegerspeere. Panik brach aus. Männer schrien. Einer stürzte beinahe in die Schwarzwachsgrube, die in den vergangenen einundvierzig Tagen ihren Durchmesser mehr als verdoppelt hatte.

»Sind die verrückt geworden?« brüllte Hallsass. Er blickte sich um und riß Zembe grob am Arm. »Seid ihr so blöd, daß ihr aus Versehen unsere Leute tötet, oder seid ihr finanziell an dem Überfall beteiligt?«

»Red doch keinen Unsinn, Igdan«, schnauzte die Söldnerin zurück. »Diese Speere wurden nicht von unseren Leuten geworfen. Die Gegner müssen sie erbeutet haben!«

»Na großartig!« Hallsass konnte es nicht fassen. »Wie wäre es, wenn ihr euch zur Abwechslung mal wehren würdet? Schon wieder sind Leute hier eingedrungen, schon wieder an all euren Wachtposten vorbei.«

»Ich verstehe es ja selbst nicht.« Zembe kroch auf dem Bauch nach vorne zum Tor. Ihre vier Männer blieben hinter Tischen und Karren in Deckung. Daubs, der noch lebte, sich aufbäumte und jammerte, wurde von drei beherzten Arbeitern geborgen und zusammen mit dem anderen Getroffenen nach hinten ins Dunkel geschleppt. Ansonsten hielt sich jedermann tunlichst vom Tor fern. Nur Zembe war dort vorne.

»Was geht draußen vor sich?« fragte Hallsass, der hinter einer Werkzeugbank kauerte.

»Ich … weiß es nicht«, kam es zögerlich von Zembe. »Zuerst war überall Bewegung. Oben am Talrand. Hinter der Pferdekoppel. Am

Schlafhaus. Aber jetzt ist überhaupt nichts mehr zu sehen. Wo sind die alle?«

»Siehst du Tote?«

»Ja. Drei von uns. Ich verstehe das nicht. Wo sind die anderen? Da! Dahinten wird gekämpft! Arbeiter und Kruhnskrieger gegen vier … oder fünf dunkle Gestalten. Vermummte. Schwarze Kleidung. Solche habe ich noch nie gesehen.«

»Keine Klippenwälder«, raunte Bestar seinen Mitgefangenen zu.

»Woher weißt du das?« fragte Rodraeg.

»Wir würden unsere Gesichter nie vermummen. Senchak nimmt Gefallene nur dann in die ewige Schlacht auf, wenn sie dem Tod mannhaft ihr Gesicht zeigen.«

»Gut zu wissen, falls wir uns mal irgendwann verhüllen müssen.«

Zembe erstattete weiterhin Bericht über das, was draußen vor sich ging. »Der Kampf verlagert sich aus dem Schein der Fackeln hinaus. Ich kann nichts mehr erkennen. Da hinten, auf dem Dach der Blockhütte, hat sich ebenfalls etwas bewegt. Jetzt ist da nichts mehr. Oben am Talrand sind Umrisse vorm Himmel, aber ich glaube, das sind nur Bäume. Ich hoffe, es sind nur Bäume.«

»Was ist mit dem Kampf?« fragte Hallsass. »Haben unsere Leute gewonnen oder die anderen?«

»Weiß ich nicht. Kann ich nicht sehen. Irgend etwas geht da draußen vor sich, aber ich verstehe nicht, was.«

»Ist Kampflärm zu hören?«

»Nicht mehr … aaaahhhhhh!« Ein Schatten huschte draußen dicht vorm Gitter vorbei, und Zembe konnte sich gerade noch zur Seite rollen, bevor ein Speer dort einschlug, wo sie eben noch gelegen hatte. Auf allen Vieren krabbelte sie zu Hallsass in Deckung und zischte: »Löscht alles Licht, die können uns sehen!«

Niemand reagierte. Jedem war klar, daß derjenige, der sich einer Lichtquelle näherte, ein tödliches Risiko auf sich nahm. Also blieb es weiterhin schummrig in der Höhle.

Sandstriche vergingen. Das Schwarzwachs begann in der Grube zu rumoren.

»Scheiße, auch das noch!« haderte Hallsass. »Wir müssen das

Wachs besänftigen, aber jeder, der sich an die Grube stellt, wird umgebracht.«

»Darf ich einen Vorschlag machen?« meldete Rodraeg sich zu Wort.

»Du hältst die Schnauze, Gefangener!« herrschte der Vorarbeiter ihn an.

»Wie du willst. Aber ich weiß, was wir jetzt tun müssen.«

Hallsass dachte einen Moment nach und rieb sich die Schläfen. »Laß hören.«

»Die Angreifer kommen nicht durchs Tor, also wären wir hier drin sicher, wenn das Schwarzwachs nicht durchdreht. Also müssen wir zuerst Kalk in die Grube streuen.«

»Das weiß ich auch!« blaffte Hallsass.

»Aber ich halte es für völlig falsch, hier einfach nur abzuwarten«, fuhr Rodraeg fort. »Die Gegner belagern uns zwar, aber wenn sie schon gewonnen hätten, würden sie längst gesammelt am Gitter stehen und versuchen, es hochzuwuchten. Es wird also immer noch gekämpft, vielleicht an der Hütte oder oben am Talrand, und die Attacken mit den Wurfspeeren sind nur vereinzelte Vorstöße. Ich halte es für einen Nachteil, daß unsere Truppen geteilt sind. Mehr als ein Drittel sitzt hier drinnen fest und kann überhaupt nichts tun, während die anderen draußen um unser aller Überleben kämpfen.«

»Also was schlägst du vor? Einen Ausfall?«

»Ja. Nehmen wir die Gegner in die Zange. Damit rechnen sie nicht.«

»Das bringt doch nichts«, zweifelte Zembe. »Wir sind nur fünf Krieger und zwanzig im Kämpfen völlig ungeschulte Arbeiter. Wir rennen denen da draußen nur ins Messer, und dann ist niemand mehr da, der die Quelle verteidigen kann.«

»Wir sind auch noch da«, sagte Rodraeg. »Drei von uns sind so gut wie neun Kruhnskrieger.«

»Genau das ist das Problem«, wehrte Zembe ab. »Wieso sollten wir euch vertrauen? Wahrscheinlich steckt ihr mit denen da draußen unter einer Decke.«

»Das ist Unsinn«, sagte Rodraeg bestimmt. »Wenn das da draußen unsere Verbündeten wären, dann hätten wir uns nie von ihnen getrennt, sondern hätten euch gemeinsam mit ihnen überrollt.«

Hallsass grübelte verzweifelt. »Das klingt zumindest einleuchtend.«

»Nimm ihnen nicht die Ketten ab«, warnte ihn Zembe. »Dann haben wir vier Gegner mehr, ich prophezeie es dir.«

»Also gut.« Rodraeg ließ nicht locker. »Ich verstehe, daß ihr das Risiko nicht eingehen wollt, uns freizulassen. Dann schlage ich etwas anderes vor: Einer von euch muß rausgehen und versuchen herauszufinden, was der Stand der Dinge ist. Es können unmöglich alle tot sein, nicht zwanzig Krieger, zwanzig Arbeiter, Deterio und Tugri. Irgendwo wird sich noch Widerstand verschanzt haben, wahrscheinlich in der Blockhütte. Wir müssen Kontakt zu ihnen aufnehmen, um einen zusammenhängenden Kampfplan zu entwickeln. Die fünfundzwanzig Mann hier in der Höhle können das Zünglein an der Waage sein, aber einer der drei Befehlshaber muß uns sagen, was wir tun sollen. Deshalb muß einer von euch da raus.«

»Ich gehe da nicht raus«, verkündete Hallsass mit zittriger Stimme. »Das ist ja wohl vollkommen ausgeschlossen. Ich bin Arbeiter, kein Kriegsheld.«

»Ich gehe auch nicht«, sagte Zembe. »Das ist doch Wahnsinn. Wir wissen nicht, wie viele Feinde es sind und wo sie überall lauern. Ich werde auch keinem meiner Männer befehlen, dort rauszugehen.«

»Dann melde ich mich freiwillig«, schlug Rodraeg vor.

Zembe lachte gehässig. »Sehr witzig. Du willst doch nur abhauen!«

»Will ich nicht. Ich will Hilfe für uns alle organisieren. Wenn ihr mir nicht traut, könnt ihr mich gerne an eine Kette legen, aber sie sollte länger sein als die hier, sonst komme ich nicht weit.«

»Wir haben keine so lange Kette«, meldete sich einer der Arbeiter aus dem Hintergrund.

»Aber wir könnten ihn an ein Seil binden«, schlug ein anderer vor.

»Blödmann«, beschimpfte ihn wieder der erste. »Ein Seil haut er sich durch, sobald er einem der Toten die Waffe abgenommen hat.«

»Warum überhaupt du?« wurde Rodraeg von Hallsass gefragt. »Unsere knallharte Söldnerin sagt: ›Es ist Wahnsinn‹. Warum traust du dir zu, was sie sich nicht zutraut?«

»Ich bin schon einmal waffenlos in diesen von Kriegshandwerkern abgeriegelten Talkessel hineingegangen. Warum sollte ich mir das nicht noch einmal zutrauen?«

»Du hast auf alles eine Antwort«, schimpfte Hallsass. »Ich kann Leute nicht ausstehen, die auf alles immer eine Antwort haben.«

»Trotzdem stimmt, was er gesagt hat«, mischte Zembe sich wieder ein. »Daß einer von uns rausgeht und sich umschaut, ist besser für uns, als wenn wir einfach nur hier hockenbleiben und abwarten, bis man uns möglicherweise ausräuchert. Wir sitzen hier doch wie Ratten in der Falle, denn es gibt keinen zweiten Ausgang. Wenn schon einer rausschleicht und das Risiko eingeht, getötet zu werden, dann besser er als einer von uns.«

»Aber mir schmeckt das nicht«, nörgelte Hallsass weiter. »Wir haben keine Kette für ihn.«

»Wir brauchen keine Kette. Wir haben seine Freunde.« Lauter, an Rodraeg gewandt, sagte sie: »Falls du abhaust oder sonst irgendwelche Tricks versuchst, machen deine Kumpane äußerst nahe Bekanntschaft mit unseren Speeren, verstehen wir uns?«

»Vollkommen.«

»Wir machen es folgendermaßen«, schlug Zembe vor. »Wir lassen dich vors Tor, und als erstes stellst du fest, ob unmittelbar um das Tor herum die Luft rein ist. Wenn ja, rücke ich wieder zum Gitter vor und beziehe dort Posten. Von dort aus kann ich dich im Auge behalten und beurteilen, ob du was anstellst oder in echte Schwierigkeiten gerätst. Wir wollen schließlich nicht, daß du deinen Tod nur vortäuschst, um anschließend von Schatten zu Schatten huschend abhauen zu können.«

Rodraeg nickte anerkennend. Die Kriegerin war nicht dumm. Sie versuchte, jeden seiner möglichen Winkelzüge vorauszuberechnen. Dennoch mußte er ihr einen Schritt voraus bleiben. Ob ihm das gelang, hing nicht nur von ihm selbst ab, sondern auch davon, wer die Angreifer waren und wie die Gefechtslage aussah.

Zembe huschte durch die Höhle nach hinten, um die Schlüssel zu holen, die der ohnmächtig gewordene Cilf Daubs bei sich trug. Inzwischen legte Bestar Rodraeg seine große, schwere Hand auf die Schulter.

»Laß mich gehen. Das ist zu gefährlich.«

»Nein, Bestar, ich weiß schon, was ich tue. Mit Kraft kann man da draußen nicht viel ausrichten, aber mit der Zunge schon. Wenn die Angreifer wirklich irgendwelche Verrückten sind, die den Kriegsgott verachten, obwohl sie Krieg führen, muß ich unter Umständen um unser aller Überleben verhandeln.«

»Glaubst du denn nicht, daß die unseretwegen hier sind?« fragte Hellas fast unhörbar leise.

Rodraeg stellte die ebenso leise Gegenfrage: »Glaubst du wirklich, Naenn oder der Kreis würden Leute schicken, die mit Speeren auf Arbeiter werfen?«

Jetzt machten auch Bestar und Hellas zum ersten Mal besorgte Gesichter.

Zembe wieselte geduckt heran und schloß umständlich den Kettenring auf, den Rodraeg am Bein trug. Der Ring war nicht unmenschlich eng, hatte aber dennoch aufgrund des Gewichts der Kette Rodraegs rechten Fußknöchel ziemlich wundgeschürft. Ächzend massierte er sich die Stelle. »Sobald ich draußen bin und signalisiere, daß in der Nähe alles klar ist, könnt ihr das Wachs besänftigen.«

»Genau das hatte ich vor«, brummte die Kriegerin. Gemeinsam mit Rodraeg pirschte sie sich zum Tor, wo beide vorsichtig an der linken Steinkante vorbei durchs Gitter spähten. Mit Fingerschnipsen und herrischen Handbewegungen wies Zembe ihre vier Männer an, die große Kurbelrolle rechts vom Tor zu besetzen.

»Wir werden das Tor nicht ganz hochziehen, damit keiner von denen hier reinkommt«, erläuterte die Kruhnskriegerin. »Du schlüpfst unten durch, sobald wir es drei oder vier Handbreit hoch haben.«

Rodraeg betrachtete die Spitzen, die das Metallgitter unten hatte. »Verstanden. Euren Schild könnte ich noch gebrauchen.«

»Das hättest du wohl gerne? Ich gebe dir doch nicht meinen Schild!«

Rodraeg seufzte. »Sobald ich am ersten eurer Leichname angekommen bin, nehme ich mir seinen und bringe Euren zurück. Aber unser ganzer Plan hat keinen Sinn, wenn ich schon einen Schritt vor dem Tor von einem Speer durchbohrt werde.«

Zembe kniff die Lippen zusammen. »Also gut. Aber ich will ihn wiederhaben!«

»Ihr bekommt ihn zurück, sobald es mir möglich ist. Versprochen.«

Sie drückte ihm ihren Rundschild mit dem aufgemalten Pferdeschädel in die Hand. Rodraeg wog ihn und schnallte ihn sich dann an den linken Unterarm.

»Fertig?« fragte Zembe.

»Fertig«, kam es von Rodraeg und den Söldnern an der Kurbel. Bestars Kette klirrte, als er sich so weit wie möglich vorwagte, um besser sehen zu können. Das Schwarzwachs brodelte und warf erste Tropfen hinauf in den diesigen Feuerschein. Ganz weit hinten ächzte der verwundete Arbeiter. Von draußen kam kein Laut.

»Los!«

Die Söldner legten sich ins Zeug, die Ketten spannten sich, das Tor zitterte und fuhr ruckend in die Höhe. Rodraeg ging in die Knie, streckte den Schildarm vor und tauchte unter den Spitzen durch, sobald genügend Platz war. Sofort rauschte hinter ihm das Tor wieder hinab und schlug krachend auf. Rodraeg kauerte hinter dem Schild und versuchte, so viel Sinneseindrücke wie möglich aufzunehmen, aber außer den schnaubenden Bewegungen der Pferde, die, vom Tor erschreckt, zur abgelegenen Seite ihrer Koppel liefen, war alles totenstill. Es waren nur noch vier Pferde.

Rodraeg atmete durch und richtete sich langsam auf. Erst jetzt überfiel ihn die Furcht. Drinnen in der Höhle war ihm jede Veränderung seiner Situation als Verbesserung erschienen, aber jetzt fühlte er sich plötzlich schutzlos und allein, der Nacht und den Bestien des Kontinents ausgesetzt.

Umzingelt von Finsternis. Vereinzelte Fackeln blakten zwar im Tal, aber sie wirkten bleich und verzweifelt angesichts der Übermacht des Dunkels. Tote lagen herum. Die Pferde waren panisch, verdrehten die Augen, wollten weg. Teile des Menschenstalles lagen in Trümmern. Auch dort wieder Leichen. Im Schlaf ermordet? Die Tür zur Blockhütte, frisch eingesetzt, nachdem Bestar sie vor einundvierzig Tagen aus den Angeln gebrochen hatte, war eingetreten und hing schief. Alles wirkte zerstört.

Ein furchtbarer Gedanke keimte in Rodraeg. Was, wenn die vermummten Schatten Affenmenschen waren? Hatte der Feldzug der Königin, der einen ganzen Landstrich verheerte, die Affenmenschen zu einem Gegenangriff verleitet? Waren sie hier, weil dieses Tal im Kriegsdienst der Königin stand? Oder weil man hier auch eine Katastrophe auslösen, einen Landstrich zerstören konnte? Vergeltung und Rache?

Aber das konnte eigentlich nicht sein. Terrek war viel zu weit entfernt von der Felsenwüste der Affenmenschen, mehr als zwanzig Tagesreisen. Zwar auf der selben östlichen Seite des Kontinents, aber dennoch mußte man von Norden aus mehr als die Hälfte des Landes durchqueren, um hierherzugelangen. Das konnten die Affenmenschen nicht fertigbringen, ohne daß sie schon vorher entdeckt und aufgerieben wurden.

Dennoch: Was für Menschen konnten so wüten?

Das Deng-dengdeng-dengdeng, das plötzlich hinter ihm losdröhnte, rüttelte Rodraeg aus seinen Gedanken und schickte ihn vorwärts. Geduckt pirschte er sich zu einem Kruhnskrieger, der unter dem Alarm-Eisen in seinem Blut lag. Er war wenigstens nicht zerrissen worden, sondern erdrosselt, sein Hals zeigte die gräßlichen Spuren eines Drahtes oder einer Würgeschlinge. Wer konnte, trotz Speer, trotz Schild, nahe genug an einen Kruhnskrieger herankommen, um ihn zu erwürgen? Ein anderer Kruhnskrieger? Hatten die Pferdefresser untereinander gewütet?

Waren die Speere ins Höhleninnere doch von ihnen geschleudert worden? Rodraeg konnte sich keinen Reim darauf machen, und das schwächte ihn zusätzlich. Er war es gewohnt, die Vorgänge um sich herum immerhin begreifen zu können. Das war jetzt nicht mehr so leicht, seitdem Naenn ihn aus dem Kuellener Schlummer aufgeweckt hatte.

Mit einem Mal erschienen ihm Zembe, Hallsass, Daubs und die anderen in der Höhle angesichts der Unwägbarkeiten hier draußen beinahe als Freunde. Er nahm dem Toten seinen Schild ab und hastete mit beiden Schilden zurück zum Gittertor.

»Hier ist dein Schild zurück, wie versprochen.« Er legte den Schild auf den Boden, das Gittertor hob sich eine Handbreit, Rodraeg schob den Schild mit dem Fuß drunter durch, und Zembe nahm ihn auf der anderen Seite in Empfang.

»Wie sieht's aus?« fragte sie ihn.

»Ich habe nicht die leiseste Ahnung. Der Kruhnskrieger, der Alarm geschlagen hat, ist erwürgt worden. Sagt Euch das was?«

»Erwürgt. Wir hatten mal einen Einsatz in der Nähe von Skerb. Aus dem Regenwald dort kommen Leute, die mit Würgeschnüren kämpfen. Dunkle Gestalten.«

»Dunkelhäutig?«

»Ja.«

»Das paßt. Ihr habt viele Feinde, wahrscheinlich überall auf dem Kontinent. Dieses Massaker hier hat womöglich nichts mit der Schwarzwachsquelle zu tun, sondern einzig und allein mit euch Kruhnskriegern.«

»Das glaube ich nicht.«

»Glaubt, was Ihr wollt. Ich jedenfalls werde versuchen, Euch und uns heil hier rauszubringen.«

Rodraeg wandte sich ab und ging wieder an den Pferden vorbei. Es fiel ihm schwer, Zembe anzulügen und ihr dabei ins Gesicht zu sehen, aber es ging nicht anders, er mußte die Kruhnskriegerin verraten, denn immerhin hielt sie Bestar, Hellas und Migal als Geiseln, und er erachtete es als seine Aufgabe, das Mammut aus dem Abgrund zu holen.

Jetzt hatte er zum ersten Mal einen Anhaltspunkt, wer die Angreifer sein könnten. Nicht Vermummte, sondern Dunkelhäutige aus dem südwestlichen Regenwald. Timbares Kampftruppe. Das wäre peinlich, wenn ausgerechnet sie es waren, aber dennoch hochwillkommen.

Da er nicht laut rufen konnte, ohne sich und Timbare bei Zembe zu verraten, murmelte Rodraeg also den Namen des schwarzen Unabhängigkeitskämpfers leise vor sich hin, während er Richtung Blockhütte ging – in der Hoffnung, derjenige, der sich an ihn heranschlich, um ihn zu erwürgen, würde den Namen rechtzeitig erkennen.

»Timbaretimbaretimbaretimbaretimbaretimbare.« Wie die heidnischere Form eines Gebetes kam ihm das vor, wie ein Meditationsgesang, ein Ritual.

Schließlich löste sich vom Dach der Blockhütte ein Schatten, raste durch die Luft auf Rodraeg zu, berührte ihn am hochgerissenen Schild und warf ihn zu Boden. Bevor Rodraeg nur irgend etwas tun oder sagen konnte, warf sich der Angreifer schon auf ihn, drückte ihm zwei gezahnte Sicheln an die Kehle und hauchte mit weiblicher Stimme: »Woher kennst du diesen Namen?«

Rodraeg stieß unter einem nicht zurückzuhaltenden Hustenanfall hervor: »Ich bin Timbare einmal begegnet, in einem Wirtshaus in Warchaim. Ich hätte ihn gerne als Mitstreiter gehabt, aber er streitet lieber ohne mich.«

»Dann bist du Delbane.«

»Ja.« Rodraeg hustete immer noch. Auch das war ihm peinlich.

Die Frau stieg von ihm herunter. »Komm mit in die Hütte.«

Rodraeg blieb liegen. »Das ist nicht so einfach. Wir werden vom Gittertor aus beobachtet. Wenn die da drinnen den Eindruck bekommen, daß wir gemeinsame Sache machen, wird es mir nicht gelingen, euch in die Höhle zu bringen.«

Die Frau mit den Sicheln dachte nach. Sie war schlank und groß, ihr Körper mit schwarzen Tüchern eng umwickelt. Ihr Gesicht war bis auf die Augen ebenfalls schwarz vermummt, aber die Augen schimmerten grünlich, und die Haut um die Augen war heller als

Rodraegs. »Dann greif mich an. Du wirst mich kämpfend in die Hütte zurückdrängen.«

Rodraeg nickte. »Versuchen wir's.« Er sprang auf und warf sich gegen die Frau. In inniger Umarmung taumelten sie, die Frau rückwärts, Rodraeg vorwärts, gegen die geborstene Blockhüttentür. Die Tür gab nach und beide purzelten übereinander ins Innere. Rodraeg verlor beinahe vollkommen die Orientierung. Hauptsächlich lag das am Geruch dieser Frau.

In der Hütte brannte eine Lache ausgelaufenen Lampenöls auf dem Hauptschreibtisch und verbreitete einen flachen, bläulichen Schimmer. Von Deterio oder Tugri war nichts zu sehen, aber eine zweite schwarzverhüllte Gestalt kauerte innen neben der Tür und half der Frau auf. Die zweite Gestalt war ein Mann.

»Gut, daß du herausgekommen bist, Delbane«, sagte er. »Wir kommen nicht an diesem beschissenen Tor vorbei.«

»Wir sind auch an diesem Tor gescheitert. Wer seid ihr? Du bist nicht Timbare.«

»Nein. Ich bin Ijugis. Das schöne Mädchen heißt Onouk. Wir sind jetzt die Gruppe *Erdbeben.*«

»Was heißt das: ihr seid jetzt ...«

»Als wir hier ankamen, waren wir zu fünft. Diese Söldner sind besser, als wir dachten.«

Ijugis erhob sich. Er hatte seltsame, hellblaue Augen. Ein leichter Silberblick, der aber um so intensiver wirkte, wenn er sich auf die Augen seines Gegenübers einstellte. Rodraeg wollte dem Blick standhalten, mußte aber erneut husten.

»Schon wieder eine Gruppierung«, keuchte er. »Wie viele solcher Gruppen gibt es denn?«

»Eigentlich gibt es nur uns«, antwortete Ijugis ernsthaft. »Timbares Leute sind kein frei umherziehender Trupp, sondern ein ums Überleben kämpfender Stamm. Und das Mammut, von dem ich kürzlich zum ersten Mal gehört habe, ist wohl irgendwo bei Terrek verschollen.«

»Anfängerpech. Dafür lassen wir euch in die Höhle und lösen das Problem gemeinsam. Es handelt sich um Schwarzwachs. Wenn wir den Kalksack finden, der sich hier irgendwo auf dem Gelände befindet, können wir die Quelle damit verderben. Wo sind eigentlich die ganzen Leute hin? Ihr könnt doch unmöglich alle umgebracht haben?«

»Haben wir nicht. Wir haben Verwirrung gestiftet, Panik erzeugt, an fünf Punkten gleichzeitig angegriffen. Dabei haben wir ihnen einen Fluchtweg offengelassen: einer der Seilzüge hier vorne. Die meisten der Zivilisten haben sich aus dem Staub gemacht, und, nachdem ich ihren Anführer bezwungen hatte, auch einige der Pferdefresser.«

»Wie viele etwa?«

»Nur drei oder vier.«

»Und die, die im Wald als Wachtposten stationiert waren?«

»Haben wir kaltgemacht, während wir uns hierhergeschlichen haben.«

Rodraeg schauderte. Migals Taktik. Sich den Rücken freihalten. Über Leichen gehen.

»Habt ihr einen Städter mit Augengläsern geschnappt und einen bulligen Glatzkopf?«

»Der Glatzkopf hatte sich hier unter dem Schreibtisch versteckt. Onouk hat ihn ein bißchen erschreckt, da ist er gerannt wie ein Hase und mir leider ins Messer gelaufen. Aber einen mit Augengläsern habe ich nirgends gesehen.«

»Das ist der gefährlichste von allen. So lange der sich hier noch irgendwo herumtreibt, können wir uns nicht in Sicherheit wiegen.«

»Die sind alle getürmt«, bestätigte Onouk den Bericht von Ijugis.

»Möglich, könnte aber auch eine Finte sein«, überlegte Rodraeg. »Die wissen, daß ihr am Gittertor ohnehin nicht vorbei kommt. Also ziehen sie sich zurück und warten auf einen günstigen Moment zum Gegenschlag. Drei oder vier geflohene Kruhnskrieger plus einen oder zwei, die ihr im Wald übersehen habt, plus fünf in der Höhle ergibt eine beachtliche Streitmacht gegen die beiden letzten Überlebenden von *Erdbeben.*«

Ijugis betrachtete das brennende Öl. »Was schlägst du also vor?«

Rodraeg räusperte sich. »In der Höhle sind noch drei meiner Männer in Ketten und Fesseln. Wenn es uns gelingt, die zu befreien, sind wir schon zu sechst, darunter zwei Klippenwälder, dann können wir es mit zehn Kruhnskriegern aufnehmen. Wir müssen nur aufpassen, daß sich die zwanzig Arbeiter in der Höhle nicht auch noch gegen uns wenden. Panik ist eine gute Waffe gegen die. Wir müssen Druck ausüben. Das Schwarzwachs in der Höhle reagiert hektisch auf Wasser. Wir schütten Wasser in die Grube, dann ist da drinnen der Geisterfürst los und alles rennt und flüchtet.«

»Wo kriegen wir Wasser her?«

»Das gibt es in der Höhle. Mehrere Fässer mit Kühlwasser stehen nur einige Schritte von der Grube entfernt.«

»Wie kommen wir durchs Tor?«

»Gleichzeitig mit mir. Jetzt helft mir suchen. Was wir brauchen, sind: zwei stabile Holzklötze, ungefähr drei Handbreit lang, dann den Kalksack, der hier irgendwo sein muß, denn ein anderes Lager gibt es nicht – und ich brauche das Messer aus meinem Rucksack, den sie wahrscheinlich in einem dieser Schränke hier verstaut haben.«

Zu dritt stellten sie die Blockhütte auf den Kopf, brachen Schränke auf und durchwühlten sie. Der Lärm, den sie dabei veranstalteten, konnte von Zembe durchaus als Zeugnis eines brutalen Kampfes wahrgenommen werden.

Den Kalksack fanden sie nicht. Rodraeg fiel auf, daß er nichts über die hinteren Höhlenverzweigungen wußte, in die Migal gebracht worden war. Wahrscheinlich gab es dort hinten noch ein Lager für Gerätschaften, Gefäße und Arbeitsmaterialien. Zwei passende Holzklötze zogen sie aus dem Brennholzstapel neben dem Ofen. Die Rucksäcke und Waffen des Mammuts fanden sie in einem stabilen Wandschrank, dessen Türen Ijugis mit einem Holzklotz zertrümmerte. Dort schimmerte er im Ölfeuerschein, der Anderthalbhänder des Straßenräubers. Eigentlich war er zu groß und auffällig für Rodraegs Plan, aber einer der beiden vom Erdbeben konnte ihn mitnehmen. Rodraeg fingerte seinen Rucksack auf, stellte zufrieden fest, daß noch alles vollständig war, sogar seine 23 Taler, und steckte sich sein Allzweckmesser hinten schräg in den Gürtel, das schmutzige Hemd darüber. Den Anderthalbhänder nahm er in die Hand.

»Das ist der Plan: Jeder von euch nimmt einen Holzscheit. Ihr schleicht euch aus der Hütte und pirscht euch außerhalb des Fackelscheines an das Gittertor heran, der eine von rechts, der andere von links. Die Kruhnskriegerin, die hinter dem Gitter liegt, darf euch nicht bemerken, weder sehen noch hören. Kriegt ihr das hin?«

»Kleinigkeit«, sagte Onouk. »Klar«, sagte Ijugis. »Wir brauchen uns nur die Talwand entlangzudrücken, dann kommen wir ungesehen ans Tor.«

»Gut. Sobald ich dort bin, die das Tor für mich hochziehen und ich unten durchrolle, stellt ihr eure Holzklötze aufrecht unten in die Öffnung, so daß das Tor verkeilt, wenn es sich wieder senkt. Während ich die Kruhnskriegerin überwältige, um an die Kettenschlüssel zu kommen, schlüpft ihr unterm Tor durch. Der eine von euch – am besten mit einem Schild ausgerüstet – muß für ein paar Augenblicke die vier Kruhnskrieger aufhalten, die links hinterm Tor an der Kettenwinde stehen. Der andere schmeißt unverzüglich so viel Wasser wie möglich in die Schwarzwachsgrube, damit die Arbeiter in Panik geraten und auch ihr etwas übereifriger Vorarbeiter sie nicht aufs Kämpfen einschwören kann. Wenn wir es schaffen, daß die zwanzig Arbeiter Hals über Kopf aus der Höhle fliehen, haben wir es da drinnen nur mit vier Kruhnskriegern zu tun, und wenn meine Jungs sich die Ketten aufgeschlossen haben, werden wir zu sechst spielend mit denen fertig.«

»Klingt gut, bis auf eine Winzigkeit«, bemerkte Ijugis. »Wenn wir wissen, daß hinter dem Tor eine Söldnerin auf dem Boden liegt, warum schalten wir sie dann nicht mit einem Speerwurf aus? Dann ist es von Anfang an ein Gegner weniger.«

Rodraeg blinzelte angestrengt. Die Wahrheit war, daß er Zembe nicht töten wollte. Sie hatte Migal nicht umgebracht, obwohl es ihr möglich gewesen wäre. Sie hatte sich auch Rodraeg gegenüber immer anständig verhalten. Er hoffte, daß er sie bewußtlos schlagen konnte, sie den Rest der Kämpfe verschlief und später ihren Enkelkindern erzählen konnte, in ihrer Jugend mit dem berühmten Mammut aneinandergeraten zu sein. Das war natürlich romantischer Unfug. Es würde Handgemenge geben, Blutvergießen und Todesröcheln. Warum konnte Rodraeg selbst nach einundvierzigtägiger zermürbender Zwangsarbeit diese seltsame Empfindung nicht loswerden, daß alle anderen – die Kruhnskrieger eingeschlossen – von ihm beschützt werden mußten? Beschützt vor ihren Gegnern, vor den Gefahren des Kontinents und der in ihnen selbst schlummernden Gewalttätigkeit?

»Wenn wir sie ausschalten«, sagte er stockend, »dann sind die anderen alarmiert und öffnen mir womöglich gar nicht das Tor, weil sie Feinde in unmittelbarer Nähe wissen. Dadurch wäre nichts gewonnen, sondern alles verloren.«

»Ich habe verstanden«, bestätigte Ijugis eigenartig betont. »Dann legen wir jetzt los. Gib mir deinen Schild, ich übernehme die Kriegerseite.«

»Gut. Und du« – Rodraeg hielt Onouk sein Schwert hin« – könntest mir das hier mitnehmen und unterm Tor durchschieben, damit ich drinnen bewaffnet bin. Wenn ich mitsamt dem Schwert zum Tor laufe, werden sie vielleicht mißtrauisch und machen nicht auf.«

Onouk nickte und nahm den Anderthalbhänder an sich, ohne ihn eingehend zu betrachten. Ihre Aufmerksamkeit galt eher Rodraeg.

Ijugis legte sich den Schild mit dem Pferdeschädel an den rechten Arm. Er war offensichtlich Linkshänder. Er und Onouk nickten sich zu, dann huschten sie aus der Hütte und liefen auseinander in die Nacht.

Rodraeg wollte ihnen Zeit geben. Besser, sie mußten auf ihn warten, als daß er als erster am Tor ankam. Alles spülte durch seinen Kopf. Wasser. Kalk. Kochendes Wachs. Zembe. Die Ketten von Bestar und Hellas. Migal, der irgendwo in dunkler Verwinkeltheit versteckt war wie eine böse Überraschung. Rodraeg hatte Angst vor Migal, das wurde ihm jetzt klar. Angst davor, was die Einzelhaft und die Schmerzen im Fuß und die Fragen über Bestars Verrat und die Verzweiflung über die entwürdigende Kettensklaverei des Mammuts mit Migals ohnehin schon unerreichbar zornigem Gemüt angerichtet haben mochten. Wenn man ihn freiließ – war er dann überhaupt noch zu kontrollieren? Wahrscheinlich war es am geschicktesten, wenn kein Mammutmitglied Migal freiließ, sondern Onouk oder Ijugis. Denen gegenüber würde Migal nur gutartige Empfindungen hegen, die nicht durch Groll oder auch Scham getrübt waren.

Genug gegrübelt. Jetzt begann das letzte, alles entscheidende Gefecht. Das einzige, das ihn noch von Naenn trennte, von Cajin, vom Haus des Mammuts, von Warchaim, von seinem fensterlosen Bettkämmerchen, das ihm wie der Inbegriff von Freiheit vorkommen würde, wenn er dort wieder würde schlafen können, ohne Lärm, ohne Rauch und ohne Kette.

Rodraeg sprang, genau wie am Tag ihrer Gefangennahme, durch ein Fenster ins Freie. Er wollte den Eindruck erwecken, mit Mühe entkommen zu sein und verfolgt zu werden. Im Dunkeln konnte er den Boden nicht sehen und seine Landung deshalb nicht so gut vorbereiten. Er prallte hart auf die Erde und wurde von einem heftigen Hustenanfall durchgeschüttelt. Dennoch rappelte er sich auf und begann hustend, auf das Gittertor zuzurennen. Es fiel ihm nicht schwer, torkelig und schleppend zu laufen, so, als hätte er gerade einen zermürbenden Kampf hinter sich. Ekstatisch tanzend und zuckend schwankte das Tor ihm entgegen. Links und rechts davon standen zwei Schatten mit Holzscheiten.

»Schnell!« rief er, als er sah, wie sich Zembe hinter dem Tor aufrichtete. »Sie sind hinter mir! Es sind mindestens zehn!«

Zembe stritt sich offensichtlich mit anderen. Das Tor rührte sich nicht. Rodraeg warf sich vor dem Gitter auf den Boden und röchelte: »Ich ... habe ... Nachricht von Deterio.«

»Also doch, ihr Idioten!«, schrie Zembe nach hinten. »Hoch, hoch, hoch, beeilt euch!«

Die Ketten spannten sich singend, das Tor ruckte an und fuhr hoch. Rodraeg nahm Schwung und rollte darunter hindurch, so heftig und zappelig, daß er gegen Zembes Beine prallte. »Entschuldigung«, japste er, während er ihr mit seinen Knien die Füße unterm Körper wegschlug. »Tut mir leid!« Zembe krachte fluchend auf ihren Schild. Das Tor wurde fallengelassen, knirschte jedoch aufstöhnend in Holz und rührte sich dann nicht mehr. Rodraeg tastete Zembes Körper auf der Suche nach den Schlüsseln ab, die sie Cilf Daubs abgenommen hatte. Zwei Schatten zischten unter dem Gitter durch. Der eine schmiss sich mit einem wilden Schrei auf die ebenfalls vor Entsetzen schreienden Kruhnskrieger, der andere tauchte an Rodraeg vorbei in die Höhle und richtete möglichst viel Chaos an. Der Anderthalbhänder klirrte neben Rodraeg auf den Boden. Hallsass brüllte sich widersprechende Befehle. Zembe wehrte sich viel heftiger, als Rodraeg gedacht hatte. Er versuchte, seinen Unterarm über ihr Gesicht zu bekommen und sie mit dem Hinterkopf möglichst heftig auf den Steinboden zu dreschen, aber ihr Nacken hielt seinem Druck einfach stand. Mit der anderen Hand nestelte Rodraeg sich das Messer hinter dem Rücken hervor, um die Kriegerin wirksam bedrohen zu können, doch ihre Bewegungen wurden immer schneller. Sie schlug nach ihm, brachte ihre Beine zwischen sich. Rodraegs Messer kreiselte über den Steinboden davon. Das Schwarzwachs begann zu fauchen wie ein in die Enge getriebener Höhlendrache. Das Licht änderte sich, weil ein Arbeiter gegen ein Feuerbecken stieß. Ijugis wurde von vier Kruhnskriegern gleichzeitig angegriffen und wich keinen Fingerbreit zurück. Zembe bekam gegen Rodraeg die Oberhand, prügelte schimpfend auf ihn ein. Ihre Fäuste trafen hart, aber erst ihre Beine erzielten den erwünschten Erfolg. Rodraeg flog hoch und landete rückwärts auf dem Hosenboden, gefährlich nahe an der Grube, die jetzt schwarze Funken sprühte und beißend stinkenden Dampf in die Höhe blies. Arbeiter schrien. Hallsass und Onouk verschwanden gemeinsam in einer Wolke aus Dampf. Zembe sprang hoch, riß ihr Schwert heraus und hob es, um Rodraeg in zwei Hälften zu spalten. Eine schwere Eisenkette traf sie voll im Gesicht, legte sich um ihren Kopf wie eine Würgeschlange. Die Söldnerin krachte nach hinten gegen die Felswand und rutschte leblos daran hinab. Rodraeg nahm die schützenden Hände vom Gesicht. Bestar stand über ihm, mindestens vier Schritt groß, in den Händen seine geborstene Kette schwingend wie eine Waffe. Die Kette? Wie …? Keine Zeit für Erklärungen. Das Licht änderte sich jetzt laufend.

»Hilf ihm!« keuchte Rodraeg und deutete auf Ijugis. Bestar nickte und drosch seine Kette so hart gegen die hochgerissenen Schilde der Kruhnskrieger, daß Ijugis sogar an Boden gewann. Rodraeg riß sich zusammen und krabbelte zu Zembe. Sie atmete noch, aber ihr Gesicht war eine einzige Platzwunde. Er durchsuchte sie und fand den Schlüsselbund. Hustend warf er Hellas die Schlüssel hin. »Befrei dich und dann raus mit dir!« Hellas machte sich hastig ans Werk. Rodraeg nahm den Anderthalbhänder auf. Onouk stand an der Grube und attackierte zwei Arbeiter mit ihren Sicheln. Einen traf sie und zerrte ihn wie an einem Haken in die Grube. Der Mann verwandelte sich in Feuer und Qualm. Die dunkle Quelle kreischte. Es war entsetzlich. Rodraeg sprang an Onouks Seite. »Geh den Klippenwälder in den hinteren Höhlen befreien! Ich kümmere mich um das Wachs.« Onouk rührte sich nicht. Erst als Ijugis, dem trotz seines Kampfes nichts zu entgehen schien, rief: »Tu es!«, setzte sie sich in Bewegung, tauchte zwischen den auseinanderstiebenden Arbeitern hindurch und verschwand in den unbekannten Gängen. Rodraeg rief ihr noch hinterher: »Bringt den Kalk mit!«, aber das hörte sie wohl nicht mehr.

»Du Verräter!« kreischte Hallsass und warf sich, aus dem quellenden Dampf auftauchend, gegen Rodraeg. Der schlug ihm beinahe unbewußt den Schwertknauf gegen den Kopf, und Hallsass brach wimmernd zusammen. Die auf ihn eindrängenden Arbeiter trieb Rodraeg mit einem weiten Schwung seines Schwertes zurück. Der Anderthalbhänder war dafür wie geschaffen. Rodraeg räusperte sich und erhob seine Stimme, sprach die flackeräugigen Schemen der Arbeiter direkt an: »Keiner von uns will euch etwas antun! Wenn ihr hierbleibt, werdet ihr nur vom Schwarzwachs verbrüht. Also: das Tor steht offen. Hindurch mit euch und ab nach Hause. Lebt mit euren Familien, anstatt sinnlos für ›Batis‹ zu sterben!« Er ließ die Worte wirken, beobachtete, wie es in den Gesichtern der Terreker arbeitete. Hinter ihm kämpften Ijugis und Bestar gegen immer noch drei Krieger, ein verbissenes Gefecht auf engem Raum. Hellas schüttelte seine Kette ab und stürzte auf das Tor zu, als könnte er es keinen weiteren Moment mehr hier drinnen ertragen. Er brach das Eis.

»Hauen wir ab«, rief einer der Arbeiter. Ein zweiter deutete auf Hellas. »Er macht's richtig. Weg hier, bevor das Wachs hochkommt.« In die meisten kam Bewegung, aber nicht in alle. »Was ist mit unserem Lohn? Ich habe doch nicht fünf Monde hier geschuftet für nichts!?«

»Sei froh, wenn du hier lebend rauskommst«, sagte Rodraeg düster, und das Schwarzwachs, das eine Blase ausbildete, die zischend zerplatzte und schwarze, klebrige Glut in alle Richtungen sprühte, tat ein Übriges. Die Arbeiter flohen und trieben sich dabei gegenseitig an.

Aus dem Hintergrund des Raumes trat der riesige, zottige Umriß Migals. Hinter ihm Onouk. Migal sah sich kurz um, dann hinkte er zur Kampfstätte hinüber, nahm das Schwert des gefallenen Kruhnskriegers auf und drang von der Seite her auf die Verteidiger ein. Drei gegen drei – der Kampf endete innerhalb weniger Augenblicke. Keiner der drei Kuhnskrieger überlebte.

Rodraeg nahm sein Messer an sich und überwachte, wie die hintersten Arbeiter nicht nur Cilf Daubs, sondern auch Hallsass und Zembe mit hinausschleppten. Ijugis, Bestar und Migal zogen das Tor höher und banden die Zugketten fest, damit die Arbeiter leichter ins Freie kamen. Rodraeg sah sich um. Die Höhle qualmte und zischte wie ein Hexenkessel. Das Schwarzwachs tobte, schlug um sich und wurde immer lauter.

Ijugis trat neben ihn. »Wir müssen sicherstellen, daß diese Quelle nie mehr ausgebeutet werden kann. Mehr Wasser wäre gut.«

»Kalk wäre besser«, sagte Rodraeg unsicher.

»Dann suche du deinen Kalk. Ich leihe mir deine Klippenwälder aus und besorge mehr Wasser.«

»Gut.« Rodraeg fühlte sich überfordert. Sicher, Ijugis hatte recht. Wenn sie jetzt einfach von hier flohen, würde Deterio mitsamt seinen Überlebenden die Mine schon morgen wieder in Betrieb nehmen. Aber er wußte nicht, was noch mehr Wasser alles anrichten konnte. Geschweige denn, ob die brodelnde Quelle sich jetzt mit Kalk überhaupt noch würde besänftigen lassen.

Er schnappte sich eine Fackel von der Wand und drang in die hinteren Verzweigungen vor. Nur der vordere Bereich war ihm bekannt, weil sich dort der Abtritt für die Arbeiter und die Gefangenen befand. Seitlich davon schloß sich der große Raum für die Fertiger an, wo die Rüstungsteile geformt wurden. Auch hier durchstöberte Rodraeg die Werkbänke ergebnislos nach Kalk. Mehrere schmale Abzweigungen taten sich im flackernden Licht der Fackel vor ihm auf, ein steinerner Irrgarten, der mit Bedacht erkundet sein wollte, weil Rodraeg nicht abschätzen konnte, ob die Warnungen des Terreker Dorfschulzen bezüglich der Brüchigkeit des Bodens übertrieben waren oder nicht. Am hintersten Ende eines Abzweigs fand er Migals Kerker, ein enges, stinkendes Loch, in dem die von Onouk durchschnittenen Fesseln des Klippenwälders lagen. Wie ein wildes Tier war Migal hier gehalten worden, getrennt von allen anderen, mit rohen, schrumpeligen Erdäpfeln gefüttert, ohne Licht und Fürsprache den Schmerzen seines Körpers und seines Stolzes überantwortet. Rodraeg schauderte, und er eilte den Gang wieder zurück.

In der letzten der Abzweigungen fiel er kurz auf eine Illusion des Flackerlichts herein. Ein riesenhafter, dunkler Ritter neigte sich ihm entgegen, und Rodraeg ging in Deckung, aber es war nur eine Strohfigur, sämtliche Einzelteile der hier gefertigten Schwarzwachsrüstung waren ihr angelegt. Weiter hinten fand Rodraeg das Lager. Dort stapelten sich die Brustharnische, Helme, Schilde, Arm- und Beinschienen aus dem womöglich leichtesten harten Material des Kontinents. Rodraeg nahm einen der Schilde vom Regal und staunte. Der Kruhnskriegerschild, den er vorhin getragen hatte, war beinahe doppelt so schwer gewesen.

Was für eine geheimnisvolle Armee sollte hiermit ausgerüstet werden? Die persönliche Leibgarde der Königin? Die Stadtgarnisonen in schwierigen, unruhigen Städten wie Skerb, Galliko oder Chlayst? Oder ein weiterer Stoßtrupp von Verrückten, der ins Land der Affenmenschen vorgeschickt wurde, um dort eines neuartigen Todes zu sterben?

Was bezweckte die Königin mit ihrem Feldzug und ihrer Rüstungsfabrikation? Wollte sie ihr Reich nach Nordosten ausdehnen, um den Dürreflüchtlingen aus den Sonnenfeldern oder den Bewohnern des von giftigen Schwaden verseuchten Chlayst neue Heimstätten zu bieten? Aber das ergab keinen Sinn. Keiner von denen würde freiwillig nördlich der Felsenwüste siedeln. Platz für die Menschen gab es auf dem von König Rinwe vereinigten Kontinent genug. In Hessely oder auch im Bereich des heutigen Jazat konnte man tagelang wandern, ohne einer einzigen Menschenseele zu begegnen.

Welches Ziel verfolgte die Königin dann? Gab es auf dem Gebiet der Affenmenschen Schätze oder wertvolle Rohstoffe? Gab es Prophezeiungen, die besagten, daß dort etwas von großer Bedeutsamkeit zu finden war? Hatten die Affenmenschen einen Vorstoß geplant, und alle Manöver der Königin dienten der Vorbeugung und Abschreckung? Rodraeg wollte nicht ausschließen, daß Königin Thada nachvollziehbare Gründe für ihr kriegerisches Vorgehen hatte, daß sie nicht einfach nur größenwahnsinnig war und sowohl ihre Berater als auch die Menschen des Kontinents ihr in diesen Wahn folgten. Aber dennoch blieb unleugbar, daß all die königlichen Pläne schlecht durchdacht wirkten. Zweitausend Soldaten hatten wohl im fernen Nordosten ihr Leben lassen müssen. Damit man bei Terrek Rüstungen herstellen konnte, wurde in Kauf genommen, daß der Lairon-See tiefreichend verschmutzt wurde. Die Königin zerstörte ihr Land und ihre Menschen – um was zu gewinnen? Was wog schwerer als Land und Menschen?

Die Götter?

War es möglich, daß auch die Königin – genau wie der Kreis – auf der Suche nach den Göttern war, nur daß sie dabei einen vollkommen anderen Weg eingeschlagen hatte? Nicht den Weg des Gleichgewichts und der Erhaltung, sondern einen Weg, auf dem alles Beständige in Unordnung versetzt werden mußte und alles Vergängliche zerstört?

Rodraeg erschauerte vor seinem eigenen Gedanken. Ein Hustenanfall holte ihn zurück auf den harten Boden der Tatsachen.

Was sollte er jetzt tun, jetzt, in diesem Augenblick? Sollte er dieses Rüstungslager vernichten? Falls ja, dann wie? Konnte Feuer den Schwarzwachsrüstungen überhaupt etwas anhaben? Wie sollte Rodraeg zwischen diesen Felswänden ein nachhaltiges Feuer anlegen?

Sollte er sich den Schild, den er aus dem Regal genommen hatte, aneignen? Verdient hatte er ihn sich – durch einundvierzig Tage harte Arbeit. Aber es war ein Schild, der für die Getreuen der Königin gedacht war. Rodraeg war kein Getreuer der Königin und wollte sich auch nicht mit deren Insignien schmücken. Er wollte nichts hiervon.

Er riß sich los und ging weiter auf die Suche nach dem Kalksack, und endlich wurde er fündig. Der Sack hatte urspünglich zehn Festliter gefaßt, nun waren noch gute acht übrig. Das konnte genügen, um die Quelle massiv zu verschmutzen. Rodraeg schob sich umständlich den Anderthalbhänder durch den Gürtel, schulterte den Sack und machte sich auf den Rückweg. Auf halber Strecke in dem tropfsteindurchbohrten Nebengang drang ein Geräusch an seine Ohren, das eigentlich längst hätte verstummt sein sollen.

Waffenklirren?! Wer kämpfte denn jetzt noch? Natürlich. Rodraeg hatte es von Anfang an geahnt: Deterio hatte noch ein paar Kruhnskrieger um sich geschart und einen letzten Gegenangriff eingeleitet. Aber warum erst jetzt, wo er es mit sechs Gegnern zu tun hatte? Warum nicht vorher schon, bevor Rodraeg die Klippenwälder und Hellas befreien konnte? Hatte Deterio wirklich so viel Hoffnungen auf das Gittertor gesetzt, auf Zembe, ihre vier Männer, Hallsass und die Arbeiter? Die vielen Fragezeichen in seinem Kopf ließen Rodraeg fast verzweifeln. Er mühte sich, seine Schritte zu beschleunigen, und erreichte die Haupthöhle. Die dunkle Quelle spie und röhrte. Wasser troff über ihren Rand hinab und stieg als ätzender Dampf wieder auf. Unendlich viel Wasser. Keine Lache. Ein steter Zustrom. Hustend näherte Rodraeg sich der Grube, als im kaum zu erkennenden Umriß des Ausgangs eine hinkende, riesige Silhouette auftauchte.

»Rodraeg?« brüllte die Silhouette. »Rodraeg?« Draußen schepperten Waffen auf Schilde. Verwundete schrien.

»Ich bin hier, Migal. Ich habe den Kalk.«

»Vergiß den Kalk. Wir müssen das Tor schließen, sonst ist alles verloren.« Migal schubste gebeugt die beiden Holzscheite aus dem Torbereich, humpelte zur Kettenwinde und begann, daran herumzuhantieren.

»Wieso denn?« fragte Rodraeg. »Was ist los?«

»Die Pferdefresser sind wieder in der Überzahl. Keine Ahnung, wo die herkommen. Aber wenn wir lange genug verhindern, daß die das Wasser von der Grube fernhalten, ist die Grube nicht mehr zu retten. Wir haben oben am Bach die Wasserzuleitung geöffnet und hier unten die Verschlüsse zerschlagen. Das Wasser läuft jetzt, bis der Talkessel voll ist.«

»Aber das ist doch Irrsinn! Das Wasser vermischt sich mit dem Schwarzwachs und ist dann verschmutzt. Wir können doch nicht das Tal und den Wald mit giftigem Wasser fluten!«

»Wir müssen Zeit gewinnen, sonst ist Bestar umsonst gefallen. Kommst du raus oder bleibst du hier drinnen? Ich mache jetzt dicht.«

Rodraeg war wie vor den Kopf geschlagen. Der Qualm war jetzt schon so beißend, daß jeder Atemzug wie Nadeln schmerzte. Bestar? Gefallen? Bestar?

»Warte auf mich, um Himmels Willen! Laß mich raus hier!« Rodraeg ließ den Kalksack fallen und rannte durch das Tor. Jemand kam ihm aus den Schatten der Nacht entgegen und hechtete an ihm vorbei. Migal hatte die Ketten gelöst, das Tor begann zu fallen, im letzten Sandstrichbruchteil warf Migal sich unter den herabrasenden Stahlspitzen durch, rollte durch das flache Wasser und kam umständlich wieder auf die Beine. Er blutete aus neuen Wunden, aber Rodraeg kannte jetzt keine Zurückhaltung mehr. Er packte den Kräftigeren vorne am Hemd. »Was ist mit Bestar passiert?«

»Wir sind schnell zum Bach hoch, haben die Zuleitung geöffnet und sind wieder zurück. Als nächstes wollten wir das Gitter zumachen. Bestar ist bei den Pferden stehengeblieben, er wollte ihnen helfen, damit sie nicht ertrinken. Da hat ihn ein Speer aus dem Nichts getroffen. Gleich darauf fielen sechs oder sieben Pferdefresser über uns her. Einer von ihnen hatte nur noch eine Hand.« Hinter Migal blitzten Klingen im Fackelschein. Im Tal wurde abermals gekämpft. Die Verwundeten, dachte Rodraeg. Deterio hatte sogar diejenigen mobilisiert, die vor einundvierzig Tagen beim Kampf gegen das Mammut verwundet worden waren. Was für ein Alptraum. Bestar war tot, und Rodraeg war nicht mal dabeigewesen. Migal schien unbeeindruckt. War so etwas möglich? Die beiden waren wie Brüder gewesen, unzertrennlich. Hatte die kurze Zeit beim Mammut das alles zerstört? Ein gebrochener Fuß. Elf Tage Einzelhaft. Brüder wurden zu Fremden.

Der Klippenwälder schüttelte Rodraeg ab. Es war eine verächtliche Geste. »Ijugis, Onouk und Hellas kämpfen zu dritt gegen sechs oder sieben Mann. Ich gehe ihnen helfen. Du kannst ja hierbleiben und nachdenken.«

Rodraeg wußte nicht, ob er weinen, lachen oder schreien sollte. Das Blutvergießen nahm kein Ende mehr. Ein Strom von Blut ergoß sich über den Talgrund, troff hinab in die Grube, durchwirkte Rüstungen mit der Essenz vergeudeten Lebens. »Wo ist Deterio?« rief er dem davoneilenden Migal nach. »Ist er bei den Kämpfenden?« Doch Migal antwortete ihm nicht mehr, war ihm keine Rechenschaft mehr schuldig.

Es war Deterios Stimme, die antwortete. »Ich bin hier.« Die Stimme kam aus der Höhle, die Rodraeg eben hinter sich gelassen hatte.

»Deterio?«

»Ich bin es. Kommt her und hört mir zu. Es ist wichtig. Ich schwöre Euch: Ich bin unbewaffnet und werde Euch nichts tun.«

»Weshalb seid Ihr da reingeschlüpft? Die Quelle versprüht reines Gift!«

»Ich weiß, aber ich muß tun, was in meiner Macht steht. Der Klippenwälder nannte Euch Rodraeg. Ist das Euer wirklicher Name?« Deterio war in dem übelriechenden Qualm, der durch das Gitter wallte, nur undeutlich zu erkennen.

Rodraeg war zum Lügen zu müde. »Ja.«

»Ihr müßt mir helfen, Rodraeg. Ihr müßt uns allen helfen. Uns steht hier etwas bevor, das so furchtbar ist, daß unsere bisherigen Meinungsverschiedenheiten lächerlich und geringfügig dagegen wirken. Diese Verrückten haben die Leitung geöffnet, die frisches Bachwasser hier runterführt, und sämtliche Verschlüsse zerstört. Wenn noch ein oder zwei Faß Wasser mehr in diese Quelle laufen, wird das Schwarzwachs auf die heftigst denkbare Weise reagieren. Die gesamte unteridische Quelle wird auseinandergesprengt werden wie ein verschlossener Krug, in dem Wasser gefriert. Der Talkessel und weite Bereiche des Waldes bis hin zum See werden aufbersten und sich in eine Fontäne aus Glut, Asche und Erde verwandeln, Hunderte von Schritten hoch. Giftiger Dampf wird emporsprühen und sich todbringend auf alles senken, was im Umkreis lebt und gedeiht. Je nach Windrichtung bis hin nach Terrek. Ich erfinde das nicht, Rodraeg. Meine eigentliche Aufgabe hier bestand darin, den Fortgang des Abbaus zu überwachen, um zu verhindern, daß die Arbeiter so etwas anrichten.«

»Ihr arbeitet also direkt für die Königin?«

»Nein. Die Königin gab ›Batis‹ nur den Abbauauftrag. Ich arbeite für ›Batis‹, um mögliche Gefahren einzudämmen. Aber wir haben leider keine Zeit mehr für Erklärungen. Ich muß versuchen, das Wasser hier drinnen aufzuhalten, und wenn ich es mit einer Schaufel nach draußen schippe. Ihr müßt zum Bach hochklettern und die Ableitung zerstören, damit kein Wasser mehr nachströmt.«

»Wieso soll ich Euch trauen? Dies könnte Euer letzter Trick sein, um die Quelle zu retten.«

Deterio trat nahe ans Gitter. Seine Augengläser waren beschlagen, die Haare hingen ihm naß in die Stirn. »Traut nicht mir. Traut dem giftigen Qualm hier drinnen, der immer stärker wird. Noch eine Viertelstunde, und ich werde tot sein. Glaubt Ihr wirklich, ich werfe mein Leben weg für einen Trick?«

Der Qualm wurde tatsächlich zusehends dichter und beißender. Rodraegs Augen juckten, seine Haut fühlte sich am ganzen Körper entzündet an.

»Warum«, fragte er mit krächzender Stimme, »befehlt Ihr nicht einfach den Kruhnskriegern, mit dem sinnlosen Kämpfen aufzuhören und statt dessen etwas Sinnvolles zu tun?«

Deterio stemmte seine Hände gegen das Gitter. »Sie gehorchen mir nicht mehr. Sie sind durch Euch so gut wie ausgelöscht worden. Ihre Letzten haben nichts anderes mehr vor Augen, als Euch ebenfalls auszulöschen. Die Gewalt hat sich längst verselbständigt.«

Rodraeg ließ den Kopf und die Schultern hängen. Was für ein Alptraum. Genau genommen mußte er jetzt drei Dinge gleichzeitig tun. Er mußte die Wasserleitung an ihrem Anfang unterbrechen, er mußte nach Bestar sehen, ob dieser wirklich tot war oder ihm noch geholfen werden konnte, und er mußte Hellas, Migal, Onouk und Ijugis dabei unterstützen, die letzten Kruhnskrieger niederzuringen.

Sein Verstand sagte ihm, daß Deterio recht hatte und es am wichtigsten war, das Wasser abzustellen, denn sonst waren sie alle weiterhin in Gefahr, egal, wie der Kampf ausging. Sein Herz jedoch sagte ihm, daß er als erstes zu Bestar mußte. Es war schon unverzeihlich genug, daß er nicht bei ihm gewesen war, als er fiel. Er wollte sich nicht auch noch vorwerfen müssen, Bestar einfach dem Tod überlassen zu haben, ohne ihm zu helfen. Danach mußte er den anderen beistehen, um zu verhindern, daß es ihnen erging wie Bestar. Als drittes erst das Wasser.

Sein Verstand stimmte seinem Herzen zu, weil er einsah, daß Rodraeg die Felswand ohne Hilfe gar nicht hochkommen würde.

Wo war Bestar? In der Nähe der Pferdekoppel.

Die Tiere waren noch mehr in Panik geraten. Vorhin war um sie herum nur gekämpft worden. Jetzt spürten sie die Gefahr und den tödlichen Dampf, stiegen hoch und schlugen mit den Hufen gegen ihr Gatter, um ihr Gefängnis zu durchbrechen. Bestar hatte recht gehabt. Auch die Pferde mußten unbedingt gerettet werden.

Rodraeg fand den Klippenwälder auf der Erde liegend. Ein Speer steckte in seinem Bauch, beide Hände krampften sich um den Speerschaft, wie um ihn zu stabilisieren. Es war sonderbar still und friedlich in diesem Winkel der Nacht, während nur wenige Schritte entfernt verbissen um Leben und Tod gefochten wurde.

Rodraeg sank neben dem Liegenden auf die Knie und untersuchte ihn flüchtig. Bestar lebte noch, sein Brustkorb zitterte mehr, als richtig zu atmen, und sein Bewußtsein war bereits weit weg, aber es war noch ein letzter, trotziger Rest Leben in ihm. »Halte durch, mein Freund«, sagte Rodraeg eindringlich und drückte Bestars angespannte Hand. »Vergiß nicht, wie jung du noch bist, wie viele Abenteuer du noch erleben möchtest. Wenn du willst, können wir gemeinsam viele schöne Landschaften sehen und wundervolle Frauen und Ungeheuer, die kein Buch verzeichnet. Du mußt nur durchhalten, das ist alles, was ich jetzt von dir verlange. Ich bin gleich wieder zurück und bringe Hilfe.«

Rodraeg beeilte sich. Er umging das hektische, in ständiger Bewegung befindliche Gefecht und drang vor bis zur Blockhütte, in der das Ölfeuer inzwischen erloschen war, aber Rodraeg hatte eine Fackel dabei. Er wußte, wo sein Rucksack lag, und kramte aus diesem das kleine Tonfläschchen mit Luriz' Heiltrunk hervor. Dann kehrte er zu Bestar zurück, legte die Fackel auf den Boden, und flößte dem Klippenwälder vorsichtig den dickflüssigen Fläschcheninhalt ein. Es war nicht einfach, Bestar zum Schlucken zu bewegen, aber indem er ihm fest mit einem Finger über Hals und Kehlkopf strich, gelang es Rodraeg. »Dies ist der Trank von Luriz. Du erinnerst dich bestimmt an Luriz. Dort am Planwagen haben wir zum ersten Mal gemeinsam gekämpft, und ich bin diesen vermaledeiten Abhang runtergefallen, weißt du noch? Jetzt ruh dich aus und lass die Kräuter in dir gegen die Wunde arbeiten. Ich komme gleich mit den anderen zurück, und dann entfernen wir den Speer. Du schaffst es, ich bin mir sicher, daß du es schaffst.«

Langsam richtete Rodraeg sich auf und zog sein Schwert aus seinem Gurt. Jetzt war es soweit. Bislang war es ihm wie durch ein Wunder gelungen, selbst kein Blut zu vergießen, aber jetzt würde er zuschlagen müssen. Diese Situation kam ihm fremd und grausam vor. Bisher hatte er ein behütetes Leben geführt, das wurde ihm jetzt klar. Ein Ritterturnier war der einzige Ausbruch von Gewalt in seinem gesamten Lebenslauf, und auch das war nur ein Spiel gewesen, beherrscht von unzerbrechlichen Regeln. Selbst sein Faustkampf gegen Ryot Melron war nur ein harmloses Kräftemessen gewesen, bei dem niemand hätte sterben können.

Aber die Kruhnskrieger waren jenseits jeglicher Vereinbarungen angelangt. Inzwischen hatten sie durch Mammut und Erdbeben etwa fünfundzwanzig ihrer dreißig Truppenangehörigen verloren. Migal und Ijugis wollten wahrscheinlich auch noch den Rest auslöschen.

Zembe fiel Rodraeg ein. Zembe würde überleben. Die Unteroffizierin war von den Arbeitern aus dem Talkessel und somit in Sicherheit geschafft worden. Also gab es keine vollständige Auslöschung, und dieser Gedanke gefiel Rodraeg. Er erinnerte sich an Naenn, wie sie Melrons Kumpane durch die Luft gewirbelt hatte, ohne sie zu verletzen.

Es mußte einen anderen Weg geben als den der Klippenwälder, der Kruhnskrieger und auch von Erdbeben. Erdbeben hatte drei von fünf Streitern verloren, das Mammut, so lange Bestar noch lebte, nicht einen einzigen. Rodraeg begriff in diesem Augenblick, daß die Bereitschaft der Menschen, sich gegenseitig umzubringen, daher rührte, daß sie lediglich zu träge waren, sich etwas Besseres einfallen zu lassen.

Er nahm die Fackel auf, schwang sie in der Linken, das Schwert in der Rechten und rannte laut schreiend auf den Kampfplatz zu. Vier Zweikämpfe hatten sich hier gebildet, alle mehrere Schritte voneinander entfernt. Hellas war am ärgsten in Bedrängnis. Er focht mit einem für ihn ungewohnten Schwert gegen einen Kruhnskrieger, der seinen Schild geschickt einsetzte, um Hellas weiter und weiter zurück in den atemraubenden Dampf zu treiben. Hellas hatte immer noch Rippenschmerzen, das war seinen verkrampften Bewegungen deutlich anzusehen. Rodraeg rannte brüllend auf die beiden zu und dicht hinter dem Söldner vorbei. Hellas nutzte dessen Verwirrung, doch wieder rettete der Schild. Rodraeg blieb schliddernd stehen, fuhr herum und rannte ebenso schreiend wieder zurück. Diesmal hieb er mit der Fackel nach dem Kopf des Kruhnskriegers, der parierte geschickt und badete in einem rötlichen Funkenregen. Hellas schöpfte Luft und bekam die Oberhand. Beim dritten Anlauf schlug Rodraeg dem Söldner die flache Seite seines Schwertes auf den Hintern. Wutschreiend stach dieser nach ihm, aber Rodraeg war schon wieder weg, denn der Söldner war in seiner Kampfmontur schwerfälliger als er. Nur noch mühsam konnte sich der Kruhnskrieger jetzt gegen Hellas zur Wehr setzen. Rodraegs vierter Anlauf verlief anders. Er sprang dem Söldner, der den Verrückten in seinem Rücken jetzt ignorieren wollte, von hinten in die Beine und riß ihn mit sich zu Boden. Im kurzen Handgemenge behielt Rodraeg die Oberhand, weil der Söldner noch einen Stich von Hellas mit seiner Klinge abfangen mußte. Rodraeg hielt ihm das riesige Schwert mit der Spitze gegen den Kehlkopf und sagte annähernd väterlich: »Flieh ohne Waffe und Schild und kehre niemals wieder hierher zurück.« Als er sah, daß sich die Augen des jungen Söldners mit Tränen füllten, fügte er hinzu: »Die Kruhnskrieger gibt es nicht mehr. Du bist jetzt frei.« Dann ließ er von dem Liegenden ab und nickte Hellas zu, der sich schwer atmend auf das Schwert stützte. Der Söldner überlegte nur kurz, sprang dann auf und lief davon, Schwert und Schild hinter sich zurücklassend.

»Die Kruhnskrieger fliehen!« rief Rodraeg, so laut er konnte. »Wir haben gewonnen!«

Hellas zögerte einen Moment und schrie dann ebenfalls: »Das war's! Die letzten sind kein Problem mehr!« Dann trabten sie beide laut johlend auf den nächsten Zweikampf zu, Ijugis gegen eine Söldnerin. Als diese Söldnerin zwei weitere frohgemute Gegner auf sich zukommen sah und die tappenden Schritte ihres flüchtenden

Kameraden im Dunkeln hörte, ließ sie eine Gelegenheit zur Attacke ungenutzt und ergriff statt dessen ebenfalls die Flucht. Ijugis wollte ihr nachsetzen, wurde aber von Rodraeg zurückgehalten. »Laß sie fliehen! Wir haben wichtigeres zu tun.«

Ijugis funkelte Rodraeg mit seinen hellen Augen zornig an. »Ich mag keine halberledigten Sachen.«

»Ihr habt mehr als genug getan. Wollt ihr nicht eure Toten aus dem Kessel bergen, bevor das ganze Tal sich in flutende Glut verwandelt?«

»Unsere Toten liegen gut, dort, wo sie gestorben sind.«

Rodraeg fragte sich, ob er Ijugis überhaupt ins Vertrauen ziehen konnte. Womöglich hatte dieser etwas dagegen, daß der Wasserzufluß wieder versiegte. Rodraeg konnte hier jedem vertrauen, wenn es darum ging, etwas zu zerstören, aber nur Deterio – ausgerechnet Deterio – wollte ihm helfen, etwas zu beschützen. Aus dem Dunkel kamen Onouk und Migal.

»Meiner ist fortgelaufen, der feige Hund«, schimpfte die Kämpferin.

»Meiner wollte auch weg«, grinste Migal, »aber ich habe mein Schwert geworfen, und es ist schneller geflogen als seine Füße.« Rodraeg ertrug es kaum noch, den Klippenwälder anzusehen. Da war kein Funke Mitleid in Migal für Bestar, keine Besorgnis, nichts. Nichts, außer dem schwer stillbaren Blutdurst einer Bestie.

Der Boden begann leicht zu zittern, beruhigte sich dann wieder, zitterte erneut. Ijugis, eben noch unbefriedigt, bekam ein begeistertes Leuchten in den Augen.

»Erdbeben«, murmelte er beschwörend.

»Wir müssen schnell raus aus dem Tal«, drängte Rodraeg. »Ich fürchte, hier bleibt kein Stein mehr auf dem anderen. Wo kommen wir am besten rauf?«

»Da, wo auch die Kruhnskrieger und die Arbeiter hingelaufen sind«, deutete Onouk in die Nacht.

Rodraeg nickte. »Helft mir, Bestar zu tragen.«

Onouk und Ijugis sahen sich kurz an, dann folgten sie Rodraeg zu Bestar und packten mit an. Von der Höhle war mittlerweile nichts mehr zu sehen als hervorquellender Dampf und Rauch, aber Rodraeg glaubte, unter all dem unterirdischen Grollen und Rumoren immer noch die schabenden Geräusche eines Spatens zu hören, der einen aussichtslosen Kampf gegen eindringendes Wasser führte.

»Mich zuerst«, forderte Rodraeg, als sie am Seilzug ankamen, mit dessen Hilfe die Flüchtenden sich gegenseitig aus dem Tal gezogen hatten. »Ich muß oben noch etwas Dringendes erledigen. Ihr anderen könnt euch dann mehr Zeit lassen. Seid vorsichtig mit Bestar, sein Leben steht auf der Kippe.«

»Sollen wir oben auf dich warten?« fragte Hellas.

»Entfernt euch zweihundert Schritt in gerader Richtung vom Tal und wartet dort. Ich weiß nicht, was hier noch geschehen wird. Falls ich in einer Stunde nicht bei euch bin, schlagt euch Richtung Terrek durch.«

»Wir werden nicht Richtung Terrek gehen, ganz bestimmt nicht«, verneinte Ijugis. »Dort erwartet uns nichts als Ärger und Gerichtsbarkeit.«

»Dann eben nicht«, erwiderte Rodraeg mit verhaltenem Zorn. »Macht, was ihr wollt, ihr seid frei und ich nicht euer Anführer. Wenn ihr es in Ordnung findet, drei eurer Leute zu verlieren und einfach so weiterzumachen, als wäre nichts geschehen, dann ist das eure Sache. Wir jedenfalls werden Bestar nach Terrek bringen, damit er gut versorgt wird. Jetzt zieht mich hoch, ich habe keine Zeit mehr für Diskussionen.«

Mürrisch, aber schnell zogen Ijugis und Onouk Rodraeg nach oben über die Kante. Der vergeudete keinen weiteren Moment, sondern rannte am Rand des Tales entlang Richtung Höhle, bis er auf die hölzerne Rohrleitung stieß, in der frisches Bachwasser brauste. Rodraegs Fackel war am Verlöschen, aber ihr goldfarbener Schein genügte, um ihn vor bösen Stürzen zu bewahren. In dieser Richtung führte das Rohr, gestützt von Pfeilern, die es in die Höhe stemmten, stetig aufwärts, bis es nach zweihundert Schritt den Bach erreichte, der in einer Abfolge von kleineren Kaskaden einen Höhenunterschied von gut dreißig Schritt überwand. Hier ragte das Ende des Rohres mitten in den Wasserlauf hinein, so daß die Rohrleitung stets Wasser führte und am unteren Ende neben der Höhle geöffnet und geschlossen werden konnte. Fließend Wasser, wie es sich sehr wohlhabende Häuser oder solche, die günstig an einem hochgelegenen Gewässer lagen, ebenfalls leisteten. Rodraeg konnte nun entweder das Ende der Röhre verstopfen oder die Röhre kappen, so daß sie nicht mehr bis zum Bach hinreichte. Um ganz sicher zu gehen, entschied er sich für letzteres.

Im letzten flatternden Schein der in den Boden gerammten Fackel machte Rodraeg sich an die Arbeit. Zuerst versuchte er, das letzte Segment der aus ineinandergefügten ausgehöhlten Baumstämmen bestehenden Röhre abzuschrauben oder abzubrechen, aber die Verbindungsstellen waren mit Harzkitt nicht nur wasserdicht, sondern auch äußerst stabil umhüllt worden. Also zog Rodraeg sein Schwert und benutzte es als Werkzeug, statt als Waffe. Während er hackte und drosch, verwehte die Fackel. Über Rodraeg trat der gigantische Sternenhimmel in den Vordergrund, und der Wiesenmond schimmerte als schlanke Sichel auf. Mitten in einer Aufwärtsbewegung hielt Rodraeg inne und blickte in die perlendurchwirkte Nacht. Wenn man dort hineinstürzen würde in dieses Dunkel, so hatte es einer seiner Lehrer dem Knaben Rodraeg vermittelt, so würde man jahrelang fallen, bis man schließlich auf einem der Sterne aufschlug. Einige Sterne flackerten, wenn man unruhigen Sinnes hinaufschaute. Mit ruhigem Auge konnte man ihr Glänzen jedoch als beständig erkennen. Ewigkeit und Größe. Wie unbeträchtlich mußte für die Götter dort oben das Gewimmel und Gerackere der Menschen hier unten erscheinen.

Rodraeg dachte über die Kruhnskrieger nach, während seine Klinge Späne aus dem Holz trieb. Wie Hellas sie ehrfurchtsvoll angekündigt hatte, als sie noch unberührt im Wald lauerten. Aber hatte man sie erst ihrer Insignien entkleidet, des Schwertes und des Schildes mit dem ermordeten Pferd, fielen sie auf sich selbst zurück, wurden jung, schwach, furchtsam und allein, und sie rannten nach Hause zum Herd ihrer Mütter. Genauso mußte es den zweitausend Soldaten im Affenmenschenfeldzug ergangen sein. Nur daß diese nicht mehr rennen konnten. Das Rätsel, was dort geschehen war, mußte gelöst werden, damit zumindest die Seelen dieser Menschenopfer nach Hause zurückfinden konnten. Danach tat es Not, alle Söldner und Soldaten des Kontinents ihrer Uniformen zu entledigen, sie aufzuwecken und an sich selbst zu erinnern. Aber um so etwas bewerkstelligen zu können, müßte man wohl König sein oder ein Gott oder besser noch: ein Stern.

Nach einigen Sandstrichen hatte Rodraeg eine Kerbe in das Rohr getrieben, aus der bereits Wasser troff. Er stemmte sich mit seinem ganzen Körpergewicht auf das hintere Röhrenende, und das Holz barst dort, wo es durch die Kerbe geschwächt war. Mitsamt dem wasserverspritzenden Rohrstück fiel Rodraeg ächzend ins Gras. Der Nachstrom in der hölzernen Leitung war gekappt, der Bach sprudelte ohne Einbußen bergab und wurde weiter flußabwärts nicht mehr durch Einleitungen verdorben. Der Auftrag des Mammuts war erledigt – vorausgesetzt, daß die Schwarzwachsquelle nicht noch ausbrach und die gesamte Gegend versengte.

Rodraeg wollte zu Deterio.

Er tastete sich an der Rohrleitung entlang durch die Nacht bis zum Talkesselrand zurück. Dann arbeitete er sich an der Klippe entlang nach rechts, überquerte das unmerklich vibrierende Höhlendach und fand die Stelle, wo die Arbeiter das schmutzige Kühlwasser in den Trog geschüttet hatten. Hier führten Zugseile abwärts. Rodraeg griff sich eins und ließ sich daran hinabrutschen.

Unten war es unnatürlich warm und feucht. Der scharf und beißend riechende Dampf erfüllte mittlerweile das ganze Tal. Rodraeg konnte sich sein Hemd ausziehen, ohne zu frieren, und es sich vor Mund und Nase binden. Er nahm eine verloschene Fackel aus einem umgestürzten Feuerbecken und entzündete sie neu. Mit dem Licht bewaffnet, wagte er sich vor in den schwerfälligen Nebel. Der Boden rumpelte und stöhnte. Niemand schippte mehr Wasser.

Er fand Deterio vorne am Gittertor. Die Arme des Aldavaers ragten hilfesuchend, aber schlaff durch die Metallstäbe nach draußen. Die Augengläser fehlten. Deterio war klatschnaß, am Gitter nach Luft schnappend, zusammengebrochen. Rodraeg rüttelte am Tor.

Nichts zu machen. Selbst zwei Klippenwälder hätten das massive Eisengitter nicht hochstemmen können. Er ging in die Hocke und berührte Deterios Hände.

»Seid Ihr noch am Leben?«

Deterio regte sich schwach und hustete. Es klang genauso wie Rodraegs Husten. Worte folgten nicht.

»Ich habe die Wasserzufuhr unterbrochen«, berichtete Rodraeg hilflos. »Jetzt dürfte eigentlich nichts mehr schiefgehen. Das Wachs rumort zwar, wird jetzt aber wenigstens nicht weiterhin gestört. Habt Ihr den Kalksack, den ich neben der Grube fallengelassen habe, gefunden und benutzt?«

Keine Antwort.

»Wartet einen Moment. Ich bin gleich wieder bei Euch.«

Rodraeg lief geduckt Richtung Pferdekoppel. Eines der Tiere war bereits zusammengebrochen, die anderen standen auf wackeligen Beinen. Es war höchste Zeit, Hilfe zu holen. Hilfe aus Terrek. Rodraeg fand das Tonfläschchen, das noch dort lag, wo er Bestar den Inhalt eingeflößt hatte. Es war natürlich leer, aber da der Kräutersaft recht dickflüssig gewesen war, hatten sich noch einige Tropfen an den Innenwänden abgelagert. Rodraeg lief hinüber zur Blockhütte, füllte das Fläschchen mit Trinkwasser aus einem Faß auf, verschloß es und schüttelte es. Ein sehr stark verdünnter Heiltrunk war immer noch besser als nichts.

Er rannte zu Deterio zurück.

»Hier, das ist der Heiltrunk, den ich Euch schon einmal angeboten hatte, erinnert Ihr Euch noch? Für den Söldner mit dem Lungenschuß. Jetzt trinkt Ihr das Zeug. Mehr kann ich für Euch nicht tun, denn das Tor bekomme ich alleine nicht auf, und meinen stärksten Mann haben Eure Leute bedauerlicherweise handlungsunfähig gemacht.«

Endlich kam Leben in Deterio. Er ergriff das Fläschchen, entkorkte es zittrig und trank es aus. Kurz flatterten dabei seine Augenlider, und Rodraeg konnte erkennen, daß Deterios Augen rot und entzündet waren.

»Ich verstehe das immer noch nicht«, sagte Rodraeg halb zu sich selbst. »Weshalb habt Ihr Euch in der Höhle einsperren lassen? Ihr seid doch viel beweglicher als ich, Ihr hättet auch alleine an einem Seil hochklettern und die Wasserleitung viel schneller unterbrechen können. Warum dieses sinnlose Opfer?«

Rodraeg mußte sein Ohr ganz dicht ans Gitter pressen, um Deterios Antwort verstehen zu können.

»Jeder … Tropfen … Wasser, der im Schwarzwachs … verdampft, bedeutet … einen weiteren Schritt, den sich die … Götter von uns … entfernen. Das könnt Ihr … nicht verstehen. Ihr habt die … Schönheit dieser Quelle nie begriffen. Aus ihr schufen die Götter« – ein Hustenkrampf ließ Deterios Leib zucken, daß ihm beinahe die Knochen brachen, aber er wollte den Satz noch beenden, krallte sich am Gitter fest und riß die rötlich tränenden Augen auf – »aus … ihr … schufen die Götter unsere Welt.« Dann sackte er zusammen. Er atmete noch, aber sein Bewußtsein war dahin.

Auch Rodraeg mußte husten, und er wich rückwärts vom Tor zurück, bis er beinahe über den Leichnam eines Kruhnskriegers gestürzt wäre. Der Tote starrte mit trockenen, fragenden Augen himmelwärts. Rodraeg ertrug es nicht mehr. Er wollte weg von hier, aber um nicht durchzudrehen vor lauter ungeklärten Fragen und Selbstvorwürfen, zwang er seinen Verstand in eine praktische, faßbare Richtung: die Blockhütte.

Er sammelte die vier Rucksäcke und die Waffen zusammen, die ihnen gehörten, und schmiß das alles vor der Hütte auf den Boden. Dann kehrte er noch einmal zurück und leerte alles Lampenöl, das er finden konnte, und allen Alkohol, den Tugri in seinem Schreibtisch verstaut hatte, über Tischflächen, Papierstapel, Aktenregale, Urkunden und Schrankinhalte und warf aus sicherer Entfernung seine Fackel auf die Nässe. Der Brand breitete sich sprunghaft aus und leckte schnell aus allen Fenstern aufwärts. Die Vernichtung sämtlicher Unterlagen und Aufzeichnungen würde es erschweren, die Förderarbeit, falls überhaupt, jemals wieder aufzunehmen.

Vom Feuer hell beschienen, blickte Rodraeg zurück zur Höhle. Noch immer wolkte dichter Dampf durch das Gitter und hüllte die hintere Hälfte des Tales in übelriechende Watte. Der Platz, der den

Pferden in ihrer Koppel noch blieb, um dem Dampf auszuweichen, wurde immer enger. Rodraeg ging hinüber und öffnete ihnen das Gatter. Panisch stürmten sie hindurch, rannten ihn beinahe über den Haufen, sahen sich einer neuen Gefahr, einem Feuer, gegenüber, hatten jetzt aber dennoch deutlich mehr Platz im Talkessel, um sich vom Brand und vom Gift fernzuhalten.

Rodraeg sammelte die Mammut-Ausrüstung ein und ging zu dem Lastenkran, an dem Onouk und Ijugis ihn in die Höhe gezogen hatten. Er nahm sich Zeit, ließ sich auch von den immer wieder an ihm vorbeisprengenden Pferden nicht verunsichern, und knüpfte dicke Knoten in das Förderseil. Dann band er die Ausrüstung unten fest, kletterte mit Hilfe der Knoten einigermaßen geschickt am Seil hinauf und zog von oben die Sachen nach. Die knüpfte er dann wieder los und machte sich mit vier Rucksäcken, zwei Schwertern, einem Degen und einem Köcher über der Schulter auf den Weg in den Wald, ohne noch ein letztes Mal in den flammendurchflackerten Talgrund zurückzublicken.

17 Die Zehnzahl

Er fand die anderen am verabredeten Ort, gute zweihundert Schritt vom Talkessel entfernt im Wald, in den Schatten, den Blicken verborgen. Ijugis sprang auf, als Rodraeg sich näherte.

»Wo zum Geisterfürsten bleibst du denn? Ich warte nicht gerne!«

Rodraeg blieb ruhig, legte die Ausrüstung ins Gras und band sich sein Hemd vom Gesicht. »Ich mußte noch unser Zeug aus der Hütte holen und sie dann in Brand setzen. Alles in unserem Sinne.«

»Noch zwei Sandstriche und wir wären ohne dich abgehauen. Wenn die ersten Flüchtlinge die Terreker Garde alarmieren und die beritten sind, tauchen sie bald hier auf. Ihr seid ja fein raus, denn als der heutige Angriff begann, wart ihr als Gefangene unter den Angegriffenen. Aber Onouk und ich werden ohne Prozeß gehängt.«

»Freut mich, daß ihr die Gardisten nicht auch noch einfach umbringen wollt.«

»Glaubst du, sowas macht uns Spaß? Unsere Aufgabe war die Höhle. Niemand hat uns etwas über Söldner erzählt.«

»Da geht es euch genauso wie uns. Wir wurden auch von niemandem auf das vorbereitet, was wir hier vorgefunden haben. Wer hat euch denn geschickt?«

»Wir haben unsere Verbindungen. Die sind leider geheim.«

»Hör zu. Ich bin euch sehr dankbar dafür, daß ihr uns geholfen habt, da rauszukommen. Wir haben, finde ich, recht gut zusammengearbeit, wenn man bedenkt, daß wir uns gar nicht kannten. Ich halte es aber für ratsam, daß wir uns in einem gewissen Maße miteinander verständigen und absprechen, damit wir in Zukunft noch besser zusammenarbeiten oder uns auch gegenseitig Aufgaben abnehmen können. Also: Wir arbeiten für eine Organisation namens ›Der *Kreis*‹. Jemand hat euch von uns erzählt und daß wir hier sind, denn ihr habt meinen Namen gekannt. War das jemand vom Kreis oder jemand anders?«

»Ich kenne keinen Kreis. Die Information über eine Fördermine bei Terrek haben wir von einem namenlosen Schmetterlingsmenschen erhalten.«

»Mann oder Frau?«

»Mann.«

»Verstehe.« Nach einer Beschreibung zu fragen war sinnlos, denn Rodraeg war Estéron, dem Schmetterlingsmann des Kreises, noch niemals begegnet. »Und der hat euch erzählt, das Mammut sitzt dort fest.«

»Der hat uns gesagt, falls wir dort das Mammut finden oder Delbane oder seine Leute einzeln – bitte am Leben lassen, wenn möglich.«

»Wenn möglich.« Rodraeg lächelte. »Ihr habt nicht gerade den Ruf von Sanftmütigen, stimmt's?«

Ijugis, der genau so wie Onouk immer noch nicht sein Gesicht enthüllte, nickte stolz. »Wir tun, was für den Kontinent getan werden muß. Wir sind wie Timbares Stamm. Wir machen nicht viele Worte. Wir schlagen zu und sind wieder weg, noch bevor die Königin ihre gesalbte Stirn gerunzelt hat.«

»Wir sind anders«, sagte Rodraeg nachdenklich. »Wir müssen auch Worte machen, denn wir wollen das Denken der Leute erreichen, nicht nur ihren Schwertarm. Aber vielleicht muß es uns alle geben, damit wir etwas bewirken können. Ich hoffe, ihr findet gute Leute, um eure Reihen wieder aufzufüllen.« Rodraeg hielt Ijugis die Hand hin, der ergriff und drückte sie.

»Einen haben wir schon«, sagte der Erdbebenmann. »Migal kommt mit uns.«

Rodraeg senkte den Kopf. Er hatte so etwas schon kommen sehen. »Migal kann gehen, wohin er will. Aber wir brauchen ihn noch für einen Tag, um Bestar nach Terrek zu tragen. Hellas und ich sind nicht kräftig genug.«

»Das geht nicht, Rodraeg«, sagte Migal und trat hinzu. »Wenn ich jetzt nicht gleich mit ihnen mitgehe, hole ich sie mit meinem Fuß nicht mehr ein.«

»Was wird aus Bestar?«

»Das ist mir vollkommen egal.«

Rodraeg hob beschwörend beide Hände. »Migal, er hat dir das Leben gerettet, als er deinen Fuß zerschlug!«

»Sterben ist nicht weiter schlimm, und er weiß das! Das, was er mir angetan hat, ist schlimmer!«

»Er hat es gut mit dir gemeint. Es ist noch gar nicht so lange her, da sind wir uns zum ersten Mal begegnet, weißt du noch? Im *Ehernen Habicht* von Warchaim? Damals sagte einer von euch – ich weiß nicht mehr, wer: ›Uns beide gibt es nur zusammen.‹ Was ist daraus geworden in nicht einmal zwei Monden?«

»Was daraus geworden ist? Das kann ich dir sagen. Vierzig Tage Sklaverei. Vierzig Tage Ketten. Vierzig Tage Dunkelheit. Vierzig Tage Gestank. Vierzig Tage ohne Würde. Das sind zweihundert Tage, in denen ich toter war als tot. Nie mehr, Rodraeg Delbane! Nie mehr will ich euch sehen, denn ihr erinnert mich daran. Eure Fratzen sind für mich auf ewig mit dem Totenreich verbunden, mit dem Geisterfürsten und seiner stinkenden Höhle. Ich gehe mit diesen beiden, um zu kämpfen. Ich werde nie wieder stillhalten und dulden, nie mehr.« Hinkend stapfte Migal zu seiner Ausrüstung, suchte sich seinen Rucksack und sein Schwert heraus. Zusammen mit dem Kruhnskriegerschwert, das er im Tal an sich genommen hatte, trug er jetzt wieder zwei.

»Du schuldest mir noch Geld«, schleuderte er dann Rodraeg entgegen. »Hellas hat während unserer Sklavenarbeit so ganz nebenbei erwähnt, daß er dreißig Taler von dir bekommt, während du mich mit lausigen zehn abspeisen wolltest. Ich will für diesen Auftrag jetzt auch dreißig. Fünf hast du mir als Vorschuß für den Marktplatz gegeben, macht immer noch fünfundzwanzig.«

Rodraeg biß die Zähne so fest zusammen, daß es knirschte. »Du machst mich wahnsinnig, Mann, du machst mich echt wahnsinnig. Aber du sollst dein Geld haben. Ich wollte euch allen dreißig zahlen, sobald die nächste Geldlieferung vom Kreis da ist, und ich wollte euch damit überraschen, aber mach dir keine Sorgen: Ich werde dir nichts schuldig bleiben.« Rodraeg zerrte an seinem Rucksack. Daß sein Geldsäckel noch da war und noch genauso gefüllt wie vor der Gefangennahme, war ein Anhaltspunkt dafür, daß Deterio tatsächlich vorgehabt hatte, sie freizulassen. Sogar ohne ihre Besitztümer zur Strafe einzubehalten.

Rodraeg sortierte seine Barschaft, was im Dunkeln gar nicht so einfach war. »Dreiundzwanzig Taler. Das ist alles, was ich noch besitze. Dann habe ich nichts mehr, um Bestar medizinisch versorgen zu lassen, aber mach dir darüber nur keine Gedanken, du könntest sonst an ihn erinnert werden. Bleiben noch zwei Taler, zwei Taler! Hier, Bestar hat auch noch drei Taler, die haben wir alle als Leibwächter für diesen Reisendentrupp bekommen, aber erinnere dich bloß nicht daran. Es könnte dich aufwühlen. Hier. Der eine Taler müßte ihm doch reichen, um zu überleben. Hauptsache, du bekommst fünfundzwanzig. Nur keine Scheu, du hast ja bereits vergessen, von wem ich rede. Jetzt pack dich und mach dir einen Namen als großer Krieger. Aber wundere dich nicht, wenn du irgendwo im Hundedreck liegen bleibst, mit einem dummen Ausdruck im Gesicht. Ijugis ist der Meinung, daß seine Leute gut liegen, dort, wo sie gefallen sind, nicht wahr, Ijugis? Gehabt euch wohl, ihr drei. Onouk? Meine Ehrerbietung. Es ist eine Schande, daß ich Euch nicht näher kennenlernen konnte. Aber ich bin zuversichtlich, Ihr habt den Mut, mich nicht zu vergessen.«

Rodraeg verbeugte sich tief und höfisch. Onouk bedankte sich mit einem übertriebenen Knicks. Dann tauchten die drei wortlos im Dickicht unter.

»Da haben sich ja drei gefunden«, meinte Hellas, der neben Bestar auf der Erde saß. »Reich mir mal meinen Rucksack, bitte.«

Rodraeg erkannte Hellas' Rucksack auch im Dunkeln an den drei Wurfmessern, die außen in den Schlaufen steckten. Hellas nahm ihn und durchsuchte ihn. »Alles da. Mach dir keine Sorgen wegen Bestars Behandlung. Ich habe noch 45 Taler aus meinem früheren Leben.«

»Dabei schulde ich dir auch noch dreißig. Mehr als das. Du bist länger als den vereinbarten Mond bei uns geblieben.«

»Weil ich nicht wegkonnte mit der dummen Kette.« Hellas lachte. Die wiedergewonnene Freiheit stimmte ihn heiter. »Vergiß das Geld einfach. Wahrscheinlich bin ich der einzige von uns, für den dieses Abenteuer richtig gut gelaufen ist. Ich war vierzig Tage untergetaucht. Vollkommen weg vom Fenster. Meine Fährte dürfte für die Gardisten, die hinter mir her sind, ziemlich erkaltet sein.«

»Möglich. Es sei denn, wir werden jetzt von Gardisten aufgegriffen.« Rodraeg trat an Bestar heran. »Oh, nein! Ihr habt ihm ja immer noch nicht den Speer rausgezogen.«

»Mit gutem Grund«, sagte Hellas. »Wenn wir das Ding rausziehen, fängt Bestar an zu sprudeln wie einer dieser Springbrunnen, die Adelige in ihren Schloßgärten haben. Abbinden geht bei einem Bauchtreffer nicht. Eigentlich muß man das nähen. Keiner von uns hat das nötige Werkzeug dabei.«

»Also schleppen wir ihn mitsamt dem Speer.«

»Wir können ihn nicht schleppen, Rodraeg. Das machen meine Rippen nicht mit. Tut mir leid.«

»Dann werde ich ihn eben alleine tragen.«

»Das schaffst du nicht. Der ist mindestens doppelt so schwer wie du.«

»Hellas, es gibt gar keine andere Möglichkeit. Wir können ihn nicht hier liegen lassen. Falls ihn Gardisten finden, hängen sie ihn auf, denn er gehört nicht nach Terrek, er hat einen Kruhnskriegerspeer im Bauch – er kann nur einer von den Angreifern sein.«

»Du hast recht.«

»Also nimmst du mein ganzes Zeug, und ich versuche mir Bestar auf den Rücken zu laden, Rücken an Rücken, wegen dem Speer.«

»Dann gehe ich voran und sichere den Weg, damit der Speer sich nicht in tiefhängenden Ästen verfängt.«

»Gut. Die Richtung nach Terrek kriegst du hin?«

»Das ist kein Problem. Wir sind über Umwege hierhergekommen, weil wir nicht wußten, wo die Höhle genau liegt. Auf dem Rückweg können wir deutlich abkürzen.«

»Siehst du: Zum Glück habe ich dich dabei. Ich finde mich im Wald schon tagsüber nicht zurecht, nachts wäre ich verloren.«

Rodraeg zog sich sein Hemd über und lud sich ächzend, keuchend und hustend den Klippenwälder auf. Es war unglaublich schwer, den schlaffen Leib überhaupt hochzubekommen, so daß er ihn richtig greifen konnte. Als er dann auf Rodraegs gekrümmtem Rücken auflag, die Fersen über den Boden schleifend, hatte Rodraeg das Gefühl, sein Kreuz müsse brechen. Aber dennoch verteilte Bestars Gewicht sich jetzt besser, und Rodraeg kam mit hochrotem Kopf sogar vorwärts.

Es war beinahe komisch. Die Fronarbeit in der Höhle hatte Rodraeg körperlich stärker gemacht. Er spürte in seinen Oberarmen, seinen Schenkeln, seinem Rücken, seinem Bauch eine Belastbarkeit und Festigkeit wie selbst vor sechs Jahren zur Zeit des Ritterturnieres nicht. Womöglich hätte er damals besser abgeschnitten, wenn man ihn vorher gezwungen hätte, sich so zu schinden wie jetzt in den letzten zwei Monden.

Er wuchtete den Leib eines Klippenwälder Hünen durch die vom Blätterdach noch zusätzlich abgedunkelte Waldnacht. Alle seine Sinne waren blind, er konzentrierte sich nur auf Hellas, der dicht vor ihm einen Weg bahnte und ab und zu, Rodraegs Anderthalbhänder fast wie einen Besen handhabend, kleinere Hindernisse zur Seite schnippte. Bestar war schwer, als drückten der Himmel und die Baumwipfel durch ihn hindurch zusätzlich auf Rodraegs Rücken. Als schleppte er den Klippenwald. Beine aus Fels, ein hölzerner Leib, und jedes Haar ein Farn.

Der Husten brachte ihn schließlich zur Strecke, mehr als eine Stunde später, eine Meile hatten sie geschafft. Rodraeg versuchte zuerst noch, hustend weiterzumachen, dann, den Husten zu unterdrücken, was den schmerzhaften Reiz im Brustkorb aber nur noch mehr in den Vordergrund schob. Schließlich brach er an einer Steigung unter Bestar zusammen und hustete sich bellend aus, untröstbar auch durch Hellas' Tätscheln und seine aufmunternden Worte. So lange schien es Rodraeg her, daß er geschlafen hatte. So viel Kämpfen, Planen, Sorgen, Suchen, Kappen, Klettern und Schleppen war seitdem notwendig gewesen. Es genügte. Er konnte nicht mehr.

»Irgendwann muß es ja auch mal hell werden«, brabbelte er in Hellas' ungefähre Richtung, rollte sich, immer noch halb von Bestar begraben, zusammen und schlief ein.

Hellas legte Bestar so gut es ging in eine seitliche Körperhaltung und hielt Wache. Er war schweißgebadet, obwohl diese frühe Sommernacht eher kühl war. Vor seinen Augen tanzten bunte Ringe, wenn er blinzelte. Auch er hatte einundvierzig Tage lang nur Qualm und Gift geatmet.

Zwei Stunden später wurde es tatsächlich langsam hell, und der Bogenschütze weckte Rodraeg, indem er ihm den Mund zuhielt, um ihm am Husten zu hindern.

»Leute kommen durch den Wald«, zischte er. »Mindestens zehn, aufgefächert. Ohne Pferde.«

Rodraeg kämpfte gegen den Husten an, schluckte und räusperte sich. »Gardisten?«

»Kann ich nicht erkennen.«

Rodraegs Gedanken rasten. Wenn es Gardisten waren und sie an ihnen vorbeiliefen, gewannen sie Zeit, denn die Gardisten würden sich gewiß stundenlang im Talkessel aufhalten, um sich ein Bild von der Gesamtlage zu machen. Andererseits: Wie weit konnte er Bestar selbst innerhalb mehrerer Stunden noch schleppen? Eine Meile? Zwei? Er belog sich selbst, wenn er annahm, Terrek auf diese Art und Weise erreichen zu können.

Was, wenn es Terreker waren, die dort kamen, aufgescheucht durch die ersten Geflohenen, die atemlos und mit zerfetzter Kleidung friedlich schlafende Bürger aus den Betten getrommelt hatten? Wenn es Terreker waren, gab es Hoffnung. Wenn es sich allerdings um Arbeiter handelte, die zurückkamen, um nach dem Rechten zu sehen, dann mußte vor allem er damit rechnen, für seinen Verrat an Zembe und Hallsass totgeschlagen zu werden.

Wenn es Gardisten waren, und es waren keine Arbeiter bei ihnen, dann konnten sie sich als versprengte Arbeiter ausgeben. Vor ein paar Stunden hatte Rodraeg noch zu Hellas gesagt, man müsse Bestar für einen Angreifer halten, weil ein Kruhnskriegerspeer in ihm steckte, aber da hatte er sich geirrt. Schließlich waren die einfachen Arbeiter auch mit Speeren beworfen worden. Cilf Daubs zum Beispiel. Vielleicht konnten sie Bestar den Näherkommenden in den Weg legen, damit sie ihn fänden, mitnähmen und versorgten.

»Keine Uniformen«, versorgte Hellas ihn mit neuen Beobachtungen.

»Also Terreker. Erkennst du welche wieder?«

»Bislang nicht. Es sind genau zehn. Wenn sie nicht die Richtung ändern, gehen sie rechts oberhalb an uns vorbei.«

Rodraeg versuchte, neben Hellas durchs Blattwerk zu spähen, aber er sah fast gar nichts. Das merkwürdige Dämmerlicht schlierte alles grau in grau, und seine Augen waren immer noch gereizt und störrisch. Wieder preßte ein Hustenreiz von innen gegen seinen Hals, wieder kämpfte er ihn nieder.

»Hellas, mit Bestar kommen wir so nicht mehr weiter. Sag mir, daß keine Arbeiter unter ihnen sind, und ich gebe mich zu erkennen.«

»Ich bin mir nicht sicher. Ich habe mir ja nicht alle Gesichter merken können von den Fertigern und denen, die dauernd draußen geschlafen haben.«

»Sehen welche schmutzig aus? Rußig?«

»Eigentlich nicht. Aber sie könnten sich im Bach gewaschen haben.«

Rodraeg kaute auf seiner Unterlippe. »Ich riskiere es. Falls sie sofort brüllend auf uns zustürmen, setzt du dich ab, schlägst dich nach Warchaim durch und erstattest Naenn Bericht. Tust du das für mich?«

Hellas lächelte. »Rodraeg, du bist wirklich ein heiliger Narr. Wir machen es genau andersherum. Du bist unverletzt und kannst dich viel besser durchschlagen, und außerdem bist du viel wichtiger für Naenn als ich. Hier, nimm meinen Rucksack und mein Geld.« Ohne die Einwände Rodraegs abzuwarten, stand Hellas auf, hob beide Hände und rief: »Heda, ihr! Helft mir bitte, ich habe einen Verwundeten hier!«

Rodraeg krallte sich den Rucksack und kroch auf allen vieren seitwärts. Hellas' Argumente waren richtig, aber er hatte sich schon darauf gefreut, endlich husten zu dürfen.

Die zehn Terreker kamen langsam näher. Einer von ihnen rief: »Wer seid Ihr?« Niemand rief: Da sind die Verräter!

»Wir waren Gefangene in der Höhle, als der heutige Angriff begann. Mit Müh' und Not sind wir lebend rausgekommen, aber wir sind zwischen die Fronten geraten, und es hat uns ziemlich erwischt.«

Ein alter Mann mit weißem Vollbart gab den anderen ein kaum wahrnehmbares Zeichen, und alle blieben stehen. »Wir haben von euch Gefangenen gehört«, sagte er leise, aber Hellas konnte ihn trotz der noch zwanzig Schritt Entfernung gut verstehen. »Ihr habt im Endregen das verborgene Tal angegriffen.« Endregen war der Name für die dritte und letzte Woche des Regenmondes.

Rodraeg erhob sich nun auch, denn er fürchtete, daß Hellas etwas Unbedachtes sagen würde. Sofort wandte sich aller Aufmerksamkeit ihm zu. »Das ist richtig. Wir sind hierhergekommen, um die Verschmutzung des Lairon-Sees zu unterbinden.«

»Wie ist das möglich?« fragte der Alte. »Weshalb kommt Ihr von weit her, um etwas zu leisten, das eigentlich wir hätten leisten müssen?«

Rodraeg hustete nun erstmal ausgiebig und entschuldigte sich dann dafür. »Manchmal kann man etwas nicht im ganzen betrachten, wenn man zu nahe dran ist. Wir sind hierhergekommen, weil man uns sagte, ein reiner Lairon sei wichtig für den Kontinent.«

»Aber ihr habt gekämpft und getötet im Tal, genau wie die heute nacht.«

»Ich bin waffenlos ins Tal gegangen.« Rodraeg sagte jetzt nur noch die Wahrheit, denn der Alte hatte ein gutes Gesicht, und sie waren auf seine Hilfe angewiesen. »Dann hat man uns angegriffen, und wir haben uns verteidigt. Wir hatten unsere Kämpfe mit den Pferdefressern, aber keine mit den Terrekern.«

Der Alte kam näher, bis er auch Bestar liegen sehen konnte. Die neun anderen blieben seitlich und hinter ihm stehen, nie allzu weit entfernt.

»Ihr seid Achildea, nicht wahr?« riet Rodraeg. »Ich habe von Euch reden gehört während meiner Gefangenschaft. Man verdächtigte uns, mit Euch gemeinsame Sache zu machen, aber leider war das nicht der Fall. Wir hätten uns einundvierzig Tage Fronarbeit ersparen können, wenn wir vorher von Euch erfahren hätten.«

Der Alte sank auf ein Knie und untersuchte Bestar mit sachkundigen Handgriffen. »Mit dieser Wunde müßte er längst tot sein. Seid Ihr ein Heilmagier?«

»Leider nein. Ich habe ihm einen Kräutertrank eingeflößt. Scheinbar ein guter Trank.«

»Offensichtlich. Dennoch müssen wir den Speer bald entfernen. Die Spitze war sicher nicht sauber. Niers, kümmere dich darum. Nimm dir zwei Mann und tragt ihn zu mir nach Hause. Holt Geskara hinzu. Ich will mir erst noch die Quelle ansehen.«

»Seid vorsichtig im Tal«, warnte Rodraeg. »Der Nebeldampf ist immer noch giftig und gefährlich dort unten. In der Höhle ist ein tapferer Mann gefangen, den Ihr so schnell wie möglich befreien solltet. Auch die Pferde müssen geborgen werden.«

»Wir werden uns darum kümmern«, beruhigte ihn der Alte. »Zu lange haben wir nur abgewartet und um Worte gerungen, jetzt sind wir hier. Ja, ich bin Gimon Achildea. Wie lauten Eure Namen?«

»Rodraeg Talavessa Delbane. Das dort ist Hellas Borgondi, der Verwundete ist Bestar Meckin. Wir nennen uns das Mammut.«

»›Das Mammut‹, soso. Ich habe noch nie ein Mammut in meiner bescheidenen Hütte zu Gast gehabt. Es soll mir eine Ehre sein, sobald ich dafür Zeit finde. Nun hurtig.«

Niers, ein schlaksiger Waldläufer mit Ziegenbärtchen, führte sie auf verschlungenen und umständlichen Pfaden nach Terrek. Er erklärte, er wolle Gardisten und Schaulustigen ausweichen, und Rodraeg fand das sehr beruhigend. Bestar wurde von zwei kräftigen Männern getragen, Rodraeg fühlte sich in guten Händen und hatte es gar nicht mehr eilig.

»Danke für deinen Wagemut. Du warst bereit, dich für mich zu opfern«, raunte er Hellas zu.

»Ach, Unsinn«, wehrte dieser ab. »Vor Gardisten, Banditen und Söldnern muß man sich hüten. Aber mit alten Männern und besorgten Bürgerlichen kann ich es noch aufnehmen, selbst mit einer Hand.«

Sie überquerten den Lairon-Fluß auf einer kleineren, gebrechlicheren Brücke als der, die auf geradem Weg zum See führte. Die Sonne stand schon über den Bäumen, es war warm, der letzte Flußfrühnebel bereits verflogen. Terrek war erwacht und wirkte geradezu entvölkert, denn die meisten Bürger drängten sich vorm Rathaus, um Neuigkeiten zu erfahren und weiterzugeben. Heute war ein ungewohnter, ein furchterregender Tag. Terreker waren getötet worden bei Kämpfen an einer verborgenen Arbeitsstelle im Wald. Die Mörder waren entkommen und wurden in der Umgegend gesucht. Gardisten verhörten Zeugen und Verwundete. Bei Gesprächen unter Terrekern bildeten sich unterschiedliche Meinungen heraus. Einige sagten, es sei eine Schande, daß die Waldmine so oft angegriffen worden sei. Andere sagten, sie hätten von Anfang an geahnt, daß mit der Waldmine Ungemach in Terrek Einzug halten würde.

Bestar, Rodraeg und Hellas wurden von Niers durch schmale Gäßchen und über verwinkelte Innenhöfe an allen Gaffern vorbeigeschleust. Durch eine Gartentür betraten sie das Haus des alten Mannes, wo der Waldläufer Achildeas Ehefrau Sefahe in knappen Worten über das Mammut in Kenntnis setzte. Sefahe, eine winzige, energische Dame im selben Lebensalter wie ihr Mann, begrüßte die Fremden und führte sie über eine breite Treppe in den Keller. Dort richteten die Männer schnell ein Lager für Bestar, entkleideten ihn, legten ihn darauf und wuschen ihn. Sefahe eilte aus dem Haus, um die Heilerin Geskara zu holen. Rodraeg und Hellas machten sich inzwischen über bereitgestelltes Brot und Käse her und stopften sich die Bäuche voll. Ihnen war in der Höhle vor lauter Arbeit und Müdigkeit kaum zu Bewußtsein gekommen, wie sehr sie Hunger gelitten hatten.

Sefahe kehrte mit der Heilerin zurück. Geskara war eine leicht wunderliche, umfangreiche Alte mit rotgefärbten filzigen Haaren, die allerlei Krempel in mehreren Täschchen mitgebracht hatte, sich nun singend die Ärmel hochband und damit begann, Bestar den Speer aus dem Leib zu ziehen. Bestars Hände hielten den Schaft immer noch umkrampft, also mußte der Klippenwälder erst betäubt werden, indem Geskara ihm den Dampf eines ätherischen Kräutertees in die Nase hauchte. Daraufhin entspannten sich Bestars Hände und gaben den Speer frei. Hellas sah interessiert zu, wie das Metall aus der Wunde schlüpfte. Rodraeg wurde schlecht, und er mußte sich zusammenreißen, das frisch aufgenommene Essen nicht gleich wieder von sich zu geben.

Geskara nähte und reinigte auch innerhalb der Wunde. »Erstaunlich, erstaunlich«, äußerte sie in singendem Tonfall. »Es müßte viel mehr bluten und viel mehr Durchmischung sein. Mir scheint, er wurde bereits behandelt?«

»Ich kann Euch einen Kräutermenschen namens Luriz nur empfehlen«, erläuterte Rodraeg. »Von Luriz habe ich den Trank erhalten, der Bestars Wunde besänftigte.«

»Was lustig ist«, kicherte Geskara. »Ein Trank bei einer Bauchwunde. Das ist wie Schnaps ins Feuer gießen, um zu löschen. Die Götter müssen Euch wertschätzen, mein Junge, allen voran Kjeer.«

Rodraeg war erschrocken. »Ich habe keine Ahnung von Heilkunde«, gab er zu.

»Dann lernt, mein Junge, lernt. Wenn Ihr wandeln wollt in einem Felde, darin Speere, Schwerter und Äxte blühen – lernt wenigstens, auf Eure Freunde achtzugeben.« Summend nähte sie weiter.

Oben wummerte es an die Haustür. Sefahe eilte hoch und schloß die Kellertür hinter sich. Es waren Gardisten. Sie wollten das Haus durchsuchen. Mit klarer Stimme entgegnete Sefahe: »Sobald Ihr mir ein vom Hauptmann unterzeichnetes Gesuch vorlegt, lasse ich euch gern herein. Aber ich habe gestern und vorgestern zwei Tage meines nicht mehr lange währenden Lebens damit verbracht, die gute Stube für den Sommer zu putzen und herzurichten, und ich werde nicht erlauben, daß ihr mit euren schmutzigen Straßenstiefeln ohne bedeutsamen Anlaß darin herumtrampelt.« Die Haustür fiel wieder ins Schloß. Rodraeg hustete ausgiebig. Sefahe kam nach unten.

»Ihr müßt leider hier fort. Abachran, dieser alte Geier, verdächtigt uns schon die ganze Zeit, daß wir mit jedem zusammenarbeiten, der etwas gegen die Waldmine hat. Was wir sicherlich auch gerne getan hätten, wenn wir nur hätten ahnen können, daß sich so viele auf unserer Seite finden.« Sie seufzte tief. »Ihr armen jungen Leute. Ihr solltet die Sünden der Alten nicht ausbaden müssen.« Rodraeg fand es erfrischend, hier dauernd als »jung« bezeichnet zu werden.

»Sie können bei mir unterkommen«, schlug Niers vor. »Ich habe nur eine winzige Hütte, aber für ein paar Tage sollte es gehen.«

»Dürfen wir Bestar denn bewegen?« fragte Rodraeg die Heilerin.

»Jetzt eher als vorher. Ich werde noch eine Paste auftragen, die der Wunde hilft, sich zu schließen. Er darf jetzt zwei Tage und zwei Nächte lang nichts essen und trinken, aber er hat genug Substanz, um das zu überstehen. Euer Husten dagegen gefällt mir gar nicht, mein Junge.« Sie nahm Rodraeg scharf in Augenschein. »Habt Ihr blutigen Auswurf?«

»Nein, das ist nur … der viele Rauch in der Höhle. Hat mich ganz mürbe gemacht.«

»Damit ist nicht zu spaßen. Ich bringe Euch ein Kraut zu Niers, das ich erst noch suchen muß. Kaut es, wenn Euch Euer Leben lieb ist. Kaut, bis Eure Spucke grünt.«

Unwillkürlich nahm Rodraeg Haltung an. »Sehr wohl. Vielen Dank.«

»Die Straßen werden jetzt voller«, berichtete Niers nach einem Blick nach draußen. »Ich werde einen Handkarren holen. Wir legen Bestar darauf und breiten eine Decke über ihn.«

»Gute Idee«, sagte Rodraeg. Er fühlte sich matt und überflüssig. Alle wichtigen Entscheidungen konnten die Terreker ohnehin besser treffen als er.

Niers und Sefahe kümmerten sich um Bestar. Während Geskara auf Kräutersuche ging und Niers einen Karren organisierte, wuschen sich Hellas und Rodraeg gründlich, rasierten sich die struppigen Kerkerbärte ab und kürzten sich gegenseitig die Haare mit einer Schere. Anschließend wurden sie von Sefahe leihweise neu eingekleidet. Helle, saubere Sachen aus Gimon Achildeas Besitz, in denen zumindest Rodraeg nicht mehr wiederzuerkennen war. Hellas bekam noch ein ausladendes Barett auf den Kopf gedrückt, um seine verräterischen weißen Haare zu verbergen. Die beiden bedankten sich sehr artig bei der alten Dame.

Bestar wurde im Garten auf den Karren geladen. Niers ging noch einmal in den Keller hinunter und nahm den Kruhnskriegerspeer an sich. »Wäre peinlich, wenn die Gardisten den bei Euch im Keller fänden«, zwinkerte er Sefahe zu, die erleichtert aufatmete. Die beiden kräftigen Terreker, die Bestar hierhergetragen hatten, zogen den Karren. Niers schlenderte, den Speer frech über der Schulter, vorneweg und hielt aufmerksam nach Gardisten Ausschau, Hellas und Rodraeg gingen sauber und rosig nebenher und versuchten, möglichst unverfänglich auszusehen.

Niers' Hütte war tatsächlich klein, karg und etwas windschief, aber sie stand fast außerhalb Terreks am östlichen Waldesrand und war deshalb für Heimlichtuereien wie geschaffen. Bestar wurde so weich wie möglich gebettet, die beiden Helfer verabschiedeten sich mitsamt dem Karren, und Rodraeg und Hellas zwängten sich mit angewinkelten Beinen zwischen dem Ofen und einem niedrigen Tisch auf den harten Holzboden, um endlich Schlaf nachzuholen.

Am späten Nachmittag klopfte es an der Tür. Niers spähte erst hinaus und öffnete dann. Es war Geskara, die kaum durch die Türöffnung paßte. Sie wollte Rodraeg sprechen, der ohnehin wach geworden war und leise vor sich hinhustete.

»Dies hier«, sagte sie laut, und wedelte vor Rodraegs Nase mit einem Strauß frisch gepflückter Doldenkräuter, »ist Marionettengras. Ihr kaut das jetzt schön langsam und ausgiebig, immer einen Halm nach dem anderen, bis das ganze Bündel aufgebraucht ist. Das reicht für vier oder fünf Tage – reicht es nicht, habt Ihr nicht lange genug gekaut. Kaut es und atmet beim Kauen weit in den Rachen hinunter, dann werdet Ihr merken, daß es sich kalt anfühlt und brennt. Viel atmen, viel atmen. Dadurch wird das Abhusten gefördert. Den Schleim, den Ihr hochhustet, ausspucken! Auf keinen Fall wieder runterschlucken. Ihr müßt das rausbekommen, was in Euch ist. Wie lange wart Ihr dem Quellenqualm ausgesetzt?«

»Einundvierzig Tage.«

»Hm. Zehn Tage wäre besser gewesen. Macht Euch Wasser heiß und brüht die Köpfchen vom Marionettengras damit auf. Trinkt den Sud. Gurgelt. Ihr müßt das aus Euch rausbekommen.«

»Was habe ich denn da in mir?« fragte Rodraeg ganz unbedarft.

»Ihr habt die Quelle in euch, die dunkle Quelle. Sie hat Euch angesteckt. Wenn Ihr nicht dagegen vorgeht, werdet Ihr daran zugrundegehen.«

Rodraeg fühlte sich plötzlich so schwach und angegriffen, daß er sich am Türrahmen abstützen mußte. »Das ist ja furchtbar. Warum habe nur ich das gekriegt? Die anderen waren genauso lange dort drinnen, die Arbeiter sogar noch viel länger.«

»Fängt jeder einen Fisch, der durch einen Bach watet? Ist jedes Ei im Baumesschatten das Ei eines Drachen? Ich sehe nur das Ergebnis. Ich brauche nicht zu fragen, warum der Speer in den Leib gelangte.«

Rodraeg nickte. Mammut und Kreis handeln ähnlich, dachte er. Wir sehen einen fiebernden Fluß und rennen los, um ihn zu heilen, aber wir fragen nicht, warum der Fluß verdunkelt wurde und von wem. Genügt das, oder führt das nicht wieder und wieder in Gefangenschaft und Vergiftung? Müßten wir nicht erst fragen, erst lernen, und danach erst handeln? Aber zum Handeln könnte es dann schon zu spät sein. Geskara hat die Unmöglichkeit, das Ganze zu erfassen, akzeptiert, und ist gut geworden in dem, was sie tut. Das kann genügen. Das könnte aber auch, im Falle des Mammuts, ein Fehler sein.

»Wollt Ihr noch einmal nach Bestar sehen?«

»Schläft er?«

»Tief und fest.«

»Dann ist alles gut mit ihm. Er wird es überstehen, kräftig, wie er ist. Ihr aber kaut um Euer Leben, mein Junge, das rate ich Euch.«

Sie drückte Rodraeg den Kräuterstrauß in die Hand, der nahm ihn, schnupperte sinnloserweise daran und nickte.

»Wir stehen in Eurer Schuld. Wie können wir Euch entlohnen?«

»Werdet gesund, dann habe ich den Mistkerlen wieder zwei abgetrotzt.«

»Äh – wem?«

Sie deutete mit dem Zeigefinger nach oben. »Den Göttern. Zwei Seelen weniger, mit denen sie herumspielen können. Sie machen Schnee aus den Toten, wußtet Ihr das schon? Roten Schnee.«

»Nnnein. Ich habe noch nie roten Schnee gesehen.«

»Ihr wart ja auch noch nie tot!« Sie lachte scheppernd, winkte und eilte davon.

Ratlos betrachtete Rodraeg den Kräuterstrauß, während Niers die Tür sorgsam schloß.

»Sie ist ein bißchen verrückt«, sagte der Waldläufer, »aber wenn sie ›kaut‹ sagt, dann kaut.«

Rodraeg nahm einen Halm, schob ihn sich mit den Dolden voran in den Mund und kaute darauf herum. Es schmeckte scharf und bitter, und beim Einatmen durch den Mund spürte Rodraeg Kälte, die beinahe schmerzte.

Als Niers eine Stunde später zu ihm hinübersah, kaute Rodraeg immer noch.

Die Sonne ging schon unter, als es erneut klopfte. Niers warf wieder vorsichtige Blicke nach draußen, dann öffnete er die Tür. Es war Gimon Achildea, allein. Er unterhielt sich leise mit Niers, der mehrmals nickte und bei der Tür stehenblieb. Achildea trat näher, Rodraeg und Hellas erhoben sich höflich, aber sie einigten sich schnell auf gegenüberstehende Sitzgelegenheiten.

»Man sucht immer noch nach Euch«, berichtete der Alte. »Wir werden Euch deshalb für morgen früh eine Reisegelegenheit organisieren, aber es wäre hilfreich, wenn wir wüßten, in welche Himmelsrichtung Ihr von hier aus wollt.«

Rodraeg dachte einen Moment nach und versuchte, möglichst

diskret grünen Speichel und Pflanzenfasern in eine Zinntasse zu spucken. Das Arrangement der Personen im Raum erinnerte ihn unangenehm an das erste Gespräch mit Deterio in der Blockhütte. Niers sicherte die Tür gegen Fluchtversuche ab, und irgendwann würde sich das gütige Gesicht des alten Mannes zu einer angriffslustigen Fratze verzerren. Von wem hatte Rodraeg die Information, daß Achildea gegen ›Batis‹ war? Von Deterio. Konnte es sich um einen komplizierten Plan handeln, alles über das Mammut herauszufinden?

Nein. Rodraeg tadelte sich innerlich selbst. Er durfte die schauerlichen letzten Wochen nicht dergestalt auf sich einwirken lassen, daß er überall nur noch Fallen und Arglist vermutete. Er hatte Achildea vom ersten Augenblick an vertraut, und er beschloß, dieser Intuition auch weiterhin zu folgen. Hinterlist paßte nicht zu Gimon, Sefahe, Geskara und Niers.

»Warchaim«, sagte er heiser. »Das Haus des Mammuts steht in Warchaim.«

»Dann ist es einfach. Niers, lauf zu Benter Smoi und sage ihm, er soll sich in der Morgendämmerung hier mit seinem Wagen einfinden.«

»Aber Benter hat nur einen Esel. Der wird keine drei Männer ziehen können.«

»Zwei können nebenherlaufen. Mitfahren muß nur der Große, das wird schon gutgehen.«

Niers nickte und ging hinaus. Die Tür war freigegeben. Rodraeg atmete auf.

»Interessiert Ihr Euch für das, was dieser Tag ergeben hat?« fragte Achildea.

»Selbstverständlich.«

»Also. Der junge Mann, den wir mit vereinten Kräften aus der Höhle geholt haben und dessen Name wohl Wellingor Deterio ist, lebt, ist aber in sehr schlechtem Zustand. Er wird in der Gardegarnison behandelt, von dem kostspieligen Medicus, den die dort immer hinzuziehen, wenn sie nicht weiterwissen. Von den Kruhnskriegern sind wohl drei geflohen, wahrscheinlich in unterschiedliche Richtungen, und eine vierte Kruhnskriegerin stampft mit bandagiertem Gesicht in unserer kleinen Garnison herum und sorgt dafür, daß unsere paar Gardisten nicht einschlafen.«

»Zembe«, nickte Rodraeg.

»Alle anderen Kruhnskrieger sind tot. Des weiteren vier Terreker Arbeiter, die bei den Kämpfen außerhalb der Höhle ermordet wurden. Von den Mördern fehlt jede Spur. Angaben über ihre Anzahl klaffen von vier bis fünfzehn auseinander, einige wollen zwei Riesen gesehen haben, andere mehrere Affenmenschen, wieder andere Dunkelhäutige, wieder andere Frauen. Wir haben lediglich drei tote Schwarzvermummte gefunden, alle hellhäutig, männlich und durch und durch menschlich. Einig ist man sich jedoch darüber, daß die Gefangenen tüchtig mitgemischt haben, und zwar auf Seite der Angreifer.«

Rodraeg begegnete der unausgesprochenen Frage. »Das ist richtig. Wir haben gegen die Kruhnskrieger gekämpft. Igdan Hallsass habe ich eins über den Schädel gegeben, damit er den anderen nicht das Fliehen verbieten konnte, aber ansonsten haben wir keinem Terreker etwas getan. Wie geht es Cilf Daubs?«

»Lebt und wird es überleben. Der Speer kam von außen, da wart Ihr noch angekettet.«

Rodraeg nickte. »Wie gesagt: Mit der Gewalt gegen die Arbeiter hatten wir nichts zu tun.«

»Kanntet Ihr die Angreifer?«

»Vorher nicht. Ich habe sie erst in dieser Nacht kennengelernt. Sie kamen aus demselben Grund wie wir: um die Mine stillzulegen. Aber ihre Vorgehensweisen kann ich absolut nicht gutheißen. Sie stürmen wie Selbstmörder in die Schlacht, erschlagen und erdrosseln wahllos Menschen, schleudern sogar Speere auf unbewaffnete Arbeiter – nur, um dann dennoch am Fallgitter zu scheitern. Wenn wir nicht von innen nachgeholfen hätten, wäre die ganze Nacht nur ein sinnloses Massaker geblieben, und an Quelle, Bach und See hätte sich überhaupt nichts geändert.«

»Aber Ihr verdankt den Angreifern Eure Freiheit.«

»Das ist wahr. Aber es wäre mir lieber gewesen, Ihr hättet uns befreit. Mit Argumenten. Mit List. Mit dem Recht der Bewohner des Lairon. Nicht mit Stahl und Würgeschlinge.«

Achildea senkte den Kopf. »Ihr habt recht. Ihr habt vier Wochen dort drinnen gesessen und auf unsere Unterstützung gewartet, und wir sind nicht gekommen. Aber das wird jetzt anders. Wir sind jetzt vor Ort, und wir bleiben vor Ort. Wir können Haaf und Abachran zwingen, sich den Bach und den See anzuschauen, denn nun ist Blut geflossen. Sechsundzwanzig Söldner sind gestorben, ihr Götter! Und der Leiter des Tales, Kisem Tugri. Deterio liegt im Sterben. Und das Tal bebt und zittert und speit giftigen Dampf. Die Minengrube ist gewachsen. Wie eine schwärende Wunde franste sie immer weiter aus, so lange aus ihr Substanz geschöpft wurde. Wie lange wollte man denn so weitermachen?«

Auf diese Frage erwartete Achildea keine Antwort, aber Rodraeg konnte ihm dennoch eine geben. »Bis das ganze Tal eine schwärende Wunde geworden wäre. So lautete der Plan der Fabrikation ›Batis‹ aus Aldava.«

»Ihr Götter! Was für Narren wir waren. Zaudernde, feige Narren. Aber damit ist jetzt Schluß. Wir werden Haaf und Abachran, wir werden ganz Terrek dazu bewegen, die Verpachtung des Geländes rückgängig zu machen. Wenn ›Batis‹ dann noch weiteren Zugriff auf die Quelle haben möchte, werden sie sich gegen das Gesetz stellen müssen. Ich bezweifle, daß sie dieses Wagnis eingehen.«

»Es tut mir leid, Euch enttäuschen zu müssen, aber so einfach wird es nicht werden. Die Quelle wurde auf Geheiß der Königin ausgebeutet. Ihr könnt Euch nicht mit einem Gesetz gegen die Königin stellen. Sie steht darüber und macht sich einfach ein neues. Wart Ihr nicht hinten in den Unterhöhlen und habt die Rüstungen gefunden?«

»Alles war voller Dampf. Wir haben erstmal nur Deterio gerettet und die Pferde.«

»Die Arbeiter wissen mehr darüber. Diese Rüstungen werden von ›Batis‹ eingefordert werden. Die ganze Angelegenheit ist noch lange nicht beendet.«

Achildea wirkte verunsichert. »Ihr wißt viel mehr als wir über das alles. Wo habt Ihr diese Informationen nur her?«

»Ich wünschte, wir hätten sie von Anfang an gehabt. Als wir ankamen, wußten wir nichts über Schwarzwachs, nichts über Kruhnskrieger, nichts über ›Batis‹, nichts über Euch, nichts von der Königin und ihren Rüstungen. Ein schmutziger Bach, den man uns gemeldet hatte, war uns Anlaß genug. Alles weitere haben wir erst als Gefangene erfahren.«

»Also, was können wir tun, um die Quelle dauerhaft lahmzulegen?«

Rodraeg seufzte. Hellas hatte die ganze Zeit zwar aufmerksam zugehört, mischte sich aber auch jetzt nicht ein. »Nach dem zu urteilen, was ich über das Schwarzwachs in Erfahrung bringen konnte«, begann Rodraeg, »kann man mit Kalk die Quelle nachhaltig verunreinigen. Noch jetzt liegt ein Sack Kalk neben der Quellengrube. Ich bin mir nur nicht mehr sicher, ob man die Quelle überhaupt verschmutzen darf, oder ob das nicht ein noch verheerenderer Fehler wäre als die Verschmutzung von Bach und Lairon-See.«

»Wie kommt Ihr darauf?« fragte Achildea angespannt.

»Deterio hat etwas zu mir gesagt, bevor er zusammenbrach. Daß diese Quelle ... diese Schwarzwachsquelle etwas mit den Göttern zu tun hat. Daß die Götter aus ihr unsere Welt schufen.«

Achildea barg das Gesicht in den faltigen Händen. »Ich hatte es die ganze Zeit über befürchtet«, war seine Stimme nur noch dumpf zu hören, dann nahm er die Hände wieder weg. Aber seine Stimme klang immer noch seltsam beschwert. »Alles paßt zusammen. Deshalb die Königin persönlich. Weil dies die einzige Quelle dieser Art auf dem ganzen Kontinent ist. Seit Jahrtausenden verschollene Macht. Entdeckt vor einem halben Jahr von einem übereifrigen Höhlengelehrten aus der Hauptstadt. Und der Feldzug suchte und fand die zweite Quelle. Denn es gibt vier.«

Rodraeg und Hellas sahen sich fragend an. »Entschuldigt«, unterbrach Rodraeg das Selbstgespräch des Alten. »Ihr sagtet gerade: Es gibt nur eine, dann: Es gibt vier?«

»Es gibt nur eine von jeder Art. Entsprechend den vier Elementen. Feuer, Wasser, Luft und Erde. Die ursprüngliche Reihenfolge bei der Erschaffung der Welt war wohl folgende: Zuerst war überall nur Wasser, das Wasserchaos. Aus diesem erhebt sich dann die Erde, der Kontinent im ewigen Meer. Darauf lagert sich die Luft als der von der Erde aufsteigende Atemdampf und Geist der Dinge. Zuoberst jedoch: das Feuer, die feinste aller Substanzen, welche mit ihren Flammen den Sitz der Götter berührt. Für all diese vier Stoffe gibt es ursprüngliche Quellen, die die Götter beim Bau der Welt benutzten. Wasser in seiner reinsten Form, so klar, so hell, so gewaltig, daß es einen Menschen zu den Göttern hinaufreißen würde, kostete er auch nur einen einzigen Tropfen davon. Erde in ihrer reinsten Form, heiß und schwarz und aus dem flüssigen sich verfestigend: Schwarzwachs, das es sonst nirgends mehr gibt auf der Welt. Dann Luft in ihrer reinsten Form: etwas, so unbegreiflich und schauerlich wie das Himmelsgewölbe, in dem wir ohne die Götter richtungslos schwebten. Zuletzt Feuer in seiner reinsten Form: so blendend, gleißend, verheerend, daß keine Macht der Verbrennung widerstehen kann. Dies ist die Quelle, die im Affenmenschenland geöffnet wurde.«

»Was wißt Ihr über das, was dort geschehen ist?«

»Ach richtig, Ihr wart vier Wochen weggesperrt, es kann Euch noch nicht zu Ohren gekommen sein: Die Überlebenden sind zurückgekehrt. Vor zwei Wochen etwa erreichte die Kunde auch Terrek. Sechshundert Überlebende haben sich im Regenmond in die Festung Carlyr geschleppt. Sechshundert von zweitausend.«

»Was wißt Ihr noch?« Es war Hellas, der jetzt nachfragte. Schließlich hätte er an diesem Feldzug teilnehmen sollen.

»Es gibt eine ungefähre Abfolge der Verluste, aufgezählt von welchen, die dabei waren. Zweitausend sind hinter die Felsenwüste gegangen. Hundert wurden verschüttet, weitere hundert fielen nächtlichen Überfällen, rätselhaftem Fieber und giftigem Wasser zum Opfer. Vierhundert wurden krank. Sechshundert, unter ihnen der oberste General, starben an einem Ort namens Skorpionhügel, als ein unfaßbares, überweltliches Feuer aufbrandete und alles vernichtete. Stahl schmolz wie Eis. Sand wurde gläsern. Menschenfleisch verdampfte. Es gibt keine offizielle Verlautbarung darüber, wie das passieren konnte, aber die Schilderungen gemahnen an die Quelle reinsten Feuers aus den Überlieferungen. Danach gab es wohl einen geordneten Rückzug. Sechshundert Gesunde und vierhundert Sieche. Von den Kranken starben noch dreihundert, von den Gesunden einhundert auf dem Rückweg. Sechshundert erreichten die Festung Carlyr. Hundert davon sind seitdem verreckt, an Vergiftungen, die sie aus der Felswüste mitgebracht haben.«

Rodraeg mußte husten und hatte Schwierigkeiten, sich wieder unter Kontrolle zu bekommen. Hellas tätschelte ihm den Rücken. Hektisch griff Rodraeg sich einen Halm Marionettengras und begann darauf herumzukauen. »Was ist aus den Magiern geworden, die das Heer begleitet haben?« fragte Hellas.

»Soweit ich weiß, hat keiner von ihnen überlebt.«

»Das bedeutet«, schmatzte Rodraeg mit belegter Stimme, »daß die Königin zwei der vier Quellen gefunden hat, und versuchte, sie auszubeuten. Fehlen noch zwei. Oder vielleicht wissen wir nur nichts darüber. Vielleicht hat sie die anderen beiden auch schon gefunden. Nach Eurer Aufzählung sollte das Feuer ja die letzte sein.«

»Ja. Aber vielleicht ist das Feuer auch deshalb so unbeherrschbar und mörderisch gewesen, weil die Reihenfolge nicht eingehalten wurde. Vielleicht gebärdet sich das Schwarzwachs auch deshalb so wütend und giftig. Weil das Wasser noch fehlt. Das Wasser, mit dem alles beginnen müßte.«

»Was ich nicht verstehe«, mischte Hellas sich ein, »ist: Was hat die Königin davon, die vier Quellen aufzuspüren und auszubeuten? Was bringt ihr das – außer ein paar Brustharnischen hier und sechshundert toten Soldaten dort?«

»Es bringt ihr die Zehnzahl«, antwortete Achildea. »Den Kontakt mit den Göttern. Denn eins plus zwei plus drei plus vier ergibt zehn, die perfekte Zahl, die Zahl der Götter. Wenn sie alle vier Quellen nacheinander öffnet und durch Magie miteinander verbindet, dann berührt sie die Götter, so wie die Flammen des Feuers das tun.«

Rodraeg wurde von kribbelnder Aufgeregtheit erfaßt. Der Kontakt mit den Göttern. Immer wieder war davon die Rede. Naenn hatte ihm erklärt, daß es ihre Aufgabe innerhalb des Mammuts war, diesen allem Anschein nach verlorengegangenen Kontakt wiederherzustellen. Deterio hatte etwas Ähnliches erwähnt, hatte von Entfernung von den Göttern geraunt – möglicherweise, weil die Königin ihn eingeweiht hatte in ihre Pläne. Und nun auch Achildea. War das die Lösung aller Rätsel? Brauchte die Königin Schwarzwachsrüstungen, um für die Götter gewappnet zu sein? Mußte er, Rodraeg Delbane, dafür sorgen, daß nicht die Königin, sondern Naenn diesen Wettlauf gewann?

»Könnt Ihr mir mehr über die Zehnzahl sagen?« fragte er Achildea.

»Das kann ich schon, aber es wird kompliziert, denn es gibt zwei unterschiedliche Theorien, wie die Götter den Quellen zuzuordnen sind.«

»Wartet einen Augenblick. Ich habe mir hier in Terrek eigens ein schönes Schreibzeug zugelegt. So, jetzt kann ich mir Notizen machen.«

»Die erste Theorie ist die naheliegende. Die erste Quelle, Wasser, beschwört Delphior und seinen Untergott, den eisigen Hendelor. Die zweite Quelle, Erde, steht in Zusammenhang mit dem schmutzigen Kjeer und seinen schönen Schwestern Gold und Silber, Bachmu und Helele. Die dritte Quelle, die Luft, steht für Tinsalt und den kleinen Arisp. Die vierte Quelle, Feuer, brennt mit Afr und seinen Waffenbrüdern Lun und Senchak. Diese Theorie leuchtet sofort ein, weil sie jedes Element dem Gott zuordnet, der dieses Element im Götterrat vertritt. Was bei dieser Theorie aber nachdenklich stimmt, ist, daß den vier Quellenzahlen falsche Anzahlen von Gottheiten zugewiesen sind. Die Eins soll zwei, die Zwei drei, die Drei zwei und die Vier drei Gottheiten haben? Das widerspricht der Zahlenmagie mit der Zehn. Deshalb gibt es eine zweite Theorie, welche die Götter sozusagen von ihren eigenen Elementen entbindet und sie eher charakterlich sortiert. So trägt Quelle Vier, das Feuer, nun vier Gottheiten in sich, nämlich jene vier, die für Jahreszeiten stehen und somit der Zahl Vier noch eine Bedeutung innerhalb des Kalenders zukommen lassen. Also Arisp, Lun, Bachmu und Hendelor. Quelle Drei, die Luft, ernährt Afr, Delphior und Kjeer, also jene drei Hauptgottheiten, die nicht Luft sind. Quelle Zwei, die Erde, harmoniert mit Tinsalt und Helele, denn Tinsalt steht für Ideen und für Geister, und Helele bezeichnet das Alter. Beide weisen also durch die Zeit, auf den Kontinent und in die Ewigkeit. Quelle Eins schließlich bekommt den einzigen der Götter zugesprochen, der nur schwer mit den anderen auskommt, der gefährlich ist für sich und andere: Senchak, dessen Zorn jede Begegnung in einen Kampf verwandelt. Ihn entfesselt das ursprüngliche Chaos, das Wasser.«

»Die zweite Theorie wirkt ein wenig willkürlich«, stellte Rodraeg fest, der alles mitgeschrieben hatte. »Ebensogut könnte man der Vier auch die vier Oberen Götter zugesellen, und die Unteren Götter dann auf die anderen Quellen verteilen.«

»Es ist nur eine Theorie. Aber immerhin ist sie sehr alt. Vielleicht entwickelt Ihr eine dritte, stimmigere Theorie, aber dann muß diese sich erst in der Mühle der Zeit bewähren.«

Rodraeg lachte verlegen. »Ihr habt recht. Für einen, der gerade zum ersten Mal von diesen Dingen hört, nehme ich den Mund ziemlich voll.«

Die Tür öffnete sich ohne Klopfen, Niers kehrte zurück. »Mit Benter Smoi geht alles klar«, berichtete er. »Außerdem habe ich auf dem Rückweg noch etwas kalten Braten, ein paar Griebenfladen und ein paar Radieschen organisiert, damit es hier etwas gastlicher wird.«

»Ich fürchte«, ächzte Achildea und erhob sich, »meine Frau wird mich treten, wenn ich noch außer Haus esse, nachdem ich an einem so gefährlichen Tag schon seit der Dämmerung draußen herumstreife. Ich sollte langsam zurückkehren, zumal sie ja schon Besuch von der Garde hatte, und ich nicht bei ihr war.«

»Das solltet Ihr wohl«, stimmte Rodraeg zu und stand ebenfalls auf. »Wartet noch einen Augenblick, dann schlüpfen wir wieder in unser altes Zeug und Ihr könnt Eure schönen Kleider gleich mitnehmen.«

»Ihr wollt doch nicht wieder Eure dreckige Zwangsarbeitskluft anziehen! Kommt gar nicht in Frage. Meine Sachen passen Euch einigermaßen, also behaltet sie, ich habe genug davon.«

Rodraeg seufzte. »Ich wünschte, ich könnte mich gebührend erkenntlich zeigen.« Hellas grinste breit und strich sich über das helle, frischgewaschene Altherrenhemd.

»Ihr schuldet uns nichts. Ihr habt Euer Leben aufs Spiel gesetzt, um dem Lairon zu helfen. Wir dagegen hatten nicht einmal den Mumm, Euch zu befreien. Wir sind die Beschämten.«

Es entstand eine peinliche Pause, bis Niers beim Anrichten ein Radieschen vom Brett rollte und alle sich bückten, um das flinke Gemüse zu erhaschen.

»Jedenfalls«, versuchte Rodraeg zusammenzufassen, »da sich die Probleme im Moment nicht endgültig lösen lassen, wir noch nicht wissen, was aus der Quelle wird, was ›Batis‹ und die Königin als nächstes unternehmen werden, wir aber von hier verschwinden müssen, damit man uns nicht findet, sollten wir auf jeden Fall weiterhin in Kontakt bleiben. Ihr erreicht uns, indem Ihr Briefe an Das Haus des Mammuts, Warchaim, adressiert.«

»Ausgezeichnet. Umgekehrt desgleichen. Gimon Achildea, Terrek, und der Brief erreicht mich oder meine Frau.«

Sie umarmten sich freundschaftlich, Hellas und Achildea ebenfalls. Dann verließ der Alte die Hütte, und die drei Jüngeren genossen ein gemeinsames Abendmahl. Sie erzählten Niers noch ein paar schaurige Episoden aus ihrer Gefangenschaft, und Niers erzählte von einem Ogerbären, den er zwei Jahre lang gejagt und schließlich zur Strecke gebracht hatte. Ab und zu sahen sie nach Bestar, der ruhig schlief, ohne Wundverband, nur mit einer gelblich-krustigen Paste auf der Wunde. Dann betteten sie sich alle, so gut es der beschränkte Raum zuließ, zur Nachtruhe.

Rodraeg und Hellas fanden lange keinen Schlaf, da sie tagsüber schon geruht hatten.

Irgendwann in der Finsternis fragte Hellas leise: »Eins habe ich immer noch nicht verstanden. Wenn man Kontakt zu den Göttern hat, was bringt einem das?«

Darüber hatte Rodraeg auch schon nachgedacht. Er tat es jetzt noch einmal und mußte wieder passen. »Ich weiß es nicht. Macht? Reichtum? Magie? Unbegrenztes Wissen? Herrschaft über Orte und Zeiten? Alles ist denkbar, und alles klingt unwahrscheinlich.« Es kehrte wieder Ruhe ein. Dann, Sandstriche später, die wispernde Stimme Rodraegs.

»Hellas?«

»Hm?«

»Wir haben noch gar nicht darüber geredet, aber … kommst du wieder mit zu uns nach Warchaim?«

Stille. Dann murmelte der Bogenschütze: »Ich denke schon. Ihr beide habt ja jetzt kein Geld mehr, und jemand muß euch die Rückreise finanzieren. Und wenn der nächste Auftrag wieder aus Warchaim wegführt, kann ich genausogut mit euch Flüchtlingen gehen wie als einsamer Deserteur anderswohin.«

»Freut mich, daß du so an uns hängst.«

»Willst du einen neuen vierten Mann suchen?«

»Ja.«

»Wie wäre es mit Niers? Ich denke, er hat ziemlich gute Nerven.«

»Mal sehen. Ich frage ihn morgen früh.«

18 Die Köpfe von Oobo

Niers wurde schon vor dem ersten Hahnenschrei munter, und da die Hütte nur einen Raum hatte, gelang es ihm nicht, so leise zu sein, daß die anderen nicht ebenfalls aufwachten. Rodraeg war gerade erst eingeschlafen, nachdem er die Nacht über kaum ein Auge zubekommen hatte. Er machte sich Sorgen, weil er im Schlaf nicht kauen konnte und die dunkle Quelle in diesen Stunden in ihm wuchern würde. Auch hatte er merkwürdig farblose Wachträume von gleißendem Landschaftsfeuer, einem vor Krankheit taumelnden Heer in karstigem Feindesland, von Deterio, der mit einer Schaufel gegen die Flut ankämpfte, und zehn herausgeputzten Adeligen, die sich im Park von Schloß Figelius fröhlich lachend eine rote Schneeballschlacht lieferten. Es war noch dunkel draußen, als er und Hellas und Niers umeinanderstolperten und im Licht einer Laterne die Reste der Griebenfladen zwischen sich aufteilten. Bestar schlief unruhig, mit bebenden Lippen, aber da er nichts essen und trinken durfte, wollten sie ihn so lange wie möglich ruhen lassen.

»Niers?« fragte Rodraeg. Er hatte schon wieder einen Halm zwischen den Zähnen und suchte nach schönen Worten, aber die hatte er in der Nacht alle zergrübelt. »Wir könnten beim Mammut einen Waldläufer gut gebrauchen.«

»In Warchaim?«

»Ja. Wir haben dort ein Häuschen, in dem hat jeder ein eigenes Zimmer. Aber allzu lange sitzen wir nie im Haus herum. Kommt ein Auftragsbrief, reisen wir los. Wohin auch immer.«

»Danke für das Angebot, aber das wäre nichts für mich. Ich bin hier Waldläufer. Hier kenne ich mich aus. Das ganze Gebiet zwischen Terrek und Chlayst bis hoch zum Wildbart ist mein Zuhause. In den Klippenwäldern zum Beispiel« – er deutete mit dem Daumen auf Bestar – »müßte er mich wahrscheinlich andauernd retten.«

»Das macht doch nichts. Hellas und ich finden uns auch nicht überall zurecht. Aber ein Waldläufer kann mit der Natur umgehen, kennt sich mit Tieren und Pflanzen aus. So jemand wäre gut für uns.«

Niers lächelte bescheiden. »Ich würde nicht behaupten, daß ich mich mit vielem auskenne. Was weiß ich über die Tiere des Larnwaldes? Nichts. Über die Pflanzen der Regenwälder? Nichts. Über die Berge von Nekeru? Nichts. Falls euch ein weiterer Auftrag hierherführen sollte, will ich euch gerne zur Verfügung stehen. Aber bis dahin bin ich der Ansicht, daß weder die Stadt Warchaim noch fremde Länder das richtige für mich sind.«

Rodraeg nickte. »Schade. Falls du es dir anders überlegst – du weißt, wo man uns finden kann.«

»Gibt es hier eigentlich Drachen?« unterbrach Hellas das nachdenkliche Schweigen.

»Ja. Durchaus. Selten und wenige, aber ja. Warum?«

»Auf dem Hinweg Richtung Terrek, im Regenmond, da war mir, als hätte ich einen Bartendrachen aufsteigen sehen, in großer Entfernung. Die anderen haben mir nicht geglaubt.«

Niers lächelte wieder. »Das war Iddni. Er ist der einzige Bartendrache hier in der Gegend.«

»Er hat einen Namen?« staunte Rodraeg.

»Ja, seit fünf Menschengenerationen. Damals war Iddni noch klein und gehörte einem wunderlichen alten Mann, der im Wald lebte und mit Scherenschnittfiguren Legenden erzählte.«

»Und Iddni ist nie gejagt worden? Ist er denn nicht gefährlich?«

Niers zuckte die Schultern. »Er ist ein Bartendrache, hat also keine Zähne. Bartendrachen ernähren sich von Mückenschwärmen, Blütenpollen und Moosstaub. Weshalb sollte man ihn jagen?«

Rodraeg war beeindruckt. Vor seiner Zeit in Kuellen hatte er viel vom Kontinent gesehen, von Josega im Süden bis Hessely im Norden, von Skerb im Westen bis zum Wildbart im Osten, aber womöglich war er nie lange genug geblieben, um die geheimeren Geschichten dieser Orte zutage zu fördern.

An der Tür ertönte ein zaghaftes Klopfen. Draußen färbte die aufgehende Morgensonne Bäume und Dächer mit zartem Rot.

»Das ist Benter Smoi, der Händler, der euch nach Hause bringt«, erklärte Niers und ging öffnen. Benter Smoi war ein zierlicher Mann mittleren Alters mit einem sorgfältig gestutzten Kinnbart und einer spiralgemusterten Wollmütze auf dem Kopf. Man begrüßte sich freundlich und erörterte das Problem des schlafenden Riesen. Smoi versicherte, daß er auf der Ladefläche schon Platz geschaffen habe und es keine Schwieigkeiten gäbe, vorausgesetzt, man könne ihn gekrümmt hinlegen, weil er sonst nicht unter die Abdeckplane passe. Niers und Rodraeg wuchteten Bestar hoch, der Unverständliches murmelte, aber immer noch nicht richtig zu sich kam. Rodraeg, der sich für Smois Ladung interessierte, staunte nicht schlecht, als er die Plane hob: Auf dem Wagen lagen mehrere Dutzend Holzköpfe in verschiedenen Größen, von faust- bis tatsächlich kopfgroß.

»Benter ist ein Künstler«, erklärte Niers augenzwinkernd. »Er kann euch die Sache mit den Köpfen unterwegs erklären.«

Benters Esel war nicht grau, sondern schwarz mit weiß umrandeten Augen, und hörte auf den Namen Junaf. Rodraeg ging zu ihm hin, um ihn zwischen den hochstehenden Ohren zu kraulen, was Junaf sich gefallen ließ, während er an Rodraegs Hemd knabberte, um eine möglicherweise dort versteckte Leckerei aufzuspüren.

Niers huschte davon, um für drei Personen und eine Reisedauer von zehn Tagen Proviant aufzutreiben. Benter Smoi wollte nämlich nicht immer wieder in kleineren Orten nachversorgen müssen, sondern so zügig wie möglich an Warchaim vorbei nach Somnicke fahren, wo eine große Ausstellung der Skulpturholzbildner stattfand. Hellas gab Niers zehn Taler aus seinem Münzsäckchen.

Rodraeg fragte den Künstler, ob es wenigstens in Terrek und nächster Umgebung möglich wäre, daß auch Hellas und er zu Bestar unter die Plane krochen. »Wir wollen Ärger mit den Gardisten vermeiden. Keine Sorge – falls man uns dennoch aufgreift, habt Ihr einfach von nichts gewußt. Das ist glaubhaft, weil wir nachweislich nicht von hier sind.«

»Ich mache mir keine Sorgen über die Windungen und Wendungen des Schicksals, denn ich stehe unter dem Schutz von Oobo«, lächelte Smoi. »Für ein paar Stunden wird Junaf uns alle ziehen können. Die Achsen des Wagens sind frisch geschmiert.«

Niers kehrte mit Proviant zurück – Hartwurst, Käse, entwässertes Scheibenbrot, Karotten und die schon bekannten Radieschen – und gab Hellas noch zwei Taler wieder. Rodraeg wollte sich bereits verabschieden, doch Niers bestand darauf, daß es besser sei, wenn er den Wagen noch durch Terrek lotse, an möglichst allen Bürger- und Gardepatrouillen vorbei.

»Was machst du eigentlich mit dem Pferdefresserspeer in deiner Hütte?« fragte ihn Hellas.

»Ich finde, er liegt gut in der Hand. Ich kann ihn doch mitgenommen haben, aus dem Tal am Morgen? Es sieht ja nicht so aus, als ob sein Vorbesitzer ihn vermissen würde.«

»Vielleicht doch: in Senchaks ewiger Schlacht«, mischte Rodraeg sich ein. »Aber du hast recht. Behalte ihn. Dieser Speer hat immerhin den großen Bestar Meckin vom Mammut gefällt. Möglicherweise wird er eines Tages als wertvolle Reliquie gehandelt.«

Hellas und Rodraeg stiegen auf die kleine Ladefläche. Niers und Smoi häuften um die drei Körper herum die Holzköpfe auf, so daß die über alles gedeckte Plane nicht die Konturen der Menschen nachbildete. Danach ging es los. Die Fahrt durch Terrek und die nächste Umgebung dauerte eine gute Stunde, so vorsichtig leitete Niers sie durch Seitengassen und über Holzfällerwege. Nach einer weiteren zügiger gefahrenen Stunde hatten sie auch das weiträumigere Suchgebiet in der dem Schwarzwachstal entgegengesetzten Richtung verlassen.

Rodraeg und Hellas beeilten sich, vom Wagen zu klettern, denn der arme Junaf ließ schon die Ohren hängen. Zwei Karotten munterten ihn wieder auf.

»Nochmal danke für alles«, sagte Rodraeg, als sie sich von Niers verabschiedeten. Der winkte nur, grinste und machte sich in einem leichtfüßigen Dauerlauf auf den Heimweg. Rodraeg und Hellas schauten ihm hinterher, dann sahen sie nach Bestar. Der Klippenwälder brabbelte unruhig vor sich hin, blieb aber weiterhin ohne Bewußtsein liegen. Rodraeg und Hellas gingen nun neben dem Wagen her, und Benter Smoi erzählte ihnen die Geschichte von den Köpfen.

»Ich bin zur See gefahren, als einfache Deckskraft«, sagte er in ruhigem, langsamen Tonfall. »Das war vor gut zwanzig Jahren, damals war Skerb noch nicht so brutal und verkommen wie heute, und auch Wandry schickte damals noch keine Schiffe die Westküste hinunter, um den Skerber Piraten die Beute abzuentern. Die Glutsee galt, von den ab und an auftauchenden Meeresungeheuern abgesehen, als sicher. Dennoch gelang es dem Handelsschiff, auf dem ich fuhr, zu sinken. Nebel war im Spiel, Rum, eine niemals verziehene Auspeitschung und der Stolz zweier Kapitänsanwärter, die sich keine Fehler eingestehen wollten. Vor der Küste des südwestlichen Regenwaldes liefen wir auf ein Riff. Das angeschlagene Schiff wurde in einen Mahlstrom gezerrt, der sich zwischen zwei Felsen gebildet hatte. Ringsum schäumte das Meer von seltsamen Haien, die wie gelbe Schlangen aussahen. Es war entsetzlich. Als der Schiffsrumpf gegen einen der Felsen geschleudert wurde, zerbarst er, als wäre er aus Zahnstochern zusammengeleimt. Ich fand mich im Wasser wieder, um mich her Trümmer, schreiende Seefahrer und rasender Nebel. Halb ohne Bewußtsein bekam ich ein leeres Faß zu greifen und hielt mich daran fest. Das Meer überschlug sich mit dem Gebrüll einer Schlacht. Was dann geschah, weiß ich nicht mehr. Als ich wieder zu mir kam, lag ich im Wurzelwerk des Regenwaldes, umgeben von Takelung, Treibholz und ein paar gestrandeten Haien. Eine Flutwelle mußte mich über die Klippe nach oben gespült haben. Die Klippe fiel zwanzig Schritt weit senkrecht ab. Nie hätte ich dort hinaufklettern können, noch hatte es ein anderes Besatzungsmitglied geschafft. Ich war der einzige Überlebende der ›Khest‹.«

»Die ›Khest‹«, murmelte Rodraeg nachdenklich. »Den Namen kenne ich. Das war kurz bevor ich die Sonnenfelder verließ, um drei Jahre lang umherzureisen. Die ›Khest‹ hatte auch mit Pelma Handel getrieben, wo ich öfters gewesen bin. Es hieß, das Schiff sei verschwunden. Spurlos. Kein einziges Wrackteil wurde jemals gefunden.«

»Delphior hat seine Hand aus dem Wasser gestreckt und das Schiff mit zu sich hinabgenommen in das dunkle Reich der Tiefe«, ergänzte Hellas. »Ich habe die Geschichten auch gehört, als ich dreizehn oder vierzehn war.«

»Wie dem auch sei«, fuhr Smoi fort. »Jedenfalls hatte ich das Wasser überlebt. Aber wie sollte ich den Regenwald überleben? Um mich nicht zu verirren, wollte ich anfangs an der Küste entlanggehen, aber das war unmöglich. Immer wieder stieß ich auf Mündungen und Salzwasserbuchten. Um nicht zu verdursten, mußte ich ins Innere, nach Wasserstellen suchen. Der Wald war feucht in dieser Jahreszeit. Regen tropfte unablässig von den Blättern. Geräusche überall. Die Pflanzen waren wie ein Labyrinth, das sich andauernd verschob. Ich sah Tiere an Bäumen hängen, die wie Heuschrecken aussahen, aber die Größe von Katzen hatten. Schon nach zwei Stunden hatte ich mich rettungslos verlaufen. Selbst in der Nacht waren keine Sterne zu sehen, an denen ich mich hätte orientieren können, denn das Blätterdach verhüllte alles. Ich war verloren, preisgegeben dem Verschmachten oder Gefressenwerden. Zwei Tage irrte ich lallend herum, ernährte mich von blauen Pilzen, trank aus wurmwimmelnden Regenmulden und schlief in den Astgabeln moosbehangener Bäume, um mich vor dem zu schützen, was am Boden raschelte und krabbelte. Am dritten Tag war ich kurz davor, meinem Leben ein Ende zu machen. Schon seit Stunden hielt sich eine Horde seltsamer, fleischfressender Äffchen in meiner Nähe auf. Warum sollte ich ihnen nicht meinen Leib überantworten, bis nichts mehr davon übrig war, genau wie von der ›Khest‹? Doch plötzlich sah ich die Gesichter. In Baumstämmen. Gesichter von Menschen. Sie ließen sich im gemaserten Holz sehen und verschwanden dann wieder. Hatte ich bereits den Verstand verloren? Ich weiß es nicht und werde es auch nie erfahren. Aber die Gesichter, die sich drehenden Köpfe, konnte ich genau erkennen. Nur etwa jeder zehnte Baum bekam ein solches Gesicht. Ich folgte ihnen. Sie nickten mir zu, wiesen mir eine Richtung.«

»Was waren das für Gesichter?« fragte Hellas. »Die Gesichter der ertrunkenen Schiffsbesatzung?«

»Ich weiß es nicht. Einige wenige kamen mir bekannt vor, aber viele trugen auch die Züge schwarzhäutiger Menschen. Einmal glaubte ich, das Gesicht einer Untergrundfrau in einem umgestürzten Urwaldbaum zu erkennen. Ein andermal ein mir unbekanntes Kind. Ich dachte nicht über die einzelnen Gesichter nach. Ich folgte dem Weg, den sie mir wiesen, und gelangte so zu frischem Wasser, Früchten, Nüssen und schließlich in ein verborgenes Dorf. Die Eingeborenen waren nackt und über und über mit Kreisen, Spiralen, Dreiecken und Mondsicheln bemalt. Sie gaben mir reichlich zu essen und zeigten mir aus Holz geschnitzte Köpfe. ›Oobo‹, sagten sie immer wieder und deuteten nickend auf die Köpfe. ›Oobo‹. Ein Schutzgeist, vielleicht? Ein Gott? Auch das werde ich nie mit Sicherheit erfahren. Die Holzköpfe sahen sich ähnlich, aber keine zwei waren gleich. Einige schienen Haare zu haben, wieder andere Glatzen. Bevor ich erschöpft einschlief, umrahmte man mein Mattenlager mit dreißig, vierzig Oobos. Als ich wieder aufwachte, waren die Oobos fort und mit ihnen das Dorf. Ich befand mich ganz woanders, am östlichen Rand des Regenwaldes, und aus den strahlenden Zacken des Silberkronengebirges herab kamen Gewürzhändler aus Diamandan auf mich zugeritten, um mich mit zurückzunehmen in eine Welt, in der es auch andere Farben als Grün gibt.«

Smoi legte eine Pause ein, um einen Schluck aus einem Wasserschlauch zu trinken. Rodraeg dachte über Timbare nach, über den Regenwald und die Sklavenfänger des sonnenfeldischen Diamandan.

»In den Jahren danach vergaß ich vieles von dem, was ich im Dschungel erlebt und gesehen hatte«, fuhr Smoi schließlich fort. »Es war, als wären diese Tage aus einem sehr feinen Gespinst gewebt worden – je genauer ich sie mir im Gedächtnis betrachten wollte, desto mehr zerfaserte alles und gab den Blick frei auf das kochende, neblige Meer dahinter. Ich begann ein neues Leben, möglichst weit von allen Küsten entfernt, und arbeitete als Zeichner für eine Steinmetzfabrikation in der Nähe von Gagezenath. Aber vor acht Jahren kehrten die hölzernen Köpfe zurück, diesmal in meinen Träumen. Ich sah sie nachts so deutlich vor mir, daß ich sie am folgenden Morgen zeichnen konnte. Es wurden mehr als fünfzig Zeichnungen, dann beschloß ich, mit Holz zu arbeiten und die Köpfe zu schnitzen. Es ging so leicht, als führte jemand anders meine Hand. Ich weiß immer noch nicht genau, was das alles zu bedeuten hat, aber seit mittlerweile sieben Jahren reise ich als Holzschnitzer durch das Landesinnere und verdiene mir meinen Lebensunterhalt damit, immer neue Köpfe zu schnitzen und sie zu verkaufen.«

»Wer kauft denn Holzköpfe?« fragte Hellas belustigt.

»Ihr würdet Euch wundern. Ich bin mir ziemlich sicher, daß Ihr zum Beispiel einen kaufen werdet. Es bringt nämlich Glück, einen Oobokopf zu besitzen.«

»Habt Ihr inzwischen eine Erklärung gefunden, wen die Köpfe darstellen?« fragte Rodraeg und holte einige der Schnitzwerke unter der Plane hervor.

»Seht sie Euch an, vielleicht erkennt Ihr jemanden wieder. Zwei Mal glaubten Witwen in meinen Köpfen ihre verstorbenen Männer zu erkennen. Schon oft wurde mir gesagt: ›Der sieht ja aus wie der-und-der. Das ist ein großartiges Geschenk.‹ Dann wiederum finden Leute die Köpfe lustig oder unheimlich, barbarisch oder großstädtisch, federleicht und felsenschwer, künstlerisch oder unfertig. Wen stellen sie dar? Ich weiß es wirklich nicht. Möglicherweise sind das all die Gesichter, die mein Auge im Laufe meines langen Lebens zwar gestreift, mein Gehirn aber nicht bewußt wahrgenommen und gespeichert hat. Eine endlose Prozession des Vergessens und der Nebensächlichkeit, über die Klippe an Land gespült von meinem unruhig träumenden Ich. Alle diese Köpfe sind Oobo. Aber wer ist Oobo? Bin ich Oobo? Ist Oobo einer der zehn Götter – oder ein elfter, dessen man sich nur noch im Dschungel erinnert? Tragt Ihr beiden ebenfalls seine Köpfe auf Euren Schultern? Ich weiß es nicht und werde es womöglich nie erfahren, aber ich reise und lerne und mache meine Köpfe, und ich fahre nach

Somnicke, um die fliegenden Vögel des berühmten Holzschnitzers Meister Heisel zu sehen und – wenn ich Glück habe – von ihm zu lernen, was meinen Köpfen noch fehlt, damit sie das Sprechen lernen und mir ihr Geheimnis ins Ohr flüstern können.«

Hellas wurde das Ganze nun doch zu wunderlich. Er rückte etwas ab. Rodraeg jedoch besah sich die verschieden großen und mit unterschiedlichen Mienen versehenen Oobos genauer und entschied sich schließlich für einen faustgroßen Kopf, der einen jungen Schwarzhäutigen darstellte. So stellte Rodraeg sich den ursprünglichen Oobo vor: als stolzen Urwaldherrscher mit einem kaum merklichen Lächeln auf den Lippen.

»Wieviel soll der kosten?«

»Zehn Taler.«

»Die will ich aber wiederhaben«, drohte Hellas, als er Rodraeg das Geld gab.

Am späten Abend schlugen sie am Wegesrand ihr Nachtlager auf. Rodraeg entzündete mit seinem Zündstein ein gemütliches Feuer. Hellas bestand darauf, daß sie in der Nacht Wache hielten. Die Heugabelmänner, vor denen die Reisenden auf dem Hinweg so große Angst gehabt hatten, spukten ihm immer noch im Kopf herum. »Wenn Knechte erstmal ihre Herren erschlagen haben«, meinte er, »gibt es für sie keine Grenzen mehr. Jede Schandtat wird dann möglich.« Smoi erklärte sich bereit, die letzten zwei Stunden Wache zu übernehmen, also reichten Rodraeg und Hellas jeweils drei Stunden Wachschicht, damit sie fünf Stunden schlafen und sie nach acht Stunden wieder aufbrechen konnten.

Während seiner Wache kaute Rodraeg weiter sein Kraut, spuckte grünen Schleim ins Gras und redete mit Bestar, der im Halbschlaf nach Wasser verlangte, aber keines bekommen durfte. Nach ein paar Sandstrichen war der Klippenwälder wieder fest eingeschlafen. Die Nachtluft war herrlich frisch, Baumwipfel rauschten, die Sterne funkelten wie hingestreute Diamanten. Kein Waffenklirren weit und breit. Rodraeg hätte am liebsten die gesamte Götterschöpfung umarmt, Wasser und Erde und Luft und Feuer.

»Es ist herrlich, wieder frei zu sein, nicht wahr?« fragte Hellas, der von selbst erwacht war und gutgelaunt zu Rodraeg hingeschlendert kam.

»Ja, es ist herrlich«, strahlte dieser und machte ein paar Tanzschritte auf der Wiese. »Es ist herrlich, frei zu sein. Es ist herrlich, nicht tot zu sein und nicht um sein Leben kämpfen zu müssen. Es ist auch herrlich, nicht wie Bestar schwer verwundet auf dem Wagen liegen zu müssen. Wir sollten das niemals vergessen. Man nimmt zu vieles für selbstverständlich und läuft dann Gefahr, sein Leben zu verschwenden.«

Hellas nickte und wurde ernst. »Nachdem mir das passiert war, mit meiner Frau und den Banditen, wollte ich mein Leben nicht mehr haben. Jedes Gelächter kränkte mich. Jeder Windhauch verbrannte mich. Jede Bewegung erschreckte mich. Ich stand am Meeresstrand und wollte tot sein. Es schien so einfach: Ich brauchte eigentlich nur hineinzugehen in immer tieferes Wasser, mich umfangen lassen und vergessen. Weißt du, was mich zurückhielt?«

Rodraeg verneinte wortlos.

»Die Wellen. Jede einzelne von ihnen lief mir entgegen wie eine Hand, die mich fortscheuchen wollte. ›Geh und lebe‹, flüsterten sie. ›Lebe und geh. Hier bei uns ist sie auch nicht.‹«

»Wie hieß sie, deine Frau?«

Hellas atmete tief durch. »Saciel. Wir waren gerade erst ein halbes Jahr verheiratet.«

»Such sie nicht im Meer. Such sie in den Sternen, bei den Göttern.«

Sie schauten beide hinauf, fast eine Viertelstunde lang. »Geh jetzt schlafen«, sagte Hellas schließlich. »Ich wecke den Schnitzmeister kurz vor dem Morgengrauen.«

Am folgenden Tag kam Bestar richtig zu sich. Die zwei Tage, an denen er nichts essen und trinken durfte, waren vorbei, deshalb gab Rodraeg ihm vorsichtig Wasser, und Hellas fütterte ihn mit aufgeweichtem Hartbrot.

»Scheiße, ist das peinlich«, waren Bestars erste deutlich zu verstehende Worte. »In der Höhle habe ich die ersten Tage verpennt – und jetzt wieder. Das solltest du mir vom Lohn abziehen, Mann.« Er strich sich übers Kinn. »Warum bin ich eigentlich vollbärtig und dreckig angezogen, während ihr rumlauft wie frisch gepflückte Lilien?«

»Es gab nichts in deiner Größe«, lachte Rodraeg. »Außerdem ist es vielleicht ganz gut für dich, wenn man nicht gleich sieht, daß du zu uns gehörst. In den letzten Wochen hast du viel einstecken müssen unseretwegen.«

»Och, gegen eine ordentliche Prügelei gibt's doch nichts zu sagen. Wo steckt Migal?«

»Der ist durchgebrannt. Mit den Vermummten.« Rodraeg sprach es so schonungslos und klar wie möglich aus. Um den heißen Brei herumzureden, würde Bestar nur wütend machen. Dennoch war er erstaunt über Bestars Reaktion. Der Klippenwälder sagte gar nichts, fragte nicht nach, tobte nicht, trauerte nicht, haderte nicht. Er sah eher erleichtert aus.

»Ich würde mich nie vermummen im Kampf«, sagte er leise. »Komische Träume habe ich gehabt im Schlaf. Ich war wieder klein und schwach. Mein Vater war wieder hinter mir her, das brutale, versoffene Schwein, mit seiner verfluchten Lanze. Migal hat zu mir gehalten. Zu zweit hatten wir eine Chance. Ich hasse diese Träume. Da ist man nun groß und stark geworden, aber da drinnen« – er hämmerte sich mit dem Finger gegen die Schläfe – »da drinnen ist man immer noch nicht weiter.«

Rodraeg legte Bestar beide Hände auf die Schultern. Es staubte. Zwar war Bestars Kluft von Sefahe Achildea notdürftig ausgeklopft und abgebürstet worden, aber sie war alles andere als sauber. »Bestar, es tut mir wirklich sehr leid. Ihr wart unzertrennlich, ihr beiden. Wie Brüder. Dann zwei Monde beim Mammut, und ihr trennt euch. Ich fürchte, das ist alles meine Schuld.«

»Nein, nein, laß mal. So ähnlich waren wir uns gar nicht. Migal hatte immer diese Frauengeschichten, du hast es ja selbst erlebt, auf dem Arispfest. Er sagte immer, wo wir als nächstes hingehen, und ich bin mitgetrottet. Aber ein wirkliches Ziel hatten wir beide nicht. Wir ließen uns treiben mit unseren Schwertern, und Migal bestimmte den Kurs. Aber jetzt, mit dem Mammut, ist das irgendwie – anders. Ich gehöre plötzlich zu etwas. Ich kann dieses Häuschen in Warchaim sehr gut leiden. Das ist das erste Mal, daß ich ein eigenes Zimmer habe. Cajin mag ich auch.« Bestar stockte. Er genierte sich, auch Naenn oder Rodraeg zu loben. Der große, häßliche Kerl genierte sich, und Rodraeg schluckte vor Rührung. »Was ich sagen will, ist: Ich würde euch nie verlassen. Wenn ihr mich ohne Migal überhaupt noch brauchen könnt, würde ich gern bei euch bleiben.«

»Bestar – du machst wohl Witze?! Ob wir dich noch brauchen können? Ohne dich würde ich das Mammut auflösen! Wenn du eines Tages weggehst, oder wenn du im Kampf fällst, dann kann ich einpacken und nach Kuellen zurückgehen.«

»Ach, das stimmt doch gar nicht …«

»Ich meine das völlig ernst. Wer war mein Leibwächter unten im Tal? Wer hat Migal davon abgehalten, uns alle durch einen Fluchtversuch in zusätzliche Schwierigkeiten zu bringen? Wer hat mir Zembe vom Hals geschafft? Ohne dich wäre ich dreimal tot oder schlimmeres. Also hör mir gut zu: Du trägst eine große Verantwortung. Kein Bestar Meckin, kein Mammut. Vor allem mußt du in Zukunft besser auf dich achtgeben, denn wir haben noch viel gemeinsam vor.«

»Ja, das hört sich gut an«, seufzte Bestar und legte sich wieder entspannt zurück. »Kein Bestar Meckin, kein Mammut«, murmelte er leise. Dann, lauter: »Was ist eigentlich aus den Pferden geworden?«

»Die Leute aus Terrek haben sie aus dem Tal gehievt.«

»Dann ist es gut. Man soll Pferde nicht essen. Diese schäbigen Söldner … sollten wissen … daß man …« Weiter kam er nicht, er war wieder eingeschlafen. Was für einen Dampf Geskara ihm auch in die Nase gepustet hatte, er wirkte nach über zwei Tagen noch stark genug, um einen Hünen auf die Bretter zu schicken.

Die nächsten beiden Tage, der achte und neunte Wiesenmond, verliefen ruhig und entspannt. Wenn sie lagerten, machte Bestar erste Gehversuche, aber da sie keine Eile hatten und noch nicht die Hälfte der Strecke bis Warchaim zurückgelegt war, überredete Rodraeg ihn, einfach noch weiter auf dem Wagen zu bleiben.

Benter Smoi erzählte Anekdoten von Meister Heisel und anderen Holzschnitzern. Er behauptete steif und fest, daß die fliegenden Vögel Heisels tatsächlich fliegen konnten. »Holzvögel können nicht fliegen!« sagte Bestar mehrmals. Smoi entgegnete nur, mit rätselhaftem Lächeln: »Das kommt darauf an, was man oben und was unten nennt.«

Hellas fühlte sich nackt ohne Bogen. Gerne hätte er ein Wild geschossen, um den trockenen und krümeligen Speiseplan zu bereichern. Rodraeg versprach, ihm vom nächsten Geld des Kreises einen schönen neuen Langbogen zu kaufen, gefertigt von der Frau des Schmiedes Teff Baitz.

Am Morgen des Zehnten war Rodraegs Marionettenkraut aufgebraucht, und er machte sich große Sorgen deswegen. Der Husten war noch lange nicht ausgeheilt. Rodraeg hatte den Eindruck, in den letzten Tagen literweise grüngefärbten Schleim und Speichel ausgespien zu haben, aber das Husten schmerzte immer noch, und manchmal bekam er kaum Luft zwischen den Krämpfen.

Er begann damit, ihnen entgegenkommende Reisende nach Marionettenkraut zu befragen, ob sie wüßten, wo man es finden oder kaufen könnte. Keiner konnte ihm weiterhelfen. Rodraeg fluchte über sich selbst, daß er zu dumm gewesen war, wenigstens einen Halm aufzubewahren, um ihn vorzeigen zu können.

Nach Kirna wollte er nicht. Zu groß war die Gefahr, daß sich dort zwei wütende Väter zweier entehrter Töchter auf Migals ehemalige Reisebegleiter stürzen würden. Die anderen Dörfer längs des Weges waren jedoch weiter von der Straße entfernt, und Smoi wollte keine Umwege machen, weil er an einem ganz bestimmten Tag in Somnicke eintreffen wollte. Blieb also nur noch Naenn. In fünf Tagen würden sie in Warchaim sein. Naenn würde ihm weiterhelfen können, und wenn nicht sie, dann dieser Kräuter- und Drogenhändler, den Rodraeg auf seiner Warchaim-Karte eingetragen hatte.

Fünf Tage ohne das Kaukraut. Rodraegs Handflächen wurden alleine schon von diesem Gedanken schweißig, aber er nahm sich vor, sich nicht gehenzulassen wie ein Suchtkranker. Die dunkle Quelle würde nicht in seiner Lunge wuchern. Nicht in fünf Tagen. Niemals.

Um sich auf andere Gedanken zu bringen, ging er die Ereignisse der letzten Wochen noch einmal durch und stieß dabei auf eine Frage, die er vollkommen vergessen hatte.

»Bestar? Wie hast du es eigentlich geschafft, die Kette zu zerreißen, als Zembe mich erschlagen wollte?«

Bestar senkte müde den Kopf. »Das haben wir Migal zu verdanken. Ich habe die ersten Tage in der Höhle ja verpennt, aber Migal hat schon in den ersten Stunden unsere beiden Ketten genau untersucht und das jeweils schwächste Glied herausgefunden. Bei der Arbeit haben wir dann jede Gelegenheit genutzt, diese Kettenglieder weiter zu schwächen. Wir haben Fässer daraufgestellt und gekippelt, wir haben Greifhaken auf sie fallen lassen, an Tropfsteinen gescheuert, sie am Feuer fast zum Glühen gebracht und dann wieder mit Wasser abgeschreckt. Zwanzig, dreißig Mal am Tag. Im zweiten Mond hätten wir unsere beiden Ketten jederzeit zerbrechen können, darauf beruhte Migals Fluchtplan. Nur wie wir es draußen hätten schaffen sollen, an den Söldnern vorbeizukommen – das war mir nicht klar.«

Rodraeg schwieg. Also hatte Migals Fluchtplan zumindest im Ansatz Hand und Fuß gehabt. Und er, Rodraeg, der sogenannte Anführer, war nicht eingeweiht gewesen. Nicht eingeweiht und nicht beteiligt. So etwas durfte nie wieder passieren. Bei ihrer nächsten Mission würde die Gruppe aus ihm, Bestar, Hellas und Naenn bestehen. Da konnte er die Schwächen und Stärken einschätzen. Da wußte er, worauf er sich verlassen konnte und worauf nicht.

Als sie am Morgen des neunten Tages ihrer Rückreise die Schlafdecken zusammenrollten, sagte Smoi: »Warchaim ist jetzt nur noch einen halben Tagesmarsch entfernt. Ich würde gerne von hier aus direkt nach Westen weiterfahren, dann muß ich den Larnus nicht queren und spare Zeit. Ihr müßt von hier aus eher nach Norden.«

»Schade«, sagte Rodraeg, »wir hätten Euch gerne als Gast im Haus des Mammuts bewirtet.«

»Auf meiner Rückreise von Somnicke schaue ich mit Freuden bei Euch vorbei.«

Alle drei gaben Benter Smoi die Hand und verabschiedeten sich. In den letzten Tagen hatten sie sich nur noch wenig auf dem Wagen aufgehalten, sondern waren die meiste Zeit nebenhergewandert, aber alleine die Gewißheit, daß jeder sich mal für ein Stündchen hinten hatte draufsetzen können, um die Füße auszulüften, war schon eine große Annehmlichkeit gewesen.

Rodraeg und Bestar verabschiedeten sich auch von Junaf. Die Karotten waren leider alle, aber der Esel freute sich auch so über ihr Streicheln und Tätscheln. Dann trennten sich ihre Wege. Die Mammutreisenden winkten dem Holzschnitzer hinterher, bis sich Bäume in die Sicht schoben. Dann machten sie sich auf nach Norden.

Am sonnigen Nachmittag überquerten sie den Larnus auf der großen Brücke Richtung Endailon und betraten Warchaim zu dritt, mehr als zwei Monde, nachdem sie es zu viert verlassen hatten.

19 Von hier

Die Stadt hatte sich verändert.

Eigentlich waren zwei Monde eine kurze Zeit für eine Stadt. Aber die Jahreszeit war eine andere geworden, die Straßen waren nicht mehr gesprenkelt mit Pfützen und Schlamm, sondern fest und hell, der Himmel war nicht mehr grau und wolkenschwer, sondern strahlend blau und klar. Deshalb wirkten die Gebäude leuchtend und deutlicher in ihren Umrissen, und auch die Kleidung der Menschen war nun leichter und farbenfroher als noch im Regenmond.

Sie gingen am Gasthaus *Alte Kutsche* vorüber und passierten den Großstall *Straße nach Endailon*, in dem über fünfzig Pferde untergebracht waren. Weiter nördlich kamen sie an Ulrics trutziger Schmiede vorüber. Dann der geographische Stadtmittelpunkt mit der alten Tempelruine auf der einen und dem *Ehernen Habicht* auf der anderen Seite. Links über allem das Schloß Figelius, wie herausgeputzt für eine Brautschau. Rechterhand ging es zum Markt, und dort war noch immer allerhand los. Ein Feuerschlucker begeisterte Kinder, und ein Jongleur schleuderte einen sich vielfach überschlagenden, wuchtigen Hammer in die Höhe. Sie gingen weiter nach Norden, hindurch zwischen Bep Immergrüns zweigeschossigem Ausrüstungshaus und der Kaschemme *Würfelbecher*, dann weiter an Rigurds Stall vorbei, vorüber an all den Häusern, die die Nord-Süd-Straße säumten, bis sie die Kreuzung erreicht hatten, wo es nach rechts zum Badehaus ging und wo links der Krämerladen von Nideon Hallick kauerte. Daneben, winzig und unscheinbar, das Häuschen mit dem stilisierten Mammut auf der Tür.

Rodraegs Herz schlug bis zum Hals. Bestar feixte übers ganze Gesicht.

Es war ihnen noch nicht gelungen, sich der Tür bis auf zwanzig Schritt zu nähern, als hinter dem Küchenfenster eine hektische Bewegung aufflackerte und gleich darauf die Haustür aufgerissen wurde. »Ihr seid es tatsächlich!« schrie Cajin. »Juhuh! Juhuh! Juhuuuhhh!« Er stürmte auf die drei zu, wurde aber von Bestar abgefangen, gepackt und mit den Füßen nach oben gewendet, bis seine blonden Haare wie ein Besen über die Straße wischten. »Haben wir dir nicht gesagt, du sollst die Straße sauberhalten, solange wir weg sind?« schimpfte Bestar lachend. Vor Vergnügen quietschte Cajin wie ein kleiner Junge. Rodraeg und Hellas hatten jedoch keine Augen für dieses ausgelassene Wiedersehen. In der Tür erschien Naenn. Auch sie hatte sich verändert, und Rodraeg war sich sicher, daß es nicht nur am Sonnenlicht lag. Sie wirkte nicht mehr so blaß und durchscheinend wie im Frühling, und sie war schöner als in seinen gleißendsten Träumen.

Ihre Augen schimmerten feucht, und ihre Hände waren vor der Brust verschränkt. »Ich bin sehr glücklich. Es ist wahr geworden.«

»Habt ihr uns denn erwartet?« fragte Rodraeg.

»Es ist uns geweissagt worden, daß ihr heute kommt. Cajin hat fast den ganzen Tag vor dem Haus oder an den Fenstern verbracht.«

»Geweissagt? Von wem denn?«

»Von Riban. Er ist gestern hier angekommen.«

Riban Leribin. Das Greisenkind, das den Kreis gegründet hatte. Rodraeg schwante, daß ihm all seine Versäumnisse und Fehleinschätzungen ausführlichst vorgehalten werden würden. Doch zuerst der angenehme Teil des Wiedersehens: Er nahm Naenn in die Arme und drückte sie fest an sich. Ihr Haar duftete nach frischen Äpfeln. Ihr Körper fühlte sich weich und warm und lebendig an. Dieser wunderbare Moment war alle Mühsal wert gewesen. Aber dann schalt er sich einen Narren: Er hätte das auch erleben können, ohne wochenlang als Kettensträfling Schwarzwachs einzuatmen.

Naenn löste sich von ihm, jetzt waren die anderen an der Reihe. Bestar gab ihr artig die Hand, während Rodraeg und Cajin sich drückten. Hellas hielt von allen etwas Abstand, nickte aber grüßend. Berührungen waren ihm unheimlich.

»Wo ist Migal?« fragte Cajin besorgt.

»Es geht ihm gut, aber er hat eine andere Richtung eingeschlagen als wir«, erläuterte Rodraeg. »Laßt uns hineingehen, dann können wir euch alles haarklein erzählen.«

Sie betraten das Haus des Mammuts. Es roch anders als zu Beginn. Frischer, sauberer. Überall war weiter ausgebessert worden. Cajin und Naenn waren alles andere als untätig gewesen. »Die Betten sind fertig, auch im Gästezimmer«, beeilte Cajin sich zu erläutern, doch Naenn bremste ihn. Jetzt war nicht die richtige Zeit für einen Hausrundgang. Riban Leribin saß im Gemeinschaftszimmer am großen Tisch und wartete. Das über siebzigjährige Kind sah blaß aus und erkältet, der Kopf zu groß für die schmalen Schultern, die schmerzgewohnten Augen zu groß für den Kopf. Zwischen seinen Händen stand ein Becher Wein. Das Kind trank Alkohol, unvernünftig angesichts des vorbestimmten Todes.

»Freut mich, daß es funktioniert hat«, sagte Riban knapp zur Begrüßung.

Rodraeg stellte erst einmal diejenigen vor, die sich noch nicht kannten – »Bestar Meckin vom Mammut, Hellas Borgondi vom Mammut, Riban Leribin vom Kreis« – und nahm mit den anderen rings um den Tisch Platz. Es gab nur sechs Stühle, aber durch Migals Weggang stimmte die Zahl mit der Anzahl der Anwesenden überein. Bestar und Hellas machten große Augen und wechselten vielsagende Blicke. Sie hatten sich die Vertreter des Kreises ganz anders vorgestellt, Bestar größer und Hellas älter.

»Ihr … wußtet, daß wir heute ankommen?« fragte Rodraeg stockend. Ein neuer Hustenreiz schnürte ihm die Kehle zu, aber er wollte jetzt keine Schwäche zeigen, nicht vor demjenigen, der ihm von Anfang an nichts zugetraut hatte.

»Naenn hat es ein wenig zu wundertätig formuliert: Es war keine Weissagung, eher eine Berechnung«, sagte Riban ernst. »Wir haben euren Brief aus Terrek, in dem ihr uns über ›Batis‹ informiertet, am letzten Tag des Regenmonds erhalten. Drei Tage später ist es Ilde Hagelfels gelungen, einen an ›Batis‹ gerichteten Brief abzufangen, in dem die Gefangennahme von vier Männern berichtet wurde, deren Beschreibung ungefähr mit dem übereinstimmte, was uns Naenn kurz nach eurem Aufbruch geschrieben hat. Von da ab brauchte Estéron zwei Wochen, um Ijugis und sein Erdbeben aufzuspüren. Eine Woche brauchte das Erdbeben dann nach Terrek. Davon ausgehend, daß die Befreiung erfolgreich war und ihr danach unverzüglich Richtung Warchaim aufbrechen würdet, mußtet ihr heute oder morgen oder spätestens übermorgen hier eintreffen. Ich danke euch, daß ihr mich nicht zum Verkünder falscher Hoffnungen habt werden lassen.«

Cajin brachte Becher, Wein und frisches Brot für alle. Bestars Gesicht hellte sich auf.

Nun begann Rodraeg mit seiner Erzählung. Er erläuterte alles, so genau wie möglich. Wie er die Männer für die Gruppe zusammengesucht hatte. Timbare und Gorik. Der Erhalt des Auftragsbriefes und ihr Aufbruch. Der Angriff der Fledersalamander. Luriz' Heiltrank. Das Arispfest in Kirna. Der Geleitschutz für die Reisegruppe. Der Bartendrache namens Iddni, den Hellas erspäht hatte. Terrek. Magister Abachran und Schulze Haaf. Die Suche nach der Waldmine. Die Kruhnskrieger. Das geheime Tal. Der fiebernde Fluß. Die Aufteilung des Mammuts in zwei Zweiergruppen. Kisem Tugri und Wellingor Deterio. Die Kämpfe im Talkessel. Die Gefangennahme. Die einundvierzigtägige Fronarbeit. Die Schwarzwachsquelle. Migals Fluchtpläne und Bestars Gegenmaßnahme. Erdbebens Gemetzel, und wie Rodraeg außerhalb der Höhle mit ihnen Kontakt aufnahm. Die Befreiung des Mammuts. Die Rüstkammer der Königin. Strömendes Wasser und Kalk. Bestars schwere Verwundung. Deterios letzte Worte. Die zitternde Erde, der Nebeldampf und die brennende Hütte. Wie mehrere Wege sich wieder trennten. Achildea. Geskara. Niers. Die Theorien der vier Elemente. Neuigkeiten vom Affenmenschenfeldzug. Die Rückreise und der hölzerne Kopf, den Rodraeg aus seinem Rucksack holte und für alle sichtbar auf den Tisch stellte. Das Marionettengras und der Husten, denn es hatte keinen Sinn mehr, das zu verheimlichen. Während der Erzählung hatte Rodraeg mindestens ein Dutzend Anfälle gehabt, und Naenn und Cajin sahen ihn besorgt an. Riban Leribin blickte nirgendwohin außer in seinen Weinbecher.

Draußen vor dem Fenster dämmerte der Abend.

Riban schien in Gedanken versunken. Dann fing er mit heiserer Knabenstimme zu sprechen an. »Die Lage in Terrek hat sich nicht verbessert. Zwar werden der zuleitende Bach und der Lairon-See nicht weiter durch Kühlwasserrückstände verunreinigt, aber durch das Einfließen des Wassers in die Schwarzwachsquelle scheint mir eine erhebliche Störung der erdgegebenen Energieschwingungshöhe verursacht worden zu sein. Mein unverzügliches Eingreifen dort ist unverzichtbar. Ich muß versuchen, mit meiner Magie zu dämpfen und abzuschwächen, damit sich die Schwingungsstörung nicht bis zum See voranfrißt, wo dann Erde und Wasser einen Krieg beginnen, den die Wälder, die Ortschaften und die Menschen verlieren werden. Ich sollte unverzüglich aufbrechen.«

»Die Sonne geht schon unter«, sagte Naenn.

»Ich habe genügend Geld bei mir, um jemanden zu finden, der mich mitnehmen kann. Doch zuvor will ich dem Mammut für seine Mühe danken, für seine Leistungen und die von ihm erbrachten Opfer. Das meiste von dem, was bei dieser Mission schiefgelaufen ist, hat der Kreis, habe ich selbst zu verantworten. Wir konnten nicht rechtzeitig in Erfahrung bringen, daß es sich um Schwarzwachs handelt. Wir konnten nicht rechtzeitig in Erfahrung bringen, daß die Förderstelle von Aldava aus geleitet wird und die Königin ihre Finger im Spiel hat. Wir konnten nicht rechtzeitig in Erfahrung bringen, daß ihr es dort mit dreißig Söldnern zu tun bekommen werdet. In dieser Hinsicht war die Mission ein voller Erfolg. Das Mammut hat Aufklärungs- und Erkundungsarbeit geleistet, zu der der Kreis nicht in der Lage gewesen wäre. Aufklärungs- und Erkundungsarbeit ist eine der beiden Gründe, weshalb wir das Mammut ins Leben gerufen haben. Daß die zweite Hauptaufgabe des Mammuts, das selbständige Beheben von Problemen, in diesem Fall nicht richtig durchgeführt werden konnte, ist der außergewöhnlichen Komplexität des gesamten Sachverhaltes zuzuschreiben. Ihr habt nach bestem Wissen und Gewissen gehandelt, und ich bin froh, daß ihr nicht den Kalk in die Quelle geschüttet habt. Die Auswirkungen wären noch schlimmer gewesen als die des Wassers, und auch meine Magie hätte dann nichts mehr richten können.«

Rodraeg wurde blaß. Auch Bestar und Hellas schauten betreten drein.

»Möglicherweise«, ächzte Rodraeg, »haben Achildea und seine Leute den Kalk schon eingesetzt. Ich hatte sie noch einmal darauf hingewiesen, aber auch davor gewarnt. Auch ich fühlte mich bei dem Gedanken an eine solche Verunreinigung nicht mehr wohl.«

»Du kannst beruhigt sein«, sagte Riban, »Achildea hat den Kalk nicht benutzt. Ansonsten hätte ich die Auswirkungen längst gespürt. Ihr habt, wie gesagt, innerhalb eurer Möglichkeiten erstaunlich viel erfahren und erreicht. Selbst daß ihr in Gefangenschaft geraten seid, hat sich – obschon nicht beabsichtigt – als nützlich erwiesen. Auch die Zusammenarbeit mit Erdbeben war äußerst erfolgreich: Andernfalls hättet ihr nie soviel erfahren. Ohne dein Eingreifen von innen, Rodraeg Delbane, hätte dieser tollwütige Ijugis seine gesamte Truppe sinnlos aufgerieben. So aber wird das Erdbeben weiterhin bestehen, das Mammut ebenfalls, und – was mir aus strategischen Gründen ganz gut gefällt – wir haben mit Migal Tyg Parn eine Art Bindeglied zwischen beiden Gruppen etabliert. Wer weiß, welchen Nutzen das noch bringen wird.«

»Warum kann man Erdbeben und Mammut nicht immer zusammenarbeiten lassen?« fragte Hellas. »Dann kann Erdbeben vorstürmen und die Drecksarbeit machen, während wir aus dem Hintergrund den Überblick behalten.«

»Das wird nicht gehen, weil Ijugis es nicht will«, erklärte Riban. »Wir konnten ihn auch diesmal nur motivieren, weil es letzten Endes gegen Aldava ging, gegen eine Aldavaer Fabrikation namens ›Batis‹. Ijugis ist ein Wirrkopf, ein Fanatiker. Er will den Kontinent vor seiner eigenen Hauptstadt retten. Wüßte er, daß Estéron von Aldava aus mit ihm Kontakt aufnahm, hätte er Estéron wohl erschlagen. Nein, das Erdbeben ist keine verläßliche Option. Uns fiel nur nichts Besseres ein. Wir wollten keine lediglich durch Geld motivierten Söldner anheuern, weil wir durch den bei ›Batis‹ abgefangenen Brief erfahren hatten, daß auch die Gegenseite mit Söldnern arbeitet.«

»Was ist jetzt mit ›Batis‹?« fragte Rodraeg. »Wie geht es dort weiter?«

»›Batis‹ hat versagt. Die von ›Batis‹ angeheuerten Söldner sind fast vollständig aufgerieben worden. Die von ›Batis‹ eingestellten Arbeiter wurden in mehrere Schlachten verwickelt, haben Männer verloren, sind nicht bezahlt worden und werden mit Sicherheit nie wieder für diese Fabrikation arbeiten wollen. Die Schwarzwachsmine wurde vorerst lahmgelegt, die Rüstungen blieben unbeaufsichtigt zurück, so daß jeder Plünderer auf seine Kosten käme, und als nächstes erheben die Terreker unter Achildeas Schirm wieder Ansprüche auf das Waldminengebiet. Die Königin wird ›Batis‹ diese Angelegenheit entziehen und andere damit beauftragen. Leider werden sich andere finden. Für Achildea haben die Sorgen gerade erst begonnen.«

»Wird die Königin jetzt Jagd auf die Angreifer machen?« fragte Cajin.

»Wir sind verhältnismäßig gut weggekommen. Die Arbeiter können euch gut genug beschreiben, um Steckbriefe von euch anfertigen zu lassen, aber der Angriff, der die Machtverhältnisse zum Kippen brachte, ging von unbekannten Vermummten aus, nicht von den vieren, die zu dem Zeitpunkt schon seit über vier Wochen festgesetzt waren. Ich denke, man wird eher Erdbeben jagen als euch. Erdbeben hat den Leiter der Mine und den Anführer der Kruhnskrieger ermordet. Erdbeben hat unter den Arbeitern gewütet. Erdbeben hat Wasser in die Erdquelle geleitet. Ihr dagegen seid nur Plünderer oder Betrüger, die eine Gelegenheit zur Flucht genutzt haben.«

»Dennoch sehe ich ein Problem«, merkte Naenn an. »Erdbeben war vermummt. Dadurch werden sich die Grenzen verwischen. Wenn das Mammut das nächste Mal in Aktion tritt, könnte der Eindruck entstehen, das seien die selben Angreifer wie in Terrek, nur diesmal unvermummt.«

»Richtig«, nickte Riban. »Und Ijugis benutzt Würgeschlingen, die auf Timbare und seine Leute schließen lassen. Die Grenzen sind bereits verwischt. Alle werden für die Taten der anderen mitverantwortlich gemacht werden, so ist das nun einmal in einem verdeckten Krieg. Ich gehe nicht davon aus, daß das Mammut länger als ein oder zwei Jahre aktiv sein wird, bevor wir es auflösen müssen, weil der Boden zu heiß geworden ist.«

Verstehe, dachte Rodraeg bitter. Du hast nur noch drei Jahre zu leben und kannst deshalb auch nicht in größeren Zeiträumen planen. Wird das alles hier wirklich nur eine Episode in meinem Leben werden – bevor ich untertauchen muß, unter falschem Namen, mit neuem Bart und heller geschminktem Gesicht?

»Soll ich das Mammut wieder von der Haustür entfernen?« fragte Cajin erschrocken.

»Ist das Wort ›Mammut‹ denn in Terrek erwähnt worden?« fragte Riban.

»Achildea gegenüber ja«, überlegte Rodraeg. »Aber im Talkessel nie.«

»Dann kann niemand eine Verbindung herstellen. Ich finde die Idee nicht schlecht, daß ihr nach außen durch ein Symbol repräsentiert werdet. Das kann sehr nützlich sein, wenn wir Verhandlungen führen müssen, in denen ein Name, den man schon einmal gehört hat, eine gewichtige Währung darstellt. Auf diese Möglichkeit würde ich ungern verzichten wollen. Nicht jeder Auftrag soll euch mit dem Gesetz in Konflikt bringen. Manchmal gibt es – hoffentlich – auch ganz andere Lösungswege. Da wir jetzt beim Thema sind ...« Er griff vorne in sein Gewand und förderte aus einer inneren Brusttasche einen versiegelten Briefumschlag zutage. »Hier ist euer nächster Auftrag. Ich trage ihn schon seit zwei Wochen mit mir herum, aber ihr liegt glücklicherweise immer noch gut in der Zeit. Öffnet den Brief besser jetzt noch nicht. Gönnt euch zwei oder drei Tage Ruhe und Erholung, und wenn ihr ihn dann erst öffnet, müßt ihr euch mit der Abreise immer noch nicht beeilen.« Mit einer lässigen Geste warf Riban den Brief auf den Tisch. Der Umschlag kreiselte zweimal und blieb dann dicht vor Rodraegs Händen liegen. Ein mit schwungvoller Feder getuschter, nicht ganz geschlossener Kreis schmückte die Vorderseite. Rodraeg bewegte sich nicht.

Riban lächelte beinahe jungenhaft. »Ach ja, fünfhundert Taler habe ich euch ebenfalls mitgebracht und bereits Cajin übergeben. Damit dürftet ihr den Hausrat vervollständigen können, euch neu ausrüsten und ausstehende Rechnungen begleichen. Sobald wir wieder Geld beisammen haben, werden wir es euch schicken.«

»Was ist mit den versprochenen Pferden?« fragte Bestar eifrig.

»Darum kümmert sich Ilde. Ein gutes Reitpferd kostet mehr als tausend Taler, wir sind deshalb darauf angewiesen, über Ildes Beziehungen günstige Konditionen herauszuhandeln. Das dauert leider seine Zeit. Gibt es sonst noch Fragen, bevor ich mich auf den Weg mache?«

»Ja, ich habe noch zwei«, sagte Rodraeg. Er betrachtete den Kopf von Oobo. Der hölzerne Schädel blickte ungerührt nach vorn. »Die Götter. Die Quellen. Erde am Lairon-See und Feuer im Land der Affenmenschen. Wasser und Luft fehlen, aber niemand kennt die richtige Reihenfolge. Was sollen wir in dieser Hinsicht unternehmen?«

»Nichts. Absolut nichts. Es ist Naenns Aufgabe, sich um den Kontakt mit den Göttern zu kümmern. Sobald ich dazu beigetragen habe, die Schwarzwachsquelle zu sichern, werde ich Naenn eine Pilgerfahrt dorthin ermöglichen. Oder hast du dir die Zeit genommen, dir die Quelle genau anzuschauen, Rodraeg Delbane?«

»Ich habe eher versucht, mich von ihr fernzuhalten, um nicht an ihr zu ersticken.«

»So kommt man den Göttern nicht näher. Kümmert ihr euch um eure Aufträge, die sind schwierig genug. Naenn und wir kümmern uns um alles, was über dem Irdischen liegt.«

Rodraeg spürte Ärger in sich aufsteigen. Der über siebzigjährige Bengel behandelte ihn wieder genauso herablassend wie in Aldava. Seine zweite Frage wäre gewesen: ›Könnt Ihr mir mit meinem Husten helfen?‹ Aber er kannte die Antwort: ›Ich bin kein Heilmagier, Rodraeg Delbane, das habe ich schon damals in dem Katakombenraum deutlich gemacht.‹ Er konnte sich die Frage also sparen.

»Und die zweite Frage?« erkundigte sich Riban mit hochgezogenen Augenbrauen.

»Gibt es ... inzwischen eine offizielle Verlautbarung der Königin in Bezug auf den Affenmenschenfeldzug?«

»Ja, die gibt es. Kurz nachdem die Gerüchte und Zeugnisse aus Carlyr über Aldava herbrandeten, ließ sich unsere hochverehrte Königin Thada doch noch zu einer öffentlichen Stellungnahme herab. Nach ihrer Lesart war dieser Feldzug kein Eroberungs-, sondern ein Erkundungsfeldzug, der erfolgreich abgeschlossen wurde. Es ging wohl darum, herauszufinden, ob die Affenmenschen eine neuartige magische Waffe entwickelt haben oder nicht. Eine solche Waffe wurde im Entwicklungsstadium tatsächlich vorgefunden und restlos zerstört. Den damit einhergehenden Konfrontationen fiel bedauerlicherlicherweise die Hälfte des entsandten königlichen Heeres zum Opfer. Unter den Überlebenden seien zahlreiche Erkrankte, deren Genesungsaussichten allerdings als vielversprechend gewertet werden.«

Rodraeg hustete in seine zusammengeballte Faust. »Und was haltet Ihr von der ganzen Sache?«

Riban zuckte die Schultern. »Ich? Ich denke, es war genau andersherum. Die Königin wollte eine neuartige magische Waffe ausprobieren, deshalb waren dem Heer so viele Magier zugeordnet. Als geeignetes Testgebiet erkor man die unwirtlichen, von Scheusalen bevölkerten Landstriche jenseits der Felsenwüste. Aus mir unbekannten Gründen ging der Versuch nach hinten los und kostete über tausend Soldaten das Leben. Selbstverständlich muß das ganze jetzt in einem nobleren Licht dargestellt werden.«

Hellas lachte spöttisch auf. »Das ist bei uns ganz ähnlich. Da unsere Eroberung der Schwarzwachsquelle nicht ganz hingehauen hat, werten wir die Mission im Nachhinein als Erkundung und bezeichnen sie als vollen Erfolg. Krepiert wurde aber dennoch.«

Ribans Augenbrauen zogen sich zusammen. »Nun, ihr habt nicht die Hälfte eurer Leute verloren.«

»Wir nicht. Aber Erdbeben. Und die Kruhnskrieger erst recht«, blieb Hellas unbeirrt. »Und das ganze nur deshalb, weil der Kreis in

Aldava nicht herausfinden konnte, daß die Waldmine von Aldava aus gesteuert wird. Wir wären ganz anders vorgegangen, wenn wir mehr gewußt hätten.«

»Dieses Versäumnis habe ich bereits zugegeben«, erwiderte Riban laut. »Aber wir konnten nichts herausfinden, ohne vor Ort zu sein. Dafür brauchen wir das Mammut.«

»Schon gut, schon gut«, lenkte Hellas ein. »Alles, was ich sage, ist: Die Methoden von Aldava bleiben immer die Methoden von Aldava. Wir brauchen nicht über die Königin die Köpfe zu schütteln, solange wir selbst nicht wissen, was wir tun.«

Die Runde schwieg. Rodraeg war beeindruckt von Hellas, der sich offensichtlich auch über alles seine Gedanken machte. Hoffentlich war es nicht nur das altkluge Gebaren Ribans, das den Bogenschützen wütend machte. Rodraeg fiel plötzlich auf, daß er gar keine Gelegenheit gehabt hatte, Hellas und Bestar über Ribans tatsächliches Lebensalter aufzuklären. Bestar schien den Knaben dennoch als Vorgesetzten zu akzeptieren, weil Riban etwas Aristokratisches ausstrahlte, gebildet wirkte und befehlsgewohnt. Hellas dagegen schien keine Lust mehr zu haben, sich von einem Jungspund die Welt erklären zu lassen.

»Der Unterschied zwischen dem Kreis und der Königin ist«, führte Riban aus, »daß es uns nicht um Erhaltung und Ausübung von Macht geht. Uns geht es um die Erhaltung des Kontinents und um die Ausübung einer neuerlichen Zusammenführung mit den Göttern. Eigentlich müßten wir somit im Sinne der Königin und aller anderen Lebewesen handeln, sogar im Sinne von Flüssen, Bergen und Wolken. Daß wir nun aber doch mit der Königin über Kreuz stehen, ist wohl ihrer Unfähigkeit zuzuschreiben, über den Rand ihrer enganliegenden Krone hinauszublicken. Und im übrigen« – er deutete mit dem Zeigefinger auf Hellas – »bin ich nicht hier, um etwas zu beschönigen oder der Öffentlichkeit gegenüber anders darzustellen, als es sich tatsächlich zugetragen hat. Daß ihr Kettensklaven in dieser Höhle wart, finde ich sehr bedauerlich, aber das war nicht mein Plan. Es war Rodraeg Delbanes Entscheidung, das Tal zu betreten und sich dort gefangennehmen zu lassen.

Das hat uns und dem Lairon-See vierzig Tage Schaden zugefügt, die ich gerne vermieden hätte. Daß es beim Erdbeben Tote gegeben hat, hätte ich ebenfalls gerne vermieden. Wärt ihr nicht gefangengenommen worden, hätten wir Erdbeben gar nicht behelligen müssen. Was die Kruhnskrieger angeht, kann ich nur sagen, es war offensichtlich ihr Beruf, für andere den Kopf hinzuhalten. Es wäre mir viel lieber gewesen, wenn sie nicht dagewesen wären.«

»Na toll«, schimpfte Hellas. »Unser Beruf ist es, für euch vom Kreis die Köpfe hinzuhalten, und wenn dann einer von uns einen Speer in den Leib bekommt, heißt es: selber schuld. Wenn wir dann, weil wir am Verrecken sind, nicht ruhig und ehrerbietig in dieses Pestloch starren können, heißt es höhnisch: So kommt man den Göttern aber nicht näher.«

Riban wollte etwas erwidern, doch Rodraeg ging dazwischen. »Das genügt jetzt. Die Standpunkte sind klar. Hellas ist aufgebracht, weil alles Enge und Eingezwängte ihm Unbehagen verursacht und er im Auftrag des Kreises einundvierzig Tage und einundvierzig Nächte in einer Höhle mit anderen Gefangenen zusammengepfercht war. Riban dagegen argumentiert zu recht, daß weder die Gefangennahme noch die Gewalt von ihm geplant worden sind. Tatsächlich muß ich das Ganze auf meine Schultern nehmen. Ich habe sowohl die Gesamtlage als auch Deterio unterschätzt und uns alle in eine schwierige Situation gebracht. Das darf und wird nicht noch einmal vorkommen. Bei der zweiten Mission werde ich umsichtiger vorgehen und niemanden mehr unterschätzen. Weder meine eigenen Leute, noch die anderen.«

»Das ist ein gutes Schlußwort«, befand Riban und erhob sich. »Eine umsichtig durchgeführte, erfolgreiche Mission ohne unnötigen Blutzoll erspart uns allen die unangenehme Abschlußdiskussion mit gegenseitigen Schuldzuweisungen. Ich sage es noch einmal: Ihr habt alle euer Bestes gegeben und im Rahmen der undurchsichtigen Bedingungen Erstaunliches geleistet. Ich bin zuversichtlich, daß wir auch weiterhin erfolgreich zusammenarbeiten werden. Jetzt werde ich nach Terrek reisen, um den Erfolg der ersten Mission im wahrsten Sinne des Wortes wasserdicht zu machen.« Cajin, Naenn, Rodraeg und Bestar erhoben sich ebenfalls, um den Magier zur Tür zu geleiten. Nur Hellas blieb sitzen und stürzte seinen Wein hinunter.

»Ein Kind allein um diese Stunde – sollen wir Euch nicht begleiten?« fragte Naenn.

»Nicht nötig. Bis zu Rigurds Stall muß ich nur hundert Schritte gehen, dort finde ich alles, was ich zum Weiterkommen brauche. Den Räuber, der versucht, dieses Kind zu bedrohen« – er deutete an seinem eigenen kleinen Leib hinunter – »kann ich nur bemitleiden. Magie kann eine sehr schmerzhafte Sache sein.«

»Danke für alles«, sagte Rodraeg. »Für das Geld. Für Lob und Tadel. Für die nächste Mission.«

Riban nickte und betrachtete ihn von unten herauf. »Ich möchte mich entschuldigen für das, was ich vorhin über das Betrachten der Quelle gesagt habe. Das war wenig einfühlsam von mir. Manchmal überkommt mich die drängende Jugend meines Körpers mit einem ungerechten Herabwürdigen von Müdigkeit und Schwäche. Ich denke, gegenwärtig bist du derjenige von uns, der den Göttern am nächsten ist, Rodraeg Delbane. Geh mit deinem Husten in den Tempel des Kjeer. Mir scheint, ich rieche Schwarzwachs in deinem Atem.«

Rodraeg erbleichte, obwohl Geskara bereits ähnliches zu ihm gesagt hatte. Aber das Marionettenkraut hatte nicht geholfen, oder es war zu wenig gewesen oder zu spät.

»Ach, noch eines.« Versonnen betrachtete Riban die Tür mit dem aufgemalten Mammutumriß. »Tragt ihr euch mit dem Gedanken, das durch Migal Tyg Parns Weggang freigewordene Zimmer wieder zu belegen?«

Naenn und Cajin schauten Rodraeg fragend an. Der mußte sich zusammenreißen, um wieder in den Augenblick zurückzufinden. »Äh, ja, ich denke schon ...«

»Nicht in der heutigen, nicht in der morgigen, sondern der übermorgigen Nacht«, raunte Riban, »werden zwei Männer nacheinander an diese Tür klopfen. Schaut sie euch genau an. Womöglich wäre einer der beiden etwas für euch.«

Riban gab den vieren, die mit ihm an die Tür gekommen waren, die Hand und ging dann schnellen Schrittes die Straße hinauf bis zur Kreuzung, wo er sich nach rechts Richtung Innenstadt wandte. Er trug nur leichtestes Gepäck, keinen Rucksack und keine Waffe.

Cajin schloß die Tür hinter ihm, und bis auf ihn gingen die Gefährten wieder zurück in den Versammlungsraum, während Cajin sich um ein schmackhaftes Wiedersehens- und Abendmahl kümmerte.

»Willst du den Brief nicht öffnen?« fragte Hellas mißmutig. »Ich wüßte gern, wohin der Rotzlöffel uns als nächstes schickt.«

»Der Rotzlöffel ist vierundsiebzig Jahre alt und verjüngt sich pro Jahr um fünf«, erklärte Rodraeg knapp. »In den ersten fünf Jahren war das womöglich schön für ihn, aber jetzt ist er körperlich vierzehn und hat keine drei Jahre mehr vor sich.«

Bestar staunte, doch Hellas blieb unbeeindruckt. »Um so schlimmer. Wenn er das Leben nicht nur vorwärts, sondern auch rückwärts erkundet hat, sollte er eigentlich über Hochnäsigkeit hinweg sein. Finde ich.« Er leerte seinen nächsten Krug und lachte dann. »Immerhin ist nach all dem Ruß und Dreck in der Höhle meine Kehle so rauh geworden, daß ich nun schneller saufen kann als früher.«

Rodraeg versuchte mit ihm gleichzuziehen, mußte aber beim Trinken husten. Hinter seiner vorgehaltenen Hand sprühte rote Flüssigkeit hervor und benetzte sein Hemd, den Tisch und auch den darauf liegenden Brief. »Es ist ja nur Wein«, beeilte er sich zu versichern. »Es ist ja nur Wein.«

Bestar und Naenn sprangen auf, um etwas zum Wegwischen zu holen, doch Bestar war schneller. »Ich mach das«, sagte er, und Naenn setzte sich wieder. Sie sah jetzt, im veränderten Licht, noch sorgenvoller aus als vorhin schon. Ihre Augen waren fast so groß wie die eines Untergrundmenschen. Konnte sie Rodraegs Furcht empfinden? Fiel es ihr deshalb so schwer, ihm in die Augen zu sehen?

Während Bestar aufwischte und Hellas Wein in sich hineinkippte, herrschte Schweigen. Cajin tischte Abendbrot auf, aber lediglich Bestar langte zu.

»Nicht in der heutigen, nicht in der morgigen, sondern der übermorgigen Nacht«, wiederholte Rodraeg nachdenklich. Konnte Riban in die Zukunft blicken? Wenn ja: wie weit? Und wenn einigermaßen weit: Warum hatte er dann nicht sehen können, daß in Terrek eine Art Krieg ausbrechen würde? Oder hatte er es gesehen und geschwiegen?

Nein, Riban konnte nicht in die Zukunft sehen. Viel wahrscheinlicher war, daß er zwei Männer in bezeichneter Nacht zu dieser Tür lenkte, so, wie er und Estéron auch Erdbeben nach Terrek gelenkt hatten. Aber weshalb zwei? Um Rodraeg erneut auf die Probe zu stellen, denn nur einer von beiden war der richtige.

»Was ist nun mit dem Brief?« bohrte Hellas noch einmal.

»Heute nicht«, antwortete Rodraeg. »Morgen auch nicht. Ich möchte den morgigen Tag nutzen, um über das Geschehene nachzudenken. Ich will einen Tempel aufsuchen, vielleicht mehrere. Zu vieles liegt noch im Dunkeln. Zu viele Fragezeichen spuken mir im Kopf herum. Ich will, daß wir uns sammeln und neu rüsten. Daß wir – wenn auch nur kurz – ganz durchschnaufen können, bevor die Anspannung wieder losgeht. Übermorgen, rechtzeitig bevor die beiden nächtlichen Besucher kommen, lesen wir den Brief, damit wir wissen, worauf wir achten müssen. Jetzt gebe ich den Abend frei. Ich für meinen Teil bin hundemüde und will einfach nur ins Bett.«

»Aber wir haben doch was zu feiern!« schmollte Bestar. »Wir haben fünfhundert Taler bekommen, unsere erste Mission abgeschlossen, wir sind wieder hier …«

»Feiert. Feiert für mich mit. Ich habe mich so lange auf mein schmales, fensterloses Zimmerchen gefreut, ich kann jetzt nicht mehr dagegen ankämpfen.«

»Dann gehen wir ins *Leer das!* rüber«, schlug Cajin vor. »Naenn, kommst du mit?«

»Muß ich ja wohl, um darauf aufzupassen, daß die beiden dich nicht restlos abfüllen. Ist das in Ordnung, Rodraeg?«

Rodraeg nickte, trank noch einen Schluck Wein, stellte den Oobokopf auf seinen Schreibtisch im Büroraum, winkte den anderen und verzog sich hustend nach oben.

Das kleine Zimmer. Zwei mal drei Schritt. Sechs Quadratschritt.

Still, nachdem die anderen unten aus der Tür gepoltert waren.

Dunkel, ohnehin immer.

Allein. Selbst Naenn atmete nicht nur wenige Schritt entfernt.

Mit hinter dem Kopf verschränkten Armen lag Rodraeg noch lange wach und starrte ins Nichts.

In seiner Brust pulsierte die dunkle Quelle.

Er dachte über vieles nach. Über Soldaten, die keine andere Wahl hatten, als Befehle zu befolgen. Über Migal und Hellas, die seinen Rückzugsbefehl nicht befolgt und damit die schrecklichen Kämpfe im Talkessel ausgelöst hatten. Darüber, daß er keine Soldaten anführen wollte, sondern Leute, die das Denken nicht verlernt hatten, auch wenn das bedeutete, daß er immer wieder gegen Eigenmächtigkeiten würde ankämpfen müssen. Er dachte über Naenn nach, und wie sie sich auf der nächsten Mission ihm gegenüber positionieren würde. Stand sie unbedingt hinter ihm, oder vertrat sie den Kreis, die Götter und das uralte Wissen der Schmetterlingsmenschen? Würde er besser daran tun, sich ihr unterzuordnen, anstatt auf einer sinnlosen Hackordnung zu beharren? Er dachte über Ijugis nach, Timbare, Achildea und die Theorie der vier Quellen.

Und plötzlich ging ihm ein Licht auf. Wie unaufmerksam man sein kann. Wie konzentriert auf das Geheimnisumwobene und Umkämpfte, so daß einem das Alltägliche gar nicht mehr zu Bewußtsein kam.

Natürlich: die Quelle des Wassers. Fünf Jahre hatte er an ihr gelebt. Mit Naenn hatte er sich dort getroffen. Ein Kiesel von dort lag unten in seiner Schreibtischschublade.

Die Reihenfolge stimmte also doch. Zuerst die Quelle des Wassers, dann die der Erde. Als nächstes folgte die noch unbekannte der Luft, und zuletzt, im Land der Affenmenschen, schloß die furchtbare Quelle des Feuers den Kreis.

Er war genau auf Kurs. Naenn folgte ihm, mit mehr Ruhe und Weisheit, doch er bahnte den Weg voran durchs dornige Gestrüpp. *Gegenwärtig*, hatte der Magier gesagt, *bist du derjenige von uns, der den Göttern am nächsten ist.*

Von hier aus geht es bergan, einem Wunder entgegen.

Mit diesem Gedanken schlief Rodraeg ein.

Epilog

Der junge Mann überquerte den belebten Vorplatz, ging auf die Posten am Palasttor zu und reichte ihnen ein Pergament. »Die Königin erwartet mich«, sagte er so leise, daß man ihn kaum verstehen konnte.

Die golden und blau herausgeputzten Wächter mit ihren Kronenornamenten auf Brustpanzer, Handschuhen und Puffärmeln betrachteten ihn und das Schriftstück mit demselben Argwohn. Der junge Mann trug eine schwarze Kutte mit zurückgeschlagener Kapuze. Seine Haare waren kurzgeschoren, so daß die mehrfarbige Tätowierung auf seiner Stirn betont wurde. Die Augen glühten schwarz in einem ohnehin ausdrucksvollen Gesicht. Die Haut des jungen Mannes war dunkler noch als die eines Sonnenfelders. Wahrscheinlich war er ein Mischling aus den Randgebieten der Regenwälder, aus der Silbernen Krone oder den Nekeru-Bergen.

»Wie ist Euer Name?« fragte der Erfahrenste der Torwächter.

»Akamas«, antwortete der junge Mann.

»Ich kenne diese Tätowierung«, sagte der Wächter und deutete auf Akamas' Stirn. »Unten liegt die Erde. Auf ihr ringen Feuer und Wasser um die Vorherrschaft. Darüber wölbt sich licht und blau die Luft. Aber oberhalb der Luft ist es dunkel und von den Göttern verlassen. Ihr seid ein Schüler der Vier Gründe. Es ist mindestens fünfzehn Jahre her, seit ich zuletzt einen von Euch zu Gesicht bekam.«

»Die Schule der Vier Gründe besteht nur noch aus drei Lehrern und vier Schülern«, erklärte Akamas leise. »Wir sind selten geworden und also schwer zu finden.«

»Ich muß Euch leider auf Waffen durchsuchen.«

»Nur zu. Ich bin nicht bewaffnet.«

Tatsächlich förderte das Abtasten nichts zutage.

»Aber Ihr habt magische Fähigkeiten?«

»Das ist richtig.«

»Dann wartet bitte einen Augenblick. Ich werde einen Palastmagier verständigen, der Euch begleiten wird, und einen Diener, der Euch zur Königin führt.«

»Dankeschön.«

Akamas wartete geduldig. Der Palastmagier, der die Aufgabe haben würde, innerhalb der Räumlichkeiten Akamas' magische Fähigkeiten abzublocken, entpuppte sich als streng blickende Frau mittleren Alters. Der Diener, der kurz darauf heranglitt, in dunkle, unauffällige Farben gewandet, war ein ebenfalls schon älterer Mann. »Die Königin erwartet Euch im Federgarten«, sagte er mit einer tiefen Verbeugung. Akamas verbeugte sich ebenfalls und folgte den beiden nach innen. Die Magierin verzog keine Miene.

Zu dritt durchquerten sie Flure, Treppensäle, säulengestützte Gartenarkaden und verspiegelte Zimmerfluchten. Überall standen Statuen, hingen Gemälde und Wandteppiche, kunstvolle Öl- und Walratlampen, standen gepolsterte Sessel, polierte Tische aus Regenwald-Edelhölzern, Schränke voller Geschirr und Glasvitrinen mit Schmuck und alten Roben. Ihr Weg endete in einer atemberaubenden Halle, in der Bäume wuchsen. Fleischige Blätter und Blumen quollen überall hervor, die Decke bestand aus einem verzierten Käfiggitter, und Hunderte seltener Vögel schwirrten durch die Luft, saßen in den Zweigen oder eilten durch das Unterholz, labten sich an einem künstlichen Wasserfall und an auf Stäbchen gesteckten Fruchtscheiben und erfüllten die gesamte Halle mit dem Zwitschern und Tirilieren eines Urwaldes.

Königin Thada saß mitten im Dickicht auf einer kleinen weißen Elfenbeinbank und warf einigen zutraulichen Ziertauben und mit blauen Federkronen geschmückten Fasanen Körner und Gebäckkrümel zu. Sie trug keine Krone oder sonstige Insignien der Macht. Ein enganliegendes Seidenkleid von matt violetter Farbe. Die schwarzen Haare hochgesteckt, der Hals lang und gerade und von vornehmer Blässe. Jede ihrer Bewegungen war damenhaft, als sie sich zu den Neuankömmlingen umwandte.

»Ihr könnt uns allein lassen.«

»Majestät, ich muß darauf bestehen …«, begann die Magierin.

»Ihr solltet einem Mönch der Vier Gründe Vertrauen entgegenbringen. Gewöhnt euch an seinen Anblick. Er beißt nicht. Er zaubert nicht wild drauflos. Er fällt ganz bestimmt nicht über mich her. Und nun habt bitte die Güte, mich mit ihm alleine sprechen zu lassen.«

Widerstrebend, aber gehorsam verließen die Magierin und der Diener den Federgarten.

Akamas ließ sich auf ein Knie nieder und senkte sein Haupt. »Meine Königin?«

»Laß den Unsinn und setz dich neben mich.« Beim Lächeln entblößte sie ihre weißen Zähne hinter dunkelrot geschminkten Lippen. Akamas war verwirrt von ihren Wimpern, den schmalen Brauen, ihrem Lächeln, der Art, wie ihre Haare sich an den Schläfen kräuselten. Sie glich den aufgefächerten Blüten ringsum, nur ganz und gar nicht unbewegt. Er raffte sein Gewand und setzte sich gehorsam neben sie.

Sie schwiegen kurz und gedachten ihrer gemeinsamen Vergangenheit. Kinder waren sie gewesen, beinahe auf den Tag genau gleich alt, er der Ziehsohn eines reichen Sklavenhändlers aus Diamandan, sie die zukünftige Thronfolgerin, die zusammen mit anderen Kindern unterrichtet wurde, um das wahre Leben außerhalb von Palastmauern kennenzulernen. Das war, bevor man seine Begabung entdeckte, aus totem Holz Funken zu schlagen und salzige Tränen aus einem Stein zu wringen. Bevor ihre Wege sich trennten, weil sie in das Funkeln und Glitzern des Königshofes einging und er in das blakende Talglicht eines versunkenen Klosters.

Zweimal hatten sie sich seit ihrer Kindheit wiedergesehen, immer nur kurz und umringt von anderen. Dies war ihr drittes Treffen, und sie waren erstaunlich allein. Die kleine weiße Bank schien sich zu drehen, und alle Vögel schwebten still.

»Wie geht es deinem Freund?« fragte sie.

Akamas krümmte sich zusammen, wie um sich unter dieser Frage wegzuducken. »Es ist furchtbar. Schlimmer, als ich es mir in meinen düstersten Ahnungen vorgestellt hätte. Er ist zwar nicht so … verbrannt, wie die beiden anderen Überlebenden, die ich zu

Gesicht bekommen habe, aber er ist vollständig verändert. Das ist schwer zu erklären.«

»Erkläre es mir.«

»Äußerlich ist er beinahe unversehrt. Seine Haare sind immer noch honiggelb, seine Augen noch immer golden. Aber die Augen sind leer. Er erkennt niemanden wieder, kann nicht mehr sprechen, nur noch lallen oder wimmern. Sein Geist ist fort, und mit seinem Geist die Aura von Honigduft, die ihn stets umgab. Das Schlimmste jedoch ist, daß sich aus seinem Fleisch Insekten bilden. Wie Pestbeulen wuchern sie, platzen dann auf und geben gräßliche, verformte Hornissen frei, die jeden in der Nähe zu stechen und zu töten versuchen, obwohl sie selbst kaum flug- und lebensfähig sind. Er war ein Bienenmagier, vorher, müßt Ihr wissen. Sanft umschwirrt von geflügelten Begleitern, mit denen er sprechen konnte, die er aussenden konnte, um seine Augen zu sein. Jetzt umflattern ihn Monstrositäten, die aus seinem Fleisch gewachsen sind. Es löst ihn auf.«

»Aber noch lebt er, und das allein schon macht ihn einzigartig. Alle anderen Magier, die an dem Vorstoß beteiligt waren, sind am Skorpionhügel zu Asche verbrannt. Von ihnen ist nichts übrig geblieben. Dein Freund dagegen hatte keinen Kratzer, erst während seiner Überführung nach Aldava zeigten sich die ersten Symptome. Wir müssen herausfinden, wie er das geschafft hat und was mit ihm geschehen ist.«

»Ich werde ihn weiterhin täglich besuchen.«

»Ich fürchte, daß das nicht möglich ist. Ich habe eine weitere, noch schwerere Aufgabe für dich. Du bist mit den Prophezeiungen der vier Bücher vertraut?«

»So weit das möglich ist. Ihr wißt, daß sich der Orden der Vier Gründe mit der Zehnzahl überworfen hat, schon vor Jahrhunderten, und daß uns deshalb das Studium der Originalzeugnisse untersagt ist.«

»Aber du kennst die Prophezeiung für dieses Jahr, die mich zum militärischen Vorstoß hinter die Felsenwüste veranlaßte?«

»Ja.

Wenn vom Gebirg im Nordosten
die zweibeinig Schatten sich krallen
wird wehren nicht Rüstung noch Posten:
Die Hauptstadt des Glaubens wird fallen.«

»Aldava hat vierhunderttausend Einwohner«, sagte die Königin nachdenklich. »Das Leben von zweitausend Soldaten zu gefährden, schien mir ein akzeptabler Preis für die Rettung von vierhunderttausend. Aber unser Vorstoß wurde gestoppt. Die Affenmenschen haben unseren Magiern eine verheerende Falle gestellt. Sie sind tatsächlich viel gefährlicher und vor allem magisch bewanderter, als wir jahrhundertelang gedacht haben. Die Versäumnisse meiner Vorgänger bescheren uns in diesem Jahr eine völlig neuartige Situation: Aldava ist in Gefahr, und niemand weiß, wie dieser Gefahr zu begegnen ist.«

»Woher weiß man, daß dieses Jahr gemeint ist: 682 nach der Königskrone?«

»Die Prophezeiungen bauen aufeinander auf und ergeben bislang eine ununterbrochene Kette von Wahrheiten. Die Verse mit dem Fall der Hauptstadt beziehen sich auf das *Jahr nach dem Jahr wenn ein Sumpf quert die Schwelle, wenn ans Tageslicht kommt das Dunkel der Quelle.* Beides hat sich letztes Jahr ereignet. In Chlayst schlug ein Sumpf um und wurde giftig, und in Terrek entdeckte ein Gelehrter eine flüssige Schwarzwachsquelle, die erste seit dreihundert Jahren. Schon als im letzten Feuermond das mit dem Sumpf passierte, schlug der Thronrat Alarm und schickte Leute aus, die alles in Erfahrung bringen sollten, was es über das Gebiet der nordöstlichen Berge in Erfahrung zu bringen gab. Aber als im Nebelmond dann noch die Quelle gefunden wurde, zogen wir in Endailon schnellstens Truppen zusammen, um das Unheil im Keim zu ersticken. Die Prophezeiung sagt ›wenn‹, Akamas. ›Wenn die zweibeinig Schatten sich krallen.‹ Ein ›Wenn‹ enthält immer die Möglichkeit eines ›Wenn nicht‹. Wir dachten, wir hätten noch Zeit zu handeln. Aber wir haben womöglich falsch gedacht oder falsch gehandelt.«

»Darf ich offen sprechen?« fragte Akamas leise.

»Selbstverständlich.«

»Aldava ist nicht die Hauptstadt des Glaubens.«

»Das steht doch wohl außer Frage!«

»Hier stehen zwar die fettesten und prächtigsten Tempel der Zehnzahl, aber der ursprüngliche Tempel, der dem Einen geweiht war, der über alle vier Elemente gebot, steht woanders. Für den Orden der Vier Gründe bedeutet Aldava lediglich die Zersplitterung des Glaubens in zehn unbeträchtliche Scherben. Das wahre Heim des Weltenschöpfers ist – wie der Name schon sagt: Warchaim.«

Königin Thada sah ihn spöttisch an. »Ihr Tätowierten seid Ketzer und Narren. Deshalb seid ihr so wenige. Aber« – sie wurde ernst – »genau deshalb brauche ich dich. Für eine zusätzliche Perspektive. Damit wir nichts übersehen. Womöglich hast du recht. Vielleicht geht es um Warchaim, nicht um Aldava. Aber auch in Warchaim leben mehr als fünftausend Menschen, die ich nicht einfach kampflos preisgeben werde. Wir müssen auf jeden Fall handeln. Das Jahr ist erst zu einem Viertel vollendet. Das ›Wenn‹ gilt noch immer.«

»Wie lautet Euer Plan?«

»Ich will dich mit allen Befugnissen ausstatten, damit du die Originalzeugnisse einsehen kannst. Ich brauche eine unabhängige Beurteilung. Die vier Bücher, aus denen die Prophezeiungen zusammengesetzt werden, sind von ihren Besitzern zu eifersüchtig gehütet worden, als daß ich der Vollständigkeit und Ausdeutung der Verse restlos trauen könnte.«

»Ein Quellenstudium«, sagte Akamas andächtig.

»Genau. Ein Studium der originalen Textquellen. Du weißt, wo die vier Bücher zu finden sind.«

»*Das Buch der Wirkung* bei den Priestern des Afr. *Das Buch der Weisung* bei den Priestern des Tinsalt. *Das Buch der Wandlung* bei den Priestern des Delphior. *Das Buch der Wahrung* bei den Priestern des Kjeer.«

»Richtig. Wahrscheinlich sind die Seiten über den gesamten Kontinent verstreut. Reise schnell und forsche gründlich. Ich stelle dir zu diesem Zweck ein unbegrenztes finanzielles Guthaben zur

Verfügung. Aber ich gebe dir nicht mehr als drei Monde Zeit. Im Mittelrauch will ich Ergebnisse sehen, damit wir noch ein halbes Jahr zur Verfügung haben, das ›Wenn‹ in ein ›Wenn nicht‹ zu verwandeln.«

»Und was passiert inzwischen? Ihr wartet doch sicherlich nicht ausschließlich auf mich?«

»Wir haben bereits den zweiten Vorstoß ins Land der Affenmenschen eingeleitet.«

»Einen zweiten Feldzug?«

»Nein. Einen einzelnen Mann.«

»Wen?«

»Den einzigen, der sich für so etwas freiwillig gemeldet hätte: Galin von Asteria.«

Akamas schaute ein paar vorbeiflatternden Ziervögeln hinterher. »Er gilt als der mächtigste Magier des Kontinents, aber ich traue ihm nicht. Er hat Experimente mit Toten gemacht.«

»Das ist alles in mündlicher Rede aufgebauscht worden. Galin hat zwei oder drei frisch Verstorbene wieder ins Leben zurückgeholt. Bei anderen wiederum ist es ihm mißlungen. Es ist nicht gerade so, als ob hier ein Nekromant eine Armee von Wiedergängern heranzüchtet. In den Dörfern, in denen seine Zauber Erfolg hatten, gilt Galin als Heiler und Wundertäter.«

»Dennoch spricht ein Mangel an Demut aus all seinen Handlungen. Er will dort Erfolg haben, wo zweitausend Soldaten versagten? Weshalb unterstützt Ihr seinen Größenwahn?«

»Weil er mich nichts kostet. Wenn er gehen will, soll er gehen. Das gibt mir Zeit, meine dritte und vierte Maßnahme vorzubereiten: ein Aufstocken des Militärpersonals in Galliko, Carlyr, Ferbst und Hessely und das Ausstatten eines Sonderkommandos, das verdeckt im Feindesland operieren soll, mit Schwarzwachsrüstungen. Meine fünfte Maßnahme bist du. Maßnahme Sechs wird das sein, was ich aufgrund deiner Ergebnisse beschließe. Mögen die Götter uns gewähren, daß eine siebte Maßnahme nicht mehr nötig ist.«

Akamas nickte. »Am besten werde ich unverzüglich aufbrechen, meine Königin. Wahrscheinlich werde ich schon allein einige Tage damit zubringen, aus den aldavaischen Hohepriestern die genauen Aufenthaltsorte der geheiligten Schriften herauszubekommen.«

»Wie gesagt: Man wird dir am Palasttor alle Dokumente, Siegel und Vollmachten aushändigen, die dich als Geheimbeauftragten Ihrer Majestät ausweisen. Falls du Hilfe brauchst, Schreiber, Träger oder Übersetzer, setzte dich über deine Magie mit mir oder den Hofmagiern in Verbindung. Was du brauchst, soll dir unverzüglich zukommen.«

»Ich danke Euch für die Ehre Eures Vertrauens.« Akamas erhob sich von der Bank, senkte ein Knie auf den Humusboden und verneigte sich tief vor der Königin. Sie lächelte huldvoll.

»Du hast dich gar nicht über den neuen Federgarten geäußert«, sagte sie ein wenig enttäuscht. »Ich hatte gedacht, die südlichen Vögel würden dich angenehm an deine Kindheit erinnern.«

»Sie sind … eingesperrt, meine Königin. Das macht mich eher traurig.«

»Ja«, sagte sie nachdenklich, »sie sind eingesperrt, denn sie erfüllen hier eine Aufgabe. Mit ihrem Gezwitscher verhindern sie, daß vertrauliche Gespräche wie dieses belauscht werden können. Du siehst also, selbst diese schönen Vögel arbeiten im Dienst der Krone, genau wie du und ich.«

Akamas nickte ihr zu, dann wandte er sich um und verließ die Käfighalle. Die strenge Magierin und der freundliche Diener nahmen ihn in Empfang und führten ihn durch das Palastlabyrinth wieder zurück zum Haupteingang, wo der Erfahrenste der Torwachen ihm wortlos eine Ledermappe voller Dokumente und Ausweise aushändigte.

Die Menschen vor dem Palasttor eilten hierhin und dorthin, vielfarbig und lärmend, aufgeregt flatternd und zwitschernd, und Akamas bahnte sich mitten hindurch einen möglichst geraden Weg.

Glossar

Zeitrechnung

Zu Beginn unserer Geschichte schreiben wir das Jahr 682 n. K. (= nach der Königskrone, also dem Jahr, in dem König Rinwe die Provinzen und Herzogtümer des Kontinents unter einer Krone einte und eine neue Zeitrechnung einführte, die die bisherigen »provinziellen« Kalender ablöste).

Die jetzige Königin Thada wurde im Jahre 678 inthronisiert, ist also erst seit vier Jahren an der Macht.

Götter

Der Pantheon des Kontinents ist unterteilt in die vier Oberen Götter und die sechs Unteren Götter, welche den Oberen Göttern als Unterstützung entweder einzeln oder paarweise zugeordnet sind.

Die vier oberen Götter repräsentieren die vier Elemente:

- Afr = Feuer, aber auch: Männlichkeit, Schmiedekunst, Leidenschaft, Kraft
- Tinsalt = Luft, aber auch: Wind, Sturm, Ideen, Geister, Vögel
- Delphior = Wasser, also Flüsse, Seen, Meer und Regen, aber auch: Weiblichkeit, Fische, Wandelbarkeit, Seefahrt
- Kjeer = Erde, aber auch: Ackerbau, Pflanzen, Landtiere, Familie, Heilkunde.

Afr zugeordnet sind zwei Untergötter: Lun = Sommer, Senchak = Krieg; Tinsalt zugeordnet ist ein Untergott: Arisp = Frühling, Kinder; Delphior zugeordnet ist ein Untergott: Hendelor = Winter, Eis, Schnee; Kjeer zugeordnet sind zwei Untergötter: Bachmu = Herbst und Gold, Helele = Silber und das Alter.

Seit Alters her gibt es einen Streit unter Priestern, Gelehrten und auch Gläubigen, ob diejenigen Oberen Götter, die zwei Hilfsgötter haben, mächtiger sind als die mit nur einem Hilfsgott, oder weniger mächtig, da sie schließlich zwei Helfer benötigen statt nur einen.

Jedenfalls ist das Pantheon asymmetrisch, was für Bewegung sorgt und Energie.

Kalender

Das Jahr der Zeitrechnung n. K. ist in zwölf Monde und vier Jahreszeiten unterteilt. Jede Jahreszeit ist einer (unteren) Gottheit zugeordnet, so daß sich folgendes Schema ergibt:

1. Taumond
2. Regenmond Gottheit: Arisp
3. Blütenmond

4. Wiesenmond
5. Sonnenmond Gottheit: Lun
6. Feuermond

7. Rauchmond
8. Blättermond Gottheit: Bachmu
9. Nebelmond

10. Frostmond
11. Schneemond Gottheit: Hendelor
12. Eismond

Um den Kalender auf unseren umzurechnen, nimmt man einfach den Taumond als März, den Regenmond als April und so weiter bis hin zum Eismond Februar. Auf dem Kontinent beginnt jedes Jahr mit dem Frühlingsanfang und endet mit dem Ende des Winters, womit ein kompletter Lebenszyklus symbolisiert wird.

Jeder der zwölf Monate hat dreißig Tage. Zusätzlich gibt es einmal im Jahr eine fünf- oder viertägige Zeit, die *Sternentage* genannt und mit Fasten und Feiern verbracht wird. Die *Sternentage* wandern von Jahr zu Jahr nach hinten. d. h. wenn sie im letzten Jahr noch zwischen Wiesenmond und Sonnenmond lagen, so werden sie dieses Jahr zwischen Sonnenmond und Feuermond liegen und nächstes Jahr zwischen Feuermond und Rauchmond.

Da jeder Monat genau dreißig Tage hat, dauert eine Woche zehn Tage, was den Monat somit in drei Drittel unterteilt. Man spricht dann z. B. im Schneemond auch von *Anfangsschnee*, *Mittelschnee* und *Endschnee.*

So etwas wie ein gesetzlich festgelegtes Wochenende gibt es nicht. Man kann davon ausgehen, daß jedes Geschäft an sieben Tagen der zehntägigen Woche geöffnet hat, und daß sich z. B. zwei Bäcker, die in derselben Gegend wohnen, aufeinander einspielen, so daß Bäcker B an den Tagen geöffnet haben wird, an denen Bäcker A Ruhetag hat. Der Vorteil dieses sehr freien und individuellen Systems liegt darin, daß man an jedem Tag einkaufen kann.

Die einzigen gesetzlich – oder besser: religiös – wirklich festgelegten Feiertage im Jahr sind die vier Göttertage jeweils in der Mitte ihrer Jahreszeiten: das *Arispfest* am 15. Regenmond, das *Lunfest* am 15. Sonnenmond, das *Bachmufest* am 15. Blättermond und das *Hendelorfest* am 15. Schneemond.

Darüber hinaus gibt es noch regional begrenzte Feiertage. So wird in Aldava der Geburtstag des derzeitigen Throninhabers gefeiert (momentan: 24. Feuermond), in den Sonnenfeldern der *Tag der Befreiung* (2. Nebelmond), in der Festungsstadt Galliko der *Tag der blutenden Stufen* (29. Eismond) und in der Provinz Hessely der Jahresanfang (1. Taumond).

Zeitmessung

Ein Tag hat vierundzwanzig Stunden, gemessen nach Sonnenuhren oder – in größeren Städten – auch nach kunstvollen Sand- oder Wasseruhren.

Der Begriff »Minute« ist unbekannt, man spricht von den Sandstrichen einer haushaltsüblichen Sanduhr. Fünf Sandstriche (ungefähr fünf Minuten) werden als *Zwölftelstunde* bezeichnet. Zehn Sandstriche sind eine *Sechstelstunde.* Fünfzehn Sandstriche eine *Viertelstunde.* Zwanzig Sandstriche eine *Drittelstunde.* Dreißig Sandstriche eine *Halbe Stunde.* Fünfundvierzig Sandstriche eine *Dreiviertelstunde.* Für Sekunden gibt es keine Messung. Für sehr kurze Zeiteinheiten sagt man Moment, Augenblick oder Sandstrichbruchteil.

Andere Maßeinheiten

Statt »ein Meter« sagt man ein *Schritt*; tausend Schritt sind eine Meile.

Kleinere Maßeinheiten als ein Schritt sind: ein *Fuß* (etwa 30 Zentimeter, also etwa ein Drittelschritt), eine *Handbreit* (etwa zehn Zentimeter), ein *Fingerbreit* (entspricht zwei Zentimetern) und ein *Haarbreit* (Millimeterbereich).

Flüssigkeiten werden wie bei uns in Litern gemessen. Die Bezeichnung »Kilogramm« dagegen ist unbekannt, statt dessen sagt man *Festliter.* 70 Festliter sind ein *Mannsliter*, zehn Mannsliter (also etwa 700 Kilogramm) ergeben einen *Ochsliter.*

Die Meere

Der Kontinent ist die einzige bekannte Landmasse im endlosen Ozean der Götter. Entsprechend den vier Himmelsrichtungen tragen die den Kontinent umgebenden Meere Namen, die den vier Elementen zugeordnet sind:

- im Westen, wo die Sonne untergeht und das Wasser feurig leuchten läßt, die *Glutsee*, in der die Piraten aus Skerb und Wandry einen seit etwa fünfzehn Jahren immer heftiger werdenden Krieg gegeneinander führen
- im Norden die von Eisschollen überwucherte *Eissee*
- im Osten die schwer befahrbare *Sturmsee*
- im Süden die *Sandsee* mit ihrem klaren blaugrünen Wasser und den herrlichen Stränden

Währung

Das gebräuchliche Zahlmittel auf dem Kontinent ist der *Taler*, eine versilberte Münze mit dem aufgeprägten Profil von König Rinwe. Wertvoller als der Taler ist der *Goldtaler*, der zehn Talern entspricht. Als Unterwährung benutzt man *Kupferstücke*, deren Wert ein Zehntel eines Talers ist.

Post

Zu den größten Errungenschaften von König Rinwes Regierungszeit gehört die Einführung eines Postsystems, das Kontakte innerhalb des gesamten Kontinents ermöglicht. Vorher konnte man höchstens private Boten anheuern oder Brieftauben züchten, seit König Rinwe gibt es jedoch in jeder nennenswerten Ortschaft eine Königliche Postreiterstelle, in der regelmäßig Post aus allen Richtungen eintrifft und von der aus man Post in jede Richtung verschicken kann. Die Postreiter sind deutlich schneller als ein herkömmlicher Reisender und bewältigen 70 bis 100 Kilometer pro Tag. Oft wird nicht so dringliche Post auch Kutschen mitgegeben, die zwischen Städten verkehren.

Der Nachteil des Systems besteht in seiner Kostenintensität, weshalb sich nur betuchtere Bürger den Königlichen Postreiterdienst regelmäßig leisten können.

Magier besitzen noch andere, zeitverlustfreie Möglichkeiten der Kommunikation, behalten diese aber in der Regel für sich.

Namenregister

Abachran – ein für die Bewirtschaftung des Dorfes Terrek zuständiger Magister
Abim, Pargo – Bauer in Kuellen
Achildea, Gimon – Wortführer einer Terreker Bürgergruppe
Achildea, Sefahe – Gimons Frau
Afr – Gott des Feuers
Akamas – Mönch und Magier der Vier Gründe
Arisp – Gott des Frühlings
Bachmu – Göttin des Herbstes
Baitz, Teff – Warchaimer Schmied, mit einer Bogenmacherin verheiratet
Barri – einer von Ryot Melrons zwei Kumpanen
Barsen, Yoich – der wohlhabendste Händler von Warchaim, Stadtrat
Bjerne – Wirt der Schenke *Bei Bjerne* in Warchaim
Borgondi, Hellas – ein Bogenschütze mit Vergangenheit
Borgondi, Saciel – Hellas' Ehefrau, von Banditen ermordet
Bramon – Vorarbeiter der Wasserträger in der Waldmine
Breklaris, Samistien – Kräuter- und Drogenhändler in Warchaim
Brendo, Vetz – ein sogenannter Landspurenführer mit Warchaimer Büro
Cajumery, Cajin – Kind des Krieges, jetzt Hausverwalter für den Kreis in Warchaim
Carhard & Bernsten – ein privater Kurierdienst
Danhoer, Fiorenz – Besitzer der *Warchaimer Stuben*, Stadtrat
Daubs, Cilf – Vorarbeiter der Abkühler in der Waldmine
Delbane, Esair – Vater von Rodraeg
Delbane, Lanur – Mutter von Rodraeg
Delbane, Rodraeg Talavessa – träumt in Kuellen und wird erweckt
Delbane, Severo – Rodraegs Onkel, Abenteurer, Frauenheld
Delphior – Wassergott
Deterio, Wellingor – arbeitet für die Firma Batis, prüft Kisem Tugris Bücher
Dier, Eras – fahrender Teppichhändler
Divon, Baladesar – Rodraegs Freund, Bibliothekar und Advokat in Aldava
Divon, Hegia – die jüngere der beiden Töchter von Baladesar und Kiara
Divon, Kiara – Rodraegs Jugendliebe, jetzt Baladesars Ehefrau
Divon, Sajle – die ältere der beiden Töchter von Baladesar und Kiara
Ellnend, Jit – hauptstädtischer Dichter
Endreasis, Gauden – Stadtgardekommandant von Warchaim
Eria – wohnt in dem Haus, durch das man den Kreis erreichen kann

Estéron – der Schmetterlingsmensch des Kreises
Figelius, Ortric – Baron und Besitzer von Schloß Figelius in Warchaim, Stadtrat
Fremmender, Selt – alter Klippenwälder, einstmals weitgereister Abenteurer
Galin – *Galin von Asteria*, der wohl mächtigste Magier des Kontinents
Gayo, Serian – ein junger Hauptmann im Affenmenschenfeldzug
Gerimmir – der Untergrundmensch des Kreises
Geskara – eine heilkundige Terrekerin
Gorik – Teilnehmer an Rodraegs Auswahlrunde für das Mammut
Haaf – der Dorfschulze von Terrek
Hagelfels, Ilde – die Bäuerin des Kreises
Hallick, Nideon – Krämer in Warchaim, Nachbar des Mammuts
Hallsass, Igdan – Vorarbeiter der Fertiger in der Waldmine
Heisel – meist: *Meister Heisel*, Holzschnitzvirtuose
Helele – Göttin des Silbers und des Alters
Hendelor – Gott des Winters
Hinnis – Tonkrughändler
Hjandegraan – Advokat in Aldava, Lehrmeister von Rodraeg und Baladesar
Iddni – ein Bartendrache, lebt in der Gegend von Terrek
Ijugis – Gründer und Anführer der Gruppe Erdbeben
Immergrün, Bep – Besitzer des gleichnamigen Ausrüstungshauses in Warchaim
Junaf – der Esel von Benter Smoi
Kepuk – Hauptschreiber im Rathaus von Kuellen
Kjeer – Gott der Erde
Korengan – Abenteurer, später Verfasser des Romans *Das Schwert im Baum*
Kruhn, Telch – Gründer der Kruhnskrieger
Kruhn Sessiu – Anführer der Kruhnskrieger
Lendely – Seidenmaler in Kuellen
Leribin, Riban – der Magier des Kreises
Lun – Gott des Sommers
Luriz – eine fahrende Handelsperson unbestimmbaren Geschlechtes
Meckin, Bestar – ein häßlicher Klippenwälder
Meckin, Welfin – Bestars Vater
Melron, Ryot – ein bemerkenswerter Straßenräuber
Melron, Terzel – Ryots Vater, Baron von der Roten Wand
Mertih – Pferdehändler und -pfleger zu Warchaim
Naenn – Schmetterlingsmädchen, rötlich mit hellblauen Rändern
Niers – ein Waldläufer aus Terrek, gehört zu Achildeas Gruppe
Oobo – Urwaldgeist mit unzähligen hölzernen Köpfen

Onouk – Sichelkämpferin der Gruppe Erdbeben
Oto – der Ochse des Sauerkrauthändlers Manro Sengzy
Parn, Migal Tyg – ein hübscher Klippenwälder
Parn, Torbor Tyg – Migals Vater
Plooga – Schinkenhändler aus Somnicke, im Larnwald verschollen
Reyren – junger und unerfahrener Schreiber im Kuellener Rathaus
Rigan, Skandor – ein steckbrieflich gesuchter Mörder
Rigurd – Stallmeister in Warchaim
Rinwe – König, der den Kontinent einte und die nun gültige Zeitrechnung einführte
Schellus – früher Arenakämpfer, jetzt Besitzer eines Waffenladens in Aldava
Seaf, Dar – Abenteurer aus den Klippenwäldern, in Fairai gestorben
Senchak – Kriegsgott
Sengzy, Manro – ein Sauerkrauthändler
Smoi, Benter – ein Holzschnitzer, stellt die Köpfe von Oobo her
Stahlert – Familienname, Mammut-Nachbarn, Familienoberhaupt: *Ecklart Stahlert*
Tenkar – einer von Ryot Melrons zwei Kumpanen
Thada – die junge Königin des Kontinents
Tiego, Demares – Romanfigur, deren Namen Rodraeg als Deckname benutzt
Timbare – Regenwaldkrieger und Teilnehmer an Rodraegs Auswahlrunde
Tinsalt – Luftgottheit
Tlech – Bauer in Kuellen
Tommsen, Iddan – Bürgermeister von Warchaim
Trinz, Jerik – Gartenpfleger aus dem Dorf Findel
Tugri, Kisem – Verwalter der Waldmine bei Terrek
Tyschan – Kleinbooteverleiher in Warchaim
Ulric – Warchaimer Schmied
Von Heyden – Familie in Warchaim, Stoffhändler, gegenüber des Mammut-Hauses
Yornba – greiser Schreiber im Rathaus von Kuellen
Zembe – Unteroffizierin der Kruhnskrieger

Danksagung

Mein Dank gebührt meinen Freunden, ohne deren siebenjährige Mitwirkung und Kreativität die Saga vom Mammut niemals zustande gekommen wäre:

Frank Herrgoß, Carsten Belz und Matthias Hagen, die die vier Hauptfiguren des ersten Buches entworfen, verkörpert und verwirklicht haben; Jörg-Uwe Zuchold, Thorsten Nalazek und Michael Scholz, die in den Folgebänden in Erscheinung treten werden; Ilka Greube und Bernhard Schulz, die mit zum *Kreis* gehören.

Wolfgang Ferchl, Wolfgang Hörner, Friedel Wahren und Carsten Polzin danke ich für die unerwartete Gelegenheit, diese Saga in ein Buchprojekt verwandeln zu dürfen; Hannes und Sara, Boris Hillen, Mathias Mertens und Reinhard Kleist für kontinuierliche Unterstützung; Jörg und Renate für Stolz und Wärme.

Dies hier ist – endlich – für Melanie.

SERIE PIPER

Tobias O. Meißner

Die letzten Worte des Wolfs

Im Zeichen des Mammuts 2.
352 Seiten. Serie Piper

Der Bund des Mammuts, unter Führung von Rodraeg Delbane und frisch verstärkt durch den jungen charismatischen Magier Eljazokad, erhält einen neuen Auftrag: In Wandry droht ein massenhaftes Abschlachten von Walen. Die Gruppe bricht zu der Küstenstadt auf, doch schon bald wird sie von einem unheimlichen Werwolf angegriffen. Und seine letzten Worte klingen alles andere als beruhigend: »Ihr werdet die Wale nicht retten können!« Als die Gefährten nach Wandry gelangen, entpuppt sich die Stadt als Labyrinth aus Machtintrigen, Auftragsmördern, verrückten Sehern, magischen Fallstricken und dem organisierten Verbrechen des Rotleuchtenviertels. Können die verführerische Schauzauberin Ronith und eine uralte, geheimnisumwobene Gezeitenfrau dem Mammut bei seiner bislang schwierigsten Aufgabe beistehen? Oder werden hunderte von Walen die auf morschem Holz gebaute Stadt in den Untergang reißen?

05/2051/01/L

Tobias O. Meißner

Das vergessene Zepter

Im Zeichen des Mammuts 3.
400 Seiten. Serie Piper

Während Rodraeg, Anführer des Geheimbunds des »Mammuts«, immer stärker an den Folgen seiner Schwarzwachsvergiftung leidet, ereilt die Verschwörer ein neuer Hilferuf: Im Gebirge machen Menschen Jagd auf Riesen. Nur die Magie eines vergessenen Artefakts, des Fliegenstabs, vermag die Geschöpfe noch vor dem Untergang zu retten. Das »Mammut« erklärt sich bereit zu helfen. Doch die Gefährten ahnen nicht, auf welch gefährlichen Einsatz sie sich eingelassen haben. Denn die Höhle, in der das Zepter verborgen sein soll, erweist sich als zermürbendes Geflecht aus Fallen, Visionen und Hindernissen. Und auch andere Schatzräuber sind dem »Mammut« dicht auf den Fersen …

Mit meisterhafter Sprache führt Kultautor Tobias O. Meißner seinen »Mammut«-Zyklus fort.

05/2157/01/R

SERIE PIPER

Markus Heitz

Schatten über Ulldart

Ulldart – Die Dunkle Zeit 1.
399 Seiten. Serie Piper

Kurz vor seinem Tod prophezeit ein Mönch, dass die Dunkle Zeit den Kontinent Ulldart erneut mit Leid und Zerstörung überrollen werde. Der verwöhnte Prinz Lodrik wird unterdessen in die Provinz gesandt, um die Stelle des neuen Statthalters einzunehmen. Noch ahnt Lodrik nicht, dass er das Schicksal seiner Welt entscheiden wird – denn die Dunkle Zeit droht zurückzukehren, und er wird der Retter oder Zerstörer Ulldarts sein …

Der Auftakt zum sensationellen Epos »Ulldart – Die Dunkle Zeit« – ausgezeichnet mit dem Deutschen Phantastik Preis

05/1755/03/L

Markus Heitz

Der Orden der Schwerter

Ulldart – Die Dunkle Zeit 2.
495 Seiten. Serie Piper

Lodrik wird neuer Herrscher des Reiches Tarpol. Doch seine Reformen rufen Neider, Intriganten und falsche Freunde auf den Plan. Bald weiß Lodrik nicht mehr, wem er trauen kann, und ist auf die Hilfe finsterer Gestalten angewiesen, um seine Macht zu verteidigen. Und über allem schwebt die verhängnisvolle Prophezeiung, dass die Dunkle Zeit wiederkehren und die Welt in Leid und Zerstörung versinken wird …

Die spektakuläre Fortsetzung der großen Fantasy-Saga »Ulldart – Die Dunkle Zeit«

05/1756/03/R

Markus Heitz

Das Zeichen des dunklen Gottes

Ulldart – Die Dunkle Zeit 3.
525 Seiten. Serie Piper

Das Böse droht, die Überhand auf dem Kontinent Ulldart zu gewinnen. Die eigene Machtstellung wird dem jungen Herrscher Lodrik zum Verhängnis: Unter dem Einfluss verräterischer Freunde und intriganter Berater hat er sich in einen unberechenbaren Kriegstreiber verwandelt. Seine wahren Gefährten werden verfolgt und geraten in Lebensgefahr. Doch sie geben nicht auf: In der Ebene von Telmaran stellen sie sich Lodriks Herr, und eine vernichtende Schlacht beginnt …

»Markus Heitz hat eine große Zukunft vor sich.«
Saarländischer Rundfunk

Tobias O. Meißner

Das Paradies der Schwerter

Roman. 368 Seiten. Serie Piper

Sechzehn Männer reisen durch eine bizarre, apokalyptische Landschaft, einem Turnier entgegen: In verschiedenen Paarungen sollen sie mit eigens gewählten Waffen gegeneinander antreten. Doch auch wenn ein Preisgeld winkt, geht es in Wahrheit nur um Leben und Tod – und darum, die Sensationsgier des Publikums zu befriedigen. Und je weiter das brutale Schauspiel voranschreitet, je mehr Männer unter der sengenden Sonne fallen, desto deutlicher begreifen die Teilnehmer, daß es am Ende vielleicht gar keinen Sieger geben wird …

Mit meisterhafter Sprache webt Shooting-Star Tobias O. Meißner eine fesselnde Mischung aus Thriller und Fantasy.

Markolf Hoffmann

Nebelriss

Das Zeitalter der Wandlung 1.
510 Seiten. Serie Piper

Fremdartige Invasoren fallen in die Welt Gharax ein und reißen die magischen Quellen an sich, auf die Kaiser, Götter und Priester ihre Macht gründeten. Ein Bündnis der letzten freien Reiche könnte die Feinde aufhalten, doch zwischen den Ländern herrschen Hass und Intrigen. Fürst Banister wagt eine gefährliche diplomatische Mission. Nur ein junger Zauberlehrling, der über die Macht verfügt, in die bizarre Dimension der Fremden einzutauchen, wird die Welt retten können – doch er fällt dem Feind in die Hände …

Mit diesem Band beginnt der große Zyklus des neuen Shooting-Stars deutscher Fantasy!

05/1803/01/L

Markolf Hoffmann

Flammenbucht

Das Zeitalter der Wandlung 2.
462 Seiten. Serie Piper

Während das Kaiserreich Sithar in Glaubenskriegen und Intrigen versinkt, gerät der Zauberlehrling Laghanos in die Fänge einer unheimlichen Sekte. Gepriesen als der Auserwählte, soll er die magischen Quellen durchschreiten und in den Kampf um die Sphäre ziehen. Schon bald erkennt Laghanos, dass er zum Werkzeug einer uralten Verschwörung wurde. Noch hält sich der Drahtzieher im Hintergrund, doch dann entbrennt der Kampf um den Leuchtturm Fareghi, das legendäre Machtzentrum der Magie …

Die Fortsetzung des neuen großen Fantasy-Epos »Das Zeitalter der Wandlung«

05/1804/01/R

Ursula K. Le Guin

Erdsee

4 Romane in einem Band. Aus dem Amerikanischen von Margot Paronis und Hilde Linnert. 925 Seiten. Serie Piper

Der junge Zauberschüler Ged ist einer der größten Magier von Erdsee. Eines Tages schafft er eine Verbindung zum Totenreich. Dabei jedoch erkennt er, daß die Welt der Lebenden durch einen Riß im Jenseits bedroht wird. Gemeinsam mit der Hohepriesterin Tenar und Tehanu, der Tochter der Drachen, stellt sich Ged den dunklen Mächten, die Erdsee ins Verderben stoßen wollen …
Dieser Band vereint 4 Romane eines der erfolgreichsten Fantasy-Zyklen überhaupt.

»Ursula K. Le Guin ist eine überaus weise Geschichtenerzählerin!«
John Clute

05/1728/01/L

Ursula K. Le Guin

Rückkehr nach Erdsee

Roman. Aus dem Amerikanischen von Joachim Pente. 283 Seiten. Serie Piper

Nacht für Nacht hat der junge Zauberer Erle den gleichen entsetzlichen Traum: Die Steinmauer, die die Toten von den Lebenden trennt, bricht ein und droht, den Inselkontinent zu verschlingen. Verzweifelt wendet sich Erle an den Erzmagier Ged, der zurückgezogen auf der Insel Rok lebt. Doch Geds Magie ist schwach. Erle muss zum Hof Lebannens reisen, um Hilfe bei Tenar und Tehanu zu suchen. Dort erfährt er von einer weiteren Gefahr: Drachen planen eine Invasion – und der Schlüssel zur Rettung seiner Welt liegt in Erles Traum verborgen …

»Dieser Zyklus zählt unbestritten zu den größten Werken der Fantasy überhaupt.«
The Observer

05/1739/01/R